LE CRI DE LA TERRE

DU MÊME AUTEUR

Le Chant des esprits, L'Archipel, 2014 ; Archipoche, 2015.

Le Pays du nuage blanc, L'Archipel, 2013 ; Archipoche, 2014.

SARAH LARK

LE CRI DE LA TERRE

traduit de l'allemand
par Jean-Marie Argelès

ARCHIPOCHE

Ce livre a été publié sous le titre
Der Ruf des Kiwis
par Bastei Lübbe, Cologne, 2009.

Notre catalogue est consultable à l'adresse suivante :
www.archipoche.com

Éditions Archipoche,
34, rue des Bourdonnais
75001 Paris.

ISBN 978-2-35287-881-0

Années d'apprentissage

Canterbury Plains, Greymouth,
Christchurch, Cambridge
1907-1908-1909

1

— On fait la course ! Allez, Jack, jusqu'au cercle des guerriers de pierre !

Sans attendre la réponse de Jack, Gloria plaça son poney couleur renard sur la ligne de départ, à côté du cheval d'un jeune homme à la chevelure auburn frisée et aux yeux vert-brun qui acquiesça d'un air docile. Gloria serra alors les flancs de la petite jument qui s'élança comme une flèche.

Jack McKenzie mit lui aussi sa monture au galop et suivit la fillette à travers les vastes prairies de Kiward Station. Avec son hongre cob, puissant et plutôt lent, il n'avait pas la moindre chance de la rattraper. Lui-même était d'ailleurs trop grand pour jouer les jockeys, mais il ne lui refusa pas ce plaisir. Gloria était très fière de son poney anglais qui avait tout d'un pur-sang en miniature. Pour autant que Jack s'en souvînt, c'était le premier cadeau d'anniversaire envoyé par ses parents qui l'eût vraiment rendue heureuse. Les autres paquets provenant d'Europe à intervalles irréguliers – une robe à ruchés de Séville, avec éventail et castagnettes, des ballerines dorées de Milan, un minuscule sac en peau d'autruche de Paris – étaient sans utilité dans une ferme de Nouvelle-Zélande et bien trop extravagants, même aux yeux des rares visiteurs venus de Christchurch.

Les parents ne se souciaient pas de cet aspect des choses, trouvant sans doute amusant de choquer la société terre à terre des Canterbury Plains par cette évocation du « grand monde ». Imperméables l'un et l'autre à toute inhibition, à toute timidité, ils prêtaient leurs sentiments à leur fille.

Tout en fonçant à bride abattue pour au moins ne pas perdre des yeux la fillette, Jack songeait à la mère de celle-ci. Kura-maro-tini, la fille de son demi-frère Paul Warden, une beauté exotique, était dotée d'une voix extraordinaire. Elle devait davantage ses talents musicaux à sa mère, la chanteuse maorie Marama, qu'à son ascendance blanche. Petite, rêvant déjà de conquérir le monde de l'opéra en Europe, Kura s'était appliquée à développer sa voix. Ayant grandi avec elle à Kiward Station, Jack se rappelait avec horreur ses interminables exercices vocaux et pianistiques. Il avait d'abord semblé qu'elle n'aurait aucune chance de réaliser ses rêves en Nouvelle-Zélande, jusqu'au moment où elle avait enfin trouvé en William Martyn, son mari, un admirateur capable de mettre ses talents en valeur. Depuis des années, le couple, accompagné d'un groupe de chanteurs et de danseurs maoris, était en tournée en Europe, Kura étant la star d'un ensemble associant de manière originale la musique maorie traditionnelle et les instruments occidentaux.

— Gagné ! s'écria Gloria en arrêtant avec maestria son poney fougueux au beau milieu d'une formation rocheuse dite « le cercle des guerriers de pierre ». Les moutons sont de l'autre côté !

Le petit troupeau des brebis échappées qui broutaient sur un morceau de terre que la tribu maorie locale considérait comme sacrée était en effet la vraie raison de la sortie à cheval de Jack et Gloria. Gwyneira McKenzie, qui dirigeait la ferme à qui ce bout de terrain appartenait, respectait en effet les croyances des autochtones. Les moutons et les bœufs de Kiward Station disposaient d'assez de pâturages pour ne pas avoir à envahir les sanctuaires maoris. Aussi avait-elle demandé à Jack, lors du dîner, de ramener les bêtes, ce qui avait soulevé une vive protestation de Gloria.

— Mais je peux le faire, grand-mère! Il faut que Nimue apprenne!

Depuis qu'elle avait entraîné son premier chien, elle aspirait à accomplir des tâches plus importantes, ce qui n'était pas pour déplaire à Gwyneira.

— D'accord, mais Jack t'accompagnera, ordonna-t-elle, ignorant elle-même pourquoi elle ne laissait pas la gamine partir seule.

Il n'y avait en effet aucune raison de s'inquiéter: Gloria connaissait la ferme comme sa poche et chacun, ici, aimait la petite.

Gwyneira n'avait pas été si précautionneuse avec ses propres enfants. Sa fille aînée, Fleurette, à huit ans, allait déjà seule, à cheval, à la petite école ouverte par Hélène, l'amie de Gwyneira, dans une ferme voisine à quatre miles de là. Mais Gloria représentait bien autre chose. Tous les espoirs de Gwyneira reposaient sur l'unique héritière de Kiward Station, car le sang des Warden qui avaient fondé l'exploitation ne coulait que dans les veines de Gloria et de Kura. Or, la mère de cette dernière, Marama, étant issue de la tribu maorie locale, Gloria était également reconnue par les autochtones. Chose importante, car il existait depuis toujours une rivalité entre les Warden et Tonga, le chef de la tribu, qui espérait désormais qu'un mariage entre Gloria et un Maori renforcerait sa domination sur le pays. Une stratégie qui avait déjà échoué par la faute de Kura. Gloria, de son côté, ne manifestait guère d'intérêt pour les coutumes et la culture indigènes. Bien que parlant couramment le maori et écoutant volontiers sa grand-mère Marama lui raconter les vieilles légendes de son peuple, elle ne se sentait de véritables attaches qu'avec Gwyneira, le mari de celle-ci et, surtout, Jack, leur fils.

Il y avait toujours eu une relation particulière entre Jack et Gloria. Il avait quinze ans de plus que sa demi-petite-nièce, que, durant ses premières années, il avait été le premier à consoler de l'indifférence de ses parents. S'il n'appréciait guère Kura et sa musique, il avait aimé Gloria dès son premier cri. « Expression à prendre au pied de la lettre », disait en plaisantant le père de Jack. Le bébé avait en effet pris l'habitude de hurler dès que Kura touchait une touche du piano, ce qui lui avait valu la totale compréhension du garçon.

La petite chienne de Gloria, Nimue, venait d'arriver à son tour au cercle de pierres. Haletant, le border collie qui n'aimait pas que Gloria lui fausse compagnie jeta un regard quasi réprobateur à sa maîtresse. La chienne avait été plus heureuse avant l'arrivée d'Angleterre de ce poney trop rapide. Mais, faisant contre mauvaise fortune bon cœur, elle repartit aussitôt à toute allure quand, d'un coup de sifflet, Gloria la lança aux trousses des moutons qui broutaient autour des pierres. Ayant regroupé les bêtes sous l'œil bienveillant du jeune homme et de la fillette, elle attendit d'autres ordres.

— Tu vois, j'y serais arrivée seule ! triompha la fillette tandis qu'elle ramenait le troupeau à bon port. Tu le diras à ta mère ?

— Bien sûr, Glory, répondit Jack d'un air sérieux. Elle sera fière de toi. Et de Nimue !

C'était Gwyneira qui, cinquante ans plus tôt, avait amené du pays de Galles les premiers border collies, les avait élevés et entraînés. Aussi était-elle heureuse de voir avec quelle habileté Gloria les commandait.

Andy McAran, le très vieux chef d'équipe, observa Jack et Gloria enfermer les brebis dans l'enclos près duquel il était en train de bricoler. Il y avait belle lurette qu'il n'avait plus besoin de travailler, mais il prenait plaisir à s'occuper à la ferme. Malgré la désapprobation de sa femme, il sellait presque chaque jour son cheval pour venir de la localité d'Haldon. Tard marié, il n'était en effet pas homme à recevoir des ordres.

— Presque comme jadis, miss Gwyn, sourit le vieux quand Gloria eut refermé derrière les bêtes le portail de l'enclos. Il ne manque que les cheveux roux et…

Andy laissa en suspens le reste de la phrase, ne voulant pas vexer la petite. Mais Jack avait trop souvent entendu ce genre de remarques pour ne pas lire dans les pensées d'Andy. Le vieux berger regrettait que Gloria n'eût pas hérité de la silhouette élancée de son arrière-grand-mère, ni de son mignon petit minois. Phénomène étrange, car Gwyneira avait transmis à toutes ses autres descendantes ses boucles rousses et sa beauté. Gloria tenait des Warden : visage anguleux, yeux très rapprochés, dessin de la bouche accusé. Ses boucles d'un brun clair lui écrasaient la figure plus qu'elles ne l'encadraient. Coiffer cette toison sauvage était une torture, aussi la fillette, un an plus tôt, dans un accès de rage, s'était-elle coupé les cheveux. Bien sûr, chacun l'avait taquinée, lui demandant si elle entendait vraiment « jouer les garçons manqués », car elle avait toujours aimé faucher les culottes de cheval que sa grand-mère Marama confectionnait pour les jeunes Maoris. Jack, en revanche, trouvait que ses boucles courtes lui allaient bien et que les larges pantalons convenaient mieux que les robes à son corps puissant et trapu. Gloria tenait de ses ancêtres maoris : jamais la mode occidentale ne l'avantagerait.

— Elle n'a vraiment rien de sa mère, remarqua de son côté James McKenzie qui avait observé la scène depuis l'oriel de la chambre de Gwyneira où il aimait rester assis.

Il préférait ce poste d'observation au salon et à ses sièges confortables. Il venait d'avoir quatre-vingts ans et, depuis quelque temps, des douleurs articulaires freinaient sa mobilité. Répugnant à prendre une canne et à admettre que descendre jusqu'au salon représentait pour lui une épreuve de plus en plus redoutable, il s'en tirait en expliquant que, de cette position en surplomb, il avait une meilleure vue sur ce qui se passait dans la ferme.

Gwyneira n'était pas dupe : James ne s'était jamais senti à l'aise dans le salon de Kiward Station. Son monde avait toujours été celui des logements pour les travailleurs. C'était simplement par amour pour elle qu'il s'était résigné à habiter la demeure somptueuse et à y élever son fils. Il aurait de loin préféré bâtir pour sa famille une cabane en rondins et passer son temps devant un feu pour lequel il aurait lui-même abattu le bois nécessaire. Rêve qui, à vrai dire, perdait de son charme à mesure qu'il vieillissait. Il lui était désormais de plus en plus agréable de profiter, sur ce point, de l'aide des domestiques de Gwyneira.

Celle-ci lui posa la main sur l'épaule, regardant elle aussi Gloria et son fils au-dessous d'eux.

— Elle est merveilleuse, dit-elle. S'il se trouve un jour un homme qui lui convienne…

— Ne recommence pas ! soupira James. Dieu merci, elle n'en est pas encore à courir les garçons. Quand je pense à Kura et à ce garçon maori qui t'a donné tant de soucis… Quel âge avait-elle alors ? Treize ans ?

— C'est qu'elle était précoce ! objecta Gwyneira qui avait toujours aimé Kura. Je sais que tu ne l'apprécies guère, mais elle n'était pas faite pour vivre ici.

Gwyneira brossait ses cheveux toujours longs et bouclés même si le blanc l'emportait peu à peu sur le roux. Mince et nerveuse, elle ne faisait pourtant pas ses soixante-treize ans, quoiqu'elle eût le visage plus émacié qu'avant et, n'ayant jamais protégé sa peau des intempéries, parcouru de petites rides. Elle n'avait pas de goût pour la vie d'une dame en bonne société et, en dépit des aléas de l'existence, elle estimait qu'avoir quitté le pays de Galles et sa famille noble à dix-sept ans pour tenter une aventure matrimoniale risquée avait été une chance.

— Le problème de Kura, c'est que personne ne lui a enseigné le mot « non » alors qu'elle était encore en âge d'apprendre, grogna James.

Ils avaient déjà eu mille fois cette discussion, Kura étant en fait le seul sujet susceptible de les opposer.

— On dirait à nouveau que j'ai eu peur d'elle, dit Gwyneira, mécontente.

Ce reproche n'était pas nouveau, lui non plus, bien qu'il n'ait en réalité pas été émis par James, mais par Hélène O'Keefe. Penser à son amie de toujours, morte un an plus tôt, lui donna un coup au cœur.

— Peur de Kura ? Mais jamais tu n'as eu peur d'elle ! la taquina James. C'est bien pourquoi tu tripotes depuis trois heures cette lettre qu'Andy t'a apportée. Ouvre-la donc, Gwyn ! Il y a entre Kura et toi dix-huit mille miles. Elle ne te mordra pas !

Les lettres pour Kiward Station étaient gardées dans le bureau de poste d'Haldon et Andy jouait volontiers les facteurs quand du courrier arrivait d'outre-mer. Il espérait bénéficier en retour de quoi alimenter d'innocents bavardages sur l'existence d'artiste de l'étrange héritière des Warden. James ou Jack ne se privaient pas, pour leur part, de donner des informations sur sa vie aventureuse sans que Gwyn s'en formalise. Il n'y avait d'ailleurs en général que des nouvelles heureuses à colporter : Kura et William nageaient dans le bonheur, les représentations faisaient salle comble, les tournées s'enchaînaient. Les potins allaient néanmoins bon train à Haldon : William était-il vraiment resté dix ans fidèle à sa Kura ? À Kiward Station, leur bonheur avait tout juste duré une année. Et, si cette union était si parfaite, pourquoi n'était-elle pas comblée par la naissance d'autres enfants ?

Tout cela ne préoccupait pas Gwyneira qui, ne s'intéressant qu'aux relations entre Kura et sa fille, relations marquées jusqu'ici par l'indifférence, souhaitait que les choses demeurent en l'état.

James vit tout de suite que, cette fois, la lettre contenait des nouvelles alarmantes. Il l'avait d'ailleurs pressenti en reconnaissant, sur l'enveloppe, l'écriture de William et non celle de son épouse.

— Ils veulent faire venir Gloria à Londres, finit par annoncer Gwyn. Ils… ils disent apprécier l'éducation que nous lui donnons, mais se demandent si le «côté artistique et créatif» de Gloria est suffisamment sollicité ! James, Gloria n'a aucun «côté artistique et créatif» !

— Dieu merci. Et comment nos tourtereaux envisagent-ils de le développer? Devra-t-elle les accompagner en tournée? Chanter et danser? Jouer de la flûte?

La maîtrise qu'affichait Kura en jouant de la flûte *putorino*, instrument maori, était l'un des clous de son programme. Gloria possédait bien sûr ce genre de flûte, mais, au grand dam de sa grand-mère Marama, elle n'avait pas encore réussi à tirer le moindre son normal de l'instrument, sans même parler de la célèbre *wairua*, la voix des esprits.

— Non, elle doit aller dans un internat. Écoute un peu : «Nous avons choisi une petite école, dans un cadre idyllique, près de Cambridge, qui dispense une formation polyvalente pour les filles, notamment dans le domaine intellectuel et artistique…» Une formation pour les filles ! Que doit-on entendre par là? murmura-t-elle d'un ton suspicieux.

— Faire la cuisine, des gâteaux, de la broderie? suggéra James en riant. Apprendre le français, le piano?

Gwyneira eut l'air à la torture. Fille d'un noble campagnard, rien de tout cela ne lui avait été épargné, mais, par chance, la fortune des Silkham n'ayant pas suffi pour une formation en internat, elle avait pu échapper aux pires excès et apprendre des choses utiles comme monter à cheval ou dresser les chiens.

James se leva avec peine et la prit dans ses bras.

— Allez, Gwyn, ce ne sera pas si terrible que ça. Depuis les bateaux à vapeur, partir pour l'Angleterre est un jeu d'enfants. Nombreux sont ceux qui envoient leurs enfants en internat. Voir un peu le vaste monde ne nuira pas à Gloria. Et il paraît que la campagne autour de

Cambridge est très agréable. Gloria sera avec des filles de son âge, jouera au hockey ou à je ne sais quoi. Bien sûr, pour monter, elle devra s'accommoder d'une selle pour dames. Un peu de savoir-vivre en société n'est pas non plus inutile maintenant que les éleveurs d'ici ont de la distinction.

Les grandes fermes des Canterbury Plains, qui existaient depuis plus de cinquante ans, étaient d'un bon rapport sans que leurs propriétaires eussent à fournir de gros efforts. Nombre des «barons des moutons» de la deuxième ou troisième génération menaient une existence de noble terrien. Il y avait aussi des fermes qui, vendues, servaient de lieux de retraite à d'anciens combattants venus d'Angleterre.

— Je n'aurais pas dû autoriser cette photo, dit Gwyn avec un profond soupir. Mais elle y tenait tant! Elle était si heureuse de ce poney!

James avait compris: une fois par an, sa femme faisait grand cas d'une séance de photographie de Gloria à l'intention des parents. En général, elle affublait la fillette d'une robe du dimanche empesée, mais, cette fois, Gloria avait insisté pour être photographiée sur son poney.

— J'aurais dû au moins exiger une selle pour dame et une robe d'équitation.

— Tu connais pourtant Kura et William. Le poney est peut-être en cause, mais même si tu leur avais envoyé une photo de Gloria endimanchée, ils auraient écrit qu'il manquait un piano dans le tableau. L'heure était sans doute venue, ils ont dû soudain se souvenir qu'ils ont une fille.

— Ils y ont mis le temps! Et pourquoi ne nous laissent-ils pas au moins voix au chapitre? Ils ne savent rien de Gloria. Et un internat! Elle est si jeune…

James attira sa femme contre lui. Il aimait mieux la voir furieuse que désemparée.

— Beaucoup d'enfants anglais entrent dès quatre ans en internat. Et Glory a plus de douze ans. Elle le surmontera. Peut-être que ça lui plaira.

— Elle sera seule, dit Gwyn tout bas. Elle aura le cafard.

— Au début, toutes les filles ont à coup sûr le cafard. Mais elles finissent par se consoler.

— Si la propriété des parents est à vingt miles de là, certainement, s'emporta Gwyneira. Mais, pour Gloria, ce seront dix-huit mille miles ! Nous l'envoyons à l'autre bout du monde, chez des gens qui ne la connaissent pas !

Gwyneira se mordit les lèvres. Jusqu'ici, même sans l'admettre, elle avait toujours défendu Kura. Mais telle était la réalité : Kura se fichait de sa fille. Et William tout autant.

— Ne pouvons-nous pas tout simplement ignorer la lettre ? dit-elle en se blottissant contre James qui se crut ramené loin en arrière, quand la toute jeune Gwyneira, en difficulté dans sa nouvelle famille néo-zélandaise, se réfugiait chez les bergers.

— Ma chérie, ils en enverront une autre ! L'idée n'est pas née dans la tête de Kura. Elle l'aurait oubliée au premier concert. Cette lettre est de William. Sans doute caresse-t-il l'idée de marier Gloria avec un comte…

— Mais il détestait les Anglais, objecta Gwyn en évoquant le passé de nationaliste irlandais du mari de Kura.

— William change souvent d'avis, dit James en haussant les épaules.

— Si au moins Gloria n'était pas seule. Cette longue traversée, tous ces inconnus…

James acquiesça. En dépit de ses propos apaisants, il comprenait les préoccupations de sa femme. Gloria aimait le travail à la ferme, mais, contrairement à Gwyn et à sa fille Fleurette, elle n'avait pas le goût de l'aventure. De ce point de vue, la fillette ne ressemblait à personne de sa famille, ni à Gwyn, ni à son aïeul Gérald Warden, et encore moins à ses propres parents. C'était sans doute là un aspect de son héritage maori. Sa grand-mère Marama était douce, attachée à sa terre natale. Bien sûr, elle accompagnait sa tribu dans ses pérégrinations, mais, quand elle devait quitter seule son territoire, elle était désemparée.

— Et si nous envoyions une autre fillette avec elle? réfléchit James. A-t-elle une amie chez les Maoris?

— Non. Tu ne penses tout de même pas que Tonga va envoyer en Angleterre une fille de sa tribu? D'ailleurs, je n'en vois aucune qui soit proche de Gloria. Il y aurait peut-être… (Le visage de Gwyneira s'éclaira.) Oui, il y aurait peut-être une solution! Mais elle est bien sûr très jeune encore…

— Qui?

— Lilian. Elle s'est bien entendue avec Gloria lors de son séjour ici, l'an passé. C'est en tout cas la seule fille avec qui Glory ait jamais joué. Et Tim est lui-même allé à l'école en Angleterre. Peut-être l'idée le séduira-t-elle.

Un sourire flotta sur le visage de James à l'évocation de Lilian. Une autre petite-fille, mais chair de sa chair cette fois. Elaine, la fille de Fleurette, était mariée à Greymouth, et sa fille Lilian était l'aînée de quatre enfants. Le portrait craché de Gwyneira, de Fleurette et d'Elaine, rousse, vive et toujours de bonne humeur. Gloria avait été un peu intimidée au début du séjour d'Elaine et de Lilian, mais celle-ci avait eu tôt fait de rompre la glace. Elle parlait sans discontinuer de son école, de ses amies, de ses chevaux et de ses chiens, se promenait à cheval avec Gloria, lui demandait de lui apprendre le maori et de l'accompagner jusqu'à la tribu de Kiward Station. C'était la première fois que Gwyneira entendait son arrière-petite-fille pouffer avec une autre fille, échanger des secrets. Elles avaient rendu visite à Rongo Rongo, sage-femme et *tohunga* des Maoris, qui avait offert une pierre de jade à Lilian.

— Je demanderai à mon papa de la sertir, avait-elle expliqué d'un air sérieux. Puis je la mettrai autour de mon cou avec une chaîne en or. Et, quand je rencontrerai l'homme que j'épouserai ensuite, le bijou va… va…

Elle hésitait entre « luire comme des charbons ardents » et « vibrer comme un cœur qui palpite ».

C'en avait été trop pour Gloria. Pour elle, un morceau de jade était du jade, et non le moyen d'ensorceler quelqu'un. Mais elle aimait entendre Lilian fantasmer.

— Lilian est plus jeune que Gloria, objecta James. Je n'arrive pas à croire qu'Elaine acceptera de se séparer d'elle. Quel que soit l'avis de Tim sur ce point !

— Demander ne coûte rien, trancha Gwyneira. Je vais leur écrire sur-le-champ. Doit-on en parler à Gloria ?

James soupira en se passant la main dans ses cheveux blanchis mais toujours ébouriffés.

— Il n'y a pas le feu, finit-il par dire. Mais, si j'ai bien compris William, l'année scolaire commence après Pâques. Il faudra qu'elle soit alors à Cambridge. La faire arriver en retard ne serait pas lui rendre service : être la seule nouvelle en milieu d'année la mettrait en difficulté.

Gwyneira acquiesça d'un air las.

— Il va falloir l'annoncer à miss Bleachum. Elle devra chercher une nouvelle place. Nom de nom ! Pour une fois qu'on avait une préceptrice de qualité, il faut qu'il nous arrive ça sur la tête ! Enfin, au moins Glory ne sera pas en retard par rapport aux filles anglaises, se consola Gwyneira en songeant que Sarah Bleachum était sortie de l'école normale de Wellington dans les tout premiers rangs.

Férue de sciences naturelles, la préceptrice savait éveiller l'intérêt de Gloria pour cette matière. Elles se plongeaient toutes les deux dans des livres traitant de la flore et de la faune de Nouvelle-Zélande et miss Bleachum avait été enthousiasmée quand Gwyneira lui avait montré les dessins de son premier époux, Lucas Warden, qui avait étudié et catalogué les populations d'insectes de son pays, notamment les diverses espèces de *wetta*, insectes géants d'aspect peu sympathique.

— C'était mon arrière-grand-père ! avait dit Gloria avec fierté.

En réalité, Lucas aurait plutôt été son arrière-grand-oncle, mais l'enfant n'avait pas besoin de le savoir. Lucas aurait été heureux d'avoir une arrière-petite-fille aussi douée, s'intéressant enfin à ce qui le passionnait.

Mais saurait-on, dans une école de filles anglaise, apprécier cette passion pour l'entomologie ?

2

— Laisse, je peux descendre seul ! dit Timothy Lambert à son domestique Roly d'un ton presque bourru.

Ce jour-là, il eut pourtant le plus grand mal à poser les pieds sur le marchepied du cabriolet, à attacher ses attelles et à trouver ensuite son équilibre grâce à ses béquilles. C'était l'une de ses pires journées. Il se sentait raide et de mauvaise humeur, comme toujours quand approchait l'anniversaire de l'accident qui avait provoqué son infirmité. Il y aurait bientôt onze ans que s'était produit l'éboulement au fond de la mine Lambert et, comme chaque année, la direction de la mine célébrerait cet anniversaire en organisant une petite cérémonie. Les familles des victimes mais aussi les mineurs actuels appréciaient ce geste, tout autant qu'ils appréciaient les mesures de sécurité exemplaires adoptées depuis lors. Mais Tim se retrouverait au centre de l'attention. Et, bien sûr, Roly O'Brien raconterait pour la millième fois comment le fils du propriétaire de la mine lui avait sauvé la vie. Tim haïssait les regards hésitant entre admiration et horreur.

Quasi vexé, Roly s'était écarté, surveillant néanmoins son patron qui descendait à grand-peine de la voiture. Si Tim trébuchait, il ne serait pas loin. Roly était d'une aide inestimable, mais parfois il tapait sur les nerfs de l'infirme, surtout les jours où sa patience était à bout, comme aujourd'hui.

Roly ramena le cheval à l'écurie tandis que Tim se dirigeait vers sa maison en boitant. Comme à l'ordinaire, la vue du bâtiment en bois, d'un étage, le réconforta. Après son mariage avec Elaine, il avait fait bâtir dans les plus brefs délais cette modeste maison, ignorant les protestations de ses parents qui auraient aimé une résidence plus représentative. Leur propre villa, à deux miles de là, en direction de la ville, était plus conforme à l'image qu'on se faisait de la demeure d'un propriétaire de mine. Mais Elaine ne voulait pas partager la résidence Lambert avec ses beaux-parents. De plus, la bâtisse somptueuse, avec ses chambres à coucher au second étage, ne convenait pas à Timothy qui, d'ailleurs, n'était pas le propriétaire de l'entreprise, la majorité des actions appartenant depuis longtemps à Georges Greenwood. Les parents ne possédaient plus que quelques parts, le fils étant employé comme directeur.

— Papa !

Avant même que Tim eût eu le temps de déplacer le poids de son corps sur une seule béquille, Lilian, sa fille, avait déjà ouvert la porte, avec dans son dos son frère aîné, Rube, déçu d'avoir à nouveau perdu la compétition quotidienne : qui serait le premier à ouvrir la porte à leur père ?

— Papa ! Il faut que tu écoutes ce que j'ai travaillé aujourd'hui !

Lilian adorait jouer du piano et chanter, même si ce n'était pas toujours juste.

— « Annabel Lee[1] » ! Tu connais ? C'est très triste, mais elle est si belle, et le prince l'aime terriblement…

— Un truc de filles ! râla Rube qui, du haut de ses sept ans, savait déjà ce qu'il devait trouver stupide. Regarde plutôt mon train, papa ! J'ai monté la loco tout seul…

— C'est pas vrai ! Maman t'a aidé, moucharda Lilian.

— Mon trésor, je suis navré, mais aujourd'hui je ne suis plus en mesure d'entendre une fois de plus le mot « train », dit Tim en ébouriffant la tignasse rousse de son fils.

Les quatre enfants, bien qu'ayant hérité de la couleur de cheveux de leur mère, ressemblaient plutôt à leur

1. Poème d'Edgar Allan Poe. (*Toutes les notes sont du traducteur.*)

père, une expression gaie et hardie sur le visage, des yeux marron et verts.

La mine de Tim s'éclaira à la vue de sa femme arrivant à son tour dans le petit corridor. Il la trouva très belle, ses frisettes rousses refusant toujours de se laisser dompter. Sa petite chienne Callie trottait sur ses talons.

Elaine embrassa tendrement son époux sur la joue.

— Qu'a-t-elle encore fait? demanda-t-elle en guise de bonjour.

— Tu lis dans les pensées maintenant? répondit-il, décontenancé.

— Pas vraiment, mais tu as la tête de quelqu'un sur le point de trouver un bon moyen de faire la peau à Florence Biller. Tu n'es pas un ennemi du train, donc ce moyen doit être en rapport avec les liaisons ferroviaires.

— Tu as tout compris. Mais laisse-moi d'abord entrer. Comment vont les enfants?

Se blottissant contre son mari, elle lui permit, sans que cela se voie, de s'appuyer sur elle. Elle l'accompagna dans le salon et lui ôta sa veste avant qu'il eût le temps de s'affaler dans un fauteuil, devant la cheminée.

— Jeremy a dessiné un mouton et écrit «bouton» au-dessous, et Bobby a fait quatre pas sans s'arrêter.

Comme pour en apporter la démonstration, le petit s'avança vers son père qui l'attrapa, l'assit sur ses genoux et le chatouilla. Les contrariétés de la journée semblaient s'être envolées.

— Sept pas de plus et il pourra se marier! plaisanta Tim avec un clin d'œil vers sa femme.

Ayant dû réapprendre à marcher à la suite de son accident, alors qu'il venait de se fiancer avec Elaine, il s'était fixé un premier objectif de onze pas : la distance entre l'entrée de l'église et l'autel.

— N'écoute pas, Lily! dit Elaine à sa fille qui, rêvant de princes charmants et jouant de préférence à «se marier», s'apprêtait à poser une question. Joue-nous donc «Annabel

Lee»! Pendant ce temps, papa me racontera pourquoi il n'aime plus les trains...

Lilian courut au piano, pendant que les garçons retournaient à leur circuit ferroviaire.

Tim ne buvait généralement jamais avant le repas, afin de ne pas perdre le contrôle de ses gestes. Pourtant, il avait l'air si épuisé et contrarié qu'Elaine lui versa un whisky et s'assit à côté de lui.

— En réalité, ça ne vaut pas la peine d'en parler, commença Tim. Sauf que Florence a de nouveau négocié avec la société de chemin de fer sans avertir les autres propriétaires de mine. Je l'ai appris fortuitement par Georges Greenwood qui, lui, s'occupe aussi de construction de voies ferrées. Alors qu'ensemble nous pourrions obtenir de bien meilleures conditions! Mais non! Florence a l'air de croire que nous ne verrons pas les nouvelles voies et qu'ainsi Biller sera seul à profiter d'un meilleur transport du charbon. Matt et moi avons en tout cas réclamé que la mine Lambert soit reliée elle aussi. Demain, les gens de la construction viennent nous voir et nous discuterons de la répartition des coûts. Bien sûr, Florence sera la première à avoir ses voies, avec sa propre gare de marchandises, dans six semaines au plus tard.

— C'est une femme d'affaires avisée, dit Elaine en haussant les épaules.

— C'est une garce! s'énerva Tim.

Florence Biller était une femme d'affaires brutale, prompte à utiliser la moindre faiblesse de ses adversaires. Elle dirigeait la mine de son mari d'une main de fer. Ses porions et ses secrétaires tremblaient devant elle, même s'il courait depuis peu le bruit que son jeune chef de bureau faisait l'objet d'un traitement de faveur. Il arrivait que l'un de ses collaborateurs joue un court moment le rôle de favori. Ils avaient jusqu'ici été trois. Tim et Elaine, au courant de quelques secrets du couple formé par Florence et son époux Caleb, avaient leur avis à ce sujet. D'autant que Florence avait trois enfants...

— Je me demande comment Caleb la supporte, reprit Tim qui sentait la tension lentement le quitter.

— Je crois qu'il est parfois embarrassé par ses intrigues mais qu'au total il s'en moque. Elle lui fiche la paix, et lui de même. C'était la base de leur accord.

Caleb Biller ne s'occupait pas de la mine. Chercheur indépendant, il passait pour une sommité concernant l'art des Maoris. Il avait d'abord eu l'intention de se retirer des affaires familiales pour se consacrer à la musique. C'était d'ailleurs lui qui arrangeait les morceaux joués par Kura Martyn. Mais le trac avait été plus fort que sa peur de Florence Weber : il avait fini par l'épouser et elle avait pris en main les destinées de la mine Biller.

— Je souhaite seulement qu'elle ne mène pas ses affaires comme un chef de guerre, soupira Tim. Je comprends qu'elle veuille être prise au sérieux, mais, mon Dieu, les autres aussi ont leurs problèmes.

Il parlait d'expérience. Au début de son activité directoriale, plus d'un fournisseur et plus d'un client avaient tenté de profiter de son infirmité pour livrer des produits de mauvaise qualité ou formuler des réclamations sans fondement. Mais Tim avait des yeux et des oreilles en dehors de son bureau. Matt Gawain, son adjoint, veillait, et Roly O'Brien entretenait d'excellents rapports avec les mineurs. En effet, quand Tim n'avait pas besoin de lui à titre personnel, il travaillait en surface.

Tim s'était donc affirmé dans son rôle de patron et personne n'essayait plus, désormais, de le rouler. Il en allait sans doute de même pour Florence Biller et elle aurait pu avoir des relations pacifiques avec ses concurrents masculins. Mais que la mine Biller devienne la plus florissante de Greymouth ne lui suffisait pas : elle devait devenir l'exemple pour toute la côte Ouest, voire pour le pays tout entier.

— Y a-t-il quelque chose à manger? s'enquit Tim.

— C'est dans le four, oui. Il faudra encore un peu de temps… mais, avant, je voulais te parler de quelque chose, dit Elaine en regardant du côté de Lilian qui fermait le piano.

Elle s'adressa alors à sa fille.

— C'était très beau, Lily. Mais je ne peux pas mettre la table. Peux-tu le faire pour nous? Rube t'aidera.

— Il va laisser tomber les assiettes! protesta la fillette tout en se dirigeant sagement vers la salle à manger.

Peu après, ils entendirent des bruits de vaisselle cassée.

— Elle n'est pas spécialement douée pour les tâches ménagères, sourit Tim. Le mieux serait de lui confier la direction de la mine.

— Ou bien de lui assurer une «formation artistique et créatrice» propre aux filles, sourit Elaine à son tour.

— Une quoi?

Elaine tira une lettre des plis de sa robe d'intérieur.

— Tiens, elle est arrivée aujourd'hui. C'est ma grand-mère Gwyn. Elle est un peu bouleversée. William et Kura veulent lui retirer Gloria.

— Subitement? demanda Tim, peu intéressé. Jusqu'à présent, ils ne se souciaient que de la carrière de Kura. Et soudain ils veulent vivre en famille?

— Pas exactement. Ils pensent plutôt à un internat. Sous le prétexte que Gwyn néglige le «côté artistique et créateur» de Gloria.

— Ils ne doivent pas avoir complètement tort, remarqua en souriant Tim. Sans vouloir dire du mal de Kiward Station et de tes grands-parents, ce n'est pas précisément un haut lieu de l'art et de la culture.

— Je n'ai pas eu l'impression que cela manquait beaucoup à Gloria. Elle m'a paru très heureuse, quoiqu'un peu timide. Il lui a fallu un peu de temps pour sympathiser avec Lilian. C'est pourquoi je peux comprendre que ma grand-mère soit préoccupée à l'idée de voir partir seule cette enfant.

— Et alors? Tu me sembles avoir quelque chose derrière la tête, Lainie. De quoi veux-tu me parler?

— Ma grand-mère me demande, répondit Elaine en tendant la lettre, si nous ne souhaiterions pas, par hasard, envoyer aussi Lilian. C'est un internat très renommé et cela aiderait Gloria à surmonter la douleur du départ.

Tim lut la lettre avec attention.

— Cambridge, ce n'est effectivement pas une mauvaise adresse. Mais n'est-elle pas un peu jeune? Sans compter que ce genre d'internat coûte les yeux de la tête.

— Les McKenzie prendraient les frais en charge. Si seulement ce n'était pas si loin…

Lilian entrant dans la pièce, sa mère se tut. La petite avait ceint un grand tablier qui la faisait trébucher à chaque pas. Ses parents ne purent, comme souvent, s'empêcher de rire au spectacle de sa frimousse pleine de taches de rousseur, de son air espiègle et rêveur à la fois. Elle avait les mêmes cheveux roux que sa mère et sa grand-mère, mais moins frisés. Avec ses deux longues tresses et son tablier trop grand, elle avait tout d'un lutin jouant les domestiques.

— La table est prête, maman. Et je crois que le gratin aussi.

Effectivement, l'odeur appétissante du hachis parmentier parvint jusqu'à eux.

— Et combien de verres as-tu cassés? demanda Elaine en prenant un air sévère. Ne le nie pas, nous avons entendu le bruit d'ici.

— Ce n'est pas un verre, dit la petite en rougissant, c'était la tasse de Jeremy.

— Maman, elle a cassé ma tasse, hurla soudain le garçon qui aimait sa tasse ébréchée. Répare-la, maman! Ou bien papa! Il est ingénieur, il sait réparer les choses.

— Mais pas les tasses, espèce de ballot! intervint Rube.

Une seconde plus tard, les enfants étaient plongés dans une dispute acharnée.

— Nous parlerons de cela plus tard, dit Tim en acceptant l'aide d'Elaine pour se relever de son siège.

En public, il tenait à paraître indépendant, admettant tout juste que Roly porte sa serviette. Mais il pouvait montrer sa faiblesse à sa femme.

— Il faut d'abord rassasier cette horde de sauvages.

En quelques mots, Elaine ramena l'ordre.

— Rube, ton frère n'est pas un ballot, excuse-toi. Jeremy, ton père, avec un peu de chance, réussira à réparer ta tasse, tu y mettras tes crayons. Tu es grand maintenant et tu peux boire dans un verre, comme tout le monde. Toi, Lily, range tes partitions avant de passer à table. Même chose pour toi, Rube, range ton chemin de fer.

Elaine souleva son petit dernier et le déposa sur une chaise haute dans la salle à manger. Tim le surveillerait pendant qu'elle servirait à la place de leur bonne, Mary Flaherty, qui avait son vendredi après-midi libre. Ce qui expliquait d'ailleurs pourquoi Roly, contrairement aux autres jours, n'était pas réapparu après avoir terminé son service auprès de Tim : c'était pour lui l'occasion d'échanger quelques mots doux avec Mary. À cette heure, ce devait être des baisers qu'ils échangeaient.

Mary avait en tout cas préparé le hachis parmentier et Elaine n'eut qu'à le sortir du four. L'odeur attira Rube, et Lilian apparut sur le pas de la porte avant qu'Elaine eût eu le temps de l'appeler. La fillette rayonnait, agitant la lettre de Gwyneira que Tim avait négligemment posée sur une table basse.

— C'est vrai ? demanda-t-elle hors d'haleine. Mamie Gwyn m'envoie en Angleterre ? Là où habitent les princesses ? Et dans un intra... euh, un inter... une école où on peut mettre les maîtres en colère et faire des fêtes à minuit ?

Tim avait souvent raconté à ses enfants ses études en Angleterre, son séjour en internat se résumant à une succession de blagues et d'aventures. Brûlant d'impatience de l'imiter, Lily sautillait sur place.

— Alors, je peux, n'est-ce pas ? Maman, papa ? Quand partons-nous ?

— Alors, vous ne voulez plus de moi? demanda Gloria, ses grands yeux d'un bleu de porcelaine, où scintillaient des larmes, passant d'un adulte à l'autre.

Gwyneira, n'y tenant plus, presque en larmes elle aussi, prit la petite dans ses bras.

— Gloria, il n'est pas une seconde question que nous ne voulions plus de toi! dit de son côté James qui aurait eu bien besoin d'un verre de whisky.

Gwyneira avait choisi le moment où ils se retrouvaient tous, après le dîner, pour informer Gloria de la décision de ses parents. Certainement pour profiter du secours de «ses hommes». Or, James ne se sentait nullement habilité à intervenir dans l'éducation d'un enfant Warden. Jack, quant à lui, n'avait d'emblée pas laissé planer le moindre doute sur ce qu'il pensait des ordres de Kura et de William.

— Tout le monde va à l'école, avait dit le jeune homme sans conviction. J'ai moi-même passé quelques années à Christchurch.

— Mais tu rentrais tous les week-ends. S'il vous plaît, ne m'envoyez pas là-bas. Je ne veux pas aller en Angleterre! Jack..., avait sangloté Gloria, implorant du regard son protecteur.

Celui-ci, glissant d'un côté à l'autre de sa chaise, espérait que ses parents allaient lui venir en aide. Il n'y pouvait mais, au contraire: il s'était résolument opposé à ce projet.

— Commence par gagner du temps, avait-il conseillé à sa mère. Une lettre peut se perdre. Et, s'ils réécrivent, disleur très clairement que Glory est trop jeune pour un si long voyage. Si Kura persiste, alors qu'elle vienne la chercher!

— Mais ce n'est pas si simple, elle a des engagements pour ses concerts.

— Justement! Elle ne va pas renoncer pendant six mois à l'adoration du public dans le seul but de forcer sa fille à entrer dans cette école. Et même si c'était le cas, il lui faudrait se préparer. Un an au moins. Avant, il y aurait la correspondance, puis la traversée… Glory aurait gagné deux ans, elle aurait quinze ans!

Gwyneira avait pris très au sérieux la proposition. Mais elle avait plus de mal à se décider que son fils. Jack ne craignait absolument pas Kura. Gwyn, elle, savait que, même de l'outre-mer, il existait des moyens de pression. Gloria était certes l'héritière, mais Kiward Station appartenait à Kura Martyn. Si elle s'opposait aux souhaits de cette dernière, il suffirait d'une signature au bas d'un acte de vente pour obliger Gloria mais aussi toute la famille McKenzie à quitter la ferme.

— Kura n'ira pas jusque-là, avait estimé Jack, mais James comprenait les craintes de sa femme.

Kura n'avait certainement pas ce genre de préoccupation, mais Martyn, oui. Certes, n'ayant jamais accordé trop d'importance à Kiward Station, contrairement à Gwyneira dont c'était la vie, James ne se serait pas laissé impressionner plus que son fils par ce chantage.

— Tu reviendras bientôt, expliquait-elle à présent à la petite. La traversée est maintenant rapide. Dans quelques semaines tu pourras de nouveau être ici.

— Pendant les vacances? demanda Gloria pleine d'espoir.

— Non, répondit Gwyn incapable de mentir à la fillette. Les vacances sont trop courtes. Même si la traversée ne dure plus que six semaines, en trois mois de vacances, tu aurais juste le temps d'arriver, de nous dire bonjour et de repartir le lendemain.

— Est-ce que je pourrai au moins emmener Nimue? Et Princess?

Gwyneira eut l'impression de revenir en arrière. Elle aussi avait voulu savoir si elle pourrait emmener son cheval et son chien, quand son père lui avait annoncé ses fiançailles en Nouvelle-Zélande. Certes, elle ne pleurait pas et son futur beau-père l'avait aussitôt rassurée: bien sûr que Cléo, sa chienne, et Igraine, sa jument, pourraient l'accompagner dans son nouveau pays. Gloria, elle, n'allait pas dans une ferme, mais dans une école pour filles. Gwyn en eut le cœur brisé.

— Non, ma chérie, les chiens ne sont pas admis à l'école. Quant aux chevaux... je ne sais pas, mais beaucoup d'écoles, à la campagne, ont des chevaux. N'est-ce pas, James? demanda-t-elle à l'ancien berger, comme s'il était un expert en matière d'éducation dans un internat anglais pour filles.

— Miss Bleachum? dit ce dernier, retournant la question à la préceptrice.

Sarah Bleachum s'était jusqu'ici tenue sur une réserve polie. Jeune femme assez jeune, d'apparence terne, les cheveux strictement relevés, elle gardait obstinément baissés des yeux vert clair pourtant fort jolis. Elle ne s'animait qu'en présence d'enfants. Gloria mais aussi les enfants maoris de Kiward Station regretteraient une enseignante aussi douée.

— Je crois que oui, monsieur James.

La famille Bleachum avait émigré alors qu'elle était encore bébé. Elle ne pouvait donc faire part d'aucune expérience personnelle.

— Mais cela varie d'une école à l'autre. Et Oaks Garden est très tournée vers les arts. Mon cousin m'écrit que les filles n'y pratiquent que peu le sport.

Miss Bleachum devint écarlate en prononçant cette dernière phrase.

— Votre cousin? la taquina James. Aurions-nous laissé échapper quelque information?

Ne pouvant rougir davantage, miss Bleachum fut prise de pâleur, une pâleur marquée de taches rouges.

— Je... euh... mon cousin Christopher vient de prendre ses fonctions de prêtre près de Cambridge. Et Oaks Garden relève de sa paroisse...

— Est-il gentil? s'enquit Gloria, s'accrochant à la moindre branche.

— Il est très gentil! affirma miss Bleachum.

Fascinés, James et Jack observèrent qu'elle reprenait des couleurs.

— Mais tu ne seras de toute façon pas seule, dit Gwyn jouant son ultime atout, Tim et Elaine ayant donné leur accord la veille. Ta cousine Lily t'accompagnera. Tu l'aimes bien, n'est-ce pas? Vous vous tiendrez compagnie.

Gloria parut un peu réconfortée.

— Comment envisagez-vous leur voyage, au fait? observa soudain Jack qui, bien qu'hésitant à exprimer des critiques en présence de Gloria, ne put se retenir tant la situation lui paraissait fausse. Les deux gamines prendront-elles seules le bateau? Avec un écriteau autour du cou? À livrer à Oaks Garden, Cambridge?

Prise au dépourvu, Gwyn fusilla son fils du regard.

— Bien sûr que non. Kura et William viendront certainement la chercher…

— Ah oui? s'étonna Jack. Si on en croit le plan de leurs tournées, ils seront en mars à Saint-Pétersbourg.

Il jouait avec un prospectus posé devant la cheminée. Kura et William faisaient toujours participer la famille à leurs projets de déplacement et Gwyneira s'astreignait à placarder dans la chambre de Gloria les affiches des tournées de sa mère.

— Ils sont…?

Gwyneira s'interrompit. Elle eut envie de se gifler. Tout cela n'aurait pas dû être évoqué devant Gloria.

— Nous trouverons quelqu'un qui accompagnera les fillettes.

Miss Bleachum semblait lutter avec elle-même.

— Si je… euh… je… ne voudrais pas me montrer importune, mais au cas où… je veux dire que je pourrais…

De nouveau, elle devint écarlate.

— Les temps changent, observa James. Il y a cinquante ans on prenait la direction inverse quand on voulait se marier.

Miss Bleachum était au bord de l'apoplexie.

— Comment…? Mais d'où tenez-vous…?

— Miss Bleachum, dit James en souriant, je suis vieux mais pas aveugle. Si vous voulez garder un secret, il vous faudra apprendre à ne pas rougir à l'évocation d'un certain révérend.

Miss Bleachum redevint toute pâle.

— Je vous en prie, n'allez pas croire que…

Déconcertée, Gwyneira leva les yeux.

— Est-ce que je vous comprends bien? Vous aimeriez accompagner les fillettes en Angleterre, miss Bleachum? Vous savez que vous aurez trois mois de traversée au moins?

Miss Bleachum ne savait plus où se mettre et Jack eut pitié d'elle.

— Maman, miss Bleachum essaie de nous informer le plus élégamment possible qu'elle envisage d'occuper la place vacante d'une femme de pasteur à Cambridge. Dans la mesure où s'affirmera l'affinité qu'elle pense ressentir de part et d'autre, au terme d'une correspondance de plusieurs années avec son cousin Christopher. Me suis-je correctement exprimé, miss Bleachum?

La jeune femme acquiesça d'un air soulagé.

— Vous voulez vous marier, miss Bleachum? s'étonna Gloria.

— Vous êtes donc amoureuse? demanda Lilian.

Une semaine avant le départ pour l'Angleterre, Elaine était arrivée à Kiward Station en compagnie de sa fille, et il avait fallu de nouveau deux jours à Gloria pour surmonter sa timidité. Elaine, elle, avait consolé sa grand-mère, lui expliquant que, compte tenu de la réserve de Gloria envers les enfants de son âge, quelques années d'éducation en internat ne seraient pas la pire des choses.

— Cela n'aurait pas nui non plus à Kura! avait-elle ajouté.

Les rapports entre les deux cousines, Elaine et Kura, ne s'étaient améliorés que peu avant le départ de celle-ci pour l'Europe.

— Cela lui aurait même fait le plus grand bien ! Au fond, le problème est le même pour l'une et l'autre : cette éducation de princesse, avec précepteurs et cours particuliers, n'est pas bonne pour les enfants. Kura s'est mis ces idées folles dans la tête et Gloria devient une petite sauvageonne. Il est possible qu'elle se plaise parmi les bergers, les chevaux et les moutons, mais c'est une fille, mamie Gwyn. Et, dans l'intérêt même de la succession à Kiward Station, il est temps qu'elle en prenne conscience.

Toujours est-il qu'après deux jours passés en compagnie de la vive Lilian, Gloria s'était dégelée. Les deux fillettes s'entendaient à merveille. Le jour, elles vagabondaient dans la ferme et rivalisaient d'ardeur à cheval ; le soir, elles se blottissaient l'une contre l'autre dans le lit de Gloria et échangeaient des secrets.

C'est ainsi que miss Bleachum, quand Lilian – rompant sa promesse de ne pas divulguer cette confidence de Gloria – évoqua soudain sa vie amoureuse, ne sut de nouveau où se mettre.

— C'est si passionnant de traverser les océans parce qu'on aime un homme qu'on n'a encore jamais vu, renchérit une Lilian que rien n'était susceptible de démonter. Connaissez-vous John Riley, miss Bleachum ? John Riley prend la mer pour sept ans et sa bien-aimée l'attend. Elle l'aime tant qu'elle dit qu'elle mourrait s'il venait à succomber… et elle ne le reconnaît pas quand il revient. Avez-vous une photo de votre amou… heu… de votre cousin, miss Bleachum ?

— Digne fille de la pianiste de bar ! s'exclama James, taquinant sa petite-fille Elaine qui, choquée elle-même, devint rouge à son tour, car Lilian avait choisi le repas du soir en commun pour faire subir cet examen à la préceptrice. C'est toi qui lui as en effet appris ces chansons !

Avant son mariage avec Tim, Elaine avait été pianiste quelques années dans le pub de l'hôtel Lucky Horse, distrayant les mineurs en jouant des ballades et des chants populaires. Lilian avait un faible pour les histoires qui sous-tendaient ces airs connus. Elle adorait les enjoliver et les raconter.

Elaine somma sa fille de se taire.

— Lily, on ne pose pas des questions pareilles ! Ce sont des affaires privées et miss Bleachum n'a pas de comptes à te rendre. Je vous demande pardon, miss Bleachum.

La jeune gouvernante eut un sourire un peu contraint.

— Lilian a raison, ce n'est pas un secret. Mon cousin Christopher et moi menons une intense correspondance depuis notre enfance. Ces dernières années, nous… eh bien… nous nous sommes rapprochés. J'ai une photo de lui, Lilian. Je te la montrerai sur le bateau.

— Et, à nous trois, nous le reconnaîtrons, assura Gloria qui, compte tenu des énormes lunettes que miss Bleachum portait pendant les cours, estimait fort possible que sa préceptrice puisse passer à côté de son cousin sans le voir.

Gwyneira remerciait en silence le ciel pour le talent pédagogique de miss Bleachum. En effet, lorsque Gloria, depuis quelques jours, demandait à savoir ou à obtenir quelque chose, sa gouvernante lui disait d'attendre qu'elles soient sur le bateau. Elle raconterait alors telle ou telle histoire, lirait tel ou tel livre, voire montrerait la photo de son amoureux. Gloria était par conséquent de plus en plus impatiente à l'idée de partir. Quant à Lilian, il y avait déjà des semaines qu'elle rêvait de la mer, des dauphins et des vagues qu'il leur faudrait chevaucher. Elle aimait aussi, à vrai dire, parler de pirates et de naufrages, un peu de danger étant à ses yeux l'indispensable piment d'un voyage.

Gwyneira ne souhaitait rien tant qu'une heureuse rencontre entre Sarah et Christopher. Si la jeune femme épousait le révérend de la paroisse dont dépendait l'école de Gloria, celle-ci aurait non loin d'elle une adulte familière.

Gwyneira se força à sourire quand les fillettes grimpèrent dans la voiture, conduite par Jack, qui les mènerait au lieu d'embarquement. Elaine, qui les accompagnait, prendrait à Christchurch un train pour Greymouth.

— Nous allons franchir le Bridle Path! s'enthousiasma Lilian qui ne tarissait pas d'histoires à donner la chair de poule à propos du célèbre sentier de montagne menant de Christchurch au port de Lyttelton.

Des foules d'immigrants, trop pauvres pour se payer le service de transport à dos de mulets et déjà épuisés par l'interminable traversée, avaient dû l'emprunter à leur corps défendant. Gwyneira, les yeux brillant d'émotion à ce souvenir, avait raconté à ses arrière-petites-filles le spectacle majestueux qu'elle avait découvert une fois arrivée au sommet de la montée: les Canterbury Plains baignées de soleil et, en arrière-plan, le panorama imposant des Alpes. C'était ce jour qu'était né son amour pour son nouveau pays.

Mais les fillettes allaient suivre la route inverse. Et Gwyneira garda pour elle que son amie Hélène avait qualifié de «collines de l'enfer» le paysage montagneux et inhospitalier qui s'était d'abord offert à sa vue.

3

Jamais encore Jack n'avait eu de tâche aussi pénible qu'accompagner Gloria et Lilian jusqu'à leur bateau. Les routes avaient pourtant été mises en parfait état depuis des années et son attelage avançait bon train. Presque trop vite. Il aurait payé cher pour ralentir le cours du temps.

Il tenait toujours pour une grave erreur de sacrifier Gloria aux lubies de ses parents, même s'il ne cessait de se répéter que ce n'était tout de même pas la fin du monde. Gloria reviendrait au terme de sa scolarité. Des dizaines d'enfants de riches familles néo-zélandaises connaissaient un sort identique et la plupart ne gardaient pas un mauvais souvenir de cette période.

Mais Gloria était différente, Jack le sentait de manière instinctive. Tout en lui se révoltait à l'idée de confier la fillette à la garde de Kura. Il se souvenait trop bien des nuits où il levait de son berceau le bébé en pleurs pendant que la mère dormait à poings fermés dans la pièce contiguë. Quant au père, il ne s'était intéressé qu'au prénom du nouveau-né. « Gloria » symboliserait son triomphe dans son nouveau pays. Jack l'avait trouvé trop emphatique pour une fillette aussi minuscule. Il avait d'emblée aimé cet enfant. Laisser partir Gloria seule pour l'Angleterre, pour une île où elle serait avec Kura, était pour lui une trahison. Jack avait été soulagé quand sa demi-nièce avait mis un océan entre les McKenzie et elle.

En tout cas, Gloria était pour l'heure mieux disposée. Elle avait courageusement lutté contre les larmes à l'instant où elle embrassait Gwyn pour la dernière fois. Elle n'avait pleuré qu'en quittant ses animaux.

— Qui sait si je pourrai monter Princess à mon retour, avait-elle sangloté.

Aucun des adultes n'avait trouvé un mot de réconfort. Quand Gloria finirait sa scolarité en Angleterre, elle aurait au moins dix-huit ans. Le gracieux poney serait alors trop petit pour elle.

— Nous la ferons couvrir par un étalon cob, avait fini par dire Jack. Son poulain t'attendra. Il aura alors quatre ans et tu pourras le monter.

À cette évocation, un sourire avait glissé sur les traits de la fillette.

— Ce ne sera pas si long que ça, n'est-ce pas?

— Non, ça passera vite.

Sur le chemin de Christchurch, Gloria pouffait à nouveau avec Lilian, tandis qu'Elaine, triste à l'idée de la séparation, et miss Bleachum, manquant soudain de courage au moment d'agir, conversaient sans entrain. Jack, lui, passa le temps du voyage à maudire intérieurement Kura.

Les voyageurs passèrent la nuit à l'hôtel et franchirent le Bridle Path dès potron-minet. Le bateau devait lever l'ancre au lever du soleil. Gloria et Lilian sommeillaient encore quand l'attelage attaqua les premières rampes du col. Elaine serrait sa fille contre elle. Ayant rejoint Jack sur le siège du cocher, Gloria était blottie contre lui.

— Si… si ça se passe très mal, tu viendras me chercher? chuchota-t-elle quand Jack la descendit du siège et la déposa par terre, au milieu des valises et des caisses.

— Ça ne se passera pas si mal que ça, Glory! Pense à Princess. Elle aussi vient d'Angleterre où il y a des moutons et des poneys, comme ici…

Jack s'aperçut que miss Bleachum le regardait d'un air gêné. Elle faillit, victime de son zèle, rectifier les propos du jeune homme. Elle s'était renseignée : il n'y avait ni moutons ni chevaux à Oaks Garden. Mais elle se tut car elle aimait Gloria.

Restés sur le quai, Jack et Elaine firent signe de la main tant que le gigantesque navire fut en vue.

— J'espère que nous ne nous sommes pas trompés, soupira Elaine quand ils ne virent plus le bateau. Tim et moi hésitions, mais Lily le voulait absolument…

Jack, trop occupé à réprimer les larmes qui lui montaient aux yeux, ne répondit pas. Puis ils durent se hâter, le train d'Elaine partant sur le coup de midi, et Jack poussa ses chevaux.

Il n'y eut donc pas de longue scène d'adieu sur le quai, Elaine ne donnant à Jack qu'un rapide baiser sur la joue.

— Ne sois pas triste. Quand je viendrai, la prochaine fois, j'amènerai mes garçons, tu leur apprendras à entraîner les chiens !

La construction d'une ligne de chemin de fer entre les côtes Est et Ouest ayant réduit le temps du trajet, Elaine pourrait revenir dans quelques mois.

Jack, à la sortie de la gare, prit la direction de l'Avon. Georges Greenwood et sa femme Élisabeth possédaient une maison à proximité de la rivière. Plus exactement, Élisabeth avait hérité de la maisonnette de sa mère adoptive. Georges aimait à dire en plaisantant que c'était pour cela qu'il l'avait épousée. Désirant s'installer à Christchurch en plein essor, il n'avait en effet pas trouvé de logement aussitôt disponible. Maintenant, la ville s'étant considérablement agrandie, la maison se retrouvait presque au centre. Jack rendait visite à Georges pour parler affaires. Élisabeth l'invitant à passer la nuit chez eux, il accepta à contrecœur car il n'avait guère l'esprit à mener une conversation. Il aurait préféré regagner Kiward Station en ruminant seul ses noires pensées.

Élisabeth, dame d'un certain âge et au léger embonpoint, les yeux bleus et le regard amical, remarqua son air malheureux sitôt la porte ouverte. Une autre dame de son statut social aurait laissé le soin de l'ouvrir à une bonne, mais Élisabeth, issue d'un milieu modeste, avait gardé sa simplicité.

— Nous allons te redonner un peu le sourire! dit-elle en le prenant dans ses bras.

Venue d'Angleterre en Nouvelle-Zélande sur le même navire que Gwyneira, elle connaissait très bien l'histoire de Kiward Station et, pour elle, Jack était de la famille.

— Mon Dieu, mon garçon, on dirait que tu viens de mener Gloria à l'échafaud! Mais les fillettes vont être heureuses en Angleterre. Notre Charlotte ne voulait pas revenir! Elle serait volontiers restée là-bas quelques années de plus, dit-elle en ouvrant la porte menant à son minuscule salon de réception.

— Ce n'est pas vrai, maman! protesta une jeune fille qui, assise en train de lire dans le salon, avait entendu les derniers mots de sa mère. J'ai toujours eu le mal du pays! Parfois, je rêvais des Canterbury Plains et de la vue sur les Alpes. Nulle part, l'air n'est aussi pur qu'ici…

Une voix douce et chantante. Peut-être la voix qu'aurait sa mère si elle ne la contrôlait pas en permanence. Élisabeth Greenwood, qui zézayait dans son enfance, était originaire d'un des quartiers de Londres les plus pauvres. Elle avait, sa vie durant, travaillé pour perdre son accent et son dialecte.

Charlotte était sa fille cadette. Jack avait entendu parler de son retour par le même bateau qui lui enlevait maintenant Gloria. Quand elle se tourna vers lui et se leva pour le saluer, il oublia dans l'instant la douleur de la séparation.

— Je me suis néanmoins beaucoup plu en Angleterre.

Une voix aussi douce qu'un souffle de vent faisant vibrer un carillon…

Charlotte s'adressait toujours à sa mère, et Jack en était presque heureux. Il avait besoin de tout son self-control pour ne pas dévisager la jeune fille avec impudeur. Si elle lui avait parlé, il aurait été incapable de la moindre réponse sensée.

Il n'avait jamais vu de fille aussi belle. Très mince, elle n'était pas de petite taille, comme la plupart des parentes de Jack. Sa peau était d'un blanc aussi laiteux et transparent qu'une porcelaine précieuse. Elle avait les cheveux blonds de sa mère et de sa sœur Jenny, un peu moins clairs peut-être. Une couleur qui évoqua pour Jack celle du miel foncé. Une queue de cheval lui tombait sur les épaules en boucles abondantes. Mais le plus attirant en elle, c'étaient ses grands yeux d'un brun foncé. Jack se crut en présence d'une fée ou d'un être fabuleux.

— Puis-je vous présenter? Ma fille Charlotte, Jack McKenzie, dit Élisabeth, rompant le silence assourdissant du jeune homme.

Charlotte lui tendit la main. Instinctivement, Jack réagit par un geste qu'il avait certes appris en cours de savoir-vivre mais dont il n'avait jamais usé envers une femme des Canterbury Plains. Il lui fit un baisemain.

Charlotte sourit.

— Je me souviens de vous, Jack, dit-elle amicalement. De ce concert que votre… cousine? a donné ici avant son départ pour l'Angleterre. Je suis partie sur le même navire qu'elle, le saviez-vous?

Jack acquiesça. Il ne gardait qu'un vague souvenir de ce concert à Christchurch. Il n'y avait assisté que pour ne pas quitter Gloria de l'œil.

— Vous vous occupiez de la petite fille et j'étais un peu jalouse.

Jack regarda la jeune fille, l'air incrédule.

Il avait presque dix-huit ans à l'époque, et elle…

— J'aurais préféré jouer avec le cheval de bois ou construire avec les enfants maoris un village miniature que rester assise et écouter, même si j'étais déjà grande, avoua-t-elle de sa voix chantante.

— Vous n'êtes donc pas l'une des admiratrices de ma… de ma demi-nièce très exactement.

Charlotte baissa les yeux. Jack fut subjugué par ses longs cils couleur de miel.

— Peut-être n'étais-je pas assez âgée. À vrai dire…, poursuivit-elle, se disposant à passer d'une conversation polie à une discussion sérieuse. À vrai dire, la manière dont Mme Martyn traite de l'héritage de son peuple ne correspond pas tout à fait à l'idée que je me fais de la conservation des trésors culturels. Au fond, son spectacle « Ghost Whispering » se contente de recourir aux éléments d'une culture qui, pour l'interprète, servent à… eh bien… servent à sa propre réputation. Alors que la musique des Maoris, telle que je la comprends, a plutôt une valeur de communication…

Jack ne comprenait certes pas totalement ce qu'elle entendait par là, mais il aurait pu l'écouter pendant des heures.

— Arrête, Charlotte, intervint Élisabeth. Tu tiens des exposés alors que tes auditeurs meurent poliment de faim. Nous, nous avons l'habitude. Charlotte est longtemps restée en Angleterre afin d'y étudier à l'université, Jack. Histoire et littérature, il me semble…

— Histoire de la colonisation et littérature comparée, maman, la reprit gentiment sa fille. Je suis navrée de vous avoir ennuyé, monsieur McKenzie !

— Appelez-moi donc Jack, parvint-il à dire, sortant avec peine de son adoration muette, avant que son espièglerie ne reprenne soudain le dessus : d'autant plus que nous devons vous et moi faire partie des quelque trois ou quatre personnes qui, sur cette planète, ne sont pas des admirateurs inconditionnels de Kura-maro-tini Martyn, un club très fermé, miss Greenwood.

— Charlotte, dit-elle en souriant. Je n'avais absolument pas l'intention de minimiser la performance de votre… demi-nièce. J'ai encore eu, en Angleterre, le plaisir de l'entendre. C'est véritablement une artiste douée. Dans la mesure où je suis autorisée à porter un jugement, car je ne suis vraiment pas mélomane. Ce qui me gêne, c'est la façon dont des mythes sont tirés de leur contexte et dont l'histoire d'un peuple est rabaissée au rang d'un… eh bien, d'un banal lyrisme amoureux.

— Charlotte, offre donc à notre hôte un verre avant le repas. Georges ne va pas tarder, Jack. Il sait que tu dînes avec nous. Et peut-être que notre Charlotte s'imposera de tenir des propos plus compréhensibles. Ma chérie, si tu continues à parler de manière si ampoulée, jamais tu ne trouveras de mari !

Charlotte fronça les sourcils comme pour répondre, mais elle se tut et conduisit Jack dans le salon attenant. Il refusa le whisky.

— Pas avant le coucher du soleil.

— Mais vous avez l'air d'avoir besoin de reprendre des forces. Un thé, alors ?

Entrant, une demi-heure plus tard, Georges Greenwood trouva sa fille et McKenzie plongés dans une conversation animée. Ce fut du moins sa première impression. En réalité, Jack se contentait de remuer son thé en écoutant Charlotte qui racontait son enfance dans des internats anglais. Pas de quoi fouetter un chat non plus, d'après elle. Sa voix chantante chassa de la tête de Jack ses soucis. Si les internats anglais donnaient naissance à des êtres aussi angéliques que Charlotte, il ne pouvait rien arriver à la petite. À vrai dire, Charlotte avait fréquenté une école qui se préoccupait aussi de l'éducation physique de ses pupilles. Elle avait pratiqué l'équitation, le hockey, le croquet et la course à pied.

— Et *quid* du développement artistique et créateur ? s'enquit Jack.

— Nous peignions pas mal. Et celles qui le voulaient pouvaient bien sûr jouer du piano et du violon. Il y avait aussi une chorale. Mais je n'étais pas autorisée à chanter. Je n'ai aucun don pour la musique.

Jack se refusa à le croire, chaque mot d'elle étant pour lui comme une chanson. Mais il n'avait pas, lui non plus, le tempérament très musical.

— Espérons alors qu'il n'en est pas de même pour la petite Gloria, dit alors Georges Greenwood, mettant son grain de sel.

De haute taille, toujours élancé mais grisonnant, il prit place auprès de la table basse.

— Car je ne pense pas, s'expliqua-t-il, que la fillette pourra couper à l'enseignement de la musique à Oaks Garden. Les Martyn ont une tout autre conception de l'éducation que la nôtre.

Jack eut l'air désemparé. Charlotte avait parlé de matières à option, tandis qu'à entendre son père les élèves anglaises étaient attelées de force au piano.

— Les internats ne sont pas tous semblables, Jack, poursuivit Georges. Les enfants ont le choix entre des conceptions très diverses. Certaines écoles accordent la plus grande importance à l'éducation traditionnelle des filles, celles-ci n'apprenant guère plus qu'à tenir un ménage et, pour ce qui est de la littérature et de l'art, de quoi accompagner leur époux à un vernissage ou, lors d'un thé en société, à bavarder des derniers livres parus. D'autres, notamment l'internat qu'ont fréquenté Charlotte et Jenny avant elle, assurent une meilleure formation générale. Leurs conceptions novatrices sont l'objet de débats : les filles doivent-elles apprendre le latin ou bien s'occuper de physique et de chimie par exemple ? En tout cas, les filles ne se marient pas forcément dès la fin de l'internat, beaucoup vont au *college* ou à l'université, dans la mesure où les filles y sont admises. Ce fut le cas de notre Charlotte, ajouta-t-il avec un clin d'œil vers sa fille. D'autres encore se consacrent aux beaux-arts.

Jack avait écouté d'abord avec attention, mais, dès que le mot « mariage » était tombé, il avait oublié Gloria et regardé Charlotte d'un air soucieux. Il n'aurait pas dû poser la question car ils se connaissaient encore trop peu pour que ce fût convenable. Mais il ne put se retenir.

— Et donc, puisque vous êtes revenue, miss… Charlotte, avez-vous l'intention… euh, je veux dire… concernant le…

Georges s'étonna, peu habitué à entendre Jack s'exprimer autrement que par phrases complètes. Charlotte, paraissant deviner, sourit gentiment.

— Vous voulez savoir si je suis fiancée?

Rougissant, Jack comprit soudain les émois de Sarah Bleachum.

— Jamais je ne me permettrais…

Charlotte se mit à rire, mais gaiement, sans gêne ni affectation.

— Mais il n'y a pas de mal! D'autant plus que les gazettes n'auraient pas manqué d'annoncer que mon père me ramenait de force d'Angleterre pour me faire prendre pour époux je ne sais quel gentilhomme campagnard…

— Charlotte! l'admonesta son père. Comme si j'avais jamais…

Se levant, sa fille l'embrassa impétueusement sur la joue.

— Ne t'énerve pas, papa. Bien sûr que tu ne m'obligerais jamais. Mais ça ne te déplairait pas, avoue! Et encore moins à maman!

— Bien sûr, soupira Georges, que ta mère et moi serions heureux que tu trouves un homme qui te convienne, Charlotte, plutôt que te voir jouer les bas-bleus! Étudier la culture maorie! À qui cela peut-il être utile?

Jack tendit l'oreille.

— Vous vous intéressez aux Maoris, Charlotte? Parlez-vous leur langue?

Georges leva les yeux au ciel d'un air dramatique.

— Bien entendu que non. C'est aussi pourquoi je dis que le projet n'est pas valable. Avec ton latin et ton français, tu n'arriveras à rien, Charlotte.

Élisabeth les appela pour le repas. Charlotte se leva sans attendre ; ce n'était manifestement pas la première fois qu'elle entendait ces objections sans avoir d'arguments à leur opposer.

À table, c'est Élisabeth qui tint la conversation. Le repas était délicieux et l'on parla des sujets les plus divers, principalement de la société de Christchurch et de ses environs, de celle des Canterbury Plains aussi. Jack n'écoutait que d'une oreille, forgeant ses propres plans. Il devint plus attentif lorsque les projets de Charlotte revinrent sur le tapis, vers la fin du dîner. Elle avait l'intention de demander au directeur des ventes de laine de Georges, un Maori du nom de Reti, de lui enseigner la langue de son peuple, ce contre quoi Georges s'éleva avec énergie.

— Il a d'autres chats à fouetter ! C'est en outre une langue difficile. Il te faudrait des années pour comprendre les histoires de ces gens et les retranscrire.

— Oh, mais ce n'est pas si difficile que ça, observa Jack. Moi, par exemple, je parle couramment le maori.

— Mais c'est que tu as grandi pour moitié dans leur village, rétorqua Georges.

— Et nos Maoris parlent couramment l'anglais, triompha Jack. Si vous veniez chez nous un certain temps, Charlotte, nous pourrions arranger la chose. Par exemple ma demi-belle-mère, Marama, est une *tohunga*. Une chanteuse en d'autres termes. Mais elle doit connaître les principales histoires. Et Rongo Rongo, la sage-femme et la magicienne de la tribu, parle aussi l'anglais.

Le visage de Charlotte s'éclaira.

— Tu vois, papa ? C'est possible ! Et Kiward Station est une grande ferme, n'est-ce pas ? N'appartient-elle pas à cette… cette légende vivante, miss… euh…

— Miss Gwyn, confirma Georges, peu enchanté par le cours de la conversation. Mais elle a sans doute eu plus que son compte de filles gâtées et férues de culture.

— Non, non ! Ma mère est…

Jack resta court. Qualifier Gwyneira de protectrice des beaux-arts aurait été quelque peu exagéré. Mais, comme toutes les fermes des Plains, Kiward Station était une maison hospitalière. Et Jack avait du mal à imaginer que sa mère ne fût pas ravie par cette jeune fille.

Élisabeth se mêla de la conversation.

— Mais Georges ! Que vas-tu imaginer là ? Bien sûr que miss Gwyn aiderait Charlotte dans ses recherches ! Elle s'est toujours intéressée à la culture maorie !

Première nouvelle pour Jack ! Gwyneira s'entendait certes bien avec les Maoris. Nombre de leurs coutumes et de leurs conceptions convenaient à son côté pratique, et elle n'était pas habitée par les préjugés. Mais la mère de Jack s'intéressait surtout à l'élevage et au dressage des chiens.

Élisabeth sourit au jeune homme, avant de se retourner un peu vivement vers son mari.

— Tu ne devrais pas donner des McKenzie l'image de béotiens. Miss Gwyn vient en effet à Christchurch lors de chaque représentation théâtrale ou à l'occasion de manifestations culturelles.

— Et Jenny n'a-t-elle d'ailleurs pas travaillé une année à la ferme ? demanda Charlotte en se tournant vers sa mère.

Jack l'avait oublié, mais, effectivement, la fille aînée des Greenwood, Jennifer, avait séjourné à Kiward Station pour faire la classe aux enfants du village maori. Tel avait du moins été le prétexte…

— « Travailler » n'est pas le mot ! grogna Georges.

Il avait volontiers envoyé ses filles à des écoles novatrices et avait été heureux de leur permettre d'étudier quelques années. Mais il ne pouvait envisager pour elles une véritable activité professionnelle.

— Mais si, mais si ! susurra son épouse. C'est là, Charlotte, que ta sœur a connu son mari !

Elle lança à son époux un regard lourd de signification. Celui-ci s'obstinant à ne pas comprendre, elle montra Jack et Charlotte tour à tour de la tête.

Jennifer Greenwood avait en effet rencontré son mari Stephen, le frère aîné d'Elaine, lors du mariage de Kura. Ayant terminé ses études de droit, il avait donné un coup de main durant tout un été à Kiward Station. Une excellente raison, pour Jenny, de s'y retrouver elle aussi. Maintenant, Stephen McKenzie travaillait comme avocat des entreprises Greenwood.

Georges sembla enfin comprendre.

— Il n'y a bien sûr absolument rien qui s'oppose à une visite de Charlotte à Kiward Station, admit-il. Je t'emmènerai avec moi, Charlotte, la prochaine fois que je me rendrai dans les Plains.

Charlotte regarda le jeune homme d'un air radieux.

— Je m'en réjouis d'avance, Jack.

Jack crut qu'il allait se perdre dans son regard.

— Je… je compterai les jours…

4

Lilian Lambert comptait elle aussi les jours durant la traversée. La première excitation passée, elle s'ennuyait sur le navire. Il était bien sûr agréable de voir à l'occasion des dauphins suivre le bateau ou d'observer de gigantesques barracudas et même des baleines. Mais la fillette s'intéressait à vrai dire davantage aux êtres humains. Or, le *Norfolk* n'offrait guère de possibilités de rencontre : il n'y avait qu'une vingtaine de passagers, essentiellement des gens âgés retournant voir leur pays natal – des personnes gentilles mais avec qui manquaient les sujets de conversation – ou quelques hommes d'affaires indifférents aux enfants.

Les récits de ses grands-mères Hélène et Gwyneira avaient évoqué une atmosphère excitante, des voyageurs partagés entre le mal du pays et l'attente fiévreuse de ce qui les attendait à l'autre bout du monde. On ne sentait rien de tout cela sur le *Norfolk*. Pas plus qu'il n'y avait d'entrepont rempli d'émigrants, car le navire, muni d'un système de réfrigération, transportait des quartiers de bœufs en Angleterre. Les rares passagers voyageaient en première classe. La nourriture était bonne, les logements confortables, mais Lilian se sentait enfermée. Elle avait hâte d'arriver, heureuse à l'idée de passer quelques jours à Londres en compagnie de miss Bleachum chargée de faire confectionner sur mesure, pour ses pupilles, les uniformes de l'école et des habits.

— Si je les commande ici à Christchurch, ils seront démodés dès l'arrivée des enfants à Londres, avait tranché Gwyneira, toujours pratique.

Elle-même n'avait jamais prêté grande attention à la mode, mais elle se souvenait encore de l'importance qu'y attribuait la bonne société anglaise. Il fallait éviter à Gloria et à Lilian de ressembler à de rustres campagnardes. Gloria, si timide, supporterait particulièrement mal les moqueries de ses camarades de classe.

Au contraire de Lilian, Gloria, dans la mesure où elle était capable de trouver de la beauté en dehors de Kiward Station, apprécia la traversée. Elle aimait la mer, passant des heures sur le pont à suivre les ébats des dauphins, heureuse que les autres passagers la laissent en paix. La compagnie de miss Bleachum et de Lilian lui suffisait. Elle écoutait avec passion ce que sa préceptrice lui lisait à propos des baleines et des poissons, et elle essayait de comprendre comment le bateau était propulsé. Son intérêt pour ces choses était si grand qu'elle entra en contact avec des membres de l'équipage. Les matelots répondaient à la fillette silencieuse et tentaient de la faire sortir de sa réserve en lui montrant comment effectuer des nœuds de marin, en lui confiant de petites tâches sur le pont. Gloria se sentait presque comme chez elle, lorsqu'elle était en compagnie des bergers. Le capitaine la prit même un jour avec lui sur la passerelle, où elle put tenir quelques secondes le gouvernail. La navigation la passionnait tout autant que la vie en milieu marin. En revanche, les quelques spectacles artistiques en soirée ou la musique des phonographes pendant les repas la laissaient de marbre.

Sarah Bleachum assistait à tout cela avec inquiétude. Son cousin – qui, par ailleurs, était ravi que Sarah accompagne les fillettes à Cambridge – lui avait envoyé un prospectus d'Oaks Garden. Le programme des études avait confirmé les craintes de la préceptrice. Les matières scientifiques n'y avaient aucune place, tandis que les élèves apprenaient à pratiquer la musique, à jouer des pièces de théâtre, à peindre et à étudier les belles-lettres. Envoyer Gloria dans ce genre d'institution était une profonde erreur.

À l'arrivée du bateau à Londres, Gloria fut d'abord interloquée. Jamais elle n'avait vu d'immeubles aussi hauts, du moins pas en nombre pareil. Il est vrai qu'à Christchurch et à Dunedin on bâtissait maintenant de monumentales constructions. La cathédrale de Christchurch, par exemple, supportait la comparaison avec les lieux de culte européens, mais elle était bien seule, avec l'université, le Christ's College et quelques autres bâtiments publics. Cet océan de maisons, en revanche, parut oppressant à la fillette. Sans parler du bruit incessant. Les dockers, les crieurs sur le marché, les passants avaient l'habitude de discuter à voix haute. Tout, dans la capitale anglaise, était plus bruyant que chez elle, tout était plus rapide. Chacun se hâtait.

Dans cette atmosphère, Lilian s'épanouit. Elle se mit très vite à parler aussi rapidement que les Anglais, elle riait avec les fleuristes des rues, plaisantait avec les grooms de l'hôtel. Gloria, elle, n'avait pas ouvert la bouche depuis son arrivée dans les docks. Elle avait les yeux écarquillés, veillant à ne pas perdre de vue miss Bleachum qui, ayant étudié à Wellington, n'était pas affolée par le tumulte de la grande ville, mais comprenait les problèmes de son élève. Elle tenta en vain de la faire sortir de sa coquille, de la passionner pour quelque chose. Seule une visite au zoo souleva chez elle un vague intérêt.

— Les lions ne se plaisent pas ici, remarqua la fillette en contemplant les fauves dans leurs cages étroites. Ils ont trop peu de place et ils n'aiment pas qu'on les regarde comme ça, dit-elle en mettant ses mains en visière devant ses yeux.

Lilian riait de son côté au spectacle des singes et de leurs clowneries.

Même la comédie musicale pour laquelle Kura et William leur avaient laissé des billets – sans, au demeurant, donner d'autre signe de vie à leur fille avant leur départ pour la Russie – ne réussit à captiver Gloria, qui trouva les chanteurs maniérés, la musique trop forte. De plus, elle n'était pas à l'aise dans ses nouveaux vêtements.

Cela ne surprit pas Sarah Bleachum. Si Lilian était ravissante dans sa petite robe de marin, Gloria avait l'air déguisée. Elle éclata même en sanglots en découvrant l'uniforme de l'école. La jupe plissée et descendant jusqu'aux genoux et le long blazer la faisaient paraître trapue tandis que le corsage blanc lui donnait un teint bouffi. Et cette tenue ne résisterait pas aux épreuves que le quotidien de Gloria lui imposerait : la fillette voulait toujours tout toucher de ses mains, sentir le contact des objets sur sa peau et, quand elle avait désassemblé ou simplement palpé quelque chose, elle s'essuyait sans autre forme de procès sur ses habits. Ce qui n'était pas un problème pour les culottes de cheval de Kiward Station – les bergers n'agissaient pas autrement – le devenait pour des corsages blancs et des blazers bleu clair.

Sarah fut soulagée quand elles montèrent dans le train pour Cambridge. La vie à la campagne conviendrait mieux à son élève : il y aurait moins de bruit et de stress ! D'après Christopher, Sawston, la localité où était située l'école, était un village idyllique. Elle-même attendait avec angoisse la rencontre avec son cousin. Elle avait loué une chambre chez une veuve passant pour un des piliers de la paroisse, mais, au fond d'elle-même, la jeune institutrice espérait être embauchée à Oaks Garden. Elle n'avait rien dit de sa demande aux McKenzie, afin de ne pas soulever trop d'espoirs. Au total, elle aurait préféré rencontrer Christopher avec la sécurité d'un emploi stable que comme une parente plus ou moins sans ressources. Elle avait bien entendu effectué des économies et les McKenzie s'étaient montrés plus que généreux. Mais, sans cet emploi, elle n'aurait guère le temps de connaître mieux son éventuel futur époux. Or, Sarah ne prenait de décisions que lentement, après mûre réflexion. Une année scolaire serait l'idéal pour prendre une décision définitive. N'étant pas dépensière, elle pourrait mettre de côté son salaire et, dans le pire des cas, retourner en Nouvelle-Zélande sans avoir à avouer son échec aux McKenzie. Il lui aurait été trop pénible d'accepter l'offre magnanime que Gwyneira lui avait faite avant son départ :

— Si vos attentes ne se réalisent pas, miss Bleachum, un télégramme suffira pour que nous vous envoyions l'argent du retour. Nous sommes si heureux que vous vous occupiez des fillettes que jamais nous ne pourrons assez vous remercier. D'un autre côté, je sais trop bien, de par ma propre expérience, à quoi peuvent aboutir ces mariages quelque peu forcés.

Miss Gwyn lui avait alors raconté l'histoire de son amie Hélène qui n'avait eu d'autre recours que d'épouser l'homme dont les lettres l'avaient attirée à l'autre bout du monde. Une union fort malheureuse !

C'est donc le cœur battant que Sarah vit la ville céder la place aux faubourgs, puis à la campagne charmante de la région du nord de Londres. Gloria semblait heureuse de voir les premiers chevaux dans les prés et Lilian, excitée, ne pouvait tenir sa langue, la vie amoureuse de sa préceptrice étant son principal centre d'intérêt. Celle-ci en arrivait peu à peu à conclure que les moqueries de James McKenzie à l'encontre de sa petite-fille Elaine n'étaient pas sans fondements. Lilian avait manifestement grandi dans une atmosphère très libérale ! Peut-être des tenancières d'hôtel et des barmaids avaient-elles réellement été des amies intimes d'Elaine ?

— Pour nous, il ne s'agit que d'une nouvelle école, babillait Lilian. Mais vous, vous devez être terriblement excitée à l'idée de voir votre chéri ! Au fait, quel âge a donc le révérend ?

Sarah se contentait de soupirer, soucieuse de voir une Gloria de plus en plus silencieuse à l'approche de Cambridge. La campagne ressemblait pourtant maintenant aux Canterbury Plains, en plus petit naturellement. Les pâturages ne s'étendaient pas à l'infini, et les enclos à moutons semblaient de la taille d'un mouchoir même aux yeux de Sarah qui n'avait pourtant aucune idée en matière d'élevage. Il y avait aussi beaucoup plus de fermes et de petits cottages au milieu des champs et des prairies. Peu de grandes exploitations en revanche. Peut-être étaient-elles à l'écart de la voie ferrée ? Gloria se rongeait les ongles, mauvaise habitude prise pendant la traversée, mais Sarah n'avait pas le cœur à la gronder.

— Est-ce que je pourrai écrire des lettres, miss Bleachum ? demanda Gloria à voix basse quand le contrôleur annonça que la prochaine station serait Cambridge.

Sarah lui caressa les cheveux.

— Évidemment, Gloria. Tu sais bien que le révérend et moi nous écrivons depuis des années. Le seul problème, c'est qu'il leur faut des semaines pour arriver.

Gloria arracha de ses dents un bout d'ongle.

— C'est si loin…, murmura-t-elle.

Sarah lui tendit un mouchoir pour éponger le sang.

Le révérend Bleachum attendait à la gare. Rendant ses visites à cheval et ne possédant donc pas de voiture, il avait loué une petite chaise. S'il se mariait, il devrait s'acheter un véhicule. Il soupira. S'il prenait affectivement femme, les changements seraient énormes. Il n'y avait encore jamais pensé. Mais l'incident avec Mme Walker quelques mois plus tôt… et avant, cette histoire avec une jeune fille du séminaire de théologie. Il n'y pouvait tout de même rien si les femmes lui couraient après ! Il avait fort belle allure avec ses noirs cheveux bouclés et son teint bronzé qu'il devait sans doute à un ascendant de sa mère originaire de pays méridionaux. Sans compter ses yeux expressifs, presque noirs eux aussi. Sa voix douce et chaude faisait de lui un chanteur exceptionnel. Il était également capable d'écoute, semblant voir au fond des âmes, comme le chuchotaient ses ouailles sous le charme. Christopher leur consacrait tout son temps, faisant preuve d'une grande compréhension. Mais il n'en restait pas moins un homme : quand une jeune femme appelait au secours, réclamant plus que des mots de réconfort, il lui était difficile de se contenir.

Jusqu'ici, il ne s'était produit que deux incidents désagréables, et Christopher était bien obligé de s'avouer qu'il avait eu de la chance. Il s'efforçait en effet généralement d'être discret, les femmes y ayant le plus souvent le même intérêt que lui. Mais il y avait eu des bruits à propos de cette Mme Walker, une jeune femme plutôt instable dont le mari était plus souvent fourré au pub que dans son lit. Bruits si forts que l'évêque en avait eu des échos. Au moins après que Christopher en fut venu aux mains avec l'époux, un dimanche, à la sortie du service religieux. C'était bien entendu ce type qui avait commencé, mais Christopher ne s'en était pas laissé conter. Les témoins avaient eu beau témoigner en sa faveur, l'évêque avait été très clair :

— Vous devriez vous marier, révérend Bleachum, pour ne pas dire que vous devez vous marier ! Cela correspondra aux vœux de Dieu et vous préservera d'autres tentations… Oui, oui, je sais, vous n'avez pas conscience d'être coupable. Ni maintenant, ni voici deux ans avec cette jeune fille du séminaire. Mais voyons les choses différemment : cela empêchera aussi les femmes de voir en vous une proie. Ève cessera de vous soumettre à la tentation…

Mais il était fort possible que Christopher eût déjà le serpent autour du cou. Les jeunes filles de sa paroisse en âge de se marier, loin de l'induire en tentation, semblaient en effet lui promettre plutôt l'enfer sur terre. Et l'évêque ne lui accorderait certainement pas quelques mois de congé qui lui permettraient de découvrir mieux, à Londres par exemple. Christopher avait ensuite été pris de panique quand un confrère l'avait pressé d'accepter sa fille, un véritable remède contre l'amour. La dernière lettre de sa cousine était arrivée à point. Il correspondait avec Sarah depuis qu'ils étaient enfants, et il avait toujours trouvé amusante sa manière innocente et timide de répondre à ses esquisses de flirt et à ses petites allusions. Sur la photo qu'elle lui avait envoyée, elle avait l'air un peu popote mais très sympathique, et tout à fait apte à la fonction d'épouse de pasteur. Christopher avait donc manifesté plus de clarté dans sa lettre suivante. Et voilà que le hasard expédiait de surcroît dans sa paroisse la pupille de Sarah, ce qui avait valu à la jeune femme une traversée gratuite. Il décida donc d'accueillir sa cousine comme une envoyée de Dieu, espérant seulement que le Seigneur, pour la créer, avait eu la main plus heureuse que pour les jeunes célibataires de son entourage.

Arpentant le quai, il attira à nouveau sur lui les regards des femmes présentes.

— Bonjour, révérend !

— Comment allez-vous, révérend ?

— Quel magnifique prêche dimanche dernier, révérend ! Notre cercle féminin reviendra en détail sur cette parabole.

La plupart de ces dames étaient âgées, mais la petite Mme Deamer qui rêvait tout haut de son prêche avait un réel pouvoir de séduction. Si seulement elle n'était pas déjà prise ! À Noël, Christopher avait baptisé son premier enfant.

Le train entra enfin en gare. Christopher ne tenait plus en place.

— Vous devriez mettre vos lunettes, miss Bleachum, conseilla Gloria.

Le quai était en effet plein de monde et, sans ses lunettes, la préceptrice était à demi aveugle.

— Surtout pas, couina Lilian. Miss Bleachum, je crois que je vois le révérend ! Mon Dieu, qu'il est beau ! Ne les mettez surtout pas, il risquerait de ne pas vous trouver jolie !

Tirée à hue et à dia par les arguments contradictoires des enfants, affolée à l'idée de rencontrer incessamment son cousin, Sarah rassembla les bagages et descendit du train à tâtons, manquant de peu de se prendre les pieds dans son carton à chapeau. Trébuchant, elle parvint à grimper les marches escarpées du perron. Gloria, sachant pourtant que le contrôleur se soucierait des affaires de ses passagers de première classe mais heureuse de pouvoir s'affairer à quelque chose, essaya de la décharger d'une partie des bagages. Lilian, en revanche, sauta à terre d'un pas léger et se mit aussitôt à faire des signes de la main.

— Révérend ? Vous nous cherchez, révérend ?

Christopher regarda autour de lui. Elles étaient là, effectivement. Bien sûr, il aurait dû gagner la zone des premières classes ; les parents des fillettes étaient en effet aisés. L'une des fillettes était au moins jolie : le petit lutin roux et vif deviendrait à coup sûr une ravissante jeune femme. L'autre petit bout, accroché aux jupes de sa gouvernante, était en revanche un peu boudiné : il faudrait du temps avant que le caneton ne se transforme en cygne. Sarah… À la vue de la jeune femme, Christopher eut quelque peine à retrouver le prénom qu'il avait pourtant si souvent écrit. Sarah Bleachum semblait n'avoir ni rayonnement, ni personnalité. Elle était manifestement l'une de ces pauvres créatures sans visage qui promènent dans les parcs les enfants des autres parce qu'elles n'ont pas eu la chance d'avoir elles-mêmes des rejetons. Elle portait une robe gris foncé et une pèlerine plus sombre encore cachant le corps aux regards. Elle dissimulait ses cheveux noirs, strictement relevés, sous un vilain chapeau ressemblant à une coiffe d'infirmière. Sa physionomie oscillait entre détresse et désarroi. Au moins avait-elle des traits réguliers. Christopher fut soulagé. Si Sarah n'était pas séduisante, elle n'était pas laide.

— Mais mettez donc vos lunettes ! la pressa Gloria.

Bien sûr que sa préceptrice était plus jolie sans lunettes, mais, trébuchant derrière Lilian qui se dirigeait sans complexe aucun vers le révérend, elle ne se présentait pas sous son meilleur jour.

Christopher décida de prendre les devants. D'un pas résolu, mais sans hâte artificielle, il s'approcha du petit groupe.

— Sarah ? Sarah Bleachum ?

La jeune femme eut un sourire indécis dans sa direction.

Elle avait de beaux yeux, un peu embués, rêveurs, d'un joli vert clair. Peut-être le premier coup d'œil avait-il été trompeur. Mais Sarah ayant fini par extirper ses lunettes de sa poche, la monstrueuse monture masqua la figure sympathique de la jeune femme. Sous l'épaisseur des verres, les yeux ressemblaient à des billes.

— Christopher ! dit-elle, radieuse, levant les mains.

Puis elle ne sut plus que dire. Comment se comportait-on en un moment pareil ? Christopher lui sourit, paraissant la jauger. Elle baissa les yeux.

— Sarah, quelle joie de vous voir toutes. Le voyage a-t-il été fatigant ? Et laquelle de ces deux beautés est Gloria ?

Tout en parlant, il caressait les cheveux de Lilian. Gloria se serrait contre miss Bleachum. Elle avait déjà décidé que, tout aimable qu'il fût, elle n'aimait pas le révérend. Son expression à l'instant où miss Bleachum avait chaussé ses lunettes ne lui avait pas échappé. Et maintenant cette fausse gaieté ! Pourquoi la traitait-il de beauté ? Elle n'était pas belle et le savait.

— Voici Gloria Martyn, et la tignasse rousse, c'est Lilian Lambert.

Sarah s'était lancée dans les présentations parce que c'était l'occasion d'entamer une conversation anodine, Le révérend était déconcerté : ayant étudié quelque temps à Londres, il avait eu l'occasion de voir Kura-maro-tini sur scène. Trouvant qu'aucune des deux fillettes ne lui ressemblait, il aurait plutôt eu tendance à ranger celle qui était mignonne et délurée du côté de la chanteuse. Il se ressaisit rapidement.

— Et elles vont toutes les deux à Oaks Garden? J'ai une bonne nouvelle pour vous, les fillettes. J'ai réussi à emprunter aujourd'hui une chaise. Si vous le désirez, nous pouvons nous y rendre tout de suite.

Il s'attendait à de l'enthousiasme de la part des enfants, mais Lilian n'avait pas entendu et Gloria parut effrayée par cette perspective.

— Mais… euh… l'école doit envoyer une voiture, tenta Sarah.

Tout allait un peu trop vite pour elle. Elle allait se retrouver seule avec Christopher au retour. Était-ce bien convenable?

— Tout est réglé. Miss Arrowstone nous attend!

— Mais, miss Bleachum, ne devions-nous pas attendre demain… il avait été dit que les élèves ne rentraient que demain. Que ferons-nous seules dans l'école? protesta Gloria.

Sarah l'attira contre elle.

— Vous ne serez pas toutes seules, ma chérie. Il y a toujours quelques filles qui arrivent avant. Et, parfois même, certaines y restent pendant les vacances.

Sarah se mordit la langue. Elle aurait mieux fait de se taire, car tel était le sort qui attendait Gloria et Lilian.

— Miss Arrowstone est heureuse de votre venue! déclara le révérend. Notamment de la tienne, Gloria!

Il cherchait à l'encourager, mais elle ne le crut pas. Pourquoi une directrice d'école anglaise se soucierait-elle d'une Gloria Martyn arrivée de Kiward Station? Elle demeura donc silencieuse pendant qu'il chargeait les bagages dans la chaise. Le révérend, galant, aida Sarah à monter en voiture. La jeune femme rougit en sentant converger sur sa personne les regards d'au moins trois habitantes de Sawston. Ce soir, elle alimenterait les conversations au village.

Lilian jacassa tout le long du trajet. Le paysage, les chevaux et les bovins dans les prés bordant la route, les cottages de pierre, tout lui plaisait. Dans les villages néo-zélandais comme Haldon et même dans les petites villes comme Greymouth, il n'y avait généralement que des maisons en bois, peintes en couleurs vives.

— Est-ce qu'Oaks Garden est une maison de ce genre? s'enquit-elle.

— Non, Oaks Garden est beaucoup plus grande! C'est une ancienne maison de maître, presque un château, qui appartenait à une famille noble dont la dernière propriétaire est morte sans descendant. Elle a donc décidé que sa maison et sa fortune serviraient à fonder une école. Et lady Ermingarde aimait les beaux-arts. Voilà pourquoi Oaks Garden se préoccupe particulièrement de développer la créativité de ses pupilles.

— Y a-t-il des chevaux? demanda Gloria tout bas.

— Pas pour les élèves. Je présume que le concierge dispose d'un attelage pour effectuer les courses et aller chercher les pensionnaires au train. Mais l'équitation n'est pas au programme. Pas plus que le tennis, ajouta le révérend qui parut regretter cette dernière absence.

Gloria se réfugia à nouveau dans le silence jusqu'au moment où la voiture franchit un somptueux portail en pierre et pénétra dans un parc ceint de grilles en fer forgé. C'était sans aucun doute un amoureux des jardins et un connaisseur qui avait conçu les abords du manoir. Les chênes gigantesques qui bordaient l'allée menant à la demeure avaient été plantés des dizaines et des dizaines d'années auparavant, pour ne pas dire des centaines. L'architecte, lui, n'avait pas été habité par le génie. La bâtisse en briques était plutôt lourdaude, sans les oriels ni les tourelles que l'on trouvait habituellement dans les maisons de maître anglaises.

Gloria se sentit d'emblée oppressée, cherchant du regard des écuries ou des étables. Il devait bien y en avoir quand même ! Peut-être derrière ?

Le révérend arrêta la chaise devant une lourde porte à deux battants. Se sentant comme chez lui, il ne prit pas la peine de se servir de la sonnette. Ce n'était d'ailleurs pas nécessaire, car le hall d'entrée avait tout d'un lieu public. Sarah n'avait pas menti : Lilian et Gloria n'étaient pas les premières arrivées. Quelques élèves s'affairaient, tirant des valises et des sacs en pouffant, et, tout excitées, dressaient des plans pour l'occupation des chambres. Quelques-unes, plus âgées, examinaient les nouvelles venues. Lilian leur sourit tandis que Gloria se pressa contre Sarah qui la repoussa avec douceur.

— Ne sois pas si timide. Qu'est-ce que les autres vont penser de toi ?

Lâchant sa préceptrice, elle regarda autour d'elle. Le hall était tout à fait confortable : derrière une sorte de réception, une femme d'aspect maternel répondait avec patience aux questions des élèves. Il y avait aussi, à l'intention des parents en train d'attendre, des fauteuils et des tables à thé. Les présents donnaient à leurs filles leurs dernières recommandations pour l'année nouvelle.

— Je voudrais que tu fasses de plus gros efforts au violon, Gabrielle !

Gloria entendit la remarque et pâlit. La fillette n'avait pas l'air plus âgée qu'elle. Attendait-on d'elle qu'elle joue du violon ?

Le révérend s'approcha en souriant de la réception.

— Bonjour, miss Barnum. Je vous amène nos Kiwis ! N'est-ce pas comme cela qu'on dit en Nouvelle-Zélande, Sarah ? Ce sont les immigrants qui se sont eux-mêmes donné ce surnom, d'après le nom de l'oiseau, n'est-ce pas ?

La jeune femme acquiesça, gênée. Jamais elle ne se serait appelée ainsi.

— Il est presque aveugle…, observa Gloria à voix basse. Et il ne vole pas très bien. Mais il a de l'odorat. On le voit rarement, mais on l'entend crier, parfois toute la nuit, sauf au moment de la pleine lune. Il est assez… eh bien… duveteux.

Quelques fillettes ricanèrent.

— Deux oiseaux aveugles ! éclata de rire la brunette que ses parents venaient d'appeler Gabrielle. Comment avez-vous trouvé votre chemin jusqu'ici ?

Gloria rougit. Lilian foudroya la gamine du regard.

— Nous sommes venues au flair, rétorqua-t-elle. Non ! Nous nous sommes contentées de voler jusqu'à l'endroit où grinçait un crincrin !

Gabrielle accusa le coup sous le rire moqueur de ses camarades. La musique ne devait pas être son point fort.

Sarah sourit, mais tança Lilian pour son impertinente repartie, tandis que miss Barnum réprimandait de son côté l'autre fillette avant de se retourner vers les nouvelles.

— Bienvenue à Oaks Garden. Je suis heureuse de faire votre connaissance. Toi notamment, Lilian, puisque tu es logée dans l'aile ouest dont j'ai la responsabilité. Tu seras dans la chambre Mozart. Suzanne Carruthers, qui y loge aussi, est déjà arrivée. Je vous présenterai l'une à l'autre.

Gloria écarquilla les yeux. Lilian parla à sa place, en prenant son regard implorant le plus innocent :

— Ne pourrions-nous pas rester ensemble, miss Barnum ? Nous sommes en effet cousines !

— Non, Gloria est beaucoup plus âgée que toi. Elle voudra certainement être avec des filles de son âge. Toi aussi, tu te plairas mieux une fois que tu auras fait la connaissance d'autres compagnes. Les élèves du cours moyen logent dans l'aile est, les plus jeunes dans l'aile ouest.

— Ne pourriez-vous faire une exception ? intervint miss Bleachum qui sentait à côté d'elle Gloria se refermer dans sa coquille. Les fillettes quittent leurs familles pour la première fois.

— C'est le cas de toutes les autres élèves ici. Je suis désolée, fillettes, mais vous vous y ferez. Et maintenant vous allez rencontrer miss Arrowstone. Elle vous attend dans son bureau, révérend. Vous connaissez le chemin.

Le bureau de la directrice ainsi que la salle des professeurs et quelques salles de classe se trouvaient au premier étage du bâtiment principal. On y accédait par un majestueux escalier courbe, orné de pompeux tableaux représentant des scènes des mythologies grecque et latine qui excitèrent la curiosité de Lilian.

— Pourquoi cette jeune fille est-elle à cheval sur une vache ? demanda-t-elle à Sarah qui s'étrangla presque de rire.

— C'est Europe et le taureau, expliqua la jeune femme.

La mine de Gloria ne laissait aucun doute sur ce qu'elle pensait de gens assez idiots pour monter sur un taureau plutôt que sur un cheval. La selle d'Europe lui semblait, de plus, mal fixée. Qui pouvait prendre plaisir à peindre de telles âneries ?

— Je suis sûre qu'on vous parlera de cette histoire en cours, ajouta Sarah qui n'avait aucune envie de raconter à ses pupilles comment les dieux grecs séduisaient des princesses phéniciennes, surtout pas en présence de son cousin !

Lequel cousin frappait justement à la porte de la directrice.

— Entrez ! dit une voix grave, une voix habituée à commander.

Sarah se raidit. Gloria essaya de se rendre invisible derrière elle. Seule Lilian ne parut pas impressionnée, pas même par le monumental bureau en chêne derrière lequel trônait la rondelette directrice. Fascinée, elle contemplait la coiffure compliquée d'une miss Arrowstone à l'opulente chevelure brune.

— La reine ! chuchota le révérend à Sarah avec un demi-sourire.

Effectivement, les fillettes elles aussi se rappelèrent des photos de la reine Victoria morte quelques années auparavant. Le visage de la directrice, presque sans rides, était sévère, elle avait des yeux d'un bleu délavé, les lèvres minces. Ce ne devait pas être un plaisir de comparaître devant elle pour une réprimande. Pour l'instant, elle souriait.

— Ai-je bien entendu ? Les élèves venues de Nouvelle-Zélande ? Avec... ? s'enquit-elle, regardant tour à tour Sarah et le révérend.

Christopher ne laissa pas à sa cousine le temps de répondre :

— Miss Sarah Bleachum, miss Arrowstone. Ma cousine. Et ma... euh..., bafouilla-t-il, clignant des yeux d'un air confus tandis que le sourire de la directrice s'épanouissait.

Sarah eut de la peine à rester aimable : Christopher paraissait donc considérer comme acquis leur prochain mariage. Pire encore, il avait manifestement annoncé sa venue comme celle d'une fiancée.

— Je suis institutrice, miss Arrowstone, rectifia-t-elle. J'ai eu jusqu'ici Gloria Martyn comme élève et, comme j'ai des parents en Europe, j'ai profité de l'occasion pour accompagner les fillettes et renouer des liens familiaux.

Miss Arrowstone émit une espèce de gloussement.

— Des liens familiaux, haha..., susurra-t-elle d'un air équivoque. En tout cas, nous en sommes très heureux pour le révérend. La paroisse ne souffrira pas d'une main féminine. Vous allez certainement pendant votre... séjour... lui donner un coup de main à la paroisse ?

Sarah voulut objecter qu'elle pensait plutôt à un emploi d'institutrice, mais son interlocutrice s'intéressait déjà à autre chose. Directrice sévère soudain, elle examinait les deux fillettes au travers de lunettes dont les verres étaient presque aussi épais que ceux de Sarah, une expression d'étonnement se lisant sur son visage.

S'étant manifestement informée sur les nouvelles recrues, elle savait que Gloria était l'aînée.

— C'est donc toi Gloria Martyn, observa-t-elle. Tu ne tiens pas beaucoup de ta mère, dis donc !

Gloria acquiesça. Elle avait l'habitude de ce genre de remarque.

— Au moins pas au premier coup d'œil, se reprit un peu la directrice. Mais tes parents ont signalé que tu disposais de talents musicaux et d'une créativité jusqu'ici méconnus.

Déconcertée, la fillette pensa qu'il valait peut-être mieux avouer d'emblée.

— Je… je ne sais pas jouer du piano, murmura-t-elle.

— Ah oui, rit miss Arrowstone. J'en ai entendu parler. Ta mère en est chagrinée. Mais tu n'as pas encore treize ans, il est encore temps d'apprendre à jouer d'un instrument. Lequel préfères-tu? Le piano? Le violon? Le violoncelle?

Gloria ne savait même pas exactement ce qu'était un violoncelle. Et elle n'avait aucune envie de jouer de quelque instrument que ce soit. Par chance, Lilian la tira d'embarras.

— Moi, je joue du piano! s'écria-t-elle, pleine d'assurance.

Miss Arrowstone la toisa d'un air sévère.

— Nous attendons de nos élèves qu'elles parlent quand on les interroge. Sinon, bien sûr, c'est très bien que tu sois attirée par cet instrument. Tu es Lilian Lambert, n'est-ce pas? Une nièce de Mme Martyn?

Kura avait manifestement fait ici forte impression.

— Miss Kura-maro-tini Martyn nous a rendu visite en personne pour inscrire sa fille, et nous a réservé le plaisir d'un petit concert privé. Toutes nos jeunes filles ont été très impressionnées et sont impatientes de te connaître à ton tour, Gloria. Toi aussi, Lilian, bien sûr! Je suis certaine que notre professeur de musique, miss Taylor-Bennington, appréciera ton jeu au piano. Désirez-vous maintenant un thé, miss Bleachum…, révérend? Ces demoiselles peuvent redescendre. Miss Barnum leur montrera leur chambre.

La directrice buvait certes le thé avec les familles, mais ne se serait pas abaissée à le proposer à ses élèves.

— Oh oui, je loge dans l'aile ouest ! s'écria Lilian, qui avait déjà oublié qu'on ne parlait pas sans y avoir été invité. Je suis la Lily of the West[1] !

— Lilian ! s'indigna Sarah, tandis que le révérend pouffait de rire.

Miss Arrowstone fronça les sourcils, mais, par bonheur, elle ne semblait pas connaître l'histoire de « Lili de l'Ouest », barmaid volage menant son amant à sa perte. Ces chansons se chantaient dans les pubs, pas dans les salons.

Gloria lança à Sarah un regard désespéré.

— Vas-y, Glory, lui dit la jeune femme avec douceur. Miss Barnum te présentera ta responsable. Tu seras bien, c'est certain.

— Et prends tout de suite congé de ta préceptrice, ajouta la directrice. Tu ne la reverras certainement pas avant la messe de dimanche.

Gloria essaya de se contrôler, mais elle avait le visage baigné de larmes quand elle fit sa révérence à miss Bleachum qui, impuissante, l'attira contre elle et l'embrassa, sous le regard réprobateur de miss Arrowstone.

— La petite fait une fixation sur vous, dit-elle après le départ des enfants. Se détacher un peu de vous et aller vers les autres lui sera utile. Quant à vous, vous aurez certainement bientôt d'autres enfants.

— Je voulais en fait ne pas abandonner mon métier dans un premier temps, répondit Sarah, rouge comme une pivoine. Au contraire, j'aimerais rester quelques années dans l'enseignement et, à ce propos, je voudrais vous demander…

— Mais comment pouvez-vous penser cela, ma chère ? la coupa la directrice en versant à Sarah une tasse de thé. Le révérend a besoin de vous à ses côtés. J'ignore comment les choses se passent à l'autre bout du monde, mais, dans

1. Chant irlandais traditionnel.

notre système scolaire, les enseignantes sont par principe célibataires.

Sarah sentit le piège se refermer sur elle. Jamais, miss Arrowstone ne l'emploierait. Il ne lui restait donc que la ressource de chercher dans le village une place de préceptrice. Mais elle n'avait vu personne donnant l'impression d'être très fortuné. Et il était probable que les dignes femmes de l'endroit ne voudraient pas faire obstacle au « bonheur du révérend ». Elle allait devoir s'expliquer avec Christopher. Dans le fond, qu'il soit si manifestement déterminé à l'épouser sur la seule base d'une vague affinité évoquée dans des lettres parlait en sa faveur. Mais il devait lui laisser un temps de réflexion d'au moins quelques semaines. Elle lança un timide regard de côté sur son cousin. Quelques semaines lui suffiraient-elles pour vraiment le connaître ?

Gloria fut présentée à une miss Coleridge, responsable de l'aile est, qui, plus âgée que miss Barnum, semblait être son parfait contraire, sèche et sévère.

— Tu es Gloria Martyn ? Mais tu n'as rien de ta mère, phrase qui, dans sa bouche, avait un ton nettement réprobateur.

Gloria renonça à acquiescer. Après un regard plutôt inamical pour l'enfant, miss Coleridge, ne sachant de tête dans quelle chambre loger ses pupilles, se concentra sur ses papiers.

— Martyn… Martyn… ah oui, je l'ai. Chambre Titien.

Si les chambres de l'aile ouest avaient des noms de compositeurs, celles de l'est avaient des noms de peintres. Gloria, en tout cas, n'avait jamais entendu parler d'un « Titien ». En revanche, elle tendit l'oreille quand miss Coleridge continua à lire ses notes.

— Avec Melissa Holland, Fiona Hills-Galant et Gabrielle Wentworth-Hayland. Gabrielle et Fiona sont déjà là.

Gloria la suivit dans des couloirs plutôt sombres pour un après-midi, cherchant à se persuader, sans grand espoir, qu'il y avait certainement vingt Gabrielle dans cette école. Quand miss Coleridge ouvrit la porte, elle aperçut bien entendu la fille aux cheveux bruns, en train de disposer dans l'une des quatre armoires ses uniformes scolaires. La fille blonde et délicate, qui était avec Gabrielle dans le hall d'entrée un peu plus tôt, avait fini de ranger ses affaires et plaçait des photos de famille sur sa table de nuit, au-dessous de sombres reproductions de peintures décorant les murs. Gloria trouva ces portraits et ces croûtes historiques parfaitement hideux. Elle devait apprendre ultérieurement qu'hommage était ainsi rendu à celui qui avait donné son nom à la chambre : toutes les œuvres étaient de Titien.

— Fiona, Gabrielle, voici votre nouvelle camarade de chambre. Elle vient…

— … de Nouvelle-Zélande, nous le savons déjà, madame ! dit Gabrielle d'un ton sage avec une petite révérence. Nous avons fait sa connaissance à l'accueil.

— Ah bon, vous avez alors déjà de quoi vous raconter, déclara miss Coleridge, visiblement satisfaite de ne pas avoir à briser la glace entre les fillettes. Vous emmènerez Gloria tout à l'heure pour le dîner.

Elle referma la porte derrière elle en partant. Gloria, empruntée, resta debout sans bouger. Quel serait son lit ? Fiona et Gabrielle avaient déjà pris possession des lits près de la fenêtre. Gloria s'en moquait. Elle aurait aimé avoir une couverture pour se la mettre sur la tête.

Hésitante, elle se risqua jusqu'au lit le plus éloigné, dans l'espoir de s'y tapir. Mais les deux fillettes n'avaient pas l'intention de la laisser tranquille.

— Eh bien, le voilà, notre petit oiseau aveugle ! lança méchamment Gabrielle. Au fait, j'ai entendu dire qu'il chantait très bien. Ta mère n'est-elle pas cette chanteuse maorie ?

— C'est vrai ? Sa mère est une négresse ? s'étonna Fiona. Pourtant, elle n'est pas noire…, ajouta-t-elle en dévisageant Gloria avec effronterie.

— C'est peut-être un œuf de coucou ? pouffa Gabrielle.

— Je… nous… chez nous, il n'y a pas de coucou…

Gloria ne comprit pas pourquoi les autres se mirent à rire. Elle ne comprenait pas davantage ce qu'elle avait bien pu leur faire et jamais elle ne comprendrait que, sans raison aucune, on pût devenir l'objet de railleries. Mais elle avait compris que le piège s'était refermé et qu'elle n'avait aucune chance de lui échapper.

5

Charlotte Greenwood arriva à Kiward Station en compagnie de ses parents. Quatre semaines après avoir fait la connaissance de Jack et à la suite d'une invitation en bonne et due forme de Gwyneira. La raison officielle en était une petite fête donnée à l'occasion du retour d'alpage des moutons. Mars était le début de l'hiver en altitude, obligeant à rapatrier les bêtes à la ferme. Mais, cela se répétant chaque année, ce n'était pas une raison de se livrer à des festivités. C'était Jack qui avait insisté pour que sa mère invite les Greenwood, et une raison en valait bien une autre.

La joie illumina le visage de Jack à la vue de Charlotte descendant de voiture dans une robe toute simple dont le brun foncé mettait en valeur la chaude couleur de ses cheveux. Ses grands yeux marron brillaient de joie. Jack crut y voir des lumières d'or.

— Avez-vous fait bon voyage, Charlotte ? demanda-t-il en songeant qu'il aurait dû l'aider à descendre, mais il était resté figé en la voyant.

Des fossettes se creusèrent sur les joues de la jeune fille quand elle lui sourit.

— Les routes sont bien meilleures que ce que j'avais gardé en mémoire, répondit-elle de sa voix chantante.

Jack aurait voulu dire quelque chose d'intelligent, mais, en sa présence, il n'avait pas les idées claires. Ses sentiments prenaient le dessus. Tout en lui voulait toucher cette femme, la protéger, la lier à sa personne, mais s'il n'arrivait pas à au moins l'impressionner un peu, elle le prendrait éternellement pour l'idiot du village.

Il parvint néanmoins à la présenter à ses parents, James McKenzie manifestant d'emblée la galanterie dont son fils était incapable.

— L'éducation dans un internat anglais me paraît tout à coup une chose excellente, miss Charlotte, compte tenu des créatures ravissantes auxquelles elle donne naissance. Et vous vous intéressez à la culture maorie?

— J'aimerais apprendre la langue. Or, Jack la parle couramment, expliqua-t-elle avec, vers le jeune homme, un regard qui éveilla l'attention de James.

Il avait bien sûr déjà remarqué la lueur dans les yeux du garçon, mais Charlotte n'était pas non plus insensible.

— Il va certainement passer les trois mois à venir à vous enseigner des mots comme *Taumatawhatatangihngakoauauotamateaturipukakapikimaunga horoukupokaiwhenuakitanatahu*, lui dit-il avec un clin d'œil.

— Ils ont des mots aussi... longs? s'étonna-t-elle, soudain prise de doutes.

Et, de nouveau, elle eut ce froncement de sourcils qui avait déjà plongé Jack dans le ravissement lors de leur première rencontre. Le besoin de rassurer la jeune fille lui rendit la parole.

— Non! Il s'agit du nom d'une montagne de l'île du Nord. Et, pour les Maoris eux-mêmes, ce mot est le plus difficile qu'ils aient à prononcer. Le mieux sera de commencer par plus simple. *Kia ora*, par exemple.

— ... qui veut dire «Bonjour», sourit-elle.

— Et *haere mai*...

— «Bienvenue!» traduisit la jeune fille qui avait manifestement déjà commencé à travailler. «Femme» se dit *wahine*.

— *Haere-mai, wahine* Charlotte!

Elle voulut répondre, mais un mot lui manquait.

— Comment dit-on «homme»?

— *Tane*, lui souffla James.

— *Kia ora, tane* Jack !

James chercha le regard de sa femme qui, elle aussi, avait observé la petite scène.

— Il semble qu'ils n'aient pas besoin d'un détour par l'*irish stew*, sourit-elle, faisant allusion à la manière dont leur propre amour était né, jadis, quand elle avait eu besoin du mot maori désignant le thym et que James lui avait en personne offert un bouquet de cette herbe nécessaire à la préparation du plat irlandais.

— Mais les citations bibliques pourraient retrouver de leur importance, la taquina-t-il.

Lors de l'arrivée de Gwyneira en Nouvelle-Zélande, il n'existait qu'un seul livre traduit en maori, la Bible. Quand elle avait besoin d'un mot précis, elle réfléchissait longuement, cherchant dans quel contexte biblique elle aurait une chance de le trouver.

— « Là où tu iras, j'irai[1]... », ajouta-t-il.

Pendant que Gwyneira et James bavardaient avec Georges et Élisabeth, Jack fit visiter à Charlotte la ferme qui grouillait de vie après le retour des moutons. Les étables étaient pleines de bêtes bien nourries et en bonne santé, la toison épaisse et propre. La laine les protégerait durant l'hiver, puis, lors de la tonte précédant le départ pour les montagnes, contribuerait à la prospérité de Kiward Station. Jack ayant moins de mal à parler des moutons qu'à tenir des conversations de salon, il retrouva lentement son assurance. Ils finirent par aller jusqu'au village maori et les rapports amicaux qu'entretenait Jack avec les indigènes impressionnèrent vivement Charlotte. Elle fut charmée par le village idyllique au bord du lac, les sculptures des maisons suscitant son admiration.

1. Citation biblique (Ruth, 1, 16f) souvent commentée lors des mariages évangéliques.

— Si vous en avez envie, nous pourrons demain aller à cheval jusqu'à O'Keefe Station, proposa Jack. Ici n'habitent en effet que les gens qui travaillent quotidiennement à la ferme. La tribu s'est installée dans l'ancienne ferme d'Howard O'Keefe. Les Maoris ont reçu la propriété à titre de compensation pour des irrégularités commises à leurs dépens lors de l'achat des terres. Marama, la chanteuse, y habite. Et Rongo Rongo, celle qui connaît les plantes. Toutes deux parlent très bien l'anglais et elles connaissent une foule de *moteatea*.

— Ce sont des chants qui racontent des histoires, n'est-ce pas?

— Oui, des plaintes, des berceuses, des histoires de vengeance, de luttes entre tribus. Exactement ce que vous cherchez.

— Pas d'histoires d'amour? demanda Charlotte avec un léger sourire.

— Des histoires d'amour aussi, bien sûr! s'empressa-t-il de confirmer, puis il comprit: Vous aimeriez écrire... une histoire d'amour?

— Pourquoi pas? répondit Charlotte confuse. Mais je me dis... peut-être est-il trop tôt encore pour écrire sur ce sujet. Peut-être vaudrait-il mieux d'abord... vivre la chose. Me comprenez-vous? Je préférerais faire plus ample connaissance...

Jack sentit le sang lui monter à la tête.

— Des Maoris ou de moi?

Charlotte rougit à son tour.

— L'un ne conduit-il pas à l'autre? demanda-t-elle avec un sourire.

Les McKenzie et les Greenwood convinrent que Charlotte resterait trois mois à Kiward Station pour commencer ses recherches sur la culture maorie, Élisabeth et Gwyneira échangeant des regards complices, car ce qui naissait entre Jack et Charlotte n'avait échappé ni à l'une ni à l'autre.

Gwyneira trouvait Charlotte ravissante, même si elle ne comprenait pas toujours du premier coup ce dont elle parlait, problème dont les Greenwood n'étaient pas épargnés au demeurant. Quand Charlotte succombait à la terminologie littéraire, rien ne pouvait l'arrêter. Mais Élisabeth ne craignait maintenant plus qu'elle enseigne un jour à l'université, à Dunedin ou à Wellington : sa fille avait trouvé quelque chose qui la captivait davantage que le monde de la science.

Elle parcourait les terres à cheval avec Jack, se faisait expliquer par Gwyneira les diverses qualités de laine et s'exerçait en riant à émettre les coups de sifflet de commandement pour les chiens collies. Les bergers et les Maoris avaient d'abord manifesté une certaine réserve intimidée à l'égard de cette jeune dame arrivant d'Angleterre, habillée à la dernière mode et aux manières parfaites. Mais elle avait su briser la glace, s'essayant au *hongi*, le salut traditionnel des autochtones consistant à simplement effleurer le nez et le front de l'autre. Son élégante robe de cavalière ne tarda pas à s'user et elle échangea rapidement sa selle d'amazone pour une selle à califourchon plus pratique.

Derrière la jeune femme bien élevée se cachait une enfant pleine de spontanéité, féministe de surcroît. Elle discutait avec Gwyneira des écrits d'Emmeline Pankhurst[1] et parut presque déçue que les femmes aient déjà le droit de vote en Nouvelle-Zélande. En Angleterre, elle avait manifesté dans la rue, avec d'autres étudiantes, pour conquérir ce droit et elle semblait y avoir pris un grand plaisir. James lui offrit un cigare en guise de taquinerie – fumer était considéré, chez les suffragettes, comme une action de protestation –, et Gwyneira et Jack ne purent s'empêcher de rire en la voyant tirer une profonde bouffée. Ils s'accordaient tous à trouver que la présence de la jeune femme était un

1. Fondatrice, en 1903, du mouvement britannique dit « des suffragettes ».

enrichissement, Jack parvenant peu à peu à converser avec elle avec naturel, bien que son cœur s'affolât à sa seule vue. De temps à autre, il était pris d'accès de timidité et c'est finalement elle qui l'attira dehors un soir de pleine lune, prétextant vouloir rendre une dernière visite aux chevaux. Elle glissa avec précaution sa main dans la sienne.

— Est-il vrai que les Maoris ne s'embrassent pas? demanda-t-elle tout bas.

Jack ne le savait pas exactement. Les jeunes filles maories ne l'attiraient pas, évoquant trop, pour lui, Kura dont James avait dit un jour que, si elle était la dernière femme sur terre, Jack entrerait dans les ordres.

— Les Maoris ont dû finir par l'apprendre de nous, les Pakeha, chuchota Charlotte. Tu ne penses pas que cela peut s'apprendre?

— Sans doute, dit-il, la gorge serrée. À condition de trouver le bon maître…

— Je n'ai encore jamais essayé, glissa-t-elle.

Jack la prit avec douceur dans ses bras.

— Commencerons-nous par le frottement de nez? plaisanta-t-il pour dissimuler sa nervosité.

Mais elle avait déjà ouvert les lèvres. Elle n'avait rien à apprendre. Ils étaient destinés l'un à l'autre.

L'épanouissement de ce jeune amour n'entraîna pas l'abandon des recherches de Charlotte. Elle flirtait avec Jack dans la langue des Maoris, James se montrant un professeur patient. Au bout de trois mois à Kiward Station, elle pouvait prononcer sans problème le nom de la montagne de l'île du Nord et avait noté, dans les deux langues, les premiers mythes maoris. Avec l'aide précieuse de Marama, bien sûr. Charlotte avait l'impression que le temps passait à une allure folle. Mais prolonger son séjour n'allait pas de soi.

— J'aimerais bien rester plus longtemps, expliqua-t-elle à ses parents venus la rechercher, mais je crains que cela soit inconvenant.

Rougissante, elle eut un regard plein de confusion vers Jack qui, d'émoi, faillit laisser tomber sa fourchette. Il s'éclaircit la voix.

— Oui... euh... les Maoris voient les choses autrement, mais nous entendons respecter les vieilles coutumes des Pakeha. Et alors... eh bien, quand une jeune fille est fiancée, il n'est pas convenable qu'elle vive sous le même toit que son futur mari.

— Mais, Jack, je croyais que tu voulais y mettre les formes, le réprimanda Charlotte avec douceur. Tu aurais dû solliciter maintenant de mon père un entretien en tête à tête et lui demander officiellement ma main !

— Bref, intervint James en se levant et en débouchant une bonne bouteille de vin, il semble que ces jeunes gens se soient fiancés. J'ai quatre-vingts ans, Jack. Je n'ai pas le temps d'attendre que tu réussisses enfin à poser une question simple. D'autant moins que l'affaire est réglée depuis longtemps. Et, à mon âge, il ne faut pas laisser durcir le rôti au four, car mâcher est une opération pénible. Donc, trinquons au bonheur de Jack et de Charlotte et occupons-nous de notre dîner. Des objections ?

Les Greenwood n'eurent rien à objecter, tout au contraire. Bien sûr, il y aurait des messes basses dans les meilleurs cercles de Christchurch et dans les Canterbury Plains : en dépit de la bonne réputation de Jack, les « barons des moutons » n'avaient pas oublié que le jeune homme était né de la liaison de Gwyneira avec un voleur de bétail. Les commères se souviendraient qu'entre le mariage des McKenzie et la naissance de Jack il ne s'était pas écoulé tout à fait neuf mois, et chacun savait que le jeune homme n'était pas l'héritier de Kiward Station. La fille du très riche Georges Greenwood aurait sans aucun doute pu trouver meilleur parti. Mais tout cela laissait Georges indifférent. Il donnerait une belle dot à sa fille et il savait que Jack était travailleur, que l'on pouvait se fier à lui et qu'il avait même suivi, durant quelques semestres, des études d'agriculture. Même si Kura vendait un jour la ferme et se fâchait avec les McKenzie, même si Gloria voulait en prendre la direction, Jack trouverait sans peine un poste de responsabilité dans une ferme. Il voulait avant tout voir sa fille heureuse – et mariée !

On s'accorda pour estimer que des fiançailles de six mois, y compris les trois déjà passés par Charlotte à la ferme, étaient convenables. Jack et Charlotte se marièrent donc au printemps, juste après la remontée des troupeaux. Élisabeth avait prévu une fête en plein air sur les bords de l'Avon, mais la pluie obligea les invités à se serrer à l'intérieur de tentes dressées dans le jardin de la maison ainsi que dans les salons. Les jeunes époux se retirèrent très tôt et partirent dès le lendemain pour Kiward Station. Ils emménagèrent, avec l'assentiment général, dans les pièces qu'avaient partagées William et Kura au début de leur mariage. William les avait fait aménager avec goût et sans compter. Si Charlotte ne voyait pas d'objections à vivre parmi ces meubles, Jack voulut une chambre à coucher moins somptueuse. Il commanda au menuisier d'Haldon un lit et des armoires en bois du pays.

— Méfie-toi des forêts d'ici ! sourit Charlotte. Rappelle-toi Tane Mahuta, le dieu de la Forêt, c'est lui qui a séparé Papa et Rangi !

Papatuanuku, la terre, et Ranginui, le ciel, avaient d'abord été, dans la mythologie maorie, un couple d'amoureux étroitement enlacés dans le cosmos. Finalement, leurs enfants décidèrent de les séparer, créant ainsi la lumière, l'air et la végétation sur la terre. Rangi, le ciel, pleurait encore presque chaque jour cette séparation.

— Rien ne nous séparera jamais, dit Jack en la prenant dans ses bras.

Charlotte modifia aussi quelque peu, dans leur appartement, l'ancien salon de musique de Kura.

— Je joue un peu, mais je n'ai pas besoin de deux pianos, déclara-t-elle.

Le magnifique piano à queue de Kura trônait en effet déjà dans le salon des McKenzie.

— Et surtout pas d'un piano juste à côté de notre chambre à coucher. C'est justement là que devra…

Elle rougit. Quelqu'un ayant reçu son éducation dans un internat anglais ne parlait pas avec naturel d'avoir un enfant.

Jack la comprit. Pour lui, il allait de soi que l'on ne se débarrassait pas des bébés en les laissant dans des chambres éloignées ! Il s'employa dès lors avec cœur à assurer sa descendance.

Georges, lui, aurait voulu que le couple, bien qu'heureux de sa vie à la ferme, accomplît maintenant un voyage de noces digne de ce nom.

— Il est temps que tu sortes un peu de ton trou, Jack ! décida-t-il, lassé d'entendre son gendre trouver mille raisons de ne pas quitter la ferme. Les moutons sont en sécurité à la montagne ; tes parents et les ouvriers se débrouilleront des quelques bœufs.

— Des quelques milliers de bœufs, remarqua Jack.

— Tu ne les bordes pas tous les soirs, tout de même ! Ta femme rêve de voir les Pancake Rocks, tu le sais.

Charlotte avait proposé de visiter la côte Ouest. En réalité, elle n'était pas attirée par les seules merveilles naturelles, elle était pour le moins autant intéressée à un échange avec le célèbre spécialiste des Maoris, Caleb Biller. Ayant entendu dire que la nièce de Jack, Elaine, et son mari habitaient dans la même localité que Biller et qu'ils le connaissaient, elle ne tenait plus en place.

— De ce que je sais, les Lambert et les Biller ne sont pas particulièrement amis, s'autorisa à remarquer Georges, mais cela ne rebuta pas Charlotte.

— Ils ne doivent pas être brouillés à mort, déclara-t-elle. Et, si c'est le cas, il faut rétablir la paix. Et puis ils ne seront pas obligés de rester plantés là quand je m'entretiendrai avec M. Biller. Il suffira qu'ils nous présentent. Et tu pourras chercher de l'or, Jack ! Il y a si longtemps que tu en as envie !

Jack lui avait parlé de ses rêveries de chercheur d'or quand il était jeune. Comme tous les adolescents, il s'était vu s'enrichir sur une concession. D'autant que son père avait de la sorte accumulé une petite fortune en Australie. Mais Jack tenait en définitive de sa mère : c'étaient surtout les moutons qui l'intéressaient. Il était attaché à sa terre.

— Il vaudrait alors mieux rendre visite aux O'Keefe à Queenstown, grogna-t-il. À Greymouth, c'est du charbon qu'on trouve !

— Nous irons à Queenstown l'an prochain, trancha Charlotte. J'aimerais en effet connaître ta sœur. Mais allons d'abord à Greymouth, c'est d'ailleurs plus simple, puisqu'il y a le train.

Sur ce dernier point, Jack n'eut rien à objecter. Il ne serait séparé de ses chers bovins que par quelques heures de voyage. Georges, de plus, mettrait à leur disposition son propre wagon-salon qui serait accroché au train régulier. Les jeunes mariés pourraient jouir du voyage dans des sièges confortables, voire au lit en buvant du champagne. Cela était assez égal à Jack qui préférait de loin se déplacer à cheval et qui aurait trouvé plus romantique de camper sous les étoiles. Mais, vu l'enthousiasme de Charlotte, il joua le jeu.

Tim et Elaine montrèrent moins d'enthousiasme.

— Tu comptes vraiment inviter Florence ? s'indigna Tim.

— Charlotte aimerait rencontrer Caleb Biller. Et je peux difficilement l'inviter seul à dîner. De quoi cela aurait-il l'air ? Nous allons simplement nous montrer aimables une soirée durant et parler de… au fait, de quoi peut-on parler avec Florence si ce n'est de mines ?

— Tu pourrais peut-être essayer ce dont les femmes parlent généralement ? La famille ? Les enfants ?

— Je me demande s'il est opportun de trop fouiller en ce domaine, pouffa Elaine. N'est-elle pas de nouveau enceinte et ne s'est-elle pas débarrassée du si mignon secrétaire en l'expédiant à Westport ?

— Un sujet fort intéressant. Peut-être arriveras-tu à la faire rougir ? Quelqu'un y est-il déjà parvenu ?

Les yeux des enfants se fermaient déjà. Il était inhabituel de pouvoir parler en leur présence sans peser ses mots. Si Lilian avait été là, Elaine aurait formulé avec davantage de précautions ses considérations sur Florence.

— Caleb peut-être, quand il lui a tout avoué sans mâcher ses mots. A-t-il employé le terme de « pédé » ?

— Lainie ! s'écria Tim en riant.

Caleb avait effectivement usé du terme quand, quelques années plus tôt, il avait avoué à Kura ses penchants sexuels. Il ne voulait pas se marier, mais n'avait pas eu le courage de choisir une libre existence d'artiste et de s'adonner à ses désirs. Il s'était résigné à épouser Florence, un mariage qui donnait à peu près satisfaction aux deux parties.

— Nous inviterons les enfants. Au moins les deux aînés. Comme ça, ils ne resteront pas trop longtemps et, en cas de besoin, nous bavarderons au sujet des internats anglais. Benjamin est environ de l'âge de Lily, non ?

— Oui, il doit aller à Cambridge cette année. Bonne idée ! Et, quand plus rien ne marchera, nous aborderons l'élevage des moutons. Jack peut disserter des heures à ce sujet et je suis certain que Florence, là, n'aura pas le dernier mot.

Tim Lambert, de prime abord, n'était pas bien disposé à l'égard de la femme de Jack, notamment parce qu'elle le forçait à rencontrer Florence Biller. Mais la jeune femme conquit son cœur aussi vite que celui d'Elaine et des garçons. Elle réussit, évitant de « ne pas voir » l'infirmité de

Tim, à la contourner avec un parfait naturel. Avec Elaine, ce furent des parties de fou rire et elle trouva en elle un public ouvert à ses aventures de suffragette. Elle joua au chemin de fer avec les enfants, leur apporta tout un assortiment d'instruments maoris d'une grande simplicité et leur raconta des histoires de *haka* qui donnèrent lieu à de bruyantes imitations.

— Kura n'a pas à craindre la concurrence de cette horde, déclara Elaine en se bouchant les oreilles. Même si Lilian était là pour les accompagner au piano. Ma descendance a apparemment hérité de l'absence de sens musical des Lambert.

— Comment va Lilian? Écrit-elle? demanda Jack, sautant sur l'occasion.

Bien que très occupé par son nouveau statut d'époux et par le travail à la ferme, il était en souci pour Gloria. Les lettres qu'elle écrivait à intervalles réguliers le perturbaient. La fillette évoquait avec sobriété ses cours de musique, les lectures collectives dans le jardin et les pique-niques au bord de la Cam; peut-être cela satisfaisait-il Gwyneira et James, mais, pour Jack, tout cela ne signifiait rien. Rien de la personnalité de Gloria ne transparaissait dans ces lettres. On aurait dit que quelqu'un d'autre les écrivait.

— Bien sûr qu'elle écrit, répondit Elaine. Les fillettes doivent régulièrement donner des nouvelles à leurs familles… ce qui n'est pas pour gêner Lily qui a toujours tant à raconter. J'en arrive à me demander comment elle déjoue la censure. Les enseignantes doivent se livrer à des contrôles au hasard, vous ne pensez pas? demanda-t-elle, tournée vers Charlotte.

— En fait, elles respectent le secret de la correspondance, au moins pour les plus âgées. Je parle de l'école où j'étais. Mais, chez les petites, elles doivent corriger les fautes d'orthographe.

— Lilian écrit-elle donc des choses subversives? s'inquiéta Jack. N'est-elle pas heureuse?

— Si, mais je crains que la conception du bonheur de Lily et celle des enseignantes ne coïncident pas exactement. Tenez, lisez ! dit-elle en riant.

Elle tira une lettre de sa poche, signe évident que sa fille lui manquait.

— « Chère maman, cher papa, chers frères, lut Jack à haute voix. J'ai eu une mauvaise note au devoir d'anglais. Il fallait raconter une histoire de M. Poe que nous avions lue. Mais, comme elle était trop triste, j'ai changé la fin. Et il ne fallait pas. M. Poe a écrit des histoires assez tristes et parfois très effrayantes. Mais il n'y a pas de fantômes. Je le sais parce que j'ai passé le dernier week-end au château de Bloomingbridge, avec Amanda Wolveridge. Sa famille a un véritable château qui, paraît-il, est hanté. Amanda et moi, nous ne nous sommes pas couchées de la nuit mais nous n'avons pas vu d'esprit. On a juste vu son crétin de frère caché sous un drap. Et puis nous sommes montées sur les poneys d'Amanda. C'était le mien le plus rapide. Rube, est-ce que tu pourrais m'envoyer un weta ? La semaine dernière nous avons mis une araignée dans la carte de géographie de miss Comingden-Proust. Elle a eu une de ces frousses quand elle l'a déroulée ! Elle a sauté sur une chaise ! On a pu voir sa culotte. Avec un weta, ça serait encore mieux, parce qu'ils vous sautent après parfois… »

Charlotte riait comme si elle était encore une petite fille jouant des tours à ses maîtresses. Jack riait lui aussi, le cœur un peu serré à vrai dire. La lettre était charmante, on croyait entendre babiller la petite Lilian. À côté d'elle, celles de Gloria paraissaient sinistres : de secs comptes rendus d'activités dont la fillette n'avait jamais eu la moindre idée chez elle. Il fallait qu'il cherche à en savoir plus. Mais comment s'y prendre ?

6

Gloria haïssait chacune des secondes qu'elle passait à Oaks Garden, et tout semblait se liguer contre elle.

D'abord ses détestables camarades de chambrée qui cherchaient à la démolir. Sans doute lui enviaient-elles la célébrité de sa mère, à moins qu'elles ne fussent simplement à la recherche d'un bouc émissaire sur qui décharger leur mécontentement. Gloria l'ignorait et n'y réfléchissait pas trop. Mais elle ne parvenait pas à rendre coup pour coup, pas plus qu'elle n'arrivait à ignorer les railleries. Elle savait trop qu'elle n'était pas jolie et que, dans son uniforme, elle avait l'air pataude. De plus, on lui faisait quotidiennement remarquer sa sottise et son absence de talents.

Or, l'école, bien que privilégiant l'enseignement des beaux-arts, n'était pas précisément un repaire de talents créateurs. La plupart des élèves étaient aussi gauches que Gloria quand il s'agissait de barbouiller de couleurs des toiles et elles avaient besoin de beaucoup d'aide pour arriver à dessiner un jardin avec une perspective tant soit peu correcte. Gabrielle écorchait son violon et Melissa ne jouait guère mieux du violoncelle. Rares étaient les filles ayant des dispositions artistiques, tout au plus se passionnaient-elles pour la musique ou la peinture. Lilian, par exemple, ne souffrit d'aucun complexe pour jouer « Annabel Lee » au piano devant sa future enseignante de musique ; elle fut simplement étonnée de son manque d'enthousiasme.

Lily n'était guère plus douée que Gloria, mais les heures de musique la distrayaient. C'était généralement le cas des autres élèves. Certes, les cours particuliers destinés à l'apprentissage d'un instrument étaient un supplice, mais tout le monde aimait chanter en chœur, à l'exception de Gloria. Il est vrai qu'aucune autre élève n'eut à endurer, durant la première heure, la torture qui fut réservée à la fille de Kuramaro-tini Martyn.

Gloria pressentit le pire lorsque miss Wedgewood, qui dirigeait la chorale, l'appela sur l'estrade parmi les toutes premières.

— La fille de la célèbre Mme Martyn ! s'exclama-t-elle, les yeux brillants. Je t'attendais avec une telle impatience ! Notre contralto est un peu faible et, même si tu n'arrives qu'à la cheville de ta mère, ce sera un apport considérable ! Chante-nous donc un *la* !

Gloria tenta de chanter la note que le professeur venait de jouer sur le clavier. Trois élèves, avant elle, s'y étaient essayées avec un succès mitigé, sur quoi miss Wedgewood, avec un léger soupir, les avait réparties dans divers pupitres. Mais aucune n'avait chanté d'une voix aussi étranglée que Gloria qui était déjà au comble de la confusion d'être seule debout devant la classe. L'allusion à sa mère avait été le coup de grâce. Elle ne put ensuite émettre le moindre son. Elle avait pourtant une voix puissante et mélodieuse en temps ordinaire, mais, seule sur l'estrade, elle était sur le point de s'effondrer.

— Ça alors, vraiment ! Tu n'as rien de ta mère ! conclut miss Wedgewood, déçue, en reléguant Gloria au dernier rang.

C'est également là qu'atterrit Gabrielle qui ne laissa alors passer aucune occasion de faire porter à Gloria le chapeau pour toutes les fausses notes, alors que la malheureuse chantait si bas que c'était à peine si on l'entendait. La seule qui aurait pu la défendre était Lilian. Or, elle était dans le premier pupitre, bien que chantant faux.

De manière générale, le fait que Lilian partage en théorie les bancs de l'école avec elle n'était pas une aide. Les deux fillettes ne se rencontraient que pour la chorale et dans le jardin, au moment des récréations. Or, dès les premiers jours, s'étant aussitôt fait des amies avec qui elle racontait des sottises, Lilian se retrouva au cœur d'une petite foule. Loin d'exclure Gloria de son cercle, elle l'y accueillait avec plaisir, mais celle-ci s'y sentait mal à sa place. Les fillettes du premier cycle la considéraient comme quelqu'un du cycle supérieur, avec un mélange d'admiration, d'envie et de méfiance. Il régnait une certaine rivalité entre les pensionnaires des deux ailes; on ne se rendait pas visite à moins de vouloir jouer un mauvais tour à la partie adverse. Et il arriva que, sans l'avoir voulu, Gloria fût à l'origine d'une certaine colère dans l'aile ouest. Lilian l'avait invitée à une fête de minuit. Gloria s'y était rendue sans se faire remarquer et avait pris plaisir à manger des gâteaux et à boire de la limonade. Lilian racontant les histoires qui l'avaient déjà fascinée à Kiward Station, elle avait fini par rire et bavarder avec les autres. Bien entendu, Gabrielle et les autres la surprirent à son retour et, lui ayant arraché son secret, la cafardèrent. Miss Barnum arriva chez les petites occupées à tout nettoyer et il y eut une pluie de punitions. Gloria fut tout naturellement tenue pour responsable de l'issue malheureuse de la fête.

— Je te crois! dit Lilian, les deux cousines s'étant rencontrées au cours de la punition qui avait sanctionné ce délit, une interminable promenade sous la pluie, dans le jardin, durant laquelle il était interdit de parler, mais obliger Lilian à se taire relevait de l'impossible. Cette Gabrielle est une sale bête! Mais mes copines ne veulent maintenant plus que tu sois des nôtres. Je suis vraiment désolée!

Gloria resta donc seule, recluse dans ce triste internat, contrairement à Lilian que l'une ou l'autre de ses amies invitait chez elle presque chaque semaine. Les familles d'une bonne moitié des pensionnaires résidaient en effet à proximité d'Oaks Garden, et accueillir le samedi et le dimanche des enfants venus de plus loin était pratique courante. Seules quelques exclues passaient le week-end à l'internat sans que leur fût proposé le moindre divertissement. Gabrielle et Fiona, qui étaient souvent du nombre des «parias», passaient alors leur mauvaise humeur sur Gloria.

Les fillettes allaient bien sûr à la messe le dimanche. C'était, pour Gloria, l'occasion de rencontrer miss Bleachum, son seul rayon de soleil de la semaine. La jeune gouvernante n'avait au demeurant pas l'air très heureuse non plus. Gloria, stupéfaite, la découvrit le premier dimanche à Sawston assise devant l'orgue.

— J'ignorais que vous saviez jouer, confia-t-elle timidement à la fin du service divin. N'aviez-vous pas dit à ma grand-mère que vous ne donniez pas de cours de musique?

— C'est vrai, mais Glory, mon trésor, si tu avais un peu d'oreille, tu aurais compris pourquoi, plaisanta Sarah qui s'arrêta net en voyant le chagrin s'inscrire sur les traits de la fillette.

À Kiward Station, il avait été communément admis que Gloria n'avait pas de sens musical, et parfois avec un sentiment de satisfaction! Personne ne voyait de mal à taquiner la petite à ce sujet et elle-même en riait. Mais, en ce jour, l'autocritique plaisante de Sarah semblait la peiner plus que, jadis, les reproches à propos de devoirs négligés.

— Je ne voulais pas te blesser, Glory, s'excusa la jeune femme aussitôt. Mais qu'est-ce que tu as? Tu as des ennuis à l'école parce que tu n'es pas plus douée que moi?

— Mais vous êtes douée! Vous jouez même à l'église, répliqua Gloria au bord des larmes.

Sarah soupira. Sa prestation à l'église du village avait donné matière à discussion avec Christopher. C'était jusqu'ici miss Taylor-Bennington, l'enseignante de musique d'Oaks Garden, qui jouait de l'orgue le dimanche, et bien mieux que Sarah. Christopher avait cependant tenu à ce que celle-ci «s'investisse» dans la paroisse. Il la présentait comme étant sa cousine, mais, au village, il n'était question que de leur mariage imminent. Presque toutes les femmes que Gloria rencontrait abordaient le sujet de manière plus ou moins directe, toutes ayant une idée de la façon dont la future épouse du pasteur pourrait se rendre utile. Sarah prit sagement en charge le cercle biblique et l'école du dimanche, mais, en dépit de ses dons pédagogiques, l'accueil réservé à son engagement fut assez frais.

— Sarah, ma chérie, les femmes se plaignent, lui déclara Christopher dès la fin de la seconde semaine. Tu transformes nos lectures de la Bible en matière scientifique. Toutes ces histoires tirées de l'Ancien Testament sont-elles bien nécessaires ?

— J'ai songé à lire avec elles des textes bibliques mettant en scène des femmes, se défendit Sarah. Et c'est dans l'Ancien Testament que se trouvent les plus belles histoires.

— Les plus belles ? Celle, par exemple, de Deborah qui part en campagne avec un chef de guerre ? Ou celle de Jaël qui tue son ennemi avec un piquet de tente ?

— Eh oui, les femmes, dans l'Ancien Testament, étaient un peu... hum... plus vigoureuses que celles du Nouveau. Mais elles obtiennent aussi un tas de choses. Esther par exemple...

— Dis-moi, Sarah, aurais-tu des sympathies pour les suffragettes ? Tout ça a un petit air subversif.

— C'est dans la Bible, objecta la cousine.

— Mais il y a aussi des passages plus beaux ! rétorqua Christopher posant, plein d'onction, la main sur le Nouveau Testament.

Dès le prêche dominical suivant, il donna à Sarah un exemple de la manière dont il entendait voir traité le sujet « la femme et la Bible ».

— Une femme bonne et vertueuse a plus de valeur que la plus précieuse des perles ! commença-t-il, passant rapidement sur les fautes d'Ève pour louer l'homme possédant une femme de qualité. La grâce de la femme est un réconfort pour l'homme, sa sagesse est un rafraîchissement pour ses membres !

La gent féminine rougit comme obéissant à un commandement secret, mais apprécia la louange. La seconde suivante, la soumission de Marie aux volontés du Seigneur les subjugua ainsi que ses qualités maternelles. Pour finir, le révérend recueillit l'assentiment général.

— Lors du prochain cercle biblique, il faudra que tu leur lises le Magnificat et que tu évoques comment la Vierge fut bénie, ordonna-t-il, d'excellente humeur, à Sarah. Ce sera moins long que toutes ces histoires bibliques. Les femmes veulent en effet pouvoir aussi parler d'autre chose.

On bavardait en effet plus que l'on ne priait dans le cercle, le révérend étant au centre des conversations. Les participantes rêvaient de lui et s'extasiaient de tout ce qu'il apportait à la paroisse.

— Vous serez certainement aussi une bonne épouse pour lui ! déclara un jour, d'un ton protecteur, Mme Buster chez qui Christopher l'avait logée.

Si la chambre était propre et confortable, la propriétaire ne laissait que peu d'intimité à sa locataire, lui infligeant ses bavardages. Sarah n'avait d'autre échappatoire que de longues promenades, sous la pluie le plus souvent.

Des différends sérieux apparurent entre la jeune préceptrice et la paroisse quand Christopher lui eut confié la direction de l'école du dimanche. Sa matière préférée était en effet les sciences naturelles et elle avait pour principe de répondre sans mentir aux questions des enfants.

— Mais à quoi avais-tu la tête ? s'emporta Christopher, excédé par les protestations indignées des parents après le premier cours. Tu racontes aux enfants que nous descendons du singe ?

— Billy Grant voulait savoir s'il était exact que Dieu avait créé tous les animaux en six jours. Or, Charles Darwin a réfuté cette théorie. Je leur ai donc expliqué qu'il y a dans la Bible une très belle histoire qui nous aide à mieux comprendre le miracle de la Création. Puis je leur ai dit comment les choses se sont effectivement passées.

Christopher s'arracha les cheveux.

— Ce n'est nullement prouvé, s'indigna-t-il. Et même si c'est ta conviction profonde, cela n'a pas sa place dans une école chrétienne. Sois plus prudente à l'avenir ! Nous ne sommes pas ici à l'autre bout du monde où on tolère peut-être des idées subversives.

Sarah ne voulait pas se l'avouer, mais plus elle s'imaginait en femme de pasteur, plus elle regrettait cet autre bout du monde. Elle s'était toujours considérée comme une bonne chrétienne, mais elle commençait peu à peu à craindre que cela ne suffît pas ici. Sa foi devait manquer de fermeté et son amour du prochain n'était pas tel qu'elle pût quotidiennement se préoccuper des soucis, parfois mesquins et souvent imaginaires, des paroissiens. Elle avait éprouvé beaucoup plus de plaisir avec les enfants.

Par ailleurs, Gloria semblait avoir de vrais problèmes. En dépit de l'impatience clairement manifestée par Christopher – les deux cousins, après la messe, étaient généralement invités à manger chez un paroissien et le révérend n'aimait pas être en retard –, Sarah se mit brièvement à l'écart avec la fillette, dans le cimetière derrière l'église, et la fit parler. Au moins un endroit où elles seraient seules. Gloria savait déjà ce que sa préceptrice ne voulait pas s'avouer : elles étaient l'une et l'autre désespérément à la recherche de lieux où pouvoir se retirer.

— Je n'ai que des mauvaises notes, miss Bleachum, choisit d'expliquer Gloria, supposant que cela intéresserait davantage sa préceptrice que les perpétuelles tracasseries que lui infligeait Gabrielle. Je ne sais pas chanter sur partition. Pour moi, tout ça, c'est pareil. Et je dessine mal également... bien que, il y a quelques jours, j'aie vu une grenouille, une bien verte, miss Bleachum, avec de minuscules ventouses sur ses petites pattes, et je l'ai dessinée.

Comme mon arrière-grand-père Lucas. D'abord un grand dessin de la grenouille et ensuite un petit, pour les pattes. Regardez un peu, miss Bleachum !

Fièrement, Gloria montra un fusain déjà légèrement sali. Sarah fut impressionnée. L'enseignement du dessin en perspective avait à l'évidence porté ses fruits : l'animal paraissait pris sur le vif.

— Mais miss Blake-Sutherland trouve que c'est dégoûtant, que je ne dois pas dessiner de choses dégoûtantes, que l'art consiste à reproduire des choses belles. Gabrielle a eu une bonne note parce qu'elle a dessiné une fleur. Ça ne ressemblait pourtant pas à une vraie fleur ! Mais miss Blake-Sutherland ne le sait sans doute pas. On n'enseigne pas la botanique en Angleterre, ni la zoologie. En tout cas, pas beaucoup. Et le cours de géographie est ennuyeux, juste bon pour des bébés. Il n'y a pas de latin non plus, juste du français.

— Mais nous avons fait du français ensemble, remarqua Sarah avec mauvaise conscience.

Elle n'avait commencé cet enseignement qu'un an plus tôt. Les élèves, à Oaks Garden, devaient avoir commencé depuis la sixième. Gloria ayant confirmé l'hypothèse et le fait qu'elle était désespérément à la traîne, miss Bleachum eut une idée.

— Peut-être que je pourrais te donner des leçons particulières, proposa-t-elle. Le samedi ou le dimanche après-midi. Est-ce que ça te plairait ?

— Ce serait merveilleux, dit Gloria, radieuse.

Un après-midi du week-end durant lequel elle pourrait échapper à Gabrielle et Fiona !

— Vous pourrez écrire à ma grand-mère à propos du paiement.

— Non. Cela sera un plaisir pour moi, Gloria. Mais il faut d'abord en parler avec miss Arrowstone. Si elle ne l'autorise pas…

Christopher eut beau le lui déconseiller, Sarah se rendit à l'internat dès le lendemain, prête à en découdre avec la directrice qui, dans un premier temps, ne se montra pas enchantée du tout.

— Miss Bleachum, nous étions convenues qu'il valait mieux que la fillette se détache de vous. Gloria joue ici les originales, ne s'entend pas avec ses camarades de classe et refuse ce qu'on veut lui enseigner. Parfois les contenus lui sont bien sûrs un peu étrangers, mais il lui arrive aussi de se montrer récalcitrante ! La maîtresse de l'enseignement biblique me l'a amenée, l'autre jour, parce qu'elle avait défendu dans un travail écrit les idées de Darwin ! Je l'ai sévèrement réprimandée et punie.

Sarah rougit.

— La fillette a grandi totalement hors du temps ! déclara la directrice avec tous les signes de l'indignation. Et vous y êtes sans doute pour quelque chose. Mais, bon, cette petite a certainement été livrée à elle-même dans cette ferme ! Le petit peu d'enseignement à domicile qu'elle a reçu n'a probablement pas suffi y remédier. D'autant que les conditions familiales, là-bas, en Nouvelle-Zélande… Ce que raconte Lilian est-il exact ? Le grand-père a-t-il vraiment été un voleur de bétail ?

— L'arrière-grand-père de Lilian, rectifia Sarah avec un sourire. Gloria n'a pas de lien de parenté avec James McKenzie.

— Mais elle a grandi dans la famille de ce douteux Robin des Bois, n'est-ce pas ? Tout cela n'est pas très clair… Et qui est ce « Jack » ? demanda la directrice en sortant d'un tiroir une feuille de papier à lettre.

Sarah reconnut l'écriture de Gloria et ne put s'empêcher de s'emporter.

— Liriez-vous les lettres des fillettes ?

— Pas systématiquement, miss Bleachum, répondit miss Arrowstone d'un air réprobateur. Mais celle-ci, oui…

Les élèves d'Oaks Garden devaient écrire régulièrement chez elles, la dernière heure de cours du vendredi étant réservée à cet effet. On distribuait du papier et une surveillante donnait à l'occasion la bonne orthographe de mots difficiles, surtout auprès des plus jeunes. Lilian Lambert, par exemple, écrivait sans réfléchir, oubliant points et virgules. Dans la classe de Gloria, tout se passait plus paisiblement. La plupart des filles n'avaient pas grand-chose à raconter, mais avaient appris à transformer des bagatelles – une bonne note ou un nouveau morceau de violon à étudier – en événements dignes d'être célébrés.

Gloria, en revanche, ne savait quoi écrire. Elle avait beau chercher, elle n'arrivait pas à formuler dans sa tête un mot susceptible de décrire sa détresse. Il ne lui venait à l'esprit que les images ayant marqué sa semaine : le corsage du dimanche soigneusement repassé que, le lundi matin, elle retrouvait tout froissé sous les vêtements que Gabrielle avait quittés la veille au soir. Après une visite de ses parents et une excursion, celle-ci était rentrée tard, le soir, dans la chambre commune, lasse, mais pas épuisée au point de ne pas lui jouer un nouveau tour. Gloria avait récolté une réprimande, car, lors de l'inspection de la tenue, elle attirait toujours l'attention. Même les corsages blancs donnaient, sur elle, l'impression d'être froissés ! Sans doute cela tenait-il au blazer qui lui allait mal ; ou Gloria bougeait-elle plus que les autres ? Moins adroitement ? À moins qu'elle ne fût l'objet d'une attention particulière lors de l'inspection ? Quelques-unes des élèves les plus jeunes, Lilian notamment, ne donnaient pas toujours, elles non plus, l'impression d'être correctement vêtues. Mais elles étaient jolies ou avaient l'air gaies. Gloria, en revanche, lisait dans les yeux de miss Coleridge qu'elle la trouvait laide et pas à sa place.

— Une honte pour notre maison ! avait déclaré ce lundi la miss en inscrivant, sous les ricanements de Gabrielle, des mauvais points pour Gloria.

Il y avait encore cette image du mardi, le jour de la chorale. La directrice était présente et avait tenu à entendre chanter quelques-unes des nouvelles. Parmi elles, Gloria bien sûr. Sans doute la séance n'avait-elle été organisée qu'en fonction d'elle, miss Arrowstone voulant vérifier par elle-même que la fille de la célèbre Kura-maro-tini était bien aussi décevante que le disait miss Wedgewood. Gloria n'avait naturellement pas été bonne et avait de plus été réprimandée pour sa mauvaise tenue sur l'estrade.

— Gloria, il faut se comporter comme une dame! Redresse-toi, relève la tête, regarde les auditeurs! C'est comme cela que tu chanteras juste!

Gloria avait rentré la tête dans les épaules. Elle ne voulait pas qu'on la vît. Et elle n'était pas une dame!

Pour finir, elle s'était interrompue en plein chant, était descendue de l'estrade en fondant en larmes et avait récolté de nouveaux mauvais points.

Puis était arrivé le mercredi et cette histoire incroyable à propos du péché originel! Elle en avait entendu parler à Haldon, à l'école du dimanche, de cette faute dont l'homme avait hérité, mais sans y avoir prêté grande attention. «L'héritage», pour elle, évoquait la qualité de la laine chez les moutons, l'instinct des chiens de bergers et les diverses sortes de montures. Des accouplements judicieux permettaient des améliorations, mais Adam et Ève n'ayant, de ce point de vue, pas disposé d'un grand choix, Gloria était prête à leur pardonner ce faux pas. Par ailleurs, le terme de «paradis» n'évoquant pour elle que les étendues immenses de Kiward Station et tout ce que James et miss Bleachum lui avaient raconté sur les plantes de son pays, elle ne fit qu'effleurer la Genèse avant d'aborder l'évolution des espèces animales en fonction des territoires. «L'homme, écrivit-elle en conclusion, n'a pas évolué en Nouvelle-Zélande. Les Maoris étaient venus d'Hawaiki, les Pakeha d'Angleterre. Il n'y a pas non plus de singes là-bas, il est donc vraisemblable que les premiers hommes sont venus d'Afrique ou de l'Inde. Mais le paradis n'était pas là-bas, car ces pays n'ont pas de pommes. »

Gloria n'avait pas compris pourquoi, en raison de ces phrases, elle avait été convoquée chez la directrice qui la sermonna vertement. Elle dut recopier trois fois l'histoire de la Création, ce qui lui permit d'apprendre que le paradis se situait quelque part entre le Tigre et l'Euphrate et que les pommes n'apparaissaient nulle part dans la Bible. Elle trouva tout cela fort étrange.

Pour finir la semaine, intervint l'épisode horrible du cours de piano. Gabrielle ayant changé les partitions de Gloria, celle-ci ne fut pas en mesure de lire la sienne, si bien que miss Taylor-Bennington, en guise de punition pour sa négligence, l'obligea à jouer par cœur. Ce qui réduisit à néant tous les efforts de la semaine car, sans partition, Gloria était totalement démunie. Elle effectua donc l'après-midi une longue promenade en silence, destinée à « effacer » les mauvais points récoltés. Sous la pluie, bien sûr ! Gloria était frigorifiée dans son uniforme.

Il lui était impossible de raconter tout cela sans se mettre à pleurer. Elle resta une heure à regarder fixement devant elle, sans voir le pupitre, le tableau, ni même miss Coleridge qui assurait la surveillance.

Quand elle prit enfin la plume, elle la plongea dans l'encrier avec tant de force que des gouttes jaillirent sur son papier, pareilles à des larmes. Et elle écrivit les seuls mots qu'elle eût en tête :

« Jack, je t'en prie, ramène-moi à la maison ! »

— Alors, vous voyez, miss Bleachum ! déclara miss Arrowstone avec humeur. Devions-nous envoyer une telle « lettre » ?

Sarah contemplait, interdite, l'appel au secours de Gloria.

— Je comprends que vous deviez être sévère, dit-elle. Mais ce que je propose, ce ne sont que quelques cours particuliers de français. Si l'enfant suit mieux en classe, cela aidera à son intégration. Et, le week-end, cela ne lui fera rien manquer.

Sarah était résolue à se rencontrer secrètement avec Gloria si miss Arrowstone ne se montrait pas conciliante. Mais celle-ci se laissa fléchir.

— Bon, d'accord, miss Bleachum. Si le révérend n'y voit pas d'objection…

Sarah faillit de nouveau s'emporter. En quoi cela regardait-il Christopher qu'elle donne des cours à Gloria? Depuis quand avait-elle besoin de son autorisation pour accepter une élève? Puis elle se ressaisit. Elle n'avait rien à gagner à monter miss Arrowstone contre elle.

— Ce fut d'ailleurs un très beau sermon sur la place de la femme dans la Bible! observa la directrice en raccompagnant sa visiteuse. Si vous aviez la gentillesse de le lui dire. Nous avons toutes été très touchées!

Gloria, intimidée et les yeux rouges, arriva en retard au premier cours, le samedi après-midi.

— Je suis désolée, miss Bleachum, mais il m'a fallu d'abord écrire une lettre, s'excusa-t-elle. Je dois la montrer ce soir à miss Coleridge. Mais je…

— Commençons donc par ça, soupira Sarah. As-tu la lettre sur toi?

> Chère grand-mère, cher grand-père, cher Jack,
>
> Je vous salue bien depuis l'Angleterre. J'aurais déjà écrit si je ne devais pas tant travailler. J'ai un cours de piano et je chante dans une chorale. En cours d'anglais, nous lisons des poèmes de M. Edgar Poe. Nous apprenons aussi des poésies par cœur. Je fais beaucoup de progrès en dessin. Le week-end, je vois miss Bleachum. Le dimanche, nous allons à la messe.
>
> Je vous aime beaucoup.
>
> Votre Gloria

7

Les cours particuliers du samedi après-midi devinrent pour Gloria le moment privilégié de la semaine. Elle y pensait avec joie dès le lundi et, quand son quotidien devenait par trop insupportable, elle se voyait au côté de la jeune femme, lui racontant ses malheurs. Elles consacraient la première heure à l'enseignement du français. Ensuite, Gloria lui narrait le martyre que Gabrielle et les autres lui infligeaient sans arrêt. Sarah lui donnait des conseils.

— Il ne faut pas te laisser faire, Gloria ! Il n'y a rien de déshonorant à demander de l'aide de temps à autre à la surveillante. Surtout quand il s'agit de tours aussi pendables que de tacher d'encre ton chemisier ! Et, si tu ne veux pas rapporter, demande à ce qu'elle te garde tes affaires. Ou bien relève-toi la nuit, vérifie si elles t'ont fait une nouvelle crasse et, dans ce cas, intervertis les habits. Gabrielle aura l'air maligne quand elle découvrira les taches sur son chemisier alors que tu seras déjà partie. Vous avez à peu près la même taille, non ? Ou bien refile les vêtements salis ou froissés à une autre de tes camarades de chambre qui passera un savon à Gabrielle. Et n'hésite pas à leur jouer toi-même un mauvais tour !

Mais Gloria n'avait aucune imagination en ce domaine. Il lui vint pourtant l'idée de mettre dans le coup Lilian qui, avec ses copines, ne cessait de jouer des tours pendables aux maîtresses et aux autres filles. La petite rouquine écouta patiemment Gloria se plaindre de Gabrielle.

— C'est l'espèce de cruche qui nous a cafardées l'autre fois, après notre fête, hein? C'est sûr qu'il va me venir une idée!

Lors de son cours de violon suivant, Gabrielle constata que son instrument était totalement désaccordé, ce qui, pour une élève musicienne, n'aurait pas été un problème. Mais Gabrielle n'avait pas plus d'oreille que Gloria et elle avait pour habitude d'acheter avec des sucreries une petite violoniste douée afin qu'elle accorde son instrument avant le cours. Elle dut cette fois procéder elle-même à l'opération et se ridiculiser sous les yeux de miss Taylor-Bennington.

Ce coup fourré procura à Gloria un certain sentiment de triomphe, mais ne la remplit pas de joie. Voir souffrir autrui ne la satisfaisait pas et elle n'aimait pas les conflits. Gwyneira aurait expliqué son besoin d'harmonie par ses ascendances maories, car sa grand-mère Marama avait le même tempérament. À Oaks Garden toutefois, cette humeur pacifique était tenue pour une faiblesse. Les enseignantes disaient de l'enfant qu'elle « manquait d'énergie » et les élèves continuèrent à la tourmenter de leur mieux.

L'ancienne Gloria, heureuse et ouverte à tout dans le monde, ne revivait que lors des après-midi avec Sarah. Pour éviter d'être espionnées par Christopher ou Mme Buster, elles entreprenaient de longues promenades une fois le cours de français terminé. Gloria ayant trouvé du frai de grenouille dans une mare, Sarah découvrit dans un recoin du jardin de sa logeuse un endroit caché où les têtards pourraient éclore. Gloria assista avec émerveillement à leur évolution et Mme Buster eut la peur de sa vie en voyant un jour une vingtaine de petites grenouilles traverser ses plates-bandes. Il fallut quelques heures à Sarah pour les attraper et les ramener à leur mare. Elle s'attira derechef une remarque du révérend.

— Ce n'était guère digne d'une dame, ma chère ! Tu devrais veiller à offrir aux paroissiennes l'image d'un modèle.

— Allez-vous bientôt épouser le révérend ? demanda Gloria un beau jour d'été.

C'étaient les vacances scolaires, mais elle n'était pas retournée en Nouvelle-Zélande, tandis que ses parents, en tournée en Norvège, en Suède et en Finlande, ne s'étaient pas embarrassés de leur fille. Les élèves restant à l'école n'étaient pas strictement surveillées et Gloria en profitait pour s'échapper presque chaque jour et rendre visite à miss Bleachum. Elle donnait la main pour les préparatifs de la vente de charité, soulageant Sarah de quelques tâches désagréables.

Celle-ci fut étonnée de constater que Gloria s'entendait bien avec les femmes de la paroisse. Les villageois étaient des gens simples, tout à fait comparables aux habitants d'Haldon ou aux familles des bergers qu'avait fréquentés la fillette. Personne, ici, n'avait entendu parler de Kura-maro-tini et de sa voix sensationnelle. Gloria était une interne comme une autre, sans l'arrogance de beaucoup des filles d'Oaks Garden. Elle était traitée comme une enfant du village. Or, prenant beaucoup plus de plaisir à tresser des guirlandes, accrocher des lampions et mettre les tables qu'à jouer du piano ou réciter des poèmes, elle se rendait utile et recevait des félicitations si bien qu'elle finit par se sentir un peu mieux dans sa peau. En fait, elle était plus à l'aise au sein de la paroisse que Sarah qui n'avait pas un bon contact avec les villageois. Il fallut un peu de temps à celle-ci avant de répondre à la question de Gloria.

— Je ne sais pas, finit-elle par dire. Tout le monde le pense, mais…

— L'aimez-vous, miss Bleachum ?

Cette question impertinente venait naturellement de Lilian qui passait elle aussi une partie des vacances à l'internat, où elle s'ennuyait terriblement. La semaine suivante, elle partirait pour Somerset où une amie l'avait invitée dans la propriété de ses parents.

— Je crois que oui…, murmura-t-elle, hésitante.

Une réponse sincère aurait été qu'elle n'en savait rien, ne serait-ce qu'en raison de son incapacité à définir le mot « aimer ». Elle avait autrefois cru sentir entre elle et Christopher une certaine affinité spirituelle, mais, depuis son arrivée ici, elle en doutait. En réalité – la jeune institutrice en avait clairement conscience –, le révérend et elle n'avaient rien de commun. Sarah aspirait à la vérité et aux connaissances sûres. Elle voulait expliquer le monde à ses élèves. Dans le domaine religieux, on aurait pu parler de zèle missionnaire, mais elle était fort éloignée de ces préoccupations. Elle prenait peu à peu conscience, avec honte, qu'elle ne se souciait pas de ce que les gens croyaient. C'est sans doute pour cette raison qu'elle n'avait jamais eu de problèmes avec les enfants maoris. Elle leur lisait certes la Bible, mais les comparaisons qu'en faisaient les enfants avec leurs légendes ancestrales ne la choquaient pas. Elle se contentait de corriger leurs fautes en anglais.

Ce qui la choquait bien davantage, c'était l'ignorance. Ignorance qu'elle rencontrait à Sawston plus qu'elle n'aurait voulu. Même Christopher lui parut d'abord être dans ce cas. Elle s'aperçut ensuite que son cousin ne partageait pas toujours les opinions qu'il professait à haute voix. Intelligent et cultivé, il avait pour la vérité moins d'égards que pour sa réputation dans la paroisse. Voulant être aimé, admiré et respecté, il n'hésitait pas à retourner sa veste s'il le fallait. Les exégèses de Christopher étaient simples, ne laissant pas de place au doute. Il flattait les membres féminins de sa paroisse et s'abstenait de toute critique envers les péchés des hommes. Sarah en était parfois furieuse. Elle aurait apprécié des propos plus clairs quand une femme venait se plaindre à lui de ce que son époux dépensait son argent au pub et de ce qu'il la battait si elle protestait. Mais Christopher jouait toujours l'apaisement.

Pourtant, plus qu'avant, la jeune femme se sentait attirée par Christopher Bleachum. Après s'être pratiquement résignée à être officiellement fiancée avec lui, elle lui permettait de venir la chercher pour des pique-niques ou des excursions. À peine était-elle seule avec lui qu'elle ressentait le charme émanant de lui. Il lui donnait l'impression que rien au monde ne l'intéressait plus que Sarah Bleachum. Il la regardait droit dans les yeux, acquiesçait avec sérieux à ce qu'elle disait et parfois… parfois, il la touchait. Cela commençait par un frôlement presque fortuit quand ils tendaient la main en même temps vers une cuisse de poulet lors d'un pique-nique. Le frôlement devenait ensuite contact délibéré de ses doigts sur le dos de sa main, comme pour souligner un propos qu'il était en train de tenir.

Ces approches provoquaient des frissons chez Sarah, la chaleur de ses doigts se transmettait à tout son corps. Parfois, quand il lui prenait la main pour l'aider à franchir un endroit boueux, elle sentait sa force et son assurance. Au début, cela la rendait nerveuse, mais il la lâchait dès que l'obstacle avait disparu et elle finit par apprécier ces contacts. Christopher paraissait ressentir ce qui se passait en elle. Lorsqu'elle se détendait enfin, il gardait sa main dans la sienne, jouant avec ses doigts en lui disant qu'elle était belle. Déconcertée, elle voulait néanmoins le croire : quelqu'un lui tenant ainsi la main pourrait-il mentir ? Elle prenait peu à peu plaisir à ces approches, ne tremblant plus sous l'effet de l'excitation et de la nervosité, mais attendant avec impatience que Christopher la prenne par la taille et lui dise des mots doux.

Un jour, il l'embrassa, dans les roseaux au bord de la mare où Gloria avait trouvé du frai de grenouille. Le contact de ses lèvres contre les siennes lui coupa d'abord le souffle, puis la raison. Elle n'arrivait plus à penser quand il la tenait ; elle n'était plus que sensation et plaisir. Ce devait être ça, l'amour, cette sensation de fuir, de se perdre dans les bras de l'autre. L'affinité entre deux âmes, c'était l'amitié, mais ça… ça, c'était l'amour… très certainement.

Bien sûr, elle connaissait aussi le mot « désir ». Mais ce mot ne pouvait s'appliquer ni à Christopher ni à elle-même ! Ce qu'elle éprouvait était forcément quelque chose de bien, de sacré – l'amour tout simplement, tel qu'il était béni le jour du mariage.

Pour Christopher, cette approche prudente était plus une épreuve qu'un plaisir. La pruderie de Sarah n'était bien sûr pas une surprise pour lui. Les écoles normales n'étaient guère mieux que des couvents : attendant des futures enseignantes qu'elles fussent chastes, on les soumettait à une surveillance stricte. Mais il avait tout de même espéré l'éveiller plus rapidement au désir, d'autant qu'il n'aimait pas faire la cour. Ce qu'il aimait, c'était se laisser séduire. Habitué à ce que les femmes soupirent après lui, il savait interpréter les signaux les plus ténus : un discret battement de cils, un sourire, un hochement de tête… Il suffisait de peu pour enflammer Christopher, surtout si la personne de l'autre sexe était jolie et exhibait des rondeurs alléchantes. Alors commençait un jeu interdit auquel il excellait. Le révérend se répandait en allusions et en petites flatteries, accueillant d'un sourire les rougeurs confuses de ces dames qui n'hésitaient pourtant pas, la seconde suivante, à lui tendre la main et à frémir d'aise quand, des doigts puis des lèvres, il la caressait. Pour finir, c'étaient toujours les femmes qui, à la faveur d'endroits retirés, en désiraient davantage. Ces cachotteries excitaient Christopher au plus haut point, lui permettant d'en venir sans tarder au fait. C'est d'ailleurs pourquoi il préférait les femmes d'expérience. La lente initiation d'une vierge aux joies de l'amour n'était pas pour lui source de plaisir.

Or, c'était ce que semblait souhaiter Sarah. Disposant à l'évidence d'assez de connaissances sur l'amour physique pour en avoir peur, elle savait par ailleurs qu'il est la source du plaisir. Elle n'accepterait pas de rester allongée sous lui sans se plaindre, raide comme un piquet. De plus, elle ne lui avait toujours pas donné un clair consentement ! Il ne manquerait plus qu'elle change d'avis alors qu'il l'avait déjà présentée à toute la paroisse comme sa future épouse ! Il restait persuadé que le rôle de femme de pasteur lui allait à merveille, même si, initialement, ils avaient eu quelques différends.

Intelligente et cultivée, elle pourrait le décharger de bien des fardeaux de sa fonction. Il suffirait de la façonner quelque peu. Elle se montrait malheureusement trop souvent indocile. Il n'aimait pas la voir traîner partout avec la fillette Martyn au lieu de s'engager plus fermement au sein de la paroisse. Mais, enfin, elle était également prête au compromis : depuis leur querelle à propos du darwinisme, elle s'abstenait de trop commenter les récits bibliques. D'un autre côté, elle avait tendance à négliger l'éducation religieuse des enfants de l'école du dimanche, préférant les conduire en pleine nature pour leur montrer la beauté du monde créé par Dieu. Ils apprenaient par là plus sur les plantes et les animaux que sur l'amour du prochain et sur l'esprit de pénitence. Certes, personne ne s'en était encore plaint, et puis l'hiver ne tarderait pas à y mettre un terme.

Il était au fond résolument optimiste quant à sa capacité à transformer son bas-bleu de cousine en une sage femme de pasteur. Il avait en revanche moins d'espoir de lui voir jouer le rôle de rempart pour sa vertu, comme le souhaitait l'évêque ! Il essaierait d'être fidèle, mais Sarah l'ennuyait déjà avec la cour permanente qu'elle exigeait de lui. Au demeurant, se contenir ne lui demandait pas d'efforts extraordinaires. Si Sarah n'était pas laide, il lui manquait en effet la gracieuse souplesse d'une Mme Walker dont la seule vue l'excitait. De plus, sa poitrine semblait plate sous ses vêtements décents. Épouser Sarah était une affaire de raison. Christopher n'éprouvait pour elle ni amour ni attachement profond.

— Je ne pense pas que le révérend soit amoureux de miss Bleachum, affirma Lilian en revenant à l'école en compagnie de Gloria.

Gloria était contente que sa cousine fût avec elle, car les préparatifs de la fête l'avaient mise en retard. La porte de l'école serait certainement fermée, l'obligeant à sonner, ce qui lui vaudrait une réprimande. Mais Lilian avait assuré qu'elle connaissait au moins deux moyens de franchir la haie sans être vue.

— Comment ça? Bien entendu qu'il l'aime! rétorqua Gloria qui ne pouvait concevoir que quelqu'un, sur cette terre, pût ne pas aimer Sarah Bleachum.

— Il ne la regarde pas comme si… comme si… ah et puis zut, je ne sais pas, moi. Mais c'est comme ça qu'il regarde Mme Walker. Ou Brigit Pierce-Barrister.

— Brigit? Tu es folle!

Brigit Pierce-Barrister était une élève de la classe terminale, plus âgée que ses condisciples, qui n'était arrivée que tard à l'internat d'Oaks Garden. À dix-sept ans, elle était pleinement formée. Ses camarades se moquaient de ses seins qui avaient peine à se loger sous un uniforme que le règlement exigeait serré.

— Il n'est pas possible que le révérend soit amoureux de Brigit!

— Pourquoi? pouffa Lilian. En tout cas, Brigit est amoureuse de lui. Mary Stellington aussi, je les ai écoutées. Elles sont entichées de lui. Mary lui a confectionné un marque-page avec des fleurs pressées et le lui a offert pour le solstice d'été. Maintenant elle ne quitte pas sa bible des yeux en espérant qu'il s'en sert et pense à elle. Et Brigit dit que, la semaine prochaine, elle chantera à la messe. Elle a peur de rester muette s'il est là. Même les filles de ma classe sont folles de lui. Et Gabrielle. Mince, tu as bien dû t'en apercevoir, non?

Gloria soupira. Il y avait belle lurette qu'elle ne prêtait plus l'oreille aux bavardages de Gabrielle et de ses copines. Et elle n'arrivait pas à comprendre qu'on pût devenir folle du révérend. D'abord, il était trop âgé pour ces filles. Et puis… c'était plus fort qu'elle, elle ne l'aimait pas. Il avait en lui quelque chose de peu sincère. Il la flattait quand ils se rencontraient, mais ne la regardait jamais dans les yeux. En outre, elle détestait qu'il la touche. Cet homme avait l'habitude d'approcher de trop près la personne à qui il parlait et de lui poser sur l'épaule ou les doigts une main qui se voulait apaisante ou consolatrice. Gloria avait cela en horreur.

— Moi, je ne l'épouserais pas, poursuivit Lilian. Déjà, la manière dont il les emberlificote toutes. Si je me marie un jour, seul mon mari aura le droit de me toucher et il ne devra dire de choses gentilles qu'à moi et pas à toutes les femmes qu'il rencontrera. Et il ne dansera qu'avec moi. Je te parie que le révérend va danser avec Brigit à la fête. Tiens, voilà l'arbre. Tu arriveras à attraper la branche la plus basse en sautant? Si oui, il n'y a plus qu'à grimper et à passer par-dessus la haie.

— Bien sûr que j'y arrive, dit Gloria, vexée. Mais est-ce qu'il y a aussi une branche de l'autre côté?

— Mais oui, c'est facile. Suis-moi, grimpe!

Quelques minutes plus tard, les deux cousines étaient en sécurité dans le jardin. Un truc tout simple en effet, auquel Gloria aurait pu penser. Une nouvelle fois, elle maudit sa gaucherie. Quand donc apprendrait-elle à être moins naïve? Et voilà que Lilian, en plus, l'inquiétait. Si le révérend n'aimait pas miss Bleachum, il ne l'épouserait peut-être pas: elle rentrerait en Nouvelle-Zélande. Et elle, Gloria, que deviendrait-elle, alors?

Sarah ne prenait aucun plaisir à la fête paroissiale. Mme Buster l'avait conduite avec autorité à la table des dames de l'endroit. Elle tenait donc conversation avec ennui après avoir surveillé la vente de charité et le stand des gâteaux. Elle avait elle-même dû acheter quelques petits objets : un couvre-œuf tricoté par Mme Buster et un couvre-théière au crochet.

— On a besoin de tant de choses quand on se met en ménage, avait déclaré Mme Buster, persuadée que ses ouvrages faits main orneraient bientôt la table du révérend.

Gloria acquiesça vaguement, trouvant tous ces objets affreux mais se disant qu'un couvre-œuf en valait un autre.

Elle ne vit le révérend que de loin cet après-midi-là. Il avait d'abord discuté avec quelques hommes et semblait maintenant plongé dans une conversation animée avec miss Arrowstone. La directrice était venue à la fête avec les neuf élèves restées à l'internat et deux enseignantes qui n'avaient pas eu le loisir de passer leurs vacances ailleurs qu'à Sawston. Les fillettes s'occupaient à tresser des couronnes, Lilian dans une jolie petite robe blanche, Gloria l'air morose. Quelqu'un avait dû la contrarier. En tout cas, elle jeta au loin la couronne qui de toute façon tenait à peine sur ses boucles raides comme des passe-lacets. En temps normal, elle essayait de les natter, mais ce n'était pas facile et, à la fin, les tresses se dressaient sur sa tête, comme renforcées par du fil de fer. Sarah la consolait en lui expliquant que ses cheveux pousseraient encore et que, la pesanteur finissant par l'emporter, ses tresses retomberaient comme chez ses camarades.

Brigit Pierce-Barrister, son corps bien formé engoncé dans une robe de fillette, était en train de faire les yeux doux au révérend. Sarah se demanda pourquoi miss Arrowstone ne lui apprenait pas au moins à relever ses cheveux. Brigit confia quelque chose à Christopher qui répondit en souriant. Sarah sentit une piqûre de jalousie.

Ce qui était stupide : jamais le révérend n'encouragerait une jeune fille de dix-sept ans, même folle de lui !

Sarah hésita à rejoindre la table d'Oaks Garden. La conversation avec les enseignantes serait plus intéressante que les commérages de Mme Buster et de ses amies, mais Christopher le lui reprocherait à coup sûr, et Sarah n'aimait pas le contrarier. Ce qui la déconcertait, car, au début, elle n'était pas mécontente de lui chercher un peu noise. Mais, depuis qu'ils s'étaient avoué leur amour, Christopher la blâmait moins souvent, mais la « punissait » de manière plus insidieuse. Quand un mot d'elle ou ce qu'il estimait être une incartade l'avait irrité, il l'ignorait des jours entiers, s'abstenant de la prendre dans ses bras et de l'embrasser. Il ne lui tenait même plus la main avec tendresse.

Autrefois, Sarah ne se préoccupait pas de cajoleries. Elle ne rêvait pas des hommes, à l'inverse de certaines camarades de l'école normale, et il était rare qu'elle caressât en secret son corps, sous les couvertures. Mais, maintenant, elle ressentait des désirs brûlants et elle souffrait quand Christopher la tenait à distance. La journée, elle était nerveuse et, la nuit, elle restait éveillée, cherchant en quoi elle avait pu le mécontenter et comment s'y prendre pour le ramener à de meilleurs sentiments. Elle s'imaginait qu'il l'embrassait, elle entendait sa voix grave lui susurrer des mots doux.

Parfois, le mot « possédée » lui traversait l'esprit mais elle répugnait à même penser à ce terme, s'agissant de son amour pour Christopher. Elle préférait celui d'« ensorcelée ». Elle aurait aimé trouver dans ses bras l'accomplissement total et être capable de lui montrer son propre plaisir. Mais, si, au début, elle se figeait quand Christopher la touchait, elle paraissait à présent se liquéfier. Elle ne parvenait pas à le caresser, demeurant passive entre ses bras. Dans ces moments-là, il lui tardait que fût enfin fixée une date pour le mariage. Pour Christopher, il paraissait acquis qu'elle était consentante et une demande en mariage romantique lui semblait superflue. Elle s'en irritait parfois, mais, quand elle le voyait et surtout quand il la touchait, elle oubliait tout. Peut-être devrais-je tout simplement lui demander d'afficher les bans, se disait-elle. Mais la fierté finissait alors par l'emporter.

Ce fut encore le cas en cet instant où l'orchestre donna le signal de la danse. Elle espérait que Christophe viendrait à elle, mais c'est miss Wedgewood, le professeur de musique, qu'il invita pour une valse. Vint ensuite le tour de Mme Buster.

— Tu vois, il ne danse pas avec miss Bleachum! chuchota Lilian d'un ton triomphant à Gloria. Elle ne l'intéresse pas.

La dernière chose que Gloria voulait entendre ce jour-là, c'étaient de mauvaises nouvelles. Elle venait de recevoir une lettre de ses parents lui annonçant leur visite pour les vacances d'automne. Ils auraient pu venir dès l'été, mais ils voulaient rester un peu à Paris où ils se trouvaient.

— Tu pourrais pourtant les rejoindre! s'était étonnée Lilian, exprimant exactement ce que pensait Gloria: puisqu'ils n'avaient pas eu de scrupules à la faire venir seule de Nouvelle-Zélande, ils ne pouvaient une seconde la croire incapable d'aller de Londres à Paris!

— Que veux-tu? s'était moquée Fiona qui avait tout entendu. Comme s'ils avaient besoin de leur chère Gloria! De la manière dont tu joues du piano, Glory, tu ne leur serais guère utile. Si au moins ta couronne tenait sur ta tête! Tu pourrais sauter en jupette de raphia sur la scène, avec les danseurs nègres!

Cela avait été l'instant où Gloria avait balancé au loin sa couronne. Elle avait beau essayer de se faire belle, personne ne voulait d'elle. Il était inconcevable que miss Bleachum connaisse les mêmes tourments! Il fallait que le révérend l'aime!

— Ma foi, il ne doit en tout cas pas être amoureux de Mme Buster, remarqua-t-elle, soulagée de voir le révérend entamer une polka avec cette matrone et non avec la jolie Mme Winter.

— Bien sûr que non. Mais il ne peut pas danser qu'avec celles dont il est amoureux. Cela se remarquerait, expliqua Lilian, à la jugeote précoce. Tu vas voir, il va encore danser avec quelques dames âgées. Ensuite, ce sera le tour de Brigit.

Effectivement, le révérend invita d'autres « grenouilles de bénitier » avant de retourner à la table d'Oaks Garden. Brigit lui servit avec empressement un verre de thé froid mélangé à du jus de fruits.

— Vous dansez bien, révérend ! Est-ce bien convenable pour un homme de Dieu ? le taquina-t-elle.

— Le roi David dansait lui aussi, Brigit, rétorqua-t-il en riant. Dieu a offert à ses enfants la musique et la danse pour leur plaisir. Pourquoi ses serviteurs n'en auraient-ils pas leur part ?

— Danserez-vous alors avec moi ?

Christopher acquiesça, et même Gloria vit alors l'étincelle dans son regard.

— Pourquoi pas ? Mais sais-tu danser ? J'ignorais qu'Oaks Garden donnait des cours de danse.

— C'est un cousin qui m'a montré…

Brigit posa la main sur le bras du révérend tandis qu'il la conduisait vers la piste.

Gloria jeta un œil en direction de Sarah qui, elle aussi, observait son « presque fiancé ». Elle avait l'air détendue, mais Gloria la connaissait assez pour savoir qu'elle était furieuse.

Le couple se lança sur la piste avec adresse, sans rien d'inconvenant dans les gestes du révérend, pourtant il était visible qu'il ne se livrait pas, cette fois, à un exercice imposé.

— Quel beau couple, observa Mme Buster. Bien que la jeune fille soit naturellement bien trop jeune pour lui. Vous ne dansez pas, miss Bleachum ?

Sarah se retint de répliquer qu'elle dansait volontiers quand on l'y invitait. Cela aurait été déplacé, et faux. Elle dansait mal. Elle n'aimait guère s'exhiber sur une piste de danse avec des lunettes, mais, sans elles, elle était comme aveugle. Elle n'avait en outre eu que peu d'occasions de se livrer à ce plaisir. Elle s'en serait d'ailleurs passée sans peine si elle n'avait pas éprouvé l'intense désir que Christopher la serrât dans ses bras comme il serrait l'impertinente Brigit.

— Avez-vous toujours le marque-page de Mary Stellington? s'enquit la jeune fille. Cette mignonne petite Mary! Elle est si fraîche! Elle a porté sur son sein les fleurs qui lui ont servi à le confectionner. Et elle vérifie chaque jour si vous l'avez bien avec vous.

Christopher sourit et la serra un peu plus fort contre lui. La polka ayant cédé la place à une valse, le geste n'était pas répréhensible.

— Tu peux lui dire que je le garde en tout bien tout honneur. Et tu as raison, Mary est une enfant charmante, dit-il, ses doigts jouant légèrement avec sa main.

— Mais vous préférez une femme, n'est-ce pas, révérend? demanda Brigit, tentatrice. Je me demande si je vous plais.

Christopher se mordit les lèvres, feignant l'embarras. Maintenant commençait le jeu qu'il aimait: savoir qui, de l'ecclésiastique ou de la femme, offrirait le premier à l'autre son innocence. Il se contenterait dans un premier temps de badines escarmouches, un mot ici, un contact là. Et, chez quelqu'un d'aussi jeune que Brigit, cela n'irait guère au-delà d'un baiser. Quoique… elle paraissait plus expérimentée qu'il ne l'aurait cru…

Il n'aurait pas été de bon ton de faire plus de deux danses avec la même partenaire, surtout aussi jeune. Aussi le révérend prit-il congé de Brigit au terme de la valse. Sans trop de déplaisir, car cela relevait du jeu. S'inclinant devant elle dans les formes, il la reconduisit à sa table. Pendant qu'il lui présentait la chaise, il entendit deux fillettes chuchoter à la table voisine.

— Tu vois bien, il est amoureux d'elle ! déclarait Lilian d'un air de triomphe. Je te l'avais bien dit. Il danse avec elle, mais il préférerait l'embrasser. Et il n'a pas un regard pour miss Bleachum !

Christopher se figea. Le lutin roux ! Bon Dieu ! Était-il donc à ce point visible qu'il s'intéressait à Brigit Pierce-Barrister ou bien cette gamine avait-elle un flair particulier ? En tout cas, elle était bavarde. S'il ne voulait pas tomber dans un total discrédit, il lui fallait vite avoir une idée. Se rappelant le savon que lui avait passé l'évêque, il eut un moment de panique. Si ce dernier avait vent d'un nouveau problème, il pourrait perdre sa place et devoir quitter Sawston. Se ressaisissant, il sourit aux élèves et aux enseignantes et se dirigea sans hâte vers Sarah.

— Aurais-tu envie de danser, ma chérie ? demanda-t-il poliment.

Sarah rayonna. Elle avait à l'instant l'air furieuse. Avait-elle deviné elle aussi quelque chose ? Christopher la prit par la main. Il devait mener l'affaire à son terme. N'avait-il pas depuis longtemps décidé que Sarah était l'épouse que Dieu lui destinait ? Il n'y avait plus de temps à perdre.

Sarah ôta ses lunettes et, à demi aveugle, suivit son cousin. Quel bonheur d'être étreinte par lui ! Elle avait l'impression de se laisser totalement guider par lui, alors que Christopher avait l'impression d'avoir un sac de farine entre les bras. Soit il était obligé de la tirer vers lui, soit elle lui marchait au contraire sur les pieds. Il se forçait pourtant à sourire d'un air attendri.

— Une belle fête, ma chérie, dit-il. Et tu y as pris une large part. Qu'aurions-nous fait si tu n'avais pas été là pour tout préparer ?

Levant la tête, elle ne vit qu'un visage flou.

— Mais tu t'occupes si peu de moi, se plaignit-elle avec douceur. Es-tu vraiment obligé de danser avec toutes ces femmes ? Mme Buster a d'ailleurs remarqué…

Christophe eut des sueurs froides. Cette vieille sorcière avait donc elle aussi observé quelque chose. Il n'avait plus le choix, il fallait ne plus y aller par quatre chemins.

— Sarah, ma chérie, Mme Buster profitera de chaque occasion pour répandre des bruits malveillants. Mais, si tu en es d'accord, nous allons lui apprendre une bonne nouvelle. Je veux t'épouser, Sarah ! As-tu une objection à ce que nous l'annoncions aujourd'hui à la face du monde ?

Rougissant brutalement, Sarah ne put continuer à danser. Enfin ! Enfin, il avait fait sa demande ! Une dernière impulsion protesta encore faiblement en elle : une demande en mariage était en effet pour elle une affaire plus intime. Et elle aurait aimé que Christopher veuille entendre d'elle un « oui » avant de crier la nouvelle sur les toits. Mais ce n'étaient là que des scrupules appartenant à la Sarah d'avant, à la femme qu'elle était avant d'avoir vraiment aimé. Elle s'efforça de sourire.

— S'il te plaît… j'aimerais… eh bien, je… je n'ai rien contre…

— Miss Bleachum a la tête de quelqu'un qui vient de tomber de l'armoire, constata Lilian avec irrévérence.

Le révérend venait de demander à l'orchestre de faire silence et, du haut de l'estrade, d'annoncer à la paroisse réunie qu'il s'était à l'instant officiellement fiancé avec miss Sarah Bleachum. La fiancée, pâle, des taches rouges sur les joues, semblait vouloir être à cent coudées sous terre.

Gloria se mettait à sa place. Il devait être horrible d'être là-haut, debout, dévisagée par tous. Notamment par Brigit et Mme Emily Winter qui n'avaient pas l'air très heureuses. Elle avait même connu une miss Wedgewood plus réjouie : elle avait sans doute espéré devenir l'épouse du révérend. Ils auraient d'ailleurs formé un beau couple, miss

Wedgewood jouant beaucoup mieux de l'orgue que Sarah. Mais Gloria se félicitait qu'il se fût décidé pour son ancienne préceptrice. Miss Bleachum, de la sorte, resterait ici !

— Je ne trouve pas, en tout cas, qu'elle ait l'air heureuse, persista Lilian.

Gloria résolut de ne pas prêter attention à sa cousine.

8

Charlotte trouvait que Jack se souciait exagérément de Gloria.

— Il est certain que ses lettres ne sont pas très naturelles. À l'inverse de celles de Lilian. Un vrai tourbillon, celle-là. Mais Gloria a treize ans, elle a autre chose en tête que de coucher noir sur blanc de profondes réflexions. Comme elle veut sans doute en avoir terminé le plus tôt possible, elle ne se préoccupe pas de ce qu'elle écrit.

Les deux époux, assis dans le train les menant de Greymouth à Christchurch, venaient de se remémorer les principaux moments de leur merveilleux voyage de noces. Caleb Biller s'était montré, pour Charlotte, un interlocuteur extrêmement stimulant et leur avait indiqué des buts d'excursion. Elaine et Tim sortaient rarement car la simple vie de tous les jours menait celui-ci au bord de l'épuisement. Après l'accident, ses hanches ne s'étaient qu'imparfaitement ressoudées et, au bout de quelques pas ou quand il restait assis trop longtemps sur un siège dur, il souffrait le martyre. Il était heureux, les week-ends et les jours fériés, de pouvoir rester dans son fauteuil et s'occuper de sa famille. Il était hors de question pour lui de se rendre aux Pancake Rocks par exemple.

Elaine, elle, se promenait régulièrement à cheval dans les environs. Elle avait prêté aux jeunes mariés un gig et un cheval pour leur permettre d'explorer la côte Ouest. Caleb les accompagna une ou deux fois afin de rendre une visite aux tribus maories de sa connaissance. Charlotte, toute fière de ses récents progrès en maori, put même assister à un *haka* nuptial exécuté à son intention.

— Vous réussirez dans la recherche, lui dit Caleb. Quasiment personne ne s'est encore intéressé à leurs légendes et à leurs mythes. Kura et moi nous préoccupions davantage de leur musique. Moi, c'est leur sculpture qui me passionne à présent. Mais vous accomplirez un travail très utile si vous recueillez leurs histoires originelles avant qu'elles soient associées à des événements plus récents. Non qu'elles en soient dénaturées – c'est le destin même de la culture héritée du passé que de s'adapter à l'évolution et les Maoris sont des maîtres en matière d'adaptation. J'en arrive d'ailleurs à regretter la vitesse avec laquelle ils abandonnent leurs propres formes de vie quand celles des Pakeha leur semblent plus confortables –, mais il est important de préserver les anciennes traditions.

Fière de ces compliments, Charlotte s'adonna avec plus de zèle encore à ses recherches. Jack en profita pour renouer amitié avec Elaine, l'accompagnant dans ses sorties à cheval et l'aidant à entraîner les chiens. La conversation finissait alors inévitablement par porter sur les deux fillettes dans leur internat anglais. Plus Elaine lui parlait de Lilian et de ses lettres joyeuses, plus Jack était inquiet.

— Gloria n'est pas superficielle, répondit-il à sa femme dans le train du retour. Au contraire, elle a tendance à trop réfléchir quand elle a une préoccupation. Et, à Kiward Station, elle était toujours pleine de vie, alors que là… Elle ne parle ni des moutons ni des chiens. Elle aimait son poney, elle n'a pas un mot pour lui ! Je n'arrive pas à croire qu'elle se passionne désormais uniquement pour le piano et la peinture !

— Les enfants changent, Jack. Tu t'en apercevras quand nous en aurons. Le plus tôt possible, à mon goût. Le souhaites-tu aussi ? Je voudrais d'abord une fille, puis un garçon. Et toi ? demanda-t-elle en se mettant à dénouer ses tresses tout en lançant sur le lit du wagon-salon un regard expressif.

Jack n'aimait guère faire l'amour au rythme d'un train en marche, mais il ne voulut pas décevoir Charlotte qui avait gardé un souvenir impérissable de leur nuit dans ce même wagon, à l'aller. Il l'embrassa.

— Je prendrai ce que tu m'offriras ! dit-il avec tendresse, puis il la porta jusqu'au lit.

Charlotte était légère comme une plume. Le contraire de Gloria qui, enfant déjà, était plutôt robuste. Il ne pouvait imaginer qu'elle se fasse à la vie dans un internat.

— Si tu es si inquiet, pourquoi ne lui écris-tu pas, tout simplement ? demanda Charlotte, voyant bien qu'il avait la tête ailleurs.

Elle regretta de n'avoir pas mieux connu la fillette : il lui manquait en quelque sorte une facette importante de la personnalité de Jack.

— Écris-lui une lettre personnelle, pas les longs bilans dont miss Gwyn s'acquitte régulièrement. Elle aussi, en effet, ne donne pas dans l'épopée, ses récits sont aussi plats que ceux de Gloria. Qui cela peut-il intéresser de savoir que Kiward Station compte à ce jour onze mille trois cent soixante et un moutons ?

Gloria ! songea Jack.

Mais il décida qu'il lui écrirait.

Le village de Sawston était absorbé par les préparatifs du mariage du révérend, prévu pour le 5 septembre. L'évêque en personne célébrerait son union avec miss Bleachum. Ayant appris les fiançailles, il avait invité le couple à dîner et Sarah lui avait fait excellente impression. L'épouse de l'évêque avait évoqué avec elle les devoirs d'une épouse de pasteur, comprenant fort bien que Sarah ne se sente pas à la hauteur.

— On s'y habitue, miss Bleachum. Et votre futur époux est lui aussi tout au début de sa carrière. Quoique, si j'ai bien compris mon mari, il s'en tire à merveille. De plus hautes fonctions l'attendent certainement et, quand il disposera de l'aide d'un vicaire, vous pourrez vous consacrer plus pleinement aux tâches qui vous incombent particulièrement.

Sarah se demanda de quelles tâches il pouvait bien s'agir. Elle n'avait jusqu'ici trouvé aucun intérêt au travail auprès d'un ecclésiastique. Mais, quels que soient ses doutes, un regard des yeux bruns de Christopher et un contact fortuit de sa main suffisaient à la convaincre de sa vocation de femme de pasteur.

Elle accueillit donc avec philosophie l'offre insistante de Mme Buster de lui confectionner une robe de mariée dans le style des années 1890, de même qu'elle écouta avec patience les mères des enfants du catéchisme qui proposaient leur progéniture pour lui tenir sa traîne ou parsemer de fleurs le parvis, leur indiquant avec diplomatie que Gloria Martyn et Lilian Lambert bénéficiaient de l'antériorité des droits en ce domaine. Gloria, pour sa part, aurait volontiers renoncé à ce privilège.

— Mais je ne suis pas jolie, miss Bleachum, murmurait-elle. Les gens riront de me voir en demoiselle d'honneur.

— Ils riront aussi si je mets mes épaisses lunettes. Quoique je n'aie pas encore décidé. Peut-être ne les mettrai-je pas.

— Mais alors vous aurez de la peine à aller jusqu'à l'autel, fit observer Gloria. Bien que… il faut bien que le révérend vous aime aussi avec les lunettes, non?

Gloria donna au dernier mot de sa phrase le ton de l'évidence. Or, elle avait depuis longtemps abandonné l'idée qu'on puisse l'aimer, elle. Elle croyait bien sûr les McKenzie lorsque, dans leurs lettres, ils disaient que leur arrière-petite-fille leur manquait. Mais l'aimaient-ils vraiment? Ou bien n'avaient-ils en vue que l'héritage de Kiward Station?

Gloria passait des nuits entières à ruminer, à se demander pourquoi Gwyn s'était si facilement pliée aux désirs de ses parents. Jack avait été contre. Mais il n'avait pas répondu à sa lettre. Sans doute l'avait-il lui aussi oubliée.

— Le révérend m'aime avec et sans lunettes, Glory, exactement comme je t'aime, sans me soucier de savoir si ces horribles robes à fleurs te vont ou non. Et ton arrière-grand-mère t'aime aussi. Tes parents aussi !

Malgré la peine que Sarah se donnait, la fillette savait qu'elle mentait.

Lilian, de son côté, était enthousiaste à l'idée des tâches qui lui incomberaient le jour des noces et ne parlait de rien d'autre. Elle aurait même volontiers joué de l'orgue, mais c'est miss Wedgewood qui s'en chargerait.

Christopher était satisfait de la tournure des choses, même si la vue de Brigit à la messe lui inspirait quelque mélancolie. Il avait renoncé à entretenir les tendres liens qui les avaient unis un instant, car, fiancé maintenant, il entendait être fidèle. Il savait que la tâche serait rude, mais il était fermement résolu à être pour Sarah un bon époux, même s'il trouvait que Mme Winter, depuis peu, le regardait de nouveau avec intérêt et presque un peu de pitié. Elle devait savoir que Sarah n'était pas la femme de ses rêves ; d'un autre côté, ni Emily ni Brigit n'étaient le moins du monde aptes à endosser les charges d'une épouse de pasteur. Il estimait très chrétien et presque héroïque de sa part de ne plus regarder les deux femmes et de faire une cour assidue à Sarah, car il y avait beau temps qu'il en faisait ce qu'il voulait. L'affaire était trop facile pour qu'il en ressentît le moindre plaisir.

Le grand jour approchait à pas de géant et la paroisse était en ébullition. Sarah essaya sa robe et versa des torrents de larmes en constatant qu'elle ne lui allait pas du tout. De plus, la profusion de ruchés lui donnait l'apparence d'une enfant tandis que ses déjà maigres formes disparaissaient sous une mer de satin et de tulle. La robe tirait là où elle aurait dû bouffer et bouffait là où elle aurait dû tirer.

— Je ne suis pas coquette, mais je ne peux pas me présenter ainsi devant l'évêque, confia-t-elle à Christopher. Malgré toute la considération que j'ai pour la bonne volonté de Mmes Buster et Holleer, je dois dire qu'elles sont de piètres couturières. Maintenant, elles veulent la retoucher, mais ce n'est guère envisageable.

Christopher n'avait jamais eu à s'occuper de ce genre de problème, mais il était conscient de la nécessité, pour Sarah, de monter à l'autel dans une tenue acceptable. Bien sûr, les dames de la paroisse étaient flattées d'avoir habillé de neuf la jeune fiancée et Christopher avait jusqu'ici calmé les inquiétudes et la nervosité de Sarah, mais si la robe était à ce point manquée…

— Mme Winter est une couturière habile, dit-il. Elle devrait arranger tout ça. Je lui en parlerai demain.

— Ça ne manque pas d'une certaine ironie, observa Emily Winter quand Christopher lui exposa son problème. Que ce soit justement moi qui confectionne la robe blanche de ta virginale fiancée… Elle est encore vierge, n'est-ce pas?

Emily, sur le seuil de sa maison, n'était pas seule avec Christopher et elle parvenait pourtant, par sa seule attitude, à éveiller en lui le désir. Petite, mais bien proportionnée, elle avait de molles rondeurs et un visage de poupée au teint de crème. Elle avait des yeux vert-brun, et ses cheveux noirs lui tombaient dans le dos en boucles drues quand elle ne les domptait pas, comme aujourd'hui, en un chignon sur la nuque.

— Je ne l'ai évidemment pas touchée! confirma Christopher. Et, je t'en prie, ne me regarde pas comme ça, Emily. Je suis un homme presque marié, et notre histoire a déjà créé pas mal d'ennuis…

— Et pourtant tu donnerais des années de ta vie, le coupa-t-elle avec un rire rauque, pour me voir marcher à tes côtés le jour de ton mariage et te chuchoter un «oui» plein de décence. Ou bien ne me désires-tu plus?

— Le problème n'est pas de te désirer ou non, Emily. Le problème est celui de ma réputation. Et de la tienne, tu ne peux l'oublier. Donc, est-ce que tu acceptes de venir en aide à Sarah?

— Je tirerai de ta poulette le mieux qu'on peut en tirer. L'idéal serait de la cacher derrière un voile épais, non? se moqua-t-elle à nouveau. Allez, envoie-la-moi le plus vite possible. Je connais Mme Buster. Il va falloir reprendre la robe de la première couture à la dernière.

Sarah vint dès l'après-midi et fondit en larmes lors de l'essayage devant le miroir. Emily leva les yeux au ciel. Une pleurnicheuse par-dessus le marché! Mais elle tiendrait sa promesse. Sans hésiter, elle débarrassa la robe du tulle et des ruchés et prescrivit à Sarah – qui portait habituellement des tailleurs et qui, l'été, affectionnait les robes amples et sans taille – un corset «en sablier».

— Mais je ne pourrai pas respirer là-dedans! gémit Sarah.

— Un peu d'essoufflement convient parfaitement à une fiancée, affirma Emily. Ce corset relève vos seins et souligne votre taille. C'est ce qu'il vous faut! Vous aurez une autre silhouette, croyez-moi!

Effectivement, Sarah, fascinée, vit dans le miroir Mme Winter épingler la robe toute simple, la serrant autour du corps, rétrécissant la jupe et élargissant le décolleté.

— C'est trop décolleté! protesta-t-elle.

Emily confectionna alors un empiècement en tulle donnant à la robe une forme montante mais attirant néanmoins l'attention sur la poitrine enfin visible. Sarah repartit réconfortée. Elle avait toutefois insisté pour ne porter qu'un voile simple, Mme Winter préconisant pour sa part un modèle plus élaboré.

— Alors, c'est moi qui vous coifferai! déclara Emily. Ce serait tellement mieux si vous cessiez de toujours vous coiffer si strictement en arrière!

Sarah eut du mal à se reconnaître, devant son miroir, le jour du mariage. Emily Winter avait terminé la robe à la dernière minute, mais elle lui allait comme un gant. Bien entendu, elle avait de la peine à bouger dans le corset, mais elle avait une allure incroyable.

Lilian et Gloria étaient béates d'admiration.

— Peut-être que si vous en faisiez une pour moi aussi…, avança timidement Gloria.

Les deux fillettes faisaient piètre figure dans leurs robes de demoiselles d'honneur. Mme Buster avait tenu à ce que les robes fussent roses, et même Lilian avait l'air ridicule, cette couleur de bonbon jurant avec ses boucles rousses. Gloria paraissait toujours aussi pataude.

— Il faut que tu grandisses encore un peu, lui répondit Mme Winter. Tu vas t'étirer. De manière générale, il te faut des robes amples. Il faudrait te passer de cette écharpe autour de ta taille. Mais aujourd'hui n'est pas le jour pour ça ! Les demoiselles d'honneur doivent être laides. Il serait malvenu qu'elles éclipsent la mariée.

Ce qui ne serait pas trop difficile, songea Emily. Bien que très satisfaite de son travail, elle savait qu'il en aurait fallu bien davantage pour faire de Sarah une beauté. Le premier obstacle tenait à la couleur : le blanc la faisait paraître plus pâle encore, privant ses traits de toute expression. L'autre au voile disgracieux auquel Sarah avait tenu. Il aurait pu être plus élégamment disposé, mais…

Emily drapa du mieux qu'elle put le tissu autour des cheveux que la jeune femme avait obstinément refusé de laisser libres. Emily les avait néanmoins relevés. Avec la couronne de fleurs d'été aux vives couleurs que Lilian avait elle-même cueillies, Sarah avait malgré tout belle allure.

Emily avait fait de son mieux. Elle exigerait son dû de Christopher !

Le révérend attendait sa fiancée dans la sacristie, heureux de pouvoir s'y concentrer un peu, avant de franchir ce pas décisif de son existence. L'évêque bavardait dehors avec ses ouailles, et Sarah était encore aux mains des femmes qui l'habillaient. Cela pouvait durer un bon moment. Christopher faisait nerveusement les cent pas.

Il entendit soudain s'ouvrir la porte entre le cimetière et une pièce de la sacristie où, les jours de pluie, il déposait ses bottes et son imperméable. Mais, en ce beau jour d'automne, la visiteuse ne portait qu'une robe vert pomme et un châle vert foncé. Elle avait rassemblé son abondante chevelure sur sa nuque à l'aide d'une grosse agrafe, ses lourdes et souples tresses tombant sur ses épaules. Un petit chapeau vert soulignait avec effronterie son teint d'un brun soutenu.

— Emily, que viens-tu faire ici? s'étonna le révérend un peu contrarié.

Elle apprécia du regard sa silhouette mince mais vigoureuse mise en valeur par une redingote noire.

— Eh bien, qu'est-ce que tu crois? Je viens te présenter les fruits de mon travail. Regarde..., dit-elle, tournée vers la petite fenêtre de la sacristie.

On voyait l'escalier de l'église à côté duquel elle avait demandé à Sarah de se placer. Celle-ci bavardait avec Gloria et Lilian qui ressemblaient à des nains de jardin. Sarah, en revanche, avait subi une métamorphose. Christopher contempla, stupéfait, un corps mince, mais pas totalement dénué de formes, dans une simple robe de satin. La jeune femme paraissait s'être redressée. Sous un échafaudage sophistiqué de tresses, le visage s'était rempli.

— Elle te plaît? demanda Emily en se collant contre Christopher.

— Emily... Mme Winter... bien sûr qu'elle me plaît. Tu... tu as fait des merveilles!

— Juste quelques tours de prestidigitation. Ce soir, la princesse sera redevenue Cendrillon. Mais il n'y aura pas de retour en arrière possible.

— C'est déjà le cas! dit Christopher en essayant, à contrecœur, de s'éloigner d'Emily.

Il sentait monter en lui l'excitation, le désir du fruit défendu. Que risquait-il à prendre Emily une dernière fois? Ici, à côté de son église, à quelques yards de l'évêque… et de Sarah?

— Mais il n'est pas trop tard pour quelques jolis souvenirs, susurra la jeune femme, tentatrice. Viens, révérend… mon mari est en train de boire à la santé des futurs mariés. L'évêque bénit tous les gamins du village, et ta Sarah console sa petite Gloria peinée de ressembler à un gros canard. Personne ne nous dérangera.

Elle laissa glisser son châle. Christopher n'était plus qu'une boule de désir.

— Allez, Christopher, une dernière fois…

Sarah ne savait plus où donner de la tête. Elle était si belle, pour la première fois de son existence ! Elle imaginait déjà les étincelles dans les yeux de Christopher quand elle irait à sa rencontre dans l'église. Il aurait de la peine à croire à sa métamorphose. Il l'aimerait, c'était obligatoire, plus encore qu'avant…

« Que tu es belle, ma bien-aimée, que tu es belle ! » Le Cantique des Cantiques allait avoir pour lui une tout autre signification. Pour elle aussi. Car elle était belle, l'amour la rendait radieuse.

Si seulement il n'y avait pas ces lunettes ! Elle savait qu'elles faisaient paraître ses yeux immenses et ronds, pareils à ceux d'une vache et qu'elles cachaient la délicatesse de ses traits. Elle eut envie de les enlever. Mais cela l'empêcherait bien sûr de voir les yeux rayonnants de son bien-aimé devant l'autel. Et l'obligerait à trouver l'alliance à tâtons. Gloria avait raison : elle risquait de bousculer l'évêque ! Elle ne devait pas vivre la cérémonie en aveugle. Elle ne le voulait et ne le pouvait pas. Quelques minutes sans lunettes, conduite par son bien-aimé, pourquoi pas? Mais pas toute la cérémonie.

Il y avait peut-être une solution ! Il fallait que Christopher la voie au moins une fois en pleine beauté, même si, comme on le disait, cela portait malheur. Qu'avant d'entrer dans l'église il l'admire un bref instant ne pouvait être si grave que ça ! Elle allait lui rendre visite quelques minutes dans la sacristie et lui dire quel merveilleux travail avait accompli Emily. Peut-être qu'il l'embrasserait ? Il l'embrasserait, c'était certain, il ne pourrait agir autrement ! Elle releva sa robe et arrangea son voile.

— Je reviens tout de suite, les enfants. Dites-le à l'évêque s'il s'inquiète. Nous pouvons commencer dans cinq minutes. Mais je dois maintenant..., dit-elle en rajustant ses lunettes.

Elle fit le tour de l'église, se dirigeant vers la petite entrée de la sacristie. Elle n'était pas fermée. Bien sûr que non, puisque Christopher était entré par là.

Le souffle coupé par le corset mais aussi par l'excitation, elle ôta ses lunettes et avança à tâtons dans l'espèce d'antichambre. La porte de la sacristie était ouverte. Et alors... elle vit bouger une masse compacte, à demi allongée sur un fauteuil... du vert et du noir... et un peu de rose. Couleur de peau ?

— Christopher ? dit Sarah en cherchant à tâtons ses lunettes dans les plis de sa robe relevée.

— Non, Sarah ! cria Christopher tentant d'éviter le pire.

Mais trop tard, elle avait déjà rechaussé ses lunettes.

Emily n'aurait de toute façon pas eu le temps de rabaisser sa robe... quant au pantalon de Christopher...

Le spectacle était avilissant. Répugnant. Spectacle devant lequel Sarah Bleachum redevint la jeune femme intelligente qui n'hésitait pas à remettre le monde en question.

Stupéfaite, elle regarda quelques secondes, comme pétrifiée, les corps dénudés. Puis ses yeux étincelèrent de fureur et de déception.

Christopher crut voir devant lui les héroïnes bibliques qu'elle chérissait. Il était aisé de s'imaginer ce que Daphnée, Esther ou Jaël auraient fait de lui et d'Emily.

Mais Sarah ne se jeta pas sur lui. Elle ne dit rien non plus. Blême, les lèvres serrées, elle arracha son voile.

Emily crut qu'elle ôterait aussi le corset, car elle tendait déjà la main vers la fermeture de la robe. Mais elle reprit ses esprits. Sans un regard pour le couple, elle sortit en courant.

— Rhabille-toi, l'évêque…, dit Emily, retrouvant le monde de la réalité.

Mais il était trop tard. Christopher ne pensa pas que, dans l'état où elle était, Sarah fût en mesure de mettre l'évêque au courant, mais il avait certainement vu la jeune femme se ruer tête nue hors de la sacristie.

Le révérend rentra la tête dans les épaules et se cuirassa intérieurement : la colère de Dieu allait passer sur lui !

— Je suis navrée, Gloria, vraiment navrée, dit Sarah qui berçait dans ses bras l'enfant en sanglots. Mais tu comprends bien que je ne peux rester dans ces conditions. Comment les gens vont-ils me considérer ?

— Je m'en fiche ! Mais si vous rentrez en Nouvelle-Zélande… Est-ce que mon arrière-grand-mère vous y a réellement autorisée ? Vous envoie-t-elle l'argent ?

Sarah, sans plus réfléchir, s'était enfuie le jour du mariage. Mais, dès le moment où elle était passée à côté de la noce assemblée, elle avait compris qu'il lui fallait quitter les lieux le plus vite possible : Sawston d'abord, puis l'Angleterre. Sinon, la folie la guettait.

Ayant regagné sa chambre sans être importunée, elle avait arraché sa robe et surtout l'horrible corset et enfilé le premier tailleur venu. Rassemblant quelques affaires, elle était partie pour Cambridge.

Sept miles : elle y arriverait. Au début, elle courait presque, puis elle ralentit le pas et, à la fin, elle eut de la peine à avancer. Mais au moins sa fureur noire s'était-elle dissipée, de même que sa honte s'effaçait devant l'épuisement. Il y avait des hôtels à Cambridge. Elle espérait qu'elle ne devrait pas payer d'avance une trop grosse somme. Elle finit par trouver une pension modeste mais accueillante. Pour la première fois en cette journée, elle avait de la chance. La propriétaire, une veuve, ne lui posa pas de questions.

— Vous me raconterez plus tard ce qui s'est passé, si vous le désirez, dit d'une voix douce Mme Margaret Simpson en servant une tasse de thé à Sarah. Il vous faut d'abord vous reposer.

— Il faut d'abord que je trouve une poste, dit Sarah qui tremblait de froid et de fatigue. Pour expédier une dépêche. En Nouvelle-Zélande. Vous pensez que j'en trouverai une ici ?

— Bien sûr, mais vous pouvez attendre jusqu'à demain.

Sarah ne pensait pas pouvoir trouver le sommeil, mais elle dormit profondément et longtemps, se réveillant avec une sensation de liberté. Elle éprouvait certes toujours de la honte et avait peur de l'avenir, mais elle s'était délivrée d'un carcan. Au fond, elle était heureuse de retourner chez elle. Si seulement il n'y avait pas Gloria !

— Ton arrière-grand-mère n'a pas à m'autoriser à retourner en Nouvelle-Zélande, ma chérie, dit-elle d'un ton ferme. C'est moi qui décide où j'ai envie de vivre. Mais elle m'a promis de payer le voyage si mes… euh… mes espérances étaient déçues. Et elle tiendra sa promesse, elle me l'a confirmé.

Gwyneira avait effectivement reçu le télégramme le jour même de l'envoi – grâce aux bons soins d'Andy McAran venu d'Haldon – et avait aussitôt viré l'argent par l'entremise de Greenwood Enterprises. Sarah gagnerait Londres dans les tout prochains jours et prendrait le premier bateau pour Lyttelton ou Dunedin. Mais, auparavant, elle avait dû avertir Gloria. Le cœur lourd, elle était venue à Oaks Garden avec une voiture de louage et, la tête haute, était passée devant les enseignantes et les surveillantes.

Gloria était inconsolable.

— Ne pourriez-vous au moins rester en Angleterre? Peut-être que miss Arrowstone vous engagera?

— Après ce qui s'est passé, Gloria? Non, c'est impossible. Imagine un peu : il faudrait que je rencontre Christopher tous les dimanches, lors de la messe?

— Mais le révérend ne va-t-il pas être déplacé? Lily pense qu'il va être mis à la porte.

Sarah se demanda ce que les fillettes avaient entendu raconter ou ce qu'elles avaient vu. Elles l'avaient vue s'enfuir. Il était probable qu'au moins Lily, curieuse comme toujours, eût cherché aussitôt à savoir… Peut-être avaient-elles même suivi l'évêque. Mais peu importait : à ce qu'il semblait, Christopher n'allait pas perdre sa place. Bien que témoin de son comportement indigne, l'évêque n'allait pas le ridiculiser aux yeux de la paroisse et de la direction de l'Église. Bien sûr, il allait être sévèrement réprimandé, mais la honte du mariage raté retomberait sur elle. Plaignant fort ce « pauvre révérend », on expliquerait sans doute sa fuite par une peur soudaine de l'inexorable ou une crise d'hystérie.

— J'ignore le sort du révérend, mais moi je m'en vais, trancha Sarah. J'aimerais pouvoir t'emmener avec moi, mais c'est impossible. Et bientôt tes parents seront là, Glory. Tu seras soulagée.

Gloria en doutait fort. Si elle était impatiente de revoir ses parents, elle craignait en même temps cette rencontre. Elle n'attendait en tout cas d'eux ni amour ni compréhension.

— Je peux aussi expliquer à miss Gwyn combien tu es malheureuse. Peut-être pourra-t-elle faire quelque chose?

Gloria se raidit.

— Ne vous donnez pas cette peine, dit-elle tout bas.

Elle ne croyait plus aux miracles. Personne, à Kiward Station, ne semblait la regretter vraiment, et Jack ne viendrait à coup sûr pas la rechercher. Elle jouait, dans sa poche, avec la lettre arrivée le matin même. Gwyneira, dans son style prosaïque, lui racontait le mariage de Jack et de Charlotte Greenwood. Ils ne tarderaient pas à avoir des enfants. Et il l'oublierait.

— Il est extrêmement heureux que vous arriviez à présent.

La chaleur de l'accueil réservé par miss Arrowstone à William Martyn avait plus à voir avec le charme du personnage qu'avec l'opportunité de son arrivée. La rondouillette directrice ronronnait comme une chatte, levant des yeux enamourés vers cet homme grand et présentant bien. Entre deux âges déjà, il était mince mais en imposait. Ses cheveux blonds et bouclés n'avaient pas commencé à grisonner, et ses yeux bleu clair, son teint bronzé et son sourire le rendaient irrésistible. Son épouse brune et lui formaient un couple d'une beauté qui attirait l'attention. Miss Arrowstone se demanda comment deux êtres aussi charismatiques avaient pu engendrer un enfant aussi ordinaire que Gloria.

— Nous avons reçu une lettre pour Gloria qui nous a quelque peu inquiétées, pour ne pas dire plus, dit la directrice en sortant une enveloppe du tiroir de son bureau.

— Comment va Gloria ? J'espère qu'elle s'est bien acclimatée et qu'elle satisfait ses professeurs.

— Eh bien… votre fille a encore du mal à s'adapter. Son éducation, là-bas, à l'autre bout du monde, a sans doute été quelque peu négligée.

— Chevaux, bœufs et moutons, miss Arrowstone, dit William d'un ton dramatique, c'est là tout ce que les gens ont en tête. Les Canterbury Plains… Christchurch qui, depuis peu, prétend être une grande ville… la construction de cathédrales… Tout cela est très alléchant, mais quand vous avez un peu vécu là-bas… comme je vous le disais, chevaux, bœufs et moutons ! Nous aurions dû faire bénéficier Gloria bien plus tôt d'un environnement plus stimulant. Mais les choses sont ce qu'elles sont, miss

Arrowstone : le succès exige beaucoup d'efforts de celui qui en jouit.

— C'est la raison pour laquelle votre épouse ne vous a pas accompagné. Nous étions si heureux à l'idée de la revoir, sourit miss Arrowstone, pleine de compréhension.

Également à l'idée d'un concert gratuit, songea William qui répondit néanmoins de manière très amicale :

— Kura a été un peu indisposée après notre dernier concert. Vous comprendrez que même le plus petit refroidissement est à prendre au sérieux chez les chanteurs. Nous avons donc estimé qu'il valait mieux qu'elle reste à Londres. Nous avons une suite au Ritz !

— Vous n'avez donc pas de maison en ville, monsieur Martyn ? s'étonna miss Arrowstone dont les yeux s'illuminèrent à l'évocation du prestigieux hôtel ouvert depuis quelques années et placé sous le patronage du prince de Galles.

— Non, pas de maison en ville. J'ai déjà plus d'une fois abordé avec mon épouse le sujet d'un domicile de bon goût, mais elle refuse de s'établir. L'héritage maori, je suppose, dit-il avec un sourire avenant. Mais qu'en est-il de cette lettre dont vous parliez à l'instant, miss Arrowstone ? Quelqu'un importune-t-il ma fille ? Peut-être quelque chose à quoi Gloria devra s'accoutumer. Les artistes qui réussissent ont toujours des gens qui les envient.

— Je ne parlerais pas d'« importuner », et je suis un peu gênée que nous ayons ouvert cette lettre. Mais vous comprendrez… en tant que père, je ne doute pas que vous apprécierez que nous veillions à la vertu de nos pupilles. Nous ouvrons pour des raisons de sécurité des lettres dont l'expéditeur est un homme dont le rapport familial avec la fillette ne nous est pas connu. Si elles se révèlent anodines, ce qui est le cas général, nous les refermons comme s'il ne s'était rien passé. Dans le cas contraire, l'enfant doit donner des explications. Oui, et cette fois… mais lisez donc.

Ma très chère Gloria,

Je ne sais pas vraiment comment commencer cette lettre, mais je suis trop inquiet pour attendre plus longtemps. Ma chère épouse Charlotte m'a en effet encouragé à tout simplement t'écrire et à t'exposer pourquoi je me fais du souci pour toi.

Comment vas-tu, Gloria? Peut-être trouveras-tu ma question importune. Tes lettres nous indiquent seulement que tu es très occupée. Tu parles de piano, de dessin et de nombreuses activités en commun avec tes nouvelles amies. Mais tes lettres me paraissent étrangement brèves et peu naturelles. Est-il donc possible que tu nous aies tous oubliés? Ne veux-tu pas savoir comment vont ton chien et ton cheval? Peut-être est-ce stupide, mais je n'entends jamais un rire entre les lignes, jamais un mot personnel. Au contraire, ces quelques brèves phrases semblent émettre de la tristesse. Quand je pense à toi, j'entends toujours tes dernières paroles avant ton départ: «Si c'est vraiment horrible, Jack, tu viendras me chercher?» Je t'avais alors consolée, parce que je ne savais que dire. Mais la vraie réponse est «oui», bien sûr. Si tu es vraiment désespérée, Gloria, si tu es seule et si tu ne vois pas d'espoir que cela change, écris-moi et je viendrai. Je ne sais pas comment je m'y prendrai, mais je serai là, pour toi.

Ton demi-grand-oncle qui t'aime plus que tout.

Jack.

William parcourut le texte, les sourcils foncés.

— Vous avez eu parfaitement raison d'intercepter cette lettre, miss Arrowstone, dit-il enfin. La relation entre ma fille et ce jeune homme a toujours eu quelque chose de malsain. Détruisez cette lettre.

Gloria était seule. Toute seule.

Paradis perdus

Canterbury Plains, Cambridge, Auckland,
Cap Reinga, Amérique, Australie, Greymouth
1914-1915

1

— Au risque de parler comme le vieux Gérald Warden, j'estime qu'il y a quelque chose qui cloche.

James McKenzie se traînait dans l'ancienne roseraie de Kiward Station, s'appuyant lourdement sur une canne et légèrement sur le bras de sa femme. Ces derniers temps, chaque geste lui valait des tourments, ses articulations se raidissaient, les rhumatismes étaient autant de souvenirs d'innombrables nuits passées à la belle étoile. Il fallait une circonstance exceptionnelle, comme ici le retour des troupeaux de moutons et de leurs bergers, pour que James sortît de la maison. Bien que Jack eût depuis longtemps pris *de facto* la direction de la ferme, l'ancien contremaître ne renonçait pas, en effet, à jeter un œil sur les brebis bien nourries et leurs petits. Pareilles à d'énormes tampons d'ouate, les bêtes, dans les prairies ou les enclos, bêlaient de colère quand elles se trouvaient séparées de leur progéniture. James et Gwyneira pouvaient être satisfaits. Le cheptel se portait on ne peut mieux, les pertes étaient extrêmement faibles.

Jack, qui avait dirigé le retour d'estive, plaisanta avec les bergers maoris et étreignit sa femme Charlotte. Elle ne s'était sans doute pas ennuyée pendant son absence, profitant, pour s'entretenir avec les femmes, des semaines durant lesquelles les villages maoris étaient désertés par les hommes. Elle avait en effet constaté qu'hommes et femmes racontaient et enjolivaient très différemment les légendes.

Ces nuances, après ces cinq années de recherches à Kiward Station, n'échappaient plus à Charlotte qui parlait désormais couramment le maori.

Elle saluait d'ailleurs en cet instant les bergers et plaisantait dans leur langue, serrée contre son époux. Cette scène intime en leur présence ne dérangeait pas les autochtones, seule la coutume du baiser en lieu et place du frottement des nez leur paraissant étrange.

Mais James ne s'était pas contenté d'apprécier la bonne forme des moutons, ses yeux bruns au regard toujours aussi vif venaient une nouvelle fois de vérifier que Charlotte avait encore la taille d'une jeune fille. De là sa remarque soucieuse. Ayant offert le whisky et la nourriture traditionnels lors des retours d'estive, sa femme et lui, renonçant à participer à la fête, se dirigeaient vers la porte des cuisines, à l'arrière de la bâtisse et à proximité immédiate des écuries.

— Après cinq années de mariage, elle est toujours mince comme un brin d'herbe. Ce n'est pas normal.

Gwyneira acquiesça. Aucun d'eux ne parlait directement ni à Jack ni à Charlotte de ce qui était entre eux un sujet de conversation courant. Ils se souvenaient trop bien du martyre que son beau-père, Gérald Warden, avait infligé à Gwyneira, commentant jour après jour la minceur de la taille de la jeune femme et lui reprochant sa stérilité.

— Mais le problème n'est cette fois pas le manque d'entraînement, plaisanta-t-elle. Ils ne peuvent pas se quitter. Il est invraisemblable qu'il n'en aille pas de même au lit.

— Et, contrairement à une certaine miss Gwyn il y a un demi-siècle, notre Charlotte donne l'impression d'être très heureuse, taquina James.

À l'époque, Gwyneira, dans sa détresse, s'était tournée vers James. Son époux d'alors, Lucas, étant à l'évidence incapable d'engendrer un enfant, il était revenu au contremaître de le remplacer.

— Qu'elle aime Jack, c'est sans problème, objecta-t-elle. Et elle aime aussi travailler avec les Maoris. Mais sinon… Ne trouves-tu pas qu'elle est trop mince? Elle est belle comme le jour, mais n'est pas loin d'être maigre, ou bien est-ce que je me trompe? Et ces perpétuels maux de tête…

Selon ses propres dires, Charlotte souffrait depuis toujours de migraines. Il lui arrivait de temps en temps de passer une semaine entière dans son appartement, fenêtres obturées. Elle en ressortait pâle, le visage marqué. Les poudres du médecin d'Haldon ou les plantes de la sage-femme maorie, Rongo Rongo, étaient impuissantes. Crises autrefois relativement rares. Mais elle venait d'en connaître quatre en trois mois.

— Elle doit être soucieuse, supposa James. Elle a toujours voulu avoir des enfants. Que dit Rongo? Tu ne l'as pas envoyée récemment la revoir?

— Je peux juste te dire l'avis du Dr Barslow. Charlotte me l'a confié. Sans doute parce qu'elle était heureuse de lui avoir entendu dire qu'à son avis tout était en ordre. Il m'est difficile d'interroger Rongo à propos de l'état de santé de Charlotte. Mais elles passent tout leur temps ensemble à cause de ces histoires du temps jadis. Cela me rassure un peu. Si elle souffrait de quelque chose, Rongo le remarquerait.

— À bien y réfléchir, ajouta James au bout d'un petit moment, je pense qu'il serait temps, pour moi aussi, d'aller consulter Rongo. Ces rhumatismes me tuent. Mais je ne peux pas aller à cheval à O'Keefe Station. Tu crois qu'elle condescendrait à une visite à domicile?

— Ce qui te permettrait, tout à fait par hasard et sans avoir l'air d'y toucher, de pénétrer les secrets les plus intimes de Charlotte? se moqua Gwyn. Vas-y, je suis aussi curieuse que toi! Mais elle ne trahira rien! Et, ensuite, je veillerai personnellement à ce que tu avales les tisanes qu'elle te prescrira, si amères soient-elles!

Rongo trouva James au lit. Les dernières pluies avaient tellement aggravé ses rhumatismes qu'il n'avait pu se traîner jusqu'à son fauteuil.

— C'est la faute du temps qui passe, monsieur James. Il abîme les os, soupira la petite femme aux cheveux blancs qui avait gardé sa vivacité de jeune fille.

Suivant la tradition des femmes de sa famille, elle pratiquait et enseignait l'art de la guérison. Elle n'avait malheureusement que trois fils, pas de fille, à qui elle aurait pu transmettre son savoir-faire de sage-femme. Elle avait emmené une nièce avec elle, mais la jeune fille ne paraissait ni très éveillée, ni très coopérative.

— On peut diminuer les douleurs, mais on ne peut guérir les rhumatismes. Restez au chaud, ne luttez pas contre la faiblesse. Cela ne vous servira à rien de vous lever et de forcer vos vieux os. Ça ne pourrait qu'empirer. Tenez ! dit-elle en se faisant donner par son assistante quelques herbes. On vous les fera infuser ce soir. Demain, Kiri filtrera le tout et vous avalerez d'un seul trait. Même si c'est amer. Demandez à Kiri, elle en prend elle aussi, et elle est beaucoup plus mobile que vous !

Kiri était cuisinière à Kiward Station depuis des dizaines d'années, se refusant à laisser la place à quelqu'un de plus jeune.

— Par rapport à moi, Kiri est une enfant, affirma James. À son âge, je ne connaissais même pas le mot « douleur articulaire » !

— Les dieux frappent les uns plus tôt, les autres plus tard, sourit Rongo avec un peu de tristesse. Soyez heureux qu'une longue vie vous ait été octroyée… ainsi qu'une nombreuse descendance.

— Puisqu'il est question de ça…, commença-t-il son enquête en cherchant une position plus confortable.

Il était meilleur enquêteur que sa femme, meilleur diplomate et, de plus, il parlait couramment le maori. Certes, Rongo parlait l'anglais – elle avait été l'élève d'Hélène

O'Keefe –, mais elle échangeait plus aisément dans sa langue maternelle, surtout quand il était question de secrets.

— Qu'en est-il de ma belle-fille Charlotte? Aura-t-elle des descendants?

James souriait d'un sourire un peu complice, mais Rongo prit un air grave.

— Monsieur James, la malédiction de la *wahine* Charlotte n'est pas l'absence d'enfant. Ma grand-mère m'a conseillé, dans des cas comme le sien, de pratiquer un exorcisme. Et c'est ce que j'ai fait.

— Avec l'accord de Charlotte? demanda James, stupéfait.

— Oui, bien qu'elle ne l'ait pas pris au sérieux. Elle voulait juste savoir comment ça se passe.

— Alors, ça n'a pas servi à grand-chose? constata James qui avait entendu parler de nombreuses séances d'exorcisme ayant réussi, mais sachant que, pour cela, il fallait que les patients croient en leur efficacité.

— Monsieur James, répondit Rongo toujours aussi sévère, il n'est pas important que miss Charlotte croie aux esprits. Ce sont les esprits qui doivent craindre les pouvoirs de la *tohunga*!

— Et alors? A-t-on eu affaire à un assez grand nombre d'esprits craintifs?

— Je n'ai pas de très grands pouvoirs, concéda Rongo. Et ce sont des esprits très puissants. J'ai conseillé à miss Charlotte de consulter un Pakeha-tohunga à Christchurch. Le Dr Barslow, à Haldon, n'a pas plus de pouvoirs que moi…

James s'inquiéta. Jamais encore Rongo n'avait envoyé une patiente chez un médecin anglais. Une amicale rivalité l'opposait au Dr Barslow: tantôt c'était l'un qui guérissait rapidement des maux sans trop de gravité, tantôt c'était l'autre. Dans le cas de Charlotte, ils avaient tous les deux échoué. Et leurs diagnostics: «La malédiction n'est pas l'absence d'enfant» et «Continuez à essayer, il n'y a aucune raison, sur le plan médical, pour que vous ne puissiez concevoir» concordaient d'inquiétante manière.

— J'ai compté les jours ! dit Charlotte à son mari.

Elle venait de se brosser les cheveux et Jack, penché sur elle, respirait le parfum de miel de sa toison blonde, toujours étonné et heureux que tant de beauté lui appartînt.

— Si nous essayons aujourd'hui, je pourrai avoir un enfant, ajouta-t-elle.

Jack posa un baiser sur ses cheveux et sa nuque.

— Je suis disponible pour toute tentative. Mais, tu sais, je ne t'en voudrai pas s'il n'y a pas d'enfant. Je n'ai pas besoin d'héritier, je n'ai besoin que de toi.

Charlotte, dans le miroir, lut la tendresse sur son visage. Elle savait qu'il pensait ce qu'il venait de dire. Jack n'avait jamais laissé planer le moindre doute sur le bonheur qu'il éprouvait avec elle.

— Qui t'a appris à compter les jours ? demanda-t-il.

— Elaine. C'est une…, hésita-t-elle en rougissant, c'est une fille de joie qui le lui a expliqué. Leur problème était d'ailleurs davantage d'empêcher une grossesse que de la favoriser.

— Tu as parlé de nos difficultés à Elaine ? s'étonna-t-il. Je pensais que cela ne regardait que nous deux.

— Tu connais Lainie, elle est assez directe. Lors de sa dernière visite, c'est elle qui m'a posé la question. Donc, nous en avons parlé. Ah, Jack ! J'ai tellement envie d'un enfant ! Les garçons de Lainie sont si mignons. Et les lettres de sa petite Lilian !

— Elle n'est plus si petite que ça, grogna Jack. Gloria ayant dix-huit ans, Lilian doit avoir quatorze ou quinze ans.

— Elle est en tout cas charmante. J'ai hâte de faire sa connaissance. Dans deux ans elle aura terminé l'école, n'est-ce pas ? Et Gloria dès l'année prochaine ! À quelle vitesse les enfants grandissent !

Jack, après tant d'années, était toujours étonné du comportement de Gloria. Ses lettres brèves et vides, son silence après les trois messages angoissés qu'il lui avait envoyés au fil du temps. Il se passait quelque chose d'étrange pour qu'il ne parvînt pas à correspondre avec elle. L'été prochain, son séjour à l'internat se terminerait enfin. Mais il n'était pas question qu'elle revînt.

«Après la fin de l'école, je voyagerai avec mes parents dans le nord de l'Europe», une simple phrase dans sa dernière lettre. Pas un mot pour indiquer si elle en était heureuse ou si elle aurait préféré revenir directement chez elle, si elle regretterait l'école, si elle songeait à des études. Quand elle ne passait pas les vacances à l'internat mais avec ses parents, ce qui s'était produit à trois reprises, elle n'écrivait pas du tout.

— Tu seras heureux quand elle reviendra, n'est-ce pas? demanda Charlotte qui, ayant terminé de se coiffer, se leva et laissa glisser sa robe de chambre en soie sous laquelle elle portait une chemise de nuit brodée.

Jack constata qu'elle avait encore minci.

— Si tu veux avoir des enfants, tu devrais manger davantage, dit-il, changeant de sujet et en la prenant avec douceur dans ses bras.

Elle rit sans bruit quand il la souleva et la déposa sur le lit.

— Tu es trop fragile pour porter un bébé.

Charlotte frissonna sous ses baisers, mais revint à Gloria. Elle n'aimait pas parler de son corps. Les femmes maories en riaient déjà bien assez, affirmant que son mari allait se lasser d'elle. Les hommes maoris aimaient en effet les femmes plus corpulentes.

— Mais tu seras déçu: la Gloria qui va revenir n'aura certainement plus grand-chose à voir avec la petite fille de jadis. Elle ne s'intéresse sans doute plus aux chevaux et aux chiens. Elle lit des livres et aime la musique. Tu vas devoir t'entraîner à tenir des conversations d'un haut niveau culturel.

C'est ce que la raison de Jack lui disait quand il lisait les lettres de Gloria. Mais son cœur refusait de se laisser convaincre.

— Qu'elle le dise elle-même à Nimue ! rétorqua-t-il avec un regard pour la chienne de Gloria qui dormait dans le couloir, devant leur chambre à coucher. Et elle est l'héritière de Kiward Station. Elle devra bien s'intéresser à la ferme, internat ou pas !

— Le chien la reconnaîtra-t-il ? demanda Charlotte en hochant la tête.

— Le chien se souvient d'elle ! Quant à Gloria… elle ne peut être devenue quelqu'un d'autre. Ce n'est tout simplement pas possible.

Gloria noua ses cheveux sur sa nuque. Comme toujours, ils étaient en désordre ; les boucles étaient trop épaisses pour se laisser coiffer. Elle les portait longs maintenant, ils lui tombaient dans le dos. Au moins les autres filles ne se moquaient-elles plus de sa coiffure. De toute façon, il y avait longtemps qu'elle ne se souciait plus de ce que disaient Gabrielle, Fiona et les autres. Gloria s'était entourée d'une sorte de couche protectrice qui empêchait les coups d'épingle de la blesser. Elle cherchait à ôter aux mots leur signification quand ses persécutrices lui adressaient la parole. Elle agissait de même à l'encontre des remarques de la plupart des enseignantes, notamment de miss Beaver, le nouveau professeur de piano. Miss Wedgewood, ayant épousé le révérend Bleachum trois ans plus tôt, avait quitté l'école. Miss Beaver était une fervente admiratrice de Kura Martyn. Elle avait brûlé d'impatience de connaître sa fille, s'attendant de sa part à des prodiges musicaux. Déçue, elle était néanmoins avide de détails sur les tournées auxquelles Gloria participait.

Celle-ci avait peu à raconter, à vrai dire. Elle détestait les vacances avec ses parents. Les regards des membres de la troupe quand ils la voyaient pour la première fois suffisaient à la glacer jusqu'à la moelle. Les chanteurs et les danseurs qui accompagnaient Kura et William changeaient en effet sans arrêt. La plupart des Maoris, attachés à leur pays natal, ne restaient qu'une saison dans la troupe. Il se produisait aussi des altercations entre artistes quand les Martyn engageaient d'authentiques *tohunga*, c'est-à-dire des musiciens jouissant dans leur pays natal de la plus grande réputation.

Les interprétations que Kura, se conformant aux standards occidentaux, donnait du *haka* ne cessaient de s'éloigner de son exécution traditionnelle. Or, elle exigeait des artistes maoris qu'ils s'y conforment eux aussi. Les meilleurs d'entre eux n'y étaient pas disposés et résistaient, certain jetant l'éponge d'une minute à l'autre. Aussi les Martyn en étaient-ils venus à ne plus recourir à d'authentiques Maoris, mais à des Pakeha métis qui, d'ailleurs, correspondaient mieux aux canons occidentaux de la beauté. Il existait désormais des professeurs de danse et des imprésarios qui embauchaient et formaient des débutants pour leur spectacle. La troupe remplissait ainsi cinq wagons-lits et wagons-salons qu'on accrochait aux trains de ligne pour les différentes destinations européennes.

Durant ces voyages, Gloria devait partager un wagon, soit un espace plus petit qu'une chambre d'internat, avec cinq filles. Parfois, elle avait la chance que les jeunes danseuses ne se préoccupent que d'elles-mêmes. Parfois ce n'était pas le cas : des danseuses, lui enviant ses parents riches et célèbres, le lui faisaient sentir. Elle se réfugiait alors dans son quant-à-soi, restant des heures entières le regard fixe, perdue dans ses pensées. Si, à l'internat, on disait alors d'elle qu'elle était dans la lune, en tournée, c'était plutôt le mot « stupide » qui lui revenait aux oreilles.

— Hé, Gloria, réveille-toi ! Tu n'es donc pas encore prête ? s'exclama Lilian, entrant en trombe dans la chambre et tirant sa cousine de ses sombres pensées. Et comment t'es-tu à nouveau habillée ? Tu n'as pas besoin de l'uniforme, c'est un pique-nique ! Nous allons assister à l'entraînement en vue de la course d'aviron de Cambridge, et puis nous fêterons les huit vainqueurs de la compétition. On va s'amuser, Gloria ! Et nous allons rencontrer des garçons ! On sort de ce couvent une fois par an et toi, tu...

— De toute façon, aucun ne me regardera. Je préférerais encore rester ici. Ou ramer moi-même. Ça doit être amusant !

— Allez, protesta Lilian, mets donc la robe bleue que ta mère t'a achetée à Anvers. Elle est jolie et te va bien, car elle est ample.

Soupirant, Gloria jeta un œil sur la taille de guêpe de Lilian qui portait certainement un corset à la mode mais qui n'en aurait pas eu besoin. On voyait d'ores et déjà que l'adolescente de quinze ans ressemblerait à sa mère et à sa grand-mère : petite, mince, mais avec les rondeurs voulues là où il le fallait. Gloria, en revanche, devait se serrer dans son corset et sérieusement se mortifier en tentant d'adapter ses formes aux vêtements à la mode. La robe très ample achetée à Anvers lui allait effectivement bien mieux, mais, n'étant pas du dernier cri, elle passait plutôt pour l'attribut des bas-bleus et des suffragettes. C'était le cas aussi des tailleurs-pantalons que l'on rencontrait depuis peu dans les grandes villes. Gloria aurait bien aimé en porter, mais Kura s'était contentée de dire non de la tête. Gloria, d'ailleurs, préférait ne pas imaginer l'accueil qui lui aurait été réservé à l'internat !

Gloria finit par s'attifer à la satisfaction de Lilian qui lui avait épilé les sourcils, les prolongeant d'un trait noir à l'aide d'une allumette brûlée, enduite de suie de la cheminée.

— Tu es bien mieux comme ça ! Il faut aussi entourer tes yeux d'un trait très fin. Un plus épais t'irait mieux, mais miss Arrowstone s'en apercevrait et piquerait une crise !

Effectivement, ce maquillage improvisé agrandissait les yeux de la jeune fille et faisait ressortir le teint clair de sa peau. Elle se trouva moins repoussante, à défaut d'être belle. Il était probable qu'aucun garçon ne s'intéresserait à elle, mais c'était sans importance. Elle voulait surtout passer inaperçue !

2

— Viens vite, la voiture va partir ! lança Lilian.

Gloria se demandait souvent comment ce tourbillon parvenait à lui rester fidèle. Depuis qu'elles étaient toutes deux dans le second cycle, la différence d'âge ne jouait plus guère de rôle. Pourtant, la rétrogradation de Gloria dans la classe de sa cousine, la deuxième année de leur séjour à Oaks Garden, avait été une nouvelle humiliation. Privée des cours particuliers de miss Bleachum, Gloria ne rattrapait pas son retard dans les matières artistiques et littéraires dans lesquelles Lilian n'avait pas de problèmes. Cette dernière ne comprenait pas le manque d'assurance de sa cousine.

— Peu importe, Gloria, que tu comprennes ou non ce que M. Poe ou un quelconque écrivain voulaient dire quand ils écrivaient. Ils ne le savaient probablement pas non plus. Alors invente n'importe quoi. Plus ça sera étrange et meilleur ce sera. En la matière on ne peut pas se tromper.

Lilian n'avait pas l'intention de devenir artiste, mais elle ne manquait ni d'imagination ni de charme. Miss Beaver lui pardonnait même ses échecs au piano devant son sourire et son habileté à expliquer pourquoi elle n'avait pas travaillé un morceau. En pareille situation, Gloria ne savait que se taire. Et personne n'est disposé à excuser un silence renfrogné.

Oaks Garden avait passé avec le *college* de Cambridge une convention qui prévoyait des rencontres entre les filles de l'internat et les jeunes étudiants. Bien entendu, tout cela s'effectuait sous surveillance, mais, quand il arrivait malgré tout que deux jeunes tombent amoureux, il s'agissait toujours d'une liaison convenable. Il fallait en tout cas que les jeunes filles se préparent à leur futur rôle dans la société, qu'elles apprennent donc à fréquenter avec naturel l'autre sexe. La voiture de l'école allait emmener quinze filles des classes supérieures à Cambridge où se déroulaient sur la Cam les dernières épreuves éliminatoires en vue de la légendaire Boat Race. La Boat Race elle-même, la rencontre annuelle entre les huit d'Oxford et de Cambridge, avait lieu une semaine plus tard, à Londres. Gloria pensait à part soi que la sélection avait déjà eu lieu, jugeant improbable que les entraîneurs subordonnent la composition de leur équipe à des épreuves si proches de la grande compétition. Mais peu importait. Tout le monde allait bien s'amuser en ce samedi après-midi ensoleillé. Toute occasion de quitter l'internat était la bienvenue.

Le jardinier qui faisait également fonction de cocher avait mis au trot ses deux lourds chevaux. Gloria prenait grand plaisir à traverser des prairies bien vertes, où, çà et là, paissaient des chevaux, des bovins et des moutons. Elle ne pouvait s'empêcher de les comparer avec le bétail de Kiward Station. Quelle joie de rouler à travers une campagne sans haies et sans murs ! Gloria avait besoin d'immensité. Le vert des collines dans les environs de Cambridge la tranquillisait et la réjouissait, mais il lui manquait la vue des Alpes au loin. Il lui semblait aussi que l'air était moins pur, la vue plus limitée et le soleil moins lumineux que dans les Canterbury Plains.

Les cuisinières de l'école avaient préparé un pique-nique et les deux professeurs surveillaient les paniers comme s'ils renfermaient pour le moins un trésor. Le choix du lieu idéal pour le pique-nique semblait aussi être une affaire d'État. Lilian et ses amies en discutèrent longuement, à vive voix, et Gloria n'avait qu'une envie : se trouver loin de tout ça ! Plutôt qu'assister aux courses, elle aurait aimé flâner le long de la Cam, observer les oiseaux, dénicher des grenouilles et des crapauds et s'amuser à les faire plonger dans l'eau. Elle continuait à dessiner les animaux qu'elle découvrait dans les champs, mais s'abstenait de montrer ses œuvres à ses professeurs, se contentant de les envoyer à miss Bleachum à Dunedin. La jeune femme y avait trouvé un emploi dans une école de filles et écrivait régulièrement à Gloria, évoquant prudemment des projets pour la fin de sa scolarité. Dunedin avait une université qui, dans une certaine limite, acceptait les filles. Peut-être sa pupille pourrait-elle y satisfaire son goût pour les sciences naturelles. Elle devrait bien entendu rattraper son retard, mais miss Bleachum estimait qu'elle y arriverait facilement. Gloria avait fait son deuil d'un retour à Kiward Station. Penser à ce monde perdu était trop douloureux et ses parents, qui l'en avaient arrachée, ne la laisseraient sans doute pas y retourner.

Lilian et ses amies avaient enfin choisi un endroit proche de l'arrivée des courses, ce qui leur permettrait de rencontrer les garçons ayant déjà concouru. Ils seraient certainement un peu fatigués, mais auraient au moins le temps de s'occuper d'elles. Puis elles partirent, avant de déjeuner, pour une courte promenade jusqu'à la ligne de départ. Gloria avait préféré aider les enseignantes à vider les paniers de provisions et à disposer sur le sol des couvertures et des serviettes. Elle espérait pouvoir ensuite s'éclipser : peut-être pourrait-elle surprendre et observer, dans un petit bois proche, un écureuil ou une martre, espèces n'existant pas en Nouvelle-Zélande ?

Lilian Lambert, pour sa part, trouvait que l'espèce la plus intéressante, sur quelque continent que ce soit, était l'espèce humaine. Elle aussi aimait les animaux et aurait trouvé plus intéressantes les études de sciences naturelles que l'enseignement d'Oaks Garden. Mais si on lui avait donné à choisir entre garçons et écureuils, elle n'aurait pas hésité. Or, sur l'embarcadère de Cambridge, il y avait une foule de beaux garçons. Tous portaient les pull-overs ou les chemises typiques de leur ville, tous étaient musclés, résultat de leur entraînement quotidien. Comme ses amies, Lilian jetait des coups d'œil par-dessous son ombrelle, osait parfois un sourire timide quand son regard croisait une fraction de seconde celui d'un garçon et, sinon, bavardait avec ses copines avec autant de naturel que si elle ne s'intéressait en rien à l'autre sexe. Elle avait pourtant, ce jour-là, passé des heures à soigner son apparence : elle avait choisi une robe d'un vert mat, ornée de dentelle brune au décolleté et aux ourlets, et s'était coiffée d'un large chapeau tilleul. Elle aurait donc eu d'autant moins besoin d'une ombrelle qu'on était à la mi-mars. Une veste aurait été plus indiquée que des protections contre le soleil, même en cette si belle journée. Mais comment badiner et flirter sans ombrelle ? Question veste, Lilian aurait préféré geler sur place que masquer son décolleté.

Les garçons, de leur côté, jaugeaient les filles, sachant bien qu'après la course il y aurait un pique-nique qu'elles étaient prêtes à partager avec eux. Une présélection s'imposait donc. N'en étant pas non plus à leur première régate, ils savaient aussi que les jeunes filles qui venaient au départ étaient les plus hardies. On pouvait donc engager une conversation, voire un flirt, à condition de se montrer adroit. Ceux qui avaient des sœurs ou des cousines à l'internat étaient bien entendu avantagés. Une amie de Lilian aperçut son frère, ce qui lui permit d'être aussitôt présentée à plusieurs étudiants. Elle en profita pour faire entrer dans le cercle Lily et les autres. La glace était rompue ! Mais il n'y eut pas de joute verbale à laquelle Lilian aurait pu apporter son éminente contribution, car les filles n'étaient pas les seules à être intimidées. On parla donc temps – temps magnifique, quelle chance ! – et composition des équipes.

La sélection d'un ou deux rameurs faisait encore problème, et les intéressés en discutaient bruyamment.

— Mais je t'en prie, pas ce mioche de Ben ! Bien sûr qu'il est impressionnant, mais il a encore deux ou trois ans devant lui pour devenir célèbre. Cette année, Rupert devrait garder sa place. C'est pour lui la dernière chance et, d'ailleurs, je le trouve meilleur...

— Ben s'entraîne plus dur...

— Ben est un fayot !

Lilian se demanda qui étaient ces deux garçons. Ben l'intéressait, car il était d'un âge qui lui conviendrait. Les autres avaient au moins seize ans, la plupart dix-sept, quelques-uns dix-huit !

Finalement, un des garçons montra le dénommé Rupert, un grand gaillard trapu au poil noir, en train de flirter avec des filles. Lilian vit qu'il n'était pas pour elle. Elle n'aimait pas son côté vantard, visible même de loin ; et puis c'était presque un adulte. Son regard finit par tomber sur un garçon blond, à l'écart des autres, se livrant, dans une petite crique bordée de roseaux, à des exercices d'étirement. Il lui parut jeune et digne de confiance. S'éloignant du groupe, elle se dirigea vers lui, nonchalamment mais le cœur battant. La crique était ravissante, tranquille. Elle entendait la respiration du jeune homme et devinait sa musculature sous la légère chemise. Il était certes bien bâti, mais avait la taille mince. On voyait, aux muscles de ses bras et de ses jambes qu'il travaillait ferme sur le banc de nage.

— Vous croyez que ça vous sert encore à quelque chose ? demanda Lilian.

Il se retourna brusquement, dévoilant un visage allongé, où brillaient des yeux vifs, vert clair. Si le jeune homme était un peu falot au total, il avait pourtant des traits d'une grande finesse, des lèvres charnues, serrées pour l'heure sous l'effet de sa concentration.

— Quoi, ça ? dit-il.

— L'entraînement! Je veux dire: ce que vous ne pouvez pas faire maintenant, vous n'allez pas l'acquérir avant la compétition.

— Ce n'est pas de l'entraînement, dit-il en riant. Ce sont des exercices d'échauffement. On entre plus rapidement en action le moment venu. Les vrais sportifs agissent comme ça.

— Je ne connais pas grand-chose au sport, mais si c'est utile, pourquoi les autres ne le font-ils pas?

— Parce qu'ils préfèrent bavarder avec les filles. Ils ne prennent pas ça au sérieux.

Lilian pensa à ce qu'elle venait d'entendre, à savoir que Ben était un fayot.

— C'est vous Ben?

Le garçon rit de nouveau, ce qui enleva de son visage un peu de sa sévérité.

— Que vous ont-ils raconté sur mon compte? Laissez-moi deviner: Ben est un fayot.

Ce fut au tour de Lilian de rire. Un rire un peu complice. Ben la dévisagea, non sans intérêt.

— Non, c'est inexact, répondit-elle. À ce que je vois, Ben est en train de bavarder avec une fille. Son bateau va perdre! dit-elle, l'œil mutin tout en jouant avec son ombrelle.

Mais Ben parut ne s'apercevoir de rien, le rappel de la compétition à venir l'ayant replongé dans son monde à lui.

— C'est de toute façon sans importance, ils vont désigner Rupert London. Sous le prétexte qu'il a beaucoup apporté au huit pendant des années. Bien sûr, on a perdu chaque fois qu'il était chef de nage. Ce type est un bluffeur. Il sait se vendre. Et il paraît qu'il faut lui accorder encore une chance pour sa dernière année ici.

— Et vous ne pouvez pas être tous les deux sur le bateau? Il y a bien huit places, non?

— Mais il n'y a qu'un chef de nage. C'est lui ou moi, trancha Ben en reprenant ses exercices.

— C'est le chef de nage qui donne le rythme, n'est-ce pas ?

— Oui, c'est lui qui fait en sorte que les avirons frappent l'eau ensemble, pour dire vite. Il y faut le sens du rythme. Le sien n'est pas loin de zéro.

— Tant pis pour Cambridge. Mais c'est votre premier semestre, n'est-ce pas? Vous gagnerez l'année prochaine, assura Lilian en s'asseyant dans l'herbe pour mieux l'observer.

Il avait la souplesse d'un danseur.

— S'il y a une autre fois, répondit-il avec une grimace. Notre professeur d'histoire dit qu'il va y avoir la guerre.

Lilian le regarda avec surprise : jamais encore elle n'avait entendu parler de guerre. L'enseignement de l'histoire, à Oaks Garden, s'arrêtait à la reine Victoria.

— Contre qui ?

— Je n'ai pas vraiment compris, dit le garçon en haussant les épaules. Le prof n'en est pas sûr, naturellement. Mais c'est une éventualité. Et on ne fait pas d'aviron pendant la guerre.

— Ce serait réellement dommage. Pouvez-vous tout de même gagner, au moins aujourd'hui ?

Ben acquiesça, les yeux brillants.

— Aujourd'hui, mon huit court contre le sien.

— Alors, je vous souhaite bonne chance. Au fait, je m'appelle Lily. Je suis d'Oaks Garden. Et nous pique-niquons vers l'arrivée. Si vous avez envie, vous pouvez venir. Même si vous ne gagnez pas.

— Je vais gagner, affirma Ben qui, la concentration se lisant sur son visage, reprit son échauffement.

Au bout de quelques minutes, Lily eut l'impression d'être de trop.

— À tout à l'heure, donc !

Il ne l'entendit même pas.

Lilian assista à la course, assise sur une couverture à côté de Gloria qui n'avait pu échapper à la vigilance des enseignantes. Miss Beaver tenta une nouvelle fois vainement de l'entraîner dans une conversation sur la culture et la musique des Maoris ; miss Barnum, elle, eut besoin d'aide pour ouvrir un des paniers dont la fermeture s'était apparemment déformée. Gloria réussit à résoudre le problème, car elle venait rapidement à bout des difficultés techniques. Cela lui valut, fait exceptionnel, un compliment. Mais elle dut renoncer à son escapade en pleine nature. Les autres filles, revenues entre-temps, ne parlaient que de garçons.

Lilian avait elle aussi matière à raconter. Son nouvel ami Ben allait diriger l'un des huit, et elle discourait déjà à propos de la conduite des bateaux comme si elle avait passé les trois dernières années sur l'eau.

Le départ de la course fut enfin donné, et les filles crièrent leurs encouragements à leurs favoris respectifs. L'issue de la course importait peu à Gloria, mais elle s'aperçut vite qu'une plus grande discipline régnait dans l'embarcation de Ben que dans celles des concurrents. Les avirons frappaient l'eau avec plus de régularité et plus de vitesse, le bateau fendait l'eau comme un dauphin jouant dans les vagues. Le chef de nage avait à l'évidence un talent stratégique. Il maintint d'abord son huit à la hauteur de son concurrent, ne se détachant que dans le derniers tiers de la distance, mais alors avec un beau dynamisme. Son bateau l'emporta avec une bonne longueur d'avance.

Lilian sautait sur place d'enthousiasme.

— Il a gagné ! Ils vont être obligés de le faire concourir à Londres. Sinon, ce ne serait pas juste !

Gloria se demanda comment, après cinq années à Oaks Garden, Lilian pouvait encore croire à la justice. Même pour des filles aussi appréciées que Lily, la notation et les appréciations écrites représentaient une énigme. L'orientation « artistique et créative » de l'école s'étant renforcée au fil du temps, maints professeurs au comportement bizarre notaient en fonction de critères indéfinissables.

Ben, lui, n'avait en tout cas pas la chance de son côté en ce jour. Il se dirigea vers les filles d'un pas pesant, manifestement abattu.

Lilian l'accueillit, rayonnante. Elle s'était demandé si elle ne devrait pas aller le chercher ! Elle n'avait pas dû lui laisser une impression inoubliable ; il s'était à l'évidence davantage concentré sur sa course que sur sa conversation. Toujours est-il que quelque chose, dans ce lutin roux, l'avait néanmoins fasciné ! À moins qu'il n'ait simplement eu besoin de pleurer sur une épaule compatissante.

— Je vous l'avais bien dit, ils vont sélectionner Rupert, expliqua-t-il, et Lilian crut voir des larmes dans ses yeux. Ils se fichent que j'aie gagné.

— Mais vous avez magnifiquement couru, le consola Lilian. Et si Cambridge perd à Londres, tout le monde saura pourquoi. Allez, mangez quelque chose. Ces cuisses de poulet sont délicieuses ; n'hésitez pas à les tenir à la main ! Et voilà du vin de groseilles à maquereau du jardin de notre cuisine. D'accord, ce n'est pas du vin, plutôt du jus. Mais il est bon !

Lilian servit le jeune homme avec un parfait naturel. Gloria se demanda comment elle pouvait bavarder avec lui avec tant d'insouciance. Ben ne l'impressionnait pas particulièrement – il devait être plus jeune qu'elle –, mais elle n'aurait pas su que lui dire.

— Comment est-ce dans votre *college*? demanda Lilian sans autre forme de procès, la bouche pleine de surcroît. Est-ce vraiment si difficile qu'on le dit ? Il paraît qu'il faut être d'une très grande intelligence pour entrer à Cambridge.

— C'est parfois uniquement une question d'origine familiale, expliqua-t-il. Si le grand-père et le père sont déjà passés par Cambridge, tout est plus simple.

— Et alors ? Votre père et votre grand-père sont-ils passés par Cambridge ? Et qu'étudiez-vous ?

C'est le moment que choisit, pour se mêler de la conversation, Hazel, l'amie de Lilian, qui, n'ayant pas réussi à attirer un garçon sur sa couverture, désirait avoir sa part de la conquête de son amie. Elle ne le fit pas avec un grand tact.

— Vous n'avez absolument pas l'air d'un étudiant !

Ben rougit.

— J'ai sauté quelques classes, avoua-t-il en souriant à l'intention de Lilian. Un fayot, comme déjà dit… Et Cambridge m'a offert une bourse. Littérature, langues et histoire de l'Angleterre. Mes parents ne sont pas enchantés.

— Mais c'est bête de leur part, déclara Lilian, exprimant exactement la pensée de Ben mais s'attirant une sévère réprimande de miss Beaver.

Se retrouvant soudain au centre de l'attention féminine, le jeune homme se racla la gorge.

— Je… euh… je dois… je crois que je dois retourner auprès de mes amis. Mais peut-être… N'auriez-vous pas envie, miss Lilian, de m'accompagner un peu. Pas plus loin que les docks, bien sûr.

— Très volontiers, déclara Lilian.

S'apprêtant à se lever, elle se ravisa et tendit la main d'un air engageant à Ben pour qu'il l'aide.

— Je reviens tout de suite, dit-elle à miss Beaver, à Hazel et à Gloria, puis elle mit son ombrelle sur l'épaule et s'éloigna d'un pas dansant aux côtés de Ben.

Ben était soulagé. Mais que faire de cette fille? Il ne pouvait pas l'amener auprès des autres garçons, bruyants et entreprenants, dont il avait dirigé le bateau. Il ne manquerait plus qu'un d'entre eux ne la lui souffle !

Heureusement, dès qu'ils furent hors de vue de miss Beaver, Lilian mit le cap sur le petit bois.

— Venez par ici, il y a de l'ombre. Ce fut aujourd'hui une journée chaude, n'est-ce pas?

La dernière assertion était quelque peu exagérée, mais Ben acquiesça sans réserve. Peu après, suivant un chemin forestier, ils se sentirent l'un et l'autre libres comme ils ne l'avaient jamais été. Ben, aux anges avec cette fille jolie et souriante, ne se croyait pas obligé de parler. Il était d'ailleurs impossible d'interrompre Lily qui racontait la vie à Oaks Garden, expliquant qu'elle était une des plus jeunes élèves à son arrivée à l'école.

— On m'a envoyée dans un internat en même temps que ma cousine. Ses parents y tenaient absolument, mais elle est timide, et nous sommes très loin de chez nous. C'est pourquoi on m'a envoyée en même temps qu'elle, afin qu'elle ne se sente pas trop seule. Mais c'est plus fort qu'elle. Il y a des gens qui se sentent toujours seuls.

Ben fut empli d'une très profonde compréhension. Lilian, instinctivement, comprit ce qu'il éprouvait. Il se sentait seul. À l'école déjà, il n'avait pas réussi à lier amitié. Cela avait été pire au *college* avec des garçons beaucoup plus âgés. Il avait une chance : il apprenait vite et avec plaisir. Même s'il n'était pas enthousiasmé par la géologie, contrairement à son père, et s'il ne partageait pas l'attrait de sa mère pour l'économie. Il se voyait davantage en poète. Il se surprit à le dire à quelqu'un pour la première fois. Lilian écoutait, fascinée.

— Connaissez-vous un de vos poèmes par cœur? demanda-t-elle. S'il vous plaît, récitez-en un!

— Je ne sais pas, je n'ai encore jamais... non, je n'y arriverai pas, répondit-il en rougissant. Je ne trouverai pas les mots.

— Allons donc! Si vous devenez poète, il vous faudra bien assurer des lectures publiques. Vous ne pourrez pas rester comme deux ronds de flan. Allez-y!

Ben se décida à réciter, sans oser regarder Lilian :

— «Si tu étais une rose, en toi avec la rosée je me fondrais.

Si tu étais une feuille dans la tempête, pour toi avec le vent je chanterais,

Et je te reconnaîtrais, qui que tu sois, quoi que tu fasses.

J'inventerais pour toi des chants, pour qu'enfin en rêve tu m'embrasses.»

— Mon Dieu, que c'est beau ! soupira Lilian.

Le garçon la regarda avec inquiétude, mais ne découvrit pas l'ombre d'une moquerie sur un visage devenu rêveur.

— Et ça rime !

Les yeux de Ben étincelèrent. Lilian parut sortir de son rêve.

— Et vous m'avez tutoyée ! le taquina-t-elle. Quel âge avez-vous donc ?

— Bientôt quinze ans.

— Moi aussi ! C'est un signe !

— Oui, c'est un signe, dit Ben reprenant ses esprits. Voulez-vous… veux-tu… me revoir ?

— Ce ne pourrait être qu'en cachette, dit-elle en hésitant, les yeux vertueusement baissés. Vous avez peut-être le droit de sortir du *college*, mais moi…

— Tu ne vois pas de solution ? demanda-t-il timidement. Je me dis que s'il n'y en a pas… je pourrais venir te chercher samedi en me présentant comme ton cousin, par exemple.

— Personne ne le croira, rigola Lilian, se demandant si elle devait avouer à Ben qu'elle venait de Nouvelle-Zélande, puis y renonçant, car elle n'avait pas envie de parler mines de charbon et d'or, pêche à la baleine ou élevage des moutons, habituels sujets de curiosité à propos de son pays.

Elle ne voulait pas non plus évoquer sa parenté avec Kura-maro-tini. Comme Gloria, elle avait très vite constaté que les gens ne s'intéressaient alors plus à leur interlocutrice. Elle avait donc pris l'habitude d'éluder le sujet.

— Mais j'ai une solution, ne t'en fais pas. Si, du portail, tu suis sur un quart de mille vers le sud la haie de notre école, tu arriveras à un chêne géant. Ses branches passent par-dessus la haie, on peut donc la franchir. Tu m'attendras là, tu m'aideras !

— Je viendrai, dit-il, le souffle court. Mais ce ne sera pas pour tout de suite. Il faut d'abord que j'aille à Londres, je vais sans doute être sélectionné comme remplaçant.

— Je peux attendre, assura Lilian qui, *in petto*, trouva sa réponse fort romantique. Mais je crois que nous devrions revenir vers les autres. Jalouse comme elle est, Hazel va s'apercevoir que je suis en retard et me moucharder.

Elle fit résolument demi-tour, mais Ben la retint.

— Attends un instant. Je sais que ce n'est pas très convenable, mais... je voudrais regarder tes yeux. Je m'y suis essayé tout l'après-midi, mais je ne voulais pas te fixer d'un œil béat, si bien que je ne sais pas s'ils sont verts ou marron.

Il posa avec gaucherie ses mains sur les épaules de l'adolescente et l'attira un peu vers lui. Il ne lui avait pas avoué qu'il portait habituellement une paire de lunettes.

Lily repoussa son large chapeau.

— Ils sont parfois verts, parfois marron, tachetés en quelque sorte, comme un œuf de pigeon. Quand je suis gaie, ils sont verts ; quand je suis triste, ils sont marron.

— Et quand tu es amoureuse ?

Il n'allait pas l'apprendre cet après-midi-là. Lilian ferma les yeux quand il l'embrassa.

3

— Ça ne peut plus durer comme ça, Charlotte ! Même Rongo Rongo estime que tu devrais consulter un médecin de Christchurch.

Jack avait longtemps hésité à parler à Charlotte de ses maux de tête, mais, de retour d'une longue journée de travail, il l'avait de nouveau trouvée percluse de douleur dans sa chambre plongée dans le noir. La tête entourée d'un châle en laine, blême, elle avait les traits tirés, le visage presque déformé.

— C'est la migraine, mon chéri. Tu sais bien que cela m'arrive de temps en temps…

— Mais c'est la troisième fois en un mois. C'est trop !

— C'est le temps qui veut ça, chéri. Mais je peux me lever. Je descendrai dîner, promis. C'est juste que… je suis si vite prise de vertiges, dit-elle, essayant de s'asseoir.

— Reste allongée, pour l'amour du ciel ! s'écria Jack en l'embrassant et en la repoussant avec douceur dans ses oreillers. Je t'apporterai ton repas au lit. Mais fais-moi le plaisir de ne pas tout rejeter sur le temps, la saison ou je ne sais quoi. Le temps n'a pas changé depuis un siècle dans les Canterbury Plains. Il pleut presque quotidiennement l'hiver. L'été aussi. Si cela donnait la migraine, tout le pays serait malade. Dès que tu seras remise de cette crise, nous irons à Christchurch. Nous rendrons visite à tes parents, passerons quelques journées agréables et consulterons un médecin qui s'y connaît mieux en maux de tête que notre toubib de village. D'accord ?

Charlotte acquiesça. En réalité, elle voulait simplement qu'on la laisse en paix. Elle aimait Jack et sa présence avait un effet apaisant sur ses douleurs, mais la moindre conversation la fatiguait. La seule idée de manger lui donnait envie de vomir, mais elle ferait effort sur elle-même et avalerait quelques bouchées. Il ne fallait pas que Jack s'inquiète. Sa propre inquiétude suffisait.

Il se passa un bon bout de temps avant que Lilian et Ben se rencontrent à nouveau. La jeune fille attendait fiévreusement son premier rendez-vous. À vrai dire, elle s'était souvenue avec horreur, le lendemain de la compétition, qu'ils n'avaient pas fixé de date. Elle ignorait donc quel jour Ben l'attendrait au pied de la haie. S'il ne l'avait pas tout simplement oubliée. Quand arriva l'été, il ne s'était toujours rien passé et Lilian pensa que la deuxième hypothèse était la bonne. Mais son amie Meredith Rodhurst, étant rentrée chez elle le week-end, y avait retrouvé son frère Julius, étudiant à Cambridge. Revenue à Oaks Garden, elle ne tenait plus en place tellement elle était excitée.

— Lily, est-ce que tu penses encore au garçon que tu avais invité à notre pique-nique? Un certain Ben?

Lilian sentit son cœur s'affoler, mais, avant que Meredith ait eu le temps de dire autre chose, elle l'attira à l'écart dans le couloir. La conversation ne devait pas tomber dans l'oreille de tout un chacun.

— Bien sûr que je pense à lui! Depuis que le destin nous a séparés, je n'ai pas passé une minute sans rêver à lui.

Meredith pouffa.

— Depuis que le destin nous a séparés! Tu es folle...

— Je suis amoureuse! rétorqua Lilian, pleine de dignité.

— Et lui aussi! déclara Meredith. Mon frère dit qu'il vient par ici sans arrêt et qu'il traîne autour de notre jardin comme une âme en peine. Mais ça ne donnera rien, bien entendu; il faudrait un sacré coup de chance pour qu'il tombe sur toi.

— Est-ce que nous ne pourrions pas nous écrire? Ton frère connaît son nom de famille et…

— Tu n'as pas besoin de lui écrire. Tu as un rendez-vous! J'ai dit à Julius que tu rencontrerais Ben. Au fameux chêne, vendredi à 17 heures.

Lilian tomba dans les bras de son amie.

— Oh, Meredith, jamais je ne l'oublierai! Même si ce n'est pas le meilleur jour, puisque j'ai chorale. Mais je trouverai bien une excuse. Qu'est-ce que je vais mettre? J'ai… j'ai tant de choses à préparer.

Lilian ne touchait plus terre. Elle allait passer le reste de la semaine à élaborer des projets. Et à compter les heures. C'était lundi, 8 h 30.

Durant les deux premiers jours, elle se préoccupa de savoir avec lesquelles de ses amies elle allait partager son grand secret. Elle aurait pu parler pendant des heures de Ben et de son rendez-vous, mais mettre trop de filles au courant augmentait le risque d'être découverte. Elle ne se confia finalement qu'à Hazel, à Gloria aussi bien sûr, mais qui ne parut pas spécialement intéressée. La première, en revanche, trembla de peur et d'impatience avec elle et l'aida à choisir sa tenue. Elles rejetèrent successivement cinq robes, et la sixième, retenue par Lilian le vendredi, à 16 heures, s'avéra être tachée. Lilian était au bord des larmes.

— Mais on peut la brosser, suggéra Hazel. Laisse-moi faire! Et est-ce que tu sais ce que tu vas raconter à miss Beaver?

— Je vais lui dire que je suis migraineuse. Mieux, c'est toi qui vas le lui dire. C'est une maladie très pratique, qui arrive toujours au bon moment. On en souffre dans ma famille.

— C'est vrai?

— Pas que je sache. Bien que la femme de mon oncle Jack s'en plaigne. Donc, ce n'est pas un mensonge. En tout cas, l'heure de la chorale est idéale pour faire le mur. Tout le monde est occupé. Même Mary Jane.

Mary Jane était leur ennemie déclarée. Elles étaient sûres qu'elle dénoncerait le secret de Lilian si elle était au courant. Cette dernière pressentit donc le pire quand, à 16h10 – elle venait d'enfiler la robe hâtivement nettoyée –, Alison, l'amie intime de Mary, frappa à sa porte.

— Elle ne t'empêchera pas de grimper sur l'arbre? avait demandé Hazel en aidant son amie à quitter son corset dans lequel elle aurait transpiré par cette chaude journée de juillet.

— Les ailes de l'amour me porteront, avait affirmé Lilian.

Au moment précis où quelqu'un avait frappé à la porte.

— Tu es convoquée chez miss Arrowstone, Lily, annonça Alison. Tout de suite.

Lilian se retourna brusquement.

— Vous avez de nouveau mouchardé? Comment avez-vous su? Tu n'as rien dit, Hazel, n'est-ce pas? Quant à Gloria…

Une trahison de Gloria était impensable. Mais miss Arrowstone devait être au courant de quelque chose.

— Personne ne m'a rien dit, s'indigna Alison. Je passais dans le couloir quand miss Arrowstone m'a chargée de venir te chercher. Tu as peut-être de la visite…

Lilian changea de couleur. De la visite? Ben? N'avait-il pu se retenir plus longtemps et tentait-il la solution du cousin? Ou bien quelqu'un l'avait-il aperçu près de la haie et en avait tiré des conclusions? Mary Jane en était capable…

— Et si tu ne te dépêches pas un peu, tu vas avoir des ennuis, ajouta Alison. Pourquoi es-tu si chic, au fait? Pour la chorale? On est pourtant obligée de porter l'uniforme!

Lilian hésita. Devait-elle se changer? Si la directrice ne lui voulait rien de particulier, elle pourrait tout de même être à l'heure à son rendez-vous. D'un autre côté, miss Arrowstone soupçonnerait quelque chose en la voyant en tenue endimanchée.

— Dépêche-toi! insista Alison.

Lilian se décida. S'il y avait la moindre chance de rencontrer Ben, elle allait courir le risque d'un petit accrochage avec la directrice.

Miss Arrowstone n'était effectivement pas seule dans son bureau. L'air renfrogné, elle s'entretenait avec un homme d'un certain âge au ton persuasif.

Il se retourna à l'entrée de Lilian.

— Lily, ma chère, que tu es devenue belle! Aussi jolie que ta mère au même âge. Tu as l'air plus adulte que sur la photo!

— Cela doit tenir à ce que nos élèves portent la tenue de l'école pour les séances photographiques, remarqua sèchement miss Arrowstone. Qu'est-ce qui nous vaut le plaisir douteux de te voir aujourd'hui en tenue de bal?

Lilian l'ignora.

— Oncle Georges! cria-t-elle en se jetant dans les bras de Georges Greenwood de manière peu conventionnelle.

Le principal investisseur de la mine Lambert était souvent invité chez ses parents et, Elaine, sa mère, l'appelait déjà « oncle » quand elle était enfant. Pour Lilian et ses frères, il était pour ainsi dire de la famille, un parent accueilli avec joie, d'autant plus qu'il n'hésitait pas à arriver les mains pleines de jouets.

— Quelle bonne idée de venir me voir! dit-elle avec un sourire radieux pour son oncle, gardant même un peu de chaleur à l'intention de miss Arrowstone: Alison m'a dit que j'avais un visiteur important et c'est pourquoi je me suis changée.

La directrice eut un petit sifflement incrédule.

— En tout cas, tu es charmante, mon enfant! reprit Georges. Mais assieds-toi avant que nous en arrivions à la raison de ma visite qui, hélas, n'est pas réjouissante.

Lilian pâlit. Elle ne savait pas si elle avait vraiment le droit de s'asseoir dans le saint des saints de miss Arrowstone, mais, si tel était bien le cas, cela ne présageait rien de bon!

— Maman… papa… Est-il arrivé quelque chose?

— Non, ils vont bien. Pardonne-moi de t'avoir effrayée. Tes frères aussi vont bien. Je crois avoir bien mal engagé la conversation, dit-il, s'excusant d'un sourire.

— Mais quoi alors? demanda Lilian, passant d'un pied sur l'autre.

— Tu peux t'asseoir, mon enfant, dit miss Arrowstone.

— D'ailleurs, tu vas peut-être être heureuse de ce qui motive ma présence, reprit le visiteur. Bien que tes parents m'aient dit que tu te plaisais ici, ce qui prouve ta soif d'apprendre et la valeur de cette école, dit-il avec un signe de tête de gratitude en direction de miss Arrowstone. Mais je suis chargé de te ramener chez toi par le prochain bateau.

— Quoi? sursauta Lilian. Chez moi? À Greymouth? Maintenant? Mais pourquoi? Je… alors qu'il ne reste plus qu'une année d'école?

Alors qu'il y avait Ben! Lilian sentit la pièce tourner autour d'elle.

— As-tu entendu parler de l'attentat à Sarajevo, Lilian? demanda Georges qui eut un regard réprobateur à l'adresse de la directrice quand Lilian eut répondu de la tête par la négative.

— Le 28 juin. Le successeur du trône d'Autriche-Hongrie a été assassiné.

— Je suis désolée pour l'Autriche-Hongrie et, bien sûr, pour la famille de Son Altesse impériale, répondit l'enfant avec politesse mais indifférence.

— Son épouse a été également assassinée, d'ailleurs. Tout cela peut te paraître étrange, mais les milieux bien informés d'Europe craignent que cela ne déclenche une guerre. L'Autriche-Hongrie a déjà lancé un ultimatum à la Serbie, exigeant d'elle que les auteurs de l'attentat soient traduits en justice. Sinon, elle lui déclarera la guerre.

— Et alors? s'étonna Lilian qui n'avait qu'une vague idée de l'endroit où les deux pays se situaient sur la carte, mais était certaine qu'ils étaient fort éloignés de Cambridge.

— Diverses alliances vont jouer, Lilian. Je ne peux pas te l'expliquer en détail maintenant, mais il y a de l'ébullition un peu partout dans le monde. Une fois la mèche allumée, ce sera l'incendie en Europe, dans le monde entier peut-être. Il est en revanche impossible qu'il y ait des combats en Australie et en Nouvelle-Zélande. Tes parents et moi, nous ne croyons pas l'Angleterre en sécurité. La mer encore moins : s'il y a la guerre, il y aura aussi des batailles navales. C'est pourquoi nous voulons te ramener à la maison avant que le pire se produise. Peut-être est-ce une précaution exagérée comme ta directrice le pense…, dit Georges, le menton pointé vers miss Arrowstone. Mais nous préférons ne pas avoir à nous reprocher plus tard quelque chose.

— Mais je veux rester ici ! explosa Lilian. C'est ici que j'ai mes amies et c'est ici…

Elle devint écarlate.

— Y aurait-il par hasard déjà un petit ami sous roche ? demanda Georges avec un sourire complice. Une autre raison de te rapatrier sans tarder ?

Lilian se garda de répondre.

— Il est en tout cas sans importance de savoir quel est ton avis, intervint miss Arrowstone d'un air pincé. De la même façon que ce monsieur et tes parents semblent tenir pour négligeable mon avis sur l'intérêt de terminer une formation scolaire. Si j'ai bien compris, un bateau appareille de Londres pour Christchurch le 28 juillet. Ta traversée est réservée. Tu pars pour Londres dès ce soir avec M. Greenwood. Tu es dispensée de la chorale. Tes amies t'aideront à faire tes bagages.

Lilian voulut s'insurger, mais vit que ce serait vain. Une idée soudain lui traversa l'esprit.

— Et… Gloria ?

— Est-ce que cela signifie qu'il y a la guerre ?

Élisabeth Greenwood tenait entre deux doigts, avec grâce, sa tasse de thé, dame jusqu'au bout des ongles, même si les leçons de maintien que lui avait dispensées Hélène O'Keefe dataient de soixante ans.

Charlotte, sa fille, n'avait pas cette préoccupation. La jeune femme était pâle et nerveuse. Comme pour se réchauffer, elle serrait la fine porcelaine entre ses mains. La guerre dans la lointaine Europe ne l'intéressait pas. Elle se sentait beaucoup plus concernée par son rendez-vous avec le Dr Alistair Barrington, un interniste jeune encore mais dont la renommée avait dépassé les frontières de Christchurch. C'était Élisabeth qui avait pris le rendez-vous, et, la veille, Charlotte était venue de Kiward Station accompagnée par Jack. Ils avaient passé la nuit soudés par leur crainte commune, même s'ils ne se l'avouaient pas l'un à l'autre, faisant apparemment assaut d'insouciance. La nouvelle qu'une guerre avait éclaté avait en revanche troublé Jack, semblant lui avoir changé les idées, au moins momentanément. Il laissait son thé refroidir, négligeait son petit-déjeuner.

— L'Autriche-Hongrie a déclaré la guerre à la Serbie, répondit-il à sa belle-mère. Ce qui signifie que l'Empire allemand est lui aussi concerné. Il semble que la mobilisation ait commencé. Or, la Russie est alliée à la Serbie et la France à la Russie !

— Bon, au moins l'Angleterre n'a-t-elle rien à voir là-dedans, estima Élisabeth en haussant les épaules d'un air de soulagement. C'est déjà assez épouvantable que les autres se tapent dessus.

— Georges voit les choses autrement, la contredit Jack. Nous avons récemment parlé de ça. La Grande-Bretagne a signé des traités avec la France et la Russie. Peut-être restera-t-elle à l'écart dans un premier temps. Mais à la longue…

— La guerre sera donc longue ? demanda Charlotte, pas vraiment intéressée, mais désireuse de dire quelque chose, tout valant mieux que se taire jusqu'au moment de partir chez le médecin.

— Aucune idée, répondit Jack en lui caressant la main. J'ignore tout de la guerre, ma chérie. Mais elle ne viendra que difficilement jusqu'ici. Ne te fais pas de soucis!

Charlotte tourna vers lui un visage défait. La situation en Europe était le cadet de ses soucis.

— Le Dr Barrington va te plaire, Charlotte! C'est un charmant jeune homme! Nous sommes venus d'Angleterre sur le même bateau que son père. Tu connais les Barrington, toi aussi, Jack, n'est-ce pas? À l'époque, nous les appelions encore «lord» et «lady». Mais le jeune vicomte a été le premier à passer son titre à l'as. C'était un jeune homme fringant à l'époque, un peu entiché de Gwyneira Silkham. Et notre Daphnée qui ne le quittait pas des yeux...

Charlotte et Jack l'écoutèrent patiemment raconter les histoires de son immigration. Son embarquement quasi forcé pour la Nouvelle-Zélande avait été le miracle de son existence. Enfant perdue d'un orphelinat londonien, elle avait été envoyée en Nouvelle-Zélande pour y servir de bonne, alors qu'elle était bien trop jeune pour travailler. Elle était de toute façon trop inexpérimentée pour entrer dans un ménage londonien. Sur le navire, elle avait été prise en charge par Hélène O'Keefe, puis avait eu la chance d'être employée par une aimable vieille dame qui cherchait une dame de compagnie plus qu'une domestique et qui avait fini par l'adopter, lui ouvrant ainsi l'accès à des milieux plus favorisés. Son mariage avec Georges Greenwood l'avait définitivement métamorphosée en l'un des piliers les plus respectés de la bonne société de Christchurch.

Jack finit par regarder sa montre.

— Il est l'heure, ma chérie. Es-tu prête?

— Bien sûr. J'espère seulement que le médecin ne nous gardera pas trop longtemps. As-tu une objection à ce qu'ensuite nous allions chez cette couturière? demanda-t-elle, se forçant à sourire, mais d'une voix étranglée.

— Non! répondit-il avec lui aussi un sourire figé. J'ai d'ailleurs également promis à mon père de rapporter du whisky écossais. Sur ses vieux jours, il se souvient de ses racines. Il estime que rien ne soulage mieux ses douleurs articulaires que des frictions de scotch de bonne qualité. Sans parler d'une médication plus interne !

Tout le monde rit, mais seule Élisabeth semblait insouciante. Elle n'avait pas pris très au sérieux le souhait de sa fille de consulter le Dr Barrington : Charlotte avait eu des migraines toute sa vie et ces maux de tête se révéleraient eux aussi bénins.

— Gloria ! s'écria Georges Greenwood avec stupéfaction.

La patronne de l'auberge dans laquelle il attendait l'arrivée de Lilian lui avait certes annoncé une jeune dame, mais il s'attendait à voir surgir Lilian qui serait donc en avance : peut-être avait-elle fini par se réjouir du voyage ?

Or, la mignonne rouquine en tenue de voyage avait pris les traits d'une brunette un peu anguleuse, au teint échauffé, dans un uniforme fort peu seyant. Gloria avait physiquement beaucoup changé, mais elle n'était guère plus élancée ; elle était toujours aussi solidement bâtie. Georges ne l'avait jamais trouvée laide ; il la connaissait enfant heureuse, estimée pour sa compétence en tant que future héritière de Kiward Station, fière de se montrer à la hauteur de son rôle. Georges l'avait vue fringante cavalière, et c'est avec fascination qu'il l'avait observée aider son demi-grand-oncle lors de la tonte des moutons, notant les résultats, pendant que Jack participait au concours du meilleur tondeur. Elle ne se trompait jamais dans ses comptes, toujours vive et adroite dans l'accomplissement de ses tâches. Georges lui avait aisément pardonné sa timidité envers les étrangers et sa gaucherie en société.

Or, la jeune fille qui lui faisait face n'avait plus rien à voir avec la petite cavalière et la dresseuse de chiens pleine d'assurance. Elle était livide et stressée. Son uniforme, outre de mal lui aller, était froissé et taché. Elle avait le regard d'une bête blessée et traquée.

Elle s'efforçait de ne pas pleurer, mais de conserver la colère qui l'avait poussée à cette action spontanée. Ce que Lilian lui avait raconté de l'apparition de Greenwood, son indignation devant la décision de ses parents et sa colère contre cette «guerre stupide» qui lui gâchait son rendez-vous avec Ben, tout cela avait fait déborder le vase en elle. Pour la première fois depuis le départ de miss Bleachum, elle avait quitté l'internat sans autorisation. Sans égard pour sa tenue, elle avait couru jusqu'au chêne. De l'autre côté attendait encore le garçon blond dont Lilian était folle. Il devait lui aussi être fou d'elle, car l'heure du rendez-vous était passée depuis longtemps.

— As-tu des nouvelles de Lily? Pourquoi n'est-elle pas venue?

— Lilian rentre dans son pays, à cause de la guerre, s'était-elle contentée de dire, n'ayant pas envie de s'attarder.

Ben avait eu beau la bombarder de questions, elle était partie en courant vers le village. Elle n'avait pas demandé à sa cousine où elle trouverait Greenwood, mais il n'y avait pas trente-six possibilités. Si oncle Georges n'était pas descendu dans l'unique pension, il attendrait dans l'un des deux pubs. C'est dans le premier que Gloria le trouva.

— C'est injuste! cria-t-elle, les yeux pleins de larmes malgré ses efforts. Il faut que tu m'emmènes moi aussi, oncle Georges! Peut-être que Jack ne s'intéresse plus à moi, maintenant qu'il est marié, mais j'ai le droit d'être à Kiward Station! Tu ne peux pas partir avec Lilian et me laisser ici!

Georges fut pris au dépourvu. Il était rompu aux dures négociations avec des maisons de commerce du monde entier, mais n'était pas préparé à affronter une fille en pleurs.

— Commence par t'asseoir, Gloria. Je te commande un thé. Ou préfères-tu une limonade? Tu as l'air d'avoir chaud.

Gloria secoua la tête avec tant de vivacité que son chignon négligemment tressé se défit, libérant ses boucles folles.

— Je ne veux ni thé, ni limonade, je veux retourner à Kiward Station !

— Tu y retourneras un jour ou l'autre, Gloria. Mais tout d'abord... qu'est-ce que tu racontes au sujet de Jack ? Bien sûr qu'il t'aime toujours, et miss Gwyn m'a expressément demandé d'intervenir auprès de tes parents quand elle a appris que les Lambert rapatriaient leur fille. Je peux te montrer sa dépêche...

Les traits de Gloria se contractèrent davantage encore qu'ils ne l'étaient déjà.

— Mes parents ont refusé ? Ils se moquent de ce qui peut m'arriver, si la guerre éclate ?

Elle n'avait jusqu'ici guère accordé d'attention à cette question, tant le Cambridgeshire lui paraissait paisible. Mais il lui apparaissait subitement que les parents de Lilian n'avaient peut-être pas obéi à une simple lubie.

— Bien sûr que non, Gloria. Au contraire. Ton père analyse la situation avec sans doute plus de lucidité encore que moi. Il vit en Europe depuis pas mal de temps et il l'a parcourue dans tous les sens. Lui et ta mère vont tirer eux aussi toutes les conséquences de cette menace de guerre, même si c'est de manière différente. D'après ce que je sais, tu dois également quitter l'école. Au moins provisoirement. William espère que la guerre se terminera assez vite pour que tu puisses achever ta formation. Cet été, tu vas accompagner tes parents en Amérique. La tournée est prévue depuis pas mal de temps et on n'envisage pas que les États-Unis entrent en guerre. Une tournée de six mois, car les distances sont grandes d'une ville à l'autre. Il n'y aura pas tous les soirs une représentation, si bien que Kura aura du temps à te consacrer. Elle est heureuse à l'idée de se rapprocher de toi !

Georges sourit à Gloria comme s'il lui avait annoncé une bonne nouvelle. Mais Gloria luttait toujours contre les larmes.

— En Amérique ? Encore plus loin que d'ordinaire ?

Gloria n'appréciait guère les voyages. Et que pouvait bien lui vouloir sa mère? Durant les trois tournées auxquelles elle avait participé, la célèbre chanteuse ne l'avait gratifiée que de trois ou quatre mots par jour. Des injonctions bien peu encourageantes le plus souvent!

— Ne reste pas sur le passage, Gloria! — Habille-toi un peu plus élégamment, Gloria! — Pourquoi joues-tu aussi rarement du piano?

Gloria ne voyait pas comment sa mère et elle pourraient, restant plus longtemps ensemble, devenir plus proches l'une de l'autre. Elle était certes prête à admirer Kura, mais elles n'avaient rien en commun.

— Et ensuite, il faudra que je retourne à l'école?

Avec ses dix-huit ans, presque dix-neuf, elle était plus âgée que ses condisciples et l'internat lui sortait par les yeux.

— On verra. Laisse les choses se faire, Glory. Je peux en tout cas te dire que ta famille de Nouvelle-Zélande n'y est pour rien. Si cela ne tenait qu'à miss Gwyn, tu pourrais rentrer dès demain chez toi!

Il allait lui proposer de la reconduire avec sa voiture à l'internat, mais, la voyant s'enfuir, épuisée et abattue, il n'osa pas la rappeler, de peur qu'elle ne lui tombe en pleurs dans les bras.

Il décida de mettre miss Gwyn, James et Jack au courant de l'état de Gloria, dès qu'il serait rentré. Il devait bien y avoir des moyens d'influer sur William et Kura. Cette fille était malheureuse comme les pierres ici. Et un périple à travers l'Amérique était la dernière chose dont elle eût besoin.

— Je suis dans l'incapacité de véritablement diagnostiquer quelque chose, madame McKenzie, concéda le Dr Barrington, au terme d'un examen scrupuleux, mais je suis assez inquiet. Il est bien sûr toujours possible que vous souffriez de simples accès de migraine. Il est fréquent qu'ils se multiplient. Mais si on ajoute à ce tableau les vertiges, la perte de poids, votre cycle… euh… disons inconstant…

Charlotte avait avoué au médecin en rougissant que son désir d'avoir des enfants ne s'exauçait pas en dépit de tous leurs efforts.

— Cela pourrait-il être quelque chose de grave? s'inquiéta Jack quand le jeune médecin le fit entrer à son tour.

Il venait de passer une heure éprouvante sur un siège dur dans la salle d'attente. Il n'avait pas été gêné de laisser Charlotte seule avec le Dr Barrington qui lui était apparu comme un homme sympathique, décontracté et amical. Un visage de savant, une barbe proprement taillée, une tignasse brun clair et de paisibles yeux marron étaient de nature à inspirer la confiance aux patients et à leurs proches.

— Cela pourrait en effet l'être, dit le médecin en haussant les épaules.

— Le mieux ne serait-il pas de cesser de nous mettre à la torture, et de nous dire ce que cela pourrait être? dit Jack dont les nerfs étaient tendus à se rompre.

Charlotte, très pâle, donnait l'impression de préférer ne rien savoir. Mais Jack était un homme aimant regarder le danger en face.

— Je vous l'ai dit, je ne peux être certain, reprit le médecin. Mais certains symptômes… quelques-uns seulement, madame McKenzie, je n'ai aucune certitude… pourraient donner à penser qu'il s'agit d'une tumeur cérébrale…

— Et cela voudrait dire?

— Là non plus, je ne peux être affirmatif, monsieur McKenzie. Cela dépend de la localisation de la tumeur… si on arrive à la localiser… et la rapidité de l'évolution. Il faudrait pouvoir déterminer tout cela. Et je n'en suis pas capable.

Charlotte glissa sa main entre celles de son mari.

— Cela veut donc dire… que je vais mourir? demanda-t-elle, la voix rauque soudain.

— Non, dit le Dr Barrington. Dans un premier temps, cela ne veut rien dire du tout. À mon avis, vous devriez consulter sans délai le Dr Friedman à Auckland. Le Dr Friedman est un spécialiste du cerveau, il a fait ses études à Berlin, auprès du professeur von Bergmann. S'il y a dans cette partie du monde un spécialiste et un chirurgien du cerveau, c'est lui.

— Cela voudrait donc dire qu'il… m'enlèverait la tumeur?

— Si c'est faisable, oui. Mais ne pensez pas à ça pour l'instant. Allez à Auckland et consultez le Dr Friedman. Ne prenez pas les choses au tragique. Faites de ce déplacement une espèce de voyage d'agrément. Visitez l'île du Nord. Une île merveilleuse. Et essayez d'oublier un peu mes craintes. Peut-être vous reverrai-je dans quatre semaines dans mon cabinet, votre femme étant enceinte! Je recommande toujours de changer d'air en cas d'infertilité et de migraine.

Charlotte n'avait pas lâché la main de son mari quand ils se retrouvèrent dans la rue.

— Tu comptes aller chez la couturière? demanda-t-il tout bas.

Charlotte allait acquiescer bravement quand elle vit le visage de Jack.

— Non! Et toi, tu comptes acheter du whisky?

— Je vais acheter des billets de chemin de fer pour Blenheim, puis des places sur le ferry-boat de l'île du Nord. Pour notre… voyage d'agrément, dit-il d'une voix rauque lui aussi.

Charlotte se serra contre lui.

— J'ai toujours rêvé d'aller à Waitangi, souffla-t-elle.

— Et de voir les forêts tropicales…, compléta-t-il.

— Le Tane Mahuta, sourit-elle.

Les Maoris vouaient un culte au kauri géant de la forêt de Waipuha, en qui ils voyaient le «dieu de la Forêt».

— Je préférerais ne pas le voir, chuchota Jack. Je ne veux pas avoir affaire à des dieux qui séparent ceux qui s'aiment.

4

À Oaks Garden, on ne remarqua d'abord rien de la guerre, même lorsque, début août, la Grande-Bretagne mobilisa. Le 5, elle déclara la guerre à l'Empire allemand, et le ministre responsable, Horatio Kitchener, déclara que les hostilités pourraient durer plusieurs années, considération qui suscita généralement des hochements de tête sceptiques. On croyait que le conflit serait court, les volontaires affluaient dans les centres de recrutement, ce qui était d'ailleurs une nécessité, le pays ne possédant qu'une petite armée, essentiellement déployée dans les colonies. Il n'existait pas de service militaire obligatoire, mais les Anglais ne voulaient pas demeurer en reste face à l'enthousiasme guerrier en Allemagne et en France. Très vite, six divisions furent mises sur pied, et la Royal Navy achemina cent mille soldats sur le territoire français.

À l'école, on lisait de la poésie guerrière et on peignait des drapeaux. L'enseignement des sciences naturelles devint plus concret, des infirmières ayant été chargées d'apprendre aux élèves à porter les premiers secours.

Tout cela passa largement inaperçu aux yeux de Gloria. Sa date de départ était fixée : le navire partirait de Londres pour New York le 20 août. Les Martyn voyageaient en petit équipage. Ils recruteraient des danseurs sur place ; on était entre-temps devenu moins scrupuleux quant à l'origine maorie des artistes. Les rares chanteurs et danseurs qui étaient du nombre des partants appartenaient depuis des années à la troupe et sauraient guider les premiers pas des nouveaux. C'est une femme maorie d'un certain âge, Tamatea, qui vint chercher Gloria à Oaks Garden le 19 août.

Miss Arrowstone avait son air des mauvais jours quand elle convoqua la jeune fille dans son bureau. Elle n'avait pas offert le thé à la petite femme à la peau sombre. En revanche, elle lui tenait l'exposé qu'elle avait déjà infligé à Georges Greenwood : la formation des femmes, notamment dans le domaine artistique, était une affaire plus importante que la sécurité des pupilles, même et précisément en temps de guerre. D'autant plus que l'Angleterre n'était en aucune façon en danger et le Cambridgeshire encore moins. C'était manifestement pour miss Arrowstone un signe de couardise de « se réfugier dans les colonies ». Tamatea, qui baragouinait l'anglais, écoutait ce déluge verbal avec placidité. Elle ouvrit les bras quand Gloria entra.

— Gloria ! *Haere mai !* Je suis si heureuse de te voir.

Elle avait le visage rayonnant. Gloria se laissa embrasser avec plaisir.

— Moi aussi, je suis heureuse, *taua* !

Son maori était un peu rouillé, mais elle fut fière de retrouver les paroles de salutation. Tamatea en fut elle aussi touchée. Elle appartenait à la génération de la mère de Kura et était issue de la même tribu. Pour les enfants maoris, elle était donc une « grand-mère », indépendamment de tout lien de parenté. Tamatea était donc sa *taua* ! Ces dernières années, de plus, l'ancienne danseuse maorie avait presque joué le rôle d'une mère pour Gloria pendant les tournées, la consolant, la soignant quand elle souffrait du mal des transports et la protégeant des mauvais tours des jeunes danseuses.

— Tes parents n'ont pas trouvé le temps de venir te chercher, observa miss Arrowstone avec cruauté.

— Oui. Doivent préparer beaucoup. Pour ça, ont envoyé moi. Avec train, puis voiture. Toi prête, Gloria ? Alors, nous aller ! dit Tamatea sans perdre son sourire.

Gloria éprouva une certaine jouissance à voir miss Arrowstone se renfrogner. Tamatea, elle l'avait souvent observé, ne perdait jamais son calme. Bonne pâte dans le fond, elle pouvait se montrer sévère quand ses danseurs et danseuses ne respectaient pas les règles. Elle osait même critiquer parfois les interprétations quelque peu occidentales que Kura donnait des danses et des chants maoris. Gloria n'avait pas toujours bien compris le sens des querelles entre les deux femmes car elles parlaient en maori, à toute allure, mais elle avait constaté que le point de vue de Tamatea l'emportait généralement. Elle était la seule *tohunga* à être restée dans la troupe. Pourquoi elle s'imposait une telle séparation de sa tribu demeurait un mystère pour Gloria. Toutefois, lors de ces discussions, le nom de «Marama» revenait fréquemment. Tamatea serait-elle la représentante de la mère de Kura, la musicienne célèbre dans tout l'Aotearoa? Serait-elle la dernière gardienne des traditions?

Le trajet en compagnie de Tamatea fut en tout cas beaucoup plus agréable que les fois précédentes où c'était son père qui était venu la chercher. Il s'était contenté de poser des questions à propos de l'enseignement reçu à Oaks Garden et de faire un récit détaillé des tournées triomphales de sa mère.

— Tu es heureuse d'aller en Amérique, *taua*? demanda Gloria dans la voiture les menant à Cambridge, sans un regard pour le parc de l'internat qu'elles laissaient derrière elles.

— Pour moi, un pays est comme un autre, répondit Tamatea. Aucun ne vaut celui des Ngai Tahu.

Gloria acquiesça avec tristesse.

— Tu y retourneras un jour?

— Bien sûr. Bientôt, peut-être. Je commence à être trop vieille pour la scène. C'est du moins ce que pensent tes parents. Chez nous, il n'est pas extraordinaire que des grands-mères chantent et dansent. Ici, il n'y a que les jeunes qui le font. Je passe donc mon temps à maquiller les filles, et je le leur apprends bien entendu aussi. Maquiller, c'est important. Je leur peins sur le visage les tatouages d'avant. Alors, on ne voit pas que les danseurs ne sont pas de vrais Maoris.

— Tu me peindras aussi, *taua*?

— Chez toi, ça aura l'air authentique, dit la vieille femme après avoir examiné la jeune fille de manière approfondie. Tu as le sang des Ngai Tahu.

Gloria ne sut pourquoi, mais elle fut remplie d'une immense fierté. Au terme de cette conversation, elle se sentit bien, comme elle ne s'était plus sentie depuis une éternité.

William était en train de surveiller le déchargement de caisses d'accessoires quand Tamatea et Gloria arrivèrent devant le Ritz, où le couple avait de nouveau élu domicile et où, selon ce qu'en avait dit Tamatea, un concert d'adieu avait été prévu avant le départ de la troupe pour les États-Unis.

— Ils ne conserveront pas la recette, avait expliqué la vieille femme. Elle ira aux soldats anglais ou aux veuves de guerre. Alors qu'on ne se bat pas encore et que personne ne sait s'il y aura des morts.

Gloria se retint de rire. La vieille Maorie avait parcouru la moitié de la planète, mais elle pensait toujours comme au sein d'une tribu, chez lesquelles les querelles, si virulentes soient-elles, se terminaient rarement par des combats sérieux. On se contentait souvent de se défier du regard, de chanter quelques *haka* belliqueux et d'agiter des javelots avant de finir par trouver un accord.

Il n'en irait pas ainsi dans cette guerre. Les Anglais n'avaient certes aucune envie de se trouver impliqués dans des combats, mais les atrocités commises par les Allemands en Belgique remplissaient déjà les journaux d'une bonne moitié de l'Europe.

— Prenez garde aux caisses, elles contiennent des instruments précieux !

Gloria sursauta en entendant la voix de ténor de William, même si la réprimande s'adressait aux ouvriers et non à elle. Il y avait belle lurette que l'équipement pour les représentations ne se limitait plus à quelques flûtes et à un piano. Les membres attitrés de la troupe jouaient eux aussi d'instruments maoris volumineux, tandis qu'un village maori stylisé, avec d'authentiques sculptures, servait de décor aux danseurs.

— Ah, te voilà, Tamatea. Et Gloria ! Je suis content de te voir, ma fille, tu sembles avoir encore grandi. Ce qui n'est pas un mal. Il est temps que tu t'allonges…, remarqua William en déposant un baiser rapide sur la joue de Gloria. Conduis-la à sa mère, Tamatea. Elle sera heureuse de te voir, elle aussi, Glory, tu vas pouvoir lui donner un coup de main.

Puis il retourna à ses tâches. Gloria sentit son cœur battre plus vite : à quoi pourrait-elle aider sa mère ?

Gloria, suivant Tamatea, entra dans l'élégant hall d'entrée. Les hôtels mondains dans lesquels ses parents descendaient l'intimidaient toujours autant. Tamatea, en revanche, se mouvait avec un parfait naturel dans ce monde des riches et des célébrités. La vieille Maorie foulait avec autant de décontraction le parquet et les tapis d'Orient du Ritz que les prairies des Canterbury Plains.

— Les clés, s'il vous plaît, pour Gloria Martyn, la fille de Kura-maro-tini.

Tamatea ne manifestait aucune gêne à ainsi commander le portier. L'homme semblait être nouveau dans cette fonction, Gloria ne l'avait jamais rencontré. Comme toujours, elle eut droit au regard stupéfait signifiant : « C'est la fille de… ! » Elle rougit.

— Mme Martyn vous attend, déclara le portier. Mais je n'ai malheureusement pas de clé spéciale pour vous, miss Martyn. Votre famille a loué une suite, avec une chambre qui vous est réservée.

Gloria préférait les chambres à part. Après les années d'internat, elle appréciait de pouvoir rester seule et fermer derrière elle. Bien sûr, elle aurait une chambre pour elle dans la suite, et ses parents rentraient rarement tôt, retenus par le concert, une réception, voire une soirée.

La suite était au dernier étage de l'hôtel. C'est comme toujours avec un léger frisson de peur que Gloria entra dans l'ascenseur. Tamatea parut mal à son aise elle aussi.

— Si les dieux avaient voulu que les hommes aillent au ciel, ils leur auraient donné des ailes, chuchota-t-elle à Gloria quand le liftier leur signala qu'on avait de cet étage une vue magnifique sur Londres.

La vieille Maorie, sans accorder un seul regard à la ville, frappa à la porte de la suite.

— Entrez!

Même ce simple mot sembla chanter dans la bouche de Kura. Elle avait une voix forte et mélodieuse. Bien que mezzo-soprano, elle montait suffisamment haut dans la gamme pour chanter la plupart des parties soprano des opéras. Par ailleurs, son registre lui permettait de descendre assez bas dans le contralto. Du point de vue vocal, elle était en quelque sorte un phénomène, ce qui lui était fort utile pour interpréter les chants maoris. Bien qu'ils fussent relativement simples, l'arrangeur de Kura s'inspirait en effet désormais d'eux plus pour ses compositions personnelles que comme modèles pour des arrangements spécifiques.

— Gloria, entre! Cela fait des heures que je t'attends! lança Kura, assise au piano, en train de consulter quelques partitions.

Elle se leva, tout excitée, et s'avança vers Gloria. Elle paraissait toujours aussi jeune et souple: jamais on n'aurait soupçonné qu'elle avait une fille de dix-neuf ans. Il est vrai qu'ayant eu Gloria très jeune elle n'avait guère que trente-cinq ans.

Ayant salué timidement sa mère, Gloria attendit qu'elle débite ses habituelles formules: «Mon Dieu, qu'elle a grandi ! », « Mais elle a l'air d'une adulte ! » Kura semblait toujours stupéfaite de voir que sa fille changeait. Elle-même, au demeurant, donnait l'impression de ne pas vieillir. Elle était devenue plus belle encore ! Elle avait toujours les cheveux aussi noirs et longs – elle les avait, ce jour-là, relevés en une coiffure artistique, en prévision, sans doute, d'une invitation –, son teint de café crème et ses yeux d'un bleu d'azur. Les paupières, un peu lourdes, lui donnaient une expression rêveuse tandis qu'un rouge délicat soulignait ses lèvres pleines. Bien que non serrées à la taille, ses robes n'étaient ni amples ni vagues. Depuis qu'elle était célèbre, elle faisait confectionner ses vêtements selon ses propres conceptions, sans se soucier de la mode du moment. Soulignant les formes de son corps, ils gardaient assez d'amplitude pour que les tissus semblent jouer avec lui, le flatter, sans rien dissimuler de la finesse de sa taille et de la minceur de ses jambes. Elle ne portait jamais, sur scène, ce qu'elle avait appelé ironiquement des « jupettes en raphia » quand William lui avait conseillé, au début, de jouer en tenue traditionnelle. Elle n'éprouvait néanmoins aucun complexe à exhiber son corps, semblable en cela aux femmes maories dansant les seins nus.

Cet après-midi-là, elle était vêtue d'une robe d'intérieur en soie, couleur azur et émeraude.

Elle ne dit rien à propos du tailleur bleu foncé et passe-partout que sa fille avait mis pour le voyage, de même qu'elle renonça à ses remarques habituelles sur les changements intervenus entre-temps chez sa fille.

— Tu devras m'aider un peu, ma chérie. Cela te plaira, n'est-ce pas? Figure-toi que Marisa est tombée malade, juste avant notre concert d'adieu à l'Angleterre. Une grippe sévère, elle ne tient plus sur ses jambes.

Marisa Clerk, une blonde délicate, était sa pianiste. Très douée, elle offrait sur scène un contraste charmant avec la chanteuse à l'allure exotique et les danseurs prétendument maoris, à la mine belliqueuse. Gloria pressentit le pire.

— Non, rassure-toi, tu ne m'accompagneras pas sur scène. Nous savons que tu as des complexes, mais je viens de recevoir un nouvel arrangement. Caleb s'est surpassé. J'avais peur que les partitions n'arrivent jamais.

C'était toujours Caleb Biller qui effectuait pour elle ce travail. Bien des années plus tôt, ils avaient conçu et mis en scène ensemble ses toutes premières prestations. L'héritier des mines Biller était un pianiste immensément doué mais souffrant d'un trac maladif. Il avait donc préféré rester à Greymouth comme chercheur indépendant. Il continuait à aider Kura dans sa carrière, comprenant instinctivement ce que le public attendait d'elle.

— C'est quelque chose de merveilleux, une sorte de ballade. En arrière-plan se déroule un *haka* fort simple. Tamatea n'a eu besoin que de cinq minutes pour l'apprendre aux danseurs. Au premier plan, les esprits racontent l'histoire à la base de la ballade. D'abord un morceau pour piano et *putorino* – la voix des esprits, seule, éthérée –, puis piano et chant. J'aimerais beaucoup pouvoir la donner en représentation dès demain. Ce serait une manière de dignement prendre congé tout en mettant les gens en appétit pour l'avenir. Qu'ils aient envie de revoir mon spectacle à notre retour des États-Unis. Et Marisa qui tombe malade juste à ce moment-là ! Alors que je devrais travailler au moins deux ou trois fois la partie de flûte ; il faut souvent adapter quelques petites choses, tu vois ce que je veux dire, n'est-ce pas, Glory ?

Glory ne voyait pratiquement rien, sauf que sa mère attendait d'elle qu'elle remplace Marisa pendant les répétitions.

— Tiens, voici la partition, assieds-toi. C'est très simple.

Kura mit le tabouret à bonne hauteur pour Gloria et prit sa flûte. Gloria, un peu désemparée, feuilleta dans la pile de partitions écrites à la main.

Elle sortait de cinq années de cours de piano et ne manquait certes pas de doigté. Si elle avait le temps de travailler des morceaux assez difficiles, elle réussissait à les jouer. Mais jamais elle n'avait déchiffré. L'enseignante lui jouait d'abord le morceau à apprendre, lui indiquait les écueils et le lui faisait ensuite travailler mesure après mesure. Il lui fallait des semaines pour parvenir à un résultat passable.

Elle n'osa pas refuser. Elle batailla avec l'arrangement, poussée par le désir de plaire à sa mère. Celle-ci l'écouta avec une certaine stupeur, sans l'interrompre, jusqu'au moment où elle buta par trois fois sur la même mesure.

— *Fa* dièse, Gloria ! Tu ne le vois pas ? C'est un accord très courant, tu dois bien l'avoir déjà joué ! Mon Dieu, tu fais l'idiote ou bien es-tu réellement aussi peu douée ? En comparaison, même ta tante Elaine paraîtrait un génie !

Pour accompagner Kura lors de son tout premier concert à Blenheim, Elaine avait dû beaucoup travailler elle aussi. Mais elle possédait un sens musical développé, ce que n'avait pas la malheureuse Gloria.

— Essaie de nouveau !

Déstabilisée, Gloria manqua d'assurance dès les premières mesures cette fois et resta bloquée.

— Peut-être que si tu me le jouais d'abord… ? proposa-t-elle timidement.

— Pourquoi donc ? Tu ne sais pas lire les notes ? se fâcha Kura. Bon Dieu, ma fille, qu'allons-nous faire de toi ? J'espérais pouvoir t'occuper pendant cette tournée. Marisa ne peut tout faire à elle seule. Par exemple aider à l'initiation des nouveaux danseurs. Elle est beaucoup trop qualifiée pour ça ! Mais là, alors… Regagne ta chambre. Je vais appeler la réception. On est à Londres ! La ville a un opéra, mille salles de concert, c'est bien le diable si on ne trouve pas un pianiste pour me dépanner ! Et tu l'écouteras, Gloria. Tes enseignantes de l'internat ont manifestement été négligentes. C'est vrai que tu n'as jamais non plus beaucoup aimé travailler !

Kura, entreprenant aussitôt de téléphoner, oublia de montrer sa chambre à Gloria qui dut chercher avant de trouver sa chambre. Elle se jeta sur le lit en pleurant. Elle était laide, inutile et stupide. Elle se demanda comment elle allait supporter les six mois à venir.

Il fallut deux jours à Charlotte McKenzie pour se remettre de la traversée entre Blenheim et Wellington. Jack faisait de son mieux pour que le voyage reste un beau souvenir, et Charlotte s'efforça de profiter au maximum des divers lieux où les emmenèrent leurs excursions. Elle mangea du homard à Kaikoura et feignit de s'intéresser aux baleines, aux phoques et aux dauphins que l'on pouvait observer de près en embarquant dans de petits bateaux. Elle rejeta la responsabilité des maux de tête qui la prirent à Blenheim sur son manque d'habitude de l'alcool, une famille de leur connaissance les ayant invités à une dégustation de vin. De nombreuses années plus tôt, Gwyneira avait vendu un troupeau de moutons aux Burton, et Jack, alors jeune garçon, avait été autorisé à aider à l'acheminement des bêtes. En ayant gardé un souvenir extraordinaire, il ne cessait d'en parler. Charlotte l'écoutait en souriant, tout en buvant le laudanum que lui avait prescrit le Dr Barrington. Elle n'aimait pas cette mixture qui, à la longue, cessait d'agir, obligeant à en ingurgiter des quantités toujours plus grandes. Et puis la drogue la fatiguait, la rendait passive, alors qu'elle voulait jouir du monde, ne pas perdre une seconde en compagnie de Jack.

Mais la traversée vers l'île du Nord fut trop pour elle. Dans le détroit de Cook sévissaient les « quarantièmes rugissants ». La mer était agitée et Charlotte n'avait jamais eu le pied marin. Elle tenta de raconter avec humour combien elle avait été malade lors de ses traversées entre l'Angleterre et la Nouvelle-Zélande. Mais, au bout d'un moment, elle n'y tint plus et se mit à vomir. Elle fut prise de vertiges au point de ne plus pouvoir marcher. C'est Jack qui la porta dans ses bras, presque du débarcadère jusqu'à la voiture louée, puis de la voiture jusqu'à la chambre d'hôtel.

— Nous devrions partir pour Auckland dès que tu iras mieux, dit-il, tandis qu'elle calfeutrait à nouveau les fenêtres et sortait des bagages son écharpe de laine.

Pourtant, ni la chaleur ni l'obscurité ne la soulageaient plus, seul l'opium agissait encore.

— Mais tu voulais voir tant de choses ici, protesta-t-elle. La forêt tropicale. Et Rotorua, les sources chaudes, les geysers…

— Ils peuvent aller au diable, les geysers, les arbres et l'île du Nord tout entière ! Nous sommes venus pour consulter le Dr Friedman. Tout le reste, c'est de la foutaise ; je parlais de tout ça uniquement parce que…

— Parce que ce devait être un voyage d'agrément, souffla-t-elle. Et parce que tu ne voulais pas que je m'angoisse trop.

— En fait, Waitangi, que tu voulais visiter, nous pouvons passer pas loin et…, se reprit Jack, essayant de se calmer.

— Non. Moi aussi, je parlais comme ça, murmura-t-elle.

Désemparé, Jack eut soudain une idée.

— Nous pourrons tout voir au retour ! Allons donc d'abord chez ce médecin. Et quand… quand il aura dit que tout va bien, nous visiterons l'île. D'accord ?

— D'accord, dit-elle tout bas.

— Au demeurant, elle s'appelle Te Ika a Maui, le poisson de Maui. Je parle de l'île du Nord, bien sûr.

Jack savait qu'il racontait n'importe quoi, mais il n'aurait pu supporter le silence.

— C'est le demi-dieu Maui qui l'a sortie de la mer sous forme de poisson…, poursuivit-il.

— Ses frères donnèrent des coups de couteau au poisson pour le partager, si bien que cela donna naissance à des montagnes, des falaises et des vallées, dit-elle, terminant l'histoire.

Jack s'en voulut de sa sottise. Charlotte connaissait sans doute cette légende mieux que lui.

— C'était de toute façon un malin, ce Maui, reprit-elle d'un air rêveur. Il a réussi à arrêter le soleil. Comme il trouvait que les jours passaient trop vite, il l'a attrapé et l'a obligé à tourner plus lentement. Moi aussi, j'aimerais pouvoir…

Jack la prit dans ses bras.

— Nous partirons demain pour Auckland.

Il était impossible d'atteindre Auckland par le train en un seul jour. Le « North Island Main Trunk Railway » traversait des contrées d'une beauté à couper le souffle. La voie longeait d'abord la côte, puis sinuait entre des reliefs volcaniques, débouchant enfin sur un paysage de terres agricoles. Pour Charlotte, ce trajet sur une ligne à voie étroite, au tracé parfois aventureux, n'était guère moins éprouvant qu'une traversée. Elle était toujours tourmentée par des vertiges et des nausées.

— Pour le retour, nous prendrons notre temps, promit Jack le troisième et dernier jour.

Charlotte acquiesça avec indifférence. Elle n'avait qu'une envie : sortir de ce train et trouver un lit stable. Elle avait peine à croire qu'elle avait jadis pu prendre plaisir à son voyage de noces dans le wagon particulier de son père. Elle avait alors bu du mousseux et ri du lit qui n'arrêtait pas de vibrer et de bouger. Maintenant, son estomac n'arrivait qu'à conserver un peu de thé.

S'ils furent tous deux heureux d'arriver à Auckland, ni l'un ni l'autre n'eut la tête à apprécier la beauté de cette ville bâtie sur une terre volcanique.

— Nous devrons monter sur le mont Hobson ou le mont Eden… Il paraît que la vue y est magnifique, remarqua Jack d'un ton neutre.

Les montagnes couvertes de terrasses, d'un vert intense, brillaient au-dessus de la ville. La mer, parsemée de dizaines d'îles volcaniques, luisait d'un bleu d'azur. Le pont Grafton, terminé depuis quelques années seulement, le pont en arc le plus long du monde, s'élançait d'un jet par-dessus la ravine du même nom.

— Plus tard, dit Charlotte, allongée sur son lit, à l'hôtel, ne voulant plus rien voir, ni entendre.

Elle voulait simplement sentir les bras de Jack autour d'elle et s'imaginer que tout cela n'était qu'un mauvais rêve. Ils se réveilleraient le lendemain matin dans leur chambre, à Kiward Station, et ne se souviendraient même plus du nom de ce Dr Friedman. Quant à Auckland… un jour viendrait où ils visiteraient l'île du Nord, quand elle irait mieux… quand ils auraient des enfants. Charlotte s'endormit.

Dès le lendemain matin, Jack se mit à la recherche du cabinet du Dr Friedman. Le spécialiste résidait dans la luxueuse Queen Street, une rue aménagée en promenade avant qu'Auckland eût laissé à Wellington l'honneur d'être la capitale de Nouvelle-Zélande. La ville avait attiré de nouveaux colons venus des métropoles de l'Ancien Monde et la Queen Street était bordée de majestueuses demeures victoriennes.

Jack remonta la rue en tramway, un moyen de déplacement qui, à Christchurch, lui procurait un plaisir enfantin. Mais, en cette belle journée d'été, il était habité par la crainte et de sombres pressentiments. La somptueuse maison de pierre du professeur inspirait néanmoins la confiance. Il devait bien gagner sa vie pour s'offrir une telle demeure et un tel cabinet en plein cœur d'Auckland ! En même temps, Jack se demanda si le célèbre chirurgien allait le recevoir.

Crainte qui se révéla vaine. Le Dr Barrington avait en effet déjà écrit à son collègue, un homme d'une grande simplicité. Un secrétaire annonça Jack, puis le pria d'attendre la fin de la consultation en cours. Le médecin le fit ensuite entrer dans son bureau qui ressemblait plus à un fumoir qu'à un cabinet médical.

Le professeur Friedman était petit, mais bien proportionné, avec une barbe en broussaille. Il n'était plus de la première jeunesse – Jack lui donna une bonne soixantaine –, mais, dans ses yeux bleus, brillaient la vivacité et la curiosité d'un jeune homme. Le chirurgien écouta avec attention Jack lui décrire les symptômes de Charlotte.

— Les choses se sont donc aggravées depuis votre consultation chez le Dr Barrington?

— Oui, ma femme l'explique par les fatigues du voyage: elle a toujours eu le mal de mer, puis ce fut cet aventureux trajet en train. Ses vertiges et ses nausées ont redoublé.

— Peut-être est-elle enceinte? risqua le professeur avec un sourire paternel.

Jack ne parvint pas à répondre à son sourire.

— Si Dieu nous accordait cette grâce…, murmura-t-il.

— Pour l'instant, Dieu ne se montre pas particulièrement clément, soupira le professeur. Cette guerre stupide dans laquelle se jette l'Europe… combien d'existences vont être anéanties, combien de ressources englouties dont la recherche aurait pourtant un besoin urgent? La médecine réalise ces derniers temps des progrès stupéfiants, jeune homme. Mais tout va être bloqué pendant les prochaines années et les seuls domaines dans lesquels les médecins vont progresser seront les amputations et le traitement des blessures par balle. Bon, tout cela, dans la situation qui est la vôtre, n'a guère de sens. Ne gaspillons donc pas notre temps en bavardages. Venez avec votre femme dès qu'elle s'en sentira la force. Je n'aime guère faire des visites à domicile, car j'ai tous mes instruments ici. Et j'espère comme vous, de tout cœur, que je ne diagnostiquerai rien de grave.

Charlotte eut besoin d'une journée supplémentaire pour affronter cette épreuve. Lorsqu'ils s'assirent dans la salle d'attente, Jack passa son bras autour de sa taille et elle se blottit contre lui comme un enfant anxieux. Il se dit soudain qu'elle donnait l'impression d'avoir rapetissé ces derniers jours. On ne voyait plus que ses immenses yeux bruns dans son visage plus mince que jamais. Ses cheveux étaient toujours aussi fournis, mais avaient perdu leur éclat. Jack eut de la peine à la lâcher, quand le Dr Friedman la fit entrer dans la salle d'examen.

Il passa une heure épouvantable, l'angoisse et la tension l'empêchant de prier et même de penser. Il ressentait un froid intérieur que le soleil le plus brûlant n'aurait pu adoucir. Finalement, le secrétaire lui demanda d'entrer dans le bureau du Dr Friedman. Le professeur avait repris sa place à son bureau. Face à lui, Charlotte avait les doigts crispés autour d'une tasse de thé. Le secrétaire servit également une tasse à Jack, avant de se retirer.

Le médecin ne perdit pas de temps en longs préambules.

— Monsieur et madame McKenzie... Charlotte... je suis désolé de ne pas avoir de bonnes nouvelles à vous annoncer. Vous avez déjà parlé avec mon jeune et très compétent collègue de Christchurch qui ne vous a pas caché ses craintes. Son diagnostic a malheureusement été confirmé par mon examen. À mon avis, Charlotte, vous êtes atteinte d'une tumeur cérébrale. C'est elle qui est à l'origine des maux de tête, des vertiges, des nausées et des divers autres symptômes. Et, à ce qu'il semble, elle grossit, monsieur McKenzie. Les symptômes sont aujourd'hui plus marqués que ceux qu'avait relevés, il y a peu, le Dr Barrington.

Jack tremblait d'impatience.

— Et que faire alors, professeur? Pouvez-vous... pouvez-vous enlever cette chose?

— Non, dit à voix basse le médecin. La tumeur est trop profonde. J'ai déjà opéré quelques tumeurs. Ici, en Nouvelle-Zélande, et dans mon ancien pays, quand je travaillais avec le professeur Bergmann. Mais c'est toujours une prise de risques. Le cerveau est un organe sensible, monsieur McKenzie. Il est le support de tous nos sens, de nos pensées et de nos sentiments. On ne sait jamais ce que l'on détruit quand on y touche. Certes, il est vrai qu'on trépane et qu'on manipule le cerveau depuis l'Antiquité. Rarement, bien sûr, et j'ignore combien de patients y survivaient. Aujourd'hui où nous connaissons les risques d'infection et où nous opérons proprement, nous arrivons à conserver maints patients en vie. Mais en payant, parfois, un très grand prix. Certains restent aveugles, d'autres paralysés. Ou ils ne restent pas les mêmes…

— J'accepte que Charlotte reste paralysée. Et j'aurais encore mes deux yeux, si elle perdait la vue. Je veux juste qu'elle reste avec moi, dit Jack en cherchant à prendre la main de sa femme, mais elle la retira.

— Moi, je n'accepte pas, mon chéri, dit-elle tout bas. Je ne sais si j'ai envie de vivre sans pouvoir bouger ou voir… tout en continuant à avoir mal. Et le pire serait que je ne t'aime plus…

Elle étouffa un sanglot.

— Qu'est-ce que tu veux dire? Comment pourrais-tu cesser de m'aimer, uniquement parce que…

— Il se produit des changements de personnalité, expliqua le professeur dont la voix s'était enrouée. Parfois, il semble que le scalpel supprime tous les sentiments. On pense pouvoir utiliser ce phénomène pour traiter certaines maladies mentales. Les opérés ne sont alors plus dangereux et on n'a plus besoin de les enfermer. Mais ils ne sont plus des hommes non plus, d'un certain point de vue.

— Et combien y a-t-il de chances que cela arrive? se désespéra Jack. Vous devez tout de même pouvoir faire quelque chose!

— Non. Je ne conseillerai pas l'opération dans ce cas-là. La tumeur est trop profonde. Même si j'arrivais à l'enlever, je détruirais trop de masse cervicale. Je pourrais même tuer votre femme. Ou lui ôter la raison. Nous ne pouvons lui faire pareille chose, monsieur McKenzie… Jack… Il ne faut pas la priver du temps qui lui reste.

Charlotte était restée assise, la tête baissée, résignée. Le professeur avait déjà eu avec elle une longue conversation.

— Ce qui veut dire… qu'elle ne doit pas obligatoirement mourir? Même si vous ne l'opérez pas? insista Jack, se raccrochant au moindre brin d'espoir.

— Pas tout de suite…

— Vous ne le savez donc pas? Vous pensez qu'elle pourra vivre encore longtemps? Elle pourra…

Le professeur lança à Charlotte un regard désespéré. Elle fit imperceptiblement non de la tête.

— Seul Dieu sait combien de temps votre femme vivra encore.

— Il peut donc y avoir une amélioration? chuchota Jack. Le… la… tumeur pourrait cesser de grossir?

— Tout est entre les mains du Seigneur…

Jack prit une profonde inspiration.

— Y a-t-il d'autres traitements, professeur, des médicaments qui agissent?

— Non, mais je peux vous donner quelque chose contre les douleurs. Un médicament qui agit vraiment, au moins un certain temps. Mais pour ce qui est d'autres traitements… certains essaient des essences rares; j'ai entendu parler de quelqu'un qui, aux États-Unis, expérimente l'administration de mercure. Mais je ne crois pas à tout cela. Au début, cela agit peut-être un peu en raison de l'espoir que cela suscite chez le patient. Mais, à la longue, cela entraîne plutôt une aggravation.

Charlotte se leva lentement.

— Je vous remercie beaucoup, professeur, dit-elle en serrant la main du vieux médecin. C'est mieux d'être au courant.

— Oui, je pense. Réfléchissez à ce que vous entendez faire à l'avenir. Je le répète, je ne vous conseille pas une opération. Mais, si vous voulez malgré tout la risquer, je pourrais essayer. Sinon…

— Je ne veux pas qu'on m'opère, déclara Charlotte.

Elle avait quitté la demeure du médecin serrée contre Jack. Cette fois, ils ne prirent pas le tramway, Jack arrêta un fiacre. Charlotte s'enfonça dans les coussins comme pour s'y perdre, Jack lui tenant la main. Ils ne dirent pas un mot avant d'avoir regagné leur chambre. Au lieu de se recoucher aussitôt, Charlotte regarda par la fenêtre d'où s'offrait un splendide panorama sur le port. Ses yeux ne quittaient pas l'eau aux reflets bleu-vert.

— Si je devais ne plus voir ça, dit-elle à voix basse. Si je devais ne plus comprendre le sens des mots… Jack, je ne veux pas devenir quelque chose d'inerte et t'être à charge. Cela n'en vaut pas la peine. Et puis l'opération… ils me raseraient la tête, je serais horrible !

— Jamais tu ne serais horrible, dit Jack en se plaçant derrière elle.

Il lui embrassa les cheveux et regarda à son tour la mer. Lui non plus ne voudrait plus vivre s'il devait être privé de toute la beauté l'entourant. Surtout de voir Charlotte, son sourire, ses fossettes, son intelligence briller dans ses yeux bruns.

— Mais qu'allons-nous faire ? Nous ne pouvons tout de même pas rester là, à attendre… ou à prier ?

— Non, cela n'aurait aucun sens. Les dieux ne se laissent pas si facilement attendrir. Il faut les duper, comme Maui a dupé le soleil et la déesse de la Mort.

— Cela n'a pas vraiment marché, rappela Jack en référence à la légende dans laquelle le demi-dieu avait tenté de vaincre la déesse pendant son sommeil. Mais le rire de ceux qui l'accompagnaient l'avait trahi, et il avait péri.

— Au moins, il a essayé. Et nous allons essayer aussi. Regarde Jack, j'ai là le médicament du Dr Friedman. Je ne suis plus obligée de souffrir. Nous allons donc faire ce que nous avions prévu de faire. Demain nous irons à Waitangi et nous rendrons visite aux tribus maories locales, il y a certainement déjà des légendes à propos du traité… il y en a bien déjà chez les Pakeha, alors…

Par le traité de Waitangi, les chefs de diverses tribus maories s'étaient soumis à l'autorité de la Couronne britannique. En réalité, ils n'avaient pas compris ce qu'ils signaient. En 1840, aucun des indigènes ne savait lire et écrire. Aussi des chefs maoris, par exemple Tonga, le voisin de Gwyneira, refusaient-ils de se sentir liés par ce traité. Cela était notamment le cas de tribus qui n'avaient pas eu de représentant à Waitangi.

— Et ensuite j'aimerais aller jusqu'au cap Reinga, puisque nous sommes dans l'île du Nord. Et encore à Rotorua où, paraît-il, il y a des tribus qui n'ont pratiquement pas eu de contacts avec les Pakeha. Il serait intéressant de leur parler, de vérifier s'ils racontent leurs histoires différemment.

Quand elle se retourna vers Jack, elle avait les yeux qui brillaient. Il reprit espoir.

— D'accord, nous allons faire tout ça. C'est exactement le truc qu'emploieraient les Maoris : nous allons tout simplement ignorer cette tumeur dans ton cerveau. Nous l'oublierons et elle disparaîtra.

Charlotte eut un pâle sourire.

— Le tout est d'y croire, murmura-t-elle.

5

Le chagrin d'amour de Lilian, une fois qu'elle eut quitté Oaks Garden, ne dura que quelques jours. À Londres, elle était encore silencieuse, se complaisant dans son rôle d'amoureuse infortunée. En imagination, elle voyait Ben tentant désespérément de découvrir où elle était et ne la retrouvant qu'au bout de plusieurs années. Elle songeait avec émoi à toutes les amoureuses des chansons et des contes qui, leur bien-aimé leur ayant été infidèle ou ayant péri, s'ôtaient la vie et que l'on enterrait avec une colombe blanche sur la poitrine. Prosaïque, Lilian jugeait pourtant invraisemblable que l'on dénichât pour elle un oiseau de ce genre. De plus, le seul fait d'envisager une manière de mourir la plongeait dans l'épouvante. Aussi se résigna-t-elle assez vite à son sort, retrouvant du même coup sa gaieté habituelle. Georges Greenwood fut redevable à l'adolescente de la traversée la plus agréable qu'il eût jamais connue. Elle l'accompagnait dans ses flâneries sur le pont, bavardant à qui mieux mieux, et était d'excellente humeur dès le petit-déjeuner. Georges laissait alors de côté les dépêches qui l'informaient de l'évolution des hostilités et lui demandait à qui elle avait rêvé durant la nuit et comment elle imaginait sa vie future. La guerre n'entrait pas du tout dans sa vision de l'avenir, car elle n'arrivait pas à concevoir que des êtres humains puissent se tirer dessus.

— Je ne sais pas si je me marierai, annonça-t-elle un matin d'un ton dramatique, car, si la perte de Ben ne l'avait pas mortellement atteinte, elle estimait néanmoins avoir désormais le cœur brisé. Le vrai grand amour est trop lourd pour le cœur de l'homme, expliqua-t-elle alors.

Georges s'efforça bravement de garder son sérieux.

— De qui donc est cette pensée si profonde ? demanda-t-il en souriant.

Lilian rougit un peu, ne pouvant avouer avoir emprunté cette considération philosophique aux poésies que Ben lui avait récitées après leur premier baiser.

S'étant fait resservir un peu de café, Georges remercia d'un bref hochement de tête, tandis que Lilian adressait au jeune et beau serveur un sourire laissant planer le plus grand doute sur le sérieux de ses projets de célibat.

— Et qu'envisages-tu alors de faire ? s'enquit Georges. Comptes-tu devenir un bas-bleu, voire étudier, comme l'imaginait ma Charlotte ?

— Avant qu'elle aussi obéisse au doux appel du cœur ?

Georges n'en crut pas ses oreilles. Il savait fort peu de choses sur les écoles de filles entendant développer chez leurs pupilles le sens de la création artistique, mais il se dit que si cet épouvantable lyrisme était au programme d'Oaks Garden, il était permis de douter de la valeur de son enseignement.

— Avant qu'elle ait fait la connaissance de son futur mari, rectifia-t-il. Et elle s'occupe toujours autant de la culture maorie. Y a-t-il une matière qui te plaise particulièrement ? À laquelle tu t'intéresses d'un point de vue scientifique ?

— Pas à vrai dire, répondit-elle après un temps de réflexion, tout en mordant dans une viennoiserie au miel.

Le vapeur étant toujours dans l'Atlantique, la mer était agitée, mais pas assez pour lui couper l'appétit.

— Je pourrais enseigner le piano, ou la peinture. Mais, au fond, je ne suis pas très bonne dans tout ça.

Georges sourit : au moins ne manquait-elle pas de sincérité.

— Je pourrais peut-être aider mon père dans son travail. Il en serait très heureux, réfléchit-elle tout haut en léchant ses lèvres pleines de miel.

Elle avait toujours été gâtée par son père, et la perspective de le revoir avait beaucoup contribué à la consoler de devoir quitter l'Angleterre.

— Tu comptes travailler au fond? la taquina Georges.

Elle lui lança un regard réprobateur, mais l'espièglerie luisait dans ses yeux.

— Les filles n'y sont pas les bienvenues. Les mineurs disent qu'une femme dans une mine apporte le malheur, ce qui est bien sûr une ânerie. Mais ils le croient vraiment. Même Mme Biller ne descend pas au fond!

Ce qui devait certainement coûter à cette bonne Florence. Georges, amusé, sourit. Tim et Elaine n'avaient visiblement pas caché à leur fille la rivalité entre les deux mines. Florence avait prétendu vouloir vérifier aussi sous terre si tout s'y passait bien. Cela avait fort diverti la population de Greymouth. Les gars de la mine Biller avaient aussitôt menacé de donner leur congé, prétextant que la présence d'une femme au fond provoquerait inéluctablement des coups d'eau, des éboulements et des fuites de gaz. Les mineurs étaient restés fermes sur leur position en dépit des protestations de leur patronne, si bien que celle-ci avait fini par baisser pavillon. Un «événement historique», avait estimé Tim Lambert. Elle avait en revanche contraint son époux à descendre à sa place. Celui-ci, géologue de formation, avait aussitôt trouvé en la personne du porion un interlocuteur s'intéressant aux mêmes problèmes que lui. Les deux hommes avaient beaucoup plus appris l'un de l'autre sur l'extraordinaire disposition des couches de charbon dans l'Asie orientale que l'abattage n'avait progressé dans le sous-sol de Greymouth. À la grande fureur de Florence.

— Je suis très forte en calcul, poursuivit Lilian. Et je ne me laisse pas marcher sur les pieds, du moins par les autres filles ! Il faut parfois savoir se battre quand on a affaire à des garces comme Mary Jane Lawson ! Et cette Mme Biller est elle aussi une belle…

Georges réprima un nouveau fou rire devant le crêpage de chignon qu'infligeait la petite Lambert à Florence Biller. Greymouth allait vivre des heures palpitantes !

— Ton père et Mme Biller finiront bien par se supporter, calma-t-il le jeu. En temps de guerre, il n'y a pas place pour de telles rivalités. Toutes les mines vont être exploitées à l'extrême limite de leurs possibilités. L'Europe a besoin de charbon pour une production d'acier qui va augmenter pendant des années.

Il soupira. Bien qu'homme d'affaires, Georges éprouvait de la répugnance à s'enrichir grâce à une guerre qui, lors de l'achat des parts de la mine Lambert, était imprévisible. On ne pouvait en tout cas le suspecter d'avoir eu de sordides intentions.

— Toi, au moins, Lily, tu seras un bon parti, se moqua-t-il gentiment de sa petite amie. Compte tenu des parts de ton père dans la mine, les Lambert vont devenir riches.

— Si je me marie un jour, mon mari devra m'avoir choisie pour ce que je suis. Prince ou mendiant, seul compte le langage du cœur.

Georges, cette fois, rit franchement.

— Un mendiant saurait en tout cas apprécier le montant de ta dot ! Mais me voilà maintenant fort curieux de savoir qui saura conquérir ton cœur !

Heureux, Jack observait Charlotte grimper avec entrain la route escarpée menant au phare du cap Reinga. Le médicament du Dr Friedman avait fait merveille : depuis trois semaines, Charlotte ne souffrait plus et avait retrouvé de l'allant. Leur visite de Waitangi avait été une pleine réussite. Ils avaient admiré le lieu où le gouverneur Hobson avait reçu dans une tente improvisée, en 1840, les chefs maoris. Ils avaient ensuite rencontré les tribus installées à proximité. Jack avait particulièrement admiré les maisons de réunion et leurs sculptures. Il connaissait bien entendu le style des Ngai Tahu, mais ceux-ci, comme les autres tribus du Sud, semblaient ne pas accorder autant d'attention à la décoration de leurs *marae*. Cela tenait peut-être au fait qu'ils étaient beaucoup plus itinérants. Les Maoris du Nord paraissaient plus sédentaires. S'intéressant moins à l'architecture, Charlotte avait parlé pendant des heures avec des gens âgés se souvenant des récits de leurs parents. Charlotte nota la manière dont les Maoris considéraient le «traité de Waitangi», c'est-à-dire les diverses interprétations qu'en donnait la deuxième génération, s'intéressant notamment aux différences d'appréciation entre hommes et femmes.

— Les Pakeha avaient une reine, lui déclara une vieille femme, encore tout excitée. Cela plaisait beaucoup à ma mère. Elle faisait partie des membres les plus âgés de la tribu et aurait volontiers participé à la rencontre. Mais les hommes ont tenu à s'arranger entre eux. Ils ont dansé le *haka* de guerre pour se donner du courage. Après, le représentant des tribus a parlé de sa «maîtresse» Victoria. Il nous a beaucoup impressionnés. Elle était pour lui comme une espèce de déesse. En tout cas, elle nous promettait de nous protéger et, habitant si loin, comment aurait-elle pu le faire si elle n'en était pas une? Plus tard, il y a bien sûr eu des disputes... Est-ce que c'est vrai que, là d'où vous venez, ils entonnent les chants de guerre?

Charlotte confirma que la guerre avait éclaté en Europe.

— Mais nous ne venons pas de là-bas. Nous venons juste de l'île du Sud, de Te Waka a Maui.

La vieille femme sourit.

— Ce n'est pas où vous êtes nés qui est important, c'est d'où viennent vos ancêtres. Vos esprits y retournent quand ils se libèrent.

— Je ne serais pas très heureux que mon esprit finisse par revenir en Angleterre, plaisanta Jack quand ils quittèrent le village. Ou en Écosse, au pays de Galles. Toi, au moins, tes deux parents sont originaires de Londres.

— Mais Londres n'est pas un bon endroit pour les esprits, dit Charlotte avec douceur. Il y a trop de bruit, trop de fébrilité. Hawaiki me paraît plus attrayant... Une île dans une mer bleue, pas de souci...

— Des noix de coco plein les mains à moins qu'elles ne t'aient préalablement assommée en tombant, plaisanta à nouveau Jack qu'angoissait un peu leur manière de parler aussi naturellement de la mort.

Les premiers habitants de l'île étaient originaires d'une île polynésienne qu'ils appelaient Hawaiki. Ils étaient venus en canoë jusqu'à Aotearoa, l'actuelle Nouvelle-Zélande, et chaque famille connaissait le nom de celui qui avait amené ses ancêtres. Après la mort, selon la légende, l'esprit de chacun repartait pour Hawaiki.

Charlotte prit la main de Jack.

— Je n'aime pas les noix de coco, mais j'ai terminé ce que j'avais à faire ici, à Waitangi. Partons donc demain pour le nord!

La plage des 90 Miles et le cap Reinga, situés à l'extrême nord de la Nouvelle-Zélande, offraient une vue splendide sur des rochers autour desquels la mer déferle en hurlant. C'est là que se rencontrent l'océan Pacifique et la mer de Tasman : pour les Pakeha, un point de vue fantastique à ne pas manquer lors d'un voyage dans l'île du Nord, pour les Maoris une sorte de sanctuaire.

— Est-ce que ce ne sera pas trop fatigant, ma chérie? La montée est raide, et il faut parcourir les derniers miles à pied. Le pourras-tu? Je sais que, depuis trois semaines, tu n'as plus de migraines, mais...

Il laissa en suspens ce qui le préoccupait malgré le regain d'énergie de Charlotte : elle paraissait perdre encore du poids, ce qui n'avait rien d'étonnant, vu qu'elle ne mangeait pour ainsi dire rien. Quand il tenait sa main dans la sienne, il avait l'impression de serrer des doigts de fée et quand, la nuit, il attirait son corps contre le sien, il lui paraissait brûler de fièvre. Une promenade en montagne était certainement la dernière chose souhaitable, mais elle avait à plusieurs reprises exprimé le désir de voir le cap Reinga.

— Alors tu me porteras, sourit Charlotte. On peut peut-être aussi louer des chevaux ou des mulets. Il y a certainement là-bas des chevaux sauvages, donc l'endroit doit être accessible aux animaux de selle. Le gardien de phare ne doit pas non plus porter son ravitaillement sur son dos...

— D'accord, je te porterai. Les gens pourront dire ce qu'ils voudront. Et d'ailleurs je t'ai bien fait franchir le seuil de notre maison dans mes bras le soir de nos noces !

La dernière localité avant le cap Reinga était Kaitaia, un trou où des étrangers venaient se perdre uniquement lorsqu'ils avaient l'intention d'explorer l'extrémité nord de l'île. La campagne était encore verdoyante, ce qui étonna Jack qui s'attendait à un paysage montagneux et gris. Les chemins ne paraissaient pas impraticables. Jack loua une chambre dans une pension et demanda à son hôte si l'on pouvait retenir des chevaux ou, mieux encore, un attelage.

— D'ici aux falaises, il y a encore quelques dizaines de miles, répondit l'homme d'un air sceptique. Je ne suis pas certain que votre épouse tienne si longtemps en selle. Prenez donc une voiture. Mais vous devrez l'abandonner pour les derniers miles. C'est assez fatigant, vous savez, et je me demande si la vue de là-haut en vaut vraiment la peine.

— Elle en vaut la peine, assura Charlotte quand son mari lui fit part de l'opinion de leur hôte. Jamais nous ne reviendrons si loin dans le nord, Jack ! Ne t'inquiète pas, j'y arriverai !

Ils étaient arrivés à la plage des 90 Miles après un long trajet au travers de paysages rocheux hostiles, parfois coupés par des vues vertigineuses sur des baies de sable ou des plages infinies.

— Nous y sommes, dit Jack. C'est magnifique, non? Tout ce sable… j'ai entendu dire qu'on s'en sert pour la fabrication du verre. Rien d'étonnant, il brille comme du cristal à l'état naturel déjà.

Charlotte, qui avait peu parlé durant le trajet, s'imprégnant de la splendeur de la mer et de la montagne, observa :

— Il doit y avoir un arbre par ici, un *pohutukawa*. Il joue un rôle dans les histoires.

— Tu es sûre? Le coin ne semble pas particulièrement boisé.

Le *pohutukawa* était un arbre à feuilles persistantes et à fleurs rouges, typique de l'île du Nord. Ils en avaient déjà admiré des spécimens à Auckland.

— C'est sur le cap…, se contenta d'indiquer Charlotte avant de replonger dans le silence.

Elle se tut également quand ils firent l'ascension de la falaise. L'hôte avait eu raison : le phare n'était pas accessible en voiture, il y avait une belle montée à pied devant eux. Mais Charlotte ne parut pas s'en soucier. Jack vit des gouttes de sueur emperler son front, mais elle gardait le sourire.

Le phare, l'emblème de l'île, ne se montra qu'au bout de quelques heures. Comme l'avait espéré Jack, le gardien, heureux d'avoir de la visite, les invita à boire le thé. Mais Charlotte commença par refuser.

— Je voudrais d'abord voir l'arbre, dit-elle d'une voix déterminée.

Le gardien indiqua la direction des rochers.

— C'est là-bas. Un truc assez rabougri à vrai dire. Je me demande pourquoi les indigènes en font toute une histoire. Ils parlent, je sais, d'esprits et de ce qu'il marquerait l'entrée des enfers.

Songeuse, Charlotte parcourait du regard la mer immense, pendant que Jack et le gardien bavardaient.

— Des tribus maories sont-elles établies dans les environs ? finit-elle par s'enquérir.

— Ma femme étudie la mythologie des autochtones, expliqua Jack.

— Non, il n'existe pas de village fixe par ici. Rien ne pousse en effet. De quoi vivraient-ils ? Mais il y a toujours des tribus qui séjournent sur la plage. Les gens pêchent, jouent de la musique… Il y en a ces jours-ci. Ils ne montent pas jusque-là par le chemin, ils suivent le sentier partant directement de la plage. Il est d'ailleurs plus beau. Mais c'est quasiment de l'escalade. Ce ne sera pas pour vous, madame, dit-il avec un sourire d'excuse.

— Mais on doit pouvoir rejoindre leur campement par une autre voie, n'est-ce pas ? insista Jack.

— Bien sûr ! Entrez, buvez un thé et je vous expliquerai comment vous y rendre.

Charlotte ne les suivit qu'à contrecœur, semblant ne pas pouvoir quitter des yeux le spectacle de la mer écumante. Jack trouvait lui aussi fascinante cette rencontre des deux mers, mais un vent froid s'était levé.

— Je ne peux hélas pas vous proposer de vous héberger, regretta l'homme. Avez-vous une tente dans votre voiture ? Vous ne pourrez pas rentrer aujourd'hui à Kaitaia.

— Les Maoris nous accueilleront, déclara Charlotte, approuvée de la tête par Jack, tandis que le gardien eut l'air plutôt sceptique.

— Nous passons souvent la nuit chez eux, expliqua Jack. Ils sont très accueillants, surtout quand on parle leur langue. Comment aller jusqu'à eux ?

La nuit était tombée quand ils arrivèrent au campement, quelques tentes assez précaires groupées autour d'un feu sur lequel grillaient de gros poissons.

— Ce doivent être des Nga Puhl, estima Charlotte qui s'était renseignée sur les tribus de la région. Ou alors des

Aupouris, voire des Rarawas. Ils se sont toujours disputé ces territoires. Il y a eu par ici pas mal de combats.

La tribu en question paraissait toutefois très pacifique. Jack ayant salué en maori les enfants qui s'étaient approchés de l'attelage avec curiosité, la glace fut rompue. Les gamins furent autorisés à s'occuper des chevaux, tandis que les adultes priaient Jack et Charlotte de prendre place autour du feu.

— Vous êtes là à cause des esprits? s'enquit prudemment Jack après qu'ils se furent tous deux rassasiés de patates douces grillées et de délicieux poisson frais. Je veux dire… chez les Pakeha, ça se passe comme ça. Quand il y a un lieu où agissent les esprits, les gens s'y rendent en pèlerinage.

— Nous sommes ici à cause des poissons, expliqua le chef, Tipene, à la manière habituelle des Maoris, sans détour. Ils mordent à cette saison et nous aimons les pêcher. Si tu as envie, tu pourras demain pêcher avec nous.

Jack accepta avec grand plaisir. Les Maoris pratiquaient une espèce de pêche au lancer dans la vague qui l'intéressait. Jusqu'ici, il n'avait pêché qu'en rivière.

— Les femmes auront à coup sûr de quoi parler pendant toute la journée, observa-t-il, ce qui fit rire Tipene.

— Elles invoquent les esprits. Irihapeti est une *tohunga*, personne ne parle mieux qu'elle d'Hawaiki, dit-il en montrant une femme âgée qui était depuis un bon moment en grande conversation avec Charlotte.

Les femmes s'étaient enveloppées dans une couverture et Irihapeti venait d'en ajouter une supplémentaire autour des épaules de Charlotte qui tenait à la main un gobelet fumant. Bien qu'elle eût l'air satisfaite, il y avait sur ses traits une tension qui inquiéta jack.

— As-tu pris ton médicament, chérie? demanda-t-il.

Elle eut beau dire oui de la tête, elle donnait l'impression de souffrir, pas fortement mais tout de même… Jack se rappela les paroles du Dr Friedman: « Un médicament qui agit vraiment, au moins un certain temps. » Mais, au terme d'une telle journée, il était sans doute normal qu'elle eût l'air épuisée.

— Parle des esprits, Irihapeti, suggéra-t-elle tout à coup à la vieille femme. « Te Rerenga Wairua » veut bien dire « lieu d'où sautent les esprits », n'est-ce pas ?

Te Rerenga Wairua était le nom maori du cap Reinga.

Irihapeti fit de la place autour du feu à un groupe d'enfants venus écouter l'histoire.

— Oui, quand l'un des nôtres meurt quelque part, son esprit part en direction du nord. Il est attiré par la mer, tout en bas, vers cette plage... Si vous fermez les yeux, vous sentirez le léger courant d'air : c'est l'un d'eux qui traverse notre campement. Non, tu n'as pas à avoir peur, Pai, contente-toi de souhaiter la bienvenue à cette âme, dit-elle en attirant contre elle une petite fille qu'inquiétait cette histoire d'esprits.

La lune se leva sur la mer, plongeant la plage dans une lumière irréelle.

— C'est depuis ici que les esprits escaladent la falaise... par le chemin, Hone, que nous avons pris ce matin, reprit-elle à l'adresse d'un jeune garçon. Ils confectionnent alors une corde avec du goémon et se laissent descendre jusqu'à l'arbre *pohutukawa*, sur la côte, dans le nord-ouest. Est-ce que tu l'as vu, Charlotte ? Il est vieux de centaines d'années, peut-être que sa semence est venue d'Hawaiki, avec nos ancêtres. Les esprits sautent de l'arbre, glissent jusqu'aux racines, puis plus bas, vers Reinga.

— C'est une sorte d'enfer, n'est-ce pas ? demanda Charlotte.

Jack remarqua qu'elle ne prenait pas de notes.

— Oui, le chemin les mène ensuite jusqu'à Ohaua, où ils reviennent une dernière fois à la lumière afin de pouvoir dire adieu à Aotearoa. Et alors...

Ohaua était le point culminant de trois petites îles, en face de la côte.

— Alors, ils ne reviennent jamais, souffla Charlotte.

— Alors, ils s'envolent pour Hawaiki, au pays…, dit la vieille femme en souriant. Tu es fatiguée, mon enfant, n'est-ce pas?

Charlotte opina.

— Pourquoi ne te couches-tu pas, chérie? intervint Jack. Tu dois être à bout. Tu continueras demain ton enquête sur les esprits.

Charlotte acquiesça de nouveau. Toute expression semblait avoir quitté ses traits.

— Je vais monter la tente, dit Jack.

Il sortit de la voiture une tente toute simple et des couvertures, pendant que Charlotte regardait fixement le feu. Irihapeti lui indiqua, pour la monter, un endroit tout près de la mer. Le bruit des vagues bercerait les visiteurs.

Les McKenzie avaient apporté des cadeaux pour le cas où ils rencontreraient une tribu maorie: des semences pour les femmes et une bouteille de whisky afin de mettre de l'ambiance autour du feu de camp. Jack les fit circuler et Charlotte prit congé avant de se retirer sous la tente.

— Je te rejoins tout de suite, lui dit Jack en l'embrassant.

Puis Irihapeti lui caressa la joue

— *Haere mai*, dit tout bas la vieille femme, tu es la bienvenue.

Jack resta interdit. Il avait dû mal comprendre quelque chose. Soucieux, il but une bonne gorgée de whisky, puis passa la bouteille à Irihapeti qui lui sourit. Peut-être était-il simplement un peu soûl.

Pendant que les hommes buvaient, quelques femmes prirent leurs flûtes, ce qui, à nouveau, étonna Jack. Les Maoris n'avaient pas pour habitude de donner un fond sonore aux conversations, encore moins en pleine nuit. Elles se mirent à jouer tout bas, plongées dans leurs pensées. Jack entendit à plusieurs reprises la flûte *putorino* jouer la fameuse «voix des esprits». Sans doute les coutumes étaient-elles différentes sur l'île du Nord, à moins qu'il ne s'agît d'un rituel en l'honneur des esprits en partance.

Quand Jack se glissa à son tour dans la tente, il était las : il avait trop bu, il était étourdi par le son monotone des flûtes et par les longues histoires des hommes. Bien qu'ayant grandi parmi les Maoris, il avait toujours du mal à comprendre le sens profond de leurs récits. Il trouva un peu sinistre d'être bercé par la voix des esprits, mais cela ne dérangeait visiblement pas Charlotte assoupie à côté de lui. Son visage était pourtant un peu crispé. Depuis combien de temps ne l'avait-il pas vue dormir paisiblement, sans douleurs, sans angoisses ? Il repoussa cette idée noire. Charlotte allait mieux, elle se remettrait... Il posa avec délicatesse un baiser sur son front avant de s'allonger et de s'engloutir dans le sommeil.

Charlotte entendit les voix des esprits. Ils l'avaient appelée depuis le début de la nuit, mais ce n'avait été jusque-là qu'une légère invite. Elles étaient à présent plus impératives, plus engageantes. L'heure était venue.

Elle se leva sans bruit et gagna à tâtons l'issue de la tente. Jack dormait à poings fermés, c'était le mieux. Elle lui adressa un ultime regard, plein d'amour. Un jour... sur une île, au soleil, quelque part au large.

Repoussant ses cheveux en arrière, elle chercha sa pèlerine. Mais elle n'en aurait pas besoin. Même s'il faisait encore frais, elle aurait chaud dans la montée. Elle suivit le chemin qu'Irihapeti lui avait indiqué. Il était raide. Heureusement, la lune dispensait assez de clarté pour qu'elle distinguât les marches dans la falaise. Elle avançait vite mais sans hâte. Elle ne se sentait pas seule : d'autres âmes gravissaient la pente avec elle. Elle avait l'impression de les entendre chuchoter et rire de joie et d'excitation. Elle-même éprouvait du regret, mais pas de peur. La montée fut longue, mais Charlotte ne sentit pas le temps passer. De loin en loin, elle s'arrêtait et regardait en dessous d'elle la mer luisant au clair de lune comme du cristal. Jack était par là-bas, quelque part… le campement des Maoris était depuis longtemps hors de vue. Le sentier était de plus en plus abrupt et tortueux, mais elle ne s'égara pas, guidée par les esprits autour d'elle. Le phare surgit soudain à sa vue. Elle devait maintenant être vigilante, revenir un instant dans le monde véritable et chercher son chemin au milieu des ombres. Il n'était guère vraisemblable que le gardien fût éveillé, mais elle ne voulait en aucun cas être vue et éventuellement obligée de renoncer. Elle ne voulait pas non plus accélérer le pas. Son dessein était mûrement réfléchi, il avait quelque chose de sacré. Il ne pouvait être accompli dans la précipitation.

On ne pouvait, du phare, apercevoir le *pohutukawa*, ébouriffé par le vent. Charlotte se détendit. Il lui fallait à présent confectionner une corde avec du goémon pour se laisser glisser vers le bas, mais il n'y avait pas de goémon ici. Le détail lui était d'ailleurs apparu étrange dans l'histoire racontée par la vieille Maorie. Elle devrait interroger quelqu'un à ce sujet.

Non, se dit-elle en souriant, elle ne noterait plus de légende par écrit. Elle allait devenir elle-même partie des légendes…

Un peu plus haut que l'arbre, la falaise tombait à pic. Charlotte s'avança jusqu'au bord. L'eau bouillonnait contre une petite crique sableuse loin au-dessous d'elle. Pareil à une mer de lumière, l'océan s'étalait devant elle jusqu'à l'infini.

Hawaiki, songea-t-elle. Le paradis.

Puis elle s'envola.

Quand Jack se réveilla, il régnait un silence de mort. C'était extraordinaire, car ils s'étaient endormis au beau milieu d'un village de Maoris : la plage devrait retentir de rires et de bavardages, de voix enfantines et du crépitement des feux sur lesquels les femmes cuisent leurs galettes.

Il tendit la main vers Charlotte et constata qu'elle n'était pas là. Étrange! Pourquoi ne l'avait-elle pas réveillé? Il sortit de la tente à quatre pattes.

Le sable et la mer. Des empreintes de pieds, mais pas d'autre tente que la leur. Seule la vieille Irihapeti était assise par terre, contemplant les vagues déferlant sur la plage.

— Où sont-ils tous partis? demanda-t-il, envahi par l'angoisse.

Il avait l'impression de tomber, tout éveillé, dans un étrange cauchemar.

— Ils ne sont pas loin. Mais il vaut mieux, pour toi, que tu sois seul aujourd'hui. Tipene a pensé que tu serais peut-être fâché contre nous. Et il ne faut pas que tu le sois. Il faut que tu trouves la paix, énonça Irihapeti avec lenteur, sans le regarder.

— Pourquoi devrais-je être fâché contre vous? Et où est Charlotte? Est-elle avec les autres? Que se passe-t-il ici, *wahine*?

— Elle a voulu montrer le chemin à son esprit, répondit la femme en lui montrant enfin son visage, un visage grave et sillonné de rides. Elle m'a dit qu'il avait peur de se séparer de son corps parce qu'il n'y avait pas d'Hawaiki pour lui. Mais ici, il lui suffisait de suivre les autres esprits. Tu n'aurais pas pu l'aider.

Elle regarda de nouveau vers le large.

Les idées se bousculèrent dans la tête de Jack. Les esprits... les falaises... les paroles ambiguës du médecin... Il n'avait pas voulu entendre, mais Charlotte savait qu'elle allait mourir.

— Mais pas comme ça! Pas seule!

— Elle n'est pas seule, dit la femme.

Jack se demanda si elle lisait dans ses pensées ou s'il avait parlé tout haut.

— Je pars la chercher!

Tout en courant en direction du chemin de la falaise, il fut envahi d'un écrasant sentiment de culpabilité. Comment avait-il pu dormir ainsi ? Pourquoi n'avait-il rien remarqué, rien senti ?

— Tu peux aussi l'attendre ici, lui cria la femme.

Il ne l'entendit pas. Il grimpa le sentier abrupt comme s'il avait le diable aux trousses, ne s'arrêtant que de temps en temps pour reprendre haleine. Le ciel était couvert et tout était plongé dans un demi-jour bleu fort étrange, fantomatique. Jack se força à accélérer encore. Peut-être arriverait-il à la rattraper ? Il aurait dû demander à cette femme quand Charlotte était partie. Mais sans doute ne le savait-elle pas non plus. Les *tohunga* avaient une autre notion du temps.

Quand il atteignit le phare, il était midi, mais le soleil ne s'était toujours pas montré. Le gardien l'accueillit avec joie, jusqu'au moment où il s'aperçut de son état. Il n'y avait pas la moindre trace de Charlotte.

— Il y a des dizaines d'endroits possibles, estima le gardien quand Jack lui eut exposé ses craintes. Je ne sauterais pas juste à côté de cet arbre, car il n'y a pas d'à-pic. Mais un peu plus haut, légèrement à gauche. Comme je vous l'ai dit, vous pouvez rechercher des traces de pas. Mais peut-être que vos inquiétudes ne sont pas du tout fondées. Ces grands-mères maories racontent un peu n'importe quoi. Il est fort possible que la jeune dame soit saine et sauve parmi ses amis. Frêle et délicate comme elle l'était, je la vois mal réussir à grimper cette rude pente.

Jack alla jusqu'aux falaises surplombant le *pohutukawa*. Ce devait être là, il sentait encore la présence de Charlotte. Mais non, ce n'était pas possible. Son âme devait avoir depuis longtemps atteint Ohaua. Jack adressa aux îles un salut muet. Il s'étonna de ne pas ressentir de désespoir. Il n'y avait que du vide en lui. Un vide glacial, terrifiant.

Comme en transe, il redescendit le chemin escarpé. S'il trébuchait… Mais il ne trébucha pas. Il n'était pas prêt pour Hawaiki, pas encore. Cela signifiait-il qu'il l'abandonnait ? Il était incapable de penser. Il n'y avait dans sa tête que le froid et l'obscurité quand ses yeux virent le soleil enfin surgir de derrière des bancs de nuages, ses pieds foulant le sentier avec assurance.

Irihapeti était toujours sur la plage, mais elle sembla apercevoir quelque chose.

— Viens, *tane*! dit-elle d'un ton paisible en entrant dans l'eau.

Elle avait de la peine à avancer. Jack la rattrapa rapidement et c'est alors qu'il vit lui aussi… une ample robe bleue bouffant dans les vagues… de longs cheveux blonds avec lesquels le ressac jouait.

— Charlotte! cria Jack, bien que sachant qu'elle ne l'entendrait pas.

Perdant pied, il se mit à nager.

— Il suffit d'attendre, dit la femme qui s'arrêta, le corps à moitié dans l'eau.

Jack prit sa femme à bras-le-corps et lutta pour l'arracher à la mer. Il était hors d'haleine et à bout de forces quand il rejoignit Irihapeti. Sans un mot, elle l'aida à tirer Charlotte sur la plage. Ils l'allongèrent sur une couverture.

Jack ôta les cheveux du visage de sa femme et, pour la première fois depuis bien longtemps, il vit sur ses traits l'expression d'une paix totale. Le corps de Charlotte était délivré de ses douleurs. Et son âme suivait le chemin des esprits.

Jack se mit à trembler.

— Je suis gelé, dit-il à voix basse, brusquement.

C'était pourtant une journée chaude, le soleil, ayant définitivement percé, séchait déjà ses vêtements.

Irihapeti acquiesça.

— Il passera beaucoup de temps avant que le froid ne s'en aille.

6

— Ça se veut un *haka*?

Debout à côté de Tamatea, derrière la scène improvisée à l'intérieur du Ritz, Gloria assistait au concert d'adieu à la vieille Europe. William, au terme de sa louangeuse présentation de l'artiste, avait insisté sur le fait que la recette serait versée au profit des orphelins de guerre. Il y en avait déjà en Angleterre. L'Amérique était neutre pour le moment.

Marisa, à peu près de nouveau d'aplomb, avait accompagné avec virtuosité Kura pour la ballade sur laquelle Gloria s'était cassé les dents la veille. Celle-ci avait d'ailleurs eu du mal à reconnaître le morceau : le piano de Marisa murmurait en contrepoint des voix des esprits de la *putorino* et assurait merveilleusement la transition entre le rythme trépidant de la danse de guerre en arrière-plan et la ballade interprétée par Kura. La composition était un pur chef-d'œuvre. Les applaudissements furent à sa mesure. Pourtant, Gloria n'avait jamais entendu quelque chose de comparable dans les villages maoris et à Kiward Station. Le *haka* qui suivit ne lui parut pas plus authentique. Sans avoir jamais prétendu comprendre quoi que ce soit à la musique, elle avait néanmoins toujours trouvé les *haka* des Maoris d'une parfaite simplicité. Enfant, elle avait participé aux danses en riant quand sa grand-mère la faisait entrer dans le cercle ou bien joué du tambour avec plaisir. Il était à peine possible de se tromper, même les gens au talent musical le plus atrophié étant en mesure de suivre les rythmes. Or, elle voyait exécuter là des pas de danse très étudiés, elle entendait chanter des airs compliqués et jouer des instruments qui, s'ils avaient indubitablement été inventés par les Maoris, avaient une tout autre fonction que dans leur pays d'origine. Elle s'était donc risquée à cette question dans l'espoir que Tamatea ne se moquerait pas d'elle.

La vieille Maorie haussa les épaules.

— C'est... de l'art, dit-elle recourant à l'anglais pour ce dernier mot. «Art» et «artificiel» ont bien la même racine, non?

Elle choisissait ses mots avec prudence, mais, à son air, il était aisé de constater qu'elle n'approuvait pas l'interprétation de Kura.

William qui avait entendu et compris la question de Gloria lança à la vieille femme un regard de réprobation. Il ne parlait que quelques mots de maori, mais, grâce aux deux termes anglais qu'elle avait employés, il avait pu saisir le sens de sa réponse.

— Nous n'entendons pas être plus royalistes que le roi, Gloria, rétorqua-t-il. Qui se soucie de savoir si nous jouons une musique maorie originale ou pas? L'essentiel est que les gens puissent suivre. Nous songeons même à traduire en anglais les textes que chante Kura. On nous l'a fortement recommandé en vue de la tournée en Amérique. Les gens de là-bas se moquent un peu du folklore.

— Mais il est marqué dans le programme que le spectacle est authentique, objecta Gloria qui ne savait pas ce qui la dérangeait, mais qui avait le sentiment qu'on la trompait dans un domaine qui lui était cher.

Peut-être était-elle trop sensible. Elle venait de se surprendre à caresser avec tendresse les cordes de la *tumutumu* et à cajoler le bois des flûtes ventrues. Toucher ces objets la réconfortait. De temps en temps, Gloria ressentait le besoin de se persuader que son pays existait toujours de l'autre côté de la planète.

— Il y a beaucoup de choses dans les programmes, s'énerva William. Nous avons vu à Paris un spectacle de la fameuse Mata Hari. Très beau, très artistique, mais cette femme n'a jamais vu de l'intérieur un temple indien, pas plus qu'elle n'a reçu là-bas une formation de danseuse. Je me suis livré à quelques recherches. Cette femme n'est même pas indienne, et encore moins d'origine noble comme elle le prétend. Mais ce n'est pas le problème des gens. L'essentiel, pour eux, c'est l'exotisme et beaucoup de peau nue. Nous allons travailler dans ce sens. Nous devons rendre notre spectacle plus attractif encore.

— Plus de peau nue encore? s'étonna Gloria.

Les danseuses étaient déjà fort décolletées. Leurs *piupiu* – des jupes brun clair en feuilles de lin durcies –, s'arrêtant bien au-dessus du genou, dévoilaient leurs jambes. Il est vrai que leur haut, tout aussi réduit, ne correspondait pas non plus à la réalité : les femmes maories dansaient généralement le buste nu. Cela n'avait pas choqué la fillette, car cela lui était apparu naturel, là-bas. Ici, en revanche…

— Ne sois donc pas si prude, petite ! se moqua William. Nous songeons en tout cas à des jupes plus courtes encore. Nous entendons en revanche supprimer ces peintures sur les visages, ajouta-t-il avec un regard de défi pour Tamatea. Au moins chez les filles. Les hommes, eux, doivent inspirer la peur. L'effet d'épouvante est presque aussi important que l'exotisme.

Un groupe de danseurs à l'accoutrement martial était entre-temps monté sur scène. Effectivement, les *haka* de guerre représentaient le dernier reste d'authenticité du spectacle de Kura. Le corps peinturluré, les hommes lançaient des menaces à leurs ennemis, brandissant des javelots. Ils paraissaient y prendre plaisir. À l'évidence, les Polynésiens n'étaient pas les seuls à avoir dans le sang les jeux guerriers : aucun des danseurs n'était véritablement d'origine néo-zélandaise.

William poursuivit son exposé sur ses autres projets de modification, mais Gloria ne l'écoutait plus. Au fond, tout cela lui était indifférent. Elle ressentait juste un regret indéfinissable. Le petit bout de Nouvelle-Zélande qu'elle trouvait jusqu'ici dans le spectacle avait disparu à son tour. Tamatea finirait elle aussi par repartir, car il n'y aurait plus rien à sauvegarder. Mais elle, Gloria, serait obligée de rester. Elle se mit à haïr l'Amérique.

C'est sans entrain qu'elle monta à bord du vapeur. Il avait fallu une éternité pour hisser et ranger en cale toutes les caisses contenant les accessoires de scène, mais Kura avait tenu à surveiller elle-même l'opération. Il pleuvait et Gloria avait tout d'un chat mouillé quand elle prit enfin possession de la cabine de première classe qu'elle partageait avec Tamatea, ce qui était tout de même un soulagement. La troupe ne comptait pas de jeunes danseuses. Envisageant d'en engager d'autres à New York, William les avait congédiées.

— Tu viens sur le pont, Gloria?

La jeune fille avait espéré pouvoir rester tranquille dans sa cabine, mais le capitaine avait insisté pour souhaiter la bienvenue à Kura-maro-tini et à sa famille. Ayant été retenu sur le pont au moment du départ, il y accueillait maintenant ses hôtes, dispensant aux dames toutes les informations nécessaires à propos de son navire. Quelques années plus tôt, Gloria aurait été fort intéressée, mais là elle était sensible au fait que l'homme ne lui accordait pas un regard. Il s'adressait uniquement à sa mère qui s'ennuyait sans doute ferme, mais l'écoutait avec une dignité majestueuse. La pluie et le vent ne portaient pas préjudice à sa beauté. Au contraire, décoiffée, paraissant plus vulnérable, elle était plus séduisante encore.

— Et c'est votre fille?

La remarque traditionnelle, l'étonnement habituel dans les yeux de l'homme! Gloria baissa les yeux, elle aurait aimé être à mille lieues.

La traversée se déroula sans encombre. Quelques passagers avaient certes des craintes en raison des hostilités, mais, une fois sortis de la Manche, ils n'aperçurent pas l'ombre d'un navire, si bien que l'atmosphère oppressante ne tarda pas à céder la place à l'insouciance et à l'animation qui marquent habituellement la vie à bord. Au moins en première classe. Gloria n'eut pas l'occasion de vérifier comment les choses se passaient dans l'entrepont où s'entassaient les émigrants pauvres et les gens qui fuyaient la guerre. On observait une stricte séparation entre ces deux mondes, ce qui contredisait les récits de Gwyneira et d'Élisabeth Greenwood. Durant leur traversée de plusieurs mois, sur un voilier relativement peu sûr, il y avait eu des contacts, des messes célébrées en commun, des divertissements.

Gloria prit plaisir à naviguer, dans la mesure où elle pouvait prendre plaisir à quoi que ce soit. Les dîners, les jeux sur le pont et les diverses distractions l'ennuyaient, mais, comme jadis durant la traversée de Nouvelle-Zélande en Angleterre, elle aimait contempler l'immensité de la mer. Elle passait des heures sur le pont, assise, heureuse de voir à l'occasion des dauphins ou des baleines escorter le bateau.

Ses parents la laissaient tranquille, Kura jouissant de sa célébrité parmi les passagers, tandis que William buvait avec des lords et dansait avec des ladies comme s'il était des leurs. Kura finit par céder au capitaine qui la pressait de chanter pour les passagers et les officiers. Concert qui, bien entendu, connut un franc succès, Gloria subissant l'habituelle humiliation :

— Et la demoiselle est également musicienne ? Non ? Oh, quel dommage ! Mais vous devez être fière de votre mère, miss Martyn !

Une autre phrase que Gloria apprit à détester durant cette traversée était : « Gloria est un peu restée une enfant »,

Kura et William expliquant par là le peu d'entrain mis par leur fille à participer aux conversations à table ou son refus de danser, le soir, aux sons de l'orchestre.

Elle finit, au cours d'un dîner à la table du capitaine, par céder aux sollicitations d'un jeune officier, mais ne sut que lui marcher sur les pieds. Oaks Garden avait certes récemment introduit l'enseignement de la danse dans le programme, mais uniquement en première année. Trop tard pour Gloria !

— Comment les gens peuvent-ils vivre ici ? s'interrogea Tamatea quand le bateau longea Ellis Island et que New York apparut aux yeux des passagers. Les immeubles sont si hauts qu'ils bouchent le ciel. Le sol est vitrifié. Et ce bruit ! La ville est pleine de bruit, je l'entends d'ici. Il chasse les esprits. Les gens ne doivent pas connaître le repos, ils sont déracinés.

Gloria avait déjà eu la même impression à Londres, mais la vieille Maorie avait raison. New York était plus grande, plus bruyante, plus insaisissable à l'œil. Si Gloria avait été un esprit, elle n'aurait pas attendu le lendemain pour s'enfuir.

— Il y a un immense parc en pleine ville, avec de très hauts arbres, s'impatienta Kura qui brûlait d'envie de prendre possession de cette ville nouvelle, si particulière, sans douter un seul instant de sa réussite.

L'organisateur américain avait envoyé des dépêches signalant que l'attente était énorme, que les premières représentations seraient jouées à guichets fermés. Kura ne tenait plus en place. Les Martyn rejoignirent leur hôtel, le Waldorf Astoria, dans l'une des toutes premières automobiles. Gloria n'aima ni le véhicule pétaradant dans lequel Tamatea sembla éprouver la peur de sa vie, ni l'élégance intimidante du hall d'entrée de l'hôtel. Mais elle ne se fit du moins pas remarquer. La beauté de Kura attira certes l'attention des employés, mais, ignorants de la célébrité européenne de cette artiste, ils ne cherchèrent pas d'emblée à savoir si sa fille lui ressemblait. Gloria hérita d'une chambre dans la suite de ses parents, mais enregistra avec soulagement que l'on n'organiserait pas dans l'hôtel de répétitions pour les nouveaux membres de la troupe. William avait réservé à cet effet une salle dans le quartier des théâtres tout proche.

Tamatea devant être présente à ces séances préparatoires, Gloria se retrouva livrée à elle-même durant les premiers jours. William et Kura lui proposèrent de visiter des musées ou des galeries. Cela n'aurait rien d'indécent même pour une jeune fille seule, d'autant que l'hôtel fournirait une automobile pour l'aller et le retour. Docile, Gloria accepta donc d'être conduite au Metropolitan Museum of Art. Sans grand intérêt, elle contempla les tableaux pour lesquels on avait pendant six ans cherché à l'enthousiasmer, mais qui n'avaient suscité chez elle que des questions incongrues. Elle se passionna davantage pour les armes et les instruments de musique des divers continents. Les artefacts des îles du Pacifique lui rappelèrent les objets façonnés par les Maoris et elle se sentit un peu chez elle. Mais, au total, elle se demanda ce qu'elle fabriquait dans cette ville. Elle sortit sans se faire voir et découvrit l'entrée de Central Park où elle se perdit dans les vastes jardins. Au moins y voyait-on le ciel et la terre. Les buildings de Manhattan bouchaient pourtant l'horizon. Une couche de fumée recouvrait la ville ; on était en automne et le vent dispersait des feuilles rouge rubis. À Kiward Station, c'était le printemps. Quand elle fermait les yeux, elle voyait des moutons fraîchement tondus attendant, dans des prairies vertes et luisantes de pluie, leur départ pour les Hautes Terres, en direction des Alpes dont elle distinguait les cimes neigeuses. Jack les mènerait, peut-être accompagné de sa femme Charlotte. Gwyneira écrivait qu'ils étaient heureux. Mais comment être malheureux à Kiward Station ?

Quand elle revint au musée, sa voiture attendait. Le chauffeur était nerveux, car elle s'était attardée. William le lui reprocha quand ils arrivèrent à l'hôtel. Non que les parents aient eu des inquiétudes à son sujet, mais parce qu'ils étaient très préoccupés par les bouts d'essai de la journée. Ils se disputaient à propos de deux ou trois danseuses qui, selon William, montraient trop peu de leur corps et qui, pour Kura, manquaient du sens du rythme. Tamatea, elle, trouvait les filles trop maigres pour représenter des femmes maories, ce qui étonna Gloria, car la plupart des jeunes Maories étaient minces.

Assistant aux bouts d'essai du lendemain, Gloria comprit la préoccupation de Tamatea. Les candidates avaient le corps nerveux de danseuses de ballet, grandes, avec de longues jambes. Les Maories étaient plus trapues, les hanches larges, les seins plus lourds. En revanche, ces filles se mouvaient sans peine, à l'image de cette Mata Hari dont les Martyn semblaient s'inspirer. Ils avaient illico adjoint à Tamatea une maîtresse de ballet new-yorkaise. La vieille Maorie était mécontente. Il y avait de l'orage dans l'air.

Gloria passa le plus clair de son temps, les jours suivants, dans sa chambre. Elle n'avait aucune envie d'assister aux perpétuelles querelles, chacun essayant de lui faire prendre parti, alors qu'elle n'avait pas d'avis. Il était loin le temps où Gwyneira l'appelait en riant sa « petite *tohunga* », faisant allusion à son savoir au sujet des moutons et des chevaux. Morose, elle écrivit une lettre pour Kiward Station.

> New York est gigantesque. Notre hôtel est moderne et très beau. Nous avons une automobile à notre disposition qui m'emmène où j'ai envie d'aller. Mes parents travaillent beaucoup. Je suis le plus souvent seule.

Gloria relut et raya la dernière phrase.

Des affaires urgentes l'attendant à Christchurch, Georges Greenwood avait renoncé à mener Lilian à Greymouth. Il ignorait aussi la mort de sa fille Charlotte. Gwyneira qui était venue chercher son arrière-petite-fille à Lyttelton lui annonça, l'air grave, que sa femme l'attendait à l'hôtel.

Georges prit rapidement congé. Gwyneira le suivit des yeux avec tristesse. Mais elle ne voulut pas gâcher le retour de Lilian. Elle ne portait pas le deuil intégral, s'étant contentée de mettre des vêtements aux couleurs neutres.

Lilian ne remarqua pas son humeur sombre, trop excitée et heureuse d'être revenue chez elle. Elle fut folle de joie quand Gwyneira lui apprit qu'elle verrait sa mère le jour même. Elle arriverait de Greymouth par le train de nuit et elles allaient sur-le-champ la chercher à la gare. La mère et la fille passeraient ensuite quelques jours à Kiward Station.

— Et papa? demanda Lilian. Il ne vient pas avec nous?

— Il n'est pas libre. La guerre! Mais viens, le service des transports acheminera tes bagages.

— Je ne vais pas te dire que tu as grandi! dit Elaine à sa fille en guise de taquinerie. C'était de toute façon prévisible.

— Mais je ne suis pas grande, je suis même plus petite que toi!

Ce qui était exact. Mais elle ressemblait beaucoup à sa mère. Gwyn elle aussi eut l'impression de se voir dans un miroir. Hormis la couleur des yeux et le roux légèrement différent des cheveux, Lilian ressemblait comme deux gouttes d'eau à la jeune fille qu'elle avait été à quinze ans.

— Ce dont je suis sûre, c'est que tu as grandi en esprit, plaisanta Elaine. De si longues années dans un internat anglais. Tu dois être à présent une encyclopédie ambulante!

Lilian grimaça. On entretenait visiblement ici des illusions sur la formation dispensée par Oaks Garden. Mais peu importait après tout. Personne ne lui ferait subir d'examen.

— En tout cas, elle sait encore monter à cheval, confirma Gwyn en feignant la gaieté.

La vieille dame paraissait fatiguée et Elaine eut l'impression qu'elle avait vieilli depuis sa dernière visite à Kiward Station. Elle lui serra la main en silence. Elle avait appris la tragédie de Jack et Charlotte peu avant son départ.

— Jack est-il encore dans le Nord? demanda-t-elle à voix basse.

— Oui. Élisabeth voudrait que le corps de Charlotte soit transféré, mais ni l'un ni l'autre ne savent comment s'y prendre. Ils attendaient Georges. Mon Dieu, quel retour pour lui!

— On ne pouvait télégraphier sur le bateau?

— Qu'est-ce que ça aurait changé? Élisabeth a préféré le lui annoncer elle-même.

Gwyneira s'interrompit en jetant un regard sur Lilian.

— Il se passe quelque chose? demanda la fillette.

— Ton oncle Jack est en deuil, Lily, soupira Elaine. Et une mauvaise nouvelle attend aussi oncle Georges. Charlotte est décédée.

Gwyneira eut peur que Lilian demande des détails, mais la jeune fille prit la perte de Charlotte avec une certaine indifférence. Elle ne connaissait Jack que de très loin et n'avait jamais rencontré sa femme. Aussi, après avoir exprimé ses condoléances, reprit-elle son joyeux babil, parlant à Gwyn des chevaux de ses amies anglaises et à Elaine de la traversée. Elle évoqua aussi son projet d'aider son père dans son travail.

— Il aura besoin de toi, sourit Elaine, car les mines tournent à plein régime. C'est la guerre! Tim l'avait prévu quand les hostilités ont commencé. Mais que les choses aillent aussi vite! L'Angleterre réclame de l'acier à cor et à cri, et donc du charbon. Certains pensent, bien sûr, que la guerre pourrait se terminer bientôt, et que l'industrie doit donc se dépêcher de réaliser le maximum de profits possible. C'est du moins l'opinion de Florence Biller.

Elle développe sa mine à grande allure, et les autres doivent veiller à ne pas se laisser distancer… Les bagages tiendront-ils dans cette petite chaise, grand-mère?

Entre-temps, les trois femmes avaient quitté la gare et rejoint la légère voiture de Gwyneira.

— Non, c'est une voiture de livraison qui se chargera des bagages. J'ai pensé que vous préféreriez ne pas perdre de temps en route et je ne voulais pas non plus laisser James trop longtemps seul. La mort de Charlotte l'a bouleversé. Nous l'aimions beaucoup. Et James… bref, je suis sérieusement inquiète.

James était très agité. Il aurait dû être triste, mais c'était plutôt de la colère qu'il éprouvait. Charlotte était si jeune, si heureuse de vivre! Et Jack l'aimait éperdument. James savait ce que c'était d'aimer à ce point… Gwyn et lui… il était temps qu'elle revienne. Où donc était-elle à nouveau partie? Ces derniers temps, ses souvenirs s'entrechoquaient. Parfois il attendait la jeune femme qui, tel un tourbillon, parcourait sur son poney les Canterbury Plains. Puis il était presque surpris que le visage de Gwyn fût soudain parcouru de rides et qu'elle eût des cheveux blancs.

Mais il allait maintenant descendre et accueillir sa femme devant les écuries. Il avait le cœur qui battait très fort, mais ses membres n'étaient pas douloureux aujourd'hui. Il aurait presque pu monter à cheval. Oui, ce serait si agréable…

Il ne s'appuya que légèrement sur sa canne pour descendre les marches. C'était vraiment une bonne journée pour lui. Les chevaux hennirent quand il entra. Il avait cessé de pleuvoir; il fallait qu'il dise à Poker qu'ils pouvaient sortir. Ou à Andy… mais Poker… Poker était… non, ce n'était pas vrai que son vieil ami et compagnon de beuveries soit mort depuis près d'un an!

Dans l'écurie, Maaka, un ouvrier maori, le meilleur ami de Jack, était en train de bricoler. C'est lui qui le remplaçait en son absence.

— Une bonne journée, monsieur James! s'écria-t-il. Alors, vous êtes impatient de voir miss Lily? Mais miss Gwyn ne peut pas encore être là. Même si elles sont parties très tôt…

— Je me suis dit que j'allais partir à leur rencontre. Tu me selles un cheval?

— Un cheval, monsieur James? Mais cela fait des mois que vous n'êtes pas monté!

— Alors, il est temps de s'y mettre, non? déclara James en s'approchant de son hongre brun et en lui flattant le col. Je t'ai manqué, hein? Quand miss Gwyn est arrivée à Kiward Station, je montais un grand blanc.

— Si vous tenez à un cheval blanc, un des nouveaux bergers en a un. Il ne se fâchera pas si vous le lui prenez. C'est un brave gars!

James hésita, puis il se mit à rire.

— Pourquoi pas? Une fois encore, un cheval blanc.

Maaka sella un cheval blanc rosé de petite taille auquel James passa lui-même la bride.

— Merci Maaka. Miss Gwyn n'en croira pas ses yeux.

Plein d'un enthousiasme juvénile, James sortit le cheval de l'écurie. Ses vieux os, exceptionnellement, ne le trahissaient pas… mais pourquoi son cœur jouait-il ainsi des siennes? Quelque chose clochait, et puis cette légère douleur dans le haut du bras? Peut-être que je ne devrais pas monter. Ah, et puis au diable tout ça. Comment Gwyn disait-elle, déjà? Quand on ne peut plus monter, on est mort.

James donna l'ordre au cheval d'avancer. L'animal obéit et partit au trot sur la route de Christchurch.

— C'est vrai? Je peux prendre les rênes?

Lilian n'avait effectivement rien oublié. Ayant passé presque tous les week-ends chez ses amies dont la plupart faisaient partie de l'aristocratie terrienne, elle avait fait régulièrement du cheval. Mais elle n'avait encore jamais conduit une voiture. Or, la jument qui les tirait n'était pas une haridelle. Elle allait réellement bon train.

— Bien sûr que tu peux, c'est la même chose qu'à cheval. Il faut seulement éviter de trop tirer sur les rênes, expliqua Gwyn, heureuse de l'intérêt manifesté par Lilian. Beaucoup s'achètent à présent des automobiles, ajouta-t-elle, tournée vers sa fille, tandis que Lilian guidait le cheval avec application. Mais je n'arrive pas à me faire à cette idée. J'ai naturellement essayé. Ce n'est pas très difficile à conduire...

— Tu as conduit une automobile? s'exclama Elaine en riant.

— Et pourquoi pas? J'ai toujours jusqu'ici conduit moi-même nos attelages! Et, crois-moi, comparée à un cob étalon, une automobile n'est qu'un veau!

— Nous en avons une depuis peu, dit Elaine. Le jour où Florence Biller s'est exhibée au volant d'un engin de ce type, Tim n'a pas pu résister. C'est une folie. Avec ses jambes, il ne peut pas conduire, il a de la peine à y monter et ne parlons pas de la suspension! Mais jamais il ne l'avouera. Roly est naturellement enchanté – il a toujours eu un peu peur des chevaux – et les garçons sont ravis eux aussi. C'est un jouet pour les hommes. Mais si la mode s'installe, il faudra construire de meilleures routes.

Lilian avait à présent pris la mesure du cheval. Elle l'avait mis au grand trot. Les milles défilaient sous les roues de la chaise.

James vit arriver la jument. C'est bien de Gwyneira, ça! Toujours à fond, et Igraine qui ne renâcle jamais. Mais, un instant! Est-ce bien Igraine...? Il se dit vaguement que ce cheval devait s'appeler autrement. Igraine était venue du pays de Galles avec Gwyn. Elle ne devait plus être en vie!

Mais c'est elle pourtant! Cette tête caractéristique, ce trot majestueux, cette longue crinière flottant au vent. Et c'est Gwyn sur le siège du cocher... une fille si jolie, comme elle est jeune… ces cheveux roux, ce regard vif, rayonnant, ce bonheur de la vitesse et de la conduite !

Elle allait l'apercevoir. Ses yeux allaient briller comme toujours. Même à l'époque où elle niait l'aimer. Toutes ces années durant lesquelles elle avait élevé sa fille, à lui, comme si elle était l'enfant d'un autre, un autre qu'elle ne voulait pas tromper. Mais ses yeux l'avaient toujours trahie.

James leva le bras pour lui faire signe. Il voulut lever le bras. Mais le bras ne lui obéit pas… un étourdissement…

Gwyn vit arriver le cheval blanc. Elle crut d'abord être victime d'une hallucination. James sur son ancien cheval ! Comme autrefois, quand il venait à leur rencontre, elle et Fleurette, lorsqu'elles s'étaient attardées. Il s'était toujours inquiété d'elles. Mais maintenant… il ne devait plus monter, il…

Elle le vit chanceler. Elle cria à Lilian de stopper, mais avant que l'adolescente eût réussi à le faire, il avait glissé à terre, son cheval sagement immobilisé à côté de lui.

Elaine voulut aider sa grand-mère, mais Gwyneira la repoussa. Elle sauta presque de la voiture et courut vers son mari.

— James ! Qu'y a-t-il, James ?

— Gwyn, ma merveilleuse Gwyn…

James mourut dans les bras de sa femme qui allait avoir quatre-vingts ans, mais, devant ses yeux, il y avait l'image de la princesse galloise qui avait ravi son cœur il y avait tant et tant d'années.

Gwyneira murmura son nom.

7

Gloria n'apprit les décès dans sa famille que des semaines plus tard. Acheminer le courrier entre la Nouvelle-Zélande et les États-Unis n'était pas chose simple et, de plus, les lettres parvenaient à l'agence de Kura, à New York, qui devait les faire suivre. Cette fois-ci, le courrier les avait atteints à La Nouvelle-Orléans, une ville remuante qui électrisait littéralement Kura. Des gens de couleur jouaient une musique étrange en pleine rue et, quand elle n'était pas en train de donner une représentation, elle écumait avec William les boîtes de nuit du Quartier français, à l'écoute de cette nouvelle musique qu'on appelait jazz.

En revanche, les tristes nouvelles du pays ne l'intéressaient guère. Ni elle ni William n'avaient connu Charlotte et ni l'un ni l'autre n'avaient eu de véritable sympathie pour James. Aussi lurent-ils la lettre d'Elaine avec philosophie. Gwyneira, après la mort de son époux, ne se sentant pas le courage de divulguer la nouvelle, s'en était remise à sa petite-fille qui avait adressé la lettre à la «famille Martyn». Il lui avait semblé superflu de faire un courrier séparé à Gloria qui, de la sorte, ne connut même pas les détails, Kura se contentant de lui annoncer que son arrière-grand-père était mort. La tristesse de sa fille l'étonna.

— Tu pleures, Glory? Il n'était même pas ton vrai arrière-grand-père. Et il avait plus de quatre-vingts ans! C'est le cours naturel des choses… Mais je chanterai ce soir le *haka* de deuil. Oui, ça ira tout à fait avec La Nouvelle-Orléans…

Gloria lui tourna le dos. La mort de James allait donc servir à gagner à sa mère de nouvelles sympathies.

Tamatea exprima ses condoléances à Gloria.

— C'était un homme bon. Les tribus l'ont toujours beaucoup estimé.

Gloria la remercia, l'air absent. Elle ne laissa libre cours à sa tristesse qu'une fois seule, ce qui n'était pas fréquent. Quand Gloria n'était pas logée dans la suite de ses parents, elle demeurait, pendant les interminables voyages en train, en compagnie des jeunes danseuses, toutes plus jolies les unes que les autres, «jeunes femmes modernes» fières de gagner leur vie, libres et indépendantes. Gloria, timide et empruntée, était pour elles comme un vestige des temps anciens, et elles se moquaient de son éducation dans son internat anglais et de sa pruderie.

Concernant ce dernier point, elle ne comprenait pas ce qu'on lui reprochait. En réalité, elle ne fuyait pas du tout les hommes, contrairement à ce que les filles prétendaient en riant. Gloria était réservée en toutes circonstances, avec tout le monde. Si on lui adressait la parole, elle sursautait, indépendamment du sexe de la personne qui l'interpellait. Elle ne se sentait en sécurité qu'auprès de Tamatea, même si celle-ci finissait par l'énerver elle aussi.

— Intéresse-toi donc au pays, *mokopuna*! lui répétait-elle. Le fleuve… comment s'appelle-t-il déjà? Ah oui, le Mississippi! Quel nom étrange! Vois comme il est paresseux, écoute sa voix!

La Maorie ne se lassait pas d'admirer les plantes de ce climat chaud et humide, de s'émerveiller de l'immensité des champs de coton et de cannes à sucre, cherchant à communiquer son enthousiasme à la jeune fille. Elle s'était même liée d'amitié avec une Noire, invoquant avec elle les esprits vaudous et chantant des incantations qui ressemblaient plus aux *haka* que les arrangements de Kura.

Mais Gloria était fermement décidée à ne rien aimer de ce pays étranger. Elle préférait lire dans le train que regarder par la fenêtre.

Ils finirent par quitter le Sud pour les vastes prairies de l'Ouest, et Tamatea vit avec inquiétude la jeune fille sombrer dans un gouffre toujours plus profond de haine de soi mêlée d'apitoiement sur son propre sort. Alors que ce pays aurait dû lui plaire. Certes il n'était pas aussi vert que les Canterbury Plains et l'herbe était plutôt brûlée par le soleil, mais des montagnes rouges et bleues miroitaient à l'horizon. On voyait des chevaux et des bovins, et les bourgades aux simples maisons de bois ressemblaient à Haldon.

Les gens étaient également très différents des habitants de New York et de La Nouvelle-Orléans. Les hommes en pantalons de denim, avec leurs chemises à carreaux, leurs chapeaux à larges bords, et les femmes avec leurs vêtements en cotonnade qui, en des lieux comme Dallas et Santa Fe, assistaient au spectacle de Kura, évoquaient bien plus l'esprit de pionnier d'une Gwyneira McKenzie que les manières policées de Kura et de William. Ils ne comprenaient généralement pas la musique ; les décolletés des danseuses les scandalisaient. Le laconisme, la rectitude et le pragmatisme de Gloria leur auraient plu.

Mais Gloria n'osait quasiment plus se promener seule dans les rues poussiéreuses et regarder les chevaux que l'automobile n'avait pas encore remplacés ici. Reconnaissant en elle quelqu'un de la troupe, les gens la contemplaient en effet comme un animal exotique. Elle aspirait à la fin de la tournée, mais ce n'était pas pour demain… Leur route les menait de New York à San Francisco, une traversée du continent agrémentée de nombreux détours par des villes plus ou moins importantes. La tournée devait en fait s'arrêter sur la côte Ouest, William et Kura envisageant ensuite de regagner New York au plus vite.

Gloria, pensant que ses parents avaient entre-temps constaté qu'ils ne pouvaient rien tirer d'elle, espérait partir alors directement pour la Nouvelle-Zélande. Elle ne rechignait certes pas à accomplir sa tâche d'accompagnatrice lors des répétitions des danseuses. Mais même dans cet exercice elle n'était pas à la hauteur. Les filles se plaignaient de perdre la mesure à cause du piano et s'en prenaient à son «absolu manque d'oreille». Elle aidait sinon Tamatea à habiller et à maquiller les artistes. C'est le maquillage qu'elle préférait. Tamatea admirait la vitesse à laquelle elle s'était initiée aux formes et à la signification du *moko* traditionnel. C'est elle qui dessinait sur la peau des danseurs les signes traditionnels rappelant des fougères stylisées, stupéfiant Tamatea et sa mère.

— Tu as tout d'une véritable Maorie, Gloria, s'étonnait Kura. Enfile donc une des tenues ! Non, pas les récentes, mais celles que Tamatea avait conçues à l'origine !

Les anciennes *piupiu* ressemblaient à la tenue traditionnelle des femmes maories, avec l'ampleur nécessaire aux danseuses autochtones de jadis.

Gloria se regarda avec surprise dans le miroir. Effectivement, seuls ses cheveux brun-roux juraient dans le tableau, sinon on croyait se trouver en présence d'une femme des tribus.

— Il te suffirait de les nouer sur ta nuque ou d'utiliser un large bandeau brodé, suggéra Tamatea.

L'effet fut en effet proprement stupéfiant.

— Elle pourrait sans problème monter sur les planches avec nous ! dit Kura en riant.

Gloria se dépêcha de nettoyer son maquillage. Tenir un rôle dans le spectacle était l'un des derniers cauchemars qui lui aient été encore épargnés.

En réalité, Gloria n'était indispensable en rien : deux des filles de la tournée auraient pu la remplacer sans problème au piano et c'est à peine si l'on peignait encore les danseuses. Les quelques arabesques autour des yeux et sur les joues n'avaient que peu à voir avec les traditions maories et les intéressées n'avaient besoin de personne pour les dessiner. Tamatea se chargeait des trois ou quatre danseurs.

Gloria espérait éperdument que ses parents se persuaderaient de son inutilité. Six années à « voir le monde », cela lui suffisait amplement. Sa place était à Kiward Station !

San Francisco, dans un paysage de collines, au bord de la mer, était une ville en pleine expansion. Fascinée, Gloria contemplait le vaste océan qui la ramènerait à son pays natal. La ville lui plaisait davantage que New York et La Nouvelle-Orléans. Les immeubles de style pseudo-victorien et les *cable cars*, une aussi grande sensation que le tramway historique de son pays, lui rappelaient Christchurch.

Tamatea entraîna un jour Gloria sur le port pour lui montrer les otaries qui paressaient non loin des embarcadères.

— Il y en a chez nous aussi ! s'écria Gloria qui n'en avait pourtant jamais vu.

Elle ne connaissait pas la côte ouest de la Nouvelle-Zélande, mais elle avait entendu parler de ses otaries et de ses baleines. Tamatea fut heureuse de l'entendre enfin rire, pour la première fois depuis des mois, et elle lui raconta des légendes maories évoquant des lions de mer et des poissons gigantesques.

Personne ne parlait de départ, malgré la nervosité qui gagnait les danseuses qui, revenues à New York, devraient retrouver du travail pour subsister. Enfin, le soir de ce qui aurait dû être l'avant-dernier concert, William réunit la troupe.

— Comme vous le savez, déclara-t-il, pénétré de son importance, nous avions prévu à l'origine de terminer après-demain notre collaboration. Nous voulions rentrer en Europe, ma femme et moi. Nous y avions des obligations. Mais, vous ne l'ignorez pas, la guerre continue en Europe. Nos projets de présenter notre nouveau programme en France, en Belgique, en Allemagne, en

Pologne et en Russie tombent donc à l'eau. Personne n'a là-bas, pour le moment, la tête à la musique.

Les danseurs, qui avaient jusqu'ici chuchoté entre eux, observèrent soudain un silence de mort.

— C'est pourquoi la proposition de notre agence de prolonger notre séjour aux États-Unis nous a soulagés. C'est de vous que va dépendre la manière dont les choses vont se dérouler. Si vous souhaitez poursuivre, nous irons d'abord à Sacramento, puis à Portland, Seattle, et ensuite à Chicago et Pittsburgh. Si vous vous retirez, nous devrons retourner à New York, recruter de nouveaux danseurs et tout reprendre à zéro. Qu'en pensez-vous? Voulez-vous poursuivre avec nous?

Ce fut, chez les danseurs, une explosion d'enthousiasme. Seuls deux ou trois d'entre eux devaient rentrer sur la côte Est pour des raisons familiales. Les autres, soulagés, étaient fous de joie à l'idée de continuer la tournée pendant plusieurs mois.

— Et moi?

Gloria était restée figée et muette après la déclaration de son père. Maintenant, dans la suite de l'hôtel, en présence de ses parents, elle réussit à exprimer la peur qui la rongeait.

— Quel est ton problème? s'étonna William. Tu nous accompagnes, bien entendu. Que pourrais-tu faire d'autre?

— Mais je ne sers à rien! Personne n'a besoin de moi… et…

Elle aurait voulu dire mille choses, mais ne parvint qu'à balbutier.

— Mais, petite sotte, évidemment que tu es utile. Et puis même, qu'est-ce que ça changerait? Tu ne peux pas retourner en Europe, au cas où tu aurais envie d'étudier. C'est la guerre, les gens se tirent dessus. Ici, tu es en sécurité.

— Il n'y a pas la guerre à Kiward Station!

Elle aurait voulu crier, mais n'émit qu'un murmure.

— Ah, c'est ça ton problème. Tu voudrais retourner dans cette ferme…, dit William en hochant la tête. Gloria, mon cœur, d'ici à la Nouvelle-Zélande, c'est presque le tour du monde ! On ne peut te laisser partir seule. Et à quoi bon ? Ici, fillette, tu apprends à connaître le monde ! Tondre des moutons, tu l'apprendras assez vite, si c'est ce que tu veux faire. Mais tu ne parles pas sérieusement ! Pense donc un peu à tout ce que tu verras quand la guerre sera finie, la France, l'Espagne, le Portugal, la Pologne, la Russie… Il n'existe pas, en Europe, de pays qui ne brûle du désir de nous entendre. Peut-être finirons-nous par acheter une demeure à Londres… Oui, je sais, Kura, tu ne souhaites pas t'établir. Mais songe à ta fille ! Elle devra un jour tenir son rang, débuter dans la vie. Un jour ou l'autre, un homme convenable se présentera, tu te marieras… on t'a élevée afin que tu sois une lady, Gloria ! Pas une campagnarde !

Gloria ne répondit pas. Elle était devenue pâle comme un linge. Une tournée à travers toute l'Europe, une demeure à Londres, les bals de débutantes. Quand ils l'avaient fait venir en Angleterre, ils n'avaient jamais eu en tête de la laisser repartir. Elle était condamnée à rester éternellement. Bien sûr, elle finirait par hériter de Kiward Station, sauf si Kura l'avait déjà vendue ! Or, elle la vendrait à coup sûr, au plus tard à la mort de Gwyn.

Gloria se surprit à souhaiter la mort de ses parents. Un accident peut-être, ou l'acte d'un dément. Mais ce n'était qu'une illusion. Kura pouvait vivre encore plus de quarante ans.

Encore quarante ans à passer loin de Kiward Station ? Elle ne vit devant elle qu'une longue suite d'humiliations.

« Est-ce la femme de chambre de Mme Martyn ? — Non ! Vous ne le croirez pas, c'est sa fille ! — Cette lourdaude ? Elle n'a vraiment rien de sa mère ! »

Elle avait surpris cette conversation ce matin encore, dans le hall de l'hôtel. Elle n'en souffrait plus maintenant. Elle avait pris l'habitude. Mais quarante ans encore ?

Elle pensa à la prison d'Alcatraz, sur une île dans la baie de San Francisco. Comparé avec son calvaire quotidien, un séjour là-bas devait être une partie de plaisir. Elle prit une profonde inspiration. Il fallait dire quelque chose. Puis elle préféra se taire. Rien n'était susceptible de modifier le point de vue de ses parents. Parler était inutile. Il fallait agir. Seule.

Le lendemain matin, Gloria partit à pied en direction de la mer. C'était le printemps en Californie, le soleil était lumineux, il y avait des fleurs tout le long des boulevards. Il régnait déjà une chaleur estivale, ce qui, pour Gloria, était déconcertant, car le mot « côte Ouest » évoquait davantage pour elle un climat pluvieux et inhospitalier. Les rues étaient pleines de gens de toutes couleurs et de toutes nationalités. Elle remarquait surtout les Chinois et les Japonais aux yeux bridés. La plupart d'entre eux avaient l'air aussi timides et inquiets qu'elle ; elle avait l'impression de se sentir, comme eux, une étrangère. Ils avaient pourtant ici leur propre quartier, Chinatown. Quelques danseuses y étaient aller dîner et s'étaient vantées de n'avoir pas reculé devant un rôti de chien. Elle eut la nausée à cette pensée.

Elle finit par arriver au port, très étendu, moderne. La baie de San Francisco et le Golden Gate formaient un véritable port naturel et, après le tremblement de terre et le gigantesque incendie de 1906, les docks et les embarcadères avaient été totalement rénovés. Ici étaient déchargées des marchandises du monde entier. Des gens de toutes races et de toutes nationalités y débarquaient aussi. Des visiteurs curieux trouvaient certainement très attrayant ce tohu-bohu, mais Gloria était plutôt angoissée : comment s'orienter dans une pareille confusion ? Qui interroger, alors que tous ces étrangers ne parlaient sans doute pas anglais ?

Elle aperçut alors des paquebots. C'est ici que devaient accoster les navires transportant les immigrants, ou au moins y avait-il à proximité les bureaux des autorités responsables de l'immigration. Gloria avait entendu dire que c'étaient essentiellement des Français et des Italiens qui débarquaient à San Francisco, alors qu'autrefois, au temps de la ruée vers l'or, il y avait beaucoup d'Irlandais et autres Britanniques parmi les nouveaux arrivants. Mais Gloria ne se souciait pas de qui débarquait ici. Elle poursuivit son chemin, avec, pour premier objectif, les paquebots au long cours comportant des premières classes où travaillaient des dizaines d'employés, des hommes pour la plupart, mais elle ne pouvait croire que les stewards faisaient les lits et épluchaient les pommes de terre. On devait bien avoir besoin de femmes de chambre et d'aides pour les cuisines !

Elle espérait pouvoir trouver un emploi sur ce genre de bateau et payer ainsi sa traversée. Si seulement elle savait lequel d'entre eux appareillait pour la Nouvelle-Zélande… Ce n'étaient pas les gens qui manquaient ici, mais elle n'arrivait pas à prendre sur elle et à les interroger. Soudain un jeune homme dégingandé, un matelot apparemment, s'arrêta devant elle, l'examinant avec curiosité.

— Alors, ma jolie? Tu t'es perdue? Ici, il n'y a rien à gagner, et si la police te chope, tu auras des ennuis. Essaie plutôt à Fisherman's Wharf.

— Je… quel… euh, bateau… part pour la Nouvelle-Zélande? demanda-t-elle, s'efforçant de regarder en face l'homme dont le ton amical, bien qu'un peu protecteur, lui avait donné du courage.

Elle vit un visage gouailleur, en lame de couteau, et elle ne put s'empêcher de penser à un rongeur.

— Tu as envie d'aller chez les Kiwis? Mon chou, ça ne va pas être simple.

Elle se mordit les lèvres. C'est ce que lui avait dit son père. N'y avait-il donc aucune liaison entre l'Amérique et la Polynésie?

— Regarde, petite, nous sommes là…, commença l'homme en s'accroupissant et en dessinant une espèce de carte dans la poussière. Et là, de l'autre côté du monde, c'est l'Australie…

— Mais c'est en Nouvelle-Zélande que je veux aller !

— D'accord, mais la Nouvelle-Zélande en est très proche, affirma l'homme.

— À deux mille quatre cent miles tout de même, précisa Gloria.

— Un saut de puce en comparaison de la distance entre ici et l'Australie. Il te faut d'abord passer par la Chine, ce qui n'est pas très difficile car il y a au moins un bateau qui y part chaque semaine. Mais après, c'est l'Indonésie, l'Australie et de là, le pays des Kiwis. Ça ne vaut pas le coup, ma douce ! Crois-moi, j'y suis allé. Sur ce qu'on appelle l'île du Sud. Quelques patelins qui ressemblent à notre bonne vieille Angleterre, des prairies et des moutons. Sur un côté de l'île. Sur l'autre, des mines et des pubs. Tu pourras bien sûr y gagner un peu. Mais – sauf ton respect – des comme toi, ce n'est pas ce qui manque.

Gloria approuva, bien loin d'être vexée.

— Mais je suis de là-bas !

Le marin éclata de rire.

— Alors tu as beaucoup voyagé, et j'espère que tu as aussi beaucoup appris en route. On pourrait essayer, pourquoi pas? reprit-il d'un ton sérieux en la jaugeant. Tu as l'air propre, et mignonne. Un peu polynésienne, hein? J'ai toujours aimé ces filles, par là-bas, plus que les maigres poulettes qui se vendent ici. Alors, ferais-tu affaire avec moi? Combien tu prends pour une petite heure sur le coup de midi?

Gloria regarda l'homme, un peu déconcertée. Elle n'avait pas à lever la tête, il était à peu près de sa taille. Cela aussi lui convenait : il était moins menaçant que, par exemple, son père ou le révérend Bleachum. Et il la trouvait « mignonne » ! Elle en eut chaud au cœur. Sinon, c'était un drôle de type. Pourquoi devrait-elle être sale ? Elle avait mis ce matin sa robe la plus jolie, une robe vague et ample avec de grandes fleurs colorées, plus dans le style de la tradition maorie que dans celui de la toute dernière mode. Elle avait aussi suivi le conseil de Tamatea et avait dégagé son front de ses cheveux à l'aide d'un bandeau très large. Elle comptait ainsi faire bonne impression sur les commissaires de bord embauchant des femmes de chambre. Elle pensait d'ailleurs toujours à son projet, ne sachant trop ce que cet homme lui proposerait.

— Je… il faut d'abord que je trouve un bateau. Et du travail, parce que… je n'ai pas beaucoup d'argent. Et vous êtes sûr qu'il faut d'abord que je passe par la Chine ? Vous pouvez peut-être m'aider. Je pensais à un paquebot. Ils ont besoin de personnel.

— Mais, mon chou, jamais quelqu'un qui a toute sa tête ne fera une croisière en Chine. Il n'y a que des cargos qui vont là-bas. Je navigue par exemple sur l'un d'eux. On transporte des oreilles de mer jusqu'à Canton et on rapporte du thé et de la soie. Mais mon capitaine n'embauche pas de fille.

— Je suis forte. Je pourrais travailler sur le pont, décharger la cargaison, n'importe quoi.

— Non, mon trésor ! Pour la bonne raison que la moitié de l'équipage croit qu'une femme à bord porte malheur. Et tu dormirais où ? Bien sûr, tous les gars seraient volontaires pour partager une cabine avec toi, mais…

L'homme se tut, puis il examina le visage et le corps de la jeune fille.

— Ma foi… il me vient une idée… Tu es vraiment fauchée ?

— J'ai quelques dollars, mais pas beaucoup.

Le matelot se mordit la lèvre inférieure, ce qui lui donna plus encore l'air d'un rongeur. L'air d'un furet, se dit Gloria qui eut honte de cette comparaison peu aimable. Disons, plutôt un écureuil…

Il sembla avoir pris une décision et c'est presque du ton d'un homme d'affaires qu'il s'exprima :

— C'est dommage, car ç'aurait été bien que tu me récompenses du risque que je prends. Si jamais ce qui me passe par la tête a bien lieu et qu'on le découvre, je serai sans travail à Canton. À condition que le capitaine ne m'ait pas déjà jeté par-dessus bord !

— Il a le droit de faire une chose pareille ? s'affola Gloria. Mais vous vous noieriez !

Le marin réprima une grimace d'amusement, mais répondit avec sérieux :

— Bien sûr qu'il peut, mon chou. Une fois à bord, son autorité est sans limites, sache-le. S'il te découvre, il te fait ton affaire, et la mienne avec ! Alors, tu veux vraiment aller en Chine ?

— Je veux rentrer chez moi, répondit Gloria d'un ton pitoyable. Plus que tout au monde. Mais comment faire ? Il faudra que je me cache ? Comme un passager clandestin ?

— Non, petite, il n'y a pas sur un bateau assez de cachettes pour ça. Et, vu le peu de provisions que nous emportons, toute bouche supplémentaire ne peut passer inaperçue. Je pensais plutôt à te déguiser. Notre cuisinier recherche un mousse.

Le visage de Gloria s'éclaira.

— Je me déguiserais ? En garçon ? C'est faisable, sans problème. Autrefois, je ne portais que des pantalons. Et pour le travail, je m'en sortirai. Personne ne remarquera rien !

— On est obligé de mettre l'équipage au courant. Déjà à cause du dédommagement. Tu devras… bref, si j'arrange le coup et que tous la ferment, il faudra bien qu'une fois partie tu sois un peu gentille avec nous.

— Bien sûr que je serai gentille ! Je ne suis pas bégueule comme la plupart des filles, ça, non alors !

— Et c'est moi qui empoche le pognon, pigé ? Je te surveillerai. Afin que personne ne prenne plus que ce à quoi il a droit.

Gloria fronça les sourcils.

— Pas de problème pour l'argent! On gagne donc tant comme mousse?

Elle ne comprit pas pourquoi le matelot éclata de rire.

— T'es un sacré numéro, toi! Allez, viens! On va voir si on trouve quelques fringues qui t'aillent. Il y a par là un Juif qui vend de vieux habits et qui sait la fermer. Comment tu t'appelles, au fait?

— Gloria. Gloria Mar…

Elle s'interrompit. Tout ça était sans importance. Elle avait de toute façon besoin d'un autre nom.

— Je m'appelle Jack, dit-elle d'un ton définitif.

Un nom qui la reliait à quelqu'un d'autre. Jack lui servirait de porte-bonheur.

Une heure plus tard, Gloria se retrouvait devant le coq, un gros homme à l'allure gluante, avec, par-dessus une ample tenue de marin, un tablier qui avait été blanc. Gloria était habillée de la même façon. Harry, son nouvel ami et protecteur, avait choisi pour elle un blouson blanc, ample lui aussi, et un pantalon de coton bleu, élimé et lâche, ainsi qu'un pull-over de laine noir déjà porté. Gloria, malgré la chaleur, l'avait enfilé, cachant sous son col ses cheveux longs qui ne rentraient pas sous la casquette également choisie par Harry.

— Il faudra les couper, dit le cuistot après avoir toisé la jeune fille. Bien que ce soit dommage. S'ils étaient décoiffés, la gamine aurait tout d'un ange. Mais, sinon, tu as raison, Harry, elle peut passer pour un garçon.

L'homme avait d'abord réagi par une crise de fou rire quand Harry s'était ouvert à lui de son projet, ce qui avait étonné Gloria. Elle aurait préféré tromper le coq et garder leur secret pour eux deux. Mais Harry n'avait pas voulu en entendre parler. En tout cas, le gros homme avait fini par se montrer d'accord pour examiner si elle faisait l'affaire. Pour une raison qu'elle ne saisit pas, il lui pinça aussi à cet effet les fesses et les seins. Elle trouva cela désagréable, mais elle l'avait déjà vu faire avec des serveuses. S'il aimait agir ainsi, elle le supporterait.

— Une chose doit être claire en tout cas: j'ai droit à trois coups gratis par semaine et, en plus, la moitié des bénéfices seront pour moi. C'est quand même moi qui cours les plus gros risques.

— Le plus gros risque, c'est ceux qui partagent la cabine avec elle qui le courent, objecta Harry. Toi, elle pourra t'avoir trompé. Tu ne tripotes tout de même pas tes mousses en cuisine, non?

Gloria inspecta la cambuse pendant que les deux hommes négociaient. Elle aurait eu envie de quitter son pull-over car le réduit était étroit et surchauffé. Les plans de travail, les casseroles et les poêles étaient d'une propreté douteuse. Ce coq avait vraiment besoin d'être aidé! À côté de la cuisine poisseuse, il y avait un réfectoire tout aussi peu engageant. Gloria supposa que tous les membres de l'équipage n'y tenaient pas ensemble. D'un autre côté, les vapeurs modernes avaient besoin de relativement peu de personnel. Et le *Mary Lou* n'était pas d'un très fort tonnage. Au-dessous du pont, tout était étroit et obscur. La vie, dans les logements de l'équipage, devait être un enfer. Mais elle préférait l'étroitesse et la puanteur du retour en Nouvelle-Zélande que la captivité dans les suites luxueuses des grands hôtels ou la demeure bourgeoise de William.

— Je couperai mes cheveux, dit-elle d'un ton serein.

Les deux hommes s'étaient entre-temps mis d'accord.

— Bon, je dirai au commissaire de bord que le mousse arrivera demain – ou, mieux encore après-demain, juste avant le départ. Tu pourras être là à 17 heures, Jack? demanda le coq avec un sourire malveillant.

— Je serai à l'heure.

— Où est-ce que je peux me changer? s'enquit timidement Gloria quand elle descendit du cargo, toujours dans le sillage d'Harry.

Elle venait de se rendre compte qu'elle ne pouvait compter à nouveau sur l'arrière-boutique du fripier Samuel comme vestiaire.

— Tu ne peux pas rentrer comme ça chez toi? s'étonna Harry. Tu n'as pas de pièce à toi?

— Oui… non… je ne peux pas me montrer comme ça à l'hôtel, je…, balbutia-t-elle en rougissant.

— À l'hôtel? ricana Harry. Ça fait distingué. On pense à un bordel de luxe. Mais tu as d'ailleurs plus de classe que les autres filles. Toi, tu fuis quelque chose, n'est-ce pas, petite? Ça en a foutument l'air en tout cas. Mais ce ne sont pas mes oignons. Surtout, ne va pas te faire choper maintenant!

Elle se sentit soulagée. Il valait toutefois mieux qu'il ignore sa véritable identité.

Le petit matelot réfléchit au problème.

— Ça, ça exige l'aide d'une collègue. Voyons voir un peu où Jenny se promène.

Gloria le suivit à travers des ruelles tortueuses. Elle avait l'impression de lentement dériver vers le quartier des prostituées, mais la boutique de Samuel était de toute façon dans les environs. Elle eut néanmoins un petit coup au cœur quand elle en aperçut quelques-unes dans la rue. Pas beaucoup encore, car il n'était que midi. Une blonde, la même expression de rongeur qu'Harry sur son visage ravagé, les interpella, le corset à moitié ouvert, devant une friterie sentant la graisse rance.

— Harry, vieille branche! Alors, revenu au pays? T'en as marre des yeux bridés de Canton? dit-elle en riant, étreignant Harry un peu comme l'aurait fait une sœur.

Puis elle jeta un coup d'œil sur Gloria déguisée en mousse.

— Et qui tu nous amènes là? Un petit jeunot? Qu'il est mignon! Où vous avez ramassé ce poupard? Un péquenaud?

— Jenny, mon chou, si je te mets ce garçon dans ton lit, tu auras la surprise de ta vie! En tout cas, le déguisement est parfait, même si toi tu ne t'en aperçois pas. Alors que tu rencontres plus d'hommes en une semaine que notre commissaire dans l'année.

— Tels qu'ils furent mis au monde, vieux cochon, ricana Jenny. Mais qu'est-ce qui cloche chez ce garçon?... Hé, un instant!

Elle reprit son sérieux pour examiner Gloria de plus près.

— C'est une fille! Tu viens maintenant me refiler des concurrentes sur mon lieu de travail?

— Jenny, personne ne t'arrive à la cheville, l'apaisa Harry. Elle, là, appartient plus aux itinérantes du métier. Elle va en tout cas faire notre bonheur sur le bateau, elle veut absolument aller à l'autre bout du monde...

— À l'autre bout de la ville, ça serait déjà bien beau, grogna Jenny. Mais pourquoi tu la déguises en garçon? Ça t'excite? Ça serait nouveau!

— Jenny, je t'expliquerai tout ça plus tard. Mais, pour le moment, la petite a besoin d'un toit pour redevenir une fille. Allez, fais un geste, prête-nous ta piaule un petit moment!

Il lui caressa tendrement les cheveux et elle ronronna comme un chat.

— Pour que tu y baises une autre? demanda-t-elle, toujours méfiante.

— Non, ma poule, même si je l'allonge un tout petit peu. Mais juste en guise de test, tu piges? La nuit qui vient sera à toi. Je te sortirai, comme si tu étais une reine : homard, crevettes. C'est toi qui choisiras. Un tout petit quart d'heure seulement, Jenny, s'il te plaît.

Gloria, qui n'avait guère compris que la moitié de la conversation, sourit à la fille avec reconnaissance quand celle-ci finit par accepter, laissant tomber une clé dans la main ouverte d'Harry.

— Est-ce que Jenny est ton amie? demanda-t-elle alors qu'ils entraient dans un bâtiment dégradé, sentant l'urine et le chou rance. Elle a l'air d'une...

— Ma petite, tu tombes du ciel ou quoi? Pour quelqu'un du métier, tu sembles assez naïve. Bien sûr qu'elle fait le trottoir, mais elle a un cœur en or. Presse un peu. Si elle trouve un micheton, elle aura besoin de la piaule.

La «piaule» était un réduit minuscule dans un appartement divisé en autant de chambres semblables. Elle avait un coin cuisine, une table, une chaise et surtout un lit. Les draps étaient tout sauf propres. Gloria grimaça.

— Tu ne voudrais pas sortir? demanda-t-elle à Harry qui s'était nonchalamment allongé et la considérait d'un œil concupiscent.

Le matelot fronça les sourcils, arborant pour la première fois un air de mécontentement, voire de colère.

— Petite, c'est bien joli, la pruderie, mais nous sommes pressés. Laisse tomber ton cirque, déshabille-toi et sois gentille avec moi. Un acompte en quelque sorte. Grâce à ma modeste personne, te voilà presque en Chine.

Gloria le regarda, désemparée. Puis elle comprit.

— Tu veux dire que je dois... Je dois me donner à toi?

C'était la seule expression qui lui fût venue à l'esprit. Lilian avait l'habitude de l'employer quand les héros de ses histoires se laissaient tomber ensemble sur un lit, sur un tas de foin ou dans une herbe verte et drue.

— Tu as bien compris, mon trésor. Les traversées, ça a un prix. Ou bien n'as-tu plus envie d'aller en Chine?

— En Nouvelle-Zélande, rectifia-t-elle d'une voix blanche.

Elle eut une brève hésitation. Puis elle pensa à l'alternative. Coucher maintenant avec Harry ou devoir le faire un jour ou l'autre avec un homme choisi par ses parents, où était la différence? Et puis elle fut presque flattée qu'Harry voulût d'elle. Dans toutes les histoires qu'elle avait entendues ou lues jusqu'ici, on se donnait à l'autre par amour. Et Harry, pour cela, était prêt à encourir de gros risques. Elle se déshabilla, et fut heureuse de voir que l'homme s'était remis à sourire.

— Tu es belle! déclara-t-il, admiratif, quand Gloria fut debout devant lui, en soutien-gorge et petite culotte. Quelques fleurs dans les cheveux et une jupette de raphia, tu aurais tout d'une Hawaïenne!

Surmontant sa honte, Gloria eut un léger sourire.

— Hawaiki, c'est le paradis, dit-elle.

— Alors transporte-moi dans ton paradis, petite!

Gloria poussa un cri d'effroi quand Harry la saisit et la jeta sur le lit. Puis elle se tut. Elle ne bougea pas tandis qu'il lui enlevait ses derniers habits. L'homme ne prit même pas le temps de se dévêtir, se contentant de baisser son pantalon. Gloria se figea en voyant son membre dressé devant elle. Fermant les yeux, elle se mordit les lèvres quand il la pénétra sans autre forme de procès et poussa violemment en elle. Quelque chose se déchira à l'intérieur de son ventre. Elle haleta de douleur et sentit un liquide couler le long de ses cuisses. Était-ce du sang? Harry gémit et retomba lourdement sur elle. Un instant plus tard, il se redressa, stupéfait et dégrisé.

— Tu étais encore vierge? Dis-moi que ce n'est pas vrai! Mon Dieu, fillette, moi qui croyais que… Putain, une vierge, je m'y serais pris différemment. On a alors l'habitude de se bécoter un peu, des choses comme ça…, dit Harry, penaud essuyant d'une main maladroite le corps souillé de Gloria. Navré, petite, mais il aurait fallu me le dire. Et j'aimerais bien savoir devant quoi tu t'enfuis. J'ai cru que tu avais un sale maquereau, quelque chose dans ce genre. Mais tu…

Il lui caressa les cheveux avec quasiment le même geste tendre qu'il avait eu envers Jenny.

Gloria le fusilla du regard.

— J'ai payé, non? demanda-t-elle avec rudesse. Tu voulais ça… je devais me montrer gentille. Maintenant arrête avec tes questions!

— C'est bon, c'est bon, mon chat. Je ne veux rien savoir! Tu montes à bord du *Mary Lou* après-demain, ce qui vient de se passer reste entre nous. Je n'en parlerai à personne, et, au début… bon, je veillerai à ce que tu te mettes lentement au courant du boulot. Tu ne m'en veux pas, petite, d'accord?

Gloria fit signe que oui, les dents serrées.

— Si maintenant tu sortais. Je voudrais me rhabiller.

— Bien sûr, princesse, concéda-t-il. À plus tard…

Il sortit en lui envoyant un baiser de la main. Quand Gloria fut enfin prête, elle le trouva devant la porte, en train d'attendre patiemment.

— Il faut que je ramène la clé à Jenny, s'excusa-t-il.

— À plus tard, dit Gloria.

8

Gloria regagna l'hôtel en cachette, espérant que ses parents n'étaient pas encore rentrés. Elle éprouvait un profond dégoût, tout son corps était douloureux. Elle n'avait pas envie de devoir maintenant leur rendre des comptes ou raconter à Tamatea une histoire pour expliquer où elle avait passé une demi-journée entière. Effectivement, elle put disposer de la suite, ses parents ayant sans doute des problèmes à régler. Soulagée, elle fourra ses vêtements d'homme tout au fond de son armoire et fit couler un bain. Elle chercha comment expliquer qu'elle lave elle-même sa robe, puis décida de s'en débarrasser. Elle ne la mettrait plus, car il serait dangereux de l'emporter à bord. Certes, elle espérait partager la cabine d'Harry, mais mieux valait écarter tout risque. Le mieux serait de retourner chez Samuel le lendemain et d'acheter des vêtements masculins de rechange.

Elle se glissa dans l'eau chaude et nettoya son corps des traces de ce qu'elle venait de subir dans la piaule de Jenny. Elle ne voulait plus y penser, pas plus qu'à d'éventuelles répétitions de la chose sur le bateau. S'il le fallait, elle se plierait à la volonté d'Harry. C'était un prix relativement réduit pour ce long voyage de retour chez elle. Bien sûr, c'était répugnant et douloureux, mais cela ne durait pas longtemps. Elle pensa pouvoir le supporter, se raccrochant aux paroles aimables du marin : « Tu es belle… » Personne ne le lui avait encore jamais dit.

Le lendemain, elle eut du mal à dominer son impatience. Elle retourna dans le quartier du port et acheta un autre pantalon, deux chemises et une veste chaude. Sur le chemin du retour, elle retomba sur la friterie près de laquelle Jenny se livrait à son commerce. La putain blonde l'interpella avec méfiance :

— Te revoilà ? Je te croyais partie outre-mer ?

Gloria pensa devoir la remercier.

— Je ne veux vraiment pas vous faire de concurrence. Non… je vais travailler comme mousse, sur le *Mary Lou.*

— Comme mousse ? rigola Jenny. C'est une autre histoire que m'a racontée Harry. Allez, fillette, tu ne peux quand même pas être si naïve. Harry raconte n'importe quoi. À moitié soûl, il m'a dit sous le sceau du secret que tu étais vierge jusqu'à hier ! Il faut que tu me racontes ton truc, ricana-t-elle.

Gloria rougit de honte. Harry n'aurait pas dû parler d'elle à cette fille.

— C'est vrai, dit-elle tout bas. Je… je ne savais pas…

— Qu'est-ce que tu ne savais pas ? Que les types ne font jamais rien à l'œil ? Tu crois qu'Harry t'aurait sauvée de la rue par pur esprit chevaleresque ? Fillette, fillette, je préfère ne pas te demander d'où tu sors.

Gloria ne répondit pas. Elle ne désirait qu'une chose : s'en aller. Mais Jenny sembla d'un coup découvrir qu'elle avait un cœur.

— As-tu au moins l'ombre d'une idée sur la manière dont les enfants viennent au monde ?

Gloria rougit derechef.

— Oui… non… enfin, je sais comment les moutons et les chevaux…

— Eh bien, hier Harry t'a montré comment ça se passe chez les hommes. Mais ne pâlis pas comme ça, ma petite, tous les tirs ne vont pas au but. On peut aussi un peu s'arranger pour l'éviter. Avant et après. Mais après, c'est cher et risqué et, en mer, il n'y a pas de faiseuse d'anges. Je vais te dire quelque chose, ma belle : aujourd'hui, je ne vais pas réussir à me payer à manger avant la nuit. Que dirais-tu de me payer une soupe de crabe et un bout de pain au levain ? En échange, je t'expliquerais ce qu'une fille doit savoir !

Gloria hésita. Elle ne voulait en réalité pas partager les secrets écœurants de Jenny, mais il lui restait quelques cents et la fille avait manifestement faim. Son travail ne semblait pas lui rapporter beaucoup. Elle eut pitié d'elle. Elle accepta et Jenny, souriant franchement, laissa voir le trou laissé par deux dents manquantes.

— Bon, alors viens… Pas dans ce local, il y en a de meilleurs.

Les deux filles, quelques minutes plus tard, se retrouvèrent dans une gargote exiguë et sombre, mais propre, et s'attablèrent devant la fameuse spécialité de San Francisco. Gloria trouva la soupe et le pain étonnamment bons. Elle commença aussi à apprécier la compagnie de la jeune femme qui ne se moquait pas d'elle mais lui exposait tranquillement les particularités de son métier.

— Ne te laisse pas embrasser sur la bouche, c'est dégueulasse… et, s'ils veulent faire ça par-derrière ou se faire sucer, fais-toi payer en plus.

Gloria rougit à cette révélation, mais sa compagne ne se moqua pas d'elle.

— Moi aussi, j'ai eu l'air gourde autrefois. Je n'ai pas non plus grandi dans un bordel. Je suis de la campagne. Je devais me marier. Mais mon père m'aimait trop, si tu vois ce que je veux dire. Mon chéri a fini par le découvrir…

Elle s'interrompit, et Gloria crut voir des larmes dans ses yeux. Mais il y avait sans doute belle lurette qu'elle ne savait plus pleurer.

Avalant trois portions de soupe, elle mit Gloria au courant du cycle féminin et de la manière d'empêcher la conception.

— Procure-toi des caoutchoucs, c'est encore le mieux. Mais les types n'aiment pas les mettre, il faut l'exiger… et sinon… la putain qui m'a appris le métier ne jurait que par des lavements avec du vinaigre. Mais ce n'est pas très sûr !

Gloria cessa de rougir et, à la fin, osa même poser une question :

— Comment s'y prend-on pour que ça ne fasse pas mal ?

— L'huile pour la salade, gamine, dit Jenny en souriant. C'est comme pour les machines, l'huile, ça fait glisser.

Le soir, Gloria déroba de l'huile et du vinaigre de la table de l'hôtel, puis elle mit de côté une paire de ciseaux et, le cœur battant, elle sortit son passeport du tiroir dans lequel son père rangeait les papiers. Elle mit longtemps à s'endormir, dans l'attente de l'arrivée de ses parents retenus à une réception. Elle se tourmentait un peu : qu'arriverait-il s'ils ne rentraient qu'au petit matin ? Avec sa maladresse coutumière, elle risquait de leur tomber dessus. Mais ils rentrèrent sur le coup de 3 heures, gais et éméchés.

Quand elle sortit en catimini vers 4 heures, ils dormaient d'un sommeil de plomb. Elle traversa le hall de l'hôtel, profitant de ce que le veilleur de nuit était allé se chercher un thé, mais déjà habillée en garçon. Si le portier l'avait aperçue, elle se serait enfuie comme un voleur. Dans la rue, elle constata vite qu'aucun regard en coin ne l'accompagnait. Elle emprunta une rue résidentielle dans laquelle tout le monde dormait à cette heure et où, dans le recoin d'un mur, elle se coupa les cheveux, sans regret aucun. Adieu, Gloria ! Bonjour, Jack !

L'agitation était déjà grande dans le port et personne ne prêta attention au mousse et à son baluchon. Harry, sur le pont, parut soulagé de la voir.

— Ah, te voilà ! J'avais peur qu'après le truc de l'autre jour… mais bon, n'en parlons plus. Aide-nous ici, à déplacer ces cordages. Le coq n'aura besoin de toi qu'une fois au large. Hier, j'ai fait ton travail et j'ai chargé les provisions à ta place. Tu…

— Je serai gentille avec toi tout à l'heure, dit Gloria, la mine impassible. Qu'est-ce que je fais en attendant?

Les machines tournaient déjà. Le cargo était plus petit que les paquebots sur lesquels elle avait toujours voyagé. Elle sentait les vibrations des turbines; elle ne tarderait pas à avoir l'impression que les pistons tapaient à l'intérieur de son corps. Ce matin-là, pourtant, la rumeur du bateau en train de s'éveiller la remplit de joie et d'excitation. Quand le soleil se leva, le cargo lourdement chargé se mit en route. Gloria jeta un dernier regard sur San Francisco. Partant pour l'inconnu et l'incertain, elle avait largué les amarres! Désormais, elle ne regarderait plus que le large, en direction de son pays.

Mais Gloria n'eut plus guère l'occasion de contempler les vagues. Les rares fois où elle le put, ce fut la nuit, sur le pont, mais elle passa généralement des journées entières sans prendre le moindre bol d'air frais. Le travail en cuisine était rude, elle transportait de l'eau et remuait dans d'énormes casseroles le ragoût quotidien à base de viande saumurée et de chou. Elle nettoyait les fourneaux, assurait la plonge et servait l'équipage à table. De temps à autre, elle apportait le menu amélioré au capitaine et aux officiers dans leur carré, terrorisée à l'idée d'être découverte. Les hommes étaient pourtant gentils avec ce mousse si timide. Le capitaine lui demanda comment il s'appelait et le commissaire de bord la questionna aimablement à propos de ses origines et de sa famille. Il n'insista pas quand Gloria se contenta de bafouiller. Le premier officier la félicita un jour d'avoir si bien mis la table. Comme elle rougit, les hommes éclatèrent de rire. Ils ne donnaient pas l'impression d'être capables de jeter par-dessus bord des passagers clandestins, mais Gloria préféra croire Harry. Elle préférait d'ailleurs le croire, surtout les mots affectueux qu'il lui chuchotait parfois. Elle avait besoin de quelque chose à quoi se raccrocher pour ne pas devenir folle.

En effet, une fois le repas du soir servi et la vaisselle lavée commençait le véritable travail de Gloria.

Elle avait fini par admettre qu'elle devait une compensation à Harry et au coq pour son silence, mais elle ne comprenait pas pourquoi elle devait rendre les mêmes services aux autres membres de l'équipage – même les six matelots qui partageaient avec Harry sa cabine auraient été dans l'impossibilité de remarquer que le mousse était une fille, car personne ne se déshabillait pour dormir, elle moins que quiconque –, mais Harry avait insisté pour qu'elle fût à leur disposition chaque soir.

Elle avait particulièrement en horreur les visites du coq. Elle retenait sa respiration quand le corps sale et puant du gros homme s'allongeait sur le sien. Il lui fallait beaucoup plus de temps qu'Harry pour terminer son affaire et, de temps en temps, il l'obligeait à prendre son membre dans sa main et à le pétrir. Après, Gloria gaspillait la moitié de sa ration de précieuse eau potable pour se nettoyer les mains. Il n'y avait pas d'eau à bord pour se laver. Gloria essayait pourtant, le matin, de se frotter le corps avec un linge humide, car elle avait horreur de l'odeur que laissaient sur elle ces hommes, cette odeur spéciale… l'odeur de l'amour ? Elle ne comprenait pas le plaisir qu'ils éprouvaient à posséder son corps sale et malodorant. Certains lui chuchotaient même qu'elle sentait bon et quelques-uns allaient jusqu'à lécher ses seins, son ventre, voire ses parties plus intimes où ils plantaient habituellement leur membre. Harry se contentait de ce genre d'activité quand elle était fécondable. D'autres se mettaient une espèce de tuyau en caoutchouc et quelques-uns prétendaient qu'ils se retireraient à temps. Dans ce dernier cas, Gloria s'en remettait au vinaigre, produit qui ne manquait pas dans la cuisine.

Sinon, elle tentait de penser le moins possible. Elle ne haïssait pas les hommes qui usaient d'elle la nuit, mais elle n'éprouvait aucun sentiment à leur égard. Au début, elle était écorchée, et Harry en avait tenu compte, ne laissant les membres de l'équipage lui rendre visite que deux jours après l'appareillage. Désormais, elle n'avait plus mal à condition de s'enduire d'huile. S'il n'y avait eu la puanteur, le liquide déversé par tous ces corps et la honte, elle se serait quasiment ennuyée pendant ces séances. Elle comptait les jours et les heures. La traversée jusqu'à Canton durerait environ deux semaines. Elle tiendrait le coup.

Si seulement elle savait ce qu'il adviendrait ensuite! Il lui faudrait trouver un bateau pour l'Australie, mais il y en avait moins que les navires de commerce faisant la navette entre la Chine et San Francisco. Ce serait une chance si l'un d'eux mouillait à Canton.

— S'il n'y en a pas, nous te logerons sur un bateau allant en Indonésie, lui disait Harry d'un ton insouciant. Ça te fera juste une correspondance de plus…

Comme si c'était aussi simple que pour les trains! Gloria, en réalité, redoutait la Chine. Quand la terre fut enfin en vue, elle se sentit donc soulagée en même temps qu'angoissée.

— Reste ici! lui ordonna Harry quand le bateau eut accosté.

L'équipage ne pouvant descendre à terre avant que la cargaison eût été déchargée et quelques hommes demeurant de toute façon à bord, Gloria imagina sans peine comment ils allaient se consoler de leur ennuyeux temps de garde.

— Je vais m'occuper de te trouver quelque chose, parole d'honneur! ajouta-t-il.

Cette nuit-là, Gloria put tout de même monter sur le pont, après avoir une fois encore été livrée au désir des hommes. Elle puisa de l'eau de mer et put se laver. Harry et le coq étaient d'excellente humeur quand ils revinrent, tard dans la nuit. La plupart des membres de l'équipage étaient restés à terre pour passer la nuit chez une putain aux yeux bridés, mais les deux hommes n'en avaient pas fini avec Gloria.

— La… la toute dernière fois ! bégaya le coq. Demain, la cargaison sera déchargée… marchandise… bien vendue ! dit-il en riant.

— Quelle cargaison ? s'étonna Gloria, car le chargement était à terre depuis un bon moment.

— Toi… ma belle ! Ton gars t'a bien vendue… et j'en ai eu ma part moi aussi.

— Tu m'as vendue ? Moi ? s'écria Gloria en se tournant vers Harry que gênaient les révélations.

— Il veut dire que je t'ai trouvé une place sur un bateau, expliqua-t-il à contrecœur. Tu as de la chance, le bateau va jusqu'en Australie. Un bateau d'émigrants, sous pavillon anglais, mais plein de Chinois. Le steward qui assure la surveillance de l'entrepont te protégera.

— Il a donc besoin d'un mousse ? s'inquiéta Gloria. Ils vont m'embaucher ?

Le coq levant les yeux au ciel, Harry le foudroya du regard et lui ordonna de se taire.

— Tu n'as pas besoin d'être embauchée, ma chérie. Comme je te l'ai déjà dit, ça grouillera de monde dans l'entrepont. Une bouche de plus à nourrir, ça ne compte pas…

— Et des clients, il n'en manquera pas non plus, ricana le coq.

— Il faudra que je sois gentille avec le steward, n'est-ce pas ?

Harry acquiesça.

— Mais sinon… dans l'entrepont, il y a beaucoup de femmes, non ? Les émigrants partent en général avec leur famille, n'est-ce pas ?

C'est ce que Gloria avait entendu dire. Gwyn et Élisabeth Greenwood parlaient de familles irlandaises avec des enfants par dizaines.

Le coq se mit à rire, mais Harry fronça le sourcil.

— Tout à fait, ma chérie, des Chinois de toutes sortes. Et maintenant, sois une fois encore un peu gentille avec moi. Demain, nous irons en ville et tu feras la connaissance du steward.

Gloria se dit que celui-là voudrait aussi la tester.

Canton était un fouillis de ruelles encombrées de marchés permanents, un fourmillement de gens qui criaient et se querellaient, vêtus d'une étrange tenue, gris-bleu le plus souvent, coiffés de larges chapeaux plats et de longues tresses, hommes et femmes indifféremment. Ces dernières trottinaient comme si elles avaient des pieds minuscules. Elles gardaient la tête basse et portaient souvent de lourds fardeaux sur leurs épaules. Hommes et femmes étaient petits, même les hommes les plus grands étaient de la taille de Gloria. Tous donnaient l'impression de parler sans arrêt. Harry conduisit Gloria au travers d'un marché où l'on pouvait acheter des épices inconnues, des légumes et des racines marinés ainsi que des animaux de boucherie. Elle sursauta en découvrant des chiens jappant désespérément, destinés à finir leur existence sous forme de rôti.

— Sur le bateau, le cuisinier sera bien anglais, j'espère !

— Je suppose, oui. N'aie pas peur, on ne va pas te donner du chien à manger. Voilà, on y est !

Le steward du *Niobe* attendait dans une espèce de salon de thé, où les clients s'agenouillaient autour de petites tables en laque. L'homme se leva afin de saluer Gloria, mais sans donner l'impression qu'il estimait avoir affaire à un être intelligent et autonome. Il n'adressa la parole qu'à Harry. Son vocabulaire n'était pas non plus très recherché.

— C'est pas vraiment une beauté, observa-t-il après avoir examiné Gloria sous toutes les coutures.

— Dis donc, qu'est-ce que tu croyais avoir ? Une rose anglaise ? Celle-là a plutôt le type polynésien. Sans vêtement, elle tient mieux la rampe. Et, de toute façon, tu n'as pas le choix.

L'homme grommela. Lui non plus n'était pas une beauté. Grand certes, mais lourdaud. Gloria n'osa pas imaginer ce gros corps pesant sur elle. Elle se força à penser à l'Australie.

— Et elle n'est pas déglinguée? Est-elle relativement propre? Ils y accordent de l'importance. On peut dire ce qu'on veut, mais les Japs, eux au moins, ils se baignent plus souvent que nous.

Gloria implora du regard l'aide d'Harry.

— Gloria est très propre, déclara-t-il. Et ça ne fait pas longtemps qu'elle est dans le métier, une fille sage qui, pour une raison quelconque, veut aller à l'autre bout du monde. Donc, elle est à prendre ou à laisser. Je peux aussi la céder à ce Russe qui va en Indonésie.

— Cinquante dollars! exigea le steward.

— Allons-nous tout reprendre à zéro? s'énerva Harry. Et en présence de la fille par-dessus le marché? On ne s'était pas mis d'accord, hier?

— Elle peut comme ça savoir ce qu'elle vaut, répliqua l'homme en cherchant à nouveau à deviner ses formes sous sa tenue masculine. Elle ne me fera donc pas d'histoires. On avait dit combien, alors? Soixante?

— Soixante-quinze! Pas un cent de moins! s'obstina Harry en regardant Gloria avec l'air de s'excuser. Je te donnerai dix dollars là-dessus, chuchota-t-il à son adresse.

Gloria était figée. L'homme sortit sa bourse à contrecœur. Il compta lentement soixante-quinze dollars. Gloria chercha à croiser le regard d'Harry.

— C'est… c'est vrai? Tu me vends?

Harry se tortilla.

— Ma poule, ce n'est pas ça, c'est…

— Putain, mais c'est quoi, sinon? éclata le nouveau propriétaire. Bien sûr qu'il te vend, fillette, ça ne doit pas être la première fois que ça t'arrive. Si ce type ne m'a pas roulé, tu viens de bosser quinze jours pour lui. Et maintenant, tu vas bosser pour moi. C'est aussi simple que ça.

Alors, ne joue pas les effarouchées! Coupe le cordon. Et puis il va falloir t'acheter des frusques. Mes clients n'en pincent pas pour les tenues de garçon.

Totalement désemparée, Gloria laissa Harry l'étreindre pour prendre congé d'elle. Il s'arrangea pour glisser en catimini dix dollars dans la poche de la jeune fille.

— Ne sois pas fâchée, poulette. Travaille bien et tu seras bien traitée. Et, dans quelques semaines, tu compteras de nouveau les moutons dans ton pays.

Il se détourna et Gloria crut l'entendre siffloter tandis qu'il sortait.

— Ne le regrette pas, va! déclara le steward. Il s'est fait des couilles en or avec toi. Et maintenant, allons! Nous sommes pressés. Cette nuit, on part pour l'Australie!

9

Les semaines suivantes, Gloria vécut l'enfer. Le «boulot» sur le *Niobe* ne fut en rien comparable au précédent. Les collègues d'Harry étaient certes sales et bien souvent grossiers, mais ils traitaient Gloria amicalement. Dans une certaine mesure, il existait entre eux de la complicité. Les hommes couvraient «leur fille» vis-à-vis des officiers, et tous éprouvaient une joie malicieuse à côtoyer le mousse «Jack» et à le taquiner. Personne ne lui avait fait de mal intentionnellement.

Sur le *Niobe*, il en alla autrement. La nuit tombait quand le steward amena Gloria au «dock australien», selon ses propres termes, le nom donné par les Chinois au quartier du port étant imprononçable. Gloria se demandait comment il comptait faire monter en contrebande sur un bateau un garçon inconnu, voire une fille blanche, mais cela se révéla très facile en raison de la foule de Chinois candidats à l'émigration se pressant à terre et à bord. Ils n'avaient pratiquement pas de bagages, juste un ballot sur l'épaule. La compagnie de navigation avait vendu plus de billets qu'en temps normal pour ce genre de bateau. Comme il n'y avait ni coffres ni valises à embarquer, les petits hommes jaunes s'entassaient à dix ou douze au lieu de six dans les cabines. Et c'étaient quasi exclusivement des hommes, seuls deux ou trois d'entre eux traînaient de frêles femmes derrière eux.

— Pourquoi? se contenta de demander Gloria, incapable d'exprimer sa stupéfaction.

— C'est interdit, répondit l'homme qui sembla comprendre. Seuls les commerçants peuvent de toute façon emmener leurs femmes aux États-Unis. Et, les Australiens ne naturalisant de toute façon plus d'Asiatiques, une femme ne serait plus qu'un fardeau inutile. Les types laissent donc leur famille ici et envoient ensuite de l'argent. Ça leur revient moins cher. Un dollar fout vite le camp en Australie, mais ici c'est une fortune.

Tout en parlant, il fit traverser le pont à Gloria. Personne ne se formalisa de la présence d'un mousse sans billet. Le flot des petits hommes jaunes se divisait comme naturellement devant un Blanc de grande taille, en uniforme, avant de se refermer derrière lui. Le bruit des conversations, des rires et des pleurs de cette foule compacte était plus insupportable encore que le grondement des machines du *Mary Lou*.

— Nous voici arrivés dans ton domaine ! dit le steward quand ils eurent plongé dans le ventre du navire, parcourant d'étroits couloirs sombres entre les cabines où étaient parfois stockées des provisions. Les hommes avaient songé à apporter de quoi manger. Gloria frissonna à la seule idée de ce que pouvaient contenir ces paquets.

— C'est du riz, il n'y a pas de chien, indiqua le steward, semblant lire dans ses pensées. Ils ne peuvent pas se payer de viande. Le riz, c'est sacré pour eux, et ils ont dû entendre dire que la nourriture ici… eh bien, est plus orientée en fonction d'estomacs occidentaux, si d'ailleurs on peut parler de nourriture à propos de cette bouffe.

Là-dessus, il poussa Gloria dans l'une des cabines. Il y avait six couchettes étroites, superposées contre les parois. Aucune n'était encore occupée. Le steward lui indiqua quelques couvertures pliées.

— Le mieux, c'est de faire ton lit par terre, pour que les types ne se fracassent pas la tête quand tu leur feras leur affaire.

— Je vais loger seule ici? s'étonna Gloria qui avait pensé qu'elle devrait partager son lit avec le steward « après le travail ».

— Qui veux-tu qu'il vienne? Mais sois tranquille, dit-il avec un sourire mauvais, nous ne te laisserons pas dans l'isolement. Je vais maintenant m'occuper du chaos là-haut. Il faut que ces types apprennent tout de suite qu'ici règne la discipline. Et toi, commence par te rendre invisible. Il pourrait arriver que quelqu'un de l'équipage vienne se perdre par ici. Une fois que le bateau sera parti et que les bonshommes auront eu leur premier coup de déprime, on avisera. Mais fais-toi déjà belle pour moi!

Il pinça la joue de Gloria en guise d'adieu et disparut dans le couloir. Gloria n'arrivait pas à croire à sa chance. Une cabine pour elle seule! Plus de corps masculins et puants, plus de ronflements! Peut-être pourrait-elle se déshabiller de temps en temps et faire au moins une toilette rapide?

Elle étala les couvertures sur le sol, s'enveloppa dans l'une d'elles et s'endormit, soulagée et heureuse. Au réveil, elle serait en route pour l'Australie, presque déjà à la maison.

Au réveil, son calvaire commença.

Le steward ne prenait pas de plaisir à posséder une femme de manière normale. Dès la première nuit à bord, il donna à comprendre concrètement à Gloria ce que Jenny avait en tête quand elle avait évoqué les « autres formes de l'amour ».

Elle remercia Jenny en silence pour son explication. Elle savait ce qui lui arrivait et le supporta stoïquement. Elle essaya d'ignorer la douleur et de penser à autre chose pendant que l'homme la besognait. Elle parvint même à s'imaginer être dans le hangar de tonte de Kiward Station. Les bêlements dominèrent les murmures des Chinois au-dehors. L'odeur pénétrante de la lanoline couvrit celle de la sueur du steward, tandis qu'elle comptait les moutons tondus par chacun des tondeurs. Ces souvenirs éveillèrent en elle des sentiments mêlés. Jadis, elle n'avait pas une pensée pour la peur des animaux renversés brutalement sur le dos, avant de se voir sans ménagement libérés de leur laine. Maintenant, écrasée contre le sol de la cabine par le corps de cet étranger, elle se sentit tout à coup plus proche des animaux que des tondeurs.

— Tu es une brave fille, la félicita le steward quand il en eut fini avec elle. Le type de Canton avait raison. Tu n'y connais pas grand-chose, mais tu es de bonne volonté. Dors tout ton soûl maintenant : cette nuit, tout le monde s'occupe de ses propres affaires. Demain matin, tu te mets au boulot.

— Qu'est-ce que je devrai faire ? demanda-t-elle, désemparée car il avait été dit qu'elle n'aurait plus à aider à la cuisine.

L'homme eut un sourire méchant.

— Ce que tu sais le mieux faire, petite ! L'équipe de nuit termine à 8 heures. Les chauffeurs aiment bien alors se fatiguer encore un peu avant d'aller au pieu. Ils travaillent en trois équipes successives. Tu auras du boulot vingt-quatre heures sur vingt-quatre, petite.

Prévision qui se révéla exagérée les premiers jours, car l'équipage s'était copieusement « rassasié » avec les putes de Canton et les passagers n'étaient pas encore assez « affamés » pour écorner leur maigre budget. Mais, dès la deuxième semaine, Gloria n'eut que peu de moments de tranquillité et, la troisième, sa vie devint cauchemardesque. Le steward – il s'appelait Richard Seaton, mais Gloria n'arrivait pas à penser à lui comme à un être doté d'un nom – la vendait sans scrupule à quiconque disposait des quelques cents nécessaires, et il la livrait aux hommes sans leur imposer la moindre restriction. La plupart n'avaient bien entendu pas de désirs particuliers, mais personne ne protégeait la jeune fille contre ceux qui donnaient libre cours à leur sadisme. Gloria essayait de subir ces assauts avec autant d'apathie que sur le *Mary Lou*, mais, à bord de ce dernier, il n'y avait eu que deux ou trois clients par soirée. Ici, en revanche, la torture commençait dès le matin, quand les mécaniciens et les chauffeurs terminaient leur poste de nuit, et ne se terminait que tard le soir, après la fin du service de l'équipe de cuisine qui, elle aussi, venait chercher un moment de détente.

Avec quinze clients quotidiens ou plus, l'effet apaisant de l'huile s'estompait. Gloria était écorchée et pas seulement dans ses parties intimes. Les couvertures grossières, peu à peu souillées et remplies de croûtes, sur lesquelles les hommes la malmenaient, lui arrachaient la peau. Les blessures s'infectaient, car elle n'avait aucun moyen de se laver. Gloria devait de plus lutter contre les punaises et les poux. Au début, elle se réfugiait sur l'une des couchettes quand elle était seule, mais ces instants de répit devenaient de plus en plus rares à mesure que le voyage se prolongeait. Ne disposant plus de son corps, Gloria se raccrochait à ses forces mentales. Elle s'échappait en rêve de sa prison obscure, s'imaginant conduire les moutons à Kiward Station, en plein soleil, se perdant dans l'immensité des Canterbury Plains… pour finir par se retrouver dans la salle de musique d'Oaks Garden, debout devant le piano, échouant une nouvelle fois à chanter correctement.

Sentant son esprit chavirer peu à peu, elle tentait toujours de se raccrocher à des images et des idées familières, mais il lui était de plus en plus difficile d'évoquer des sentiments agréables. Les seuls qu'elle éprouvait encore étaient la douleur, le dégoût et la haine d'elle-même, cette dernière étant le plus difficilement supportable.

Aussi finit-elle par mettre toute son énergie à haïr autrui. Elle dirigea d'abord cette haine contre le steward. Durant les heures interminables où les clients se succédaient sur son corps, elle rêvait de le tuer, de la manière la plus cruelle possible. Puis elle étendit cette haine aux clients eux-mêmes, s'imaginant le bateau en train de sombrer et eux se noyer. Le mieux était encore de voir leurs corps puants se tordre dans les flammes d'un incendie, d'entendre leurs cris. Si un homme gémissait sur elle, elle se figurait que c'était de douleur. Elle leur souhaitait la pire des morts. Cela seul lui donnait la force de survivre à l'humiliation.

Elle finit par perdre toute notion du temps dans l'obscurité de la cabine, croyant être là depuis une éternité et devoir y croupir jusqu'à son dernier jour. Mais, une nuit, un des hommes qui, pour elle, avaient encore un visage lui adressa un sourire.

— C'est la dernière fois aujourd'hui ! déclara le jeune chauffeur, un Australien qui se distinguait de ses collègues aux yeux de Gloria par le fait qu'il se lavait avant de lui rendre visite. Demain, nous serons à Darwin.

— En… Australie ? demanda Gloria qui à l'instant vivait sous lui un cauchemar plein de haine mais en qui une corde longtemps muette venait soudain de vibrer, lui redonnant un espoir inouï.

— Si nous ne nous sommes pas trop trompés de route. Il faut que tu t'arranges pour quitter le bateau. Les autorités de l'immigration sont très sévères ici. Tout le monde est enregistré.

— Mais le steward va me faire sortir en contrebande !

Le jeune homme éclata de rire.

— Moi, je n'y compterais pas trop, fillette. Il n'a pas intérêt à te libérer ! De la manière dont il te tient ici prisonnière ! Nous, dans notre équipe, nous nous sommes demandé comment mettre le capitaine de port au courant. Il vaudrait mieux que tu sois expulsée plutôt que de crever ici !

— Tu… tu veux dire…, bégaya Gloria en se redressant avec peine.

— Je pense qu'à l'instant où nous arriverons à Darwin, une clé tournera dans ta serrure. Pas pour l'ouvrir, si tu piges ce que je veux dire ! Nous ne resterons pas longtemps ici, trois ou quatre jours, puis nous retournons à Canton. Ce salopard n'a même pas besoin de rester à bord pour te surveiller. Il te laissera un seau d'eau et de quoi manger. Et les bénéfices reprendront au retour…

— Mais je… mais l'accord…, balbutia Gloria prise de vertige.

— Tu ne vas pas me dire que tu faisais partie d'un « accord », si ? grinça le chauffeur. Seaton t'a achetée et il tirera le maximum de son argent. D'autant que rien n'est plus facile que de jeter par-dessus bord le cadavre d'une putain. En revanche, s'ils te chopent à Darwin et que tu leur racontes comment tu es venue jusqu'en Australie… Mais, comme je te l'ai dit : essaie de sortir de là le plus tôt possible. Même au risque de tomber dans les bras du capitaine du port !

Elle n'eut même pas la force de remercier l'homme pour sa mise en garde. Ses pensées s'entrechoquaient tandis qu'il sortait, laissant la place à deux Chinois qui, heureusement, n'eurent pas de désirs particuliers. Tandis qu'ils s'escrimaient sur elle, elle tenta d'arrêter un plan. Le chauffeur avait raison : il était improbable que le steward la libère. Mais elle n'avait pas supporté tout ça pour se laisser attraper par les autorités portuaires et être ignominieusement renvoyée à ses parents. Bien sûr, il était aussi possible qu'on l'expédie en Nouvelle-Zélande, dans sa famille. C'était plus près et ce serait plus simple à organiser. Mais peut-être que non. Et même si elle avait cette chance, son arrière-grand-mère apprendrait ce qui lui était arrivé sur le bateau. Et ça, ce n'était pas possible ! Personne ne devrait jamais l'apprendre ! Plutôt mourir !

Dans les cabines alentour, il régnait une atmosphère de départ. Elle se reprocha de ne pas l'avoir remarqué plus tôt. Elle avait failli se laisser prendre au piège ! Or, les clients avaient été rares ce soir-là. Les membres de l'équipage avaient d'autres chats à fouetter avec l'accostage en vue. Par ailleurs, pourquoi rendre visite à une putain souillée alors que les attendaient, le lendemain, les plaisirs du quartier chaud de Darwin ? Si elle avait la poisse, le steward risquait même de fermer son bordel privé avant minuit.

Il fallait fuir sur-le-champ !

Quand les deux Asiatiques eurent terminé, elle se força à se relever et à rassembler ses quelques affaires dans un balluchon. Elle échangea sa robe déchirée et pleine de poux contre son costume de mousse. Elle espéra qu'elle pourrait nager avec sur elle le pantalon et la chemise, en dépit de leur poids. Mais elle n'avait pas le choix : elle parviendrait à gagner la rive, sinon elle se noierait.

Elle se traîna le long des couloirs où les immigrants rassemblaient leurs effets. Elle put de nouveau passer sans encombre. Pourvu que personne n'ait l'idée d'avertir le steward ! Puis elle se tranquillisa : les petits hommes jaunes n'osaient même pas regarder en face le prétendu mousse. Par ailleurs, il était probable qu'aucun ne la reconnaîtrait, car le steward ne lui avait certainement envoyé que des passagers de la seconde classe. Ceux de l'entrepont n'avaient pas de quoi se payer le luxe d'une visite chez elle.

Sur le pont, l'air frais la saisit. C'était en effet l'hiver dans cet hémisphère. Mais le nord de l'Australie jouissant d'un climat tropical, il ne devait pas faire si froid que ça ! Elle respira à fond et, effectivement, elle s'habitua peu à peu à la température qu'elle estima à une vingtaine de degrés. Après la chaleur et l'air vicié de l'entrepont, elle avait une impression de fraîcheur, mais c'était une température idéale pour la nage.

Elle profita de l'ombre des superstructures et des canots de sauvetage pour traverser le pont. Un canot de sauvetage serait certes un moyen, réfléchit-elle. Mais non, jamais elle ne réussirait à hisser par-dessus bord une embarcation de ce poids. Sans parler du bruit! Elle jeta un coup d'œil par-dessus le bastingage. La mer était loin au-dessous d'elle, mais elle était calme. On voyait déjà nettement les lumières de la ville qui ne devait pas être si éloignée que ça! Le bateau semblait au demeurant ne plus guère avancer. Peut-être attendait-il un remorqueur? Dans ce cas, le risque d'être happé par l'hélice était moins grand. D'un autre côté, c'était le remorqueur qui pourrait la déchiqueter. Mais, auparavant, elle devrait de toute façon sauter! Elle trembla à l'idée de sauter d'une telle hauteur. Elle n'avait plus nagé depuis des années et n'avait d'ailleurs jamais plongé encore.

Elle entendit alors des voix. Des gens montaient sur le pont, des membres de l'équipage plutôt que des passagers, mais peu importait. S'ils la découvraient, son sort serait scellé, qu'on la livrât à Seaton ou au capitaine du port.

Elle prit une profonde inspiration, lança son balluchon et sauta.

Vues du bateau, les rives de Darwin lui avaient paru très proches, elle n'avait pourtant pas l'impression de se rapprocher de la terre ferme, mais de nager depuis des heures. Au moins s'était-elle entre-temps débarrassée de la peur et habituée à la fraîcheur de l'eau. Ses habits la gênaient assez peu et elle avait attaché son balluchon sur son dos. Elle trouvait même agréable, après tout ce temps passé dans la saleté de la cabine, d'être dans l'eau, s'imaginant que l'océan la lavait de la crasse et de la honte. Elle enfonça son visage dans l'eau, puis la tête et les cheveux, restant immergée le plus longtemps possible afin de noyer les poux. Les puces étaient à coup sûr déjà mortes. Elle faillit rire à cette pensée. Puis elle se remit à nager.

Il lui fallut un temps interminable avant d'enfin se traîner sur une plage déserte, un peu au nord de Darwin. Elle apprit plus tard qu'on l'appelait Casuarina et qu'elle était peuplée de crocodiles marins. Le savoir l'aurait difficilement empêchée de s'allonger dans le sable et de dormir, tellement elle était lasse.

À la fin, en état d'hypothermie et d'épuisement, elle ne pouvait plus nager. Elle s'était contentée de se maintenir à la surface de l'eau et de se laisser pousser par la brise venant de la mer. Le soleil avait déjà chauffé le sable et il commença à sécher les vêtements de Gloria pendant son sommeil.

Elle ne se réveilla pas avant le soir. Hébétée, elle s'assit. Elle avait réussi. Elle avait échappé au steward et aux autorités du port. Elle avait atteint son but, à l'autre bout du monde. À seulement deux mille six cent milles de la Nouvelle-Zélande, à condition de ne pas tenir compte de l'énorme distance séparant Darwin de Sydney. Gloria ignorait si des navires assuraient la traversée entre le Territoire du Nord australien et l'île du Sud néo-zélandaise, mais elle savait que l'on pouvait aller de Sydney à Lyttelton, se rappelant l'exemple de son arrière-grand-père James que l'on avait exilé en Australie et qui, s'étant enrichi comme chercheur d'or, avait regagné la Nouvelle-Zélande. Elle se demanda si on prospectait toujours en Australie et, si oui, où. Mais ce n'était de toute façon pas une solution pour elle. Elle avait certes l'intention de rester « Jack » jusqu'à son retour chez elle, mais elle avait la chair de poule à l'idée de devoir, même déguisée en garçon, vivre dans un campement plein d'hommes.

Elle ressentit soudain la faim la tenailler. C'était le premier problème à résoudre, même si cela devait la conduire à voler. Mais, pour cela, il lui fallait entrer dans la ville. Ses vêtements encore humides risquaient d'attirer l'attention.

Elle quitta son pull-over de laine et l'étala sur le sable. Elle n'osa pas quitter sa chemise et son pantalon, même si la plage paraissait déserte. Elle retourna les poches pour qu'elles sèchent plus vite. Ses doigts sentirent alors du papier mouillé.

L'ayant retiré, elle contempla, stupéfaite, le billet de dix dollars qu'Harry lui avait laissé comme «cadeau d'adieu». La part lui revenant sur la vente de son corps au steward !

Gloria sourit. Elle était riche !

10

Personne ne l'avait envisagé, mais Lilian Lambert se rendit utile. Après la mort de James, elle était restée à Kiward Station avec sa mère, dans l'attente du retour du corps de Charlotte qu'accompagnaient son mari et son père. Elle n'avait retrouvé sa famille qu'après les obsèques des deux défunts.

— Maintenant, je vais t'aider ! déclara Lilian d'un ton ferme une fois que la mère et la fille furent rentrées à Greymouth.

— Que comptes-tu faire dans la mine, mon trésor ? demanda Tim en souriant.

Il serait certes heureux d'avoir tous les jours sa jolie fille autour de lui, mais il ne voyait pas dans l'immédiat quelle tâche lui confier.

— Eh bien, tout ce qu'on peut faire dans un bureau : établir des factures, appeler des gens…

Lily, au moins, n'avait pas de complexes vis-à-vis des nouveaux appareils qui trônaient désormais dans tous les bureaux, facilitant la communication avec les clients et les partenaires.

— Je sais faire tout ce que font tes secrétaires.

— Et que va devenir alors mon secrétaire ? demanda Tim en riant.

Il adorait taquiner sa fille.

— Peut-être que nous en avons besoin de plusieurs, répondit-elle vaguement. Et sinon… il y a certainement aussi de quoi faire au fond, dit-elle en pouffant.

Tim n'envoyait aucun de ses employés de bureau au fond! Il trouva néanmoins du travail pour Lilian. Elle prit d'abord en charge l'ensemble du service téléphonique et mit peu à peu dans sa poche tous ses interlocuteurs, n'acceptant aucun « non » des fournisseurs ou des transporteurs. D'ailleurs, à Greymouth, on avait déjà pris l'habitude de recevoir des ordres de la part de femmes. Lily obtenait en usant de son charme ce que Florence Biller obtenait par sa dureté. Les partenaires commerciaux les plus jeunes s'empressaient de s'acquitter de leurs livraisons afin de rencontrer cette jeune fille à la voix si claire au téléphone. Lilian, loin de les décevoir, les faisait rire et les distrayait quand ils devaient attendre son père ou le porion. Elle avait également un bon contact avec les mineurs, même si elle devait entendre leurs histoires superstitieuses à propos des femmes dans les mines. Un vieux mineur le lui signifia un jour où elle entra dans les locaux protégeant la machine à vapeur actionnant les cages d'extraction.

— Et quel rôle joue alors sainte Barbara? s'étonna Lily. Il y a son portrait dans chaque benne! En plus, je ne souhaite pas descendre. Je viens uniquement pour communiquer à M. Gawain le bilan des malades… Quelqu'un peut-il lui téléphoner qu'il remonte?

Elle tourbillonnait d'un bureau à l'autre, se brûlant en préparant le café, mais se familiarisant avec la comptabilité. À l'inverse de la plupart des employés plus âgés, elle se passionnait pour les nouveautés. Elle apprit ainsi à taper à la machine en un temps record.

— C'est beaucoup plus rapide qu'écrire à la main, jubilait-elle. On pourrait écrire des tas d'histoires avec ces engins!

Toujours de bonne humeur, elle égayait son père à qui l'hiver rendait la vie difficile comme chaque année, ses hanches et ses jambes ne supportant pas le froid. Or, les bureaux, au niveau du sol et dans lesquels on entrait et sortait comme dans un moulin, étaient mal chauffés. Malgré sa volonté, il déchargeait sa mauvaise humeur sur ses secrétaires lorsqu'il était surmené, ce qui, en cette première année de guerre, était son état permanent. La présence de Lilian améliorait les choses, parce qu'il l'aimait, bien sûr, mais aussi parce qu'elle se trompait rarement. Intelligente, elle s'intéressait à la marche de l'entreprise. Sur le chemin les menant à la mine, elle interrogeait son père et lui préparait les documents nécessaires à un entretien ou à une prise de décision.

— Nous aurions dû lui faire étudier la technique minière, dit-il à sa femme tandis que Lilian, l'air sérieux, expliquait à son petit frère le principe d'un chevalement. Ou la gestion d'entreprise. Je crois même qu'elle est susceptible d'apprendre à Florence Biller ce qu'est la crainte.

En réalité, Lilian n'ambitionnait pas de diriger une mine. Son travail présent n'était guère qu'un jeu. Bien que désireuse de bien faire, elle ne se passionnait pas pour des bilans d'exploitation, contrairement à Florence à son âge. Elle rêvait toujours du grand amour et, malheureusement, il n'y avait guère de garçons au sein de la «bonne société» de Greymouth. Il y avait certes de nombreux adolescents de seize ou dix-sept ans parmi les mineurs, mais les fils des gens aisés étudiaient en Angleterre, ou au moins à Christchurch et à Dunedin.

— De toute façon, tu es trop jeune, trancha Elaine quand sa fille se plaignit à elle de cette situation. Quand tu seras adulte, tu trouveras l'homme qu'il te faut.

La pénurie de jeunes célibataires était plutôt de nature à tranquilliser Elaine et Tim. Celle-ci s'était mariée beaucoup trop jeune et le résultat avait été catastrophique. Elle était bien décidée à épargner à sa fille ce genre d'expérience.

La première année de guerre s'écoula donc sans problème particulier pour les Lambert. Lilian soupira en voyant le printemps s'en aller sans que rien se dessinât dans le domaine de l'amour. C'est de façon presque mécanique qu'elle accomplissait désormais son travail. Toujours aussi efficace, elle commençait néanmoins à s'ennuyer et farfouillait dans les rayonnages de ses parents. Par chance, elle partageait avec sa mère une prédilection pour les lectures plutôt légères. Elaine ne trouvait rien à redire, au contraire, quand sa fille commandait en Angleterre les tout derniers romans. Mère et fille tremblaient avec les héroïnes qui craignaient pour leurs amants.

— Cela n'a rien à voir avec la réalité, croyait devoir avertir Elaine, mais Lilian continuait à rêver en silence.

— Dimanche, tu pourras danser, annonça Tim un jour à sa fille. Bien sûr, ce ne sera qu'à l'occasion du pique-nique paroissial ! Mais nous devrons être présents, Lainie, notamment à la vente de charité. Peut-être as-tu songé à notre contribution ? Nous participerons de manière importante à la collecte destinée à financer la construction d'une maison des œuvres paroissiales. Les Biller se sont déjà inscrits sur la liste pour une somme conséquente. Je ne pourrai me montrer aussi généreux, car nos actionnaires entendent bien toucher de gros dividendes. Mais nous devrons nous investir à titre personnel !

— Oui, dit Elaine. Je demanderai au révérend quelle aide il attend de moi. Je suis curieuse de savoir si Florence retouchera à la louche.

Tim éclata de rire. Il était de tradition que les femmes des propriétaires de mine mettent la main à la pâte, le simple mécénat passant pour de l'arrogance dans des petites villes comme Greymouth. Elaine Lambert et Charlene Gawain, les femmes de la direction de la mine Lambert, n'étaient pas bégueules. Toutes deux avaient vécu et travaillé au milieu des mineurs, personne d'ailleurs ne risquant la moindre allusion au fait que la très respectée Mme Gawain avait autrefois été une fille de joie. Florence Biller, en revanche, n'avait pas la même pratique des œuvres de bienfaisance. Ainsi, l'année précédente, la localité avait fait des gorges chaudes de sa participation à la distribution du punch :

elle avait été si maladroite que sa robe mais aussi les tenues des invités avaient été endommagées.

— Les Biller seront là en tout cas. Leur aîné est d'ailleurs rentré de Cambridge, poursuivit Tim, qui, devant la cheminée prenait ses aises et retirait ses attelles.

Il pleuvait tous les printemps à Greymouth et l'humidité le minait. Il n'allait pas mieux qu'en hiver.

— Vraiment? Il est pourtant très jeune. Il a déjà terminé ses études? s'étonna Elaine en lui servant un thé bien chaud, tandis que Lilian était à la recherche de gâteaux secs.

— Ce doit être un as en classe. Comme son père, répondit Tim avec un haussement d'épaules.

— Comme son…? Ah, Lily, tu trouveras des biscuits dans le cellier, deuxième étagère à gauche.

Lilian fit la moue, mécontente de ce qu'on l'éloigne.

— Tu ne le croiras pas, mais ce garçon ressemble à Caleb, expliqua Tim. Le même visage en lame de couteau, la même allure dégingandée.

— Mais n'avons-nous pas tous pensé que c'était le secrétaire? Celui avec lequel elle s'entendait si bien et qui a été viré dès qu'elle a été enceinte? objecta Elaine qui n'arrivait pas à croire à la paternité de Caleb.

— Je te dis ce qui est. Je l'ai aperçu. Chez Hankins. Matt voulait que je voie de mes propres yeux les nouvelles contrefiches, et Florence avait je ne sais quel compte à régler avec lui…

Jay Hankins était le propriétaire de la forge.

— Elle lui secouait les puces? s'amusa Elaine.

— Elle a besoin de ça de temps à autre. En tout cas, le garçon était là et ne savait plus où se mettre. Ça aussi, c'est Caleb tout craché. De sa mère, il n'a que les yeux, il donne l'impression d'être très sportif. Il doit en fait être un rat de bibliothèque. D'après Hankins, il a étudié la littérature.

— Comment le sait-il? demanda Elaine en prenant un des biscuits que sa fille venait d'apporter.

— Il semble que Florence ait descendu son fils en flammes devant tout le monde. Parce qu'il ne distinguait pas une vis d'un clou, ou quelque chose de ce genre. En tout cas, elle essaie de le mettre au pli. Elle veut qu'il travaille à la mine.

— Mais, quoi qu'il ait étudié, il ne peut avoir déjà fini, calcula Elaine. Il est à peu près de l'âge de Lily, un peu plus jeune peut-être.

— Ils ont dû le rapatrier à cause de la guerre. Son frère n'ira pas en Angleterre, ils l'envoient à Dunedin, paraît-il. L'Europe n'est pas assez sûre.

— Foutue guerre… Est-ce qu'elle te paraît irréelle à toi aussi ?

— Non, si j'examine nos comptes. Le charbon, c'est l'acier, l'acier, c'est des armes, et les armes, c'est la mort. Ces pauvres diables tombent comme des mouches là-bas. Et je n'ai toujours pas bien compris pourquoi. Je suis en tout cas heureux que nous soyons aussi loin de tout ça, même si on peut me reprocher ma couardise.

— Sous ce rapport, tu peux encore en remontrer à n'importe qui, dit Elaine en riant, pensant à la catastrophe intervenue dans la mine, dix-huit ans plus tôt, et à l'occasion de laquelle Tim avait tout été sauf couard.

— Et heureux aussi que nos garçons soient trop jeunes pour faire une bêtise, ajouta son mari.

L'Army recrutait en effet depuis peu des volontaires en Nouvelle-Zélande et en Australie. Le premier contingent de l'ANZAC, le Corps d'armée australien et néo-zélandais, devait sous peu être transporté par bateau en Europe.

Elaine acquiesça, pour la première fois disposée à remercier le ciel de l'invalidité de son mari.

Le dimanche, la pluie avait enfin cessé et Greymouth brillait comme un sou neuf. Certes, les installations minières déparaient un peu le paysage, mais la nature reprenait le dessus. Les forêts de fougères arrivaient jusqu'à la lisière de la ville, et les coins romantiques ne manquaient pas au bord de la rivière. L'église était un peu en dehors de la localité et la route qu'emprunta Roly au volant de l'automobile des Lambert traversait des prairies d'un vert intense.

— Un peu comme en Angleterre, affirma Lilian qui se souvenait de la compétition d'aviron à Cambridge.

Ben avait eu raison. La célèbre course entre Oxford et Cambridge avait été annulée en raison de la guerre. Même Rupert parti du *college*, Ben n'aurait eu aucune chance de s'affirmer comme chef de nage.

Lilian avait gardé en mémoire depuis son enfance le spectacle devant l'église. Des hommes installaient des tables, des femmes, bavardant gaiement, traînaient des paniers de victuailles et cherchaient des coins à l'ombre pour entreposer les sucreries pendant l'office. Le temps s'étant mis de la partie, le révérend s'apprêtait à dire la messe dehors. Des enfants excités étalaient des couvertures autour de l'autel improvisé, tandis que leurs mères et grands-mères décoraient les tables pour la vente de charité. On vendrait bien entendu des gâteaux aux enchères, d'autres seraient couronnés. Mme Tanner, qui se considérait comme le principal pilier de la paroisse, cassait du sucre, avec ses amies, sur le dos de l'alerte Mme Clarisse, la propriétaire du pub et du bordel de la ville. Comme tous les dimanches, elle conduisait à l'office sa troupe de filles faciles et n'avait manifestement pas l'intention de dédaigner le pique-nique.

Elaine et Mary Flaherty, son aide-cuisinière, déballèrent leurs paniers, tandis que Roly et Tim discutaient voitures avec les autres automobilistes de la paroisse.

— Viens donc m'aider ! dit Mary, d'un ton sévère, à son ami qui se vantait de ce que la Cadillac des Lambert avait le plus grand nombre de chevaux.

Elaine salua d'un sourire contraint sa belle-mère, Nellie Lambert, obligeant sa progéniture à faire sagement une courbette devant leur grand-mère. Les petits garçons disparurent ensuite dans la foule, pour aussitôt se mettre à jouer à chat avec leurs copains. Lilian se joignit à quelques jeunes filles qui cueillaient des fleurs pour l'autel.

Finalement, peu avant le début de la messe, arriva la voiture des Biller, plus puissante et plus moderne encore que le jouet de Tim et de Roly. Les hommes lancèrent à l'énorme véhicule des regards d'envie, tandis qu'Elaine et son amie Charlene s'intéressaient plutôt à ses occupants. Matt Gawain avait aussi parlé à sa femme de l'étonnante ressemblance entre Caleb Biller et l'aîné de Florence ; elles retinrent donc leur souffle quand Caleb et le jeune homme descendirent de voiture. Elles ne furent pas déçues. L'expression renfrognée de l'adolescent rappelait tout à fait Caleb quand il était jeune. Elaine se souvenait très bien de leur première rencontre à l'occasion d'une course à cheval : son père l'ayant forcé à participer à la compétition, la peur et la révolte se lisaient sur ses traits.

Le jeune Biller semblait lui aussi ne pas être venu de son plein gré. Il s'était en tout cas querellé avec sa mère qui le regardait de travers. Lui, comme jadis Caleb, laissait tomber les épaules, résigné. Benjamin était plus musclé que son père, mais il en avait la taille et la minceur. Il n'avait pratiquement rien de commun avec ses deux frères plus jeunes, plus petits, plus trapus, qui tenaient davantage de leur mère.

Florence regroupa sa famille autour d'elle. C'était une femme au corps ferme et carré, alors qu'elle avait été une jeune fille plutôt rondelette. Des rondeurs qui avaient disparu avec le temps, Florence travaillant dur et n'ayant guère le temps de festoyer. Elle n'était pas pour autant devenue une beauté. Elle avait toujours le visage un peu bouffi et pâle, couvert de taches de rousseur. Ses cheveux, bruns et drus, étaient rassemblés en un chignon strict. Elle avait aux lèvres une perpétuelle expression d'irritation. Elle se força à sourire tout en poussant ses trois fils vers le révérend. Les deux plus jeunes exécutèrent sur-le-champ une courbette rapide et exemplaire, tandis que l'aîné, récalcitrant, se contenta d'esquisser une flexion du tronc. Mais, apercevant les filles en train de décorer l'autel de fleurs, il eut une lueur d'intérêt dans le regard.

Une petite rouquine…

Lilian, ayant disposé la dernière guirlande, examinait leur travail, les sourcils froncés. Oui, cela pouvait rester ainsi. Elle se retourna vers le révérend, quêtant son approbation, quand son regard se perdit dans deux yeux vert clair. Un visage allongé, le corps d'un rameur entraîné.

— Ben, dit-elle d'une voix blanche.

Les traits de l'adolescent exprimèrent d'abord l'incrédulité. Puis un sourire presque irréel éclaira son visage.

— Lily ! Mais qu'est-ce que tu fais ici ?

La guerre

Canterbury Plains, Greymouth,
Gallipoli, Wellington
1914-1915-1916

1

Quand ses affaires furent sèches, Gloria se traîna jusqu'à la ville. Elle était à moitié morte de faim. Il commençait à faire frais et elle avait aussi besoin d'un endroit pour dormir. Trouver à manger ne fut pas difficile. Les restaurants, les salons de thé et les buvettes ne manquaient pas. Gloria veilla à ne pas s'approcher du port et du quartier des prostituées. Elle évita aussi les établissements fréquentés essentiellement par des hommes.

Elle finit par se décider pour un petit salon de thé où servait une femme. Il n'y avait sans doute que des sandwichs, mais mieux valait cela que de s'exposer aux regards des serveurs et des clients masculins. Le local était presque vide, à l'exception de quelques personnes âgées qui, conversant ou lisant le journal, ne semblaient pas représenter une menace quelconque. Gloria se décontracta. Elle eut même la surprise de constater que des clients se régalaient d'un ragoût épais. Peut-être des hôtes habituels? Gloria demanda avec timidité un repas en montrant leurs assiettes. Elle avait pourtant l'habitude de dîner au restaurant, les Martyn fréquentant les établissements les plus huppés d'Europe et d'Amérique. Mais Gloria avait détesté l'attention que les serveurs et les clients portaient à son illustre mère.

Ici, en revanche, tout se passa sans cérémonie. La serveuse était aimable, elle apporta une grande assiette de ragoût et observa avec satisfaction ce jeune homme manger de grand appétit. Avec un sourire complice, elle alla lui chercher du rabiot.

— Mange, petit, tu parais mort de faim! Qu'est-ce qui t'est arrivé? Tu es venu d'Indonésie à la nage?

— Comment vous le savez? demanda Gloria, écarlate.

— Que tu descends d'un bateau? Ce n'est pas difficile à deviner. D'abord, la ville n'est qu'un village. Un aussi joli garçon que toi, je l'aurais déjà remarqué. Et puis tu as l'air d'un marin qui débarque. Tes cheveux ont besoin du barbier, petit! Pour la barbe, il faut encore attendre un peu…, dit-elle en riant. Mais tu as pris un bain. C'est à noter! Et tu n'es pas fanatique du whisky. Félicitations! Première traversée?

— Oui. Mais cela a été terrible, ne put-elle s'empêcher de dire. Je… je voudrais rester à terre.

— Tu as le mal de mer? Quand j'avais ton âge, nous sommes venus d'Angleterre. J'ai passé la moitié du temps la tête de l'autre côté du bastingage! Il faut être né marin. Tu veux faire quoi, alors?

Gloria prit son courage à deux mains.

— Connaîtriez-vous un endroit où je pourrais dormir? Je n'ai pas beaucoup d'argent, je…

— J'imagine, oui. Ces salopards t'ont engagé pour quelques cents. Sans même te nourrir correctement. Tu n'as plus que la peau sur les os. Ma foi, tu peux revenir demain, je te donnerai un bon petit-déjeuner. J'ai eu un gars comme toi, mais il est grand maintenant, et il travaille à construire des voies ferrées. Il gagne pas des masses, mais il aime bien circuler un peu partout. Et, pour ce qui est de dormir… le révérend de l'église méthodiste a quelques lits. Celui qui peut donne un petit quelque chose, mais si tu n'as rien, personne ne va te chercher des poux dans la tête. Il faut juste prier, bien sûr, soir et matin.

Gloria n'avait plus prié depuis des mois. Il était indifférent à William et à Kura que leur fille allât à la messe ou non. Elle-même, à Sawston, n'y allait qu'à contrecœur.

Chaque fois qu'elle voyait le révérend Bleachum, elle ne pouvait se défaire de l'image d'un ecclésiastique, pantalon baissé, au-dessus d'une de ses paroissiennes, dix minutes avant de jurer fidélité à une autre. Elle n'aurait pas parié un clou sur l'intégrité d'un servant de Dieu ici-bas.

C'est donc non sans méfiance qu'elle se rendit à l'église de la Knuckey Street, un bâtiment assez rudimentaire. Le révérend, un grand homme blond, était en train d'officier devant quelques rares fidèles. Gloria jeta un regard plein d'appréhension sur trois hommes déguenillés, au deuxième rang. Étaient-ce là les hôtes de la pension pour hommes?

Gloria pria sagement et, à la fin de la messe, elle alla voir le révérend et lui raconta l'histoire qu'elle avait déjà servie à la serveuse du salon de thé: «Jack», né à New York, s'était engagé, par esprit d'aventure, sur un navire en partance pour Darwin. Le capitaine l'avait exploité, les membres de l'équipage avaient été hostiles...

— Avec ton allure, ils auraient pu être trop amicaux, observa le révérend. Tu peux remercier Dieu d'en être sorti sain de corps et d'esprit!

Bien que ne comprenant pas ce qu'il disait, Gloria rougit.

— Tu es manifestement un brave garçon, dit le révérend qui en avait conclu à un reste de pudeur, mais tu devrais te faire couper les cheveux. Ce soir, tu dormiras ici, puis nous aviserons.

Tant d'amabilité avait donné à Gloria l'illusion d'une chambre seule, mais ce fut bien sûr un dortoir, cinq lits dans un petit espace, la seule décoration étant un crucifix accroché au mur. Elle choisit un lit dans le coin le plus éloigné, espérant ne pas être trop dérangée. Au fil de la soirée, la pièce s'emplit d'«hôtes» d'âges divers. Gloria se retrouva dans la puanteur de corps mal lavés et de sueur d'homme. Au moins cela ne sentait-il pas le whisky. Le révérend devait être vigilant. Quelques-uns des hommes jouaient aux cartes, d'autres conversaient. Un homme âgé qui avait pris place sur la couchette en face d'elle essaya de s'entretenir avec elle. Disant qu'il s'appelait «Henry», il voulut savoir son nom. Elle répondit laconiquement, sur ses gardes. À juste titre: Henry, un marin à l'évidence, ne goba pas aussi facilement que l'ecclésiastique son histoire.

— Un bateau allant de New York à Darwin? Ça n'existe pas, mon garçon! La moitié du tour de la terre?

— Je… je… ils ont fait escale en Indonésie, balbutia-t-elle en rougissant. Un chargement quelconque…

Henry fronça le sourcil, puis se mit à son tour à raconter ses propres périples en mer, qui, tous, évoquaient une infinie solitude à bord. Gloria n'écoutait pas, regrettant déjà d'être venue, bien qu'un «garçon» ne fût pas ici en danger.

À moins que…? Quand les lampes à pétrole furent éteintes et que Gloria se fut recroquevillée pour dormir, elle sentit une main lui frôler la joue. Elle résista à l'envie de pousser un cri.

— Je t'ai réveillé, Jacky? dit une voix haut perchée près de son oreille. Je me suis dit qu'un garçon si mignon… pourrait me tenir chaud cette nuit.

Paniquée, Gloria se redressa vivement.

— Fichez-moi la paix! chuchota-t-elle d'un ton sévère, évitant de crier, car son imagination enfiévrée lui suggérait qu'ils allaient tous lui sauter dessus. Fichez le camp, je veux dormir seul!

— Je ne parlerai pas au révérend du bateau allant de New York à Darwin. Il n'aime pas qu'on lui mente.

Elle prit peur. Elle se moquait, bien sûr, que ce type la dénonce au révérend; elle n'avait en effet qu'une envie: se sauver d'ici. Mais s'il la forçait à «être un peu gentil» avec lui, il découvrirait la supercherie. Et si les hommes apprenaient qu'elle était une fille… Avec l'énergie du désespoir, elle plia le genou et le lança de toutes ses forces entre les jambes du bonhomme.

— Fous le camp, lui intima-t-elle.

Trop fort. Les hommes autour d'eux commencèrent à s'agiter. Mais, à sa grande surprise, ils prirent le parti de «Jack».

— Henry, espèce de dégueulasse, laisse ce garçon tranquille! Tu vois bien qu'il ne veut pas de toi!

Henry gémissait. Elle parvint à le repousser du bord de son lit. Il atterrit apparemment sur quelqu'un d'autre:

— Tu n'en as pas assez, espèce de sale pédé? Tu veux que je te foute une raclée?

Gloria n'y comprenait goutte, mais elle était au moins momentanément soulagée. Ne voulant plus courir aucun risque, elle gagna avec sa literie le couloir heureusement bien récuré et poussa le verrou. Puis elle s'enroula dans sa couverture. Le matin, elle quitta l'église avant que personne se fût réveillé. Elle ne laissa pas d'argent. Elle préféra sacrifier trois de ses si précieux dollars à l'achat d'un couteau muni d'une gaine qu'elle attacha à la ceinture de son pantalon. Elle ne dormirait à l'avenir qu'une arme à la main.

Ce fut ensuite le tour des poux. Elle avait remarqué la veille que le séjour dans l'eau ne les avait pas exterminés. Elle osa entrer dans une pharmacie et demander un médicament pas trop cher.

— Le mieux serait de te mettre la boule à zéro, mon gars, rigola le pharmacien. Tu as de toute façon besoin de te faire coiffer. On dirait une fille! Un coup de tondeuse, plus de cheveux, plus de poux! Après tu te passeras ça sur la tête, dit-il en lui tendant une boîte qui ne lui coûta que quelques cents.

Elle se mit en quête d'un barbier. Elle perdit une nouvelle fois ses boucles, mais, cette fois, complètement. Elle eut de la peine à se reconnaître dans le miroir.

— Ça repoussera, mon garçon. Ce sera cinquante cents, dit le barbier en riant lui aussi.

Gloria éprouva un étrange sentiment de libération en se dirigeant vers le salon de thé. Sa nouvelle amie tint parole et, sans rien lui réclamer, lui servit une copieuse assiette de haricots, d'œufs et de jambon. Elle regretta à vrai dire la disparition des « si beaux cheveux de Jack ».

— Un peu plus courts, ç'aurait été parfait, mais rasés comme ça ! Les filles ne vont pas aimer ça, mon garçon !

Gloria haussa les épaules : tant que d'éventuels employeurs n'y trouveraient rien à redire…

La recherche d'un travail se révéla d'autant plus difficile qu'elle n'osait s'aventurer dans le quartier du port où elle en aurait à coup sûr trouvé. En ville, la plupart des garçons de son âge étaient en apprentissage et l'on considérait avec méfiance ceux qui n'étaient pas du pays et pour qui personne ne se portait garant. Au bout d'une demi-journée de vaine recherche, elle regretta presque d'avoir quitté aussi précipitamment l'église méthodiste. Le révérend aurait certainement pu l'aider. Mais elle avait eu trop peur. Elle finit par investir quelques cents dans la location d'une chambre dans une petite pension. Elle dormit paisiblement pour la première fois depuis des mois, seule et en sécurité entre des draps propres. Le lendemain, elle eut un peu de chance et put remplacer au pied levé un garçon de courses qui ne s'était pas présenté à son travail. Elle porta des lettres et des paquets d'un bureau à un autre et gagna de la sorte assez pour payer la chambre une seconde nuit. Les jours suivants, elle se débrouilla avec d'autres emplois de ce genre, mais, quand elle fit le bilan, au bout d'une semaine, les perspectives étaient sombres. De ses dix dollars, il ne lui en restait que quatre et ce qu'elle avait gagné ne lui avait pas permis de mettre quoi que ce soit de côté. Inutile, donc, de songer à gagner ainsi de quoi aller jusqu'à Sydney, à moins de s'y rendre à pied.

Elle finit par s'y résoudre. « Jack » n'avait aucun intérêt à rester à Darwin. Gloria partit donc le long de la côte, cherchant du travail dans des localités plus petites. Il devait bien y avoir des fermes ayant besoin d'un garçon d'écurie. Ou des pêcheurs qu'elle pourrait aider.

Tous ces espoirs se révélèrent malheureusement vains. Au bout de deux semaines, elle avait parcouru cent miles et dépensé tout son argent. Découragée, elle errait dans les ruelles d'un petit port. Une nouvelle fois, elle ne savait où dormir et avait faim. Mais elle n'avait plus que cinq cents, ce qui ne suffisait même pas pour un repas dans un des bouges devant lesquels elle passait.

— Hé, petit, tu veux gagner quelques cents?

Elle sursauta. Un homme! Dans l'obscurité, elle ne distinguait pas son visage.

— Je… je suis un garçon, murmura Gloria, cherchant son couteau à tâtons. Je…

— J'espère bien que tu es un garçon! Je ne m'intéresse pas aux filles. Je cherche un petit mignon pour me tenir compagnie cette nuit. Viens, je paie bien!

Paniquée, elle regarda autour d'elle. L'homme l'empêchait de passer. Elle fit demi-tour sur ses talons et s'enfuit comme poursuivie par le diable. Elle courut comme une dératée jusqu'au moment où, parvenue à un pont sur une rivière se jetant dans la mer, peut-être dans une lagune, elle fut sur le point de s'effondrer. Mais elle était tombée de Charybde en Scylla. Entre le pont et le quai flânaient quelques filles peu habillées.

— Alors, joli cœur, tu cherches de la compagnie pour la nuit?

Elle s'enfuit à nouveau et finit par se retrouver, en sanglots, sur une plage. Et s'il y avait des crocodiles? Mais, en comparaison des animaux à deux pattes auxquels elle venait d'échapper, ils n'étaient que d'inoffensives créatures…

Au bout d'un moment, elle se remit à réfléchir. Elle devait partir, quitter l'Australie, mais, à l'évidence, elle ne pourrait gagner l'argent nécessaire par des moyens honorables. «Jack», en travaillant occasionnellement, pouvait vivoter. Mais pas question d'envisager une traversée vers la Nouvelle-Zélande.

«Tu feras simplement ce que tu sais le mieux faire»: les paroles cyniques du steward lui revinrent en mémoire. Elle eut envie de pleurer à nouveau, mais dut bien constater que jamais elle n'avait été payée pour autre chose qu'être «gentille avec les hommes». Sans les dix dollars d'Harry, elle n'aurait pu survivre. Et, si elle travaillait pour son propre compte, il devrait être possible de bien gagner sa vie. «Le gars s'est fait des couilles en or avec toi», avait dit le steward à propos d'Harry. Bien sûr, la Jenny de San Francisco ne lui était pas apparue particulièrement riche...

Gloria se redressa. Tant pis, elle allait essayer! Même si c'était dangereux, car les autres filles ne verraient pas la concurrence d'un bon œil. Par ailleurs, il y avait, à en croire Jenny, beaucoup de choses auxquelles les putes ne se livraient pas. Ou à contrecœur seulement. Gloria elle aussi ne subissait ce genre de pratiques qu'avec honte, douleur et crainte, mais rien ne lui avait été épargné sur le *Niobe*. Or, elle y avait survécu et elle y survivrait encore.

Elle se sentit prise par la nausée, mais elle sortit de son balluchon la seule robe qu'elle possédait. Elle l'enfila et partit en direction du pont.

2

— Pas maintenant, plus tard ! souffla Lilian.

Son cœur s'était arrêté de battre une seconde ou deux, sous le coup de cette rencontre imprévue avec Ben, mais elle avait gardé son sang-froid : des manifestations de joie n'étaient pas opportunes. Il était avec Florence et Caleb Biller et devait donc être le fils qui venait de rentrer de Cambridge ! Et ni les Biller ni son propre père ne seraient ravis d'apprendre que leurs enfants avaient gravé leurs deux noms dans l'écorce d'un arbre, entourés d'un cœur.

Ben fut plus long à la détente. Ce qui n'avait rien d'étonnant car il ignorait le nom de famille de Lilian. Par chance, le révérend leur vint en aide. Peut-être sciemment – il était en effet connu pour sa vivacité d'esprit et il avait certainement remarqué l'éclat dans les yeux des deux adolescents.

— Ben ! Quelle joie de te revoir ! déclara-t-il au jeune garçon en guise de salut, après avoir échangé avec Caleb et Florence les habituelles formules de politesse. Mon Dieu, que tu as grandi. Les jeunes dames de Greymouth vont se disputer le privilège de danser avec toi. Peut-être que je peux te présenter les premières, ajouta-t-il avec un geste de la main vers Lilian et ses deux compagnes en train de décorer l'autel : Erica Bensworth, Margaret O'Brien et Lilian Lambert.

Erica et Margaret firent une courbette en pouffant, Lilian réussit à sourire. Elle sentit sur elle le regard froid de Florence Biller. Dans le cadre de son travail avec son père, elle avait eu affaire à elle à une ou deux reprises et n'avait pas dû lui laisser une excellente impression. À la différence des employés de Tim, elle ne se laissait pas intimider. Par exemple, elle ne la mettait en communication téléphonique avec son père que lorsqu'il avait le temps et qu'il était vraiment disposé à s'occuper de ses problèmes. Elle n'avait aucun scrupule à lui subtiliser des clients ou à séduire des fournisseurs afin que les Lambert fussent livrés avant les Biller, performance inestimable en cette période de plein boom économique où les commerces de bois et de produits métalliques avaient du mal à satisfaire aux commandes des mines. Bien entendu, Florence restait polie mais, dans le cercle de famille, elle qualifiait parfois la «petite Lambert» d'«insolente gamine», expression qui était déjà tombée dans les oreilles de Ben. Et voilà qu'il se trouvait en face de cette «petite peste» en chair et en os et qu'il s'agissait de sa Lily, la fille qu'il n'arrivait plus à se sortir de la tête depuis qu'elle lui avait posé un lapin en Angleterre. Et pour qui il avait depuis écrit des pages et des pages de vers.

Lilian lui lança un bref clin d'œil. Il comprit.

Durant la messe, les deux familles campèrent dans deux coins opposés de la prairie. Ben et Lilian furent soulagés quand tout le monde se dirigea enfin vers les rafraîchissements. Lilian réussit à se placer à côté de Ben dans la queue pour le punch.

— Tout à l'heure, quand les gens auront mangé et auront sommeil… rendez-vous… derrière l'église…, chuchota-t-elle.

— Dans le cimetière?

Lilian soupira devant tant de prosaïsme. Peu sûre qu'un cimetière fût l'endroit idoine pour un rendez-vous galant, elle s'était pourtant dit que cela ajouterait à leur rencontre une touche romantique. De plus, il n'y avait pas, dans les environs, d'endroit où l'on risquait moins de se heurter aux parents.

— Oui. Surveille-moi, tu verras bien quand je me lèverai.

Ben prit sa boisson, lui lança un clin d'œil complice et s'en alla. Lilian était aux anges. Enfin, tout se passait comme dans ses romans : l'aimé longtemps disparu était revenu. Un ennemi de la famille, de surcroît. Comme dans Shakespeare ! Lors de la représentation théâtrale de Noël, à Oaks Garden, on ne l'avait pas autorisée à jouer Juliette ? Eh bien, cette histoire, elle ne la jouait pas, elle la vivait !

Ce fut Ben qui abandonna le premier sa famille et se dirigea discrètement vers l'église. Lily, en revanche, délaissa presque à regret la discussion qu'avaient Elaine et Tim, Matt et Charlene à propos des Biller et de leur fils aîné. Les deux femmes n'en revenaient toujours pas de la ressemblance du jeune avec son père. Lilian trouvait cette insistance étrange : ses frères ne ressemblaient-ils pas à Tim et l'aîné de Charlene n'était-il pas le portrait tout craché de son père ? Et personne n'avait fait tant d'histoires. En tout cas, fort occupés, les quatre adultes ne remarquèrent pas son départ. Elle découvrit Ben en train de graver leurs initiales dans le vieux hêtre de l'extrémité est du cimetière. Elle trouva ce geste romantique, à défaut d'être judicieux. Il ne pouvait en effet exister beaucoup de L.L. et de B.B. dans Greymouth !

— Lily, dit-il, radieux, je suis si heureux de te revoir. Cette fille étrange, à Oaks Garden, m'a révélé que tu rentrais chez toi. Mais je pensais qu'il s'agissait de Londres, de la Cornouaille, ou de je ne sais où en Angleterre. Tu ne m'avais pas dit que tu étais de Greymouth !

— Moi aussi, je croyais que tu étais de Cambridge ou des environs. Et je te croyais pauvre, à cause de la bourse.

— Non, jeune seulement. De là le traitement de faveur. Comme j'avais sauté quelques classes, les universités se disputaient mon inscription. Grâce à la bourse, j'ai pu étudier ce que je voulais, et pas ce que mes parents envisageaient. En tout cas jusqu'ici. Mais cette foutue guerre leur a donné un merveilleux prétexte pour me rappeler à eux. Me voilà maintenant enfermé dans ce bureau infâme, obligé de m'intéresser à la meilleure manière d'extraire de terre le charbon. Si ça ne tenait qu'à moi, il pourrait bien y rester!

Lilian resta interdite. L'idée de laisser le charbon en terre ne lui était jamais venue, et elle ne la trouvait pas très futée, car ce truc se vendait très cher. Mais Ben était un poète, il voyait les choses avec d'autres yeux. Elle se contenta donc de sourire.

— Mais tu as des frères. Ne comptent-ils pas reprendre la mine? Tu pourrais alors poursuivre tes études.

— Si, dit-il d'un air furibond, ils se font même la guerre à ce sujet. Sam n'a que douze ans et il en sait pourtant plus que moi sur l'affaire. Je suis malheureusement l'aîné… Mais parlons de toi, Lily. Tu ne m'as pas oublié?

— Jamais! Jamais je ne t'aurais oublié. C'était si bien, à Cambridge. Je voulais vraiment venir au rendez-vous. J'aurais tout fait… mais c'est justement ce jour-là que mon oncle est venu me chercher. Je n'ai pas pu m'échapper, il y avait sans cesse du monde autour de moi. Mais maintenant nous sommes là!

— Oui, nous sommes là. Et nous pourrions peut-être… enfin, je veux dire…

— Tu pourrais vérifier de quelle couleur sont mes yeux, remarqua Lilian, espiègle, tout en s'approchant, la tête levée.

Ben lui caressa timidement la joue, puis lui entoura les épaules de son bras. Lilian aurait pu prendre la terre entière dans les siens quand il l'embrassa.

— Qui était ce garçon, dans le cimetière?

Tim, rarement sévère avec sa fille, était à présent campé devant elle, aussi menaçant que cela lui était possible avec ses attelles et ses béquilles. Lilian, assise à sa table de travail dans le bureau paternel, venait de raccrocher l'écouteur.

Elle avait l'air plus heureuse et radieuse qu'à l'accoutumée. Un observateur plus exercé que Tim aurait peut-être décelé qu'elle était amoureuse, mais il avait plus le sens des bilans et des affaires à conclure que ce sens-là. Il venait de fêter avec un whisky la conclusion d'une livraison de bois satisfaisante, le partenaire étant Bud Winston qui fournissait les étançons pour l'extension de la mine envisagée. Tim avait soufflé à Florence Biller un plein wagon de ce précieux bois. Pour être juste, Tim devait ce succès à sa fille, qui avait mené les négociations. Mais, en ce jour, il se souciait moins de justice que des bruits qui circulaient dans Greymouth. Ils devaient s'être largement répandus puisque les gens de Bud Winston en étaient informés. Les fournisseurs de bois n'étaient pas les champions du colportage de rumeurs et il n'était que 11 heures, le lundi matin. L'après-midi, toute la ville saurait à coup sûr que Lilian Lambert rencontrait un garçon en cachette.

— Ce n'est pas la peine de nier, la vieille Tanner a tout vu. Elle est à vrai dire myope et n'a pas reconnu le jeune homme.

Lilian ressentit un peu d'inquiétude : si Mme Tanner, la commère de la ville, les avait vus s'embrasser, l'affaire ne serait pas simple.

— Qu'est-ce qu'elle a donc vu ? demanda-t-elle d'un ton aussi insouciant qu'elle le put.

— Tu as parlé à un garçon. En cachette, dans le cimetière. Toute la ville en parle.

— Alors, ça ne devait pas être si en cachette que ça, observa Lilian d'un ton distrait.

Elle était secrètement soulagée. Épuisé par sa visite en ville, Tim se laissa tomber sur la chaise de son bureau, ce qui le priva de sa position stratégique.

— Lilian, est-ce que c'était Ben Biller ? demanda-t-il alors. Son nom est venu dans la conversation et, lui mis à part, je ne vois personne d'autre, dans ces âges, qui pourrait te convenir.

— Tu trouves aussi qu'il peut me convenir? Oh, papa, s'écria-t-elle en bondissant et en faisant mine d'embrasser son père. Ben est merveilleux! Il est si doux, si gentil…

Tim la repoussa.

— Il est quoi? Lilian, tu ne parles pas sérieusement! En te promenant trois minutes entre les tombes avec lui, tu as découvert qu'il était l'homme de ta vie? s'exclama-t-il, oscillant entre colère et amusement.

— Exactement! dit-elle, rayonnante. Mais nous nous connaissons depuis Cambridge…

Elle raconta avec passion l'histoire de la compétition d'aviron, ne laissant de côté que quelques détails, notamment le baiser et le cœur gravé sur l'arbre.

— Il écrit des poèmes, papa! Pour moi!

— Lilian, tout cela peut te sembler très romantique, mais je préférerais que ce jeune homme écrive ses poèmes pour quelqu'un d'autre. Tu es trop jeune pour avoir un ami, et il est trop jeune aussi. À votre âge, je lançais encore des cerfs-volants.

Ce qui était vrai, même si les circonstances n'étaient pas aussi innocentes qu'il voulait le laisser entendre. À l'âge de sa fille, il était en internat en Angleterre, et le cerf-volant servait à transmettre des messages à la fille d'un fermier, prénommée Mary, dont le père fournissait le lait de l'école. Les choses n'étaient pas allées plus loin que quelques lettres d'amour, Mary ayant préféré choisir ses amis parmi les élèves plus âgés.

— Ben est très mûr pour son âge, affirma-t-elle. Il a sauté je ne sais combien de classes.

— Tout ça ne m'intéresse pas, Lilian. Ce garçon est certainement intelligent, ses parents ne sont d'ailleurs pas des idiots. Mais il devrait se servir de sa tête et ne pas flirter avec la seule fille de cette ville qui lui créera des difficultés. Tu ne peux tout de même pas tomber amoureuse du fils de Florence Biller, Lilian!

Agitant ses béquilles pour souligner son propos, il se trouvait lui-même ridicule.

Lilian rejeta en arrière ses cheveux d'un rouge flamboyant, relevant fièrement la tête.

— Si, je le peux!

— Tim, ce ne sont que des enfantillages. Comment peux-tu prendre cela au sérieux? s'étonna Elaine, assise dans son jardin et regardant, soucieuse et amusée, son mari écumant de rage.

Comme chaque fois qu'il était énervé, Tim ne pouvait rester en place. Avant son accident, il était un homme très alerte qui ne se montrait que rarement dans les bureaux. Il préférait le contact avec les mineurs, au fond et en surface, s'entretenait avec les fournisseurs et était un excellent cavalier durant ses heures de loisir. Des années après l'accident, il supportait difficilement d'avoir une mobilité réduite. Il effectuait donc des allers et retours entre le jardin et le potager, boitant bas et se lamentant à propos de la catastrophe imminente.

Il avait pourtant – de l'avis d'Elaine tout au moins – une part de responsabilité dans les derniers développements de l'histoire. Il n'avait rien trouvé de mieux, ce lundi matin, que de renvoyer à la maison sa fille qui était venue à la mine sur la petite jument Vicky, cadeau de Gwyneira. Estimant que Vicky, en raison de ses ancêtres pur-sang, devait parcourir de temps à autre de longues distances au galop, elle avait décidé qu'il était temps de lui dégourdir les pattes. Or, le chemin bien entretenu menant à la mine Biller s'y prêtait très bien. À mi-chemin, la jument, croisant la voiture des Biller, avait fait un écart. L'unique passager avait prié le chauffeur de stopper. C'était Ben!

Il était difficile, sans soumettre les deux intéressés à un pénible interrogatoire, de reconstituer ce qui s'était ensuite passé. Le chauffeur venait de raconter que le jeune monsieur qu'il ramenait de la mine sur l'ordre de Mme Biller avait voulu descendre de voiture, disant que la jeune dame avait peut-être besoin d'aide pour maîtriser sa monture. Ensuite, Ben, sans doute pour chercher Lilian, avait disparu dans la forêt de fougères bordant la rivière, le chauffeur n'ayant bien entendu pu le suivre.

— Mais pourquoi Florence a-t-elle renvoyé ce garçon? voulut savoir Elaine.

Lilian n'était toujours pas rentrée, mais elle n'en était pas préoccupée, sa fille partant souvent se promener à cheval pendant que le père quittait le travail en auto ou dans le cabriolet. De plus, elle n'était pas au courant de l'altercation du matin entre le père et la fille.

Le père, lui, était rentré à son heure habituelle, bien décidé à recourir aux grands moyens. Il aurait été plus furieux encore s'il avait appris que, sans se soucier de la privation de sortie qu'il lui avait infligée, elle se promenait quelque part. Elaine l'avait donc aussitôt conduit dans le jardin pour obtenir plus de détails.

— Pourquoi? répondit-il. Parce que quelqu'un lui a tout raconté, pardi! Ce genre de nouvelles se répand aussi vite qu'un feu de brousse! Ce qui m'étonne, c'est que rien ne t'en soit encore revenu aux oreilles!

Préférant ne pas avouer à son mari qu'elle et Charlene avaient bu le thé chez Mme Clarisse cet après-midi, entretenant une ancienne amitié, elle se contenta de hausser les épaules. Or, si toutes les rumeurs affluaient le soir chez Mme Clarisse, le jour, à l'heure où les honorables dames de la ville bavassaient, les belles de nuit, elles, dormaient.

— Et j'imagine que Florence est encore plus furieuse que moi! ajouta Tim.

— Plus encore? se moqua Elaine.

— En tout cas, elle vient de m'appeler. Et s'il était possible de cracher le feu par téléphone mon bureau serait à présent en cendres. D'après les dires de son chauffeur, notre Lily aurait traîné son Ben par les cheveux jusqu'à un bosquet et là elle…

Il s'interrompit.

— Pauvre garçon! s'amusa Elaine.

— Lainie, je t'en prie, sois sérieuse! Des relations tendues avec Florence, c'est tout sauf drôle. Et Lilian ne devrait pas les rendre plus difficiles encore, dit Tim, s'asseyant enfin.

— Mais de quoi est-elle donc coupable? Si je t'ai bien compris, elle a connu ce jeune homme à Cambridge. Ils ont un peu flirté et Lily est à présent folle de joie que le destin les ait à nouveau réunis. Tu la connais, elle est romantique jusqu'au bout des ongles. C'est stupide d'en faire un drame. Ça n'aura d'autre résultat que la pousser à s'obstiner.

— Ils se sont rencontrés en cachette!

— En plein après-midi, derrière l'église, se moqua à nouveau Elaine. Si secrètement qu'ils n'ont même pas remarqué la présence de Mme Tanner.

— C'est bien ce qui est inquiétant, grogna son mari. Ils étaient si occupés qu'ils ne…

— Mais quoi de plus normal chez de jeunes amoureux. Crois-moi, Tim, le mieux est de fermer les yeux. Et il serait encore bien mieux de laisser cette affection s'exprimer au grand jour. À devoir se rencontrer secrètement, ils vont se prendre pour Roméo et Juliette. Si les Capulet avaient invité le jeune Montaigu à dîner, Juliette aurait vite compris que le jeune ne pensait qu'à se battre en duel et qu'il était trop stupide pour exécuter des instructions simples sans aussitôt se poignarder.

Tim ne put s'empêcher de sourire.

— Les Capulet auraient transformé ce dîner en un bain de sang, remarqua-t-il. Du moins s'ils avaient eu le caractère de Florence. C'est pourquoi notre propre attitude est plus ou moins sans importance: jamais elle n'acceptera cette amitié. Et, en ce qui me concerne, je lui ai promis d'interdire à Lilian de fréquenter son fils, une interdiction stricte!

Il se leva avec peine, comme pour affirmer son autorité. Elaine le soutint, mais ne put s'empêcher de remarquer :

— Ma foi, tu verras bien ce que cela te rapportera !

— Je t'en prie, Florence, que fait-il donc de si terrible ?

Caleb Biller avait pour habitude d'éviter les affrontements avec sa femme, mais, dans ce cas, cela lui aurait semblé relever de la lâcheté. C'est pourquoi il sirotait à présent son second whisky. Le premier verre, pour se donner du courage, le deuxième pour s'y raccrocher en cas de besoin. Mais quand Florence s'était ruée dans le salon en proférant des accusations contre leur fils Ben, il avait failli laisser tomber son précieux verre de cristal. Florence avait la réputation d'être soupe au lait, mais elle réussissait en général à se contrôler. S'il lui arrivait néanmoins d'engueuler sans retenue un employé, c'était parce qu'elle le jugeait absolument nécessaire.

À ses débuts de directrice, on ne l'avait souvent pas prise au sérieux. Le souci du concret – certainement considéré comme une force chez un patron masculin – était, chez une femme, interprété comme une faiblesse. Florence n'avait pu s'imposer qu'en sacrifiant des têtes et, à un moment donné, elle avait fini par prendre plaisir à ce jeu. Elle était désormais crainte aussi bien par ses fournisseurs et ses partenaires en affaires que par ses employés. Même en colère, elle restait intérieurement d'une froideur de glace et veillait à ce que son apparence n'en fût pas affectée. Son « uniforme de bureau » – corsage blanc et jupe bleu foncé à la coupe stricte – était toujours repassé de frais, sans une seule tache de sueur, même en plein été.

Il en allait autrement ce jour-là. Son fils l'avait fait sortir de ses gonds. Écarlate, le chignon en bataille, le chapeau de travers, elle ne s'était visiblement pas donné la peine de se regarder dans la glace de son bureau !

— Il a rencontré une fille ! répondit-elle, indignée, faisant les cent pas dans la pièce. Contre mon ordre exprès !

— Qu'est-ce qui est en question? Le fait que ce soit une fille? Ou bien une fille bien précise? Ou qu'il ait désobéi? s'informa-t-il avec un sourire.

— Tout à la fois! le foudroya-t-elle. Il doit obéir à mes ordres! Et pour ce qui est de la fille… il a fallu que, parmi toutes les filles du monde, il choisisse cette Lilian Lambert! Cette petite peste insolente à l'ascendance plus que douteuse!

— La petite Lilian est certes un peu singulière, observa Caleb sans se mouiller outre mesure. Mais qu'y a-t-il de douteux dans son ascendance?

— Elaine O'Keefe – ou bien devrais-je dire Lainie Keefer? – est une ancienne fille de Mme Clarisse. Et Lilian est née quelques mois seulement après le mariage. Dois-je en rajouter?

— En matière d'ascendance, on pourrait dire des tas de choses…, soupira Caleb. Mais Lainie n'a jamais été une fille de joie. Elle était la pianiste du bar, pas davantage. La paternité de Tim concernant Lilian est incontestable!

— Elaine O'Keefe a abattu son premier mari!

— Légitime défense, si je me souviens bien, argumenta Caleb qui détestait que l'on réchauffe les vieilles histoires. En tout cas, Tim est toujours bien vivant. Ce n'est donc pas une habitude chez elle et je doute que ce soit héréditaire. En plus, Ben n'a rencontré qu'une seule fois la petite Lambert. Le mariage n'est pas à l'ordre du jour!

— Une chose en entraîne une autre. En tout cas, elle lui fourre de drôles d'idées dans la tête. Voilà ce que j'ai trouvé au bureau, dit-elle en sortant de sa poche une feuille de papier. Il écrit des poèmes!

Caleb prit la feuille, la parcourut des yeux et commença à lire à haute voix:

— «Rose de Cambridge, mon bateau est à toi, jusqu'à la mort je t'attendrai, où que tu sois.» C'est effectivement inquiétant, observa Caleb en buvant d'un trait un troisième whisky. Il est peut-être bon linguiste, mais il n'est pas doué sur le plan littéraire.

— Caleb, arrête de plaisanter! Ce garçon est rebelle et je vais lui en faire passer le goût! Idem pour ses goûts d'écrivailleur. Il apprendra à penser comme un homme d'affaires!

— Jamais il ne pourra, osa Caleb en ressaisissant la bouteille de whisky. Il n'est pas né pour ça, Florence. Pas plus que moi. C'est d'ailleurs mon fils!

Elle se tourna vers lui, un sourire lui retroussant les lèvres. Caleb frémit en apercevant dans ses yeux le même mépris que dans les yeux de son père autrefois.

— Voilà à coup sûr l'origine du mal! siffla-t-elle, venimeuse. Tu entends la porte? Je crois qu'il rentre.

Elle bomba le torse.

— C'est lui! Et maintenant je vais lui faire passer à coups de bâton le goût de la petite Lambert! Et le goût de la poésie aussi!

Elle sortit en trombe.

Caleb but son quatrième verre.

— Tu verras bien où cela te mènera..., murmura-t-il en pensant à la nuit où, avec Florence, il avait été à la hauteur. La seule et unique fois.

Caleb avait perdu toute confiance en lui quand il avait demandé la main de Florence, peu après avoir pourtant fait des pieds et des mains pour ne pas se marier. Caleb n'en pinçait pas pour les femmes. Quand il songeait à l'amour, c'étaient toujours des corps d'homme qui surgissaient devant ses yeux et il n'avait connu de plaisir sexuel qu'une fois dans sa vie: son compagnon de chambre quand il était interne en Angleterre avait été son ami. Plus qu'un ami.

Mais, fils d'entrepreneur à Greymouth et désespérant de jamais pouvoir donner libre cours à ses penchants, Caleb s'était résigné à une existence de célibataire, provoquant la colère de ses parents qui attendaient un héritier. Il avait alors rencontré la chanteuse Kura-maro-tini qui avait fort apprécié ses talents de pianiste et de compositeur. Ils avaient ensemble mis sur pied un premier spectacle, rendant visite à de nombreuses tribus maories pour étudier leur art et leur musique. Ses parents, pendant ce temps, arrangeaient un mariage entre lui et Florence Weber, perspective qui le remplissait d'épouvante. Il avait fini par avouer ses penchants à Kura dont il était devenu un intime. Caleb se souvenait encore de son immense soulagement quand la jeune femme avait accueilli cette nouvelle avec flegme. Ayant effectué, avant d'atterrir à Greymouth, une tournée en Australie et en Nouvelle-Zélande avec une troupe de chanteurs et de danseuses d'opéra, elle avait constaté que l'amour entre hommes était dans ce milieu chose normale. Elle avait alors concocté un plan qui permettrait à Caleb de vivre sa vie sur les plans sexuel et artistique : s'il acceptait d'être son accompagnateur au piano et le compositeur de ses morceaux, il pourrait quitter Greymouth et organiser son existence à son gré.

Mais ce beau plan s'était fracassé contre la timidité du jeune homme : son trac, avant la plus modeste des représentations, lui ôtait le sommeil ; l'idée de participer à des spectacles le rendait malade. Capitulant, il avait laissé tomber Kura et passé un accord avec Florence : en échange d'un mariage blanc, elle dirigerait la mine.

À vrai dire, il n'avait pas été évoqué que Florence envisageait de transmettre un jour sa mine à la chair de sa chair. Caleb avait été indigné de la voir soupeser du regard certains employés de bureau, voire de la mine. L'élu avait été son secrétaire. Caleb aurait sans doute fermé les yeux durant ses périodes dépressives, mais il avait repris du poil de la bête après le mariage : délivré de la corvée que représentait pour lui le travail à la mine, il s'était mis à écrire des articles pour des revues spécialisées et, à sa grande surprise, avait déclenché une vague d'enthousiasme. L'art maori était encore un domaine inexploré. Les journaux rivalisèrent pour publier des articles de lui, si bien qu'il entra en correspondance avec diverses universités de l'Ancien et du Nouveau Monde. De son côté, Kura connaissait le succès en Europe et, fidèle à sa promesse, lui virait sa part des gains. Il avait acquis célébrité et fortune.

Pour la première fois de sa vie il monta donc sur ses ergots, refusant d'être cocufié par un petit secrétaire.

Florence n'avait rien vu venir. Elle s'était abandonnée à un certain sentiment envers ce premier amant, s'autorisant des attitudes qu'elle devait plus tard regretter. Ses yeux brillaient quand, rencontrant Terrence Bloom, elle couvait d'un regard possessif ses formes élancées et athlétiques. Faveur dont Terrence abusa bien entendu aussitôt.

Les partenaires en affaires et les fournisseurs s'étonnaient de le voir soudain exprimer des avis et des propositions. Loin de le tancer, Florence tenait ses propos pour paroles d'Évangile. Les méchantes langues de la ville commencèrent à s'en donner à cœur joie et Caleb, lui, se mit à adresser des regards noirs au secrétaire, lequel y répondait avec arrogance. Si elle avait eu un peu de flair, Florence aurait senti monter la tension dans ses bureaux. L'ultime éclat se produisit un week-end : Caleb comptait le passer dans une tribu maorie itinérante qu'il croyait trouver dans la région de Punakaki mais qu'il rencontra plus au sud, à proximité de Greymouth. Après avoir échangé des cadeaux, évoqué des souvenirs de rencontres antérieures, joué de divers instruments maoris et bu force whiskys, il n'avait pas eu à passer la nuit sous une tente comme prévu. À son retour tard dans la nuit, pas totalement dégrisé, il avait cependant gardé l'oreille assez fine pour identifier la nature des bruits venant de la chambre de Florence.

Sans plus réfléchir, il avait ouvert brusquement la porte. Il s'abandonnait rarement à une colère aveugle, mais, à la vue de sa femme dans les bras de l'insolent secrétaire – dans ses propres murs ! –, son sang ne fit qu'un tour. Il n'en vint bien entendu pas aux mains. Gentleman jusqu'au bout des ongles, il resta comme pétrifié dans l'encadrement de la porte, tandis que Florence se redressait en rougissant et que son amant tentait de la protéger de son corps.

— Monsieur Bloom, vous allez quitter sur-le-champ ma maison et mon entreprise, énonça Caleb calmement, mais la lèvre tremblant de fureur. Je souhaite ne plus vous voir à Greymouth. Au cas où quelqu'un envisagerait de vous employer, j'userais de mon influence. Il serait extrêmement compromettant pour vous si je devais révéler que vous avez cherché à profiter de ma famille sur un plan… disons financier. En revanche, si vous disparaissiez incontinent, mon épouse vous rédigerait sans aucun doute un excellent certificat.

Ce petit discours sidéra Terrence et Florence. Le secrétaire vida les lieux, habits sous le bras, sans que Caleb lui accordât un regard.

— Quant à toi, Florence…, avait repris Caleb au terme d'une profonde inspiration. Aimes-tu ce type, ou bien est-ce une simple question de… reproduction?

Il avait lancé ce dernier mot comme on crache, mais Florence, sans se démonter, le fusilla du regard.

— Tu ne vas tout de même pas me refuser un héritier? demanda-t-elle. En tout cas, ton père serait très déçu s'il s'avérait que tu…, commença-t-elle en jetant un regard qui en disait long sur le bas-ventre de son mari.

Celui-ci inspira une nouvelle fois longuement. La soirée avec les Maoris l'avait peut-être comblé sur un plan artistique, mais elle avait aussi éveillé en lui un autre désir. Comme chaque fois qu'il voyait les hommes danser leur *haka*, son membre se durcissait et il repérait l'un des guerriers dont il évoquait ensuite l'image quand il se satisfaisait lui-même. Il essaya alors d'interposer entre lui et le corps nu de Florence l'image du danseur tatoué et musclé.

— Je ne voudrais décevoir ni lui ni toi, dit-il en déboutonnant son pantalon.

Pourvu qu'elle n'entame pas une discussion, se dit-il, je ne veux pas entendre sa voix, ni subir d'autres vexations!

— Ferme-la ! s'exclama-t-il en lui posant une main sur la bouche quand elle s'apprêta à parler.

Se jetant sur elle, s'aidant des mains et des genoux, il l'immobilisa en soulevant son corps pour la pénétrer. Il s'efforça de se concentrer sur le rythme saccadé du *haka*, de ne voir que le jeu des muscles des danseurs… les fortes mains des guerriers agitant leurs javelots, leur peau luisante de sueur… Il réussit à alimenter son imagination durant tout le temps qu'il lui fallut pour entrer en elle. Elle poussa un petit cri quand il remua. Elle aurait dû être mouillée, mais elle ne l'était pas. Il éprouva un vague sentiment de culpabilité à l'idée de lui faire mal, puis il l'oublia. Il ne fallait pas penser à Florence, sinon… il poussa au rythme du *haka*. Il était le javelot dans la main de son danseur favori… celui-ci le tenait ferme, le pressait entre ses doigts… et finissait par le lâcher afin qu'il volât au but, formant avec le guerrier un seul corps, une seule âme… Caleb s'écroula sur Florence, son arme ayant perdu toute énergie.

— Je suis désolé ! dit-il tout bas.

Le repoussant, elle se leva péniblement et partit en titubant vers la salle de bains.

— Je m'excuse, répondit-elle. Ce que j'ai fait était impardonnable. Et toi, ce que tu as fait… eh bien, disons que nous avons rempli notre devoir !

Caleb ne remplit plus jamais son devoir et Florence évita soigneusement de l'offenser à nouveau. Elle était écarlate quand, quelques semaines après cette scène, elle lui annonça qu'elle était enceinte.

— J'ignore bien sûr si…

Caleb acquiesça.

— Tu voulais un héritier. D'en avoir un ou pas m'est assez indifférent.

Durant les premiers mois, Caleb et Florence ne surent pas de qui descendait le petit Ben. La mère de Caleb prétendait, elle, que l'enfant ressemblait à son fils comme deux gouttes d'eau. Ce qui finit par devenir incontestable. Et pas seulement en raison de la ressemblance physique! Le gamin laissa bientôt deviner qu'il aurait un caractère réservé et un esprit curieux. Il apprit à lire dès quatre ans, et il était difficile de l'éloigner des livres de son père. La musique et l'art l'intéressaient à vrai dire moins que les langues. Il se plongeait dans les dictionnaires et s'imbibait sans peine des phrases en maori que lui proposait Caleb.

Comme, à sept ans, il s'ennuyait à mourir à l'école élémentaire de Greymouth, Florence accéda au souhait de son mari d'envoyer Ben en Angleterre. Caleb avait en vue le développement intellectuel de l'enfant, Florence plutôt sa «normalisation». Ce garçon tranquille et sensible, qui maîtrisait déjà des opérations arithmétiques compliquées mais qui se laissait toujours duper par ses petits frères quand il s'agissait d'acheter des bonbons, l'inquiétait. Sam, le second, qui lui ressemblait plus qu'à son géniteur, un jeune porion, réussissait bien mieux dans la vie. Il se disputait et se battait comme un vrai garçon et, peu soucieux de comparer le maori avec d'autres langues polynésiennes, il arrachait leurs pattes à des wetas. Le troisième, Jake, tenait lui aussi de sa mère, bien que celle-ci décelât chez lui de nettes similitudes avec son père, un employé de bureau. Elle avait au préalable pris ses précautions, ayant congédié ou expédié le porion et le comptable dans des houillères d'autres régions sitôt la grossesse constatée. Elle annonçait ensuite seulement à Caleb qu'elle était de nouveau dans une position intéressante. Il avait reconnu les enfants sans aucun commentaire.

Caleb eut un sourire en pensant à son unique fils biologique. Il ne pouvait lui en vouloir d'avoir une liaison avec Lilian Lambert. Bien au contraire! Jamais il ne s'était senti aussi soulagé! Bon, la fille qui avait conquis le cœur de Ben n'était peut-être pas parfaite, mais au moins c'était une fille. Il n'avait pas transmis à son fils sa funeste prédisposition.

Ben n'aurait pas à lutter contre des désirs qui lui auraient valu le mépris général.

Tandis que leurs parents se querellaient et ruminaient, Lilian et Ben marchaient main dans la main dans la forêt de fougères, franchissant talus et taillis, tentant de suivre le cours de la rivière malgré l'absence de sentier, pour retrouver les souvenirs de leur promenade au bord de la Cam. Les yeux de Lilian brillaient quand Ben, galant, l'aidait à avancer sur un terrain inégal qui, en temps ordinaire, ne l'aurait en rien gênée. Petite, elle était d'ailleurs plus agile sur ses jambes que Ben. Le reste du temps, ils bavardaient avec animation, évoquant leurs projets. Ben expliquait qu'il n'était pas malheureux du tout de son retour en Nouvelle-Zélande, les universités de Dunedin, de Wellington ou d'Auckland lui offrant d'excellentes possibilités de recherche dans le domaine linguistique.

— Les langues polynésiennes. Chaque île possède en fait son propre idiome, même s'il y a bien sûr des parentés entre eux. Mais c'est justement là tout l'intérêt de la chose : la comparaison du maori et des autres langues devrait permettre de localiser la région d'où sont venus les premiers habitants de la Nouvelle-Zélande.

Lilian, bien que ne parlant pour ainsi dire pas un mot de maori, était suspendue à ses lèvres. Elle se souciait généralement fort peu de savoir où pouvait se trouver Hawaiki, le pays mythique. Mais, puisque Ben en parlait, c'était bien entendu différent.

Elle-même raconta son séjour à Kiward Station où, en dépit des deuils, elle avait été très heureuse. Elle rêvait de vivre un jour dans une ferme, avec des animaux et une foule d'enfants autour d'elle.

Bien que n'aimant ni les chiens ni les chats et devant se forcer pour monter sur un cheval, Ben était suspendu à ses lèvres. Les autos lui plaisaient bien davantage, quoiqu'il n'en ait encore jamais conduit. Et les petits enfants ? Jusqu'ici, il les avait plutôt trouvés bruyants et gênants. Mais si Lilian rêvait d'une vie de famille, c'était bien entendu différent.

Lilian écrivit à son amie anglaise une longue lettre dans laquelle elle expliqua combien Ben et elle-même avaient de choses en commun. Ben, lui, confia à un nouveau poème le miracle d'une rencontre entre âmes sœurs.

3

Se changeant pour le dîner, Gwyneira accepta, chose nouvelle, l'aide de l'une des bonnes maories. Récemment encore, elle sentait à peine son âge, mais, après les malheurs des dernières semaines, elle était souvent trop lasse pour mettre un corset et échanger sa robe de la journée contre un élégant tailleur. Sans trop savoir pourquoi, elle respecta ce soir-là la tradition que, jeune femme, elle avait trouvée fastidieuse. Elle n'allait pourtant partager sa table qu'avec son fils dont le désespoir ne cessait de lui déchirer le cœur. Elle aussi était affligée. James lui manquait au-delà de toute expression. Il avait été son deuxième moi, son miroir, son ombre. Elle avait ri et s'était querellée avec lui et, depuis qu'ils s'étaient enfin retrouvés, ils avaient rarement été séparés plus d'une journée. Sa perte, pourtant, s'était peu à peu annoncée. Il avait quelques années de plus qu'elle et, ces dernières années, il avait décliné à vue d'œil. Charlotte, en revanche… Jack avait espéré avoir avec elle une longue vie commune. Ils voulaient avoir des enfants, ils avaient élaboré des projets. Gwyneira comprenait fort bien que son fils fût inconsolable.

Elle ressentait parfois un peu de colère envers sa belle-fille. Bien sûr, Charlotte n'était pas responsable de sa maladie. Mais sa décision unilatérale, au cap Reinga, l'avait brusquement enlevée à Jack, sans lui laisser le temps de lui dire adieu et de s'habituer à l'idée de la perte. D'un autre côté, elle comprenait trop bien cette résolution. Elle aussi aurait préféré une mort rapide à une fin lente et douloureuse.

Elle accepta en soupirant que Wai lui pose un châle noir autour des épaules. Depuis la mort de James, elle portait le deuil, encore une coutume qu'elle respectait malgré son inutilité : rien ne l'obligeait à manifester son chagrin, car Jack n'avait pas changé sa tenue depuis son veuvage, tandis que les Maoris ignoraient de toute façon l'usage du deuil.

— Est-ce que je peux partir maintenant, miss Gwyn ? Kiri veut que je l'aide à la cuisine.

Wai n'aurait pas eu besoin de poser cette question, mais, nouvelle dans la maison, elle était un peu intimidée. La tristesse permanente et l'atmosphère lugubre de la maison renforçaient encore son malaise.

Gwyneira l'encouragea d'un sourire.

— Naturellement, Wai. Merci beaucoup. Et si tu rentres chez toi ce soir, prends quelques pommes de terre de semence pour Rongo. Sa tisane m'a aidée à m'endormir.

Les Maoris… Gwyneira se mit à penser avec chaleur à la tribu des Ngai Tahu établie à Kiward Station. Et pas uniquement à ses fidèles employés ou à la magicienne Rongo Rongo. Même Tonga, le chef, son ancien opposant, lui était désormais sympathique. Après la mort de James, il l'avait aidée à résoudre un dilemme : où l'enterrer ?

Comme dans toutes les grandes fermes à l'écart des villes, il y avait un cimetière familial à Kiward Station. Gérald Warden, le fondateur de l'exploitation, ainsi que sa femme Barbara y reposaient. Paul également, le fils de Gérald. Pour Lucas Warden, son premier époux, elle avait fait poser une plaque commémorative. Mais James n'était pas un Warden, Charlotte non plus. Tout se hérissait en elle à l'idée d'enterrer ces deux êtres à côté du fondateur de la ferme. Les Greenwood avaient d'ailleurs demandé à ce que leur fille reposât à Christchurch, ce qu'avait accepté Jack.

Mais James? Gérald Warden avait pourchassé son ancien contremaître qu'il considérait comme un voleur de bétail. Il aurait été fou furieux s'il avait appris que ce dernier était le père de sa petite-fille Fleurette. Gwyneira trouvait indécent de faire côtoyer ces deux hommes dans la mort, mais elle n'avait pas eu la force de décider où ouvrir un nouveau cimetière dans la ferme.

C'est alors qu'elle avait reçu la visite de Tonga venu lui exprimer ses condoléances au nom de sa tribu. Revêtu de ses habits traditionnels de chef, il avait néanmoins renoncé à son escorte et à la hache de guerre. Il s'était incliné devant elle et lui avait dit avec courtoisie, en excellent anglais, ses regrets. Il avait ajouté qu'il restait des points importants à discuter.

Gwyneira pensait aujourd'hui encore avec mauvaise conscience à l'irritation qui l'avait gagnée à l'idée que Tonga allait revendiquer de nouvelles terres ou protester à propos de moutons égarés en des lieux dont il prétendait, depuis peu d'ailleurs, que les Maoris les considéraient depuis trois cents ans comme des *tapu*, des endroits inviolables et sacrés.

Or, le chef l'avait surprise.

— Vous savez, miss Gwyn, qu'il est très important pour mon peuple de réunir harmonieusement les esprits de la même famille. Nous accordons la plus grande importance à l'emplacement approprié d'une tombe, et M. James le savait. Il a donc rencontré notre totale compréhension quand, voilà quelque temps, il a adressé une prière particulière aux aînés de la tribu, à propos d'une *urupa*, un lieu d'inhumation pour lui… et plus tard pour vous aussi et votre fils. Si vous en êtes d'accord, miss Gwyn, nous acceptons de notre côté qu'il soit enterré dans le lieu sacré que vous avez appelé le cercle des guerriers de pierre. M. James a expliqué qu'il revêtait une importance particulière pour vous.

Gwyneira avait rougi et avait été sur le point de fondre en larmes devant le chef. Cet amas de rochers en pleine prairie, en forme de cercle, avait été, bien des années plus tôt, leur lieu de rendez-vous et d'ébats amoureux. Gwyneira avait la conviction que leur fille Fleurette avait été conçue en cet endroit.

Elle avait remercié Tonga avec dignité et, quelques jours plus tard, James avait effectivement été enterré entre les pierres, en présence du cercle familial le plus restreint qui soit, mais de l'ensemble de la tribu maorie. Gwyneira en était heureuse. Le *haka* de deuil des Maoris aurait bien davantage plu à James que le groupe de musique de chambre de Christchurch qui avait joué lors des obsèques de Charlotte. Celle-ci aurait d'ailleurs elle aussi vu les choses de cette façon, mais Jack avait été incapable d'organiser quoi que ce soit. Il avait laissé ce soin aux Greenwood, restant renfermé sur lui-même pendant la cérémonie. Il était aussitôt reparti pour Kiward Station où il avait laissé libre cours à sa détresse.

Sa mère et ses amis bergers essayaient de le réconforter ou, au moins, de l'occuper, mais il semblait toujours travailler dans un demi-sommeil. Quand il y avait des décisions à prendre, c'était Gwyneira qui s'en chargeait en accord avec le contremaître Maaka. Jack ne parlait qu'en cas de force majeure, mangeait peu et passait le plus clair de son temps à ruminer dans la chambre qu'il avait partagée avec Charlotte. Il se refusait à trier ses affaires et à s'en débarrasser. Un jour, sa mère le trouva sur son lit, une robe de Charlotte dans les bras.

— Elle a gardé son parfum, dit-il, gêné.

Gwyneira se retira sans un mot.

Aussi fut-elle surprise, ce soir-là, de le trouver lavé et en habit, sans son pantalon de travail ni sa chemise pleine de sueur. Elle lui avait, la veille, gentiment reproché de se laisser aller.

— Ça n'arrangera rien, Jack ! Et crois-tu que cela aurait plu à Charlotte de te voir souffrir comme un chien ?

Sunday, la vieille chienne de James, et Nimue, celle de Gloria, étaient couchées devant la cheminée. Quand

Gwyneira entra, elles se relevèrent et la saluèrent. Gwyn songea avec tristesse qu'elle n'avait plus depuis longtemps dressé de collie pour son propre compte. Et Jack lui-même… elle décida de le forcer à prendre un chiot de la prochaine portée.

— Maman, dit-il en lui avançant une chaise, je veux te parler.

— Cela ne peut-il attendre que nous ayons mangé? demanda-t-elle en souriant. Je vois que tu t'es mis sur ton trente et un et j'aimerais bien que nous profitions de ce moment ensemble. Les hommes sont-ils partis avec les derniers moutons?

On était en novembre et la montée aux alpages avait déjà eu lieu, mais Gwyneira avait préféré ménager quelque temps des brebis ayant agnelé tardivement et des bêtes âgées qui sortaient affaiblies de l'hiver. Les hommes qui les menaient relèveraient les deux Maoris partis avant eux.

Entre-temps, Wai avait servi le dîner, mais Jack se contentait de farfouiller dans son assiette.

— Oui, répondit-il, et, à dire vrai, maman, je me suis sérieusement demandé si je ne devrais pas mener ces bêtes moi-même. Je n'en peux plus ici. J'ai essayé, mais je n'y arrive pas. Tout, chaque recoin, chaque meuble, chaque visage, me rappelle Charlotte. Et je ne le supporte pas. Je n'ai plus la force. Tu le dis toi-même, je me laisse aller.

Il passa une main nerveuse dans ses cheveux, hésitant à poursuivre.

— Je comprends très bien, dit Gwyn avec tendresse. Mais que comptes-tu faire? Mener une vie d'ermite dans les montagnes ne me paraît pas une bonne idée. Tu pourrais peut-être passer quelques semaines chez Fleurette et Ruben?

— Et les aider au magasin? Je ne pense pas être doué pour ça. Et ne me parle pas non plus de Greymouth! J'aime bien Lainie et Tim, mais je n'ai pas goût à être mineur. Et puis je voudrais ne pas être à la charge de quelqu'un, mais me rendre utile.

Il se raidit soudain.

— Bref, maman, ce n'est pas la peine de continuer à tourner autour du pot. Je me suis engagé dans l'ANZAC, dit-il, expirant profondément dans l'attente de sa réponse.

— Dans quoi?

Jack se frotta le front: ce serait plus difficile que prévu.

— Dans l'ANZAC, le corps d'armée australien et néo-zélandais.

— Dans l'armée? demanda Gwyn, cherchant, effrayée, à croiser son regard. Tu ne parles pas sérieusement, Jack, c'est la guerre!

— Justement, maman. On va nous envoyer en Europe. Ça me changera les idées.

— Je veux bien te croire, fulmina sa mère. Quand les balles te siffleront aux oreilles, tu auras du mal à penser à Charlotte! Tu déraillles, Jack! Tu veux te suicider? Tu ne sais même pas pour quoi tu vas combattre!

— Les colonies ont promis à leur mère patrie leur soutien sans réserve…, dit-il, jouant avec sa serviette

— Les hommes politiques depuis qu'ils existent disent n'importe quoi!

Le fils avait au moins tiré sa mère de la léthargie qui l'accablait depuis son deuil. Assise très droite, elle combattait, ses yeux lançant des étincelles.

— Tu n'as aucune idée de ce qui est en jeu dans cette guerre, mais tu veux t'en aller pour abattre des gens dont tu ignores tout et qui ne t'ont rien fait. Pourquoi ne pas te jeter tout de suite du haut des falaises, comme Charlotte?

— Il n'est pas question pour moi de me suicider. Il s'agit de… de…

— … défier Dieu, n'est-ce pas? poursuivit Gwyn qui se leva et se dirigea vers l'armoire qui contenait depuis des décennies la provision de whisky.

Elle avait l'appétit coupé et il lui fallait quelque chose de plus fort que du vin de table.

— C'est bien ça, Jack? Tu veux voir jusqu'où tu peux aller jusqu'à ce que le diable t'emporte. Mais c'est une folie, et tu le sais!

— Je suis navré, mais tu ne me feras pas changer d'avis. Ce serait d'ailleurs inutile, je me suis engagé.

Ayant rempli son verre, Gwyneira se retourna vers son fils, ses yeux ne reflétant plus que le désespoir.

— Et qu'est-ce que je deviens, moi? Tu me laisses toute seule, Jack!

Le jeune homme soupira. Pensant à sa mère, il avait sans cesse repoussé sa décision. Il avait également continué à espérer le retour de Gloria qui était en tournée avec ses parents en Amérique. Kura devait pourtant avoir entretemps découvert que sa fille ne pouvait l'aider à répéter. Les dernières lettres de celle-ci étaient comme toujours insipides, mais il croyait lire entre les lignes sa frustration et son désespoir.

> New York est une grande ville. On peut s'y perdre. Je suis allée dans quelques musées. Dans l'un, il y avait de l'art de Polynésie. Il y avait des massues de combat maories. J'aimerais que la guerre en Europe soit terminée...
>
> La Nouvelle-Orléans est une Mecque pour tous ceux qui aiment la musique. Mes parents y sont heureux. Moi, je ne supporte pas la chaleur; l'humidité y règne partout. Chez vous, ce doit être l'hiver...
>
> Je travaille beaucoup, j'accompagne les danseuses au piano. Mais je préfère aider Tamatea au maquillage. Elle m'a fardée un jour. Je ressemblais à une fille maorie de notre tribu, à Kiward Station...

Ces lignes ne reflétaient pas l'enthousiasme et les parents devraient un jour ou l'autre en convenir. Jack espérait qu'ils la renverraient bientôt, donnant ainsi à Gwyneira de nouvelles responsabilités et une nouvelle envie de vivre. Lui-même ne se sentait pas capable de remonter le moral de sa mère. Il voulait partir, peu importait où.

— Je suis désolé, maman, dit-il, désireux de la prendre dans ses bras, mais incapable de se lever. Ça ne durera pas longtemps. On dit que la guerre sera finie dans quelques semaines et alors je pourrai… alors je visiterai peut-être un peu l'Europe. On se rend d'abord en Australie. La flotte appareille à Sydney. Trente-six bateaux, maman. Le plus grand convoi qui ait jamais traversé l'océan Indien.

Gwyneira vida son verre d'un trait. Tout lui était égal, le grand convoi, la guerre en Europe. Elle sentait seulement son monde s'écrouler autour d'elle.

Roly aidait son patron à se changer pour le dîner, chose inhabituelle chez les Lambert. Mais, ce soir, avait lieu dans le Grand Hôtel une réunion entre les propriétaires des mines locales et les représentants de la New Zealand Railway Corporation. Au terme d'un dîner donné dans les règles, auquel les dames étaient invitées, les intéressés se retireraient pour discuter de l'augmentation des quotas d'extraction en raison de la guerre et d'éventuelles réglementations communes en matière de transports. L'élévation de la production exigeait de mettre en exploitation de nouveaux wagons et de nouveaux trains spéciaux pour acheminer le charbon vers les ports de haute mer de la côte Est. Tim souriait déjà à l'idée de la réaction qu'auraient les représentants du chemin de fer en voyant Florence se joindre aux hommes et probablement aussi tenir le crachoir.

Depuis l'histoire entre Lilian et Ben, les relations entre les deux familles s'étaient encore détériorées. Florence semblait tenir Tim pour responsable du fait que Ben continue d'écrire des poèmes et de se désintéresser de la mine. Tim se demanda si elle amènerait son fils à la réunion, peut-être à la place de son époux qui se dérobait habituellement aux contraintes sociales. Les Lambert s'étaient en tout cas résolus, à titre de précaution, à laisser Lilian à la maison. Aussi leur fille faisait-elle la tête depuis le matin.

Roly, toujours prêt à émettre des commentaires sur tout et n'importe quoi, était silencieux, ce qui finit par intriguer Tim.

— Que se passe-t-il, Roly ? Pourquoi une telle morosité après ton jour de congé ? Une dispute avec Mary ? Ou bien ta mère a-t-elle des problèmes ?

— Ma mère va bien… Mary aussi. C'est juste que… Monsieur Tim, pourriez-vous vous passer de moi quelques semaines ?

Voilà, c'était dit. Présentant sa veste à Tim, Roly le regardait avec espoir. Tim la mit avant de répondre.

— Tu envisages des vacances, Roly ? Pas une mauvaise idée du tout, jamais tu n'as eu plus qu'un jour de congé depuis que tu travailles pour moi. Mais pourquoi si soudainement ? Où comptes-tu aller ? S'agit-il d'un voyage de noces ?

Roly rougit jusqu'aux oreilles.

— Non, non, je n'ai encore rien demandé à Mary… je veux dire… je… les autres disent qu'avant de se marier il faut avoir vécu un peu…

— Les autres ? Quels autres ? Bobby et Greg, tes copains de la mine ? Qu'est-ce qu'ils veulent donc vivre d'extraordinaire avant de mener à l'autel leur Bridie ou leur Carrie ? rétorqua Tim en se levant et en se contemplant dans le miroir.

Les attelles le contrariaient d'autant plus qu'il allait rencontrer des inconnus. Il voyait déjà leurs regards étonnés en présence d'un estropié et d'une femme… Au fond, il devrait être reconnaissant à Florence de détourner de son infirmité un peu de curiosité.

— Bobby et Greg partent à l'armée. Dois-je encore vous raser, monsieur Tim ? Depuis ce matin, quelques poils ont déjà repoussé.

— Ces garçons se sont engagés dans l'ANZAC ? s'alarma Tim. Tu ne vas pas me dire que tu envisages toi aussi… ?

— Si, monsieur Tim. Je… j'ai… Ma mère dit que c'était prématuré, mais ils n'ont pas arrêté de me turlupiner. En tout cas, j'ai signé…, avoua Roly en baissant les yeux.

Tim se laissa retomber sur une chaise.

— Roly, Dieu du ciel! Mais nous pouvons annuler ton engagement. Si je t'accompagne au bureau de recrutement et que j'explique que je suis incapable de diriger cette mine sans ton aide…

— Vous feriez ça pour moi? s'étonna le garçon, apparemment touché.

Tim soupira, tellement il détestait l'idée d'avoir à affronter un militaire et d'avouer sa faiblesse.

— Naturellement. Pour toi, et pour ta mère à qui la mine Lambert a déjà pris son mari. Je lui dois bien de me soucier de mon mieux de la vie de son fils.

Roly passait d'un pied sur l'autre.

— Mais si… mais si je ne veux pas que vous fassiez ça? Annuler, je veux dire…

— Assieds-toi, Roly. Il faut que nous parlions un peu, tous les deux.

— Mais, monsieur Tim, votre dîner. Miss Lainie va vous attendre!

— Ma femme ne va pas mourir de faim et le dîner peut commencer sans nous. Mais partir à la guerre… Comment une idée aussi stupide a-t-elle bien pu te venir? Un Allemand, un Autrichien ou un Hongrois ou qui que ce soit sur qui tu vas tirer t'a-t-il nui de quelque façon?

— Bien sûr que non, monsieur Tim. Mais la patrie… Greg et Bobby…

— Je crois bien que ce sont davantage Greg et Bobby qui t'appellent que la patrie! Mon Dieu, Roly, je sais bien que tu as grandi avec ces bons à rien et que tu les considères comme tes amis. Mais Matt Gawain n'est pas enchanté d'eux, ils boivent plus qu'ils ne travaillent. Nous ne les gardons qu'en raison du manque de main-d'œuvre, mais nous préférerions de loin pouvoir nous passer d'eux. Pas étonnant que le goût de l'aventure les ait saisis: l'armée est à coup sûr plus honorable qu'un renvoi. Tu n'es pas obligé de faire comme eux, Roly! Tu as un emploi sûr, tout le monde t'apprécie et une fille aussi gentille que Mary attend ta demande en mariage.

— Ils disent que j'ai du sang de navet ! Qu'entre infirmier et pédé la différence n'est pas grande !

Roly avait toujours accompli avec dignité son rôle d'aide auprès de Tim après l'accident de celui-ci, mais le travail d'infirmier ou de domestique n'avait pas bonne presse parmi les rudes gaillards de la côte Ouest.

— Et tu veux risquer ta vie pour ces bêtises ? se fâcha Tim. Roly, ce n'est pas une aventure, c'est une guerre ! On y tire à balles réelles. As-tu seulement déjà tenu un fusil ? Qu'en dit ta mère ?

— Elle est furieuse, dit-il en haussant les épaules. Elle dit ne pas piger pourquoi nous combattons, que personne ne nous a attaqués et que, donc, je devrais rester où je suis. Mais elle ne sait pas de quoi elle parle, c'est une femme après tout, fanfaronna-t-il.

Tim, pour sa part, avait le plus grand respect pour Mme O'Brien qui nourrissait ses enfants en travaillant dans un atelier de couture et qui montrait tant d'adresse dans le maniement des machines à coudre modernes qu'elle concurrençait les tailleurs et les couturières de toute la région. Il était d'ailleurs *in petto* de son avis : si un gouvernement n'était pas capable d'expliquer à des gens comme elle les raisons d'une guerre, mieux valait qu'il ne la mène pas. Il se félicita que ses propres fils soient trop jeunes pour se laisser tenter par cette aventure.

— C'est ta mère qui te mettra dans la tombe, si tu meurs, Roly. À condition que l'Angleterre se donne la peine de rapatrier les corps des Néo-Zélandais. Il est probable qu'on vous enterrera en France…

— Je ne suis encore jamais allé en France ! s'entêta le jeune homme. C'est facile pour vous de parler d'aventure, vous qui êtes déjà allé partout en Europe. Mais nous ? Nous ne partirons sinon jamais d'ici. Avec l'armée, nous allons voir des pays étrangers !

— C'est ce qu'ils vous ont dit, au bureau de recrutement? Ces gens doivent être fous! La guerre n'est pas un voyage d'agrément, Roly!

— Mais elle sera courte! Quelques semaines, ont-ils dit. Et nous irons d'abord dans un camp d'entraînement, en Australie. Si ça se trouve, la guerre sera finie quand nous serons prêts.

— Ah, Roly, soupira Tim. Quel dommage que tu n'aies pas parlé avec moi au préalable. Écoute, je ne suis pas très au courant… mais les gens de l'industrie et de l'extraction envisagent une guerre de plusieurs années. Alors, sois raisonnable! Fie-toi à ta mère et à Mary. Elle aussi va te secouer les puces quand tu lui raconteras ça! Demain, je ferai jouer mes relations et tu seras délivré de ton contrat. Crois-moi, nous y arriverons!

— Je ne peux pas, monsieur Tim. Si je me dégonfle à présent, je ne pourrai plus mettre le nez dehors dans le coron. Vous ne pouvez me faire ça!

— C'est bon, Roly, dit Tim en baissant la tête. Je me débrouillerai sans toi. Mais pas éternellement, compris? Tu vas me faire le plaisir de survivre, de revenir et d'épouser Mary. Est-ce bien clair?

— Promis!

4

Le long des rues, les gens en liesse saluaient les soldats qui, en rangs par six, se dirigeaient vers le port. Dunedin fêtait la 4e division d'infanterie néo-zélandaise qu'un transport de troupes devait, dans l'après-midi, embarquer en direction d'Albany, dans l'ouest de l'Australie. Au troisième rang, Roly, Greg et Bobby marchaient d'un pas allègre, fiers comme ils ne l'avaient jamais été. Ils fixaient en riant sur leurs redingotes neuves les fleurs que leur jetaient les filles de la ville.

— Je te l'avais pas dit que ce serait extraordinaire? demanda Greg en poussant Roly du coude.

Le trio n'était plus tout à fait à jeun, Bobby ayant apporté avec lui une bouteille de whisky et d'autres recrues faisant circuler à la ronde leur remontant. Le lieutenant qui conduisait la troupe l'avait certes interdit, mais les jeunes, habitués à n'en faire qu'à leur tête, ne s'en souciaient guère. Peu d'entre eux avaient un métier ou un emploi.

— Vous allez au moins apprendre à creuser des tranchées, remarqua le lieutenant après s'être enquis de leurs aptitudes.

Roly aurait pu parler de son expérience d'infirmier, mais il s'en abstint. Surtout ne pas se faire remarquer! Il se sentait si bien au sein de la troupe!

— Montons-nous tout de suite à bord ou allons-nous une dernière fois dans un pub? demanda Bobby, le plus jeune des trois, ivre de sensations nouvelles.

Pour Greg et lui, le trajet en train avait déjà été une aventure. Roly, qui avait voyagé avec les Lambert, voyait cela d'un œil plus blasé : il connaissait l'île du Sud et était même déjà allé à Wellington, dans l'île du Nord, en compagnie de Tim.

— Le bateau n'attendra pas, Bob ! Tu n'as pas entendu ce qu'a dit le lieutenant ?

Quelques mères et épouses pleuraient parmi la foule sur le port, mais la plupart des badauds étaient venus pour voir le navire appareiller et les hommes partir pour l'aventure. Ils admiraient les insignes de l'armée de la Nouvelle-Zélande brillant sur les chapeaux à larges bords et poussaient des « hourras » en l'honneur de la Grande-Bretagne ou huaient l'Allemagne. L'embarquement fut une véritable fête. Le pont étant plein à craquer de recrues voulant faire signe à leurs admirateurs, les trois jeunes de Greymouth durent s'asseoir sur le bastingage et laisser leurs jambes pendre dans le vide. Bobby, fou d'excitation et à demi ivre, fut à deux doigts de tomber à l'eau.

Jack McKenzie se tenait à l'écart de l'agitation. Marchant en silence dans les derniers rangs, il n'avait pas eu un regard pour la foule en liesse. Tout ce tohu-bohu lui avait presque fait regretter sa décision. Il avait voulu partir pour le champ de bataille et il semblait avoir atterri sur un champ de foire. Alors que, le navire ayant largué les amarres, les futurs soldats se laissaient une dernière fois fêter par la foule, il avait gagné une cabine et rangeait ses quelques affaires dans un casier. Il se disait que cela avait peut-être été aussi une erreur de s'engager dans une division d'infanterie. Gwyneira avait été furieuse.

— Tu as un cheval, Jack ! Et tu as reçu une excellente éducation. Dans la cavalerie, tu serais rapidement devenu officier. Ma famille...

Elle s'était interrompue : il serait stupide d'évoquer les expériences militaires de ses ancêtres gallois. Les Silkham appartenant à la noblesse terrienne, leurs fils n'avaient jamais servi comme simples soldats.

— Mais maman, je ne vais pas partir en guerre avec mon cheval ! Des milliers de miles sur un navire et le voir éventuellement se faire abattre là-bas ?

— Tu as peur pour ton cheval alors que toi, tu…

— Mon cheval ne s'est pas porté volontaire, lui. Et puis nous ne sommes plus au Moyen Âge. Ce sont les mitrailleuses qui décident de l'issue de cette guerre, pas des charges de cavalerie.

Gwyneira s'était tue. Mais Jack se demandait maintenant si elle n'avait pas eu raison. Il serait à présent avec son hongre noir, une bête calme et agréable dont la présence l'avait réconforté depuis son deuil.

Il se laissa tomber sur une des couchettes inférieures. Les cabines rudimentaires destinées à neuf hommes avaient été équipées à la va-vite de trois lits à trois étages qui lui avaient paru d'une solidité suspecte. Mais il ne réussit pas à s'endormir, car deux jeunes hommes, un blond râblé et un échalas aux cheveux auburn frisés, descendirent l'escalier à grand bruit, soutenant un troisième bredouillant des mots privés de sens.

— Il ne peut pourtant pas avoir déjà le mal de mer, Roly ? demanda le blondinet.

— Non, il est seulement bourré à mort, répondit son compagnon. Aide-moi à le hisser au deuxième étage. Pourvu qu'il ne dégueule pas !

Crainte que Jack partageait, les gaillards ayant allongé leur copain juste à côté de lui.

— Il a déjà vomi. Il n'a vraiment pas l'air dans son assiette…, s'inquiéta le blondinet qui semblait nerveux.

Le frisé prit le pouls de son ami d'un geste professionnel.

— Oh, tout va bien, il faut simplement qu'il cuve son whisky ! Il y a de l'eau ici ? Il va crever de soif quand il se réveillera.

— Les tonneaux d'eau sont dans la coursive, intervint Jack.

Le frisé le remercia tout en jetant un coup d'œil dans sa direction.

— On se connaît, non? dit-il.

Jack le dévisagea et se souvint vaguement de ce visage juvénile et des yeux gris-bleu à l'expression candide. Il avait déjà vu ce garçon quelque part, pas dans une ferme, mais…

— Tu es de Greymouth, pas vrai? demanda-t-il.

Roly acquiesça, creusant de son côté dans ses souvenirs.

— Vous êtes monsieur Jack! Le cousin de miss Lainie. Vous êtes venu nous rendre visite il y a quelques années. Avec votre femme!

Si Roly rayonnait de joie, Jack ressentit un choc à l'évocation de leur voyage de noces, de leur séjour chez les Lambert. Ils employaient ce garçon, il s'en souvint, pour s'occuper de Tim.

— Tu as donc laissé ton patron seul?

— Il va bien pouvoir se passer de moi quelques semaines, répondit Roly avec insouciance. Sans doute plus facilement que votre femme de vous!

Son sourire s'évanouit dès qu'il vit la tête de Jack.

— Ai-je dit… ai-je dit quelque chose de mal?

— Ma femme est décédée depuis peu, dit Jack à voix basse. Mais tu ne pouvais le savoir… Comment t'appelles-tu déjà?

— Roly, monsieur Jack. Roland O'Brien, mais je suis Roly pour tout le monde. Je suis désolé, monsieur Jack… vraiment. Pardonnez-moi!

— Appelle-moi Jack, je t'en prie. Je suis le soldat Jack McKenzie.

— Et moi, le soldat O'Brien! Tout est ici tellement excitant. Voici le soldat Greg McNamara, dit-il en montrant le blondinet qui revenait avec un seau. Et lui, c'est le soldat Bobby O'Mally. Il est d'ordinaire plus bavard, mais il a un petit peu trop fait la fête. Figure-toi, Greg, que c'est Jack McKenzie des Canterbury Plains. Le cousin de miss Lainie.

Tout en parlant, il chercha un quart dans ses affaires, le remplit d'eau et le porta aux lèvres de Bobby, mouilla un mouchoir et le lui posa sur le front. Jack se demanda pourquoi il ne s'était pas engagé comme infirmier, tant ses gestes étaient ceux d'un professionnel. Il ne broncha même pas quand Robby se remit à vomir, dans un seau heureusement. Mais l'odeur du vomi et la gaieté insouciante des jeunes garçons furent trop pour Jack. Murmurant qu'il allait prendre l'air, il monta sur le pont où le lieutenant qui commandait la troupe tentait de ramener de l'ordre. Passant à l'arrière, il jeta un dernier regard vers la côte qui s'éloignait rapidement. « Le pays du long nuage blanc »... Il n'y avait pas de brume ce jour-là. De toute façon, les canots maoris étaient venus d'une tout autre direction. Hawaiki... Il essaya de ne pas penser à Charlotte, mais en vain. Il savait qu'il devrait bien un jour cesser de la pleurer à chaque seconde, mais il ne voyait pour l'instant pas d'issue. Le froid le saisit.

Jack trouva atroce la première nuit à bord du transport de troupes improvisé, le *Great Britain*, qui emmenait habituellement des voyageurs en Europe. Aucun de ses compagnons de chambrée n'était à jeun et certains n'arrêtaient pas de monter en titubant sur le pont afin d'y uriner. D'autres, profondément endormis, ronflaient et reniflaient en chœur. N'ayant quasiment pas fermé l'œil, Jack se réfugia sur le pont tôt le matin et tomba sur le lieutenant qui ne décolérait pas.

— Quelle porcherie ici ! lança-t-il à Jack qui dut bien se rendre à l'évidence.

Le pont, jonché de bouteilles vides et de reliefs de repas, puait la pisse et le vomi.

— Et ce sont des recrues, paraît-il ! Jamais encore je n'ai vu un ramassis pareil, un tas d'indisciplinés ! dit l'homme avec un fort accent anglais.

On l'avait visiblement envoyé de la mère patrie pour prendre en main les Kiwis. Il fit presque pitié à Jack.

Le lieutenant semblait sortir directement de l'Académie militaire. La plupart de ses subordonnés étaient plus âgés que lui.

— Ces garçons ne sont pas précisément la fine fleur de la jeunesse néo-zélandaise, tempéra Jack. Mais ils feront leurs preuves au front. Ils sont habitués à se débrouiller par eux-mêmes !

— Ah bon? s'exclama l'officier avec une ironie mordante. Quelle chance que vous me fassiez part de vos appréciations concernant vos compatriotes. Vous, vous êtes bien sûr d'un niveau supérieur, soldat... ?

— McKenzie, *sir*! s'empressa de répondre Jack, confus d'avoir à l'instant oublié le « *sir* » et de devoir maintenant supporter que se décharge sur lui la colère de l'officier. Et non, *sir*, je ne me crois pas d'un niveau supérieur.

Il eut envie de parler de ses expériences avec de jeunes aventuriers qui s'engageaient à Kiward Station comme bergers. Mais il préféra se taire. Surtout ne pas paraître vouloir avoir le dernier mot !

Le lieutenant se campa néanmoins devant lui d'un air belliqueux.

— À la bonne heure, soldat McKenzie ! Nettoyez-moi donc ce bateau ! Je veux, dans une heure, voir ce pont reluire !

Jack se mit en quête d'un seau et d'un balai-brosse, furieux, mais tentant de se raisonner : ne cherchait-il pas à s'occuper après tout? Et puis l'eau ne manquait pas.

À l'instant où il puisait son troisième seau dans la mer, Roly le rejoignit.

— Je vais vous aider, monsieur Jack. De toute façon, je n'arrive pas à dormir, Bobby et ce type de l'Otago... il s'appelle comment déjà?... Ah oui, Joé... ils n'arrêtent pas de ronfler.

— Appelle-moi Jack, Roly! Nous aurions sans doute intérêt à nous habituer à ce raffut, tous ces jeunes ne vont pas s'arrêter de ronfler pour nos beaux yeux !

— En tout cas, ils n'ont à présent plus de whisky, dit Roly en lavant à grande eau une flaque de vomissures.

— En Australie, ils se réapprovisionneront, rigola Jack. Et en France… On boit quoi là-bas? Du calvados?

— Du vin! corrigea Roly qui n'avait sans doute jamais entendu parler de calvados. M. Tim et miss Lainie boivent du vin français. C'est M. Ruben, le père de Lainie, qui le leur envoie. Il a un magasin à Queenstown. Mais je n'aime pas trop ce truc. Je préfère un bon whisky.

Ayant entre-temps repéré deux autres lève-tôt, Jack les avait enrôlés sans prendre de gants. Peu après, trois autres firent à leur tour leur apparition et, au retour du lieutenant, une heure pile plus tard, le pont reluisait comme un sou neuf.

— Parfait, soldat McKenzie, s'exclama le lieutenant pas rancunier. Vous pouvez tous aller prendre votre petit-déjeuner. Il y a enfin du monde à la cuisine!

Au ton martial de l'officier, il était aisé de comprendre qu'il avait tiré le cuistot du lit *manu militari*!

Effectivement, la discipline s'améliora sensiblement, après cette folle première nuit, l'épuisement quasi total des réserves d'alcool y étant sans doute pour beaucoup. Les soldats étaient en effet livrés le plus souvent à l'oisiveté, en raison du manque de place qui ne créait pas les meilleures conditions pour la préparation militaire. Aucune recrue n'arrivait d'ailleurs à s'expliquer pourquoi il lui fallait marcher au pas, en rangs, avec d'incessants allers et retours sur un bateau roulant et tanguant. Les séances se terminaient généralement par des rires, à la fureur du lieutenant dont le soulagement fut visible quand le *Great Britain* finit par entrer dans la baie de King George Sound. La Princess Royal Fortress dominait la côte d'Albany, ses plages et ses forêts illuminées par un soleil radieux.

— Il y a une garnison complète dans la forteresse, avec un armement complet aussi, expliqua le lieutenant. Elle protège la flotte. Si nous étions attaqués…

— Qui pourrait bien venir attaquer ici? s'étonna à voix basse Greg. Comme si quelqu'un en Allemagne savait où se trouve Albany!

Jack ne put que lui donner raison. Lui non plus n'avait jusqu'ici jamais entendu parler de ce petit port de l'ouest de l'Australie. De plus, il était évident que la forteresse avait pour fonction essentielle de maintenir la discipline parmi les détenus de la Botany Bay et non de défendre le pays. Les soldats de la garnison locale n'en prenaient pas moins leur tâche au sérieux comme les Néo-Zélandais purent s'en apercevoir en descendant à terre: quiconque s'approchait de trop près de la citadelle était stoppé et se voyait demander le mot de passe.

Une douzaine de navires étaient déjà à l'ancre à l'arrivée du *Great Britain*. D'autres les rejoignirent les jours suivants, constituant finalement une formation de trente-six transporteurs de troupes flanqués de cuirassés.

Roly admira les canons luisants du *Sydney* et du *Melbourne*, d'énormes navires de guerre chargés d'escorter le «grand convoi».

— Que quelqu'un essaie un peu de nous attaquer! triompha-t-il.

Comme la plupart des soldats, il était saisi d'une irrésistible fierté au spectacle de cette flotte se rangeant avant le départ, en tête les vingt-six bateaux australiens alignés trois par trois, suivis par les dix néo-zélandais rangés deux par deux. Même Jack ne resta pas insensible à la vue des navires, des pavillons et des milliers d'hommes en uniforme rassemblés sur les ponts. Le temps semblait s'être lui aussi mobilisé pour cette démonstration de force: comme sur un tableau célébrant une bataille navale, le soleil brillait de mille feux, la mer, bleue et étale, semblait un miroir reflétant la merveilleuse côte d'Albany. Les hommes de la forteresse saluèrent le départ par des coups de canon.

Roly, Greg et Bobby, radieux, agitaient les bras. Mais dans quelques yeux, notamment ceux des Australiens qui jetaient un dernier regard sur leur patrie, perlaient des larmes d'émotion.

Jack éprouva une espèce de soulagement. Il avait voulu tout laisser derrière lui, et cet instant était venu. Tournant le dos à la terre, il regarda devant lui, vers l'inconnu.

Le voyage se déroula sans incident dans un premier temps. Le temps se maintenait au beau fixe, la mer était calme. L'année 1915 que les hommes avaient saluée à Albany se présentait bien. Les recrues furent gagnées par l'excitation quand le *Sydney* se sépara du convoi à la hauteur des îles Cocos. Il ne revint que quelques jours plus tard, et Roly raconta à Jack, les yeux brillants, le premier « contact avec l'ennemi » qu'avait connu l'ANZAC. Le *Sydney* avait en effet forcé le cuirassé allemand *Emden* à chercher refuge dans ces îles, appelées aussi Keeling, où il l'avait détruit. L'exploit fut salué par des vivats et quelques beuveries, les recrues s'étant réapprovisionnées en Australie et le lieutenant Keeler n'ayant pas encore ses hommes en main. Roly et ses amis, trop désargentés pour acheter de l'alcool à Albany, furent préservés de ces excès. Échaudés par le premier incident avec leur lieutenant, Jack et Roly se gardèrent cette fois de quitter prématurément leur cabine en dépit de l'odeur à couper au couteau qui y régnait.

En raison de la chaleur suffocante et de l'absence de vent, les hommes souffraient, et plus encore les chevaux dans les bateaux transportant la cavalerie. Jack, à qui son Anwyl manquait, fut néanmoins heureux de ne pas l'avoir exposé à ces tourments. Lui-même, à l'exemple de quelques autres soldats, se lavait avec de l'eau de mer, ce qui lui apportait un rafraîchissement temporaire mais aussi des irritations cutanées.

Enfin, au bout de quelques jours, le lieutenant fit monter ses hommes sur le pont, annonçant qu'il avait à leur communiquer une nouvelle importante. Conformément à ce que Jack avait pressenti, le rassemblement fut houleux. Les huit cents hommes ne tenant pas tous sur le pont, chacun se disputait avec ses voisins sa maigre place. De plus, le lieutenant n'avait pas la voix assez forte pour se faire entendre de tous. Il fallut donc plus d'une heure pour que la dernière recrue fût informée des récents événements. La Turquie avait déclaré la guerre à l'Angleterre, si bien que le haut commandement britannique avait décidé de ne pas envoyer les forces de l'ANZAC en France. Elles seraient engagées dans la région du détroit des Dardanelles.

— Votre préparation aura lieu en Égypte, avait déclaré le lieutenant. Après une escale à Colombo, nous mettrons le cap sur Alexandrie.

Jack, qui avait entendu parler d'Alexandrie au moins une fois, ne connaissait de nom ni les Dardanelles ni Colombo. Il dut se renseigner pour apprendre que la ville était située à Ceylan, une île tropicale de l'océan Indien.

— Célèbre pour ses plantations de thé, pontifia le lieutenant qui avait désormais Jack à la bonne, s'étant aperçu que le gardien de bétail roux, originaire des Canterbury Plains, était plus âgé mais aussi plus cultivé et plus calme que la plupart de ses hommes. Mais ne comptez pas descendre à terre, McKenzie. Nous nous contentons d'y charger du ravitaillement.

Effectivement, la flotte ne resta que très peu de temps à l'ancre dans le port. De Ceylan, ils ne virent que la côte verdoyante et la silhouette d'une petite ville portuaire. Beaucoup de recrues grognaient de dépit. Les hommes s'ennuyaient, n'ayant rien d'autre à faire que bronzer sur le pont. Le temps sec et chaud avait de quoi surprendre des gens originaires de l'île du Sud néo-zélandaise où il était rare que plusieurs journées se succèdent sans pluie.

La flotte ne parvint à Suez qu'au bout de quinze jours. Les recrues entendirent parler pour la première fois de combats terrestres impliquant des Australiens, à la suite d'une attaque turque contre le canal de Suez. Le lieutenant ordonna à ses hommes la plus grande vigilance pendant la traversée du canal en question et posta des sentinelles. Roly passa une nuit à observer, dans le noir, les feux de camp sur les rives ou les quelques lumières des agglomérations. Il n'y eut pourtant aucun incident et, franchissant sans encombre le canal, la flotte arriva enfin devant Alexandrie.

— La baie d'Aboukir ! observa presque respectueusement Jack. C'est ici que Nelson a remporté la bataille du Nil il y a quelque cent ans !

— Nelson était… anglais ? s'enquit Bobby par mesure de précaution, sur quoi Jack ne put s'empêcher de rire.

Les troupes débarquèrent enfin, mais les hommes ne virent pas grand-chose de la ville commerciale au riche passé, car les officiers britanniques les conduisirent immédiatement à une station d'embarquement ferroviaire.

— On va au Caire ! s'exclama Greg, incrédule.

Les noms de ville étrangers, les rues étroites, les petits hommes dans leurs caftans arabes, la langue gutturale et les bruits inhabituels de la ville fascinaient et déconcertaient les garçons. Roly, se sentant perdu dans un monde inconnu, ressentit même un peu de mal du pays.

Jack, en revanche, s'ouvrait à ces sensations nouvelles, cherchant à s'y perdre, parvenant à ne pas penser à Charlotte, sauf s'il s'imaginait lui écrire des lettres. Mais cela aussi devait cesser !

Il chercha à qui d'autre il pourrait écrire et songea à Gloria. Bon, il n'avait guère reçu de nouvelles d'elle ces dernières années, mais il se sentait toujours aussi attaché à la fillette. Peut-être, abandonnant sa réserve, se laisserait-elle aller à parler de son existence en Amérique si elle apprenait qu'elle n'était pas la seule à avoir quitté Kiward Station pour un long périple.

C'est donc à Gloria qu'il décrivit son voyage avec la flotte britannique et le trajet jusqu'au Caire dans un train bondé. Voyageant de nuit, ils n'avaient pas vu grand-chose du paysage. À leur arrivée, il faisait encore nuit noire et, à l'immense surprise des hommes, un froid de canard. La plupart des Australiens gagnèrent un camp d'entraînement au sud de la ville, les Néo-Zélandais un camp au nord. Une marche de plusieurs miles, qui, pour des gens inactifs depuis des semaines, représentait un effort inattendu.

Ils arrivèrent transis de froid et morts de fatigue dans un campement nommé « Zeitoun » où seize hommes se partageaient une tente. Roly et ses amis restèrent en compagnie de Jack. L'épuisement était général, mais quelques hommes, des citadins apparemment, étaient en plus mauvais état que les trois jeunes de Greymouth. Leurs godillots neufs leur serraient les pieds et deux d'entre eux ne pouvaient plus avancer d'un pas.

Jack fit un effort sur lui-même. Il fallait que quelqu'un mette de l'ordre. Il commença par obliger Bobby, qui s'était jeté sur sa couchette, à se relever.

— Ne prétexte pas la fatigue, soldat O'Mally ! Quelqu'un a tout à l'heure parlé de distribution d'un repas. Va voir et renseigne-toi. Tu pourrais au moins rapporter du thé chaud. Et toi, Greg, pars à la recherche de couvertures ! On nous a oubliés, semble-t-il.

— On peut bien dormir tout habillés, grommela Greg.

— Non. On se fera engueuler demain si nos uniformes sont fripés. Nous sommes dans un camp d'entraînement, mon gars. Fini le voyage ! Tu es un soldat maintenant !

Roly sortit des bandages de sa trousse de premiers secours.

— Y a pas de pommade, regretta-t-il. Mais c'est quoi, ça ? demanda-t-il en levant un flacon.

— De l'huile de *manuka*, répondit une recrue qui avait visiblement des origines maories. Un vieux remède de bonne femme dans les tribus. Tu peux en enduire les pieds des types. Ça aide à cicatriser.

Jack opina de la tête. À Kiward Station aussi, on se servait de *manuka*. Plutôt à l'intention des moutons et des chevaux à vrai dire.

— Mais il faut commencer par vous laver les pieds, ordonna Jack. Un volontaire pour aller chercher de l'eau ?

Le lendemain matin, lors de l'appel ordonné par le lieutenant qui n'avait pas fermé l'œil de la nuit, l'équipe de la tente se distingua par l'excellence de sa tenue, ce qui valut à Jack sa première promotion. Lors du rassemblement de la division d'infanterie néo-zélandaise, son nom fut cité parmi quelques autres.

— McKenzie, déclara le lieutenant Keeler, souriant comme s'il remettait la croix de Victoria, avec l'accord de la direction du camp, je vous nomme caporal !

Puis l'officier en vint aux tâches des nouveaux promus. Un caporal devait en permanence veiller à ce que six hommes de troupe tiennent propres leur chambrée, leur uniforme et, surtout, leurs armes.

— La solde est un peu plus grosse, ajouta le jeune officier en voyant quelques Kiwis accueillir leur promotion avec un enthousiasme mitigé, deux la refusant même.

Cette réaction était, pour le lieutenant, incompréhensible. Il finit par déclarer qu'il s'agissait d'une question d'honneur.

Jack accepta ledit honneur avec flegme, tandis que cette distinction plongeait Roly dans l'admiration.

— Est-ce qu'un jour je serai caporal moi aussi, monsieur Jack ? Une promotion, c'est formidable ! Et une décoration, alors ? Ça existe bien, non, pour un acte de bravoure face à l'ennemi ?

— Mais, avant, il faudrait qu'il y ait des ennemis, grogna Greg à qui les premiers exercices du matin n'avaient pas plu.

Il ne voyait pas du tout à quoi lui servirait, pour démolir les Turcs, de savoir marcher au pas et en formation, de manœuvrer sur commandement. Jack soupira, inquiet de voir que le garçon se représentait la guerre comme une gigantesque rixe de cabaret.

Greg, les mois suivants, n'eut pourtant d'autre choix que d'apprendre en détail comment se mettre à l'abri, ramper, creuser des tranchées, manier le fusil et la baïonnette. C'est cette dernière opération qui séduisit la plupart des soldats, les Néo-Zélandais témoignant pour leur part d'un talent non négligeable pour le tir. Beaucoup d'entre eux, à cause de l'invasion des pâturages par les lapins, avaient appris à manier le fusil depuis leur plus jeune âge. Les propriétaires des grandes fermes payaient même des primes pour leur destruction. Les aventuriers des champs aurifères, eux, les chassaient afin d'améliorer leur ordinaire.

La troupe hétéroclite des Kiwis était en revanche peu encline à exécuter les ordres avec diligence. Marcher au pas ne leur convenait pas et, à l'indignation des sous-officiers britanniques, ils s'enquéraient parfois du sens d'un exercice, avant de se jeter, par exemple, tête la première dans le sable du désert. De même, le creusement de tranchées ne soulevait pas l'enthousiasme général.

— Putain, mais je fais ça depuis mes treize ans ! se plaignait le mineur Greg. Et un peu plus sous la terre que ça. Personne ne peut m'apprendre à manier la bêche !

Jack, pour sa part, s'attachait à étudier la technique, même si tout en lui se hérissait à l'idée de passer des semaines dans une espèce de terrier de renard. Le creusement d'un système de tranchées réclamait en effet des connaissances en matière de stratégie et d'architectonie, les lignes de tranchées, par exemple, ne devant pas toujours être construites en ligne droite. Un soldat ne devait pas avoir une vision dépassant cinq yards, afin d'empêcher un ennemi de s'orienter s'il parvenait à sauter à l'intérieur d'une tranchée. Il fallait aussi, dans le même but, aménager des renfoncements ou des tranchées perpendiculaires. Élargir le réseau en se mettant à l'abri des bombardements nécessitait de construire des tunnels et des abris souterrains. Les mineurs n'avaient certes pas de peine à creuser des galeries, mais elles s'écroulaient sans arrêt car ils travaillaient dans du sable. Bobby et Greg en riaient. Un jour, cependant, Jack surprit Roly en train de s'extirper, vert de peur, d'un amas de sable dans lequel quelques hommes venaient à nouveau d'être engloutis.

— C'est plus fort que moi, monsieur Jack, chuchota-t-il en fouillant son sac à dos à la recherche de sa trousse de premiers secours où, à côté de pansements et d'huile de théier, il y avait aussi, désormais, une flasque. Tenez, vous en voulez? dit-il en la tendant, les mains tremblantes.

Jack renifla le contenu. De l'eau-de-vie, très forte.

— Roly, je devrais normalement faire un rapport! Boire pendant le service! Tu n'es pourtant pas porté là-dessus?

En effet, plutôt que de fréquenter les bars et les bordels improvisés qui avaient surgi à proximité du camp, Roly assistait plutôt à des séances de cinéma. Le week-end, il se joignait à Jack et à quelques soldats pour visiter les pyramides, le Sphinx et autres curiosités. Jack ne l'avait que rarement vu ivre. Il n'avait même pas commis d'excès lors de sa récente promotion au grade de caporal.

— C'est... c'est un remède, monsieur Jack. En buvant un bon coup, je réussis à surmonter ce problème des tranchées.

— C'est que notre Roly a déjà été enseveli pour de bon, rigola Greg comme s'il racontait une bonne blague. Et il a eu la frousse de sa vie. N'a plus jamais pu redescendre au fond, le môme! Mais tu vois, Roly, ça te rattrape!

Jack, loin d'en rire comme les autres, était inquiet. Roly semblait secoué par l'incident, alors qu'il ne s'agissait que d'un exercice. Simuler la guerre de tranchées dans le sable du désert était certes stupide, mais, quand les choses deviendraient sérieuses, on construirait des abris souterrains. Il se murmurait que les Allemands en bâtissaient à plusieurs étages. Si Roly ne supportait pas l'exiguïté et l'obscurité...

Désormais caporal et responsable de plus de trente hommes, Jack fit part de ses craintes à l'officier chargé de leur formation.

— Le soldat O'Brien a été enseveli dans une mine durant trois jours, mon capitaine. Il en a gardé des séquelles. Je conseillerais de le verser dans une compagnie chargée du ravitaillement ou dans une troupe qui n'ait pas à séjourner dans les tranchées.

— D'où tenez-vous que nous ayons à séjourner dans des tranchées, caporal? ricana le gradé.

Jack se mit au garde-à-vous, même s'il eut envie de se prendre la tête à deux mains. L'homme était certainement un dur à cuire et Jack ne l'avait jusqu'ici pas considéré comme débile. Il venait de réviser d'un coup son jugement.

— C'est ce que j'imagine, mon capitaine, déclara-t-il avec calme. Cela me semble être le meilleur moyen de tenir une position dans cette guerre.

— Un fin stratège par-dessus le marché, alors? Mais, caporal, mettez vos dons de côté pour quand vous serez général. Dans l'immédiat, évitez de penser, contentez-vous d'obéir aux ordres. Je vais avoir à l'œil ce dégonflé d'O'Brien! Enseveli! Il faudra bien qu'il s'y fasse, McKenzie, faites-moi confiance! Ah oui, informez donc vos hommes que nous levons le camp. Le 11 avril, à minuit, nous partons en train pour Le Caire, puis nous nous embarquerons! Direction: les Dardanelles!

Jack tourna les talons, frustré mais le cœur battant. Ça y était! L'ANZAC allait quitter l'Égypte. Ils partaient enfin à la guerre.

5

La répartition des troupes sur le bateau ne fut pas la même qu'à l'aller, car elles étaient à présent organisées en divisions et en bataillons, il y avait des gradés et des équipes de spécialistes. Jack avait sous ses ordres d'anciens mineurs et chercheurs d'or capables de creuser des tranchées à une vitesse stupéfiante. Jack comprenait bien que ses hommes ne seraient pas immédiatement exposés au danger, car, avant de passer à l'attaque, il faudrait assurer ses propres positions. Il trouva donc logique que l'on embarque son groupe sur le même transporteur de troupes que celui des infirmiers et des médecins de l'hôpital de campagne. Mais, paradoxalement, le premier à sauver une vie lors de cette campagne fut Jack McKenzie.

Les transporteurs de troupes étaient à l'ancre un peu à l'extérieur du port, les hommes et le matériel étant amenés à bord par des embarcations. D'une barque, Jack et quelques-uns de ses hommes assuraient la sécurité de la rampe par laquelle on chargeait les tentes et les brancards ; la mer était assez agitée, le vent violent. Ce qui n'était pas fixé pouvait aisément passer par-dessus bord. Les hommes avaient beau nouer les attaches de leur chapeau à larges bords, il s'en trouvait toujours un pour s'envoler. Parfois c'était un sac à dos mal posé qui prenait le même chemin. Mais le plouf que Jack entendit dans les vagues à côté de lui fut beaucoup plus fort et, surtout, le choc fut suivi d'un glapissement pitoyable. Jack vit alors un petit bâtard marron sortir la tête de l'eau et se mettre à patauger pour sauver sa peau, entreprise désespérée en raison de l'état de la mer et de la distance jusqu'à la terre. En quelques secondes l'animal commença à dériver vers le large.

Jack ne fit ni une ni deux.

— Prends ma place! cria-t-il à Roly en lui fourrant de force entre les mains le cordage qu'il tenait. Puis, passant sa chemise par-dessus sa tête et quittant ses chaussures, il plongea.

Vigoureux et bien entraîné, il atteignit le chien en quelques brasses et le serra contre son corps. Il eut plus de peine à nager contre le courant, mais il vit bientôt Roly et la barque s'approcher. Les jeunes n'avaient pas perdu une seconde pour sauver leur caporal, la rampe dût-elle vaciller.

Jack passa le chien à Roly et se hissa à bord où, hors d'haleine, il s'affala au fond de la barque.

— Qui es-tu? demanda Roly en riant à l'animal qui, s'ébrouant, doucha les occupants.

De petite taille, les jambes arquées, le corps trapu, il avait de grands yeux ronds qui semblaient entourés de khôl.

— Un teckel, dirait-on, estima Jack. Du moins, c'est, parmi ses ancêtres, le teckel qui a pris le dessus. Il y a vraisemblablement une foule de représentants de races canines diverses qui ont contribué à lui donner forme.

Le chien se secoua à nouveau. Il avait des oreilles pendantes et une queue en tire-bouchon.

— L'arme secrète de l'Australie! dit Greg en riant tout en manœuvrant pour retourner au navire.

— Paddy! Paddy! Ici! Nom de Dieu, où est passé ce cabot? cria sur le pont un aide de camp sortant des logements des officiers. Aidez-moi, les gars, il faut que je retrouve cet animal avant que Beeston disjoncte.

— Dépêchons-nous de rejoindre le navire, dit Jack qui tenait l'animal dans ses bras. On s'est aperçu là-haut de l'absence de notre bonhomme.

Un homme trapu, entre deux âges, portant l'uniforme d'un médecin capitaine venait d'apparaître sur le pont. Il s'agissait de Joseph Beeston, commandant du quatrième hôpital de campagne.

— Paddy ! Oh, bon Dieu, pourvu qu'il ne soit pas de nouveau tombé à l'eau, avec la mer agitée d'aujourd'hui ! s'exclama-t-il.

La barque avait entre-temps accosté la rampe. Jack la grimpa sans lâcher Paddy qui n'arrêtait pas de gigoter.

— C'est lui que vous cherchez, *sir*? demanda-t-il en riant.

Le médecin parut plus que soulagé en prenant possession de son chien.

— Il est passé par-dessus bord?

— Oui, mais l'intervention héroïque de la 4e division d'infanterie néo-zélandaise l'a sauvé, mon capitaine ! répondit Jack en saluant.

— La croix de Victoria ! La croix de Victoria ! scandèrent Roly et ses compagnons dans leur barque.

Le médecin-chef Beeston sourit.

— Je ne peux pas vous l'offrir, caporal. Peut-être une serviette et un whisky pour vous réchauffer. Suivez-moi !

Ce que fit Jack avec curiosité, n'ayant jusqu'ici jamais vu encore de cabine d'officier. Il fut impressionné par son aménagement en acajou et son luxe. L'aide de camp lui tendit une serviette tandis que le major en personne débouchait une bouteille de whisky. Du single malt ! Jack trempa les lèvres dans son verre en connaisseur.

— Ah, et puis apportez-nous un thé bouillant, Walters, ce jeune homme a besoin de se réchauffer…

Jack ayant assuré qu'il ne faisait pas si froid que ça dehors, Beeston secoua la tête.

— Pas de discussion ! Je n'ai pas envie que vous attrapiez une pneumonie et que ce garnement ait sur la conscience le premier mort de Gallipoli, n'est-ce pas, Paddy?

— Gallipoli, *sir*? s'étonna Jack.

— Oh, j'espère ne pas divulguer là des secrets militaires, sourit le médecin, mais, d'après ce qu'on nous a communiqué, c'est là que nous allons être engagés. Un trou de montagne, à l'entrée du détroit des Dardanelles. Un lieu qui commande l'accès à Constantinople. Si nous y repoussons les Turcs, ils seront pratiquement vaincus.

— Et c'est là que nous nous rendons directement?

— Presque. Nous allons d'abord à la base qui servira de point d'appui, Lemnos, une île en… en…

— … en Grèce, *sir*.

— Oui, merci. Nous y ferons encore quelques manœuvres, car mon bataillon a été entraîné en fonction de situations françaises. Mais, dans quelques jours, ce sera l'affrontement. Votre baptême du feu?

— Oui, la Nouvelle-Zélande n'est pas une nation très guerrière. Même nos indigènes sont pacifiques!

— Et l'animal le plus dangereux y est le moustique, m'a-t-on dit. La situation en Australie est un peu plus rude, dit Beeston en riant.

— Nous combattrons aussi vaillamment que les Australiens, déclara Jack, un peu vexé.

— J'en suis certain, sourit amicalement le major. Mais il faut que je vous rende à vos hommes, caporal…

— Jack McKenzie, *sir*.

— Caporal McKenzie. Je n'oublierai pas votre nom. J'ai une dette envers vous! Donne la patte, Paddy, ordonna le médecin en se penchant sur son chien et en essayant vainement de le faire au moins s'asseoir.

Souriant et secouant la tête, Jack se planta devant le petit animal, donna une légère secousse à son collier tout en se redressant de toute sa taille: et hop, Paddy se laissa aller sur son derrière. Sur un geste de la main impératif de la part de Jack, il donna la patte. Le major en resta comme deux ronds de flan.

— Comment vous y êtes-vous pris? réussit-il à articuler.

— Ce sont de très simples techniques de dressage des chiens, dit Jack en haussant les épaules. J'ai appris ça dès l'enfance. Et ce petit animal est effronté, mais malin. Confiez-le-moi quelques semaines et je vous en ferai un chien de berger.

— Vous avez donc réussi à sauver le chien et à impressionner son maître, constata le médecin-chef.

— C'est ça, la Nouvelle-Zélande, plaisanta Jack. En Australie, on abat les bêtes féroces. Nous, nous leur faisons donner la patte !

— Alors je suis curieux de savoir comment les Turcs vont réagir, conclut Beeston qui n'oublierait certainement pas de sitôt le nom de McKenzie.

Lemnos était une petite île aux côtes déchiquetées, avec des plages étroites et de hautes falaises. Vue de la mer, elle était fort pittoresque : un morceau de rocher avec de la verdure, seul au milieu d'une mer d'un bleu infini. Y vivre était un défi permanent. Les soldats de l'ANZAC observaient avec fascination et souvent aussi avec pitié les maisons de pierre rudimentaires, les araires antédiluviennes tirées par des bœufs et les habitants parfois encore vêtus de peaux de mouton, parcourant leur pays rocailleux les pieds nus ou protégés par de simples sandales rustiques en cuir. Le port, en revanche, était envahi par la technologie la plus avancée. Vingt cuirassés y étaient à l'ancre, notamment le gigantesque *Agamemnon* et le non moins imposant *Queen Elizabeth*. Les hommes avaient peu de temps pour contempler le paysage. Ils s'exerçaient à débarquer en tenue de combat de leurs bateaux, descendant le long d'échelles de corde et ramant jusqu'à terre, parfois en pleine nuit et le plus silencieusement possible. Le haut commandement semblait accorder beaucoup d'importance à cette manœuvre qui fut répétée une bonne semaine.

— En soi, ce n'est pas trop difficile, dit Roly le quatrième jour, le groupe se dirigeant vers une plage très étroite surmontée de falaises. Mais ce sera comment s'ils tirent sur nous ?

— Oh, mais ils n'oseront pas, affirma Greg. Avec tous ces navires de guerre derrière nous qui nous couvriront.

— À moins qu'ils ne nous bombardent, observa Jack avec pessimisme.

Il partageait les craintes de Roly. Les Turcs n'allaient pas abandonner leurs côtes sans combattre, et leur ville moins encore. Le major Beeston n'avait-il pas parlé d'un « trou de montagne » ? Les défenseurs occuperaient certainement des positions sûres, au sommet des parois rocheuses, et leur tireraient dessus.

— Oh, si les Turcs sont des hommes des cavernes comme les rustres d'ici, à Lemnos, ils ne doivent pas être bien dangereux, se moqua Bobby. On aurait peut-être dû emporter des massues maories. Cela aurait été moins déséquilibré.

Jack resta sceptique. D'après ce qu'il avait vu, les Grecs de Lemnos étaient tout à fait capables de se servir d'un fusil. Ils étaient peut-être habillés de peaux de mouton, mais ils avaient l'œil perçant et, pour appuyer sur une détente, il n'était nul besoin d'être hautement civilisé.

Cela pouvait même se révéler un obstacle, songea-t-il, horrifié à l'idée d'avoir bientôt à tirer sur d'autres hommes.

Le 24 avril 1915 fut le jour J. La flotte, conduite par le *Queen Elizabeth*, appareilla. Rassemblés une nouvelle fois sur le pont, les hommes laissèrent Lemnos derrière eux, fiers de leur convoi impressionnant.

— N'est-ce pas merveilleux, monsieur Jack ? demanda Roly qui ne savait ce qu'il devait le plus admirer, des bateaux majestueux ou des côtes ensoleillées de Lemnos.

Jack ne partageait guère l'enthousiasme de ses camarades. La flotte était bien entendu à elle seule un spectacle grandiose, mais il ne pouvait se défendre de l'idée qu'elle menait des hommes à la mort. La veille au soir, après une allocution héroïque du général Birdwood, le lieutenant Keeler avait réuni ses chefs de groupe pour faire le point avant l'assaut. Jack connaissait désormais le plan d'intervention et il avait vu les cartes de la côte de Gallipoli. Le débarquement serait infernal ! Il n'était pas le seul à le penser, la peur se lisait sur les visages des officiers anglais, même des plus expérimentés.

Le bateau de Jack fut l'un des derniers à arriver à Gallipoli. Ils naviguèrent en partie de nuit et, au petit matin, se retrouvèrent au milieu d'un rassemblement de navires dans la baie de Gaba Tepe. Les premières troupes d'assaut, massées sur le pont des transporteurs, attendaient d'être transférées sur des destroyers, plus petits et plus rapides, à tirant d'eau réduit, qui amèneraient les hommes à proximité du rivage. Chaque embarcation tirait douze canots de sauvetage, placés sur deux rangs, chacun ayant à bord six soldats et cinq marins, ces derniers ayant pour mission de le ramener au navire une fois leur cargaison humaine débarquée.

Les premières troupes d'assaut étaient exclusivement composées d'Australiens, et Jack constata que l'on envoyait au combat les soldats les plus jeunes.

À cet âge, on se croit encore immortel ! se dit Jack en se souvenant que sa mère avait employé cette expression un jour où elle lui avait passé un savon.

Il devait avoir treize ans quand la foudre avait mis le feu à l'étable de Kiward Station. Lui-même et son copain Maaka, bravant la mort, s'étaient précipités dans les flammes pour sauver les taureaux reproducteurs. Les gamins avaient cru faire montre d'héroïsme, mais Gwyneira s'était mise dans une colère noire.

Il estima que les hommes à bord des canots devaient avoir dix-huit ans. Certes, l'armée n'enrôlait que des volontaires d'au moins vingt et un ans, mais personne n'y avait regardé de trop près. Les gars riaient et agitaient fièrement leurs fusils, de lourds sacs à dos accrochés à leurs épaules. Les rames s'enfonçaient sans bruit dans l'eau.

Jack tourna la tête et explora du regard la rive et les falaises. Il était 16h29! L'attaque était prévue pour 16h30. Soudain, il aperçut une lumière jaune sur l'un des escarpements. Elle s'éteignit au bout de quelques secondes. Un silence de mort tomba sur la baie, puis, au-dessus d'eux, sur une plate-forme, se détacha la silhouette d'un homme. Il y eut un cri, puis quelqu'un tira un coup de fusil.

L'enfer se déchaîna.

Les navires de guerre britanniques firent feu de tous leurs canons, les Turcs s'élancèrent sur la plage. Certains tiraient de la rive, d'autres des falaises hautes de trois cents pieds et plus. Jack vit les hommes s'abattre sur la plage, fauchés par les tirs venus du *Queen Elizabeth*, du *Prince of Wales* et du *London*. Mais il n'était pas aussi facile de neutraliser les nids de mitrailleuses sur les hauteurs. Et, bien entendu, elles prirent pour cibles les troupes débarquant des canots.

— Bon Dieu, ils... ils tirent..., chuchota Roly.

— Qu'est-ce que tu te figurais? l'apostropha Greg.

Roly ne répondit pas. Ses grands yeux d'enfant parurent s'élargir encore. Les soldats dans les canots étaient fauchés par rangs entiers, mais ils étaient de plus en plus nombreux à atteindre le rivage et à courir se mettre à l'abri à l'aplomb des falaises. Les Turcs tiraient à présent sur les marins qui tentaient de repartir à force de rames, prenant parfois en remorque des barques ayant perdu leur équipage.

— Je n'arriverai pas à sauter du canot, putain! avoua Bobby.

— Nous aussi, on va devoir...?

— Non, assura Jack avec calme. Nous n'interviendrons qu'ensuite. En même temps que les gars du service de santé, peut-être même plus tard. Remerciez le ciel que nous soyons meilleurs piocheurs que tireurs.

Pourtant, à sa grande surprise, la plupart de ses hommes étaient encore tout feu tout flammes à l'idée de bientôt se jeter dans la bataille. Ils durent attendre que les assaillants opèrent une percée et atteignent un plateau, à l'intérieur du pays, à environ un mile de la côte, d'où il serait plus ou moins possible de couvrir les troupes ne cessant de débarquer. La rive n'en restait pas moins toujours sous la menace des défenseurs. Ce fut au tour des Néo-Zélandais de connaître leur baptême du feu. Jack et ses hommes assurèrent la protection de l'hôpital de campagne durant son débarquement. Il était de la plus grande urgence qu'il puisse commencer à fonctionner, car la plage était jonchée de blessés. Le major Beeston ordonna de monter les tentes sans attendre.

— Et arrangez-vous pour qu'ils cessent de nous tirer dessus, cria-t-il à l'adresse des Néo-Zélandais. Je ne peux pas travailler tant que des balles me sifflent aux oreilles !

Le lieutenant Keefer mit ses hommes en formation pour pénétrer à l'intérieur du pays. Jack et les siens avaient la bêche à l'épaule. Un bataillon d'Australiens se prépara à assurer leur protection.

— Nous allons commencer par creuser des tranchées un peu en retrait de la première ligne, ordonna Keefer. Puis nous avancerons. Le système de tranchées triples que vous connaissez. L'une pour les troupes en réserve, un boyau de communication et une tranchée de première ligne… Je dirais soixante-cinq yards entre les deux…

Jack acquiesça. C'était le système de défense typiquement britannique. La première ligne n'était pas pleinement occupée en permanence, juste le matin et le soir, quand les combats faisaient rage. C'est dans le boyau du milieu que se déroulait le plus clair de l'existence des occupants, celui de l'arrière permettant d'amasser des troupes de réserve en vue d'une offensive.

Jack et ses hommes s'attaquèrent donc au boyau de l'arrière, tâche relativement sans danger, car, éloignés de la ligne de front, ils étaient couverts par des hommes en armes. Mais, à mesure qu'ils se rapprochaient de la zone des combats les techniques de creusement les plus sophistiquées devaient être mises en œuvre, un peu semblables à celles du percement des galeries dans les mines, à la différence près que l'on se contentait ici d'étayer le sol et les parois. Le plafond, on l'abattait au bout de quelques mètres. Il s'effondrait alors généralement sur les épaules des travailleurs. Le bruit suffisait à paniquer Roly. Jack le plaça vers l'arrière, là où, creusant en plein air, il avait son plein rendement.

Roly était fort comme un bœuf, à l'égal des autres chercheurs d'or et mineurs de fond. Creuser un tel système de tranchées nécessitait néanmoins des heures et des heures de travail de centaines d'hommes. L'unité de Jack œuvra toute la première nuit sans souffrir du froid. Il n'en alla pas de même des soldats en première ligne. Le temps avait brusquement changé, il pleuvait et il gelait. Les hommes étaient allongés sans couverture dans la boue, l'arme au poing, affolés par le feu incessant des Turcs. Le ravitaillement en eau et en vivres n'était pas encore en place.

— Veillez à bâtir quelques abris, ordonna le commandant Hollander qui avait acquis en France une certaine expérience de la guerre de tranchées. Les hommes, dès qu'ils seront relevés, doivent pouvoir se reposer au sec.

Jack acquiesça et enjoignit à ses hommes de recouvrir certaines parties du système de boyaux de toits de planches rudimentaires. C'est dans l'un de ces réduits que ses hommes sombrèrent dans le sommeil quand le soleil recommença à briller sur Gallipoli. Même Roly suivit ses camarades, mais, ne parvenant pas à s'endormir, il se faufila à l'extérieur, cherchant refuge sous sa capote. Il se sentit enfin en sécurité. Il lui faudrait trouver une toile de tente.

Dès ce premier matin, il fut clair que les Turcs ne se laisseraient pas aisément refouler. On s'installa donc dans un siège de longue durée, la division australienne tenant le côté droit du front, la néo-zélandaise le gauche. Entretemps, les hommes avaient eu le temps de s'orienter.

— Très belle région si on a un tempérament d'ermite, observa Greg d'un ton sarcastique.

Effectivement, les rives de Gallipoli n'étaient habituellement pas très peuplées.

— Et qu'est-ce qu'il y a derrière? demanda Roly en montrant les montagnes.

— D'autres montagnes, répondit Jack. Séparées par des vallées assez profondes. Le plat n'existe pas ici. Et, par-dessus le marché, tout est couvert de broussailles, un camouflage idéal pour les Turcs.

— Ils vous l'ont dit l'autre jour? s'étonna Bobby. Je veux dire… ils le savaient. Alors, pourquoi ils nous envoient ici?

— Tu veux les honneurs et la gloire, Bob, ou bien faire joujou? se moqua Greg. Tu n'as pas entendu ce que le général a dit? Il s'agit de l'une des entreprises les plus périlleuses qu'on puisse demander à des soldats, mais nous, les gars de l'ANZAC, nous en viendrons à bout.

— En tout cas, ce n'est pas simple, résuma Jack. Et si vous voulez avoir la moindre chance de devenir des héros, il faut continuer à piocher. Sinon, ils vont vous tirer comme des lapins.

Entre-temps, le camp adverse avait lui aussi entrepris de creuser un réseau défensif au moins aussi complexe que celui des Britanniques. Ce qui ne les empêchait pas de continuer à tirer et à bombarder. Certes l'artillerie britannique répondait avec une efficacité grandissante, réduisant au silence plusieurs nids de mitrailleuses, mais Jack et ses hommes furent heureux quand les premières tranchées furent achevées et qu'ils purent s'y abriter. Seul Roly craignait davantage les travaux de terrassement que les tirs ennemis. Il dormait toujours à l'air libre, couvert par quelques rochers se trouvant entre les premières lignes et la rive.

Les choses se gâtèrent quand, les tranchées étant arrivées à proximité immédiate de l'ennemi, celui-ci contreattaqua. Le groupe était en train de creuser une galerie et

Roly, poussé par les moqueries, travaillait d'arrache-pied, serrant les dents, blanc comme un linge. Il était plus efficace que ses deux copains d'enfance. Jack et le lieutenant Keefer se relayaient pour enguirlander les cossards.

— Je ne suis pas une taupe, ronchonnait Bobby, ce qui irritait Jack.

Toujours la même excuse! Greg lui aussi fanfaronnait, disant qu'il préférerait patrouiller l'arme à la main plutôt que s'enfouir sous terre. Les balles leur sifflaient pourtant aux oreilles. Les Turcs d'en face – en raison de l'étroitesse de Gallipoli, les ennemis s'étaient enterrés à un peu plus de cent mètres les uns des autres – les harcelaient la journée durant. C'est pourquoi Jack entendait terminer les travaux le plus tôt possible afin de laisser le champ libre à l'artillerie. Dans quelques heures, les Turcs auraient occupé leurs propres tranchées avec des hommes lourdement armés.

D'un seul coup, ses pires craintes se vérifièrent. Contrairement aux Britanniques, les Turcs avaient des grenades à main et l'un d'eux entreprit de s'en servir.

Jack et ses hommes travaillaient alors «au fond». Les survivants de la tranchée voisine racontèrent plus tard que, surgissant au-dessus de la tranchée, un ennemi avait dégoupillé sa grenade avant de la lancer. Elle avait explosé dans la tranchée en arrière de l'endroit où Jack et ses hommes travaillaient et avait déchiqueté les sapeurs en train de recouvrir le sol de poutres et d'étayer les parois. S'ils avaient entendu la détonation et les cris, Jack et ses hommes n'avaient pas vu la scène et avaient été épargnés par les éclats et les décombres projetés en tous sens.

Mais Jack se rendit compte du danger.

— Sortons d'ici! Vite! Aux tranchées!

Les boyaux de communication vers l'arrière offraient un abri en même temps qu'une possibilité de repli, même s'il se doutait bien qu'ils devaient à présent être remplis de soldats montant en première ligne.

— Surtout pas! hurla le lieutenant Keeler. En position défensive! Prenez place dans les tranchées terminées et ouvrez le feu! Baïonnettes au canon, s'ils parviennent à percer notre ligne! Chassez-moi ces gaillards!

Mais, avant même que les soldats aient enregistré ces ordres contradictoires, plusieurs autres grenades explosèrent, l'une juste au-dessus de leurs têtes. La terre trembla, la galerie s'effondra… Instinctivement, les hommes se protégèrent la tête à l'aide des planches de coffrage. Ils ne pouvaient être ensevelis, car la galerie courait à une profondeur d'un mètre seulement. L'éboulement les protégeait plutôt.

Mais Roly perdit la tête. Au lieu de rester allongé, il se débarrassa de la terre qui le recouvrait en se secouant comme un forcené, traversa la galerie en rampant, se redressa à moitié et voulut gagner l'arrière. Quand il vit le boyau rempli de soldats, il entreprit de grimper hors de la tranchée. Quelqu'un le tira par la jambe de son pantalon. Roly se défendit… et se retrouva face au commandant Hollander.

— Qu'est-ce que cela signifie?

Roly n'entendit même pas.

— Fuyons! Il faut s'enfuir!

— Cet homme ne sait pas ce qu'il dit, s'interposa le lieutenant Keefer qui, s'étant sorti de l'éboulement, commençait à répartir aux meurtrières les hommes qui arrivaient. Baptême du feu, *sir*. C'est la panique, *sir*.

— On va la lui faire passer! hurla le commandant en assenant deux gifles magistrales à Roly qui recula, perdit l'équilibre mais, reprenant un peu conscience, saisit son arme.

— Parfait, le félicita le lieutenant. Prenez vos fusils, aux meurtrières, ouvrez le feu. C'est le moyen le plus rapide de sortir d'ici!

Roly laissa deux camarades le poster dans une niche de la tranchée et le forcer à mettre son arme en joue. Si le ciel, au-dessus de lui, était chargé de menaces, il était au moins à l'air libre. Il pouvait enfin respirer.

— Cela ne restera pas sans conséquences, je vous le promets ! Pour vous aussi, lieutenant ! Vous étiez quasiment sur le point de laisser cet homme déserter. Quand l'engagement sera terminé, je veux vous voir l'un et l'autre dans ma tente ! jeta le commandant avant de se lancer dans la bataille.

Les Néo-Zélandais assuraient à présent un tir nourri, appuyés par l'artillerie. Le feu se calma un peu dans les tranchées turques, mais les hommes eurent l'impression qu'une éternité s'écoulait avant la tombée de la nuit et l'arrêt des tirs. Les heures les plus dangereuses étaient celles du matin et du soir, en raison du demi-jour favorable aux assaillants.

Jack et sa troupe reçurent l'ordre de se replier. Il ne resta plus que quelques hommes dans la tranchée où s'était déroulé le principal accrochage. C'était maintenant l'heure de travail des équipes de secouristes chargés de ramasser les morts et de porter assistance aux blessés. Bobby vomit au spectacle des restes déchiquetés des camarades qui avaient travaillé quelques mètres derrière eux. Le lieutenant Keeler avait reçu une blessure légère au bras que Roly pansa après l'avoir enduite d'huile de théier.

— Vous vous y connaissez, caporal, grommela le lieutenant. Mais tout à l'heure…

— Le commandant ne va quand même pas le traduire devant un conseil de guerre ? s'inquiéta Jack.

— Non, je ne pense pas. Un accès de panique lors du baptême du feu, ce sont des choses qui arrivent. D'autant plus qu'il a ensuite vaillamment combattu. Il a eu la malchance de tomber juste dans les bras du commandant qui s'est imaginé je ne sais quoi. Ne vous tourmentez pas trop, caporal O'Brien. Le commandant est un peu soupe au lait, mais il se calme ensuite. Eh bien, allons-y ! Ce sera chose faite !

Les tentes des officiers étaient plantées sur la rive, certains d'entre eux préférant même passer la nuit sur les bateaux. Mais le commandant était un dur à cuire qui ne quittait pas ses hommes.

Jack tenta de se reposer et de ne pas penser à Roly et Keeler, mais il ne respira qu'au retour de Roly qui, comme toujours, resta en dehors de l'abri où s'étaient installés ses camarades.

— Le commandant nous a bien sûr passé un savon, expliqua-t-il, mais rien de bien méchant. Nous sommes simplement tenus à nous porter volontaires pour un engagement. Demain, ils envoient quelques régiments à l'assaut du cap Helles où les Anglais ont débarqué.

— Par la mer? demanda Jack.

— Non, par la terre. Nous devons prendre les Turcs à revers et conquérir une montagne.

— Ça sent l'aventure! se réjouit Greg. Allons-y, Bobby! Portons-nous aussi volontaires!

— Et vous, monsieur Jack? demanda Roly.

— Appelle-moi Jack. Je me demande, Roly…

— Allez, ne fais pas tant de manières, caporal! rigola Bobby. Tu seras peut-être sergent au retour.

— Moi, on m'a dégla… dégra… enfin, bref, je ne suis plus caporal, regretta Roly.

— Si tu conquiers cette montagne, tu seras général! le réconforta Greg. Et nous aurons la croix de Victoria. Viens, allons chez Keeler! dit-il en se levant de son lit de camp. Allez, Bobby! Tu ne vas pas te dégonfler, Jack!

Jack ne savait que dire. Il entendait la voix de sa mère: «Tu pars à la guerre pour défier Dieu!» Peut-être Gwyneira avait-elle eu raison. Mais depuis qu'il avait affronté les tirs des Turcs et qu'il avait lui-même tiré sur eux, il savait qu'il ne recherchait pas la mort. Il ne trouvait d'ailleurs rien d'héroïque dans cette guerre et ne parvenait pas à haïr les Turcs. Ils étaient amenés à défendre leur pays en raison d'une alliance avec un peuple qu'ils ne connaissaient pas, contre des troupes combattant pour une nation qu'ils ne connaissaient pas non plus. Tout cela était insensé, quasi irréel. Mais il remplirait bien entendu son devoir et ferait ses preuves où qu'on lui ordonnât d'aller. Mais il n'avait nulle envie de combattre pour le cap Helles.

— Allez, venez donc, monsieur Jack! insista Roly. Je serai brave. Parce qu'une montagne... une montagne, ce n'est pas aussi effrayant que...

Jack finit, à contrecœur, par suivre ses camarades. Il se sentait une vague responsabilité envers Roly. Pour des raisons qu'il ne s'expliquait pas, il éprouvait le besoin de protéger cet homme. Ils trouvèrent le lieutenant dans son abri, en arrière des lignes, occupé à boucler son sac.

— Lui aussi? demanda Jack à Roly.

— Oui, il doit prendre le commandement d'une section. Le lieutenant de la 3e division est tombé aujourd'hui.

Greg salua allègrement. Keeler le regarda d'un air las.

— Que voulez-vous?

— Nous voulons enfin combattre, *sir*! Regarder l'ennemi droit dans les yeux!

D'après ce qu'avait compris Jack, il était plutôt question de tirer dans le dos des Turcs, mais il se tut. Le lieutenant examina les deux hommes tour à tour d'un air incrédule, puis parut réfléchir un bref instant.

— Vous deux, dit-il enfin, montrant Greg et Bobby, je veux bien. Mais pas vous, McKenzie!

Jack sursauta d'indignation.

— Pourquoi, *sir*? Ne me faites-vous pas confiance?

— Ce n'est pas une question de confiance. Mais vous êtes caporal, McKenzie, et vous avez votre groupe bien en main. Vous êtes indispensable ici.

Quelque chose, dans son regard, interdit à Jack toute réplique.

— Mais il n'y en a que pour deux ou trois jours! risqua Roly.

Keeler sembla vouloir répondre, mais s'en abstint. Jack pensa lire dans ses pensées. Il se souvint vaguement des cartes qu'on leur avait montrées avant le débarquement. La conquête de la hauteur que l'on appelait joliment « Baby 700 » était une mission suicide.

— On peut mourir partout, dit Jack à voix basse.

— On peut aussi survivre, rétorqua Keeler après avoir pris une profonde inspiration. Et c'est ce que nous allons faire ! On se mettra en route à l'aube les gars ! Et vous, McKenzie, améliorez les tranchées qui ont aujourd'hui subi les tirs ennemis. Il est vital de renforcer la principale ligne du front. Mettez vos hommes au travail ! Rompez !

6

Roly et ses amis partirent au petit jour. Jack entendit du bruit, des rires et des paroles d'adieu. Les hommes restant dans les tranchées paraissaient presque envier leurs camarades envoyés au combat. Nombre d'entre eux renouvelèrent leurs plaintes contre leur « travail de taupes ».

Pendant quatre jours, Jack n'entendit pas parler des combats pour la conquête du cap Helles, mais il n'eut pas le temps de s'inquiéter, car les sapeurs étaient soumis à une forte pression de la part de l'état-major.

— Les Turcs rassemblent des troupes et reçoivent des renforts. Il faut chaque jour s'attendre à une contre-offensive. Il faut que nos lignes de défense tiennent le choc ! expliqua le commandant Hollander.

Le quatrième jour, mort de fatigue et les doigts à vif, Jack se glissa dans son abri. Ils avaient passé la journée à protéger de barbelés les tranchées enfin terminées. Dans son secteur, c'est lui, l'ancien fermier, qui avait été le responsable de ce travail qu'il connaissait bien. Ce genre de clôture ne lui plaisait certes pas, mais elle était la plus efficace pour empêcher le bétail de s'enfuir des pâturages. À vrai dire, c'était la première fois qu'il avait installé du barbelé sous des tirs incessants. Il décida de s'offrir la ration d'alcool quotidienne, accumulée durant les derniers jours. N'étant pas buveur, il n'y avait pour ainsi dire pas touché depuis le départ de Roly.

— Caporal McKenzie ?

Jack se souleva de sa couche en entendant des voix à l'extérieur. Les hommes avaient tendu une bâche devant leur abri afin de se ménager un peu d'intimité et de mieux dormir quand ils en avaient l'occasion. Il y avait en effet jour et nuit des problèmes à régler dans le réseau de tranchées et, ce soir-là, d'ailleurs, ils avaient dû travailler très tard. En maints endroits, le feu avait été si nourri, au crépuscule, que les troupes de santé n'avaient pu porter secours aux blessés. À présent, la nuit tombée, les boyaux étaient encombrés de bêtes de somme et de brancards. Un jeune homme, devant l'abri, portait l'uniforme des infirmiers.

— Nous sommes chargés de vous ramener cet homme, expliqua-t-il en tentant de pousser dans l'abri Roly qui, sale et en haillons, refusait d'entrer.

Jack sortit de l'abri.

— Sur l'ordre de qui?

— De son lieutenant, Keeler, qui est chez nous, à l'hôpital. Ce jeune semblait perdu. C'est pourtant lui qui, dans la soirée, a traîné le lieutenant jusque dans le camp. Il lui a sans doute sauvé la vie, car, dans son état, celui-ci n'aurait pu franchir seul les falaises. Mais ensuite… complètement paumé, le mec. À peine s'il connaît encore son nom.

— Bobby…, souffla Roly.

— Eh bien, vous l'entendez, caporal. Il s'appelle en fait «Roland». Beeston a vérifié. Parce que les noms se ressemblaient beaucoup. O'Brien et O'Mally. Mais O'Mally est mort. Celui-ci, c'est O'Brien.

Roly se mit à sangloter. Jack lui passa le bras autour des épaules.

— Merci, sergent. Je m'occupe de lui. Qu'est-ce que… qu'est-ce qu'a le lieutenant?

— Je ne suis pas sûr, je suis dans les services de secours, pas dans ceux des soins. Mais je crois… je crois que Beeston va l'amputer du bras cette nuit.

Jack resta sans voix. Puis il tira Roly à l'intérieur et alluma la lampe à gaz, ce qui n'était autorisé qu'en cas d'urgence, afin que les Turcs ne puissent deviner le tracé des tranchées en s'aidant des lumières. Jack décida qu'il y avait urgence.

— Bobby est mort, murmura Roly. Et Greg… ils lui ont arraché les jambes. Une… une de ces nouvelles armes qui tirent à une vitesse incroyable… tac tac tac… vous comprenez, monsieur Jack ? Ses jambes étaient foutues… du sang, rien que du sang… Mais je… je l'ai traîné dans une tranchée, et on est venu le chercher. Peut-être qu'il s'en tirera.

Roly fut pris d'un tremblement incontrôlable. Jack lui fit avaler sa réserve d'alcool.

— Que s'est-il donc passé ? Vous vous êtes emparés de cette hauteur ?

— Oui… non…, dit Roly en s'essuyant la bouche. J'ai tellement froid.

Jack l'aida à quitter ses lambeaux d'uniforme et le couvrit de son trench-coat. La nuit de mai était chaude, mais Jack connaissait ce froid qui paralysait son camarade.

— Ils ont défendu cette colline comme… comme des fous furieux, comme si… comme s'il y avait quelque chose d'extraordinaire dans cette foutue colline, poursuivit le jeune homme en serrant le manteau autour de son corps.

Jack hésitait à allumer un feu. Mais Roly avait besoin de quelque chose de chaud à boire. Il rassembla des bouts de bois.

— Nous l'avons escaladée en rampant. Nous étions des cibles vivantes, ils ont abattu des centaines des nôtres, des centaines… des morts partout… partout. Mais nous avons réussi. Greg, Bobby et moi… et quelques autres. Des Australiens surtout. Elle était à nous, cette maudite colline. Et nous nous sommes enterrés. Mais… mais il n'y a pas eu de renforts. Nous n'avions rien à manger, rien à boire. La nuit a été glaciale, les uniformes étaient humides, déchirés, pleins de sang. Et les Turcs tiraient… tiraient… tiraient.

Roly sursauta en entendant des coups de feu provenant de la ligne de front.

— Et les tirs de shrapnels… quand quelqu'un était touché… il n'est rien resté de Bobby, monsieur Jack. Cela est allé très vite, il était là, à l'instant, et puis… plus que du sang… et une main… Greg s'est mis à pleurer. Il ne pouvait plus s'arrêter. Ensuite l'ordre de retrait est arrivé. Mais il y avait déjà des Turcs partout… nous avons recommencé à ramper, cette fois pour redescendre, puis on a vu des buissons, nous avons couru nous mettre à l'abri, et on a trouvé aussi les tranchées des Australiens… Nous avons couru… Mon Dieu, monsieur Jack, j'ai cru que mes poumons allaient éclater, et j'étais si fatigué… Puis Greg a été touché. (Roly se mit à sangloter.) Je veux rentrer chez moi, monsieur Jack. Je veux rentrer chez moi !

Jack le prit dans ses bras et le berça. Paradoxalement, il se mit à penser à Gloria. Petite, réveillée la nuit par des cauchemars, il la tenait ainsi. Qui avait bien pu jouer pour elle ce rôle en Angleterre ? S'était-elle endormie en pleurant, seule ?

Quand l'eau commença à bouillir dans la casserole, Jack obligea le rescapé à se laver et à boire du thé. Il pilla sans scrupule le casier de Greg où le jeune mineur stockait ses réserves de whisky. Elles ne lui seraient pas utiles de sitôt, et Roly avait besoin d'un remontant.

— Demain, tout t'apparaîtra sous un autre jour, le consola-t-il, ne croyant pas un mot de ce qu'il disait, car il était fort possible que la contre-offensive des Turcs fût pour le lendemain.

Les troupes de l'ANZAC bénéficièrent d'un sursis de plusieurs jours, car leur système défensif était valable. Elles eurent de plus un coup de chance : un avion de reconnaissance britannique ayant perdu son cap survola Gallipoli par hasard et put ainsi observer des troupes turques se regrouper. Le général Bridge fit alors occuper tous les postes de combat.

Jack et Roly se retrouvèrent ainsi en première ligne. Ils se blottirent dans les tranchées fraîchement creusées, Jack tentant en vain de traîner son ami dans une zone recouverte d'un toit. La peur d'être enseveli l'emportait sur sa crainte des Turcs.

— En position de combat. Baïonnettes au canon! ordonna le 19 mai, au petit matin, le commandant Hollander à voix basse.

Roly frissonna. Le froid était glacial et les hommes étaient debout depuis des heures.

L'état-major s'attendait à ce que l'ennemi attaquât au petit jour, et la montée des troupes au front, par les boyaux, avait commencé depuis longtemps. Jack se frottait les mains pour les réchauffer, guettant l'apparition du soleil. Roly jouait avec son fusil. Il avait le visage émacié et terreux: à la différence de ses camarades, il savait ce qui l'attendait. La veille au soir, il avait fini, muet, le reste du whisky de Greg, tandis que les autres exprimaient bruyamment leur satisfaction à l'idée du combat à venir. Les derniers arrivés attendaient avec impatience l'assaut des Turcs, le moment de pouvoir enfin tirer.

Jack jeta un coup d'œil en direction des deux «bleus» de sa section. Pendant que Roly combattait au cap Helles, la Nouvelle-Zélande avait envoyé des renforts. Deux jeunes soldats originaires de l'île du Nord avaient remplacé Bobby et Greg. Venant, comme Jack, d'élevages de moutons, ils appartenaient à la cavalerie légère, mais, s'étant portés volontaires pour Gallipoli, ils avaient laissé leurs chevaux sur l'île de Lemnos. Ils expliquèrent que c'était pour eux une question d'honneur d'aider leurs compatriotes dans leur combat héroïque.

Le second contingent de volontaires australiens et néo-zélandais n'était pour l'essentiel plus composé d'aventuriers, d'escrocs ou de pauvres diables, mais de patriotes. Nombre d'entre eux avaient triché quant à leur âge. L'un des deux affectés au groupe de Jack n'avait que dix-neuf ans. Que lui et beaucoup de ses semblables aient été postés en première ligne renforça Jack dans le soupçon qui lui était venu lors du débarquement : les plus jeunes servaient de chair à canon : leur intrépidité permettait de mener des actions suicidaires sans risque de récriminations.

Jack et son groupe de mineurs devaient en revanche leur position exposée à leur connaissance du système des tranchées, les leurs et celles des Turcs. Ils avaient en effet eu le temps d'observer leurs adversaires travailler à leurs retranchements. L'angle des tirs ennemis leur avait aussi permis de comprendre la disposition du réseau défensif adverse.

— C'est ici l'endroit le plus dangereux ! expliqua Jack à ses hommes, chuchotant lui aussi. C'est ici qu'ils vont tenter de percer. La distance entre les tranchées est faible, et leur ligne fait là un coude. Ils peuvent donc assurer depuis ce coude une excellente couverture à ceux qui donneront l'assaut. Donc, les meilleurs tireurs avec moi ! Oui, sous ce toit.

Jack avait protégé cette zone sensible des tranchées en la couvrant d'une espèce de treillis. Elle était équipée de meurtrières, d'un périscope permettant d'observer l'ennemi et d'un important champ de barbelés.

— Ne faites pas feu à l'aveuglette. Attendez qu'ils soient assez près pour les toucher à coup sûr. Le commandant s'attend de leur part à une énorme supériorité numérique. Épargnez donc vos munitions !

— J'aimerais rester dehors, monsieur Jack, dit Roly à voix basse.

— D'accord, va dans la tranchée de réserve, dit Jack au jeune homme, sachant qu'il contrevenait ainsi aux ordres du commandant. Sa section était chargée de tenir cette zone du front, et voilà qu'il envoyait Roly à l'arrière.

— Mais je ne peux pas…

— Va, dit Jack, à l'instant même où l'enfer se déchaîna.

Personne n'avait entendu l'ordre d'attaquer. Déjà, les Turcs se ruaient en rangs serrés hors de leurs tranchées.

Des mitrailleuses tiraient des collines d'en face et les premiers assaillants lançaient des grenades dans les tranchées britanniques.

Jack n'eut pas le temps de veiller sur Roly, ni même de s'effrayer à la vue des ennemis qui fonçaient en hurlant. Il se contenta de viser et de tirer, transperçant des poumons, des cœurs, des bouches ouvertes. Armer, tirer, armer, tirer…

Jack avait jadis souvent employé l'expression « c'est un véritable enfer », mais jamais plus il ne le ferait. Les assaillants glissaient sur le sang de leurs camarades, s'écroulaient sur leurs corps. Bon nombre d'entre eux finirent par atteindre les tranchées, mais furent transpercés par les baïonnettes des défenseurs. Du sang giclait à travers les meurtrières. Des soldats hurlaient de douleur. Jack entendit un cri d'épouvante derrière lui. Roly ? Surtout ne pas se retourner ! La moindre erreur pouvait coûter la vie.

Pris de folie meurtrière, un des jeunes soldats se hissa à moitié hors de la tranchée pour attaquer les assaillants à la baïonnette. Il le paya de sa vie. Criblé de balles, il retomba dans la tranchée, devant Jack. Un autre le remplaça. Jack aperçut dans les mains d'un Turc une grenade dégoupillée. Il tira, le toucha, mais l'homme réussit à la lancer. Devant Jack, la terre de la meurtrière jaillit, des débris et des lambeaux de cadavres arrosèrent les hommes dans la tranchée.

— La mine s'effondre, entendit Jack Roly hurler comme un dément. Il faut sortir, tous…

Roly lâcha son fusil. Il essaya de grimper de la tranchée, mais un camarade le retint. Du coin de l'œil, Jack l'aperçut tenter de gagner l'arrière des lignes à travers les rangs des soldats. Un peu plus loin, une grenade explosa dans la tranchée, projetant une nouvelle pluie de sang et de terre.

Roly hurla et Jack le vit se jeter à terre. Quelques soldats turcs sautèrent alors dans la tranchée. Jack tournoya sur lui-même et chargea. Avec le désespoir d'un animal pris au piège, il frappait autour de lui. Tirer était impossible. Sans réfléchir, Jack enfonçait sa baïonnette dans des corps devant lui. Il finit par se battre à coups de bêche parce que même la baïonnette était encombrante. À force de creuser dans cette terre caillouteuse, la bêche avait des rebords coupants et provoquait d'énormes blessures: Jack sépara presque la tête du tronc de l'un des ennemis qu'il frappa à la gorge.

— Enlève les morts, cria-t-il à Roly qui parut ne pas entendre.

Jack et ses camarades, venus à bout des assaillants, regagnèrent leurs postes de tir en trébuchant sur des cadavres: l'assaut des Turcs semblait ne jamais devoir finir. Quelques-uns s'approchèrent encore très près et, aveuglés par la rage, s'enferrèrent dans le réseau de barbelés. Jack vit avec horreur les corps renverser la barrière et s'abattre dans la tranchée, emmêlés dans le fil meurtrier, percés en mille endroits. Ses hommes s'empêtrèrent à leur tour dans les piquants en essayant d'achever les intrus, tandis que des grenades explosaient à nouveau autour d'eux. La terre soulevée et les nuages de poudre obscurcissaient la vue. Jack entendit Roly gémir tandis qu'ils essuyaient une grêle de cailloux et de lambeaux de chair humaine. Le garçon avait dû se tapir dans un recoin et Jack fut heureux qu'il ne barrât plus le passage.

Le commandant Hollander vit les choses fort différemment. Quand le calme revint pour quelques instants, Jack l'entendit brailler:

— Soldat, qu'est-ce que cela signifie? Prenez votre fusil et tirez! Nom de Dieu, soldat, je vous parle! C'est de la lâcheté devant l'ennemi!

Jack pressentit le pire.

— Tu y arriveras tout seul? demanda-t-il au jeune qui défendait jusqu'ici la tranchée à côté de lui, un nouvel arrivé qui se battait avec bravoure.

— Bien sûr, caporal.

Le chaos régnant toujours dans leur secteur – des débris de coffrage et du fil de fer barbelé se mélangeant à des lambeaux de chair sur une masse de boue sanglante –, Jack eut un peu de mal à découvrir Roly dans un coin de la tranchée, le plus loin possible des meurtrières, blotti dans une niche et à demi recouvert de divers débris, tremblant et pleurant comme un enfant.

— La mine, la mine, monsieur Tim…

Le commandant le rouait de coups de pied et criait pour lui faire retrouver la raison :

— Soldat, debout ! Prenez votre fusil !

Jack se jeta entre son ami et le commandant.

— *Sir*, il ne peut pas, *sir*… Je vous en ai déjà parlé. Faites-le emporter par l'équipe de secours quand elle arrivera. Il est pris de panique !

— Moi, j'appelle ça de la lâcheté, McKenzie, hurla le commandant en s'apprêtant à mettre Roly de force sur ses pieds.

Mais, avant qu'il eût pu y arriver et que Jack eût répondu quoi que ce soit, une grenade explosa dans leur dos. À nouveau, des Turcs sautaient dans la tranchée, criant de douleur lorsque les fils de fer barbelés, déchirant leur uniforme, leur entraient dans la chair. Avant de se jeter dans la mêlée, Jack chercha des yeux le jeune homme de l'île du Nord. Couché sur le sol, il hurlait. La grenade lui avait déchiqueté le bras droit, son sang se mêlait à celui des ennemis. Le commandant se battait à coups de baïonnette.

— Infirmiers !

Personne ne se souciait plus du garçon qui gémissait dans son coin, les secouristes avaient d'autres chats à fouetter. Accomplissant leur tâche sous un feu nourri, ils subissaient eux aussi des pertes.

À un moment donné, Jack cessa totalement de penser. Il se contentait de frapper à tour de bras autour de lui, ayant perdu toute notion du temps. Avait-il jamais fait autre chose que tuer des gens ? Ferait-il un jour autre chose que patauger dans le sang? Combien d'hommes avait-il occis? D'ailleurs combien avaient déjà succombé au cours de cette attaque suicidaire?

Les vagues d'assaut ne refluèrent que dans l'après-midi, les Turcs se rendant alors compte qu'ils ne l'emporteraient pas ainsi. Vers 17 heures, le feu cessa, hormis quelques salves de harcèlement.

Le commandant Hollander, couvert de sang et de crasse comme ses hommes, sortit sa montre de sa poche.

— C'est l'heure du thé, dit-il avec flegme.

Jack abaissa son fusil. Il était épuisé, vidé. C'était fini. Des cadavres, amis et ennemis, s'empilaient autour de lui, mais il était vivant. Dieu ne voulait pas de lui.

— Dégagez cette saloperie, dit le commandant en montrant les corps des ennemis, puis repliez-vous! Ce sont les troupes de réserve qui vont occuper la tranchée, poursuivit le commandant en frappant du pied un des cadavres comme pour donner du poids à ses ordres.

Mais l'homme remua.

— Comme il fait sombre… la mine, l'obscurité… le gaz… s'il s'enflamme…

— Roly, s'exclama Jack en s'accroupissant. Roly, tu n'es pas dans une mine… Calme-toi, Roly!

— Cette ordure de couard est encore dans le coin? cria le commandant en se précipitant sur Roly et, enlevant une planche qui le protégeait, il lui envoya un direct au menton.

— Il se planque et chie de frousse dans son froc!

Roly sentait en effet la pisse et les excréments.

— Où est votre fusil, soldat?

Roly ne paraissait pas comprendre. Son fusil était introuvable, il devait être enfoui sous la masse de terre et de sang.

— Debout! Suivez-moi! Vous êtes aux arrêts. Nous allons voir ce que nous allons faire de vous. Si cela ne tenait qu'à moi, ce serait la cour martiale. Lâcheté au combat!

Le commandant braqua son fusil contre Roly qui, instinctivement, leva les mains tout en reprenant ses esprits. Trébuchant, il passa devant le commandant.

Jack aurait voulu venir en aide à son ami, mais comment ? Il était trop las pour réfléchir et surtout pour entreprendre quoi que ce soit. Il se dit que le commandant lui-même devait être à bout de forces et qu'il n'allait pas faire fusiller Roly sur-le-champ. Il se replia à son tour en chancelant, suivi de ses hommes, tout aussi épuisés que lui.

— Quarante-deux mille..., disait l'un d'eux. Il paraît qu'ils étaient quarante-deux mille. Et que dix mille sont morts !

Jack n'éprouvait plus ni horreur ni triomphe. Il s'écroula sur son lit de camp et sombra dans un sommeil profond. Cette nuit, aucun cauchemar ne le tourmenta. Il n'eut même pas la force d'avoir froid.

— Albert Jacka reçoit la croix de Victoria ! déclara un des hommes assis auprès du feu. C'est le premier Australien qui l'obtienne ! Mais il ne l'a pas volée. Pratiquement à lui seul il a exterminé les types là-bas, à Courtney's Post. Alors qu'ils avaient déjà investi la tranchée. Incroyable !

Le soleil était revenu sur Gallipoli. Les défenseurs victorieux, rassemblés autour de centaines de feux, dévoraient leur petit-déjeuner et échangeaient des histoires héroïques. Certains, en dépit de la fraîcheur, se baignaient déjà dans la mer, désireux de se débarrasser de l'odeur de sang et de poudre qui leur collait au corps. Les Turcs, qui d'ordinaire tiraient sans enthousiasme sur des nageurs intrépides, ensevelissaient leurs morts ce matin-là. Il ne s'agissait pas d'une trêve officielle négociée par les chefs militaires, mais d'un simple acte humanitaire. Les Australiens et les Néo-Zélandais hissaient les cadavres au-dessus du rebord de leurs tranchées et s'abstenaient de tirer sur les équipes turques à la recherche de leurs morts. Ils gardaient les Turcs en ligne de mire mais ne tiraient pas quand ils apercevaient le brassard blanc sur leurs bras.

Jack s'était assuré que les survivants de sa compagnie allaient bien, qu'ils avaient été approvisionnés et qu'ils étaient allés chercher de l'eau pour se laver. Il veillait à ce dernier point, compte tenu du rapport particulier à la propreté de certains chercheurs d'or qui valait à leurs supérieurs des remontrances des officiers anglais. Contraste entre l'ordre et la propreté exigés et, d'autre part, le sang et la boue où il fallait patauger qui portait presque Jack à rire. Bien sûr, les tranchées avaient été nettoyées, mais toujours Jack aurait devant les yeux les hommes écorchés vifs par les barbelés ou le visage du jeune gars qu'il avait décapité d'un coup de bêche.

Il partit en direction de la plage, à la recherche de Roly. Où diable le commandant l'avait-il mis aux arrêts?

Le premier infirmier qu'il interrogea lui indiqua la «prison». Parmi le tas de gens douteux que l'Australie et la Nouvelle-Zélande avaient envoyés guerroyer, il s'en trouvait toujours quelques-uns pour, même au front, dépasser la mesure. La veille de la contre-attaque ennemie, deux d'entre eux avaient été arrêtés pour ivresse, un seul ayant pu être envoyé au combat à midi le lendemain. Il était maintenant à l'hôpital. L'autre, n'ayant repris ses esprits que le surlendemain, attendait d'être jugé. Jack finit par trouver la prison: une tente, sur la plage, gardée par un sergent d'un certain âge et deux jeunes soldats.

— Qui cherchez-vous? Le lâche? On l'a un peu cuisiné ce matin. Hier, y avait pas moyen de parler avec lui. Il avait totalement disjoncté... J'ai pensé à appeler un médecin, mais ils avaient d'autres chats à fouetter. Et maintenant, ça le reprend. Il a honte et me bassine avec une histoire de mine. Il lui est à coup sûr tombé quelque chose sur la tête!

Soulagé, Jack trouva pourtant inquiétant qu'il fût toujours aux arrêts en dépit de l'amélioration de son état.

— Qu'est-ce qui l'attend? Le commandant Hollander...

— Il l'aurait quasiment fusillé sur-le-champ. Lâcheté au combat. Vous voulez un thé? proposa le sergent.

— Non, merci. Mais en a-t-il le droit? Je me dis que…

— Ils vont sans doute le traduire devant le conseil de guerre à Lemnos. L'autre aussi. Est-ce qu'ils vont les fusiller aussitôt? Ce serait du gaspillage, à mon avis, non? Je penche plutôt pour l'envoi dans un bataillon disciplinaire. Ce qui revient au même en fin de compte, mais avant ils pourront un peu creuser des tranchées, en France…

— En France?

— Oui, on n'a pas de quoi constituer un bataillon disciplinaire avec juste des Australiens. Ces gars sont des voyous, mais pas des lâches! Vous voulez voir votre gars maintenant?

Jack refusa. Parler avec Roly serait inutile, il ne pouvait même pas le réconforter. Il devait trouver un moyen, avant son transfert à Lemnos! Quand la procédure serait entamée, on ne pourrait plus la stopper.

Jack se rendit à l'hôpital de campagne.

— Où puis-je trouver le major Joseph Beeston? demanda-t-il à un infirmier.

— Il doit être en train d'opérer. Ils sont tous de service depuis hier…, dit l'homme. Les médecins sont tous dans les tentes. Mais il vous faudra peut-être attendre. C'est l'enfer là-bas!

Jack dut se forcer pour entrer dans les salles d'opération. Il tomba sur un aide-soignant charriant des sacs ensanglantés, pleins de bandages mais aussi de membres amputés. La douceâtre odeur du sang, mêlée de relents de lysol et d'éther, lui donna la nausée.

Le sol de la tente où il entra était couvert de sang, les aides chargés de nettoyer étant débordés. Des médecins opéraient sur plusieurs tables, on entendait gémir et crier.

— Le major Beeston? demanda Jack à l'un des chirurgiens dont il était difficile de distinguer les traits derrière son masque.

— Là derrière, dernière table à droite… à côté du cabot…, indiqua l'homme.

Jack reconnut effectivement Paddy qui, couché dans l'angle le plus reculé de la tente, semblait totalement perdu.

— Major Beeston? Est-ce que je peux... est-ce que je peux vous dire un mot?

Le médecin se retourna à demi et Jack aperçut, derrière d'épaisses lunettes, son regard fatigué. Son tablier était couvert de sang, de même que ses avant-bras. Il cherchait à recoudre quelque chose dans les entrailles de son patient.

— Je vous connais...? Ah oui, le soldat McKenzie! Caporal déjà? Félicitations! dit-il avec un pâle sourire.

— Il faudrait que je vous parle brièvement, insista Jack.

Des bateaux hôpitaux devaient sans arrêt appareiller pour Lemnos. Il pouvait venir à l'idée de n'importe qui d'y embarquer les prisonniers.

— Bien entendu, dit le médecin. Mais pas tout de suite. Il vous faut attendre un peu. Quand je... quand j'en aurai fini avec celui-ci, je ferai une pause. Il devrait arriver des renforts de Lemnos, nous n'y arrivons plus. En tout cas... attendez-moi au «mess», c'est le nom qu'on donne à la cabane. N'importe qui vous indiquera où c'est. Et, si vous vous en sentez capable, emmenez Paddy. Il frise l'infarctus!

Beeston se retourna vers la table d'opération. Jack tenta de faire sortir le chien de son coin en le flattant. Il le mit en laisse quand il eut rampé un mètre ou deux dans sa direction. Puis il réussit à le faire sortir de la tente.

Le mot de «cabane» utilisé par le médecin convenait tout à fait à l'assemblage de toiles de tente et de planches de coffrage dans lequel les médecins soufflaient un peu entre deux opérations. Un officier des services de santé était plongé dans un profond sommeil sur un lit de camp, tandis qu'un jeune médecin, après avoir bu une grande gorgée de whisky et s'être aspergé le visage d'une eau puisée dans un lavabo mobile, se hâtait de repartir au travail.

Jack préféra attendre dehors où il fit travailler à Paddy quelques exercices d'obéissance. Se prenant au jeu, le petit chien se calma. Jack en oublia un instant les scènes du combat au corps à corps.

— Brave chien ! dit-il au petit bâtard tout en ressentant soudain un violent mal du pays.

Qu'est-ce qui l'avait poussé à abandonner Kiward Station, les collies et les moutons pour venir s'enterrer ici, à l'autre bout du monde et tirer sur des gens qu'il ne connaissait ni d'Ève ni d'Adam ?

Deux heures plus tard, ayant procédé à quelques opérations supplémentaires, Beeston surgit enfin, plus épuisé encore.

— Les chiens, vous en connaissez un rayon ! J'aurais mieux fait de laisser Paddy sur le bateau. C'est là que nous dormons la plupart du temps... Mais hier...

— Hier, nous avons tous dépassé nos limites, répondit Jack. Certains plus que d'autres...

— Entrez ! lui dit le major en poussant la porte en toile et en se mettant aussitôt à la recherche de la bouteille de whisky. Vous en prendrez bien ? demanda-t-il en remplissant deux verres.

Jack accepta.

— Et que puis-je faire pour vous ? reprit le médecin.

Jack le lui expliqua.

— Je ne sais pas trop... bon, j'ai une dette envers vous, mais je n'ai que faire d'un poltron ici. Et lâcheté au combat...

— Non, le soldat O'Brien n'est pas lâche. Au contraire, après la bataille du cap Helles, il a même reçu des éloges pour avoir ramené deux blessés depuis les lignes ennemies. Et, durant l'assaut donné à cette colline infernale, il a combattu aux avant-postes. Mais cet homme souffre de claustrophobie. Il est pris d'accès de démence dans les tranchées.

— Mais nos brancardiers doivent aussi aller dans les tranchées, objecta le major.

— Mais aussi agir à découvert. Et les volontaires pour ça ne doivent pas être nombreux, non ? Bien sûr, vous n'enverrez pas volontiers un infirmier expérimenté comme lui dans les troupes de brancardiers…

Beeston fronça les sourcils.

— Cet homme est infirmier de métier?

Une demi-heure plus tard, le major Beeston demandait officiellement au commandant Hollander que le soldat O'Brien fût détaché au service de santé.

— Ce serait du gâchis de l'envoyer dans un bataillon disciplinaire, commandant! D'après son ami, l'homme est un infirmier de métier, formé par une infirmière qui a fait la guerre en Crimée. Un type comme ça, on ne va pas l'envoyer au casse-pipe en France!

Une heure plus tard, Jack put respirer. Roly était sauvé. Il écrivit néanmoins à Tim Lambert, à Greymouth. Mieux valait avoir deux fers au feu.

Puis il écrivit à Gloria. Soucieux de ne pas l'accabler, il se demanda s'il enverrait la lettre. Mais, s'il ne parlait pas du combat à quelqu'un, il deviendrait fou.

7

Quand, plusieurs mois plus tard, Gloria arriva à Sydney, en rage contre les hommes qui utilisaient son corps sans scrupule et qui, ensuite, n'étaient même pas disposés à payer les menus suppléments qu'elle leur réclamait en échange de « services particuliers », elle était sur le point de haïr le monde entier. Il lui arriva plus d'une fois de devoir exhiber son poignard pour les y contraindre, étonnée d'ailleurs de voir que cela fonctionnait. Les provinciaux, assez inoffensifs au demeurant, qui voulaient juste profiter de la chance s'offrant à eux d'exploiter une créature plus faible et plus impuissante qu'eux baissaient pavillon au premier éclat de la lame d'acier. Un bandit comme le steward n'aurait eu aucun mal à la désarmer, voire à se venger de manière sanglante. Mais peut-être ces hommes prenaient-ils peur à lire la haine et l'envie de meurtre dans ses yeux quand elle sortait son couteau. Tant qu'elle était soumise à leur bon vouloir, elle donnait l'impression de la tranquillité et de la faiblesse, encaissant sans un mot l'argent qu'on lui devait. Mais, si on lui refusait son dû, elle devenait une véritable furie.

Elle détestait aussi les filles de joie qui n'acceptaient pas la présence d'une nouvelle sur leur territoire. Dans ce cas aussi, son couteau lui était utile, car elles étaient trop endurcies pour se laisser impressionner par de simples menaces. À deux reprises d'ailleurs, elle se retrouva dans le ruisseau, rouée de coups ; la seconde fois, son adversaire lui vola de surcroît son gain de la journée. Elle n'était pourtant pas une véritable concurrente pour les putains locales, car les hommes qui allaient avec elle étaient plus en quête de pratiques particulières que des services rendus par ces dames.

Gloria avait fini par se rendre compte que c'était son crâne rasé qui fascinait les hommes. Ayant d'abord pensé que cette coiffure nuirait à son commerce, elle avait remarqué que les hommes aux penchants pervers trouvaient son apparente calvitie irrésistible. Elle avait donc continué à se raser. C'était aussi un moyen de lutter contre la vermine, car, même si elle ne gagnait plus sa vie dans des conditions aussi épouvantables que sur le *Niobe*, il y avait aussi des puces dans les granges et les remises où elle entraînait ses clients. Elle préférait de loin les plages où, à l'abri de la saleté, elle se laissait bercer par le bruit du ressac tandis que les hommes prenaient leur plaisir.

Gloria haïssait aussi les femmes honorables et les commerçants chez qui elle achetait ses maigres vivres, le contentement de soi des premières quand elles croisaient la putain Gloria, et le peu de disponibilité des seconds à lui venir en aide. Elle avait pour habitude de se déplacer le jour, déguisée en garçon, et de ne se transformer en femme que la nuit. Dans ses habits d'homme, elle se sentait davantage en sécurité et se dissimulait aux yeux des filles de joie hostiles à toute concurrence « itinérante ». Cela lui permettait aussi de chercher du travail afin d'épargner assez pour payer la traversée vers la Nouvelle-Zélande. Lui faire réparer des haies, décharger une voiture de livraison ou couper de l'herbe en échange d'un bon repas n'aurait guère coûté aux épiciers ou aux fermiers. Mais bien peu eurent cette générosité. Dans le meilleur des cas, on donnait au « garçon » une aumône pour qu'il passe son chemin.

— Que Dieu t'accompagne, mais va-t'en ! s'entendit répondre Gloria plus souvent qu'à son tour.

Les vagabonds n'étaient pas vus d'un bon œil dans les petites villes d'Australie. Sans cesse, on exhortait le

« garçon » Gloria à rejoindre l'armée plutôt que d'errer sans but dans le pays.

Mais ce qu'elle détestait le plus, c'était le pays lui-même. Les distances qu'elle devait parcourir en Australie défiaient toute concurrence. Au début de ses pérégrinations, elle en avait été désespérée. Pour aller de Darwin à Sydney, elle avait dû traverser le Territoire du Nord, très peu peuplé, sur des centaines de miles. La beauté de ces régions désertiques qu'elle parcourut parfois en train, le plus souvent à pied, rarement sur la voiture d'un fermier compatissant, la laissa indifférente. Elle ne s'intéressait ni aux formations rocheuses rougeâtres, ni aux termitières aux formes étranges, ni aux spectaculaires levers et couchers de soleil, même si, de temps en temps, elle se disait que, jadis, dans son existence antérieure, elle aurait sans doute dessiné tout cela. Pour l'instant, loin de connaître une existence, elle ne vivait qu'une transition. Elle évitait de réfléchir à sa situation actuelle dans l'espoir de l'oublier ensuite plus aisément. Quand elle fermait les yeux, elle revoyait les Canterbury Plains, les pâturages opulents, les moutons, les Alpes en arrière-plan. Elle vivait dans la crainte que ce dernier rêve vînt un jour à s'effacer lui aussi si elle n'avançait pas assez vite.

Elle évitait les campements des Aborigènes, mais recherchait les regroupements de chercheurs d'or, où, sous son déguisement de garçon, elle s'essaya une ou deux fois à l'orpaillage avant d'y renoncer en constatant qu'elle mettrait des années à épargner de quoi achever son périple. Comme fille de joie, elle gagnait davantage. La plupart des chercheurs d'or, de rudes gaillards, payaient en effet volontiers ses services quand ils avaient découvert un bon filon. Ils pouvaient même, alors, se montrer généreux. Mais il arrivait qu'ils fondent en groupe sur elle et se refusent ensuite à payer. Elle n'osait bien entendu pas sortir son couteau en pareille circonstance.

En tout cas, elle fut soulagée quand, au bout de quelques semaines, elle revit enfin la mer et put, sans trop de problèmes, passer d'une localité à l'autre le long de la côte. Elle ne retenait les noms ni des villages, ni des villes, ni des ports. Tout lui était indifférent, elle ne distinguait ni les paysages ni les visages. Elle n'avait qu'une idée en tête : avancer. Il lui fallut néanmoins encore des mois de souffrances, de peurs et d'humiliations avant d'atteindre Sydney. « Jack » allait définitivement redevenir « Gloria », elle allait pouvoir à nouveau exhiber ses papiers d'identité. Souvent, durant son périple, elle les avait regardés, tremblant quand elle croyait ne plus les sentir dans les poches intérieures de son manteau d'homme. Ils étaient à présent tachés et froissés, ramollis par l'eau salée, mais toujours valables.

Gloria Martyn… le nom avait fini par lui paraître celui de quelqu'un d'autre. Quand elle évoquait en pensée l'être qu'elle était devenue, elle songeait à un garçon : « Jack. » S'étant un instant demandé si, à utiliser ce document, elle risquait d'être renvoyée à ses parents, elle jugea ce risque improbable. Si elle était une criminelle recherchée, peut-être ! Mais une jeune fille ayant fugué à San Francisco ? On s'imaginerait vraisemblablement avoir affaire à une histoire d'amour. Comme Lilian… Gloria eut de la peine à croire qu'elle reverrait peut-être bientôt sa cousine.

Les dernières semaines, elle avait laissé ses cheveux repousser et son visage amaigri était désormais encadré de petites boucles auburn. Elle acheta deux tailleurs, bon marché mais d'une qualité acceptable. Elle avait décidé, en dépit du « travail » supplémentaire que cela représentait, de prendre un billet de seconde classe. Même comme passagère, elle ne supporterait pas de voyager une fois encore dans l'entrepont.

Le premier bateau en partance pour la Nouvelle-Zélande avait Dunedin comme destination. Mais le *Queen Ann* ne lèverait l'ancre que dans une semaine. Gloria hésita : devait-elle passer ces quelques jours dans une pension pour hommes et économiser son pécule ou bien prendre une chambre, ce qui épuiserait ses maigres réserves financières ? Elle avait rapidement rejeté l'idée de continuer à « travailler », ce qui aurait été le plus lucratif, car elle ne voulait plus courir le risque de se faire attaquer par des « consœurs » ou de se faire voler l'argent de la traversée.

Elle fut soudain prise de panique. Que se passerait-il si on la reconnaissait lors du contrôle des papiers ? Et si le *Queen Ann* sombrait en mer ? Si l'un des membres de l'équipage avait précédemment navigué sur le *Mary Lou* ou le *Niobe* ? Et comment serait-elle accueillie à son retour ? Son aïeul James était mort, mais Gwyneira était-elle encore en vie ? Kura et Williams, furieux de sa fuite, avaient-ils entre-temps vendu Kiward Station ? Était-elle éventuellement responsable que Gwyneira eût été chassée de chez elle ? Elle n'osait pas penser à Jack. Le haïrait-elle comme elle haïssait tous les hommes ?

Elle finit par passer les quelques jours d'attente dans une pension bon marché. Elle ne vit rien de Sydney, la coquette petite ville qui s'était développée sur l'emplacement de l'ancienne colonie pénitentiaire, rien de son port naturel, Port Jackson, vaste baie s'enfonçant loin dans les terres. Elle ne s'intéressait toujours pas aux beautés de la nature. Un port n'était pour elle qu'un lieu plein de dangers, fréquenté par le rebut de l'humanité.

Ayant investi son dernier argent dans la location d'un fiacre pour ne pas avoir à traverser le quartier du port à pied, elle se précipita à bord du *Queen Ann*. Elle crut qu'elle allait pleurer de soulagement quand, d'un ton aimable, on lui indiqua sa cabine. Elle partageait le minuscule espace avec une jeune fille qui partait pour la Nouvelle-Zélande avec ses parents. Tout excitée, la jeune fille raconta que sa mère, née à Queenstown, s'était ensuite mariée en Australie. Son père, en voyage d'affaires, emmenait sa famille. Henriette et ses deux frères feraient enfin connaissance avec leurs grands-parents.

— Et toi ?

Gloria resta discrète et réservée. Sa joyeuse compagne lui tapait sur les nerfs, comme jadis ses condisciples d'Oaks Garden. Elle retrouva son comportement de naguère, muette, le visage renfrogné. Henriette ne tarda pas à l'éviter.

La compagnie de navigation offrait quelques distractions aux passagers de première et de seconde classe. Gloria s'en serait volontiers dispensée, car elle préférait passer son temps sur le pont à chercher des yeux les rives de son pays natal ou recluse dans sa cabine. Mais la danse et les concerts étaient toujours associés aux repas. Or, ayant eu continuellement faim en Australie, Gloria n'en manquait pas un. Elle eut au début quelque peine à se souvenir du savoir-vivre en société. Elle avait trop longtemps ingurgité à toute allure le pain et le fromage avant de se les voir ôter de la bouche par un vagabond.

À dire vrai, la régularité des repas et la propreté de la salle à manger du bateau ravivaient ses souvenirs d'Oaks Garden. Elle se comportait comme alors, se glissant à sa place, tête basse, souhaitant bon appétit aux autres convives sans les regarder, avalant son repas le plus vite possible. Comme il aurait été impoli de sa part de se lever aussitôt, elle assistait aux représentations, buvant du vin à petites gorgées et mangeant des noix. Quand on lui adressait la parole, elle répondait par monosyllabes. Tout bien pesé, elle parvint très bien à jouer le rôle d'une jeune fille timide et excessivement vertueuse. Une fois seulement, un jeune homme l'ayant invitée à danser sans penser à mal, elle le regarda avec tant de haine qu'il recula en trébuchant. Gloria eut peur d'elle-même. S'il l'avait touchée, elle aurait tiré son couteau qui ne la quittait pas. Depuis cet incident, la petite Henriette semblait la craindre. Gloria comptait les jours.

Enfin, la Nouvelle-Zélande, Aotearoa, surgit à l'horizon. Gloria avait rêvé du grand nuage blanc, mais ils n'atteignirent Dunedin que l'après-midi, les brumes d'automne déjà dissipées. On apercevait néanmoins, du bateau, la silhouette des montagnes et la jolie petite ville. Le capitaine attira l'attention des passagers sur la colonie d'albatros installée dans la péninsule d'Otago, provoquant, devant le spectacle des oiseaux géants tournoyant au-dessus de l'île, les « ah » et les « oh » d'admiration attendus.

Gloria jouait avec son ballot de vêtements avec tant de nervosité que ses doigts faillirent déchirer le tissu délavé. Elle avait entendu raconter que certains immigrants, du temps de Gwyneira, tombaient à genoux et embrassaient le sol en posant le pied sur leur nouveau pays. Elle comprit fort bien, quand le *Queen Ann* entra dans Port Chalmers, ce qu'ils avaient ressenti.

— Quels sont à présent vos projets, Mademoiselle Martyn? lui demanda le père d'Henriette d'un ton distrait.

Gloria leva les yeux vers lui et se rendit compte qu'elle n'avait pas de réponse à la question. Elle avait eu pour but la Nouvelle-Zélande, mais quant à ce qu'elle ferait à son arrivée…

— Je rendrai visite à ma famille, dit-elle avec autant de conviction qu'elle le put.

— Alors je vous souhaite bonne chance, répondit M. Marshall qui, ayant aperçu une connaissance sur le pont, laissa Gloria en plan.

Elle fut soulagée. Elle n'avait d'ailleurs pas menti car, bien sûr, elle espérait bien retrouver Kiward Station, mais…

— Le mieux, pour les voyageurs se rendant à Dunedin, est de prendre le train, annonça un steward. Il y a un service régulier. Même à cette heure, vous arriverez sans problème en ville.

— Nous n'arrivons pas à Dunedin? s'étonna-t-elle.

— Non, mademoiselle. Port Chalmers est une ville en soi. Mais, comme je viens de le dire, ce n'est pas un problème.

Quand on avait en poche plus que quelques cents australiens, bien sûr! Mais Gloria ne s'en formalisa pas outre mesure. Foulant enfin à nouveau le sol néo-zélandais, elle vécut quelques secondes d'exaltation. Elle erra au bord de la mer, sans but, avant de s'asseoir sur un banc pour contempler l'eau calme de la baie. Elle s'était souvent imaginée explosant de joie à son arrivée dans son pays natal. En réalité, elle ne sentait rien d'autre en elle que le vide. Plus de désespoir, plus de peur, plus de tristesse. Mais pas de joie non plus. L'impression que tout était mort en elle, toute énergie épuisée. Elle n'avait pas la moindre idée de ce qu'elle pouvait faire, mais cela ne l'inquiétait pas. Elle resterait simplement assise jusqu'à… elle ne savait pas quoi.

— Bonsoir, jeune dame. Puis-je quelque chose pour vous ?

Elle sursauta en entendant une voix d'homme derrière elle. Instinctivement, elle eut un geste pour chercher son couteau, mais se retourna d'abord. C'était un homme, un agent de police.

— Non, je… me repose…, balbutia-t-elle.

— Cela fait deux heures que vous vous reposez, répondit le policier. Et la nuit tombe. Si vous savez où aller, il faut vous dépêcher. Et si vous ne savez pas, trouvez quelque chose. Sinon, il faudra que, moi, je trouve. Vous n'avez pas l'air d'une prostituée, mais empêcher de jeunes dames de se laisser aller à des idées stupides est au nombre de mes tâches. Est-ce clair ?

Elle examina l'homme avec plus d'attention : entre deux âges, corpulent, il n'avait rien d'intimidant. Mais il avait raison. Elle ne pouvait rester sur ce banc, dans un port.

— Où comptez-vous donc vous rendre, jeune dame ? demanda l'agent d'un ton amical quand il lut le désarroi sur son visage.

— À Kiward Station, dans les Canterbury Plains, à Haldon.

— Oh, bon Dieu ! Mais vous n'êtes pas près d'y arriver ce soir, mon enfant. N'y aurait-il pas quelque chose de moins éloigné ?

— Queenstown, dans l'Otago ?

C'était là que vivaient les grands-parents de Lilian, qu'elle n'avait au demeurant rencontrés qu'une fois.

— C'est effectivement moins loin, fillette, dit l'homme en souriant, mais ce n'est pas la porte d'à côté. Je pensais à un endroit où vous pourriez trouver un lit aujourd'hui. Si ce n'est pas possible à Port Chalmers, qu'en serait-il de Dunedin ?

Dunedin ! Gloria avait écrit le nom de la ville des centaines de fois sur des enveloppes. Bien sûr qu'elle connaissait quelqu'un à Dunedin. À moins que la personne ait déménagé entre-temps, affectée à un nouveau poste ou mariée ? Cela faisait si longtemps qu'elle n'avait pas écrit à Sarah Bleachum !

— Oui, peut-être à l'école de filles Princess Alice ?

— Je la connais, oui. Elle est en dehors de la ville, sur la route menant ici.

— À quelle distance ?

— Cinq miles à peu près.

— Bon, je peux y aller à pied. Y a-t-il une véritable route ?

Le policier fronça les sourcils

— Dites-moi, petite, d'où débarquez-vous ? De la Lune ? Bien sûr qu'il y a de vraies routes autour de Dunedin. Sans compter une ligne de chemin de fer avec un arrêt non loin de l'école. Bien sûr, le dernier train est maintenant parti. Nous allons donc vous chercher un taxi. D'accord ?

— Je n'ai pas d'argent.

— C'est bien ce que je pensais, soupira l'homme… Réfléchissons un peu, voulez-vous ? Pourquoi avez-vous parlé de cette école ? Je veux dire… vous y connaissez quelqu'un ?

— Oui, Sarah Bleachum, une enseignante.

Gloria répondait avec patience. Elle ne ressentait toujours rien, ni peur des autorités, ni désir d'être hébergée pour la nuit. Sarah Bleachum… c'était un autre monde.

— Et vous, quel est votre nom ?

Gloria répondit sans crainte désormais : même si elle faisait l'objet d'un avis de recherche, on n'allait pas la mettre dans le premier bateau en partance pour l'Amérique. Sa famille était trop proche.

— Bien, miss Martyn. Je vous fais la proposition suivante : le commissariat est là, tout près. Ne prenez pas cet air affolé, nous ne mangeons pas les gens tout crus ! Si donc vous n'avez rien contre le fait de me suivre, nous pourrons appeler l'école et, s'il y a là-bas une miss Bleachum qui vous ait à la bonne, elle paiera certainement le taxi.

Quelques minutes plus tard, Gloria était assise devant une tasse de thé dans le local de la police. L'agent McCloud eut d'abord une certaine miss Brandon au bout du fil, puis une Mme Lancaster, avant de se tourner vers Gloria.

— Oui, il y a une miss Sarah Bleachum, mais elle fait actuellement cours… Astronomie. C'est drôle, jamais je n'aurais pensé que ce soit une matière d'enseignement pour filles ! La directrice propose que je vous installe dans un taxi. Elle prendra en charge les frais.

Gloria s'enfonça peu après dans les coussins d'une automobile. Traversant Port Chalmers, le chauffeur fit remarquer à Gloria les avantages que présentait l'éclairage électrique dont on venait d'équiper les rues. Ils empruntèrent ensuite une route carrossable. Gloria aurait aimé parcourir en plein jour ce trajet et observer à son aise les zones boisées qu'elle apercevait. Peut-être que la sensation d'irréalité qu'elle éprouvait s'atténuerait en retrouvant la végétation de son pays.

L'école était plus petite que celle d'Oaks Garden, plus jolie aussi : des encorbellements et des tourelles agrémentaient la construction en grès clair, matériau typique de la région. Une allée menait au corps principal et Gloria sentit son cœur s'accélérer quand le chauffeur stoppa devant le perron. Qu'arriverait-il si miss Bleachum ne la reconnaissait pas ou ne voulait pas avoir affaire à elle ? Comment paierait-elle alors le taxi ?

Le chauffeur et elle se retrouvèrent quelques secondes plus tard dans un hall d'entrée où un feu brûlait dans l'âtre. Il y avait des meubles en bois de kaori, des fauteuils, des canapés et des tapis moelleux. C'est une femme d'un certain âge, un peu potelée, qui leur avait ouvert, souriante.

— Je suis Mme Lancaster, la directrice, se présenta-t-elle, avant de payer le chauffeur. Et je suis impatiente de savoir qui est venue, depuis l'Australie, chercher refuge chez nous. Notre miss Bleachum aussi, d'ailleurs. Elle ne connaît personne en Australie.

Gloria se demandait fébrilement comment répondre, quand elle aperçut miss Bleachum qui descendait l'escalier menant au hall. L'enseignante avait un peu vieilli, mais elle avait l'air plus assurée qu'avant. Un Christopher Bleachum ne l'impressionnerait plus aussi facilement ! Elle se tenait droite, marchait d'un pas ferme et avait rassemblé ses cheveux noirs en un chignon. Elle paraissait ne plus avoir honte de ses lunettes épaisses. En tout cas, elle ne les tripota pas d'un air inquiet en apercevant des inconnus.

— De la visite pour moi ? demanda-t-elle de sa voix grave et amicale. Tout en dévisageant le chauffeur de taxi.

— C'est moi, dit Gloria tout bas.

Fronçant les sourcils, miss Bleachum s'approcha. Même avec ses lunettes, elle ne voyait pas très bien.

— Gloria, chuchota la jeune fille. Gloria Martyn.

La jeune femme parut un instant totalement désemparée, puis ses yeux se mirent à briller.

— Mon enfant, je ne t'avais pas reconnue ! Tu es devenue une vraie adulte ! Et si mince ! Mais tu as l'air morte de faim ! Ma Gloria ! Et tu t'es coupé les cheveux ! dit-elle en se précipitant vers elle et en la prenant dans ses bras. Je me suis fait tellement de souci pour toi, depuis que tu as cessé de m'écrire, dit-elle en caressant les cheveux courts et frisés. Et ta grand-mère qui s'angoisse à ton sujet. Je l'ai contactée il y a quelques mois pour savoir où tu étais et c'est elle qui m'a appris que tu t'étais enfuie et qu'on n'avait pas trace de toi. J'avais toujours craint que cela arrive. Mais tu es là, ma Gloria.

Gloria opinait, étourdie par ce flot de paroles. «Ma Gloria»... elle était toujours la Gloria de miss Bleachum, la Gloria de sa grand-mère... Elle sentit quelque chose se dénouer en elle. Puis elle s'appuya sur l'épaule de son ancienne préceptrice et se mit à pleurer. De courts sanglots d'abord, puis vinrent les larmes. Sarah la conduisit à un canapé, s'assit et l'attira contre elle. Elle l'enlaça. Gloria ne cessait de pleurer.

— Pauvre fillette, murmura Mme Lancaster, pétrifiée. Elle n'a donc pas de mère?

— C'est une longue histoire, dit Sarah avec lassitude.

Gloria pleura toute la nuit et toute la matinée du lendemain. De temps à autre, épuisée, elle s'assoupissait brièvement puis se remettait à sangloter. Sarah et la directrice l'avaient conduite dans la chambre de Sarah, à l'étage. Mme Lancaster fit porter de la soupe et du pain pour les deux amies. Gloria dévora la nourriture avant de s'agripper à Sarah et de pleurer à nouveau.

La directrice ayant libéré Sarah de ses obligations pour la journée, elle put rester auprès de son ancienne élève jusqu'au moment où Gloria sombra dans un sommeil de plomb. Sarah la couvrit et alla frapper à la porte de la directrice qui, assise à son bureau bien rangé, buvait un thé. Priant l'enseignante de prendre place, elle sortit à son intention une tasse d'une jolie armoire murale.

— Je devrais téléphoner, expliqua Sarah, mais je me demande quand même...

— Vous êtes complètement épuisée, Sarah, l'interrompit sa supérieure en poussant vers elle une assiette de biscuits. Le mieux serait peut-être que vous vous allongiez d'abord un peu. Je vais informer la famille... Il vous suffit de m'indiquer où je peux joindre les grands-parents de la jeune fille.

— Peut-être qu'elle ne le souhaite pas du tout. Comprenez-moi ! Gloria a ici de la famille, des gens qui tiennent beaucoup à elle. Mais trop souvent les décisions la concernant ont été prises par-dessus sa tête. Je préférerais attendre qu'elle ait repris ses esprits.

— Que voulez-vous dire à propos de ce qui lui est arrivé ? Qui est cette jeune fille ? Une ancienne élève, à ce que j'ai cru comprendre. Mais d'où vient-elle ?

— Puis-je avoir encore un peu de thé ? demanda Sarah avec un soupir.

Puis elle raconta l'histoire de Kura et de Gloria Martyn.

— Elle n'a sans doute finalement plus supporté cette situation et s'est enfuie, dit-elle en conclusion. J'ignore encore, en tout cas, ce qui a bien pu lui arriver au cours de son périple en Australie. Je sais seulement qu'elle s'est enfuie de l'hôtel de ses parents, sans argent et sans bagages, avec son seul passeport. Le reste, nous ne pourrons l'apprendre que d'elle. Et, pour l'instant, elle ne fait que pleurer.

Mme Lancaster hocha la tête d'un air circonspect.

— Le mieux est de ne pas le lui demander. Elle parlera si elle en trouve la force. Ou bien elle se taira.

— Mais il faut qu'elle parle ! protesta Sarah. Ce qu'elle a vécu ne peut pas avoir été épouvantable au point qu'elle le garde éternellement pour elle !

Mme Lancaster rougit légèrement, mais ne baissa pas les yeux. Elle n'était pas entrée jeune dans l'enseignement, ayant préalablement vécu en Inde avec son mari. À sa mort, elle avait fondé cette école de filles avec l'argent de la succession. Jane Lancaster était tout sauf naïve.

— Sarah, réfléchissez donc un peu ! Une fille sans argent, sans aide, qui part seule dans le vaste monde… Peut-être ne saurez-vous jamais ce que cette pauvre fille a enduré. Il y a des souvenirs avec lesquels on ne peut vivre que si on ne les partage avec personne.

Ce fut au tour de Sarah de rougir, profondément. Après avoir semblé vouloir poser une question, elle baissa les yeux.

— Je ne le lui demanderai pas, murmura-t-elle.

À son réveil, le lendemain matin, Gloria se sentit mieux, mais vide. Elle n'avait toujours pas l'énergie d'entreprendre ou de décider quoi que ce soit, et elle fut reconnaissante à Sarah de ne pas la brusquer. Durant les premiers jours, elle suivit son ancienne préceptrice comme un petit chien. Quand Sarah avait cours chez les grandes, elle emmenait Gloria avec elle, espérant qu'elle s'intéresserait à son enseignement. L'école Princess Alice était très différente d'Oaks Garden. Les matières scientifiques y étaient à l'honneur. Tout visait à préparer les élèves à fréquenter l'université de Dunedin qui, depuis sa création, en 1869, accueillait les filles sans restriction. Mme Lancaster, une femme maternelle dont le mariage, à son grand regret, était resté sans enfant, créait une atmosphère agréable dans son établissement. Il y avait bien sûr, comme partout, des querelles entre les filles, mais le personnel enseignant veillait à ce que personne ne fût mis en quarantaine. Les élèves laissèrent donc la paix à Gloria, sans se moquer d'elle quand, assise à l'un des pupitres, l'œil vide, elle fixait le tableau ou regardait par la fenêtre.

Quand Sarah avait cours chez les petites, Gloria l'attendait derrière la porte. Jusqu'au jour où Mme Lancaster, tombant sur elle, l'interpella.

— Vous ne vous ennuyez pas, Gloria? Peut-être aimeriez-vous donner un coup de main dans la maison?

Opinant d'un air indifférent, la jeune fille suivit sagement la directrice à la cuisine. Elle coupa patiemment des légumes en morceaux, pela des pommes de terre tandis que la cuisinière lui faisait la conversation. Ayant des ancêtres maoris, elle parla pendant des heures de sa famille et de la tribu de sa mère, de son mari, le concierge de l'école, et de ses trois enfants.

— Puisque tu viens d'une ferme, peut-être que tu préfères aider au jardin? proposa-t-elle. Mon homme trouvera certainement quelque chose à te faire faire.

Gloria, qui écoutait en silence, secoua la tête d'un air effrayé. Le concierge était un homme patient et relativement âgé dont elle n'avait rien à craindre. Mais elle n'avait qu'une envie : éviter tout contact avec un homme.

De ce point de vue, elle ne pouvait trouver mieux, bien sûr, que cette école sans un seul enseignant. À part le concierge, le seul homme à y entrer était le vicaire qui disait la messe le samedi. Or, Gloria n'allait pas à l'église. Elle savait bien entendu qu'elle devrait tôt ou tard quitter ces lieux. D'ailleurs, une partie d'elle-même aspirait toujours à revoir Kiward Station. Si, au cours de sa longue errance, quelqu'un lui avait dit qu'elle resterait des jours entiers bloquée non loin de Christchurch, dont ne la séparait qu'un court voyage en train, elle l'aurait tenu pour fou. Elle était pourtant comme paralysée.

Sarah avait beau lui répéter que Gwyn était en souci pour elle et qu'elle l'accueillerait à bras ouverts, Gloria appréhendait les retrouvailles avec sa famille. Jamais, quand elle avait commis une bêtise, elle n'avait pu donner le change à son aïeule. Qu'arriverait-il si, cette fois encore, elle ne parvenait pas à la tromper, si Gwyn devinait ce que sa Gloria était devenue?

Le pire était encore de penser à Jack. Qu'allait-il penser d'elle? Disposait-il de l'instinct de ses anciens clients qui flairaient aussitôt la putain en elle?

Constatant avec inquiétude que sa protégée commençait à s'installer à l'école, Sarah décida de lui parler. Elle alla la voir dans la petite chambre que Mme Lancaster lui avait attribuée et où elle n'allait que pour dormir, se contentant, sinon, de suivre son amie comme son ombre. Si elle avait pu, elle serait restée à ses côtés même la nuit, car elle souffrait de cauchemars.

— Gloria, ça ne peut pas continuer comme ça, commença l'enseignante avec douceur. Il faut que nous informions ton arrière-grand-mère. Il y a deux semaines, déjà, que tu es ici. Tu es, toi, en sécurité, mais nous nous autorisons à la laisser dans l'inquiétude. C'est cruel de notre part.

Les yeux de Gloria se remplirent aussitôt de larmes.

— Vous voulez donc que je m'en aille ?

— Non, je ne veux pas me débarrasser de toi, Glory. Mais tu n'as pas parcouru la moitié du monde pour t'enterrer dans un internat à Dunedin ! Tu voulais rentrer chez toi ! Fais-le !

— Mais je… je ne peux pas, pas dans cet état…, protesta la jeune fille en passant nerveusement la main dans ses cheveux courts.

— Miss Gwyn n'a jamais accordé d'importance aux boucles à l'anglaise, sourit Sarah. Elle t'a déjà vue avec les cheveux ras, tu ne t'en souviens plus ? Et tu as passé toute ton enfance en culottes de cavalière. Tu n'as pas à te mettre sur ton trente-et-un pour elle, Gloria, et pour ton chien non plus.

— Mon chien ?

— Oui, ton chien. Ne s'appelle-t-il pas Nimue ?

Mille idées se bousculèrent dans la tête de la jeune fille. Nimue pouvait-elle être encore en vie ? Elle était jeune lors de son départ de la ferme. Depuis, huit ans s'étaient écoulés.

— Et tu ne pourras pas non plus rester ici éternellement, poursuivit Sarah. L'école ne rouvrira pas à la fin des vacances d'été. Mme Lancaster a décidé de la mettre à la disposition d'un hôpital pour la durée de la guerre.

Gloria la regarda, abasourdie. Bien sûr, on était en guerre. Mais pas en Nouvelle-Zélande tout de même ? En Australie non plus il n'y avait pas eu de traces de la guerre. Oui, bien sûr, on y recrutait des volontaires, mais on ne combattait pas dans le pays. Pourquoi donc un hôpital ?

Sarah lut en elle comme à visage ouvert.

— Glory, ma chérie, n'as-tu jamais entendu parler d'un endroit appelé Gallipoli ?

8

C'est avec soulagement et un peu de honte aussi de finir « infirmier » que Roly O'Brien passa au corps sanitaire du major Beeston. Il y fit ses preuves d'excellente manière.

— Il semble que je sois de nouveau en dette envers vous ! déclara le major, croisant Jack sur la plage par une chaude soirée de juillet. Votre soldat O'Brien tient la place de deux soignants.

Le major s'allongea dans le sable tandis que son chien jouait dans les vagues. Une atmosphère de pique-nique régnait autour des deux hommes. Le front était calme depuis des semaines, les Turcs ayant visiblement décidé d'attendre et de voir, estimant ainsi neutraliser les forces ennemies, devenues passives et bloquées sur place.

— Je savais que Roly se rattraperait. C'est néanmoins un immense service que vous m'avez rendu, rétorqua Jack. Je suis prêt, en échange, à retirer trois fois de l'eau votre petit chien. Il est vrai qu'il s'est maintenant habitué aux détonations.

— C'est à peine si on en entend encore. Mais ça ne va pas durer. Nous sommes venus ouvrir le passage vers Constantinople. Pas pour prendre des bains de mer, dit Beeston en montrant quelques jeunes soldats s'ébattant dans la mer.

— Vous croyez que nous allons passer à l'offensive ? s'inquiéta Jack qui continuait, avec ses hommes, à agrandir le réseau de tranchées sur le flanc nord.

Il n'était pas rassuré car la zone, rocailleuse, était très accidentée. Une offensive sur un tel terrain entraînerait de lourdes pertes. D'un autre côté, cela aurait un effet de surprise sur l'ennemi.

— À un moment ou à l'autre, c'est certain, on attend des renforts. D'autres corps sanitaires... Encore beaucoup de sang en prévision. Parfois, je me demande ce que je fabrique ici, dit, songeur, le major.

Jack pensa en son for intérieur que les médecins étaient ceux qui avaient les meilleures raisons d'être au front. Au moins, ils soulageaient les souffrances des blessés. Mais pourquoi venait-on, au fait, se faire blesser ou tuer ici? Il regrettait à présent de s'être engagé, même si, ayant cessé de penser jour et nuit à Charlotte, il avait bel et bien atteint son but. Les cauchemars du moment – pataugeant dans le sang, il ne cessait en rêve de tuer des Turcs à coups de bêche – avaient refoulé les rêves doux-amers d'antan. Le jour, il pensait à survivre. La guerre lui avait appris qu'à défaut d'oublier les morts il fallait les laisser en paix.

Comme tout un chacun, il attendait fiévreusement les lettres du pays, dernier contact avec les vivants et la normalité. Les lettres de sa mère lui racontant ce qui se passait à Kiward Station le rendaient heureux. Élisabeth Greenwood et Elaine Lambert se fendaient parfois aussi d'une lettre. Seule Gloria ne donnait pas de nouvelles, ce qui l'inquiétait de plus en plus. Il savait bien sûr que les lettres qu'il avait expédiées d'Égypte étaient d'abord arrivées à l'agence artistique qui les acheminait ensuite à la troupe en tournée dans l'immensité des États-Unis, mais il y avait six mois de cela! Elle aurait déjà dû répondre depuis longtemps.

Jack se sentait seul depuis le transfert de Roly. Il n'avait pas d'atome crochu avec les autres hommes de son groupe. Ils respectaient bien sûr le sergent qu'il était devenu après les combats dans la tranchée, mais il n'y avait pas, entre eux, de liens d'amitié. Il restait donc seul, le soir, tourmenté par l'idée de l'absurdité de son existence. Sa seule diversion était de faire de temps en temps une escapade sur la plage où il oubliait un peu la guerre. Combien de temps encore le calme allait-il durer? Le major Beeston venait de confirmer ce que Jack pressentait depuis quelque temps.

Les jours suivants s'accumulèrent les signes précurseurs d'une offensive. De nouvelles troupes arrivaient. Tout le monde creusait des tranchées, consolidait les abris. On installait des réservoirs d'eau. Les hommes renâclaient, se plaignant de devoir tout faire par eux-mêmes, alors qu'il y avait des bêtes de somme. En effet, quelques canonniers indiens avaient des mulets pour tirer leurs pièces d'artillerie et des ânes étaient à la disposition des troupes sanitaires, mais les troupes de première ligne ne pouvaient les utiliser.

— Sinon, l'ennemi s'apercevrait qu'il se prépare quelque chose, expliquait patiemment Jack. C'est aussi pourquoi nous creusons la nuit. Allez, les gars, c'est de notre intérêt bien compris. Les quinze yards entre nos tranchées et les leurs, il va bien falloir les franchir avant de leur tomber dessus…

Le 5 août, Jack et les autres sous-officiers furent réunis sur la plage. Le commandant Hollander expliqua rapidement la stratégie retenue par l'état-major.

— Messieurs, nous lançons une offensive demain. L'objectif est de refouler les Turcs jusqu'à Constantinople, et cette fois nous y parviendrons. Un vivat pour nos vaillantes troupes australiennes et néo-zélandaises! L'assaut se déroulera sur un large front!

Les présents poussèrent le vivat demandé, la plupart d'entre eux paraissant d'ailleurs partager l'euphorie du commandant. Ce qui n'avait rien d'étonnant puisqu'ils étaient nombreux à n'avoir pas vécu l'attaque des Turcs en mai.

— Mais, *sir*, quand nous sortirons de la tranchée, ils vont nous abattre comme des lapins, observa un vétéran, exprimant exactement les réserves que Jack avait en tête.

— Est-ce l'aveu d'un poltron que j'entends dans votre bouche, caporal? rétorqua le commandant. Vous avez peur de mourir?

— Pas l'envie de me suicider en tout cas, murmura l'homme si bas que seuls ses proches voisins l'entendirent.

— Nous prévoyons de percer sur notre flanc gauche, là où les distances entre les tranchées sont les moins grandes. Nous submergerons les Turcs. Pour opérer une diversion, nous commencerons demain par une attaque simulée sur Lone Pine.

Les hommes nommaient «Lone Pine» une position turque fortifiée, disposant d'un vaste réseau de tranchées qui permettait à l'ennemi d'y amasser des troupes nombreuses.

— Le but est d'amener l'ennemi à y concentrer ses forces. Nous aurons alors beau jeu sur le flanc nord. Notre régiment sera engagé lors de la deuxième vague d'assaut. J'attends de vous que vous apportiez votre appui à vos camarades se battant pour Lone Pine et que, de nos positions, vous occupiez sérieusement l'ennemi. La véritable offensive sera lancée l'après-midi, à 17 h 30, par trois coups de sifflet. Trois vagues d'assaut! Que Dieu soit avec nous!

En quoi Dieu était-il concerné par cette offensive sur Constantinople? se demanda Jack. Rentrant à son poste, il croisa Roly sur la plage.

— Monsieur Jack, vous êtes au courant? Nous attaquons demain!

Depuis que son ami lui avait sauvé la vie, Roly lui rendait visite chaque fois qu'il le pouvait, impatient de lui rapporter les dernières nouvelles. Les troupes sanitaires, contraintes à de longs préparatifs en vue de la bataille, avaient été les premières informées.

— Oui, on vient à l'instant de nous prévenir… Tu as de la chance de ne pas avoir à courir en terrain découvert demain.

— Je n'y couperai pas : je suis affecté aux premiers secours. Nous nous verrons donc peut-être demain, ou peut-être après-demain seulement ?

— Nous sommes sur le flanc nord, Roly. Nous bénéficions donc d'un sursis de vingt-quatre heures. Mais pourquoi as-tu été affecté aux premiers secours ? As-tu commis une bêtise ?

Le jeune homme se mit à rire. L'air insouciant, sûr de lui, il n'ignorait certainement pas l'estime que lui portait le major Beeston.

— Non, monsieur Jack, c'est juste que les renforts sanitaires ne sont arrivés qu'aujourd'hui. Le major était furieux. Devoir débarquer et monter en première ligne alors qu'on ignore tout du combat ! Il va donc les garder à l'hôpital, et nous prenons leur place. Mais ça ne me fait rien, monsieur Jack. Tant que je n'ai pas à rester au fond d'une tranchée !

— Le *no man's land* est bien plus dangereux, observa Jack. Cela va être épouvantable, Roly. Comme en mai, sauf que, cette fois, c'est nous qui donnerons l'assaut à découvert et qui servirons de cible.

— Mais j'aurai un brassard blanc, objecta Roly comme si cela devait le rendre invulnérable. Je ne flancherai pas, monsieur Jack !

Jack lui souhaita bonne chance. Le lendemain, il n'eut guère le temps de penser à son ami. Le bruit en provenance de Lone Pine était infernal. Dans le périscope, il voyait les soldats tomber. Les Turcs faisaient feu de toutes leurs pièces sur la largeur du front. Jack et ses hommes répliquaient dans l'espoir d'user l'ennemi.

— En les harcelant, nous nous donnons de meilleures chances pour la suite, expliquait-il.

Les plus jeunes acquiesçaient avec enthousiasme. Les plus âgés faisaient preuve de plus de scepticisme.

— Ils seront relevés, remarqua un caporal.

Jack préféra ne pas répondre.

Le 7 août fut à nouveau une journée d'été ensoleillée sur la côte turque. Au-dessus de la mer étale, d'un bleu d'azur, les buissons sur les pentes des collines étaient secs. Tandis que, mangeant son porridge à la cuillère, Jack se demandait s'il allait distribuer sans attendre la ration d'alcool déjà livrée en première ligne ou attendre qu'ils aient survécu et triomphé, Roly passa devant lui.

— J'apporte le courrier ! dit-il en lançant à Jack une pile de lettres pour ses hommes. C'est bon pour le moral des troupes d'avoir des nouvelles des leurs, ont-ils prétendu. Ma Mary m'a écrit.

Jack tria les lettres et trouva une carte de Kiward Station. Toujours rien de Gloria.

— Comment cela s'est-il passé hier? demanda-t-il à voix basse.

Roly pâlit.

— Terrible ! Tant de morts… Ils lancent des bombes et des shrapnels. Les hommes sont déchiquetés, monsieur Jack. À l'hôpital, ils passent leur temps à amputer. Quand il reste des membres à enlever. Et les Turcs ont en partie recouvert leurs tranchées. Il vous faudra y prendre garde, monsieur Jack. Il faut sauter par-dessus et entrer par l'arrière dans les boyaux de communication… Je sais que je ne suis pas très intelligent, monsieur Jack. Simple soldat, pas même caporal, tandis que les hommes qui prennent ces décisions sont des généraux. Mais nous n'y arriverons pas, monsieur Jack. Pas avec cent mille hommes !

— Nous ferons de notre mieux, Roly, dit Jack d'un ton encourageant.

Roly le regarda comme s'il n'avait pas toute sa raison.

— Et nous mourrons pour rien, dit-il avec calme.

Mon cher Jack…

Jack ouvrit la lettre de Gwyneira sitôt que Roly eut le dos tourné. Peut-être sa dernière lettre. Cédant à un désir étrange, il s'abandonna au réconfort d'entendre dans sa tête la voix de sa mère. D'autant mieux que celle-ci écrivait avec plus de vivacité qu'à l'ordinaire. Elle écrivait assez bien, mais, cette fois, elle avait laissé libre cours à ses sentiments.

… tu écris que le front est calme chez vous. Je ne peux que prier que cela dure. À chaque lettre que je reçois de toi, je suis soulagée, même si je sais bien que les lettres mettent des semaines à arriver. Il faut que tu restes en vie, Jack, tu me manques tant. Tu me manques d'autant plus que notre dernier espoir de voir bientôt Gloria rentrer chez nous n'est pas près de s'exaucer, ou du moins plus difficilement qu'on le pensait. J'ai reçu hier un coup de téléphone de Kura. Oui, réellement, c'est elle qui a appelé, elle était furieuse.

À ce qu'il paraît, Gloria a disparu de son hôtel, à San Francisco. Ils excluent tout enlèvement, car elle a emporté ses documents de voyage. À vrai dire, aucune place sur un bateau n'a été réservée à son nom et il n'y a donc pas de preuve qu'elle ait quitté l'Amérique. Kura estime toutefois que sa fille surgira un de ces jours chez nous. Comment elle s'imagine la chose, c'est un mystère pour moi, mais elle me rend personnellement responsable de la fuite de Gloria. Comme si je lui avais envoyé une de ces machines volantes modernes ou que je lui aie jeté un sort. Kura est hors d'elle, elle parle tout à la fois de l'ingratitude de Gloria mais aussi de son incapacité à se rendre utile d'une quelconque manière dans une troupe. Je ne comprends pas pourquoi elle ne pouvait tout simplement renvoyer l'enfant chez elle. En tout cas, Gloria a disparu et je suis extrêmement inquiète. Si seulement j'avais l'espoir que tu reviennes bientôt.

Pour la ferme, tu n'as pas à te faire de souci, tout marche bien sous la surveillance de Maaka. Les prix de la laine et de la viande sont élevés, tout semble profiter de la guerre. Mais je pense à toi et à tous les autres pour qui le combat ne signifie que le sang et la mort.

Prends soin de toi, Jack. J'ai besoin de toi.

Ta mère, Gwyneira McKenzie.

Jack enfouit son visage entre ses mains. C'était à présent le tour de Gloria. Il perdait tout ce qu'il aimait.

Jack n'avait absolument pas peur quand les coups de sifflet retentirent. Il vit les premiers attaquants se hisser hors de la tranchée et la plupart d'entre eux s'effondrer à peine leur tête était-elle à découvert. Seuls quelques-uns se lancèrent à travers le *no man's land*, aucun n'atteignit les tranchées adverses.

Puis ce fut la seconde vague.

Jack ne pensait plus à rien, il se hissa hors de la tranchée, et il courut, courut, courut, il y était presque…

Quelque chose le frappa avec violence à la poitrine. Il voulut attraper la chose et la jeter loin de lui… il sentit du sang… c'était étrange, ça ne faisait pas mal, mais il n'arrivait plus à courir. Il se sentit épouvantablement lourd.

Il tomba par terre et tenta de comprendre ce qui lui arrivait. Il sentit la chaleur du soleil, vit le ciel d'un bleu éclatant… Ses mains, ne lui obéissant plus, refusaient de chercher à tâtons d'où venait tout ce sang… Il s'agrippa au sol dur.

La troisième vague passa au-dessus de lui. Ils combattaient à présent là-bas, dans les tranchées turques. Jack regarda le soleil qui lui sembla d'un rouge éclatant. Tout était d'une couleur irréelle…

Et, soudain, un visage. Un visage jeune, soucieux, entouré de boucles trempées de sueur.

— Monsieur Jack…

— Jack tout court…, chuchota-t-il.

Sa langue avait le goût du sang. Il eut l'impression qu'il allait tousser. Puis il ne sentit plus rien.

Longs itinéraires

Greymouth, Canterbury Plains, Auckland
1915-1916-1917-1918

1

Ni Tim ni Elaine Lambert n'avaient de dispositions particulières pour jouer les gardiens de prison. Si Tim insista dans un premier temps pour que l'escapade de Lilian fût effectivement sanctionnée par une privation de sortie – elle avait en effet contrevenu à ses ordres en entraînant Ben dans cette promenade en forêt –, la punition effectuée, Tim se montra prêt à pardonner à sa fille, si bien que celle-ci put jouir des libertés que ses parents lui laissaient habituellement. Il ne vint à l'idée de personne de lui interdire de partir se promener à cheval ou d'enquêter quotidiennement à propos de ses faits et gestes. Or, malgré l'interdiction, elle n'avait pas l'intention de rompre le contact avec Ben.

Mais elle avait beau mener son cheval dans les environs de la mine Biller ou bavarder comme incidemment avec des amies devant sa demeure, celui-ci ne se montrait pas. Pour Florence, détourner son fils d'une amourette prématurée et inopportune était une question d'honneur. Elle maintint durant plusieurs mois la privation de sortie qu'elle lui avait infligée, sans pratiquement le quitter des yeux. Le matin, il partait pour la mine en auto avec elle et effectuait des travaux de bureau en sa présence. Chez lui, il ne pouvait échapper à une surveillance permanente.

Un jour, à bout de patience, il essaya de faire parvenir une lettre à Lilian par le biais du courrier de la mine. Mais sa mère le surprit.

— Quelles âneries ! Cette fille doit vraiment être stupide pour tomber dans ce genre de panneau ! se moqua Florence après avoir parcouru la poésie destinée à Lilian. « Telles les gouttes de pluie, mon cœur coule vers toi… » Les gouttes de pluie ne coulent pas, Ben, elles tombent ! Et les cœurs ne coulent pas non plus. Maintenant, tu vas t'asseoir ici et vérifier ces factures. Compare-les avec les bons de livraison et enregistre-les dans le livre des entrées de marchandises. Sans fioritures et sans rimes !

Sur ces mots, Florence froissa la lettre et l'enveloppe et les lança théâtralement par la fenêtre grande ouverte.

Ben subit cette humiliation la tête basse, écarlate. En temps normal, Florence évitait de le ridiculiser devant le personnel, car il fallait bien que les gens respectent le jeune patron. S'il commettait une erreur au travail, elle réglait le problème en tête à tête. Mais, en matière de « poésie », elle était impitoyable. Ainsi advint-il que, dans cette affaire, elle eût, sans le vouloir, donné un coup de main à son fils.

Les employés du bureau en effet, bien qu'ignorant tout des lois de la rime, plaignirent de tout leur cœur le pauvre garçon. Or, la jeune femme de l'un d'eux, apportant à son mari les sandwichs qu'il avait oublié d'emporter le matin, fut témoin de la scène. Attendant dans l'antichambre, elle entendit l'éclat de la patronne et, contrairement à cette dernière, fut émue aux larmes par le lyrisme du jeune garçon. En repartant, elle ramassa la lettre, la défroissa, la remit dans l'enveloppe et la mit dans la première boîte aux lettres qu'elle rencontra. Elle ne l'avait hélas pas affranchie, si bien qu'elle tomba dans les mains d'Elaine quand le facteur réclama le paiement de la surtaxe.

Elaine fut déchirée entre la solidarité envers son mari et celle envers sa fille. Tim aurait certainement détruit la lettre, mais Elaine ne put s'y résoudre. Choisissant la voie du compromis, elle commença par lire la lettre pour vérifier si elle était anodine avant de la remettre à la destinataire.

Celle-ci fut bien sûr indignée de recevoir une lettre ouverte et froissée.

— As-tu déjà entendu parler de la sphère intime? rembarra-t-elle sa mère. Même à l'internat ils ne lisaient pas nos lettres.

— Je n'en suis pas si certaine, remarqua Elaine. J'en ai en tout cas reçu assez souvent qui avaient été ouvertes avant l'envoi.

— Quoi? protesta Lilian, déjà prête à s'irriter *a posteriori* mais qui préféra tout de même s'intéresser d'abord au précieux écrit de Ben.

— Tu n'as rien enlevé au moins? demanda-t-elle, méfiante.

— Non, je te le jure! dit la mère en riant. Et, avant d'arriver ici, elle était à moitié ouverte et froissée. Pour le reste, j'ai les cheveux qui se dressent sur ma tête quand je lis ces vers. Si vous pensez pouvoir un jour vivre des poèmes de Ben, je suis fort pessimiste!

— Les poèmes ne sont destinés qu'à moi. Tu ne peux pas les comprendre…

— Et elle a disparu pendant trois heures dans sa chambre avec le cœur coulant de Ben, raconta un peu plus tard Elaine, en riant, à son mari qui revenait, avec Matt Gawain, d'un rendez-vous d'affaires à Westport.

Il grimaça, épuisé par le trajet sur des routes mal bitumées, l'auto n'étant guère mieux suspendue que la chaise d'autrefois.

— Lainie, cela n'a rien de drôle! Et nous étions convenus de ne pas favoriser cette amourette. Pourquoi lui as-tu donné cette lettre?

Sa femme le fit asseoir, l'aida à étendre les jambes et lui massa les épaules avec douceur.

— Nous ne sommes pas dans une prison, Tim. Et il existe le droit à la correspondance. À strictement parler, je n'aurais même pas dû lire la lettre, mais j'ai estimé que ce serait un peu laxiste. Tu sais ce que je pense : cette amourette est sans danger. Si nous en faisons une affaire d'État, cela ne pourra qu'empirer.

— À l'avenir, je veillerai mieux sur elle, renâcla Tim. Elle pourra me conduire en voiture, maintenant que Roly n'est plus là. Ça l'occupera et je l'aurai à l'œil. Et ne t'avise surtout pas de l'autoriser à écrire à ce garçon ! J'aurais aussitôt Florence au bout du fil, alors qu'elle est enfin apaisée après avoir fichu la trouille aux gens du chemin de fer.

Lilian se garda de répondre, certaine que sa réponse atterrirait sur le bureau de sa mère. Elle était d'ailleurs occupée par l'apprentissage de la conduite, une activité qui lui plaisait beaucoup. Elle ne vit donc pas d'inconvénient à servir de « chauffeuse » à Tim. Sa mère fut soulagée de tant de zèle, heureuse de voir que cette « surveillance rapprochée » n'entraînait pas de conflits supplémentaires. Elle eut même le bref espoir que ces impressions nouvelles feraient oublier à sa fille son « grand amour » : au cours des nombreux déplacements avec son père, elle rencontrerait d'autres jeunes hommes.

En quoi elle se mettait le doigt dans l'œil. Lilian rêvait toujours de Ben dont elle gardait les poèmes sous son oreiller. Elle chercha un moyen de reprendre contact et finit par élaborer un plan qui, pour sa mise en œuvre, ne nécessitait que d'acheter la participation de son petit frère. Bobby bénéficia de trois rouleaux de réglisse pour rencontrer discrètement Ben, le dimanche, avant l'office. Jouant à chat à corps perdu, il fit mine de heurter Ben, manquant de le renverser, et s'agrippa à lui comme pour se retenir.

— Boîte aux lettres secrète, hêtre austral, cimetière ! chuchota le gamin d'un air important. Fourche à droite, à hauteur de la tête, ajouta-t-il avec un bref clin d'œil avant de reprendre sa course folle.

Ben s'immobilisa un instant, plissant le front, s'efforçant d'enregistrer ces informations.

Pendant la messe, Lilian lança des regards inquiets dans sa direction. N'allait-il pas commencer à se bouger un peu? Il ne pouvait tout de même pas attendre que l'office se termine et que le cimetière soit plein de monde!

N'ayant tout d'abord pas reconnu dans le gamin le frère de Lilian, Ben eut besoin d'un peu de temps pour comprendre ce que signifiait ce message. Il ne quitta donc l'église que vers la fin de la cérémonie. Florence eut l'air un peu contrariée, mais, apercevant Lilian en compagnie de ses parents, elle se rasséréna. Il ne restait plus à Ben qu'à découvrir le mot… Ce fut la première fois de la matinée que Lilian pria avec ferveur.

Elle croisa ensuite devant l'église un Ben dont la joie était tellement visible que Lilian eut peur que cela n'éveillât la curiosité de sa mère. Mais celle-ci, plongée dans une conversation avec le révérend, ne s'aperçut même pas que Lilian adressait un clin d'œil à son fils ainsi que, de la main, le signe de la victoire.

Il s'ensuivit une période fort excitante. Bien sûr, les deux tourtereaux ne se voyaient que dans l'église ou fortuitement en ville, l'un et l'autre feignant la plus grande indifférence car ils étaient généralement en compagnie de Tim ou de Florence, mais ils entretenaient des contacts intenses. C'était surtout Lilian qui, inventant sans cesse de nouvelles cachettes, y déposait des mots ou de petits cadeaux. Moins doué pour la conspiration, Ben se contentait de l'imiter, échangeant des hymnes à la beauté et à l'ingéniosité de sa bien-aimée contre de petits paquets de biscuits confectionnés avec amour ou des lettres décorées de couronnes, de cœurs ou d'angelots.

Lilian, de temps à autre, recopiait des extraits d'albums de poésie, mais, le plus souvent, elle décrivait son quotidien, parlant de son cheval ou de l'auto qui lui tenait de plus en plus à cœur. Elle évoquait aussi, bien sûr, son désir de rencontrer Ben en tête à tête: «Tu ne peux t'échapper la nuit? Tu n'aurais pas un arbre devant ta fenêtre ou quelque chose comme ça?»

Cette idée n'était encore jamais venue à Ben, mais elle lui parut si excitante qu'il composa illico un poème vantant les cheveux de Lilian luisant au clair de lune.

Si Lilian trouva la poésie superbe, elle fut pourtant quelque peu déçue. En vers, Ben pouvait s'étendre inlassablement sur les exploits qu'il accomplirait et les dangers auxquels il s'exposerait pour cueillir un baiser sur les lèvres de Lilian. Concrètement, il restait d'une passivité totale. Aussi la jeune fille décida-t-elle de passer à l'action.

«Dans la nuit de jeudi, dans l'écurie du Lucky Horse», écrivit-elle sans détour. Un lieu de rendez-vous qui fit monter le sang aux joues de Ben, car le Lucky Horse était un pub, mais aussi l'hôtel de passe de Mme Clarisse. Il passa plusieurs nuits sans dormir, se demandant comment son innocente Lily pouvait avoir l'intention de fréquenter ce lieu de débauche.

Lilian, dotée d'un esprit pratique, n'avait pas ces soucis-là. Le Lucky Horse s'imposait parce que Tim et ses amis y tenaient leurs rencontres d'habitués. Ni lui ni Matt Gawain n'y manquaient un seul jeudi et Lilian était à présent chargée de conduire son père en ville et de le ramener peu avant l'heure de fermeture. Elle avait bien sûr la stricte obligation de stationner sous les lampadaires, de ne pas quitter le véhicule et de tenir les portières bouclées. Seules les artères principales de Greymouth bénéficiaient alors de l'éclairage électrique et une jeune fille honorable ne pouvait se montrer seule la nuit dans la rue.

Or, Lily, qui n'était pas peureuse, connaissait très bien les alentours du Lucky Horse. Sa mère avait logé dans l'annexe de l'écurie alors qu'elle était la pianiste de l'établissement. Mme Clarisse et ses pensionnaires étaient restées de proches amies d'Elaine qui l'avait souvent emmenée, petite, quand elle leur rendait visite. L'enfant avait joué dans l'écurie et dans les rues environnantes. Certes, les visites s'étaient peu à peu espacées, car les filles de Mme Clarisse changeaient souvent, les mineurs les épousant généralement au bout de quelques mois, mais Lilian n'éprouvait pas de répulsion à l'égard du bordel. Elle savait en outre qui, des amis de Tim, venait à cheval, en auto ou à pied au pub. Le jeudi, il n'y avait qu'un cheval dans l'écurie, la jument du forgeron, lequel ne partait jamais avant la fermeture. Ils ne seraient par conséquent pas dérangés. Et, si Lilian arrivait par l'arrière du pub et garait la voiture à l'ombre de l'annexe, il y avait peu de chance que le véhicule éveillât l'attention. Un rendez-vous en dehors de la ville aurait été plus sûr – et plus romantique. Mais cela aurait obligé Ben à une trop longue marche. Lilian maudit le peu de goût du jeune homme pour l'équitation et son refus d'un cheval. Il ne savait pas non plus atteler. Et, chez les Biller, seul le chauffeur conduisait l'auto.

Lilian avait le cœur qui battait fort quand, profitant de l'obscurité, elle se glissa dans l'écurie faiblement éclairée par une lanterne. Son plan était en voie de se réaliser : il n'y avait qu'un cheval et Ben était déjà arrivé.

Elle faillit pousser un cri quand, à la manière d'une star du cinéma, il l'attira à lui et l'embrassa avec vigueur.

— Eh, tu m'écrases ! s'écria-t-elle en riant. Tout va bien ? Personne n'a rien soupçonné ?

— Non ! Ils ne m'en croient pas capable ! dit-il avec fierté. Je suis… j'ai failli sauter par la fenêtre !

Comme il avait sa chambre au premier étage et qu'il n'y avait pas d'arbre devant sa fenêtre, il préférait ne pas raconter d'histoire. Lilian trouva que l'intention était déjà, en soi, romantique.

Ils passèrent la demi-heure qui suivit à échanger de petites caresses, des serments d'amour et des plaintes sur leur triste quotidien. Si Lilian ne souffrait que de l'absence de Ben, lui, en revanche, devait endurer bien d'autres désagréments.

— Je ne supporte tout simplement pas le travail de bureau. Et je ne m'intéresse pas à la mine. Alors que j'ai même déjà dû aller au fond.

— Et alors ? Comment c'était ?

— Obscur, répondit Ben avant de s'apercevoir que, pour un poète, la description était quelque peu sommaire. L'obscurité de la tombe ! précisa-t-il.

— Mais vous avez pourtant les lampes de fond les plus modernes. Oncle Matt dit que votre mine est aussi éclairée qu'une salle de bal !

— Pour moi, c'était aussi obscur que l'enfer !

Lilian renonça à faire observer que l'enfer devait être correctement éclairé vu le nombre de feux qui y brûlaient.

— Et rédiger des factures, ça aussi ça me rase. Récemment je me suis trompé de presque mille dollars. Ça a mis ma mère en rage.

Réaction que Lilian ne trouva pas totalement incompréhensible, ce qui ne l'empêcha pas de caresser la joue de son ami en guise de réconfort.

— Mais ils vont sans doute bientôt t'envoyer à l'université, non ? Pour la mine, il faut aussi faire des études. Ah, Ben, il va encore falloir que tu partes !

Elle se blottit dans ses bras et il osa l'attirer sur une botte de foin. Elle le laissa couvrir de baisers non seulement son visage, mais aussi son cou et la naissance de ses seins. Elle, de son côté, glissa les mains sous sa chemise et caressa timidement son torse musclé et son dos. Elle regrettait qu'il ne pratiquât plus l'aviron : elle avait aimé voir ses muscles jouer sous sa peau.

— On se revoit jeudi prochain ? demanda-t-elle, le souffle court, quand ils se séparèrent enfin.

Ben fit signe que oui. Il se trouvait héroïque et même un peu débauché.

Depuis cette rencontre dans l'écurie, Lilian était au comble du bonheur. Elle jouissait à la fois de cet amour secret et de son travail avec son père. La guerre imposant aux mines d'augmenter sans cesse leurs capacités de production, Tim rencontrait souvent d'autres ingénieurs, des cheminots et des hommes d'affaires. Lilian l'accompagnait à des repas ainsi qu'à d'autres obligations sociales et Elaine la voyait avec plaisir flirter et danser en ces occasions. Elle soupçonnait certes un peu que sa fille avait toujours le béguin pour Ben Biller, mais, ne sachant rien de leurs rencontres secrètes, elle n'imaginait rien non plus de leurs caresses de plus en plus osées.

Dans un premier temps, Florence resta dans l'ignorance totale. Elle avait d'ailleurs bien d'autres occasions d'énervement, le désintérêt de son fils aîné pour son travail et son incapacité à exécuter les tâches pratiques les plus simples la rendant folle. Ben se plaignait de plus en plus amèrement de ses fureurs. Entre-temps, son espoir d'aller à l'université de Dunedin s'était brisé. Son père plaidait certes pour qu'il suivît au moins quelques semaines des cours de technique minière ou d'économie, mais ses arguments tombaient dans l'oreille d'une sourde.

— Technique minière ! Laisse-moi rire ! Notre Ben ingénieur? Alors qu'il se met à l'abri quand la machine à café commence à bouillir !

Le moderne appareil argenté était la plus récente acquisition de Florence. Placé à la réception du bureau, il était l'objet de l'admiration générale.

— Et pour ce qui est de l'économie, il n'en apprendra pas plus à Dunedin qu'auprès de moi !

Caleb soupirait. Florence, par nécessité, avait dû acquérir seule ses connaissances. Son père n'aurait même pas en rêve eu l'idée que sa fille pût étudier. Quant à l'associer au travail de sa mine… Mais Ben n'était pas du même bois, quand bien même il aurait peut-être pu s'enthousiasmer pour des théories économiques si on lui avait permis une approche scientifique de la matière. Caleb continuait à envisager pour lui une carrière universitaire, ne le voyant pas succéder à Florence. Par chance, les jeunes frères de Ben brûlaient en revanche de prendre leur place à la mine. Le plus âgé des deux s'intéressait à la stratégie commerciale, l'autre bricolait déjà des machines à vapeur.

Caleb ne voyait donc pas pourquoi on ne pourrait renoncer à Ben pour cette fonction, mais Florence aimait avoir plusieurs fers au feu. Ben était là ; il avait l'âge de travailler dans l'entreprise et il devrait s'y plier. Caleb, irrespectueux, se disait que Florence avait autant d'imagination qu'une cage d'extraction.

Par chance, Ben était jeune. En temps normal, un garçon de son âge n'aurait même pas terminé sa scolarité, sans même parler d'études supérieures. Caleb espérait donc que l'intérêt que lui portait sa mère diminuerait dès que Sam serait assez grand pour la seconder au bureau. Ben pourrait alors aller à Dunedin sans même devoir opérer le détour par des études d'économie. Caleb se réjouissait déjà à l'idée d'échanges intellectuels avec le futur jeune scientifique.

Ben n'avait hélas pas la patience de son père. Il ne voyait pas d'issue à sa situation. L'interdiction d'étudier à Dunedin ou à Christchurch le déprimait.

— Au moins, comme ça nous restons ensemble ! le consolait Lilian, mais même l'évocation de cette perspective ne le déridait pas.

— Tu parles de rencontres ! protesta-t-il. Toujours en cachette, toujours dans la crainte d'être découverts… Combien de temps cela va-t-il durer, Lily ?

— Jusqu'à ce que nous soyons majeurs, bien sûr. Après, ils ne pourront plus nous donner des ordres. Il faut juste tenir un peu le coup !

— Un peu ? Ce n'est pas demain la veille que je vais avoir vingt et un ans !

— Le véritable amour est soumis à de dures épreuves, déclara-t-elle avec héroïsme. C'est toujours comme ça, dans les livres, les chansons et…

— Je me demande si je ne vais pas ficher le camp et partir à l'armée, soupira Ben.

— Surtout pas, Ben ! Ils te fusilleraient. Et puis il faut avoir vingt et un ans pour être admis à l'ANZAC, dit-elle en prenant ses mains entre les siennes pour le protéger de la fraîcheur de l'écurie.

— Mais on peut tricher. Et je peux prouver que j'ai été à l'université de Cambridge. Normalement, il faut avoir plus de dix-huit ans pour y entrer.

— Oui, mais pas vingt et un !

Elle était inquiète. Elle devait absolument lui enlever ça de la tête. Roly n'écrivait pas souvent, mais ce qu'il racontait lui glaçait le sang. Dans les livres et les chansons, la guerre était romantique, mais la réalité semblait bien différente. Et l'idée de Ben, un fusil entre les mains… Il écrirait certainement des vers merveilleux sur l'héroïsme de ses camarades, mais elle ne le voyait pas tirer, et encore moins viser juste. Il fallait à toute force trouver quelque chose.

— J'ai réfléchi, annonça-t-elle lors de leur rencontre suivante, presque un mois plus tard.

Tim n'était pas venu au pub deux jeudis de suite, en raison d'un congrès à Blenheim où Lilian l'avait accompagné. Georges Greenwood y assistait lui aussi. Il était envisagé d'annexer à la mine Lambert une cokerie. Cette information laissa Ben parfaitement indifférent. Il ne lui vint pas l'idée que sa mère aurait sans doute commis un assassinat pour en avoir la primeur. Lilian parlait à son amoureux, sans réserve, des projets de son père, trop occupée à échanger des caresses pour se soucier des conséquences possibles de ses bavardages.

Après cette longue abstinence, les baisers de Ben étaient encore plus délicieux, ce qui la renforça dans sa décision. Une visite secrète au bureau de l'état civil de Blenheim avait largement contribué à sa réflexion.

— J'ai dix-sept ans, j'ai le droit de me marier.

— Te marier avec qui? la taquina Ben en défaisant son corsage.

— Avec toi, bien sûr! C'est très simple. Nous prenons le train pour Christchurch, puis pour Blenheim. En voiture, c'est plus rapide, mais je ne veux pas la voler. À Blenheim, il y a le ferry pour Wellington. C'est là que nous nous marierons. Ou à Auckland. C'est peut-être plus sûr, car, à Wellington, ils risquent de nous chercher. L'Australie serait aussi une solution…, dit-elle, indécise, car l'Australie lui paraissait fort éloignée.

— Mais je n'ai pas de papiers, objecta Ben. Ils ne croiront pas que j'ai dix-huit ans.

— Dix-sept suffisent, même pour les garçons. On peut attendre ton anniversaire, l'affaire de quelques mois. Et ensuite, il suffit de jurer qu'on n'est pas marié ailleurs et qu'il n'y a pas de consanguinité entre nous.

Il fallait avoir vingt et un ans pour se passer de l'accord des parents, mais Lilian garda pour elle ce détail, pour ne pas accabler davantage Ben. Elle envisageait d'imiter sans autre forme de procès la signature de son père et contrefaire celle de Florence Biller ne lui posait pas l'ombre d'un problème.

— Et alors, tu suivras tes études à Auckland. Ça marche comme ça?

Ben se mordillait la lèvre inférieure.

— Ça marcherait même très bien, admit-il. Ils prennent là-bas très au sérieux la recherche dans le domaine de la culture maorie, ils construisent un musée pour les artefacts. Mon père est enthousiasmé par ces projets. Il songe à aller bientôt y faire un tour. Bien sûr, s'il nous y découvrait…

Lilian soupira: Ben était parfois un peu timoré à son goût.

— Quand on est marié, Ben, on est marié. On ne peut pas revenir là-dessus d'un coup de plume. Et puis, dans une grande ville comme ça, il sera possible de ne pas rencontrer ton père.

— Ce serait effectivement une solution…

C'était à tout le moins une idée fascinante, même s'il avait de la peine à se la représenter réellement. Rien que la perspective de s'enfuir sur l'île du Nord lui faisait battre le cœur. Jamais il n'oserait!

2

Gwyneira avait toujours trouvé trop grande la demeure de Kiward Station. Déjà lorsqu'elle l'habitait en famille, beaucoup de pièces étaient restées vides, puis, avant que Kura et William aient modifié l'ancienne disposition voulue par Gérald Warden, des enfilades entières. Elle ne s'était pourtant jamais sentie seule jusqu'à la mort de Charlotte et de James, puis le départ de Jack pour l'armée et l'annonce de la disparition de Gloria. Dès qu'elle le pouvait, elle s'évadait dans les étables et les hangars, mais on était à présent, en juin 1916, en plein hiver. Tandis que le monde résonnait du bruit des combats, il régnait sur Kiward Station un silence fantomatique. Les animaux s'abritaient de la pluie légère mais incessante, typique des Canterbury Plains. Les ouvriers agricoles jouaient sans doute au poker dans les écuries, comme jadis, quand Gwyn y était pour la première fois entrée et y avait rencontré un certain James McKenzie. Andy McAran, Poker Livingston… Aujourd'hui, aucun d'eux n'était plus en vie. Andy avait rejoint dans la mort son ami James quelques mois plus tard.

Elle pensait parfois avec un sourire amer que la bande devait taper le carton sur un nuage quelconque.

— Tâchez de ne pas rouler ce pauvre saint Pierre ! murmura-t-elle en passant pour la centième fois une main nerveuse dans sa chevelure négligée.

Elle était inquiète pour Jack. Il n'avait pas écrit depuis une éternité, alors qu'il devait avoir quitté cette maudite plage de la Turquie. Gallipoli : elle ne savait toujours pas comment se prononçait correctement ce nom. Ce n'était d'ailleurs plus nécessaire. Après une dernière offensive désespérée, les Anglais s'étaient rembarqués. On avait retiré les troupes de l'ANZAC. En bon ordre, était-il dit, et pratiquement sans pertes. Les journaux de Christchurch en parlaient comme d'une victoire, alors qu'il ne s'agissait de rien d'autre que d'un énorme échec. Jack ne devait pas oser l'avouer : Gwyneira ne voyait pas d'autre explication à son silence.

Elle était surtout inquiète pour Gloria. Sa disparition de l'hôtel de San Francisco remontait à une bonne année et, depuis, personne n'avait plus entendu parler d'elle. William et Kura avaient engagé une armée de détectives privés sans trouver aucune trace. Kura paraissait plus furieuse que soucieuse ; elle se rappelait sans doute sa propre fuite, loin de son époux et de la tranquillité de Kiward Station, qui l'avait jadis menée en Australie puis condamnée à errer à travers la Nouvelle-Zélande. Elle n'avait pas été exposée à des dangers pour sa personne ou sa vie, et Gwyneira n'avait d'ailleurs guère eu peur pour elle. Elle ne savait pas où se trouvait sa petite-fille, mais elle était certaine qu'elle n'avait pas quitté l'île du Sud. Gloria, en revanche, pouvait être partout dans le monde, et elle n'avait pas l'inaltérable confiance en soi de Kura. Et puis San Francisco était autrement dangereuse que Christchurch ! Georges Greenwood, qui connaissait la ville, doutait que Gloria l'eût jamais quittée.

— Je suis navré, miss Gwyn, mais une fille seule dans ce lieu de débauche…, avait-il dit sans poursuivre, et Gwyneira préférait ne pas penser à la manière dont son arrière-petite-fille était peut-être morte.

— Excuses, miss Gwyn, mais repas prêt ! dit Kiri, la vieille gouvernante, en ouvrant la porte du petit bureau où Gwyneira aimait se réfugier, une pièce où sa voix ne résonnait pas quand elle parlait seule.

— Je n'ai pas faim, Kiri. Et le peu d'appétit qui me reste disparaît si tu me sers dans le salon. Je peux aller avec vous dans la cuisine? On mangera un morceau ensemble, d'accord?

Kiri fut d'accord. Elle et la cuisinière Moana étaient davantage des amies que des domestiques. Elles n'avaient d'ailleurs pas préparé un grand repas, juste, à la mode maorie, du poisson grillé et des patates douces.

— Rongo Rongo, elle dire Gloria pas morte! déclara Moana en voyant sa maîtresse se servir chichement et sachant ce qui la préoccupait. Elle interroge les esprits: *tiki* disent son cœur chante chants tristes, mais pas loin.

— Merci beaucoup, Moana, dit Gwyn en se forçant à sourire.

Peut-être Moana avait-elle payé la magicienne, mais il était tout aussi possible que celle-ci eût agi d'elle-même ou à la demande du chef Tonga. Il demandait en effet occasionnellement des nouvelles de la jeune fille. Il était soucieux lui aussi, pour d'autres raisons sans doute.

Le téléphone sonna au salon. Kiri et Moana sursautèrent.

— Esprits appeler! déclara Moana mais sans faire mine de se rendre au salon.

Kiri fut plus courageuse, ou plus curieuse. Il faut dire que l'étrange petite boîte d'où sortaient des voix angoissait un peu les deux Maories. Gwyneira aussi, d'ailleurs, bien qu'elle en appréciât les avantages.

Kiri revint aussitôt.

— Appel de Dunedin, dit opératrice. Si on accepte?

— Bien entendu, répondit Gwyneira en se levant.

Elle s'attendait plutôt à entrer en communication avec le vétérinaire de Christchurch qui avait à sa disposition un nouveau vermifuge pour ses moutons. Mais Dunedin?

Elle attendit patiemment que la communication fût établie.

— Vous pouvez parler! dit finalement une voix empressée.

Gwyneira soupira. Le standard était à Haldon et l'opératrice était connue pour sa propension à écouter les conversations et à en discuter avec ses amies.

— Ici Kiward Station, Gwyneira McKenzie.

Ce fut d'abord le silence à l'autre bout du fil. Puis il y eut comme un raclement de gorge, enfin une voix étouffée.

— Mamie Gwyn ? Ici… ici Gloria.

Gwyneira avait tenu à aller chercher son arrière-petite-fille à Dunedin.

— Vous y arriverez ? Ce long trajet en train ? s'était inquiétée miss Bleachum.

Gwyneira avait très brièvement parlé avec Gloria, avant de s'entretenir avec l'enseignante. Gloria n'avait pratiquement pas ajouté un mot à son annonce. C'est à peine si elle avait donné une vague indication sur l'endroit où elle se trouvait.

— Chez miss Bleachum, à l'école…

Gwyneira n'en avait pas été plus avancée. Cela tenait peut-être aussi au fait que son cœur s'était emballé. Gloria était en vie, elle était en Nouvelle-Zélande ! C'est donc de miss Bleachum que Gwyneira avait appris l'essentiel.

— Je peux mettre Gloria dans le train et vous irez la chercher à Christchurch, avait-elle proposé.

Mais Gwyneira n'avait pas voulu en entendre parler.

— Bien sûr que je survivrai à un voyage en train, ce n'est pas moi qui vais tirer le wagon ! Surtout je ne veux courir aucun risque supplémentaire. En aucun cas, je ne laisserai Gloria une nouvelle fois seule. Qu'elle reste chez vous et, dans trois jours au plus tard, je serai là. Veillez bien sur elle !

En dépit de son âge, c'est en dansant que Gwyneira avait traversé le salon pour revenir à la cuisine, une bouteille de champagne à la main.

— Je pars pour Dunedin, les enfants ! Je ramène Gloria ! Ah oui, et que Rongo Rongo vienne chercher un sac de semences. Elle a eu le bon contact avec les esprits !

Miss Bleachum et Gloria attendaient Gwyneira à la gare de Dunedin et Gwyneira vit tout de suite que quelque chose n'allait pas. La jeune fille, engoncée dans un tailleur bleu foncé fermé jusqu'au cou, s'agrippait nerveusement à la main d'une miss Bleachum pleine d'assurance. Toutes deux avaient un peu l'allure de vieilles filles. Gwyneira, malgré son grand âge, portait des habits à la coupe moderne, aux couleurs plus vives que ceux de Gloria. Heureuse du retour de son arrière-petite-fille, elle avait enfin mis au rebut le noir du deuil et acheté à Christchurch un élégant tailleur bleu marine, égayé par des bandes blanches au col et des manchettes. Elle avait posé avec coquetterie un petit chapeau sur ses cheveux blancs.

— Gloria ! s'écria Gwyneira clignant des yeux derrière son lorgnon qu'elle trouvait plus élégant que ses lunettes.

Si elle avait gardé bon pied, elle avait également bon œil. Elle n'avait besoin de lunettes que pour lire. En ce jour, pourtant, elle voulait ne rien perdre de l'aspect de sa Gloria si longtemps disparue.

— Tu es devenue une adulte !

Le sourire de Gwyneira et ses paroles masquaient l'effroi qui s'était emparé d'elle : cette fille n'avait pas l'air d'une adulte, elle était vieille. Elle avait un regard fixe, presque inexpressif. Son attitude était de surcroît celle d'une enfant craintive. Miss Bleachum dut dégager sa main de la sienne presque de force pour pousser la jeune fille vers son aïeule. Gwyneira l'embrassa, mais le contact parut être désagréable à la jeune fille.

— Gloria, mon enfant, je suis si heureuse que tu sois revenue ! Mais comment as-tu pu faire ? Il faudra que tu me racontes tout ça !

Gwyneira prit les mains de Gloria dans les siennes. Elles étaient glacées. Une ombre passa sur le visage de Gloria. Gwyneira la vit pâlir malgré les restes de son hâle : elle n'avait pas dû passer l'été à l'abri d'une maison, se dit-elle.

— Non, rien ne t'y oblige, Glory..., intervint Sarah en jetant à Gwyn un regard éloquent. Gloria n'aime pas parler de ce qu'elle a vécu. Nous savons juste qu'elle est passée par la Chine et l'Australie.

Gwyneira hocha la tête, admirative.

— Toute seule? Un pareil voyage! Je suis fière de toi, ma petite!

Gloria éclata en sanglots.

Gwyneira accompagna Sarah et Gloria à l'école. Elle passa une heure pénible autour d'une tasse de thé dans le bureau de Mme Lancaster. Les deux enseignantes, très cordiales, firent leur possible pour amorcer une véritable conversation entre la vieille dame et la jeune fille, mais en vain. Gloria répondait par monosyllabes, écrasait son biscuit entre ses doigts et semblait incapable de lever les yeux de son assiette.

— Prenez-vous le train de nuit, madame McKenzie, ou bien puis-je vous offrir de loger ici? s'inquiéta enfin la directrice.

— Non, deux voyages de cette nature en un jour seraient un peu trop pour mes vieux os. Mais j'ai réservé dans un hôtel de Dunedin. Si vous aviez l'amabilité de nous appeler simplement un taxi tout à l'heure...

En entendant les mots «nous» et «hôtel», Gloria devint pâle comme un linge. Gwyneira la vit lancer à miss Bleachum des regards suppliants, mais celle-ci fit non de la tête. Gwyneira ne comprenait pas ce qui se passait. Gloria ne voulait-elle pas partir? On aurait dit qu'elle avait une peur atroce de quitter l'école. Elle pensa accepter l'invitation. Mais elle se ravisa. Cela n'aurait d'autre effet que de repousser le problème d'une journée et elle devrait alors renoncer à faire le lendemain des courses à Dunedin, miss Bleachum lui ayant signalé que Gloria avait un besoin urgent d'une garde-robe.

— Tu veux bien aller chercher ton sac, ma petite? demanda-t-elle d'un ton amical, comme si elle n'avait rien remarqué. Ou bien n'as-tu pas encore fait tes bagages? Ce n'est pas grave, miss Bleachum va certainement pouvoir t'aider. Je m'entretiendrai pendant ce temps un petit peu avec Mme Lancaster.

Sarah comprit l'allusion et gagna sa chambre en compagnie de Gloria. La directrice confirma ce que pressentait sa visiteuse.

— Il vaut mieux, c'est incontestable, que vous partiez avec elle dès aujourd'hui. Elle a aussi besoin de nouveaux vêtements. Elle n'a que deux tailleurs, le second n'ayant rien à envier à celui que vous lui avez vu sur le dos. J'ai proposé maintes fois à miss Bleachum qu'elle aille en acheter, nous lui aurions bien entendu avancé l'argent. Mais Gloria a refusé.

Gwyneira eut l'air ahurie.

— Alors, ce n'est pas avec l'aide de... ces dames... qu'elle a choisi ce... heu, cet ensemble?

— Madame McKenzie, répondit en riant Mme Lancaster, nous sommes une école de filles, pas un couvent! Nos élèves portent certes un habit conventionnel à l'école, mais, en dehors du temps scolaire, nous ne les obligeons pas à s'habiller comme, disons, des enseignantes entre deux âges. Je trouve, personnellement, que miss Bleachum elle aussi... Mais laissons cela, elle a certainement des raisons de... disons, réprimer un peu sa... eh bien, sa féminité. Et je crains que Gloria soit dans le même cas. Il faudra user de beaucoup de patience envers elle.

— J'ai toute la patience du monde, sourit Gwyneira. Du moins avec les chiens et les chevaux. Avec les humains, elle a des ratés, parfois... mais je m'efforcerai.

— Vous êtes veuve?

Le visage de Gwyneira s'assombrit.

— Oui, depuis deux petites années. Je ne m'y habituerai jamais.

— Excusez-moi, je ne voulais pas nourrir votre tristesse. Mais le problème est que... est-ce que des hommes vivent dans votre maison, madame McKenzie?

— Madame Lancaster, je dirige un élevage de moutons, sourit Gwyn, pas un couvent ! Nous employons bien sûr des bergers, un gérant, une tribu maorie vit sur notre territoire. Pourquoi cette question ?

Mme Lancaster eut visiblement à lutter pour répondre.

— Gloria a des problèmes avec les hommes, madame McKenzie. Qu'en est-il… qu'en est-il avec ce Jack ? Gloria a parlé de lui et je crois que ledit Jack est la raison principale de sa crainte à rentrer chez vous.

Gwyneira foudroya la directrice du regard, hésitant entre surprise et colère.

— Elle a peur de Jack ? Mais jamais mon fils ne lui manquerait de respect ! Ils ont toujours eu d'excellents rapports. D'ailleurs, Jack ne vit pas pour l'instant à Kiward Station. Il est à l'armée.

— Je suis navrée, madame McKenzie. Si vous n'êtes pas de ces femmes qui brûlent d'impatience de voir partir leurs fils à la guerre… Mais cela devrait permettre à Gloria de se réaccoutumer plus facilement.

Gwyneira n'en était pas convaincue, mais avant qu'elle eût pu poursuivre cette conversation renversante, miss Bleachum poussait dans la pièce une Gloria blême mais calme. Dans le taxi les menant à l'hôtel, Gwyneira lui parla de Jack, essayant d'interpréter sa réaction. La jeune femme manifestait à la fois trouble et soulagement.

— Tout, dit-elle, sera différent.

— Pas si différent que ça, ma petite. Les choses ne changent pas beaucoup dans un élevage de moutons. Les agneaux naissent, nous montons les moutons dans les alpages, on les tond, nous vendons la laine… année après année, Gloria. C'est toujours la même chose.

Gloria essaya de se raccrocher à cette idée.

Le shopping du lendemain se révéla pénible. Gloria refusa tout d'abord de quitter l'hôtel et, Gwyneira ayant tout de même réussi à la traîner dans une boutique, elle s'intéressa aux robes les plus laides, les plus amples et les plus sombres.

— Quand tu étais petite, tu voulais des pantalons! objecta Gwyneira d'un ton ferme, ne lâchant pas prise jusqu'à ce que Gloria essayât une jupe-culotte d'un modernisme presque choquant dont les suffragettes avaient rendu l'usage populaire auprès des femmes roulant à vélo ou conduisant des autos.

En Angleterre, les pantalons larges évoquant l'Orient étaient déjà presque passés de mode, mais ici, à l'autre bout du monde, ils étaient toujours du dernier cri. Ils allaient à merveille à Gloria qui se regarda, stupéfaite, dans le miroir. C'était une tout autre fille qui lui faisait face. La vendeuse disposa sur ses cheveux courts et frisés un chapeau tout simple, en forme de carène.

— Vous avez déjà la coiffure qui convient, dit-elle en souriant.

Gwyneira insista pour que son arrière-petite-fille achète la jupe et la garde sur elle pour le trajet en train. À la gare, Gloria dut fendre une foule de voyageurs dont beaucoup lui lançaient des regards curieux. Gwyneira elle-même dut faire effort pour ne pas la dévisager trop longtemps quand elles s'assirent l'une en face de l'autre dans le compartiment.

— J'ai quelque chose sur la figure? finit par s'irriter la jeune fille.

— Bien sûr que non, dit aussitôt Gwyn. Excuse-moi de te dévisager ainsi. Mais maintenant, avec ce chapeau… la ressemblance est tellement frappante!

— Avec qui? demanda Gloria d'un ton sec, comme sur la défensive.

— Avec Marama. Ta grand-mère. Et avec ton grand-père Paul. C'est presque comme si on avait leurs photographies sous les yeux… On n'en a malheureusement pas, sinon, je pourrais t'en donner la preuve: on dirait qu'on a imprimé leurs photos sur un papier transparent et qu'on a ensuite superposé les portraits. Je vois Paul quand je te regarde de droite, et Marama quand je regarde de gauche. Il faut que je m'y habitue, Gloria.

En réalité, les traits de Gloria lui rappelaient plus Marama que Paul. Selon les critères maoris, son visage plutôt large, aux pommettes hautes malgré tout, était très beau, et sa silhouette répondait à l'image type des autochtones. Gloria plaisait mieux à Gwyneira que sur ses dernières photos d'Amérique où elle avait le visage un peu flasque. Ayant perdu du poids, elle avait des traits plus expressifs, plus marqués. Elle tenait essentiellement de Paul les yeux rapprochés et le menton énergique, mais cela se remarquait peu, s'accordant même à sa tenue sportive. Si seulement elle n'avait pas eu ce regard renfrogné, tourné vers l'intérieur ! C'étaient d'ailleurs ce regard, le front toujours légèrement froncé, la tension autour de la bouche qui évoquaient Paul aux yeux de Gwyneira. Des souvenirs peu heureux. Paul lui aussi en avait voulu au monde entier. Gwyneira se mit à avoir peur.

Maaka était venu les chercher en voiture à la gare. Sur l'ordre exprès de Gwyneira, il conduisait une chaise attelée à deux cobs. L'auto était restée dans la remise.

— Mais on va beaucoup plus vite avec l'auto, miss Gwyn ! avait-il argumenté, automobiliste passionné. Avec les chevaux on va mettre toute la nuit.

— Nous ne sommes pas pressées. Miss Gloria aime les chevaux. Elle sera heureuse de voir les cobs.

Effectivement, elle se dérida pour la première fois en apercevant la chaise devant la gare. Elle eut pourtant un léger recul quand Maaka se présenta.

— *Kia ora*, miss Glory ! salua le contremaître avec un grand naturel. *Haere mai !* Nous sommes très heureux que vous soyez de nouveau chez vous !

Il était radieux, mais il parut coûter à Gloria de le remercier brièvement.

— Viens, Glory, regarde ces belles bêtes ! s'exclama Gwyneira. Ce sont des demi-sœurs, toutes deux filles de Cuchulainn. Ceredwen est aussi fille de Raven que je montais autrefois, et Colleen de…, commença-t-elle à énumérer les ascendances sans reprendre son souffle.

Gloria écoutait, semblant se souvenir des bêtes et montrant plus d'intérêt que pour les histoires de famille avec lesquelles Gwyneira avait essayé de la distraire.

— Et Princess ? finit-elle par demander d'une voix blanche.

— Elle est toujours là, sourit Gwyn. Mais elle manque un peu de poids pour cette chaise…

Elle allait continuer quand la conversation fut interrompue par des jappements assourdissants. Le petit chien tricolore attaché par Maaka sous le siège du postillon venait de les flairer.

— Je me suis dit que j'allais vous l'amener, miss Glory, dit-il en défaisant la laisse.

Nimue fondit sur les femmes et Gwyneira se pencha vers la chienne pour lui dire bonjour, mais celle-ci l'ignora. Aboyant, glapissant, criant quasiment de bonheur, elle sauta sur Gloria.

— C'est ma Nimue ? s'assura la jeune fille en s'agenouillant dans la rue, sans égard pour ses habits neufs.

Elle étreignit et serra sur son cœur le chien qui la couvrait de baisers humides.

— Elle ne peut tout de même pas… J'avais peur que…

— Qu'elle soit morte ? C'est pour ça que tu n'as pas posé de question à son sujet. Mais elle était très jeune quand tu es partie. Or, les border collies vivent vieux. Elle peut vivre encore dix ans !

Le visage de Gloria s'était détendu, ne reflétant plus que le bonheur des retrouvailles. Il y avait donc quelqu'un qui l'aimait !

Gwyneira prit place sur le siège.

— Tu me laisses les rênes, Maaka ?

— Je savais, bien sûr, que je devrais vous les laisser. Mais, si vous le voulez bien, j'aimerais rester à Christchurch, passer au comptoir de M. Georges, vous savez, cette facture de la laine…

— Et la charmante petite fille de Reti, le taquina Gwyn.

Que Maaka fût amoureux de la fille de Reti, le gérant, était un secret de polichinelle. La jeune fille maorie, ayant terminé ses études dans une école de l'île du Nord, travaillait depuis peu dans les bureaux.

— D'accord, reste, Maaka, mais attention aux bêtises ! Cette petite a reçu une éducation à l'occidentale et elle souhaite être courtisée avec des fleurs et des chocolats ! Peut-être devrais-tu aller jusqu'à lui écrire un poème !

— Je ne ferais jamais la cour à une fille qui se montrerait aussi stupide ! déclara-t-il. Cette fille ne veut pas d'un *tohunga* qui lui raconte des histoires, et elle n'est pas un bébé dont on fait la conquête avec des bonbons. Les fleurs fleurissent au printemps sur toute l'île et les arracher sans raison porterait plutôt malheur. Mais j'ai ça, regardez, dit-il en riant.

Il sortit de sa poche une pierre de jade dans laquelle il avait sculpté un petit dieu.

— C'est moi qui l'ai trouvée, mes esprits l'ont sentie !

— Que c'est beau, sourit Gwyn. Elle va être contente. Salue Reti de ma part. Élisabeth Greenwood aussi, si tu la vois.

Gloria avait écouté l'échange le visage figé. Elle se contracta de nouveau quand Gwyn taquina le jeune homme à propos de son flirt. Avait-elle vécu un amour malheureux ?

— Un homme t'a-t-il déjà offert quelque chose, Gloria ? demanda Gwyneira avec douceur.

Serrant son chien contre elle, Gloria eut pour son aïeule un regard haineux.

— Plus que je ne l'aurais souhaité, mamie !

Puis elle n'émit plus un mot pendant une dizaine de miles.

Gwyn se taisait elle aussi. Elles allaient devoir voyager toute la nuit avec la chaise. Peut-être aurait-il mieux valu passer la nuit au White Hart? Pourtant, d'un autre côté, la nuit était si claire, si belle. Froide, naturellement, mais avec un ciel étoilé comme rarement, la pléiade brillant au-dessus de leur tête.

— Matariki.

James lui avait appris ce nom il y avait bien longtemps, au cours d'une nuit d'amour.

Gloria acquiesça d'un air grave.

— Et Ika-o-te-rangi. La Voie lactée. Le poisson céleste pour les Maoris.

— Tu t'en souviens! se réjouit Gwyn. Marama en sera si heureuse. Elle a toujours eu peur que tu oublies le maori. Elle pense que Kura a oublié sa langue. Ce que je trouve d'ailleurs étrange, car, adulte, elle parlait encore couramment le maori. Et elle chante dans cette langue. Comment pourrait-elle avoir oublié les mots?

— Les mots, non, dit Gloria en songeant à Tamatea.

Son aïeule haussa les épaules. Le soleil n'allait pas tarder à se lever et elles s'approchaient de Kiward Station. Gloria devait reconnaître les lieux, les pâturages, le lac...

— Je peux... je peux prendre les rênes? demanda-t-elle soudain d'une voix rauque.

Son envie de guider elle-même les cobs était si forte qu'elle en avait même lâché Nimue. Au moment de lui confier les rênes, Gwyn fut assaillie par l'image de Lilian, le jour de son retour d'Angleterre, ses yeux rieurs, ses exclamations, ses cheveux flottant au vent. Elle s'était elle-même sentie jeune, comblée par la joie éprouvée par la jeune fille à conduire à vive allure. Puis l'image de James galopant à leur rencontre sur son cheval blanc! Comme autrefois quand elle l'attendait dans le cercle des guerriers de pierre. Lilian semblait l'avoir d'un seul coup entraînée pour un voyage dans le temps. Mais ensuite... Elle n'aurait pas dû abandonner les guides. Cela avait provoqué le malheur.

— Non, il vaut mieux que non ! répondit-elle, ses doigts se contractant sur les rênes.

Gloria se referma sur elle-même. Elle ne dit plus un mot jusqu'à leur arrivée dans l'écurie. Quand l'un des bergers les salua, elle aurait aimé pouvoir se glisser dans un trou de souris.

— Je vais déharnacher, miss Gwyn ! Miss… Gloria ?

L'homme était encore jeune, un Blanc. Il avait connu Gloria enfant. Ses yeux s'écarquillèrent à la vue de la jeune femme en élégante jupe-culotte, jamais encore il n'avait rencontré de dame ainsi vêtue. Gwyneira lut dans son regard la fascination et l'admiration, Gloria le désir à l'état pur.

— Merci, Frank ! Où est la petite Princess ? Miss Gloria aimerait la voir sans attendre, c'était le poney de son enfance.

— Dans le paddock par là, miss Gloria ! s'empressa de répondre Frank Wilkenson en montrant la sortie arrière de l'écurie. Si vous le souhaitez, je serai heureux de vous l'atteler. Elle aurait belle allure devant un gig léger.

Gloria ne répondit pas.

— Vous savez conduire n'est-ce pas, miss Gloria ?

Gloria jeta à Gwyneira un regard hostile.

— Non !

— Tu lui as fait forte impression, tenta de plaisanter Gwyn. C'est un brave garçon, qui s'y entend à traiter les chevaux. Je vais réfléchir à sa proposition. Princess ferait une bonne bête d'attelage. C'est dommage de n'y avoir pas pensé plus tôt.

Semblant vouloir répondre quelque chose, Gloria se ravisa et la suivit sans mot dire. Elle se rasséréna en apercevant la jolie jument.

— Ma princesse, ma douce…

Princess ne reconnut pas son ancienne maîtresse. Huit ans d'absence pesaient trop lourd, et Gloria le savait. Elle se glissa sous la barrière et s'avança pour caresser la jument qui la laissa faire et frotta même brièvement sa tête contre l'épaule de Gloria.

— Je t'étrillerai demain, sourit la jeune fille.

La bête sembla avoir compris : elle avait des démangeaisons et voilà que quelqu'un s'occupait d'elle.

Revenant vers Gwyneira, Gloria était enfin un peu radieuse.

— Mais où est le poulain ? demanda-t-elle.

— Quel poulain ? demanda Gwyn en même temps qu'elle se souvenait soudain avec horreur : le poulain de Princess… celui dont Jack avait promis à Gloria qu'elle pourrait le monter à son retour. Gloria, ma chérie, je suis désolée, mais…

— Est-il mort ?

— Non, pas du tout. C'est une jolie petite jument. Elle va bien. Mais… je l'ai donnée à Lilian. Je suis vraiment navrée, Gloria, mais on n'avait pas le sentiment que tu reviendrais de sitôt. Et comme tu n'as jamais écrit que tu continuais à faire du cheval…

Gloria darda sur la vieille dame un regard haineux.

— Quand on ne monte plus, on est mort. Ce n'est pas ce que tu as toujours dit ? J'étais donc… je suis donc… ?

— Gloria, ce n'est pas ce que j'ai voulu dire ! Je n'avais aucune arrière-pensée. C'est simplement que la petite jument était inoccupée et que Lilian s'est bien entendue avec elle. Écoute, Gloria, tous les chevaux de cette écurie t'appartiennent. Frank pourra demain te montrer toutes les jeunes bêtes. Quelques-unes, à quatre ans, sont déjà très bonnes. Mais peut-être que tu en préféreras une de trois ans que tu dresseras toi-même.

— N'appartiennent-elles pas plutôt à ma mère ? coupa Gloria avec froideur. Comme tout ce qui est ici ? Moi y compris ? Que se passera-t-il si elle veut me récupérer ? Tu me renverras ?

Gwyneira voulut la prendre dans ses bras, mais la jeune fille était comme enveloppée d'un souffle glacial.

— Ah, Glory…, soupira Gwyn, ne sachant que dire.

N'ayant jamais été une grande diplomate, elle était totalement dépassée par la situation. Comme elle aurait aimé qu'Hélène fût là ! Ou James. Ils auraient su comment agir. Elle, en revanche, était impuissante. Il fallait pourtant que Gloria sache combien elle était la bienvenue !

— Nous pouvons faire couvrir Princess, finit-elle par dire, plus encline à résoudre les problèmes par des actes que par des mots.

— On peut rentrer? se contenta de répondre Gloria. Où vais-je loger? Ma chambre est encore là, j'espère. Ou bien l'as-tu aussi donnée à Lilian?

Gwyn décida de ne pas répondre. Elle passa devant, empruntant le chemin menant des écuries aux cuisines. Au dernier moment, elle pensa que Gloria pourrait s'en formaliser.

— Est-ce que tu es d'accord pour que nous… on peut bien sûr aussi passer par l'entrée principale… mais ça m'est un peu pénible, à mon âge. Toutes ces marches.

— Mamie, je veux aller dans ma chambre. Par quel chemin? Je m'en moque.

Mais elle ne put se retirer aussi simplement. Kiri, Moana et sa grand-mère Marama l'attendaient dans la cuisine.

— *Haere mai, mokopuna!* Comme nous sommes contentes de te revoir !

Gwyneira observa les Maories entourer la jeune fille, la saluer comme le sang de leur sang et s'apprêter à coller leurs visages contre le sien pour le traditionnel *hongi*. Si elles avaient été aussi effrayées par l'aspect de Gloria qu'elle l'avait été la veille, elles surent du moins le cacher habilement.

Marama renonça à toute étreinte. Prenant les mains de sa petite-fille, elle lui dit quelque chose dans sa langue. Gwyneira ne comprit pas tout, mais pensa avoir entendu des excuses.

— Pardonne à ta mère, à ma fille, *mokopuna*. Elle a toujours été insensible aux êtres…

Gloria répondit par l'indifférence à cet accueil chaleureux, ne daignant sourire qu'au moment, où, emportée par la joie bruyante des femmes, Nimue se mit à courir autour d'elles en aboyant.

— Maintenant, repos, mais ce soir, bon repas ! finit par déclarer Kiri qui s'expliquait peut-être l'apathie de Gloria par la fatigue de ce voyage nocturne. Nous faire *kumera*, des patates douces. Toi, pas en avoir mangé depuis partir en Angleterre !

Gwyneira mena la jeune fille dans sa chambre de toujours. Elle vit avec joie le visage de la jeune fille se détendre en y entrant. Gwyneira n'avait rien changé dans la pièce : les mêmes photos de chevaux aux murs, la dernière photographie de Gloria avec Princess, de maladroits dessins d'enfants et quelques reproductions de la flore et de la faune locale, de la main de Lucas, le premier mari de Gwyneira.

— Tu vois, nous n'avons cessé de t'attendre, dit Gwyneira avec raideur, mais le visage de Gloria s'éclaira quand elle vit sur le lit le cadeau de Marama.

Combien de fois y avait-elle jeté à la hâte ses culottes de cavalière pour « se transformer en fille », selon le mot de Jack ! Et il y en avait une paire de toutes neuves, confectionnées par Marama en personne.

Gwyneira tenta de sourire à son tour.

— Peut-être choisiras-tu demain un cheval ? demanda-t-elle timidement.

L'éclat, dans les yeux de la jeune fille, s'éteignit.

— Peut-être, dit-elle.

Gwyneira fut heureuse de refermer la porte derrière elle.

Gloria traversa la pièce, examina les décorations sur le mur, le tapis usé, les morceaux de jade et les pierres colorées qu'elle ramassait avec Jack. Puis elle se jeta sur le lit, Nimue dans les bras, et se mit à pleurer. Quand ses larmes furent taries, le soleil était déjà haut dans le ciel. Elle était arrivée. Elle était à Kiward Station ! Elle savait qu'elle devrait se réjouir. Le temps de la tristesse était révolu. Mais elle ne ressentait pas de joie.

Elle ne ressentait que de la colère.

3

Cette idée d'un mariage secret était un rêve merveilleux. Ben et Lilian ne cessaient de l'enjoliver. Ce qui préoccupait ses parents – les péripéties de la guerre ou le retour de Gloria – ne parvenait plus aux oreilles de Lilian. Elle était totalement absorbée par son amour pour Ben et la préparation de leur fuite. Ben partageait ses rêves mais sans y croire vraiment. Soudain, par une glaciale soirée de printemps, les événements se précipitèrent.

Georges Greenwood, revenu à Greymouth, avait décidé, de concert avec Tim et Matt, de rendre public leur projet de cokerie. Des bruits avaient d'ailleurs commencé à circuler. Il était désormais impossible que quelqu'un leur coupât l'herbe sous les pieds. Par ailleurs, garder la chose plus longtemps secrète risquait d'indisposer les autres propriétaires de mine. Les trois hommes avaient donc invité les Biller, le gérant de la mine Blackball et d'autres personnalités à un repas «officiel» dans l'un des meilleurs hôtels de la ville. On y annoncerait solennellement que toutes les mines de Greymouth auraient prochainement la possibilité de transformer sur place leur charbon en coke. Offre qui serait à coup sûr diversement accueillie! Les propriétaires des petites mines seraient satisfaits alors que Florence serait mécontente de ne pas avoir trouvé l'argent nécessaire ni le courage d'entreprendre cette expansion.

Pour Lilian et Ben, cette soirée était aussi à marquer d'une pierre blanche: c'était la première fois depuis un an qu'ils se rencontreraient en société. Caleb s'étant une nouvelle fois défilé, Ben accompagnerait sa mère et Lilian serait présente en tant que chauffeur. Georges Greenwood avait expressément demandé que son accompagnatrice fût sa voisine de table.

— Alors, de quel côté penche donc ton cœur? la taquina-t-il quand elle eut pris place à ses côtés, dans une ravissante robe vert pomme, sa première robe de soirée. L'as-tu accordé ou bien préfères-tu reprendre la mine de ton père?

— Je… euh… il y a en effet déjà quelqu'un! déclara-t-elle avec gravité, car, l'ayant toujours prise au sérieux, oncle Georges ne se comporterait certainement pas de manière aussi puérile que ses parents s'il la savait amoureuse. Mais c'est un secret!

— Alors, n'en parlons plus, observa-t-il en souriant, quoique décidé à toucher deux mots à Elaine.

Celle-ci avait un jour évoqué en sa présence l'amourette entre sa fille et Ben, la pensant terminée. Ce n'était pas l'impression de Georges. Il fut d'ailleurs le seul à s'apercevoir de la soudaine disparition des jeunes gens, Lilian sous le prétexte d'aller chercher le châle d'Elaine dans l'auto, Ben profitant d'une violente dispute de sa mère avec le gérant de la mine Blackball à propos d'une liaison ferroviaire.

Georges estima que le moment de son allocution était venu. Il tapa sur son verre.

Ben rejoignit Lilian à l'instant où elle ouvrait la voiture.

— Il fallait que je te voie, Lily! s'exclama-t-il, rayonnant.

Elle se laissa embrasser, l'air soucieux, peu rassurée car l'auto était garée sous l'œil du portier de l'hôtel. De plus, elle avait froid. C'était le printemps, mais la température n'était pas au rendez-vous: un vent glacial descendait des Alpes.

— Monte dans la voiture avec moi! décida-t-elle soudain en se glissant sur le siège arrière.

Ben la rejoignit et se mit aussitôt à la caresser. Jamais ils n'avaient été aussi à l'aise qu'ici! Lilian répondit à ses baisers en riant.

— Garde des forces pour notre nuit de noces! C'est pour dans pas longtemps. Attendons-nous ici que tu aies eu toi aussi ton anniversaire ou bien partons-nous bientôt pour Auckland?

— Mieux vaut attendre, répondit-il toujours prudent. Parce que… eh bien, avant que nous soyons mariés, où habiterions-nous?

— Nous trouverons un loueur qui ne nous demandera pas notre acte de mariage, énonça-t-elle avec son grand sens pratique. Mais peu importe.

— Tu veux dire… que nous… euh… le ferions avant que…?

— Je pense bien. Ne serait-ce que par précaution. Pour être sûrs qu'il n'y aura pas de problème, que ça marche, quoi!

— Comment ça, que ça marche? demanda-t-il, stupéfait.

Au tour de Lilian de rougir.

— Eh bien… d'après ce que j'ai compris… ça a en quelque sorte à voir avec une espèce d'assemblage…

— Mais je croyais que ça marchait à tous les coups, s'étonna Ben.

Lilian lui lança un regard inquisiteur.

— Comment le sais-tu? Tu as déjà essayé?

Elle hésitait entre l'espoir d'obtenir enfin quelque éclaircissement et l'amertume devant tant d'infidélité.

— Bien sûr que non! s'emporta Ben. Jamais je ne le ferais avec quelqu'un d'autre que toi. Mais… mais les autres garçons de Cambridge…

Elle comprit. Ses condisciples, plus âgés, en savaient évidemment plus que lui.

— Bon, d'accord, admit-elle. Mais cela ne peut nuire d'essayer. Tu as envie ou quoi?

— Maintenant? Ici?

La tentation fut forte : la chaleur de l'auto, le confort… Mais Lilian se voulut raisonnable.

— Non, c'est trop tôt. Mais à Auckland.

Ben l'embrassait à présent de plus en plus violemment. L'idée d'essayer ici et maintenant était irrésistible.

— Mais alors il sera trop tard. Qu'est-ce qu'on fera si ça ne marche pas ? plaida-t-il.

Lilian, après un bref temps de réflexion, l'autorisa à relever sa robe et à lui caresser les cuisses, ce qu'ils ne s'étaient encore jamais permis. La sensation de bonheur dépassa de loin le plaisir qu'elle avait connu quand il l'embrassait et lui caressait les seins. Elle gémit de bien-être.

— Ça marchera…, murmura-t-elle avec conviction.

Florence Biller était folle de rage. Encore ce Greenwood et sa société, capables d'investir dans la mine Lambert des sommes d'argent illimitées ! Il était évident que cette idée de construction était de Tim ! Elle-même l'avait déjà caressée, naturellement, mais elle aurait eu besoin d'un bureau d'ingénieurs. Elle n'aurait jamais pu agir en secret comme l'avait réussi ce Lambert. Et puis, sans investisseurs, elle aurait échoué… Si seulement Caleb était un peu plus malin et intéressé ! Devoir tout faire seule était une lourde épreuve, sans compter que, quand elle contactait des bailleurs de fonds, elle était rattrapée par son handicap de toujours. Elle aimerait tellement être un homme ! Elle avait certes misé sur ses fils. Sam semblait prendre le bon chemin. Ben, en revanche… Son aîné lui rappelait de plus en plus Caleb. Un mou, un raté. Une carrière universitaire ! Comment pouvait-on appeler ça une carrière ? Il gagnait tout juste de quoi vivre avec ses articles et ses recherches, en tout cas pas de quoi vivre comme Florence l'envisageait. La mine, elle, était florissante. C'est là qu'il y avait des possibilités d'essor, là que l'on pouvait prouver sa volonté et son goût du risque… Où était-il, ce Ben, au fait ? Elle chercha des yeux autour d'elle, tandis que les autres convives se pressaient autour de Greenwood, de Lambert et de Gawain, les bombardant de félicitations et de questions.

Et où était la petite Lambert?

Florence enfila sa cape. Pour partir à la recherche de Ben ou, tout simplement, pour prendre un peu l'air. Il fallait qu'elle sorte avant qu'on remarque sa fureur. Elle savait que l'énervement ne lui allait pas au teint. Elle allait avoir des taches et un rictus sur le visage, alors que la stratégie lui commandait de sourire et de féliciter.

Elle quitta la salle. Sans être vue, pensa-t-elle. Mais Georges Greenwood la vit partir du coin de l'œil et tapota le bras d'Elaine, qui, un verre de mousseux à la main, debout à côté de son mari, s'ennuyait ferme.

— Je crois que la charmante Mme Biller est à la recherche de son fils.

— Et alors? Il ne doit pas être bien loin.

— Et toi, tu ne recherches personne?

Elaine se prit soudain la tête à deux mains.

— Oh non! A-t-elle dit quelque chose, oncle Georges? Ça ne fait rien, je pars à sa recherche. Avant, j'espère, que Florence ne les trouve. Mais qu'est-ce que cette fille a en tête?

Plus amusée qu'inquiète, elle sortit à son tour, juste à temps pour voir Florence ouvrir à la volée la portière arrière de la Cadillac et extirper son fils de la voiture.

— Sors de là… espèce… espèce de… Notre affaire part à vau-l'eau et toi, tu te paies du bon temps avec cette petite pute!

— Ce n'est pas ce que tu crois…, bégaya Ben, s'assurant à la sauvette que son pantalon, dans lequel Lilian venait de farfouiller avec curiosité, était bien fermé. Et vous, madame Lambert…, dit-il, voyant Elaine surgir derrière sa mère, je peux m'expliquer. Nous voulons nous marier!

Elaine, interloquée, dévisagea sa fille qui, s'apprêtant à sortir à son tour de l'auto, rajustait ses vêtements.

— Vous n'avez rien à dire, vous? se mit à hurler Florence. Cette petite pute…

— Abandonnez ce ton, je vous prie ! Ma fille n'est pas une pute, même si nos enfants ont peut-être… ma foi, dépassé les bornes. Maintenant, sors, Lily. Et arrange-toi ! Le mieux est peut-être que vous envoyiez votre fils à la maison, Florence. De toute façon, il est de notre intérêt commun de ne pas nous livrer ici à un éclat. Va te laver la figure, Lilian et retourne dans la salle ! Florence, nous devrons parler plus tard avec nos deux enfants. Et peut-être aussi nous rencontrer toutes les deux.

— Parler ? Parler de quoi ? Telle mère, telle fille ! La fille d'une barmaid ! explosa Florence.

— Ah, c'est comme ça ! Et vous, avez-vous eu le moindre scrupule à tenter de vous glisser dans le lit du plus offrant ? Si je ne m'abuse, vous vous êtes aussi intéressée brièvement à mon mari, non ? Un invalide possesseur d'une mine, ça ouvrait des perspectives, n'est-ce pas ? Il a juste été dommage que Tim ait au moins gardé toute sa tête. Et finalement, c'est un pédé avec, lui aussi, une mine, qui a tiré le gros lot.

— Lainie, je crois qu'il faut arrêter, maintenant ! s'interposa Matthew Gawain. Et vous, madame Biller, calmez-vous, vous aussi ! Sinon, demain, vous serez la risée de la ville. Il va déjà falloir acheter à prix d'or le silence du portier. Lilian… ton père t'attend. Et M. Greenwood veut t'inviter à danser !

Elaine se mordit les lèvres. De tempérament plutôt timide, elle s'abandonnait rarement à de tels accès de colère. Mais entendre sa fille se faire traiter de « pute » avait fait déborder le vase !

— Elle n'avait pas si tort que ça, non ? tonnait Tim.

Il était tard et il aurait sans doute mieux valu discuter de l'affaire le lendemain matin. Mais Tim avait flairé quelque chose, alerté par les chuchotements de Georges à l'adresse d'Elaine et de Matt. Ce furent ensuite la mine défaite d'Elaine à son retour, les traces de larmes sur le visage de Lilian, la disparition de Florence et de Ben… Il n'était pas stupide ! La famille Lambert avait néanmoins réussi à se contrôler sans broncher jusqu'à la fin de la soirée. Mais, chez lui, Tim accabla sa fille de reproches.

— Si j'ai bien compris, ce petit salopard a relevé ta robe et…

— Il ne s'est rien passé ! se défendit Lilian. Nous sommes juste restés l'un contre l'autre…

— Avec ses doigts sous ta robe ?

— Mais nous voulons nous marier !

— Mais ce n'est pas vrai ! Vous marier ! Quel âge avez-vous donc ? Quelle incroyable stupidité ! Il se peut que ta mère minimise ça en n'y voyant qu'exaltation juvénile, mais je trouve intolérable que tu ouvres les cuisses pour ce garçon dans ma voiture…

Tim avait envie de battre sa fille. Un tel esclandre le soir même du grand jour de sa vie ! Florence allait plus que jamais lui mettre des bâtons dans les roues. Ils allaient perdre leur client le plus important pour la cokerie ! Florence, quitte à se ruiner, devait déjà élaborer des projets pour sa propre installation !

— Je…

— Regarde donc les choses avec un peu de sang-froid, dit Elaine, se portant au secours de sa fille. Si cela n'a pas été aujourd'hui un soudain retour de flamme – et Lilian m'a assuré que tel n'était pas le cas –, ces deux enfants se voient depuis plus de deux ans. Peut-être sont-ils faits l'un pour l'autre. Florence devra bien admettre…

— Florence ne devra rien du tout. Et nous non plus. Il me paraît en outre impératif d'éloigner Lilian au plus vite. Que penses-tu de l'envoyer chez tes parents, Elaine ? Elle pourrait aider au magasin, elle a les aptitudes pour cela. Et ton père la surveillera. Il a lui-même dû expérimenter où cela mène de céder à la volonté de jeunes filles aveuglément amoureuses…

— Qu'est-ce que cela a à voir avec notre problème ? s'insurgea sa femme.

Lilian se mit à sangloter. Connaissant grosso modo l'histoire du premier mariage de sa mère, elle savait que l'on pouvait se tromper en amour quand on était très jeune. Mais pas elle !

— J'aime Ben ! cria-t-elle d'un ton héroïque. Et je ne me laisserai pas bannir. Nous nous marierons et...

— Tu la boucles ! ordonna Tim.

— Le mieux, c'est que tu ailles au lit, dit Elaine avec calme. Nous reparlerons de tout ça demain.

— Il n'y a à reparler de rien ! trancha Tim.

Lilian s'enfuit dans sa chambre et s'endormit en pleurant tandis que ses parents poursuivaient leur querelle. Ils croisèrent le fer pour ne se réconcilier qu'au petit matin où, blottis dans les bras l'un de l'autre, ils n'entendirent pas, dans leur sommeil, la pluie de petits cailloux que Ben, désespéré, lançait avec maladresse contre la fenêtre de Lilian.

Lilian eut l'oreille plus fine. Quand un caillou atteignit enfin son but, elle ouvrit la fenêtre, rentrant la tête sous la grêle des projectiles.

— Attention ! Moins de bruit ! chuchota-t-elle, étonnée et ravie. Ne réveille pas mes parents !

— Il faut que je te parle ! répondit Ben d'une voix étouffée. Peux-tu descendre ?

Lilian passa une robe de chambre dans laquelle elle allait à coup sûr geler, mais c'était sa plus jolie. Le vert brillant mettait en valeur la couleur de ses yeux. Cela, hélas, ne se remarquerait pas dans l'obscurité, songea-t-elle, observant un instant son image dans le miroir. Elle trouva Ben dans le jardin sous sa fenêtre, caché dans un buisson.

— Ça a bardé pour toi ? demanda-t-elle. Mon père, lui, est au bord de l'apoplexie. Figure-toi qu'il veut...

— Ils veulent m'expédier ailleurs, l'interrompit Ben. Ma mère, en tout cas, mon père n'a pas eu droit à la parole !

— Mon père a la même idée ! Il veut m'envoyer à Queenstown. Mais je n'irai pas...

— Moi, c'est sur l'île du Nord. Des gens de ma famille ont une mine là-bas. Je devrai y travailler, ma mère a déjà téléphoné à mon oncle. En pleine nuit, tellement elle était furieuse. Il ne doit pas y avoir que nous en cause…

Lilian n'en crut pas ses oreilles. Ben, une nouvelle fois, tombait du ciel ! Elle lui avait pourtant parlé de la cokerie et de l'annonce qui devait en être faite dans la soirée. Cela ne devait pas être étranger à la perte de contrôle de sa mère.

— Elle ne peut t'y obliger, le consola-t-elle. Dis-lui simplement que tu ne partiras pas, que tu n'as pas envie de travailler dans un bureau.

— Lily, tu ne comprends pas ! répondit-il en lui prenant le bras comme pour la secouer. Ce n'est pas dans un bureau qu'ils veulent me faire travailler. Mais dans la mine ! Mon oncle dit que, chez lui, tout le monde gravit les échelons un à un. Au moins quelques mois au fond, comme haveur. Il paraît que ça a rendu ses fils raisonnables.

— Tu devrais abattre ? s'insurgea Lilian qui, sachant Ben maladroit de ses mains, s'expliquait ses talents de rameur plutôt par son sens du rythme et ses qualités de stratège que par sa force physique.

— Je ne pourrai pas, Lily ! Et je voulais vraiment lui dire que je ne marcherais pas, qu'elle ne pourrait me traîner au ferry par les cheveux et tout le reste. Mais je n'ai pas pu, Lily ! Quand je suis devant elle, je suis comme pétrifié. Je n'arrive pas à sortir un mot… bref, je suis comme mon père.

— Ben, nous voulions de toute façon nous enfuir.

— C'est pour ça que je suis là. Disparaissons, Lily. Maintenant, tout de suite, par le premier train !

— Mais c'est le train pour Westport, Ben. Celui pour Christchurch ne part qu'à 11 heures.

— Je ne parle pas de celui-là ! Un transport de charbon part de notre mine pour Christchurch. À 6 heures. Les wagons sont chargés, on ne les attelle que lorsque la locomotive est là. Montons sur l'un d'eux, personne ne s'en apercevra.

— Mais on sera noirs des pieds à la tête en arrivant à Christchurch !

— Alors, on descendra avant et on se lavera quelque part !

Le projet de Ben était dicté par le désespoir. Lilian, en un éclair, proposa quelques améliorations :

— Nous avons besoin de couvertures. Ou, mieux encore, d'une bâche pour nous protéger de la poussière de charbon. Ça ne sera pas parfait, mais mieux que rien. Vous avez un truc de ce genre à la mine ? Et nous mettrons nos habits les plus vieux. Nous les jetterons quand nous arriverons à Christchurch. On arrivera de toute façon à la gare de marchandises, non ? On trouvera bien un entrepôt pour se changer. Il faut maintenant que je me prépare, vite ! Où sont tes affaires, Ben ?

Il la regarda sans comprendre.

— Ben ! Tes affaires ! Tu comptais partir comme tu es là ? Sans vêtement de rechange ? Et as-tu tes papiers ?

Pris de panique, Ben s'était enfui sans réfléchir. Ce qui les obligeait à retourner en ville avant de revenir. Lilian soupira. Elle allait devoir emprunter la voiture. À pied, ce serait trop long. Et à cheval... il n'était pas envisageable d'emmener Ben en croupe.

Lilian, elle, n'avait pas réfléchi qu'en rêve au problème de ses bagages en cas de départ précipité. Il lui fallut quelques minutes seulement pour rentrer enfiler une vieille robe ainsi qu'un manteau élimé et fourrer dans un sac deux ou trois vêtements de rechange. Ses papiers étant prêts, elle fut rapidement sur le pied de guerre. Elle referma la porte sans regarder derrière elle. Dopée par l'odeur de l'aventure, elle entraîna Ben jusqu'au garage.

Le bruit du moteur qui parut déchirer la nuit l'effraya : de la maison, on ne devait guère l'entendre, mais si quelqu'un était réveillé... Elle se rassura en songeant que Mary, la bonne, rentrait le soir dans sa famille. Tim et Elaine, de leur côté, n'avaient pas entendu la grêle de cailloux. Elle sortit le véhicule du garage avec lenteur.

— Referme le portail, Ben! Comme ça, ils ne s'apercevront pas tout de suite que la voiture n'est plus là… Non, le verrou gauche! Mon Dieu, tu ne peux donc pas fermer une porte sans te pincer les doigts?

À une certaine distance, Lilian accéléra tandis que Ben suçait son pouce meurtri. Il tremblait, tant son propre courage l'impressionnait.

— Il faut vraiment que je retourne chez moi? Et si mes parents se réveillent?

— Ils ont eu une dure journée. Veille seulement à ne rien renverser dans la cage d'escalier. Entre, rassemble tes affaires et filons! N'oublie pas tes papiers!

Lilian passa une demi-heure d'attente anxieuse au volant de la voiture, à quelques rues de la demeure des Biller, envisageant mille complications. Puis Ben s'affala enfin sur le siège à côté d'elle.

— Mon père…, murmura-t-il. Il m'a surpris…

— Hein? Et comment se fait-il que tu sois là? Tu l'as… Ben tu ne l'as pas assommé quand même, ou tué?

C'était ainsi que se terminaient souvent les choses dans les livres et les films, même si Lilian, à vrai dire, ne jugeait pas Ben capable de telles extrémités.

— Non, il m'a donné ça, la rassura Ben en sortant de sa poche un billet de cent dollars. Il… ça s'est un peu passé comme une histoire de fantômes. Je… j'avais pris mes affaires, mais il me fallait encore mes papiers. Ils étaient dans son bureau. Je suis entré et alors… alors il était là, dans le noir. Avec une bouteille de whisky. Il m'a juste regardé et a dit…

— Oui? demanda Lilian dans l'attente d'un mot d'adieu héroïque.

— Il m'a dit: «Tu t'en vas?» et j'ai répondu: «Oui.» Alors il a sorti l'argent de sa poche et il a dit…

— Qu'est-ce qu'il a dit? s'impatienta Lilian tout en vérifiant d'un coup d'œil, avant de démarrer, qu'il avait emporté un sac de vêtements.

— Il a dit : « Je n'ai pas plus pour le moment. »

— Et ?

— Et rien. Je suis parti. Ah oui, j'ai encore dit : « Merci. »

Lilian fut soulagée. Bien sûr, cela n'avait pas le caractère de drame que l'on aurait pu souhaiter, mais Ben s'en était en définitive bien tiré, et avec la bénédiction paternelle de surcroît ! Elle aurait, elle, profité de l'occasion pour obtenir de Caleb une autorisation de mariage, bien sûr. Mais enfin Ben avait son passeport.

— Nous laisserons la voiture dans la forêt, à côté de votre mine, ils la trouveront demain, déclara-t-elle. Tu as les clés du portail ou faudra-t-il l'escalader ?

Ben avait la clé et les wagons étaient là. Une heure avant l'arrivée de la locomotive, il n'y avait personne. À coups de pelle ils creusèrent un réduit dans une montagne de charbon. L'idée de ne pas se salir dans pareil environnement se révéla bien entendu illusoire. Quand, deux heures plus tard, ils soulevèrent la bâche, ils ressemblaient à des mineurs de fond.

— Où peut-on bien être ? demanda Lilian avec un coup d'œil pour le panorama époustouflant des Alpes du Sud encore enneigées.

Le train traversait un pont dont il semblait qu'il ne supporterait pas le poids du convoi tellement il était frêle. Au-dessous d'eux béait une gorge au fond de laquelle serpentait un torrent aux eaux bleutées.

— En tout cas, on est loin de la côte Ouest, estima Ben avec soulagement. Se sont-ils déjà aperçus de notre absence ?

— Certainement. La question est plutôt de savoir s'ils savent que nous sommes partis dans ce train. S'ils en ont l'idée, ils nous attraperont à Christchurch.

— Ne pouvons-nous pas descendre avant ?

— Normalement oui, à Rolleston par exemple, la dernière station avant Christchurch. Mais le train de marchandises s'y arrête-t-il ?

Elle réfléchit.

— En tout cas, il s'arrêtera à Arthur's Pass, ou au moins il devra tellement ralentir que nous pourrons sauter. Puis nous prendrons le train de voyageurs normal pour Christchurch.

— Et tu penses qu'ils ne le contrôleront pas? demanda Ben, sceptique.

— On descendra à Rolleston…

L'Arthur's Pass, un col aux accès escarpés, reliait les vallées de l'Otira et de la Bealey. Il avait dû être très difficile et dangereux de poser des rails en cet endroit. Il y avait parfois des tunnels. Le train franchit le col à une vitesse d'escargot et ç'aurait été un jeu d'enfant que de sauter du wagon, mais la voie était bordée de précipices de plusieurs mètres. Ben et Lilian préférèrent donc attendre que la gare fût en vue. Le train ne s'arrêta pas, se contentant de donner un coup de sifflet. Lilian, sans hésiter, jeta son sac hors du wagon et sauta elle-même avant que le train eût repris de la vitesse. Ben la suivit dans une roulade habile. Plus bas en direction de Christchurch, des forêts de hêtres se dressaient en un décor majestueux.

Les jeunes gens ne s'intéressèrent pourtant pas à la beauté du paysage, car il leur fallait trouver un ruisseau pour s'y laver tant bien que mal. Ce fut chose aisée dans cette région montagneuse, mais l'eau était glaciale. En dépit du soleil, ils frissonnaient à la seule idée de se dévêtir, voire de seulement se changer. À cette altitude, il y avait encore du givre!

— Tu te jettes à l'eau? lança Lilian en quittant ses bas, noirs de charbon.

— Si tu te jettes toi aussi! répliqua Ben qui, ayant oublié de mettre ses vêtements les plus usagés, quittait à son tour une magnifique chemise désormais inutilisable.

— Pour ça, il faudrait que je me déshabille, observa Lilian en trempant un orteil dans l'eau.

— De toute façon, tu ne peux faire autrement pour te changer.

— Pas entièrement, objecta-t-elle, jouant les effarouchées. Mais je le ferai si tu le fais toi aussi.

Et elle déboutonna sa robe.

Ben oublia le froid en la voyant quitter aussi son corset et se montrer à lui en sous-vêtements.

— À toi ! dit-elle alors, les yeux brillants.

Elle regarda, fascinée, Ben ôter son pantalon.

— C'est donc comme ça, remarqua-t-elle quand il fut nu devant elle. Je croyais ça plus gros.

Ben devint écarlate.

— Ça... ça dépend du temps..., murmura-t-il. À ton tour...

D'abord hésitante, Lilian finit de se dévêtir avant de s'emmitoufler, frissonnante, dans son manteau plein de poussière.

— Tu vas être toute noire..., dit Ben. Mais tu es très belle !

Lily eut un rire gêné, puis, sautant à son tour dans le ruisseau, elle se précipita sur Ben en criant :

— Et toi, tu es sale ! Je vais te laver !

Peu après, ils jouaient comme deux enfants dans l'eau froide, s'éclaboussant et se frottant mutuellement pour se débarrasser de leur crasse, ce qui n'était pas chose simple. Heureusement, d'ailleurs, que, dans le wagon, Lilian avait eu la précaution de se protéger la tête d'un foulard. Ben, obligé de se laver les cheveux, crut mourir de froid. Le résultat ne fut au demeurant que fort médiocre.

— Au moins, ça te vieillit, se moqua Lilian. Tu grisonnes !

Ben ne put s'empêcher de rire. Il avait rarement éprouvé autant de plaisir que durant cette bagarre. Lilian paraissait au comble du bonheur.

— Mais je suis toujours vierge, lui reprocha-t-elle. Et j'étais pourtant toute nue. Il faisait vraiment trop froid. Je me demande comment font les Esquimaux.

Frissonnants, ils finirent par revêtir des habits relativement propres. Ben n'avait pas pensé à emporter un manteau chaud et Lilian avait renoncé, vu le poids de son sac, à une cape supplémentaire. Ben essaya de la réchauffer en la prenant dans ses bras tandis qu'ils revenaient vers la gare pour prendre le train de voyageurs en direction de Christchurch.

— C'est sûr qu'il s'arrête? demanda Ben.

— Oui, dit Lilian en claquant des dents. J'espère qu'il est chauffé. Nous sommes à présent assez près, on peut attendre ici, ajouta-t-elle en montrant un bosquet non loin du quai.

— Ici? Ne devrions-nous pas... je veux dire... on pourrait aller jusqu'à la gare, prendre un billet. Il y a peut-être une salle d'attente?

— Ben! Si nous prenons un billet, l'employé va nous demander d'où nous sortons. Et on lui dit quoi? Que nous avons traversé les Alpes à pied? Ou que nous sommes tombés d'un avion? Tu es trop honnête, Ben. J'espère que tu n'auras pas à devenir voleur pour nous nourrir. Nous mourrions de faim!

— Et comment notre pirate en chef s'imagine-t-elle les choses? se vexa Ben. Il va bien falloir tout de même monter dans le train!

— C'est simple! Les gens descendent souvent ici pour admirer le paysage et se dégourdir les jambes. Nous nous mêlerons à eux et remonterons dans le train avec eux. Je ne pense pas qu'on contrôle les billets ici. Qui irait frauder dans un désert pareil?

Ce fut effectivement un jeu d'enfant. Les Lambert et les Biller étant connus d'une bonne moitié de la population de Greymouth, les jeunes gens prirent soin d'éviter les voyageurs qui sortaient pour admirer le point de vue et se réfugièrent dans un compartiment où avaient pris place des gens de Christchurch. Un couple âgé se montra particulièrement bienveillant, partageant ses provisions avec les jeunes affamés.

— Mon mari est mineur, voyez-vous, déclara sans ambages Lilian. Mais c'est sans avenir... c'est-à-dire qu'il y a bien sûr un avenir, les mines tournent à plein en raison de la guerre. Nous… euh… les Lambert construisent même une cokerie, mais… mais nous ne voyons là-dedans pas d'avenir pour nous. Nous voudrions repartir de zéro dans les Canterbury Plains, comme… eh bien, peut-être comme représentants en machines à coudre…

Elaine Lambert possédait une vieille machine Singer que William Martyn lui avait refilée du temps où il était lui-même représentant. Lilian avait grandi dans l'idée que vendre ces machines rapportait plus que s'en servir.

Toussotant, Ben essayait de pousser Lilian du coude, sans se faire voir.

Les personnes âgées, en revanche, se montrèrent impressionnées, la dame racontant alors comment, jadis arrivée à Christchurch, elle avait été adoptée par une famille de boulangers. Elle avait épousé un ouvrier du magasin et, aujourd'hui, c'était son fils qui dirigeait l'affaire. Attentive, Lilian posait des questions judicieuses tout en dévorant de délicieux beignets sortis du four ce matin à Greymouth. La fille du couple s'était en effet mariée avec un boulanger elle aussi.

— On peut toujours s'en sortir, jeune homme, avec des mains habiles, décréta la vieille dame. Mon gendre, partant de rien, a bâti quelque chose sur la côte Ouest.

Ben se racla à nouveau la gorge tandis que Mme Rosemarie Launders lui tendait un autre beignet. Il était absorbé par la contemplation du paysage défilant derrière la fenêtre. Forêts de hêtres, rives de torrents idylliques, mais aussi pentes rudes et sauvages cédant lentement la place aux Préalpes plus douces et enfin aux infinies prairies des Canterbury Plains.

Les jeunes gens descendirent à Rollestone, laissant le couple poursuivre sa route vers Christchurch.

— Pourquoi n'as-tu cessé de parler? demanda Ben, irrité, quand ils se retrouvèrent sur le quai. Ces gens vont se souvenir de nous!

— Oui, d'un jeune couple de la cité des mineurs! Allons, Ben, qui veux-tu qui les interroge? Il se peut que nos parents se lancent à notre recherche, ou Georges Greenwood. Il s'entend à ça! Mais aucun détective ne nous attend à Christchurch, aucun détective ne va interroger les voyageurs! Du moins pas encore. Et, plus tard, ils ne dénicheront plus personne.

— Nous ne serons vraiment en sécurité qu'à Auckland, répondit Ben d'un ton soucieux.

— Oui, toute grande ville fera l'affaire. Viens, avec un peu de chance nous serons bientôt dans le train pour Blenheim.

Le reste du voyage fut un peu plus agité. Bien qu'ayant effectué une partie du parcours sur des charrettes de fermiers bienveillants, ils n'arrivèrent en ville qu'à la nuit tombée. Ben souhaitait prendre une chambre quelque part, mais ce fut Lilian qui, cette fois, hésita.

— Je suis déjà venue ici, Ben. Quelqu'un pourrait me reconnaître, ou du moins penser que je suis une parente de mon arrière-grand-mère. Nous nous ressemblons tellement, toutes – sauf Gloria. Et c'est la ville de Georges Greenwood. S'il recueille ensuite des renseignements, il sera sur notre trace.

— Que propose alors la pirate en chef? grogna Ben.

Il avait envie d'eau chaude pour se laver et d'un lit, avec ou sans Lilian. Il était trop las pour penser à «ça».

Ils finirent par se retrouver dans la gare de marchandises où ils dormirent très confortablement sur un chargement de peaux de mouton. Enfermé dans l'entrepôt contigu, un troupeau de bovins leur tint compagnie, une compagnie bruyante, fort malodorante, mais qui leur assura une chaleur bienvenue.

— Hier, nous étions noirs comme du charbon, demain nous puerons! se plaignit le garçon. Qu'est-ce qui viendra ensuite?

— Ben, mais c'est romantique tout ça, le réconforta Lilian en se blottissant dans ses bras. C'est notre histoire d'amour ! Songe à Roméo et Juliette !

— Ils se sont poignardés, observa Ben, décidément grognon.

— Eh bien, tu vois, un meilleur sort nous est réservé, répliqua Lilian en bâillant.

Cette nuit encore, elle resta vierge, dormant comme un enfant.

4

Les gens s'écartèrent un peu de Ben et de Lilian dans le train pour Blenheim, le lendemain. S'ils n'avaient pas gardé sur eux l'odeur de fumier, celle de la lanoline de la laine ne les quittait pas. Lilian disposa ainsi de davantage de place près de la fenêtre. Le trajet, moins remarquable que la traversée des Alpes, offrait cependant des paysages séduisants. La jeune fille était particulièrement fascinée par la côte, avec ses plages d'un blanc éclatant et des falaises tombant à pic dans la mer. Les localités traversées étaient petites, plus comparables à Haldon qu'à Greymouth. La principale ressource économique était ici l'élevage des moutons. Les premiers vignobles apparurent quelques miles après Blenheim.

Ben et Lilian furent heureux de voyager avec le soleil. Cette région avait le meilleur climat de toute l'île du Sud, la pluie y étant plus rare qu'à Christchurch ou que sur la rude côte Ouest dont Lilian, qui l'avait visitée avec son père, évoqua avec enthousiasme la flore et la faune.

— Peut-être verrons-nous des baleines au cours de la traversée ! Et des pingouins ! La dernière fois que j'y suis allée, j'ai longé la côte en bateau. C'était formidable !

Ben apporta sa contribution scientifique au récit de Lilian. Il avait en effet, un jour à Cambridge, fait un exposé sur la flore de l'île du Sud durant le cours de biologie. Lilian se demanda s'il avait autant ennuyé ses camarades qu'elle. Puis elle cessa tout simplement d'écouter ce qu'il disait, se laissant plutôt bercer par la voix qu'elle aimait. Ben la réveilla quand le train entra en gare de Blenheim.

Le voyage avait duré presque une journée entière et ils étaient trop fatigués pour essayer de dissimuler leurs traces. Ils préférèrent louer une chambre dans une pension plutôt que rechercher un abri précaire mais discret.

— Demain, nous serons de toute façon sur le ferry, alors ça n'a pas d'importance ! estima Lilian en se serrant contre Ben tandis que, bras dessus bras dessous, ils sortaient de la gare. Il faut juste que tu ne rougisses pas quand tu me présenteras comme « Mme Biller ». Sinon, les gens vont s'imaginer que nous trichons !

Ils se décidèrent pour un petit hôtel convenable, pas très bon marché, mais, bien que n'en ayant pas parlé, ils savaient tous deux qu'ils y consommeraient leur nuit de noces. Ben paya avec l'argent paternel sans broncher, tout en sachant fort bien qu'une fois payées la traversée et une deuxième nuit à Wellington son capital serait épuisé.

Lilian était moins soucieuse. Elle sortit de ses affaires, avec un grand naturel, les plus de trois cents dollars qu'elle avait amassés. Son père la rémunérait en effet pour son travail, à l'inverse de Florence Biller qui considérait l'aide de Ben comme une contribution au bien familial. Bien qu'achetant elle-même son parfum, ses livres et du papier à lettres de luxe, elle avait économisé cette somme, la stockant sous son matelas.

— Ma dot ! déclara-t-elle fièrement.

Ben l'embrassa et ils examinèrent la chambre au vaste lit double, s'intéressant notamment à la salle de bains où trônait une baignoire aux pieds de lion.

— Elle est assez grande pour nous deux, constata Lilian en riant.

— Je me demande…, hésita Ben en rougissant, je me demande si c'est bien convenable.

— Rien de ce que nous faisons ici n'est convenable. Et nous nous sommes déjà déshabillés. Il n'y a pas de différence entre ici et Arthur's Pass, sauf que l'eau est chaude !

Ils barbotèrent de concert dans l'eau parfumée tant et si bien que leurs dernières inhibitions disparurent. Ils se lavèrent mutuellement les cheveux, se savonnèrent l'un l'autre et, cette fois, Lilian n'eut pas de critique à formuler concernant la taille du sexe de Ben. Prévenant le risque d'une noyade à l'instant critique, elle sortit de la baignoire et courut jusqu'au lit. Ben, après avoir séché tant bien que mal leurs deux corps, reprit ses tentatives.

Au terme d'un long prélude plein de caresses et de baisers, ni l'un ni l'autre ne savait comment continuer, car Lilian, les choses devenant désagréables, se plaignait. Puis ils réussirent à unir leurs deux corps et le plaisir prit le dessus sur la petite douleur. Ben se souleva, presque triomphant, au-dessus d'elle. À la fin, riant et pleurant de bonheur, ils s'enlacèrent et reprirent leurs caresses.

— On a fait la chose correctement, non ? chuchota Lilian quand ils se séparèrent. Un peu de sang, c'est normal. C'est ce que disaient les filles de l'internat. Heureusement que demain nous serons partis avant l'arrivée de la femme de chambre, sinon il faudrait certainement payer le drap. Dis donc, j'ai faim ! Si on commandait à manger ?

Cette collation tardive et le copieux petit-déjeuner du lendemain engloutirent presque tout ce qui restait de la fortune de Ben, mais ils convinrent d'économiser lors des noces. Sur le ferry, le lendemain, tandis que les autres passagers souffraient du mal de mer, ils tentèrent, ivres de bonheur, de traverser le pont, riant aux éclats de se voir tituber et zigzaguer sur le plancher instable.

Arrivés à Wellington, ils prirent aussitôt la direction d'Auckland. Lilian rêvait d'un wagon-lit mais, pour épargner leur budget, ils passèrent la nuit assis, blottis épaule contre épaule. Ben osait à peine bouger. Il n'arrivait pas à croire qu'il avait pu rencontrer une fille aussi merveilleuse, véritable cadeau du destin.

Une journée et une autre nuit plus tard, ils atteignirent Auckland aux premiers rayons du soleil. Lilian proposa de partir aussitôt en quête d'un logement et se renseigna à la gare.

— Cherchez dans l'ouest de la ville, leur conseilla le chef de gare, si vous n'êtes pas plus riches que vous en avez l'air.

— Où est l'université? s'enquit Ben.

Ils se dirigèrent donc d'abord vers le campus, heureux de la tiédeur de l'air et de la douce chaleur subtropicale.

— Des palmiers! s'émerveilla Lilian. Et ces kauris gigantesques! Tout est plus grand que chez nous!

L'université, quelques bâtiments seulement, était dans la Princess Street. Ben, habitué aux édifices magnifiques d'Oxford ou de Cambridge, fut un peu déçu. Fatigués et affamés, mais survoltés par le bon déroulement du début de leur aventure, ils firent le tour du campus, attendant qu'un salon de thé ouvrît. Lilian s'enquit d'un éventuel logement.

— Vous êtes étudiants? s'étonna la jeune serveuse. Vous avez pourtant l'air bien jeunes!

— C'est mon mari qui est étudiant, expliqua Lilian avec un grand sérieux. L'apparence est trompeuse: il était boursier à Cambridge, mais la guerre nous a obligés à partir. Les bombardements incessants…

— À Cambridge?

— Pas directement bien sûr, répondit Ben, tentant de sauver ce qui pouvait l'être. Mais on est soumis à de fortes pressions pour se porter volontaire. L'université est un peu à l'abandon, une partie des bâtiments sert d'hôpital et cela fait tout drôle d'étudier les langues quand le monde s'écroule autour de soi.

Ayant vécu les premiers mois de la guerre en Angleterre, il savait de quoi il parlait. La jeune femme opina d'un air compréhensif.

— Littérature anglaise alors? Ou littérature romane? La notoriété de notre université n'est pas grande en ces domaines. C'est la faculté de chimie qui est en pointe.

Elle paraissait s'y connaître. Ce qui n'était pas étonnant, le salon étant fréquenté par des étudiants et des enseignants.

— Je poursuis des études de linguistique comparée, le maori étant la langue de référence, précisa Ben.

— Et tu comptes ainsi nourrir une famille? s'amusa la serveuse avec un bref regard vers Lilian. Vous êtes vraiment mariés?

Ben rougit, mais Lilian confirma.

— Et nous avons besoin d'un logement. Ou d'une chambre.

— Renseigne-toi à l'université quand tu t'inscriras. Ou baladez-vous dans les rues et regardez s'il n'y a pas des pancartes «Chambre à louer».

Lilian aurait volontiers commencé par régler le problème du logement, mais elle comprit que la voie de l'université était plus prometteuse dans l'immédiat. Une fois le bureau des immatriculations ouvert, Lilian attendit patiemment que Ben eût produit toutes ses attestations de scolarité. Il fut accueilli à bras ouverts. L'université, en effet, mettait en place ses facultés. Or, elle ambitionnait de se consacrer en particulier au domaine maori. Un étudiant diplômé de Cambridge était donc un apport de poids. Les jeunes gens du bureau, à l'évidence des étudiants travaillant pour arrondir leurs fins de mois, procurèrent aussitôt à Ben les noms et les adresses des enseignants concernés, lui remirent un calendrier des cours et lui conseillèrent de revenir à midi.

— Ces messieurs les professeurs ne commencent pas au petit matin, dit l'un en clignant de l'œil. Ça ne doit pas être très différent dans notre bonne vieille Angleterre, n'est-ce pas?

Ne laissant pas s'instaurer une discussion académique sur les mérites comparés des universitaires, Lilian demanda où ils pourraient loger. Malgré sa fatigue, elle ne voyait pas d'objection, avant de s'endormir, à une brève répétition de leur nuit de noces. Un lit se révélait donc nécessaire.

— Nous avons bien une liste de loueurs, dit l'un des jeunes, perplexe. Mais ce sont généralement des chambres chez des particuliers qui sous-louent. Ils recherchent des jeunes hommes célibataires. Quelques dames accueillent aussi les filles disposant de sérieuses références. Mais un couple ?

Lilian prit néanmoins la liste. Ben et elle coururent donc la ville d'adresse en adresse. Sans succès, comme ils le craignaient. La plupart des chambres étaient des réduits plus qu'autre chose, si petits qu'ils n'y seraient pas entrés à deux. Les loueurs, d'ailleurs, n'avaient pas l'intention de laisser une famille s'installer dans leur appartement.

— Non, non, les enfants, vous êtes deux pour l'instant, mais il y aura des enfants, si l'un d'eux n'est pas déjà en route ! Et je devrai supporter des cris de mioches sur mes vieux jours.

C'est résignée que Lilian écouta ce commentaire de l'unique loueur dont l'offre aurait pu convenir : une grande chambre claire juste en face du campus.

— Que faisons-nous maintenant ? demanda Ben.

— Nous allons chercher au hasard, comme l'a conseillé la serveuse, mais avant nous allons manger. Ce salon de thé était agréable. Peut-être a-t-elle une autre idée ?

Or, la chance les avait quittés, la jeune fille du matin ayant été remplacée par une femme revêche, plus âgée, qui ignorait tout des locations de logements. Mais Lilian avait un optimisme à toute épreuve. Suivant les conseils du chef de gare, ils se dirigèrent vers l'ouest de la ville, à la recherche de panneaux offrant une location. C'étaient des quartiers d'artisans et d'ouvriers. Les deux premiers logements qu'ils visitèrent étaient situés au-dessus d'une ébénisterie pour le premier, au-dessus d'une boulangerie pour l'autre. L'odeur du pain frais fit venir l'eau à la bouche de

Lilian. Les propriétaires ne paraissaient pas ravis de louer à un jeune couple sans travail.

— Vous êtes étudiants? Et comment comptez-vous payer le loyer?

Un loyer relativement élevé pour les modestes moyens de Lilian. Un peu dégrisés, ils poursuivirent leur chemin, se rapprochant peu à peu du quartier du port où les maisons étaient moins coquettes. Lilian finit par découvrir une pancarte à l'entrée d'un pub peu reluisant; le logement était au-dessus du local: une grande pièce avec un coin pour la cuisine, les toilettes sur le palier.

— Le soir, c'est un peu bruyant, admit le propriétaire. Et les meubles... ma foi... j'ai été obligé de virer les derniers locataires. De drôles d'oiseaux!

Les meubles étaient effectivement poisseux et l'évier était encore plein de vaisselle sale. Ben eut une grimace de dégoût.

— C'est un taudis! dit-il quand le propriétaire les eut laissés seuls en déclarant: «Prenez votre temps, mais n'emportez rien.»

— En revanche, ce n'est pas cher! fit observer Lilian.

Ce qui était exact. Avec l'argent qui leur restait, ils pourraient loger ici plusieurs mois.

— D'accord, c'est un peu la bohème, mais tu es un artiste, un poète...

— Pourvu qu'il ne pleuve pas dans la pièce, pour couronner le tout!

— Allez! dit Lilian en riant. Au moins, ça ne manque pas de caractère. Tu devrais y puiser de l'inspiration!

— C'est un vrai taudis, répéta Ben.

— Il suffit de le nettoyer à fond et d'acheter quelques meubles, et ça ne sera pas si terrible que ça! Allez, Ben, nous ne trouverons rien d'autre. Acceptons sans attendre, car il faut encore acheter un lit!

Même Lilian reculait devant le matelas taché et le châlit délabré.

Quelques heures plus tard, ils avaient tant bien que mal nettoyé la pièce et aspergé le sol et les murs d'une poudre insecticide. Ils achetèrent dans une boutique recommandée par leur propriétaire un lit d'occasion qui avait certainement connu de meilleurs jours. Ils purent donc répéter leur nuit de noces chez eux. Dans le pub, au-dessous d'eux, l'ambiance était torride. L'expression « Un peu bruyant » était plus qu'un euphémisme. Élever ici un enfant – la remarque de la propriétaire de la Princess Street les poursuivait – paraissait inconcevable.

Lilian et Ben convinrent de ne pas laisser se réaliser cette éventualité. Pourtant, la nuit venue, ils mirent toute leur ardeur à la rendre plus probable.

— La question n'est pas de savoir si nous pouvons les retrouver, mais si nous le voulons, observa Georges Greenwood.

Sans avoir eu à recourir à un interrogatoire fort désagréable des passagers du train, les Lambert et lui n'avaient pas eu de mal à retrouver la trace des deux jeunes gens et à la suivre jusqu'au ferry. C'était la première étape de leur fuite qui avait occasionné l'unique difficulté, puisqu'il avait fallu deux jours à Florence pour accepter de coopérer et révéler le transport de charbon depuis sa mine. À Christchurch, le guichetier de la gare se souvint de Ben et retracer le trajet depuis Blenheim fut encore plus simple.

La nouvelle de la nuit passée dans un hôtel de la ville mit Tim Lambert hors de lui. Elaine l'apprit avec plus de flegme.

— Mon chéri, c'était à prévoir. Et maintenant, donc, ils sont sur l'île du Nord… Il faut prévenir les Biller. Peut-être pourrions-nous nous rencontrer en terrain neutre ?

Le bureau de Tim Lambert n'était pas précisément un terrain neutre, mais Elaine et Georges ne réussirent pas à lui faire accepter un autre lieu de rencontre.

— De toute façon, Florence est probablement au courant de tout. Elle peut tout aussi facilement que nous obtenir ces renseignements !

En réalité, pas aussi facilement que Georges Greenwood dont la société avait des filiales dans presque toutes les grandes villes de Nouvelle-Zélande. Et il s'avéra que les Biller n'avaient rien entrepris. Florence semblait décidée à oublier son aîné, ce raté. Seul Caleb répondit à l'invitation de Tim.

— Je suis persuadé que mon fils ne poursuit pas de buts malhonnêtes, confia-t-il, un peu honteux, à Elaine.

Tim était toujours furieux.

— Je suis persuadée qu'il n'a pas enlevé ma fille par la force, sourit Elaine. Restons concrets, Caleb ! Ici, personne n'a à reprocher quoi que ce soit à quiconque. La seule question est de savoir comment agir maintenant.

— Exact, dit Georges. Et nous sommes en mesure de suivre les événements. Ils sont sur l'île du Nord et on peut supposer qu'ils vont s'y installer dans une grande ville. Sans doute dans une ville universitaire, car il est difficile d'imaginer que votre fils s'engage comme berger ou comme mineur, n'est-ce pas, monsieur Biller ?

— C'est précisément ce qu'il a fui, avoua Caleb, les dents serrées. C'est d'ailleurs, d'une certaine manière, notre faute.

Elaine se sentit presque obligée de le consoler.

— Donc Wellington ou Auckland, dit-elle.

Georges acquiesça.

— Si vous voulez les retrouver, je vous conseillerai d'embaucher un détective privé…

— Pourquoi ce « si » ? s'emporta Tim. Bien sûr que nous voulons les ramener chez nous ! Ce sont des enfants !

— Si cela nous prend quelques semaines, ils seront sans doute mariés, remarqua Elaine. S'ils ne le sont pas déjà. Je crois Lilian tout à fait capable d'antidater la naissance de Ben.

— Mais ce sont des folies! fulmina Tim. Un feu de paille! Le genre de choses qui ne dure pas toute une vie!

— J'étais à peine plus âgée quand je suis arrivée à Greymouth, observa Elaine. Ça ne t'avait pas gêné.

— Mais enfin, Lainie, ils n'ont que seize et dix-sept ans!

— Le premier amour peut parfois être très intense, intervint Georges avec le sourire de celui qui sait de quoi il parle.

Son premier amour, le violent feu de paille d'un adolescent de seize ans pour sa préceptrice, Hélène Davenport, avait effectivement déterminé le cours de son existence. Une fois adulte, il était parti pour la Nouvelle-Zélande, désireux de savoir ce qu'était devenue Hélène. Il était tombé amoureux du pays mais aussi de celle qui allait devenir son épouse, Élisabeth.

— On pourrait annuler le mariage, s'obstina Tim.

— Et ensuite? demanda Elaine. On enverra Lily à Queenstown dans l'espoir qu'ils trouvent un moyen de l'emmurer, tandis que Ben atterrira dans la mine? C'est totalement irréaliste. Tim, en dépit de mon désir de savoir où est notre fille et ce qu'elle fait, je pense que le mieux est de la laisser en paix. Mon Dieu, qu'ils essaient de voler de leurs propres ailes, ça ne peut pas leur nuire. Ce sont deux enfants gâtés, ils n'iront pas jusqu'à la dernière extrémité. Quand ils seront à bout, ils reviendront.

— Mais Lilian peut tomber enceinte! lança encore Tim.

— Elle l'est peut-être déjà, répondit sa femme. Une bonne chose, s'ils arrivent à se marier. Regarde la situation sous un autre angle, Tim: le bébé héritera de la mine Biller! Peux-tu imaginer meilleur moyen de mettre Florence en rage?

Ce même jour, Lilian Lambert et Benjamin Biller se marièrent à la mairie d'Auckland. Les autorisations de leurs parents étaient tout aussi fausses que la date de naissance de Ben sur ses papiers. Lilian s'était souvenue des descriptions de ce genre de falsification dans les romans d'aventures de son enfance. Au prix de quelques traits de plume précautionneux, Ben franchit sans bavures la barre des dix-sept ans. L'autorisation de mariage accordée par Tim Lambert acquit un zeste d'authenticité grâce à l'emploi de son papier à lettres personnel. La feuille que Lily avait eu l'idée d'emporter était certes un tantinet froissée, mais l'officier de l'état civil ne se montra pas curieux.

5

— Miss Gwyn, quel est le problème avec la jeune miss Gloria ?

Maaka avait sans aucun doute longuement ruminé cette question qu'il osait enfin poser. Question que, à dire vrai, elle attendait depuis un bon bout de temps déjà.

— Nous cherchons tous à être gentils avec elle, mais elle se montre méchante. J'ai même cru qu'elle allait frapper Frank, alors qu'il voulait juste l'aider à monter en selle.

Gwyneira avait pressenti qu'il y avait eu un problème quand elle avait vu Gloria partir à cheval. Beaucoup trop vite pour la bête qui n'était pas encore échauffée. On aurait dit qu'elle avait les Furies aux trousses. Bien sûr, il n'était nul besoin de beaucoup pousser Ceredwen, la jument noire choisie par Gloria, une bête vive et difficile dont Gloria avait parfois peine à maîtriser l'ardeur. Jamais Gwyn n'aurait conseillé un tel choix à son arrière-petite-fille qui n'était pas montée depuis si longtemps. Mais Gloria se moquait des conseils. C'était Frank Wilkenson qui avait le plus à en souffrir, peut être en raison de sa prévenance envers la jeune fille. Gwyneira avait l'impression qu'il était amoureux d'elle et qu'elle ne savait gérer cette situation. Le jeune homme ne se montrait pourtant pas insistant, se contentant de l'adorer de loin. Un petit sourire de temps en temps, l'acceptation d'une de ses nombreuses offres de service l'auraient rendu heureux. Or, Gloria le traitait avec impolitesse et, selon le récit de Maaka, elle aurait même, ce jour-là, levé la cravache contre lui. Si cela continuait ainsi, le jeune homme allait donner son congé à la première occasion, ce qui priverait Gwyneira d'un précieux collaborateur.

Les autres employés, des Maoris pour l'essentiel, avaient moins de problèmes avec leur jeune maîtresse. Mais ils gardaient leurs distances depuis que Gloria les avait rembarrés à deux ou trois reprises. Frank, lui, semblait aiguillonné, croyant sans doute que la jeune fille désirait être conquise.

— Je ne sais pas non plus, Maaka, soupira Gwyn. Elle ne se comporte pas très différemment à la maison, alors que Kiri et Moana aimeraient tant la gâter. Mais tu devrais expliquer à Frank qu'elle ne joue pas. Si elle ne veut pas flirter, il faut qu'il l'admette.

Maaka en convint aisément. Les hommes maoris étaient en effet moins sourcilleux que les Pakeha. Chez eux, c'étaient les filles qui, traditionnellement, avaient le droit de choisir.

— Comment s'en sort-elle avec les moutons? demanda Gwyn.

Elle évitait de parler des problèmes de Gloria avec son contremaître. C'était la première fois qu'elle se le permettait et son avis l'intéressait vivement. Gloria, depuis quelque temps, participait de nouveau au travail de la ferme, disposant, avec Nimue, d'un excellent chien de berger et ayant toujours eu plaisir à s'occuper des animaux.

— Ma foi, miss Gwyn, comment dire? Elle n'a bien sûr pas une grande expérience, ce qui n'est pas grave en soi, car Nimue lit dans ses yeux, et puis elle s'y entend avec les animaux, exactement comme M. Jack… Avez-vous enfin des nouvelles de lui? demanda Maaka, cherchant à changer de sujet.

— Toujours pas un mot. Juste cet avis, il y a quelques mois, qu'il avait été blessé dans les combats à Gallipoli. Après trois demandes adressées à l'état-major! Ils ne veulent plus entendre parler de Gallipoli. Ils ont dispersé aux quatre vents les combattants de l'ANZAC. Nous devrons attendre que Jack se manifeste en personne. À moins que…

Elle se tut. Une lettre de condoléances pouvait aussi lui parvenir un jour, comme lui était parvenue la nouvelle de sa blessure. Elle s'efforçait de ne pas y penser.

— Que voulais-tu dire au sujet de Gloria ? demanda-t-elle au contremaître.

— Elle est très bonne quand il s'agit d'animaux. Mais pas quand elle a affaire aux gens. Elle n'écoute pas et s'isole, au lieu de comprendre qu'on doit travailler en équipe, surtout quand on s'occupe des bœufs. Elle n'est pourtant pas sotte, mais on dirait qu'elle ne peut pas agir autrement. Marama dit que…

— Que dit-elle?

— Elle dit que c'est comme pour le chant. Quand tout le monde est dans le ton, mais que quelqu'un… quelqu'un a le souffle coupé. Il croit qu'il va mourir étouffé. Quand il le retrouve… il ne peut plus alors que crier.

— Qu'est-ce que je dois comprendre? soupira Gwyn.

— Vous connaissez Marama…

Gwyn ne put qu'opiner. Sa bru était très subtile, mais elle ne s'exprimait que par énigmes.

— Bon, eh bien, Maaka, explique à Frank qu'il doit rester en retrait. Et demande à Gloria de s'occuper des moutons et des chiens. Comme ça, tout se passera bien. Ah oui… Fais couvrir la petite jument, tu sais, le poney de Gloria, Princess…

Gloria garda Ceredwen au galop jusqu'à épuisement de la cavalière et de la monture. Nimue, langue pendante, était à la traîne. En temps ordinaire, Gloria attendait la chienne, mais ce jour-là elle n'avait qu'une idée en tête : partir, partir ! Elle savait qu'elle n'aurait pas dû frapper Frank Wilkenson. Mais quand, prenant la bride de Ceredwen, il avait tendu la main vers son étrier, il y avait eu en elle comme une explosion. Elle avait vu rouge et voulu à toute force se libérer. Jusqu'ici, cette réaction instinctive et rapide lui avait été utile. Quand les hommes lisaient dans ses yeux cette fureur aveugle et apercevaient dans sa main le couteau luisant, ils la lâchaient. Mais, à Kiward Station, cela la mettrait en difficulté. Maaka en parlait probablement déjà avec son aïeule.

Elle ressentit une vague culpabilité, mais sa colère reprit le dessus. Gwyneira ne pouvait rien contre elle. Elle ne se laisserait pas à nouveau chasser, il était impossible de la ligoter et de la bâillonner. De plus, ses parents, revenus à New York, semblaient plus ou moins se désintéresser d'elle. Ils présentaient leur spectacle à Broadway. C'est à peine s'ils avaient prêté attention à sa réapparition, ce qui, elle l'avait noté, avait soulagé Gwyneira.

Kura n'envisageait donc sans doute pas de vendre la ferme. Les Martyn étaient heureux dans le Nouveau Monde et croulaient sous l'argent. Gwyn allait se garder de remuer la vase en se plaignant d'elle. Gloria s'enivra un instant de son pouvoir : elle était l'héritière, elle pouvait faire ce qu'elle voulait.

Elle devait en fait mener des brebis dans un pâturage d'hiver, mais, à la suite de cette altercation avec Frank, elle les avait oubliées. Revenir était inutile. Mieux valait contrôler les pâturages extérieurs ou pousser jusqu'au cercle des guerriers de pierre où elle ne s'était rendue, depuis son retour, que pour aller sur la tombe de James. Gwyneira l'avait accompagnée, ce qui l'avait un peu paralysée. Gwyneira s'arrêterait-elle un jour de corriger sa position en selle et sa manière de tenir les rênes ? De la regarder d'un air inquisiteur, d'être mécontente de ne pas la voir pleurer sur la tombe de son mari ? Gloria perdait toute assurance quand elle était avec elle. Il n'y avait d'ailleurs personne, à la ferme, en présence de qui elle se sentait sûre d'elle-même. Maaka voulait lui apprendre à mener les bœufs, Frank pensait savoir quel cheval lui conviendrait le mieux… Tout le monde lui tombait dessus… C'était comme à Oaks Garden… personne n'était content d'elle.

Partagée entre colère et idées noires, elle arriva à la formation rocheuse, dans les contreforts des Hautes Terres. On aurait dit le terrain de jeu d'un enfant de géant désordonné. D'énormes rochers formaient un cercle, un peu comparable aux formations de menhirs de Stonehenge. Mais il était l'œuvre de la nature, non de la main de l'homme. Les Maoris voyaient dans ce cercle le résultat d'une fantaisie des dieux, un endroit sacré, un *tapu*, qu'ils évitaient généralement. Le cercle était livré aux esprits. Seuls des Pakeha venaient troubler leur paix. Les esprits, aimait à blasphémer James, s'en formalisaient moins que Tonga qui affectait de se fâcher si quelque mouton venait à s'égarer dans les sanctuaires de son peuple.

Aussi Gloria fut-elle fort étonnée de voir de la fumée s'élever au-dessus du cercle des roches. S'approchant, elle aperçut un petit feu auprès duquel un jeune Maori s'était allongé.

— Que fais-tu ici ? l'apostropha-t-elle.

Le jeune homme parut sortir d'une profonde méditation. Quand il tourna la tête vers elle, elle prit peur. Il avait le visage couvert de *moko*, les tatouages traditionnels de son peuple. Des lignes sinueuses qui, partant du nez, lui parcouraient les joues, passaient au-dessus de ses sourcils et retombaient en forme de cascade de son menton. Gloria connaissait ce tatouage que Tamatea peignait tous les soirs sur le visage des danseurs de Kura. Marama et les siens se peignaient également le *moko* sur le visage avant d'exécuter le *haka* ou quand ils faisaient la fête entre eux. Mais ils portaient alors les costumes traditionnels, confectionnés avec des feuilles de lin durcies. Le jeune homme, en revanche, tel un ouvrier agricole, portait des pantalons en denim et une chemise de flanelle. Par-dessus, une veste en cuir usagée.

— Tu es Wiremu…, dit Gloria.

L'homme opina sans se montrer le moins du monde étonné qu'elle l'eût reconnu. Son nom se lisait sur son visage : il était le seul de sa génération à être tatoué. Après l'arrivée des Pakeha, les Maoris de l'île du Sud avaient très vite abandonné cette tradition, adoptant la tenue des Blancs, dans l'espoir de partager leur niveau de vie. La vie sur Te Waka a Maui avait toujours été une vie rude et, pragmatiques, les autochtones avaient échangé sans peine leurs anciennes coutumes qui effrayaient les Pakeha contre du travail dans les fermes, des semences, de la nourriture et de la chaleur. Ils avaient aussi accepté de bon cœur les offres de formation : le père de Tonga avait tenu à envoyer son fils à l'école d'Hélène O'Keefe. Tonga, lui, persistait à être et rester maori. S'opposant aux Warden, il s'était fait graver dans la peau, adulte, les signes de sa tribu. Et il avait fait de même avec son fils, dès son plus jeune âge.

Wiremu jeta dans les flammes une bûche de bois.

— Tu n'as pas le droit d'allumer un feu ici ! décréta Gloria. L'endroit est *tapu.*

— C'est manger que je n'ai pas le droit de faire ici, rectifia le jeune homme. Si je restais plus longtemps, je devrais jeûner. Mais personne ne m'oblige à geler pendant que je communique avec les esprits.

Gloria ne put s'empêcher de sourire. Elle fit entrer son cheval dans le cercle et fut reconnaissante à Wiremu de ne pas critiquer son geste. Elle n'était pas certaine qu'un cavalier fût autorisé dans un *tapu.*

— Tu ne voulais pas aller à l'université ? demanda-t-elle, se souvenant d'une lettre de Gwyn.

Wiremu avait fréquenté une *high school* à Christchurch avant de poursuivre ses études au Christ College ou à l'université de Dunedin. Ses notes l'y autorisaient et Dunedin n'avait pas refusé d'accueillir le fils du chef de tribu.

— J'étais à Dunedin.

— Et alors ?

— J'ai abandonné, dit-il, sa main passant comme incidemment sur ses tatouages.

Gloria ne le questionna pas davantage. Elle savait comment on se sentait quand les gens vous dévisageaient fixement. Subir cette inspection parce qu'on ne ressemble pas à sa mère ou parce qu'on ressemble trop à son peuple, la différence ne devait pas être grande.

— Et que fais-tu à présent ?

— Ceci et cela, je chasse, je pêche, je travaille à mon *mana*…

Le *mana* d'un Maori déterminait son influence au sein de la tribu. Si Wiremu se distinguait par son intelligence, mais aussi par ses vertus de guerrier, ses qualités de danseur, de conteur, de chasseur et de cueilleur, il pourrait devenir chef de tribu, qu'il soit le cadet ou l'aîné du chef. Même une fille pouvait diriger une tribu, mais cela n'arrivait que rarement. La plupart des femmes chez les Maoris jouaient, comme chez les Pakeha, les éminences grises.

Gloria songea que tout était plus simple chez les Maoris. Jusqu'à l'arrivée des Pakeha, ils ne connaissaient pas la propriété foncière : on ne pouvait donc hériter de ce qui n'appartenait à personne. Les femmes non plus n'étaient pas considérées comme un bien achetable et vendable. Appartenant à la tribu, les enfants appelaient « mère » chacune des jeunes femmes, « grand-mère » ou *taua*, toute femme d'un certain âge.

Mais cela n'avait pas empêché Wiremu d'être marqué et distingué par son père.

— Tu es Gloria, dit le jeune homme après l'avoir examinée avec attention. Nous avons joué ensemble, enfants. Et mon père voulait à tout prix nous marier, ajouta-t-il en riant.

— Je ne me marierai pas ! répliqua-t-elle, un éclair dans les yeux.

— Cela va profondément décevoir mon père, dit-il en riant à nouveau. Heureusement que tu n'es pas sa fille, sinon il trouverait bien un *tapu* stipulant que la fille d'un chef doit épouser un fils de chef. Pour ce qui est des filles de chefs, il ne manque pas de *tapu*.

— Chez les Pakeha aussi, soupira Gloria. Même si cela ne s'appelle pas ainsi. Et on n'est pas obligée de devenir aussitôt une princesse.

— Héritière fait aussi l'affaire, non? observa Wiremu qui ne manquait pas d'à-propos. Comment est l'Amérique?

— Grande, dit Gloria en haussant les épaules.

Wiremu se contenta de la réponse. Gloria lui sut gré de ne pas l'avoir questionnée à propos de l'Australie.

— C'est vrai que là-bas, tous les gens sont égaux?

— Tu plaisantes ou quoi?

— Tu ne veux pas mettre pied à terre?

— Non.

— Un *tapu*?

Elle sourit.

Le lendemain, Wiremu attendait à côté de la clôture du pâturage d'hiver. Les hommes de Gwyneira venaient juste de délimiter la prairie à l'aide de barbelé. Les moutons devaient brouter l'herbe encore haute de cet endroit protégé par des rochers sans piétiner les pâturages alentour qui avaient déjà été tondus par les bêtes.

Gloria ordonna à Nimue et à un autre chien de faire rentrer les brebis dans le corral. Puis, montée sur Ceredwen, elle s'avança vers Wiremu.

— Qu'est-ce que tu fais ici? demanda-t-elle à nouveau, mais d'une voix plus douce cette fois.

— Je contrôle un *tapu*. Sérieusement. J'en suis presque gêné. Mon père m'a envoyé vérifier si vous respectez les délimitations.

— La limite n'est-elle pas le ruisseau? Je croyais que l'ancienne O'Keefe Station ne commençait que de l'autre côté.

L'ancienne ferme d'Hélène O'Keefe avait été attribuée à la tribu de Tonga à titre de compensation pour des irrégularités commises lors de l'acquisition de Kiward Station.

— Mon père a découvert un sanctuaire derrière la haie, par là. Ou quelque chose comme ça. À cet endroit, quelques personnes se sont fait la guerre en des temps immémoriaux. Du sang a coulé, et le sol en est sanctifié. Il estime que vous devriez respecter ce lieu.

— À suivre ton père, la Nouvelle-Zélande tout entière serait *tapu* !

— C'est bien son avis ! rigola Wiremu.

— Mais alors vous n'auriez plus un seul endroit pour manger ?

— Touché ! concéda le jeune homme en utilisant le mot français appris dans son *college* avec un grand naturel. Tu devrais lui exposer ce raisonnement, poursuivit-il. Accompagne-moi au village, Gloria. Marama se plaint que tu viens rarement la voir. Je viens de pêcher quelques poissons. Dans un ruisseau libre de tout *tapu*. On pourra les faire griller et… que sais-je… parler des *tapu* en Angleterre ?

Gloria était coincée. Gwyneira elle aussi lui avait suggéré de rendre visite à Marama quand elle était dans les environs d'O'Keefe Station. Elle ne risquait guère de tomber sur Tonga qui, avec une partie de la tribu, vivait toujours dans le village maori au bord du lac, sur le territoire de Kiward Station. Il avait pour philosophie de ne jamais céder de territoire.

— Son esprit doit avoir jadis habité le corps d'un Pakeha ! avait fielleusement remarqué James un jour où l'on en était venu à parler de la politique territoriale de Tonga. Aussi rapace que la vieille reine ! Il ne lui manque plus que les colonies !

— Tu peux aussi ne pas descendre de selle, se moqua Wiremu. Je te servirai sur ton cheval.

Gloria faillit éclater de rire et se résolut, un peu à contrecœur, à gagner le nouveau village maori.

— Dans les temps anciens, sur l'île du Nord, le chef n'était pas autorisé à toucher la nourriture qu'il partageait avec la tribu, racontait Wiremu tout en restant à distance respectueuse de Ceredwen. Il existait des « cornes à nourriture » spéciales que l'on remplissait et que l'on vidait ensuite dans la bouche du chef. Assez compliqué, non?

Gloria ne répondit pas. Elle n'aimait pas bavarder avec insouciance, craignant de ne pas être à la hauteur.

— Que comptais-tu faire, au fait? demanda-t-elle au bout d'un moment. À l'université, je veux dire.

— Médecin, finit-il par lâcher avec une grimace. Chirurgien.

— Oh! s'exclama Gloria croyant entendre ce qui devait se chuchoter dans son dos: sans doute ses condisciples l'appelaient-ils « le guérisseur »!

Wiremu baissa les yeux quand il la vit examiner brièvement ses tatouages. Il avait honte, même ici, dans son pays, au milieu de son peuple! Ils ne le défiguraient pourtant pas. Au contraire, ils conféraient une certaine douceur à son visage anguleux. Mais Wiremu dans un bloc opératoire? Impossible.

— Mon père aurait préféré que j'étudie le droit, reprit-il pour rompre le silence.

— T'en serais-tu mieux sorti?

— J'aurais dû me limiter aux affaires maories. J'aurais eu de quoi vivre, car les litiges se multiplient. Une mission pour un guerrier…

— C'est ce que dit ton père?

— Oui. Mais je n'aime pas combattre avec des mots.

— Et as-tu pensé à t'intéresser aux plantes médicinales? Tu pourrais devenir un *tohunga*.

— Pour fabriquer de l'huile de théier, du *manuka*? demanda-t-il d'un ton amer. Ou me fondre dans l'univers? Entendre les voix de la nature?

— Tu as essayé, devina Gloria. C'est pour ça que tu étais dans le cercle des guerriers, hier.

Le sang monta au visage de Wiremu.

— Les esprits ne se sont pas montrés très ouverts, avoua-t-il.

Gloria baissa les yeux.

— Ils ne le sont jamais…, murmura-t-elle.

— Laissez le souffle s'écouler ! Non, Heremini, ce n'est pas la peine de tordre la bouche, ça te donne l'air drôle, mais ça ne change pas les sons. Oui, comme ça, c'est mieux. Ani, tu n'as pas à te modifier pour te fondre dans la *koauau*, elle t'accepte telle que tu es. La *nguru* veut sentir ton souffle, Heremini…

Assise devant la maison commune richement décorée – les gens de Tonga n'avaient reculé devant aucun effort pour aménager le *marae* d'O'Keefe Station –, Marama apprenait à jouer de la flûte à deux filles. La *koauau*, une petite flûte ventrue, se jouait avec le nez, la *nguru* alternativement avec le nez et la bouche. Ani et Heremini tentaient de faire intervenir leur organe de l'odorat dans la production des sons, et leurs grimaces déchaînaient les rires de Marama et des autres femmes autour d'elles.

Gloria fut surprise, presque choquée, de constater que les fillettes riaient elles aussi de n'avoir jusqu'ici tiré de leurs flûtes que des sons grinçants.

— Gloria ! s'exclama Marama en se levant quand elle vit sa petite-fille. Que je suis heureuse ! Tu viens si rarement nous voir que nous devrions danser pour toi un *haka* de bienvenue !

On ne souhaitait la bienvenue par une danse qu'aux hôtes que l'on voulait particulièrement honorer, des étrangers donc. Mais Ani et Heremini bondirent, levèrent leur flûte et esquissèrent des pas de danse et des sauts, brandissant les instruments comme des massues. Quand elles se mirent à crier à tue-tête, Marama leur ordonna de se calmer.

— Arrêtez ! Gloria n'est pas une étrangère, elle appartient à la tribu. Et vous devriez avoir honte de croasser ainsi. Reprenez donc vos flûtes. Gloria, tu ne voudrais pas descendre de cheval ?

Gloria se laissa glisser de sa selle en rougissant. Wiremu, sourire ironique aux lèvres, voulut s'occuper de la jument.

— Puis-je faire brouter quelque part le trône de la fille du chef, ou est-ce que, par là, je viole un *tapu*?

— Les chevaux mangent partout, observa Gloria.

— Les chevaux bénéficient de la grâce des esprits ! dit-il en riant tout en dessellant la jument, puis, tourné vers Marama, il ajouta : J'ai des poissons pour le dîner. J'ai invité Gloria.

— Nous les ferons cuire plus tard, dit Marama. Mais Gloria n'a pas besoin d'invitation, elle est toujours la bienvenue. Assieds-toi avec nous, Glory... sais-tu encore jouer de la *koauau*?

Gloria rougit. Marama lui avait jadis appris à tirer des sons de la flûte, et elle s'en était fort bien sortie. Mais il lui manquait le sens musical. Elle ne pouvait pourtant décliner l'offre devant la tribu. Elle prit la flûte et souffla. Elle fut elle-même effrayée du résultat. La *koauau* émit un gémissement d'abord, puis une espèce de cri. Gloria ne laissa pas tomber l'instrument pour autant. Marama, de son côté, porta la *nguru* à sa bouche et donna le rythme. Un air sauvage, entraînant. Gloria sursauta quand quelqu'un se mit à jouer du *pahu pounamu*, un autre instrument typique des Maoris. Ani et Heremini, comme à un signal, recommencèrent à danser. Elles avaient les mouvements pleins d'assurance des guerrières maories de jadis, mais, petites encore, elles n'exécutèrent pas un *haka* de guerre très martial.

— Est-ce que Kura donne ce *haka* en représentation ? Comment se fait-il que tu le connaisses ? demanda Marama. C'est un très vieux morceau, du temps où les hommes et les femmes combattaient encore ensemble. Il est plutôt répandu sur l'île du Nord.

Gloria ne connaissait pas cette danse. Elle avait trouvé le ton juste un peu par hasard. La *koauau* avait en effet exprimé la rage qui était en elle, tandis qu'elle partait au combat sous la conduite de Marama. Une sensation étrange : elle n'avait pas joué cet air, elle l'avait vécu !

— *Kia ora*, les filles ! Dois-je avoir peur ? Une guerre a-t-elle éclaté ? dit une voix grave et pleine dans la nuit tombante.

Rongo Rongo surgit dans la lumière du feu que venait d'allumer Wiremu.

— Je voudrais me réchauffer, les enfants, laissez-moi approcher du feu… si vous ne vous en servez pas pour durcir la pointe de vos javelots.

Elle frotta ses doigts courts mais vigoureux au-dessus du feu. Gloria aperçut Tonga derrière elle. Elle frissonna. Elle ne l'avait pas revu depuis son retour et le visage sombre et tatoué de l'homme lui inspira une certaine crainte.

Mais il était tout sourire.

— Tiens, Gloria… La fille de ceux qui sont venus à Aotearoa sur l'*Uruao* et le *Dublin*.

Connaissant le rituel de présentation des Maoris – lors d'occasions importantes, on nommait le canoë sur lequel les ancêtres de quelqu'un étaient autrefois venus en Nouvelle-Zélande –, elle rougit.

— Es-tu ici pour prendre possession de ton héritage ? Celui des Ngai Tahu ou celui des Warden ?

Elle ne sut que répondre.

— Laisse-la tranquille ! dit Marama. Elle est ici pour manger et parler avec nous. Ne l'écoute pas, Gloria. Aide plutôt Wiremu et les filles à préparer les poissons.

Soulagée, Gloria courut jusqu'au ruisseau. Elle n'avait plus vidé de poissons depuis le temps où elle pêchait à la ligne avec Jack. Elle s'y prit d'abord maladroitement, mais personne ne se moqua d'elle. Wiremu s'approcha pour lui venir en aide. Gloria s'écarta de lui.

— Tu préfères arracher des patates douces ? demanda Pau, une fille plus âgée à qui le geste de Gloria n'avait pas échappé. Suis-moi.

Pau la poussa amicalement du coude quand elles furent sur le champ.

— Wiremu semble t'avoir à la bonne, dit-elle en riant. Il ne cuisine jamais avec nous, préférant jouer les grands guerriers. Mais aujourd'hui… et il s'est aussi occupé du cheval…

— Moi, il ne me plaît pas ! coupa Gloria.

— Ne te fâche pas ! Je me suis juste dit… C'est un bon gars et il est le fils du chef. Il plairait à la plupart des filles.

— C'est un homme !

Le cri lui avait échappé, tel un jugement définitif.

— Oui, dit Pau tranquillement en lui donnant une pelle. Creuse dans la plate-bande, là, à droite. Ramasse les plus petites, elles ont plus de goût. Puis on ira les laver dans le ruisseau.

— Laisse Gloria tranquille, Tonga ! Elle en a vu de toutes les couleurs, dit Rongo Rongo en suivant des yeux Gloria partir préparer le repas avec les autres filles.

— Ce sont les esprits qui disent ça ? demanda Tonga, mi-figue mi-raisin.

Malgré tout le respect que lui inspirait Rongo, en dépit aussi de son respect pour les traditions de son peuple qu'il évoquait sans cesse, il souffrait de ne pas mieux parvenir que son fils à dialoguer avec les esprits.

— C'est ce que me souffle le globe terrestre qu'avait installé miss Hélène dans sa classe, déclara-t-elle sans se laisser démonter.

Gwyneira avait discrètement enlevé ce globe du fumoir de Gérald Warden pour qu'il servît à l'enseignement.

— Tu ne te rappelles plus où est l'Amérique, Tonga ? poursuivit Rongo. Et tu ne te souviens plus de la superficie de l'Australie ? Dix fois plus grande qu'Aotearoa. Gloria a traversé ce pays. Personne ne sait comment elle y est parvenue. Une fille pakeha, Tonga…

— Elle est à demi maorie !

— Un quart seulement ! Et même une Maorie ne sait pas de naissance comment on survit dans une région sauvage. Tu as pourtant entendu parler de l'Australie ? De la chaleur ? Des serpents ?… Elle n'a pas pu y arriver toute seule.

— Elle n'a pas pu non plus traverser seule l'océan à la nage ! plaisanta Tonga.

— Exactement ! dit Rongo, son visage exprimant toute la tristesse du monde.

Alors que Gwyneira était rongée par le souci, Gloria passa une soirée paisible dans le village maori. Elle avait eu peur que Marama la questionne à propos de l'Angleterre, de son voyage et surtout de Kura. Mais Marama s'en abstint. Gloria put donc rester tranquillement assise auprès du feu à écouter les bavardages et les histoires. Tonga, quelques heures plus tôt, était venu chercher Rongo pour qu'elle soigne un homme de la tribu victime d'un accident de chasse sans gravité et il l'avait ramenée à l'instant. Les hommes racontaient donc l'incident, rivalisant de fanfaronnades. La crête rocheuse d'où était tombé le chasseur prenait des proportions gigantesques et le ravin d'où on l'avait sorti devenait un abîme insondable. Rongo les écoutait sans rien dire, un sourire indulgent aux lèvres.

— Ne les écoute pas. Ce sont des enfants, finit-elle par dire à Gloria qui semblait mal à l'aise au milieu des fanfarons.

— Des enfants ? s'étonna Gloria.

— Oui, même s'ils ont parfois des torches dans les mains, soupira Rongo, ou des javelots et des massues !

Tonga s'approcha de Gloria qui, ayant refusé l'aide de Wiremu, était en train de seller sa jument. Elle sursauta et se tint aussi loin de lui que s'il s'agissait de respecter un *tapu*.

— Fille des Ngai Tahu, finit-il par dire, quel que soit le mal qui t'a été fait, ce sont des Pakeha qui te l'ont infligé.

6

Au bout de quelques semaines pleines d'excitation, entre fuite, recherche de logement et mariage, Lilian constata avec étonnement que leurs ressources fondaient beaucoup plus vite que prévu. Si leur loyer était effectivement abordable, la jeune fille s'était mis le doigt dans l'œil concernant les coûts de la nourriture, des habits, des livres pour les études de Ben et de l'équipement de leur intérieur. Elle passait pourtant le plus clair de son temps à la chasse aux bonnes affaires. Mais rien n'était donné à Auckland, la vie étant nettement plus chère qu'à Greymouth.

Elle se mit donc à envisager des moyens de gagner de l'argent, se tournant d'abord vers son mari.

— Tu ne pourrais pas travailler à l'université?

Ben leva les yeux de son livre.

— Ma chérie, je travaille tous les jours à l'université.

— Je pensais à du travail rémunéré. Ton professeur n'a-t-il pas besoin d'aide? Tu ne pourrais pas donner des cours par exemple?

Ben secoua la tête d'un air de regret. La faculté de linguistique était en voie de constitution. Le nombre d'étudiants inscrits justifiait à peine l'emploi d'un professeur à plein temps. Il n'était donc pas question de recourir à un assistant. Et si la spécialité de Ben intéressait vivement le professeur, il était peu probable qu'un cours sur la «comparaison des dialectes polynésiens en vue de délimiter les régions de provenance des premiers immigrants maoris» remplît de sitôt un amphithéâtre.

— Eh bien, tu devras trouver autre chose, l'interrompit Lilian. Nous avons besoin d'argent, mon chéri, il n'y a pas à tortiller là-dessus.

— Mais mes études! Si je m'y consacre, je pourrai plus tard…

— Plus tard, nous serons morts de faim, Ben. Tu n'es pas obligé de travailler toute la journée. Cherche quelque chose que tu puisses effectuer parallèlement à tes études. Si je travaille moi aussi, nous y arriverons, dit Lilian en l'embrassant pour le réconforter.

— Tu veux travailler, mais comment?

Lilian réussit en peu de temps à donner des cours de piano à un nombre respectable d'enfants. Elle avait concentré ses recherches dans le quartier des artisans, évitant celui des universitaires car il n'était pas exclu que la mère de famille fût meilleure pianiste qu'elle. Et elle avait eu raison. Les immigrants actifs de la deuxième génération, qui bénéficiaient souvent d'une confortable aisance, souhaitaient mener un train de vie comparable à celui des «riches». Or, de l'avis général, une formation musicale des enfants en était un élément indispensable.

Les annonces qu'afficha Lilian dans les magasins d'alimentation et dans les pubs rencontrèrent par conséquent un large écho. Il n'y avait pas, avec elle, à vaincre la crainte de s'inscrire dans un conservatoire ou de suivre le cours d'un enseignant diplômé. Loin d'être intimidante, Lilian avait le chic pour tranquilliser les parents nerveux et les élèves. Bien entendu, le fait qu'elle avait appris le piano en Angleterre et qu'il était néanmoins possible de parler avec elle comme avec un être normal impressionnait les gens. Il s'ajoutait à cela qu'elle en prenait à son aise avec les principes classiques. Elle réduisait au minimum les exercices de doigté et les études, si bien que les élèves arrivaient à tapoter un air simple dès le troisième ou quatrième cours. Comme sa clientèle préférait certainement chanter qu'assister à des concerts, elle mit l'accent sur des accompagnements simples pour des rengaines populaires et des chants patriotiques. Le calcul se révéla juste : rien ne persuadait plus les parents du talent de leurs enfants et du génie pédagogique de leur professeur que de pouvoir, à l'occasion d'une fête de famille, se rassembler autour du piano et chanter à pleins poumons « It's a Long Way to Tipperary ».

Ben eut plus de mal. Il dut miser sur sa force physique. Or, on pouvait trouver sur le port, jour et nuit, des travaux ne réclamant pas de qualification. Ben se mit donc à charger et décharger des bateaux et des camions, le matin généralement, avant les cours.

Durant quelques mois, ils s'en sortirent finalement fort bien, parvenant à s'acheter quelques vêtements neufs, une table et deux chaises. La présence du pub, au-dessous d'eux, restait néanmoins problématique. Outre le bruit, ils étaient incommodés par l'odeur de bière et de graisse rancie. Lily se plaignait aussi de ne pouvoir accepter de cours le soir, car elle appréhendait de rentrer seule dans ce quartier. Les toilettes du palier étaient dans un état catastrophique, aucun des autres locataires ne semblant avoir même l'idée de les nettoyer de temps en temps. Une nuit, Lilian crut mourir de peur quand l'un des perpétuels ivrognes dont les familles habitaient les deux autres logements, se trompant de porte, se mit à hurler et à cogner du poing et du pied contre la sienne. Quand elle commença à avoir des nausées le matin, elle n'y tint plus.

— Alors, ça y est enfin ! l'avait interpellée un jour sa voisine, une femme fort négligée, en la voyant sortir des toilettes, pâle, en robe de chambre, et regagner son appartement en titubant. Je commençais à me demander quand vous auriez un polichinelle dans le tiroir.

Cette femme avait quatre enfants et savait donc de quoi elle parlait. Lilian se paya néanmoins une visite chez un médecin qui engloutit ses dernières économies. Heureuse, elle se dirigea d'un pas alerte vers le port pour retrouver Ben.

— C'est formidable, Ben ! Un bébé ! lui lança-t-elle aussitôt sur le quai.

En train de porter des sacs d'un bateau à un camion, il semblait au bord de l'épuisement. Mais Lilian n'y prêta pas attention tant elle était enthousiaste et pleine de projets.

Ben l'était moins. Il avait pris son travail à 5 heures, puis, après avoir passé la journée à l'université, il aidait à présent à décharger une cargaison. Il avait espéré, en accumulant les heures de travail en cette journée, pouvoir étudier à son aise les jours suivants. Il avait en effet entrepris d'écrire une thèse et chaque minute libre lui était précieuse. Or, la grossesse de Lilian allait l'obliger à d'autres efforts, car il serait désormais le seul à subvenir aux besoins de la famille.

— Ça ne sera pas si terrible que ça, Ben ! tenta de le réconforter Lilian. Regarde, je vais pouvoir encore enseigner quelques mois. Pendant ce temps, tu te dépêcheras de finir ta thèse. Quand tu l'auras soutenue, ils te donneront certainement un boulot. Ton prof ne jure que par toi !

Ce qui était vrai, mais on ne vit pas de distinctions académiques. Ben, en tout cas, était pessimiste quant à la perspective d'une seconde chaire de linguistique à l'université d'Auckland. Surtout en faveur d'un docteur frais émoulu. Ceux-ci, en général, s'invitant dans d'autres universités, y poursuivaient leur formation et proposaient d'y donner des cours. Il existait aussi des bourses de recherche, mais l'espoir d'en obtenir une dans son domaine était mince. De toute façon, même pour un étudiant très doué comme lui, il n'était guère envisageable de terminer une thèse en neuf mois à peine.

Ben lui ayant expliqué la situation, Lilian dut en rabattre.

— Mais tu ne gagnes pas assez avec ces petits boulots sur le port. Surtout si nous nous mettons à la recherche d'un nouveau logement.

— Je vais bien avoir une idée, soupira Ben avant de se ressaisir et de sourire. On va y arriver. Mince, Lily, un bébé ! Et nous n'avons eu besoin de personne pour le faire !

Lilian aimait Ben de tout son cœur, mais elle savait que ses remarquables capacités intellectuelles étaient plutôt portées vers l'étude de la syntaxe et de la mélodie des propositions relatives dans les langues polynésiennes que vers la résolution des petites tâches de la vie quotidienne. Aussi, sans attendre qu'il lui vînt des idées, chercha-t-elle lequel des talents de son mari serait susceptible d'être rentable. Elle eut une illumination quand, se rendant à l'un de ses cours de piano, elle passa devant l'*Auckland Herold*. Un journal ! Et Ben était un poète ! Écrire des articles et des reportages ne devrait pas être difficile pour lui. Et cela paierait sans doute mieux qu'un travail de docker.

Ne faisant ni une ni deux, elle passa le seuil et se retrouva dans un bureau de taille moyenne où cinq ou six hommes tapaient sur des machines à écrire, hurlaient dans leur téléphone ou rangeaient des papiers. Elle s'adressa au premier d'entre eux.

— Qui est le patron ici? demanda-t-elle avec son sourire le plus enjôleur.

— Thomas Wilson, répondit, sans vraiment la regarder, un homme en train de corriger un article, mordillant son crayon et tirant nerveusement des bouffées de sa cigarette.

Lilian se dit que si Ben prenait ici l'habitude de fumer, il ne resterait pas grand-chose de ses gains supplémentaires.

— Là…, précisa l'homme en montrant, de son crayon, une porte où était accrochée une pancarte : « Bureau de la rédaction en chef ».

Lilian frappa à la porte.

— Entrez, Carter ! J'espère que, cette fois, vous avez terminé ! tonna une voix derrière le battant.

— Je ne voudrais pas déranger, dit Lilian en se glissant à l'intérieur.

— Vous ne me dérangez pas. Mon problème, c'est que mes bonshommes, là-dehors, se décident à me donner leurs textes pour que je puisse les relire et qu'ils passent à la composition. Mais c'est pas demain la veille… Bon, que puis-je pour vous ?

L'homme, au corps massif sans être corpulent, ne se leva pas mais, d'un geste de la main, invita Lilian à prendre place. On ne voyait d'abord, sur sa face large et rougeaude, qu'un nez en patate. Ses cheveux noirs commençaient à grisonner. Il avait des yeux gris-bleu, petits mais vifs. Une expression presque juvénile sur le visage, il toisa Lilian de l'autre côté du bureau où s'entassaient en désordre des piles de papiers. Il fumait un cigare.

— Que faut-il savoir pour travailler pour votre journal ? demanda Lilian, entrant dans le vif du sujet.

— Écrire ! Réfléchir ne serait pas de trop non plus. Mais, comme le prouvent les types là-dehors, on peut aussi s'en passer.

— Mon mari est philologue. Et il écrit des poèmes.

L'homme parut fasciné par l'étincelle qui brilla dans les yeux de la jeune femme.

— Les conditions de base seraient donc remplies, observa-t-il.

— Formidable…, rayonna Lilian. Dans le cas, bien sûr, où vous embauchez. Nous avons en effet grand besoin d'un boulot !

— Je n'ai pas pour l'instant d'emploi fixe à proposer… à moins que je renvoie quelqu'un dès aujourd'hui ! Mais je peux toujours avoir recours à des collaborateurs occasionnels.

— Nous cherchons en fait nous aussi un boulot qu'on puisse exercer parallèlement à un travail universitaire.

— Comme philologue, on ne gagne certainement pas des mille et des cents, hein ?

— Jusqu'à présent, rien du tout! Alors que Ben est brillant, d'après son professeur. Tout le monde le dit, d'ailleurs. Il était boursier à Cambridge, mais la guerre…

— Votre époux a-t-il déjà été en quelque sorte imprimé? demanda Wilson.

— Non, mais, comme je vous l'ai dit, il écrit des poésies. De merveilleux poèmes, sourit-elle.

— Nous ne publions pas de poèmes, grogna l'homme. Mais c'est avec plaisir que je lirais une de ses élégies. Votre époux pourrait-il m'apporter quelque chose de lui?

— Tenez! triompha Lilian en tirant de son sac à main un morceau de papier froissé. J'ai toujours sur moi le meilleur de ce qu'il écrit.

Quêtant l'approbation, elle le regarda déplier le billet et le parcourir des yeux, les commissures de ses lèvres tremblant imperceptiblement.

— Au moins, il ne fait pas de fautes d'orthographe, observa-t-il.

— Bien sûr que non! s'exclama-t-elle, hochant la tête d'un air vexé. Et il parle le français, le maori, plus quelques dialectes polynésiens qui…

— C'est bon, c'est bon, ma jeune dame. J'ai compris, il est le roi de la création. Le maori, dites-vous? Il devrait donc s'y connaître aussi un peu dans le monde des esprits, non?

— Je ne vois pas bien ce que vous voulez dire…

— C'était une plaisanterie. Mais si cela tentait votre mari: nous avons reçu une invitation pour une séance de spiritisme. Une certaine Mme Margery Crandon, de Boston, ainsi que quelques notables d'Auckland ont l'intention d'invoquer des esprits, ce soir. La dame organise cela à titre professionnel. Elle est médium. Du moins à ce qu'elle prétend, et je pense qu'elle aimerait se produire ici à l'avenir. De là son intérêt pour un reportage sur ses séances. Ce serait peut-être un sujet pour la rubrique culturelle. Mais mes lascars s'y sont refusés, personne n'a envie de réveiller les morts avec Mme Crandon. Et j'ai déjà chargé d'autres choses tous mes collaborateurs occasionnels. Si votre mari était d'accord pour boucher ce trou, ce serait un excellent banc d'essai. On verrait ensuite.

— Qu'est-ce que… euh… combien ça peut rapporter?

— L'invocation des esprits ou l'article? plaisanta Wilson. Eh bien, nos collaborateurs sont payés au nombre de lignes. Les médiums, en revanche et à ce que je sais, ne sont pas payés au nombre d'esprits invoqués!

La porte du bureau s'ouvrit.

— Voilà les textes, patron, dit l'un de ses journalistes, jetant sur la table des feuilles corrigées.

— Ce n'est pas trop tôt, grommela Wilson. Donc, tenez, ma jeune dame… comment vous appelez-vous, au fait? Voici l'invitation. Je voudrais avoir le texte avant 17 heures demain. Plus tôt serait le mieux. D'accord?

— D'accord! Ben Biller, au fait… c'est le nom de mon mari.

Wilson était déjà passé à d'autres occupations.

— À demain!

— Je suis déjà allée à une séance comme celle-là, dit Lilian en sortant l'unique et donc le plus beau complet de Ben. En Angleterre. Je passais la plupart de mes week-ends chez des amies et la mère de l'une d'elles était spirite. Elle invitait sans cesse des médiums chez elle. Une fois, j'y ai assisté. C'était assez sinistre.

— Le problème est moins de savoir si c'est sinistre que de savoir si cela résiste à un examen scientifique, répondit Ben, légèrement irrité.

L'offensive de Lilian sur le terrain de la recherche d'emploi l'avait surpris, surtout le caractère immédiat de ce premier travail. Écrire des articles lui conviendrait naturellement mieux que décharger des navires. Encore que Ben se demandait si collaborer à une feuille de chou ne nuirait pas à sa réputation de scientifique.

— Tu peux prendre un autre nom ! s'impatienta Lilian. Ne fais donc pas tant de manières et habille-toi. Ce travail, c'est un jeu d'enfant pour toi !

Lilian dormait déjà quand Ben rentra dans la nuit et elle dormait encore quand il repartit le matin pour travailler sur le port. Aussi fut-elle toute la matinée en souci, ne sachant s'il parviendrait à terminer son article dans les délais. Il ne revint effectivement qu'à 16 h 30, mais il avait eu le temps de rédiger son texte entre deux séminaires.

— Dépêche-toi de l'apporter à M. Wilson ! l'accueillit-elle. Tu seras dans les temps ! 17 heures au plus tard, a-t-il dit.

— Lily, j'ai promis au professeur de revoir un travail. Je dois repartir immédiatement. Tu ne peux pas lui porter l'article ?

— Je peux, bien sûr. Mais ne serait-il pas bien que tu fasses la connaissance de M. Wilson ?

— La prochaine fois, chérie, d'accord ? Aujourd'hui, laissons le travail parler de lui-même.

Il était à la porte avant qu'elle eût pu objecter quoi que ce soit. Résignée, elle passa sa cape. On n'avait heureusement pas besoin, à Auckland, de manteau d'hiver. Elle se dirigea donc vers le siège de l'*Auckland Herold*, au centre-ville, dans l'une des jolies maisons victoriennes qui parsemaient la Queen Street.

Penché au-dessus de quelques textes, sourcils froncés, Thomas Wilson y portait des corrections.

— Ah, vous revoilà, ma jeune dame ? Où est passé votre époux ? Mme Crandon l'a-t-elle fait disparaître ?

— Elle est plutôt spécialisée en réapparitions. Des ectoplasmes… ou quelque chose comme ça. Mon mari est malheureusement indispensable à l'université. Mais il m'a priée de vous apporter l'article.

C'est avec plaisir que Thomas Wilson contemplait la mignonne jeune femme aux longs cheveux roux coiffés d'un coquet chapeau vert. Vêtements bon marché, mais une apparence soignée et un anglais irréprochable. Et mettant un tel empressement à aider son mari ! Pourvu que le garçon mérite tant d'amour !

Wilson parcourut l'article, puis, le jetant sur son bureau, il la regarda, furieux, le sang au visage.

— Jeune fille, qu'est-ce que vous vous figurez ? Que je vais imprimer cette boursouflure, ces âneries ampoulées ? Votre admiration pour votre époux… sauf votre respect ! Il a certainement des qualités, mais…

Sursautant, Lilian s'empara de la feuille.

> Auckland, le 29 mars 1917
>
> Le 28 mars, Mme Margery Crandon, de Boston, a ouvert pour un petit cercle d'intellectuels d'Auckland des perspectives fascinantes sur la variabilité des dimensions. Même ceux qui professent le plus grand scepticisme à l'égard du caractère vérifiable des phénomènes spiritualistes durent bien concéder à cette Américaine de vingt-neuf ans que le recours aux lois de la nature n'était pas susceptible de rendre compte de la manifestation d'une substance amorphe et blanchâtre qu'elle a su provoquer par le seul biais de procédés spiritistes. Ce matériau fragile, désigné, dans la littérature spécialisée, par le terme d'« ectoplasme », est la projection de l'image de son esprit tutélaire avec lequel ce médium communique dans une langue fascinante. L'« énochien » séduit par sa syntaxe et sa diction, bien loin de la glossolalie qui intervient plutôt dans un contexte religieux. En matière de vérification de l'identité des esprits évoqués ensuite par Mme Crandon, l'observateur extérieur en est naturellement réduit à des interprétations subjectives. Mme Crandon se réclame pourtant ici du célèbre auteur Arthur Conan Doyle qui a estimé authentiques ses déclarations et dont l'intégrité est bien évidemment au-dessus de tout soupçon.

— Oh, mon Dieu ! laissa échapper Lilian.

Thomas Wilson eut un sourire acide.

— Je voulais dire… oh, mon Dieu, comment ai-je pu oublier! reprit-elle en rougissant légèrement. Monsieur Wilson, je suis profondément navrée mais mon mari m'avait demandé de procéder à quelques modifications de ce texte, avant de vous l'apporter proprement recopié. Ceci n'est évidemment que le premier jet, mais je… je n'y ai tout simplement pas pensé, et je ne peux bien entendu pas vous imposer un gribouillis pareil, dit-elle en sortant de sa poche un bout de papier dans lequel M. Wilson n'eut pas de peine à reconnaître le papier à lettres du poème. Pourriez-vous me laisser le temps de procéder aux quelques corrections que mon mari a esquissées pour moi.

— D'accord, remise du texte à 17 heures. Il vous reste donc quinze minutes. Allez-y, faites!

Il lui jeta un bloc de papier et se consacra à nouveau à ses manuscrits, mais, du coin de l'œil, il vit la jeune femme hésiter quelques secondes, avant de se mettre à écrire à toute allure. Moins de quinze minutes plus tard, Lilian était essoufflée, mais elle lui tendait un texte manuscrit.

> Médium ou charlatan? Une spirite déconcerte la bonne société d'Auckland.
>
> Le 28 mars, une spirite de vingt-neuf ans, Margery Crandon, Américaine – son passeport en fait foi –, s'est produite devant un groupe d'honorables représentants de la bonne société d'Auckland. Mme Crandon, à vrai dire, prétend descendre d'une famille noble de Roumanie. Bien des choses, dans sa prestation, évoquaient une opérette ou un spectacle de variétés. Le décor et l'introduction étaient bien propres à créer l'effet recherché, à susciter de délicieux frissons. Mme Crandon révéla un talent de comédienne hors pair pour faire apparaître un «ectoplasme» et engager avec lui un dialogue chatoyant dans des langues aussi inconnues que l'«énochien». Cet ectoplasme était censé manifester la présence de son «ange tutélaire», un ange qui, à vrai dire, évoquait davantage un morceau de tulle humide qu'une apparition de l'au-delà.

Mme Crandon le manipulait, lui ainsi que d'autres prétendus « esprits », avec la maîtrise souveraine d'une marionnettiste expérimentée, ce qui lui permit de convaincre effectivement quelques-uns des présents de l'authenticité des phénomènes qu'elle provoquait. Elle ne put néanmoins pas tromper le regard critique de l'*Auckland Herold* et même son allusion à sir Arthur Conan Doyle qui, paraît-il, la tient en haute estime ne sut nous convaincre. Sir Arthur Conan Doyle est un homme qui allie une imagination débordante à une très grande intégrité personnelle. Il ne fait aucun doute qu'il est plus prêt à croire à l'évocation des esprits qu'à l'effronterie d'une lady qui n'hésite pas, grâce à une prestation apparemment au-dessus de tout soupçon, à abuser un public noble et honnête.

Thomas Wilson ne put réprimer un rire.

— Votre mari a une plume acérée, déclara-t-il, amusé. Et il semble aussi qu'il s'y entende en télépathie pour vous avoir ainsi dicté directement ce texte… Ou bien l'aviez-vous appris par cœur? Mais peu importe. Je me fiche de la manière dont M. Biller produit ses textes. Concernant ce papier-là, quelques-uns des mots que vous employez sont trop longs ainsi que quelques phrases. Sinon, c'est très bon. Faites-vous régler vingt dollars dans l'autre pièce. Ah, et puis envoyez demain votre époux au port où débarque tout un bateau d'invalides qui arrivent d'Angleterre après avoir combattu à Gallipoli. J'aimerais un reportage sur cet événement. Assez patriotique pour que personne ne s'en offusque, mais assez critique aussi pour que même la tête la plus dure se demande pourquoi nous avons envoyé notre jeunesse crever sur une plage devant un bled turc paumé. Bonsoir, madame Biller!

Lilian accompagna Ben au port et s'entretint avec une infirmière et quelques vétérans dont la vue la choqua. Puis elle substitua au reportage sans vie de Ben – qui décrivait principalement les particularités géographiques des côtes turques, l'importance du détroit des Dardanelles pour le cours de la guerre et les dispositifs défensifs turcs – un tableau bouleversant des derniers combats et du retrait des troupes qui avait finalement réussi : « En dépit de la fierté que lui inspire cet exploit qui fera date, l'auteur de ces lignes ne peut s'empêcher d'avoir le cœur serré au spectacle de tous ces jeunes hommes qui ont laissé leur santé sur une plage de la mer Méditerranée, une plage qui sans aucun doute gagnera par là sa place dans l'Histoire. Gallipoli sera à jamais le synonyme de l'héroïsme, mais aussi de l'absurdité et de l'atrocité de la guerre. »

— Rayez « synonyme », observa Thomas Wilson. Écrivez « symbole ». Et dites-moi enfin votre nom. Je ne peux tout de même pas vous appeler « Ben » !

7

Les mois suivants, Lilian Biller signa de l'abréviation «BB» des reportages sur des baptêmes de navire, l'anniversaire du traité de Waitangi, le congrès de l'industrie de transformation du bois et les travaux d'agrandissement de l'université. Pour la plus grande admiration de M. Wilson, elle avait le don de dénicher dans le sujet le plus terre à terre un aspect divertissant. Elle trouva cette occupation si intéressante qu'elle diminua le nombre de ses cours de piano. Mais son travail à l'*Auckland Herold* ne résolvait pas son problème. Il lui fallait toujours sortir de chez elle pour se rendre à des manifestations et interviewer des gens, alors qu'elle devenait de jour en jour plus grosse et plus poussive. Quand elle aurait un enfant accroché à ses jupes, ce ne serait plus possible, au moment même où la jeune famille aurait besoin de plus d'argent.

Il était vain de songer à Ben pour la remplacer. Il était incapable d'user d'un style léger et humoristique ; il lui fallait absolument des mots pesants, des formulations alambiquées et il ne renonçait à une certaine enflure que pour ses textes scientifiques. Désemparée, Lilian confia ses tourments à Thomas Wilson quand il devint impossible de taire plus longtemps sa grossesse.

— Plus une robe ne me va ! Je ne peux décemment aller à la réception de ce duc. Et ça va encore empirer !

Le rédacteur en chef resta songeur un instant, frottant la ride qui se formait entre ses yeux quand il réfléchissait.

— Vous savez quoi, Lilian? Ce dont nous avons réellement besoin, plus que de reportages sur la visite du duc Untel en raison de l'inauguration des bâtiments Machin, c'est de gentilles petites histoires. Quelque chose qui remonte le moral des gens. Nous sommes en guerre depuis trois ans, nous remplissons notre feuille de chou de récits de batailles et d'annonces de décès. En ville, nous remarquons les «héros de Gallipoli» à leurs béquilles, et les jeunes de l'ANZAC meurent en France et en Palestine. En dehors de l'industrie de l'armement, l'économie stagne, les gens sont inquiets. Pas à tort, entre nous soit dit, le monde est devenu un champ de bataille et personne ne sait pourquoi. L'homme de la rue ne peut s'empêcher de penser qu'un fou furieux va finir par nous attaquer ici. En tout cas, l'atmosphère est pesante…

— Ah bon? s'étonna Lilian à qui cela n'était pas apparu, tant, à part les soucis financiers, elle vivait, comme Ben, au septième ciel.

— Il fait bon être amoureux…, grogna Wilson qui connaissait à présent grosso modo l'histoire de sa petite journaliste et de Ben.

— Oui, souffla-t-elle.

Wilson éclata de rire.

— Bon, je voulais dire que j'aimerais agrémenter ma page culturelle de quelques histoires stimulantes. Des histoires courtes, pas du travail de recherche, mais d'imagination. Cela doit bien sûr paraître authentique. Alors, qu'en pensez-vous? Vous sauriez écrire ce genre de choses?

— Je peux essayer.

En rentrant chez elle, elle eut une première idée.

Deux jours plus tard, elle apporta à Wilson l'histoire d'une infirmière d'Hamilton qui, tous les dimanches depuis l'ouverture de la ligne de chemin de fer, prenait le train pour rendre visite à sa mère à Auckland. Lilian prit grand plaisir à décrire les cérémonies qui avaient marqué l'événement et au cours desquelles Graham Nelson, un contrôleur, avait rencontré la jeune femme pour la première fois. Depuis, il la voyait chaque semaine dans le train ; ils étaient tombés amoureux l'un de l'autre, mais n'osaient jamais échanger plus de deux mots, encore moins s'avouer leurs sentiments. Ce n'est qu'au bout de plusieurs années, la mère de l'infirmière étant décédée et celle-ci ne se montrant plus dans le train, que Nelson prit son courage à deux mains et se mit à sa recherche. Bien entendu, l'histoire se terminait par un mariage. Lilian enrichit le récit de descriptions de paysages, évoquant aussi la fierté de la Nouvelle-Zélande pour ses compagnies de chemin de fer et soulignant le dévouement de l'infirmière qui, à la fin, eut le plus grand mal à se séparer des enfants dont elle avait la charge à l'hôpital.

S'il leva les yeux au ciel devant tant de naïveté sentimentale, Wilson n'en publia pas moins le texte dans le journal du samedi. Ses lecteurs, particulièrement les lectrices, furent émus aux larmes. Lilian écrivit alors l'histoire d'un héros de Gallipoli dont l'amie, qui le croyait tombé au champ d'honneur, avait néanmoins opposé une fin de non-recevoir à tous ses soupirants, jusqu'au jour où l'homme était enfin revenu chez lui, blessé.

Elle eut désormais sa rubrique régulière dans la page culturelle. Les lectrices attendaient fiévreusement les histoires signées BB.

— Un tas de boue minable ! s'indignait Ben quand il en lisait une, d'autant que les scènes d'amour devenaient, de semaine en semaine, plus évocatrices. Si quelqu'un découvre que je suis impliqué dans cette affaire !

— Mais tu n'es impliqué dans rien, chéri !

Ce jour-là, Lilian venait de terminer une nouvelle histoire qu'elle s'apprêtait à porter au journal. Ben n'allait d'ailleurs pas tarder à devoir jouer lui-même les porteurs, que cela lui plût ou non, car Lilian se sentait de plus en plus dans la peau d'une baleine échouée. Or, l'accouchement n'aurait lieu que dans deux mois. Et Lilian avait pourtant la tête pleine de sujets attendrissants.

Ce qui n'était pas un luxe, car, si les rentrées d'argent supplémentaires avaient permis à Lilian de s'acheter deux robes de grossesse et d'économiser de quoi équiper le bébé, un changement de logement n'était toujours pas envisageable, Ben, absorbé par la rédaction de sa thèse, ayant dû réduire son activité de docker.

— Sans mon tas de boue minable, nous ne nous en sortirions pas ! s'exclama Lilian. Ça plaît aux gens !

Ben la regarda d'un air de bête traquée. Jamais il ne comprendrait pourquoi le gros de l'humanité s'intéressait davantage au mariage du roi d'Angleterre qu'aux beautés de la grammaire polynésienne.

— Vous devriez essayer d'écrire un roman, suggéra Thomas Wilson après avoir survolé le nouveau manuscrit de Lilian. Les gens adorent vos histoires. Sérieusement, Lilian ! Si j'obéissais aux lettres des lecteurs, je publierais quotidiennement vos histoires à l'eau de rose.

— Ça paie bien ? s'enquit Lilian qui, en dépit de sa grossesse avancée, était toujours ravissante.

Son ample robe à carreaux vert clair et vert sombre s'accordait bien avec ses yeux vifs et son teint un peu pâle. Elle avait relevé ses cheveux, sans doute afin de se vieillir un peu. La sueur perlait sur son front, le long trajet à pied entre le port et le centre-ville ayant dû l'épuiser.

— Le vil argent ! Et l'épanouissement personnel de l'artiste, alors ?

— Combien ? s'entêta Lilian.

Wilson la trouva adorable.

— Écoutez, Lilian, voici ce que je vous propose : rédigez, à titre d'essai, un ou deux chapitres et je vous accompagnerai chez un éditeur de mes amis. Il faudra à vrai dire nous rendre à Wellington. Vous le pourrez ?

— Quoi? dit-elle en riant. Le trajet en train ou les deux chapitres? Les chapitres ne sont pas un problème. Et si je les achève à temps, on a une bonne chance que l'enfant ne naisse pas dans le compartiment.

— C'est à souhaiter! grommela Wilson.

Trois jours plus tard, Lilian était de retour, les deux chapitres en question et un bref résumé sous le bras, dans une serviette. *La Maîtresse de Kenway Station* était l'histoire d'une jeune Écossaise qu'un candidat au mariage attirait en Nouvelle-Zélande. Lilian mêlait dans le récit l'histoire de ses arrière-grands-mères Gwyneira et Hélène, donnant un tableau très vivant et concret de la traversée et d'une première rencontre avec un sinistre «baron des moutons», Moran Kenway. La jeune héroïne finissait par atterrir dans une ferme éloignée de tout, vivant dans le luxe, mais maltraitée et malheureuse. Lilian eut un peu mauvaise conscience d'évoquer le premier mariage de sa mère, mais, heureusement, l'ami de jeunesse de l'Écossaise ne l'avait pas oubliée. Il l'avait suivie en Nouvelle-Zélande, avait fait fortune en un clin d'œil comme chercheur d'or et n'avait pas tardé ensuite à délivrer sa bien-aimée.

Après avoir parcouru rapidement le texte, Wilson se frotta les yeux.

— Alors? demanda Lilian qui manquait visiblement de sommeil, sans que, cette fois, l'amour ou le vacarme du pub y fussent pour quelque chose. Vous trouvez ça comment?

— Atroce! Mais les gens vont se l'arracher! Je l'envoie sur-le-champ à Wellington! On va voir la réaction de Bob Anderson!

Ben refusa de laisser partir Lilian sans lui à Wellington. Wilson, pour l'apaiser, dut se résoudre à lui payer le trajet. Ben put ainsi rencontrer des représentants de l'université locale et parler d'éventuels postes de professeur associé, tandis que Wilson et Lilian négociaient avec Bob Anderson. À la fin des discussions, Lilian signa un contrat pour *La Maîtresse de Kenway Station*, mais également pour une suite. Wilson lui avait conseillé d'attendre pour le second volume, car l'acompte serait plus élevé si le premier se vendait bien, mais Lilian n'avait pas été d'accord.

— C'est maintenant que nous avons besoin de l'argent, déclara-t-elle en exposant sur-le-champ l'esquisse d'un nouveau roman, *L'Héritière de Wakanui*, dans lequel un Pakeha tomberait amoureux d'une princesse maorie.

— J'imagine quelque chose de très romantique ! s'enflamma-t-elle lors du dîner en commun dans un grand restaurant. Quand une guerre était déclarée, les guerriers maoris devaient passer en rampant entre les jambes de la fille du chef, le saviez-vous ? Ils franchissaient de la sorte le seuil menant de l'homme pacifique au combattant impitoyable. Songez à ce que ressent cette fille, sachant que son père lâche à présent ces hommes contre son bien-aimé !

— Les filles de chef exerçant une fonction de prêtresse étaient soumises à des *tapu* très restrictifs, observa Ben d'un air renfrogné. Il est invraisemblable que cette fille ait pu voir ne serait-ce qu'un Pakeha et encore moins que celui-ci y ait survécu…

— Allez, n'en rajoute pas avec ta science, mon chéri. Ce n'est pas une étude sur la culture maorie que j'écris, mais une histoire.

— Mais ce rituel, dans sa fonction de déshumanisation du guerrier, représente justement une sorte de surcharge émotionnelle…, dit Ben, se lançant dans une longue explication que sa femme écouta avec un doux sourire tout en savourant ses huîtres.

Thomas Wilson se tourna à un moment vers elle.

— Comment allons-nous vous appeler, Lilian ? Je propose un pseudonyme, mais tout en conservant les initiales. Que diriez-vous de « Brenda Boleyn » ?

Lilian passa les dernières semaines de sa grossesse assise à son bureau, dans un nouvel appartement, fort confortable, situé entre Queen Street et l'université. L'avance sur la vente des romans leur permit de payer le loyer et d'acheter quelques meubles de meilleure qualité. Elle put aussi envisager d'accoucher dans un hôpital, ce à quoi Ben comme Thomas, qui se faisait un sang d'encre, tenaient particulièrement. Les douleurs la prirent après qu'elle eut couché sur le papier la dernière phrase de *La Maîtresse de Kenway.*

— Je voulais encore y travailler, dit-elle avec regret dans le taxi retenu par Ben.

Elle ne trouva pas très agréable la naissance de son enfant, d'abord parce que Ben ne fut pas autorisé à y assister, alors que le héros de son roman avait accouché lui-même l'héroïne, dans des circonstances extrêmement dramatiques, ensuite parce que la salle de travail – dans laquelle elle avait les pieds attachés à une espèce de potence – était froide et puait le lysol. L'infirmière, une femme trapue qui aboyait chaque fois que Lilian émettait le moindre cri de douleur, n'avait rien de commun avec l'être angélique sorti de l'imagination de Lilian quand elle avait écrit sa première petite histoire. Lilian en parvint à la conclusion que donner vie à des enfants avait dans la réalité beaucoup moins de charme que dans les chansons et les romans.

Il lui fallut voir son fils pour se réconcilier avec la réalité.

— Nous l'appellerons Galahad ! annonça-t-elle quand on laissa enfin approcher d'elle un Ben pâle comme un mort, épuisé par le manque de sommeil.

— Galahad ? s'étonna-t-il. Quelle sorte de nom est-ce là ? Dans ma famille…

— C'est un nom de héros ! lui expliqua-t-elle en lui taisant toutefois, par précaution, que son fils porterait non seulement le nom d'un chevalier du Graal, mais aussi celui du sauveur de la maîtresse de Kenway Station. Un héros, oui ! Il me suffit de penser à ta famille…

— Tu penses qu'un jour il osera contredire sa grand-mère? plaisanta Ben.

— S'il ne la chasse pas de sa mine!

Pendant que Lilian tapait *L'Héritière de Wakanui* sur la machine à écrire que Thomas Wilson lui avait offerte pour la naissance de son fils, le petit Galahad reposait dans un berceau, près d'elle. Elle l'endormait en lui chantant des airs romantiques et, la nuit, il était couché entre ses parents, empêchant provisoirement la naissance d'un autre bébé. Lilian prenait d'ailleurs des précautions. Ayant enfin trouvé le courage de demander à ses camarades d'études s'ils connaissaient des méthodes de contraception, Ben avait effectivement acheté des préservatifs. Enfiler ces grossiers caoutchoucs avant de faire l'amour n'avait certes rien d'agréable, mais Lilian n'avait provisoirement pas envie de rencontrer l'espèce d'adjudant qui faisait fonction de sage-femme à l'hôpital d'Auckland. Ben s'en accommodait. Il était surtout satisfait d'avoir enfin échappé au travail sur le port. Au bout de six mois, *La Maîtresse de Kenway* nourrissait en effet toute la famille. Lilian s'engagea pour deux nouveaux romans, Ben passa sa thèse au début de l'année 1918, devenant l'un des plus jeunes docteurs de l'Empire britannique et obtenant un poste de professeur associé à Wellington.

Lilian et Ben étaient heureux.

8

— Mais pourquoi est-elle toujours fourrée chez les Maoris?

Une nouvelle fois, Gwyneira renonçait à sa résolution de ne pas discuter de ses problèmes familiaux avec son gérant, Maaka. Elle n'avait toujours personne à qui confier ses soucis. Gloria et Marama parlaient peu et elle n'avait aucune nouvelle de Jack. Du moins de sa main. Seul Roly O'Brien avait écrit de temps à autre à Tim et à Elaine Lambert, depuis la Grèce d'abord, puis de l'Angleterre. Il avait accompagné le convoi de blessés rescapés de Gallipoli dont faisait partie Jack, mais il ne parlait qu'accessoirement de lui. Au début, les allusions étaient fort inquiétantes: « M. Jack est encore entre la vie et la mort»; maintenant elles se résumaient plutôt à des expressions comme: « M. Jack va un peu mieux» ou « M. Jack peut enfin se lever». Mais les dessous de l'affaire restaient fort vagues, Roly n'écrivant qu'à intervalles irréguliers et n'ayant à l'évidence guère de qualités épistolaires.

Gwyneira se consolait en se disant que Jack était vivant, même s'il avait peut-être perdu un bras ou une jambe. Pourquoi il n'écrivait pas lui-même ou ne dictait pas une lettre à quelqu'un restait pour elle un mystère, mais elle connaissait son fils: il n'aimait pas se confier. Quand il subissait un coup du sort, il se renfermait sur lui-même. Lors de la mort de Charlotte, il s'était tu des semaines entières.

Gwyneira souffrait de ce silence, mais elle tentait de refouler ses idées noires. Le problème le plus urgent était celui de Gloria, même si les choses, à la ferme, s'étaient tassées. La jeune fille ne cherchait plus querelle aux ouvriers et avait cessé de brusquer le personnel de la maison. Elle disparaissait désormais presque quotidiennement, se rendant à O'Keefe Station avec son cheval et son chien ou allant à pied jusqu'au village maori au bord du lac. Gwyneira ignorait quel était le fin mot de l'histoire. Gloria lui adressait rarement la parole et fuyait les repas. Elle mangeait chez les Maoris, paraissant ne pas se lasser d'une nourriture pourtant maigre en hiver. Lorsque les chasseurs rentraient bredouilles, il n'y avait guère que des patates douces et des galettes de céréales au menu. Gloria préférait donc cette maigre chère aux repas en présence de Gwyneira.

Peu à peu, les dessins et les jouets disparaissaient de sa chambre, cédant la place à des colifichets maoris, parfois fabriqués avec autant de maladresse que les artefacts de son enfance. Gwyneira en tira la conclusion que Gloria s'essayait elle aussi à sculpter des ornements et à travailler des jades. Ce que Maaka confirma.

— Miss Gloria fait ce que font les femmes au printemps : rester assises ensemble, coudre, sculpter, cultiver les champs… Gloria va souvent chez Rongo.

Voilà qui n'était pas une mauvaise nouvelle. Gwyneira appréciait beaucoup la sage-femme.

— Elles parlent avec les esprits.

Cela eut en revanche le don de l'inquiéter. Le comportement de Gloria, depuis son retour, était étrange. Si elle se mettait à présent à invoquer les esprits… Serait-elle en train de devenir folle ?

— Touche l'arbre, n'aie pas peur… sens sa force et son âme, dit Rongo en invitant Gloria à parler avec un arbre pendant qu'elle-même préparait la cérémonie précédant la récolte des fleurs rouges, les *rongoa*.

Seule une *tohunga* avait le droit de toucher cette plante sacrée. En revanche, Gloria l'avait aidée à cueillir et sécher les feuilles de *koromiko* qui agissent contre la diarrhée et les douleurs ainsi qu'en cas de problèmes rénaux. Gloria écoutait avec attention ce que Rongo lui racontait, mais dialoguer avec un arbre était un peu trop pour elle.

— Qu'est-ce qui t'amène à croire que l'arbre aurait moins d'âme que toi ? demanda Rongo. Qu'il ne parle pas ? C'est ce que dit aussi de toi miss Gwyn. Ou qu'il ne se défend pas quand on le frappe avec une hache ? Peut-être a-t-il ses raisons ?

— Lesquelles ? s'entêta Gloria. Quelles raisons peut-on avoir de se laisser abattre ?

— Ce n'est pas à moi qu'il faut le demander. Demande-le à l'arbre !

Gloria s'appuya contre l'écorce dure du hêtre austral et essaya de sentir la force du bois. Rongo lui fit répéter l'exercice sur toutes les plantes possibles, et même sur des pierres. Gloria obéissait parce qu'elle aimait la paix que ces... oui, de quoi s'agissait-il ? D'êtres, de choses ?... la paix qui se dégageait du contact avec eux. Elle aimait être avec Rongo, et avec tous ses esprits.

Ayant à présent terminé sa cérémonie, Rongo parlait de la distillation d'extraits de fleurs *rongoa*.

— Cela guérit le mal de gorge. On peut en extraire aussi du miel.

— Pourquoi ne notes-tu pas tout ça ? s'étonna Gloria. Tout le monde pourrait le lire.

— Il faut avoir appris à lire. Sinon, on peut m'interroger. Mais quand j'avais ton âge, je pensais comme toi. J'ai même proposé de l'écrire à ma grand-mère, Matahorua.

— Et elle n'a pas voulu ?

— Elle a trouvé cela absurde : celui qui sait n'est pas obligé de se charger de ça. Celui qui veut savoir doit prendre le temps de questionner. C'est ainsi qu'il deviendra *tohunga*.

— Mais, si on le note, on conserve le savoir pour la postérité.

— C'est ce que pensent les Pakeha. Vous voulez tout conserver, tout noter. Et vous l'oubliez d'autant plus vite. Nous, nous conservons le savoir en nous. Dans chacun d'entre nous. Et nous le maintenons en vie. *I nga wa o mua*... tu sais ce que ça signifie?

Gloria opina. Elle connaissait la formule. Qui signifiait littéralement: « Du temps qui viendra ». Mais c'était pourtant le passé que l'on désignait ainsi, pour le plus grand désarroi des Pakeha qui tentaient d'apprendre le maori. Gloria ne s'en était jusqu'ici jamais préoccupée. À présent, elle éprouvait de la colère.

— Vivre dans le passé? dit-elle. Toujours remuer ce qu'on voudrait tant oublier?

Rongo la fit asseoir à côté d'elle sur un rocher et lui caressa les cheveux. Elle comprenait qu'il ne s'agissait plus maintenant de savoir comment on obtenait du miel à partir de *rongoa*.

— Si tu perds tes souvenirs, tu te perds toi-même, souffla-t-elle. C'est ton histoire qui fait de toi ce que tu es.

— Et si je ne veux pas être ce que je suis?

— Ton voyage est encore loin d'être terminé, dit Rongo en lui prenant la main. Tu vas accumuler d'autres souvenirs. Et tu vas changer... C'est aussi pour cela que nous ne notons pas, Gloria. Noter, c'est fixer. Et maintenant, montre-moi l'arbre avec lequel tu parlais à l'instant.

— Comment veux-tu que je le retrouve? Il y a ici des dizaines de hêtres austraux. Ils se ressemblent tous.

— Ferme les yeux, ma fille, il va t'appeler!

Gloria obéit. Un instant plus tard, elle courut vers un arbre sans hésiter.

Rongo Rongo sourit.

Gloria avait du mal avec ses souvenirs, mais la vie lui semblait plus facile quand elle était avec sa famille maorie.

Gwyneira avait beau ne pas poser de questions et s'abstenir de toute critique envers elle, elle croyait lire de la désapprobation dans ses yeux et entendre des reproches dans sa voix.

Marama hocha la tête quand sa petite-fille le lui confia.

— Tes yeux et ceux de miss Gwyn sont semblables. Et vos voix se confondent aisément.

Gloria eut envie d'objecter que c'était faux. Elle avait elle-même les yeux d'un bleu de porcelaine tandis que ceux de Gwyneira avaient gardé leur fascinant bleu d'azur qu'elle avait transmis à sa petite-fille Kura. Les voix des deux femmes n'avaient pas grand-chose de commun non plus, celle de Gwyneira étant sensiblement plus aiguë. Mais elle avait depuis longtemps appris qu'il ne fallait pas prendre les propos de Marama au pied de la lettre.

— Tu le comprendras un jour, lui répondit Rongo quand Gloria les lui rapporta. Laisse-toi un peu temps!

— Laisse-lui un peu de temps! dit Marama de sa voix chantante, assise en face de Gwyneira dans le *wharenui*, la salle de réunion de son village.

En temps ordinaire, elle aurait accueilli sa belle-mère dehors, sans façons, mais il pleuvait à torrents. Gwyneira connaissait de toute façon l'étiquette: elle avait effectué un impeccable *karanga*, le rituel de salutation, retiré ses chaussures sans y avoir été invitée et ne s'était pas plainte de ses douleurs articulaires en s'asseyant par terre.

— Pourquoi ne pas la laisser venir? Chez nous, il ne lui arrivera rien.

La visite de Gwyneira avait pour motif la dernière «idée folle» de son arrière-petite-fille. La tribu avait prévu de se déplacer pour une longue durée et Gloria voulait se joindre à elle.

— Je le sais! Mais il faudra bien qu'elle se réhabitue à vivre à Kiward Station! Et elle ne le pourra pas si elle part avec vous pour plusieurs mois. Marama, si ce sont des raisons économiques…

— Nous n'avons pas besoin qu'on nous fasse l'aumône !

Marama élevait rarement la voix, mais les derniers mots de Gwyneira l'avaient blessée dans sa fierté. Effectivement, les pérégrinations des tribus de l'île du Sud avaient généralement des raisons pratiques et elles étaient plus fréquentes que celles des tribus de l'île du Nord qui offrait de meilleures conditions pour l'agriculture traditionnelle. Quand, dans le Sud, les provisions touchaient à leur fin, les tribus partaient quelques mois pour vivre de la chasse et de la pêche.

Marama et les siens, en réalité, n'en étaient pas réduits à la dernière extrémité, loin de là. Le pays offrait de quoi subsister. Mais pas obligatoirement là où l'on se trouvait à un moment donné. On partait donc à la recherche de nourriture, une aventure et, au moins pour les plus jeunes, un plaisir aussi. De plus, ces pérégrinations avaient des aspects spirituels. On se rapprochait de la terre, on retrouvait une fusion avec les montagnes et les rivières qui offraient abri et nourriture. Les enfants apprenaient à connaître des lieux éloignés, importants d'un point de vue spirituel.

— Je sais, oui, s'excusa Gwyneira, mais… Qu'y a-t-il entre elle et Wiremu, Marama ? Maaka dit qu'elle lui parle…

— Oui, je m'en suis aperçue, moi aussi. C'est le seul homme avec lequel elle parle. Ce dernier point me paraît inquiétant, le premier non.

Gwyneira prit une profonde inspiration, elle avait manifestement de la peine à garder son calme.

— Marama, tu connais Tonga. Il ne s'agit pas d'une invitation à se promener avec la tribu, c'est une manière de préparer un mariage. Il veut unir Gloria et Wiremu.

Marama haussa les épaules. Son attitude flegmatique rappelait celle de la jeune fille qui avait jadis accepté d'aimer Paul et d'être provisoirement rejetée par lui, avec autant de naturel que s'il s'était agi d'une pluie d'été.

— Si Gloria aime Wiremu, tu ne les sépareras pas. Si elle n'aime pas Wiremu, Tonga ne la mariera pas de force.

Il n'a pas le pouvoir de les obliger à coucher ensemble dans la maison commune. Donc, remets-t'en à Gloria !

— Je ne peux pas ! Elle est… elle est l'héritière ! Si elle épouse Wiremu…

— Alors la terre n'appartiendra pas pour autant à Tonga et à la tribu, mais aux enfants de Gloria et de Wiremu. Ils seraient peut-être les premiers « barons » avec du sang maori. Peut-être rendront-ils la terre à la tribu. Tu ne seras plus là pour le vivre, miss Gwyn, et Tonga non plus. Mais les montagnes seront toujours là, et le vent jouera dans la cime des arbres, conclut Marama avec un geste de soumission à la puissance des dieux.

Gwyneira soupira, jouant avec ses cheveux qu'elle relevait désormais strictement, mais, comme chaque fois qu'elle s'énervait, de petites mèches se défaisaient de sa coiffure. N'ayant jamais été une eau dormante, elle ressentit l'ardent désir de casser quelque chose.

— Marama, je ne peux permettre ça. Je dois…

Marama lui ordonna de se taire d'un geste. À nouveau, elle prit un air sévère dont elle n'était pas coutumière.

— Gwyneira McKenzie, dit-elle d'un ton ferme, j'ai laissé à ta garde les deux enfants, Kura, puis Gloria. Tu les as élevées à la manière des Pakeha. Regarde ce que ça a donné !

— Kura est heureuse !

— Kura est une vagabonde, en pays étranger…, chuchota Marama. Sans soutien, sans tribu.

Si Gwyneira était persuadée que Kura avait une autre vue des choses, Marama, de sang totalement maori, pensait sa fille perdue.

— Et Gloria…

Gwyneira s'interrompit.

— Laisse partir Gloria, Gwyn. Ne commets pas davantage d'erreurs.

Gwyneira s'avoua vaincue. Elle se sentit soudain vieille. Très vieille.

Quand elles se quittèrent, Marama frotta son nez et son front contre le visage de sa belle-mère avec beaucoup plus de tendresse qu'à l'ordinaire.

— Vous autres Pakeha, murmura-t-elle, vos routes doivent être plates et droites. Vous les imposez à la terre sans l'entendre gémir. Alors que les chemins tortueux et caillouteux sont souvent les plus courts, à condition de les suivre en paix...

Gloria suivait Marama au travers de l'herbe trempée qui leur montait aux genoux. Il pleuvait depuis des heures. Nimue commençait à se lasser de cette interminable promenade. Les hommes et les femmes de la tribu avançaient stoïquement, perdus dans leurs pensées. Il y avait belle lurette que les rires et les bavardages dont ils agrémentaient habituellement leurs marches s'étaient éteints. Gloria se demandait si elle était la seule à désirer s'arrêter au sec ou bien si un savoir quelconque ou un esprit communautaire qui lui était étranger ne donnait pas aux autres de l'énergie. Au bout de trois journées de marche par un temps très humide, elle en était presque à regretter de s'être lancée dans cette aventure. Elle s'était pourtant réjouie à l'idée d'enfin partir. Elle aurait éprouvé un sentiment de triomphe si son arrière-grand-mère n'avait eu l'air à ce point triste, vieillie et blessée.

— Je te laisse partir parce que je ne veux pas te perdre, avait dit l'aïeule, une phrase qu'on aurait crue sortie de la bouche de Marama. J'espère que tu trouveras ce que tu cherches.

La vie en commun, à partir de cet instant, était devenue plus difficile encore. Gloria s'efforçait d'alimenter sa colère et son rejet, mais elle avait plutôt mauvaise conscience. De revenir ainsi à des sentiments de l'enfance l'irritait.

Pour finir, au moment des adieux, elle ne laissa certes pas Gwyneira la prendre dans ses bras, mais elle échangea avec elle un chaleureux *hongi*, geste rituel très intime. Le contact de la peau ridée, sèche mais chaude, et l'odeur de miel et de rose de son aïeule l'émurent. Gwyneira utilisait déjà ce savon quand Gloria était petite ; elle se souvint d'étreintes consolatrices. Jack, lui, sentait le cuir et la graisse pour sabot. Mais pourquoi penser à Jack maintenant ?

Gloria avait été soulagée quand ils eurent levé le camp. Les premières heures de l'équipée avaient d'ailleurs été très agréables. Elle riait avec les autres, libre et ouverte à de nouvelles impressions, en même temps que protégée au sein de sa tribu. Comme le voulait la tradition, les femmes et les enfants marchaient au milieu du groupe que flanquaient les hommes armés de leur javelot et vêtus de leur équipement de chasseur ; les femmes traînaient les bâches pour la tente et les casseroles, beaucoup plus lourdes. Quelques heures plus tard, Gloria commença à douter que ce fût vraiment juste.

— Mais les hommes doivent être mobiles ! expliqua Pau. Si on était attaqués…

Gloria ne fut pas convaincue : ils étaient toujours sur les terres de Kiward Station et, même au-delà, il n'y avait pas de tribu hostile. Personne ne menaçait les Ngai Tahu. Mais peut-être devrait-elle cesser de penser comme une Pakeha.

Elle ne s'était pas inquiétée des fatigues de la route, se jugeant plus endurcie que les autres pour avoir traversé quasiment à pied les déserts d'Australie. Mais elle était alors poussée par sa volonté et le désespoir, insensible à tout, uniquement préoccupée de son but.

Or, les Canterbury Plains, qui cédaient peu à peu la place aux contreforts des Alpes du Sud, étaient fort différentes, l'humidité et le froid remplaçant la chaleur et la sécheresse australiennes. Au bout de quelques heures de marche, il s'était mis à pleuvoir et, en peu de temps, la veste de Gloria, sa chemise et ses culottes de cheval avaient été trempées. Il en allait de même pour les Maoris, mais ils n'arrêtaient pas d'avancer. Il fallut attendre le soir pour que soient dressées les tentes provisoires et que les femmes tentent d'allumer un feu, sans grand résultat.

Finalement, les membres de la tribu se pelotonnèrent les uns contre les autres, à la recherche de chaleur. Seule Gloria resta à l'écart et s'enveloppa dans sa couverture froide et humide. Elle n'avait pas envisagé qu'il lui faudrait passer les nuits dans la tente commune. Elle savait pourtant que la tribu, au village, partageait une même salle pour dormir. Elle resta donc longtemps éveillée, écoutant les ronflements, les gémissements, parfois aussi les rires sous cape ou les cris de plaisir étouffés des couples. Elle eut envie de fuir, mais la pluie n'avait pas cessé.

Le mauvais temps persista les jours suivants. Gloria se demanda fugitivement comment Gwyneira et ses gens rentreraient le foin si cela durait. Mais elle avait assez à faire de ses propres problèmes. Ses chaussures, des bottes qui convenaient parfaitement pour l'équitation et le travail à la ferme, se ramollissaient et s'abîmaient sous l'effet de l'humidité. Les Maoris, qui marchaient pieds nus, se moquèrent d'elle et lui conseillèrent de les imiter. Elle finit par les écouter, mais, n'en ayant pas l'habitude sur d'aussi longues distances, elle gelait et souffrait mille morts.

Le cinquième jour, elle regretta amèrement d'avoir abandonné pour une vie pareille sa chambre paisible et sèche de Kiward Station. Elle fut reconnaissante à Wiremu de lui donner des bâches qui la protégeaient un peu des intempéries. Le jeune Maori, sans l'admettre, paraissait aussi mécontent et frigorifié qu'elle. Il avait en effet reçu lui aussi une éducation « à la pakeha », et ses années d'internat à Christchurch ne s'étaient pas envolées sans laisser de traces. Gloria eut même l'impression qu'il regrettait d'avoir renoncé. Il voulait devenir médecin et voilà qu'il parcourait la brousse avec sa tribu. Elle jeta un regard dans la direction de Tonga qui, imperturbable, marchait à la tête de ses gens.

— Nous ne pourrions pas nous reposer plus tôt? demanda-t-elle finalement. Je me demande ce qui vous pousse ainsi…

Elle se tut en s'apercevant de son impair. Elle n'aurait pas dû dire «vous», il lui fallait apprendre à penser d'elle et des Ngai Tahu comme d'un «nous», si elle voulait être des leurs. Et il n'y avait rien qu'elle ne souhaitât davantage.

— Nos provisions diminuent, Glory, lui expliqua Wiremu. Nous ne pouvons chasser car, par un temps pareil, pas un lapin ne met le nez hors du terrier. Et la rivière est trop rapide pour la pêche. Nous cherchons donc à atteindre le lac Tekapo.

La tribu suivait depuis des heures la rivière Tekapo que les pluies avaient transformée en un torrent furieux. Wiremu précisa qu'ils camperaient au bord du lac pendant plusieurs jours, voire plusieurs semaines, et qu'il y aurait là-bas du poisson en suffisance et des forêts giboyeuses.

— Nous y campons depuis des temps immémoriaux, sourit-il. Même le nom du lac s'explique ainsi: *po* signifie «nuit», *teka* «natte de couchage».

Une natte, sèche si possible et dans une maison solide, voilà ce que Gloria aurait aimé avoir, mais elle préféra se taire et accorder de son mieux son pas à celui de ses compagnons.

Dans la lumière du soir, le lac Tekapo offrait un spectacle à couper le souffle. Les prairies des Plains venaient mourir contre la rive nord, les Alpes du Sud s'élevaient majestueusement sur la rive opposée. L'eau turquoise miroitait. Les femmes saluèrent le lac par des chants et des rires. Rongo puisa solennellement la première eau et, cette fois, il fut possible d'allumer un feu. Même si les hommes firent maigre chasse, il y eut néanmoins au repas du poisson grillé et des galettes confectionnées avec les derniers restes de farine. Marama et deux ou trois femmes sortirent leurs instruments de musique pour fêter l'événement. Les bâches et les nattes étaient encore humides quand la tribu alla se coucher, mais tout le monde avait repris courage. Beaucoup d'hommes et de femmes firent l'amour. Gloria eut envie de vomir.

Emmitouflée dans sa couverture, elle se glissa hors de la tente. Le ciel était noir comme de l'encre au-dessus du lac, mais, sur les sommets, il y avait encore de la neige. La jeune fille leva les yeux, tentant de faire corps avec l'univers, comme le lui avait conseillé Rongo. Avec le ciel, le lac et les montagnes, ce n'était pas difficile. Mais avec la tribu, elle n'y arriverait pas…

Entendant des pas derrière elle, elle sursauta. Wiremu.

— Tu ne dors pas?

Elle ne répondit pas.

— Au début, j'ai moi aussi eu de la peine, à mon retour de la ville. Mais enfant j'aimais ça. Nous rampions d'une mère à l'autre, il y avait toujours un bras pour nous accueillir.

— La mienne ne voulait pas de moi, dit Gloria.

— Je sais. Kura était différente, c'est à peine si je me souviens d'elle.

— Elle est belle!

— Toi aussi, tu es belle, dit-il en s'approchant d'elle, une main levée.

Il voulait lui toucher le visage, mais elle eut un mouvement de recul.

— *Tapu*? demanda-t-il avec douceur.

Gloria était incapable de plaisanter sur ce sujet. Sur ses gardes, elle prit à reculons la direction de la tente.

— Tu peux tranquillement me tourner le dos. Je ne vais pas te sauter dessus. Mais qu'as-tu, Gloria?

Wiremu vint à sa hauteur et la prit par l'épaule. Mais les réflexes de la jeune fille ne distinguaient plus un contact amical d'un contact hostile. Surtout pas la nuit. Elle se saisit instantanément de son couteau. Wiremu se baissa en voyant luire la lame, se jeta par terre et s'échappa d'une roulade. Gloria le vit se remettre sur ses pieds avec souplesse et la regarder de loin avec épouvante.

— Glory…

— Ne me touche pas ! Ne me touche plus jamais !

Wiremu entendit la panique dans sa voix.

— Gloria, nous sommes amis. Je ne voulais rien te faire. Regarde-moi ! Je suis Wiremu, tu ne t'en souviens plus ? Celui qui aurait tant voulu être médecin.

Gloria, très lentement, retrouvait son sang-froid.

— Je suis désolée, dit-elle à voix basse. Mais je… je n'aime pas qu'on me touche.

— Mais il suffit de le dire, Gloria. J'accepte les *tapu*, tu le sais, dit-il en souriant de nouveau et en levant ses mains ouvertes, en signe de paix.

Elle acquiesça avec timidité. Côte à côte, mais sans se toucher, ils revinrent à la tente.

Tonga qui dormait seul dans une tente, à l'écart de la tribu, les vit. Satisfait, il se laissa aller en arrière sur sa natte.

Si le temps était effectivement meilleur que dans les Plains, il pleuvait toujours beaucoup. Les Ngai Tahu ne souffraient pas de la faim ; ils avaient du poisson et de la viande en abondance et ils étaient heureux. Gloria accompagnait Rongo à la cueillette de plantes médicinales. Elle apprenait à travailler le lin, écoutant les histoires de Marama au sujet d'Harakeke, le dieu du Lin, un petit-fils de Papa et de Rangi. Les femmes parlaient aussi des dieux du lac et des montagnes, décrivaient les voyages de Kupe, le premier à avoir découvert Aotearoa, et ses combats contre des poissons géants et des monstres terrestres.

Des rencontres avec d'autres tribus étaient l'occasion de longs *pohiri*, des cérémonies de bienvenue, puis d'une fête. Gloria dansait avec les autres et jouait de la *koauau*, accompagnant les *haka* guerriers des jeunes filles. Elle oubliait sa peur de mal faire. Marama et les autres femmes ne réprimandaient pas leurs élèves, se contentant d'expliquer avec patience. Les petites querelles entre filles ne dégénéraient pas comme à l'internat, sans doute parce que les adultes n'intervenaient pas. Gloria apprit à distinguer les moqueries bienveillantes des filles maories des railleries sans pitié de ses anciennes condisciples. Elle finit même par rire le jour où Pau, taquine, dit que la balle *poi poi* qu'elle avait confectionnée de ses mains ressemblait à l'œuf d'un oiseau étrange. Comme elle n'avait pas réussi à rendre l'objet tout à fait rond, il décrivait de curieuses ellipses pendant qu'elle dansait. La balle ayant heurté la tête d'Ani à l'occasion d'une de ces trajectoires aléatoires, Gloria déclara qu'il s'agissait d'une nouvelle arme miracle.

— Elle est peut-être un peu molle tout de même, Glory, tu devrais essayer de fabriquer tes armes en *pounamou*, dit Ani.

Elles en recherchèrent dans le lit de la rivière et, le soir, Rongo leur montra comment, dans cette pierre semblable à du jade, on pouvait sculpter des pendentifs en forme de petites figures divines. Gloria et Ani s'offrirent l'une à l'autre leurs *hei-tiki*, qu'elles portèrent fièrement autour du cou. Wiremu fit ensuite à Gloria la surprise d'un pendentif bien plus beau encore : il avait, à vrai dire, beaucoup plus d'expérience en la matière.

— Tiens, qu'il te porte bonheur !

Les filles applaudirent, ce qui ne fut pas du gré de Gloria. Mais elle avait confiance en Wiremu. Il n'était que son ami.

Gloria commençait à apprécier ces journées passées au sein de sa nouvelle famille, même si elle trouvait toujours éprouvantes les nuits dans la tente commune. Quand le temps le permettait, elle sortait en catimini et dormait dehors, quitte à sursauter au moindre bruit. Elle avait beau se dire qu'elle ne risquait pas de rencontrer des crocodiles ou des serpents comme en Australie, la peur était ancrée en elle. Les bruits étaient nombreux durant ces nuits chaudes. Des filles et des garçons quittaient la tente en gloussant ; certains s'étaient isolés alors que la tribu était encore assise auprès du feu. Ils faisaient l'amour dans le bois de pins ou dans l'herbe, derrière des rochers.

Gloria avait également peur des hommes qui quittaient la tente pour vider leur vessie. Elle savait bien qu'ils ne lui voulaient pas de mal, mais la silhouette d'un homme devant le miroir du lac suffisait à affoler son cœur.

Parfois, quand la nuit était fraîche et que Gloria, ne supportant pas de rester dans la tente, se blottissait seule, grelottante, dans sa couverture humide, Wiremu la rejoignait, s'asseyant loin d'elle, et ils parlaient. Le garçon racontait son séjour à Christchurch, son sentiment de solitude au début et de désespoir quand il était la risée des autres.

— Mais ça te plaisait quand même! s'étonnait Gloria. Tu as voulu rester et poursuivre des études.

— L'école me plaisait. Et je suis fils d'un chef. J'étais grand et fort et j'inspirais une peur bleue aux jeunes Pakeha. Cela a parfois occasionné quelques problèmes avec les professeurs quand on me cafardait. Généralement, pourtant, ils préféraient la fermer.

— Mais tu étais seul!

— Le pouvoir isole. Le chef a du pouvoir, mais pas d'amis.

Wiremu racontait aussi comment, plus tard, grâce à ses bons résultats, il s'était fait respecter au lycée. Ce n'est qu'ensuite, à l'université, que les choses s'étaient gâtées. Il s'était retrouvé face à des gens qui n'avaient jamais eu à connaître la force de ses poings. Et, pour s'en servir de nouveau, ajoutait-il en souriant, il était devenu «trop civilisé».

Gloria ne parlait guère de sa scolarité en Angleterre, avec pourtant une exception pour miss Bleachum.

— Elle pensait que je devrais étudier les sciences naturelles. J'aurais alors pu revenir à Dunedin. Mais j'ai si peu appris... nous faisions uniquement de la musique et de la peinture... nous regardions des tableaux étranges.

Elle évoqua Europe et Zeus qui, tombé amoureux d'elle, s'était métamorphosé en taureau pour échapper à la vigilance de son épouse méfiante. Wiremu, qui avait appris le latin et un peu de grec, enjoliva l'histoire à la manière maorie, à grand renfort d'expressions colorées. Il s'amusait comme un fou, tandis que Gloria, rougissante, n'éprouvait que de la colère et de la pitié pour la princesse qui avait certainement envisagé une autre existence que de servir de maîtresse au père des dieux.

En journée, le jeune Maori lui apportait des exemplaires intéressants de plantes ou d'insectes et, une nuit, il la réveilla, sans la toucher, pour lui montrer un kiwi. S'orientant grâce aux sifflements aigus de l'oiseau nocturne au plumage brun et au long bec courbe, ils découvrirent l'animal tapi sous un buisson. Il existait beaucoup d'oiseaux nocturnes à Aotearoa, notamment dans les Préalpes, mais voir un kiwi était un événement. Gloria suivit son ami en toute confiance pour observer l'oiseau. Wiremu l'invita ensuite de plus en plus souvent pour de semblables promenades nocturnes, mais ne la toucha jamais.

Il arriva inévitablement que les autres filles parlent de ces escapades qui n'échappèrent pas non plus à la vigilance des femmes adultes. Tonga, lui, semblait très satisfait.

Un jour, la tribu abandonna le lac pour poursuivre sa route en direction des montagnes. Le mont Aoraki, point culminant de l'île, était considéré comme un lieu sacré et les Maoris désiraient s'en approcher.

— Quelques Pakeha l'ont escaladé il y a quelques années, exposa Rongo, mais cela n'a pas plu aux esprits.

— Pourquoi ne s'y sont-ils pas opposés? demanda Gloria qui connaissait la montagne sous le nom de «Mount Cook» et avait entendu parler du succès de cette expédition.

— Ce n'est pas moi qu'il faut questionner, mais la montagne, lui répondit Rongo, fidèle à sa réputation.

La tribu finit par chasser dans les Hautes Terres et Gloria, le soir, auprès du feu, osa raconter l'histoire de James, l'enjolivant avec autant de talent que les conteurs maoris. Recourant aux longues phrases complexes de leur langue, elle décrivit la rencontre de McKenzie et de sa fille Fleurette et la manière dont John Sideblossom s'était emparé du voleur de bétail et avait obtenu qu'il fût banni en Australie.

— Mais mon aïeul est revenu de la grande île au-delà des mers, où la terre est rouge comme le sang et où les montagnes semblent brûler. Et il a vécu longtemps.

Elle fut applaudie et Marama lui sourit.

— Tu seras une *tohunga*, si tu continues ainsi. Mais ce n'est pas un miracle. Ton père aussi est un maître dans l'art de bien parler. Même s'il en fait un usage un peu bizarre…

Les félicitations de Marama lui ayant donné des ailes, Gloria travailla l'art oratoire, notamment sa *pepeha*, la présentation personnelle que chaque Maori doit être en mesure de faire quand le cérémonial l'exige : citer ses ancêtres, ses *tupuna*, décrire le canot et les détails de la traversée qui les avait amenés sur Aotearoa. Marama lui fournit le nom de la tribu qu'avaient alors fondée les voyageurs, lui montrant les endroits où ils avaient habité. Une vallée qui ressemblait à une forteresse naturelle était fascinante. Elle était désormais *tapu* : elle avait été le lieu de combats ou d'événements étranges. Les hommes de la tribu avaient peur d'y pénétrer, mais Rongo et Marama y conduisirent Gloria et toutes trois méditèrent autour d'un feu. Gloria introduisit dans sa *pepeha* une description fidèle de cette forteresse rocheuse.

Il était bien sûr plus difficile de décrire la branche familiale du côté pakeha, mais Gloria donnait le nom du bateau sur lequel Gwyneira était venue, citait Kiward Station comme destination et indiquait que son *iwi*, sa tribu, était celle des Warden. Elle finissait par une présentation colorée du lieu où elle était née, ce qui suscitait en elle une espèce de mal du pays : les Ngai Tahu étaient maintenant en route depuis trois mois, et, bien qu'appartenant à la tribu et se sentant acceptée pour la première fois depuis des années, Gloria avait souvent le sentiment de vivre la vie d'une autre, de jouer le rôle d'une fille maorie. Était-ce là ce qu'elle souhaitait, ce qu'elle était réellement? Elle n'avait jusqu'ici pas protesté contre ce qu'on exigeait d'elle. Elle apprenait l'usage des plantes médicinales, elle apprenait à tisser et à comprendre la signification de ce qu'elle tissait. Elle préparait la viande qu'apportaient les chasseurs. Mais, plus elle passait de temps avec les femmes de la tribu, mieux elle percevait qu'en réalité elle ne faisait rien d'autre que ce à quoi Kiri et Moana s'occupaient dans la cuisine de Kiward Station. Certes, il y avait des travaux manuels et l'on cuisinait en plein air, mais c'était la seule et minime différence, alors qu'elle avait toujours aimé travailler à la ferme, élever les moutons et le bétail.

Chasser et pêcher étant des activités autorisées aux femmes, les Maoris ne l'empêchaient pas de se joindre à eux. Toutes les filles apprenaient d'ailleurs à se débrouiller en cas de nécessité. Mais la chasse en commun n'était pas habituelle et, si une fille accompagnait les hommes, ceux-ci y voyaient généralement une tentative d'approche. Gloria tenta donc de convaincre ses amies de se joindre à elle. Mais, Pau ou Ani s'y étant décidées, l'aventure tourna rapidement au flirt déclaré. Gloria, à son corps défendant, se retrouva mêlée à ces divertissements.

Elle préféra donc rester auprès du feu, n'accompagnant qu'occasionnellement Wiremu à la pêche. Mais, tandis qu'elle apprenait à confectionner des nasses dans lesquelles on déposait des appâts pour les poissons, les femmes restées au campement parlaient de Wiremu et d'elle. Le soir, on la taquinait à ce sujet si bien que, le lendemain, elle renonçait à s'éloigner des tentes.

Si cela la contrariait, elle devait pourtant s'avouer que la chasse et la pêche ne lui plaisaient guère. Non qu'elle fût trop sensible pour cela, ayant toujours vu abattre des bêtes à la ferme et ayant pêché à la ligne depuis son plus jeune âge, mais devoir tuer tous les jours pour subsister lui répugnait. Elle n'avait pas la patience de poser des pièges et de les relever et elle détestait en retirer les oiseaux ou les petits rongeurs qui s'y étaient étranglés. En revanche, le travail de l'éleveur lui manquait : conserver ses bêtes pendant de longues années, se soucier de trouver le meilleur accouplement possible entre brebis et bélier, jument et étalon, se réjouir des naissances et non de la mort.

Elle accueillit donc sans tristesse la décision du retour. Tonga aurait volontiers continué les pérégrinations et Rongo, de son côté, fut déçue de ne pouvoir montrer à Gloria un peu plus encore du pays des Ngai Tahu. Les derniers temps, elle initiait de plus en plus intensément la jeune fille aux *tapu* et au *tikanga*, l'ensemble des traditions de sa tribu. Marama donnait de loin en loin à entendre que la guérisseuse se souciait de trouver quelqu'un pour lui succéder : Rongo avait trois fils, mais pas de fille.

L'été, en tout cas, touchait à sa fin, et ce furent les simples membres de la tribu qui imposèrent leur volonté, contre l'avis de leur chef et de leur magicienne. En automne, les troupeaux redescendant des alpages à Kiward Station, on avait besoin d'hommes à la ferme. Il y avait donc de l'argent à gagner. En outre, les semences mises en terre avant le départ de la tribu devaient avoir mûri et il y aurait de quoi passer l'hiver sans marches et sans expéditions de chasse sous la pluie et dans le froid. Tonga pouvait bien objecter que cela était contraire aux usages de la tribu et que l'on se mettait ainsi sous la dépendance des Blancs, il était impuissant contre l'idée qu'un bon feu et un peu de confort sous la forme d'outils pakeha, de casseroles et d'épices, valaient bien toutes les traditions.

Cela ne signifiait pas qu'on allait faire demi-tour et regagner les Canterbury Plains par le chemin le plus direct. Non, le retour s'étira sur des semaines, avec des haltes sur les lieux sacrés et des séjours chez d'autres tribus. Gloria, maintenant, pouvait participer aux cérémonies les yeux fermés, chanter et danser sans complexe avec les autres filles et exposer sa *pepeha* quand leurs hôtes s'étonnaient de la voir différente de ses compagnes. Cela lui attirait le respect, notamment ses descriptions de la traversée des Pakeha venues de Londres et de leur périple au travers des montagnes de leur nouvelle patrie, descriptions qui stimulaient l'imagination de ceux qui l'écoutaient. Le *mana* de Gloria au sein de la communauté grandissait. Elle marchait au milieu de ses amies, droite et fière, quand la tribu foula enfin les terres que les Pakeha appelaient toujours O'Keefe Station. Wiremu, qui marchait en compagnie des hommes, lui souriait de temps en temps et elle n'avait pas peur de lui répondre. Elle se sentait pleine d'assurance.

— Tu ne comptes donc pas rentrer chez toi? s'étonna Marama en s'apercevant que Gloria portait le vêtement maori.

Les Ngai Tahu avaient repris possession de leur *marae* dans l'ancienne ferme d'Hélène O'Keefe où, avec les autres filles, Gloria nettoyait la salle commune pour les festivités à venir. Pau secouait les nattes tandis que Gloria balayait. D'autres époussetaient les statues des dieux. Toutes portaient déjà leur *piupiu* ainsi que des hauts noir, rouge et blanc, tissés à la main et dégageant les épaules. Le temps ensoleillé permettait cette tenue légère. Les jeunes filles danseraient un peu plus tard un *haka* de bienvenue devant la salle commune. Mais Marama n'avait pas envisagé que sa petite-fille y participerait.

— Miss Gwyn va apprendre que nous sommes arrivés et elle va t'attendre.

Gloria haussa les épaules. Elle était en réalité ballottée entre des envies contraires, celle de fêter le retour avec la tribu et celle de retrouver son lit confortable dans une chambre pour elle seule et même d'embrasser Gwyn, avec son odeur de rose et de lavande. Sans compter le repas servi par Moana et Kiri, sur une vraie table. Avec de vraies chaises.

— Pourquoi parles-tu de retour chez elle, Marama? demanda Tonga qui entrait dans la salle, suivi de ses fils.

Wiremu venait en dernier. Il portait comme tout le monde le vêtement de fête traditionnel. Les hommes danseraient aussi un *haka* pour souhaiter à leurs femmes la bienvenue dans le *wharenui*.

— Gloria est ici chez elle. Veux-tu la renvoyer chez les Pakeha?

C'était le chef qui dirigeait la cérémonie du retour, bien qu'habitant dans le village au bord du lac avec sa famille. Il n'y rentrerait que le lendemain. Pour Gloria, un bon prétexte pour rester un jour de plus dans sa famille maorie: à pied, le chemin menant à Kiward Station était long et il serait plus agréable de le parcourir en groupe que seule. Pensant à son cheval, elle eut un sourire. Elle allait de nouveau pouvoir le monter. Quel plaisir ce serait après cette longue marche!

— Je n'envoie personne nulle part, Tonga, répondit calmement Marama. Gloria n'a pas besoin de moi pour savoir ce qu'elle fait et où elle veut vivre, avec qui. Mais il se doit qu'elle aille voir miss Gwyn et lui montrer qu'elle va bien.

— Je…, commença Gloria, mais les femmes âgées lui ordonnèrent de se taire.

— Je pense que Gloria a déjà montré où elle estimait être à sa place, affirma Tonga d'un ton plein de dignité. Et je pense aussi qu'elle doit dès cette nuit parachever cette union avec la tribu. Nous observons depuis des mois que Gloria et Wiremu, mon plus jeune fils, passent leur temps ensemble. Le jour et la nuit. Il serait temps qu'ils partagent leur couche ici, dans la maison commune, en présence de la tribu.

Gloria sursauta.

— Je…, commença-t-elle à nouveau, mais la voix lui manqua. Wiremu…, implora-t-elle dans un murmure.

C'était à lui de parler! Elle éprouvait une envie folle de hurler son refus, mais elle était en même temps presque heureuse que la panique l'eût empêchée de réagir : Wiremu perdrait la face devant sa tribu si le refus venait d'elle. C'était à lui de dire non !

Le jeune homme ne cessait de regarder tour à tour Gloria et son père.

— C'est... ça me prend au dépourvu... Mais je... eh bien, Gloria..., balbutia-t-il en se rapprochant d'elle.

Elle le supplia du regard. Il avait du mal à avouer qu'il n'y avait rien eu entre eux. Gloria maudit la foutue fierté des hommes. Elle sentait la colère monter en elle. Tonga avait mis son fils dans une situation impossible. Elle aussi, bien sûr. Ce ne serait guère glorieux d'essuyer un refus du fils du chef devant la tribu réunie. Mais Gloria se fichait pas mal de son *mana* qui comptait peu face à la perspective de devoir coucher avec un homme ! Mais quel manque d'égards de la part de Tonga ! Il n'avait tout de même pas à lui faire la cour à la place de son fils.

— Je... euh..., bégaya à nouveau Wiremu.

Gloria commença à s'inquiéter. Bien sûr, elle n'attendait pas de sa part un discours en bonne et due forme, mais il aurait pu quand même se fendre d'un « Non, je ne veux pas » ou, à la rigueur, d'une formule dilatoire du genre « Donne-nous un peu de temps ».

— Gloria, je sais. Nous n'avons jamais parlé de ça. Mais, en ce qui me concerne... je m'en réjouirais... eh bien, je serais heureux de te...

Gloria le regardait, incrédule. Elle était figée ; elle avait perdu toute sensation, elle ne voyait plus rien autour d'elle, juste cet homme à qui elle avait fait confiance. Et qui était en train de la trahir.

— Nous pourrions ne le faire que pour la forme, lui chuchota-t-il en anglais. Nous devons en effet passer notre nuit de noces devant toute la tribu.

Wiremu avait suffisamment été marqué par son éducation de Pakeha pour que ce dernier détail le choquât lui aussi.

— Alors c'est entendu ! se félicita Tonga. Nous allons célébrer cette union dès cette nuit. Gloria, nous allons t'accueillir dans cette maison commune comme une princesse, ajouta-t-il, rayonnant.

Wiremu, incertain, passait d'un pied sur l'autre. Le *Pakeha*, en lui, attendait le « oui » officiel de la fiancée.

Quelque chose, à nouveau, se brisa en Gloria. Folle de rage, elle arracha de son cou la cordelette de lin avec le bijou de jade offert par Wiremu et la jeta aux pieds de ce dernier.

— Wiremu, tu étais mon ami ! Tu m'as juré de ne jamais me toucher ! Tu m'as dit que les filles maories pouvaient choisir. Et maintenant tu veux coucher avec moi devant toute la tribu, sans même me demander mon avis ?

Gloria sortit son couteau, bien que n'étant menacée par personne. Elle avait simplement besoin de sentir le froid de l'acier, sentir quelque chose qui la rassure. Ce qui était ridicule, entourée comme elle l'était d'hommes armés de javelots et de massues. Des armes rituelles, certes, mais qui n'en étaient pas moins dangereuses.

En cet instant, Gloria aurait fait face à une armée entière. Elle n'éprouvait plus de crainte, que de la rage, une rage folle. Mais, pour la première fois, sa colère ne la rendait pas muette. Elle ne se tut pas et n'eut pas à chercher ses mots. Elle savait qui elle était.

— Et toi, Tonga, tu penses que je devrais renforcer mon lien avec la tribu ? Je ne pourrais être une partie de cette terre que si je devenais l'une des vôtres. Alors écoutez mon histoire, ma *pepeha* ! La *pepeha* de Gloria, pas celle de la fille de Kura-maro-tini, ni celle de la descendante de Gérald Warden. Pas celle des Maoris, ni celle des Pakeha.

Droite, elle attendit que tous les présents se fussent rassemblés autour d'elle. Entre-temps, d'autres hommes et d'autres femmes étaient arrivés. Le *wharenui* était pleine à craquer. Il avait été une époque où la seule vue d'une foule pareille l'aurait privée de voix. Mais elle n'en était plus là. L'élève timide d'Oaks Garden n'existait plus.

— Je suis Gloria, et le ruisseau qui coule à un mile d'ici, au sud, limite la terre où je suis ancrée ici et maintenant. Les Pakeha l'appellent Kiward Station et moi, ils m'appellent l'héritière. Mais cette Gloria n'a pas de *tupuna*, pas d'ancêtres. La femme qui dit être ma mère vend les chants de son peuple, pour la gloire et pour l'argent. Mon père m'a toujours jalousée pour cette terre, peut-être parce que son propre père l'avait jadis chassé de la sienne. Je ne connais pas mes grands-pères, l'histoire de mes ancêtres est pleine de sang. Mais moi, Gloria, je suis venue à Aotearoa sur le *Niobe*. J'ai traversé un océan de douleur et j'ai descendu un fleuve de larmes. J'ai abordé des rives étrangères et j'ai parcouru un pays qui m'a brûlé l'âme. Mais je suis ici. *I nga wa o mua* – le temps qui viendra et qui est passé – me trouve dans le pays entre le lac et le cercle des guerriers de pierre. Dans mon pays, Tonga ! Et n'essaie plus jamais de me le contester ! Ni par des mots, ni par des actes, et surtout pas en trichant !

Gloria ne quittait pas le chef du regard. Évoquant plus tard cette scène, les Ngai Tahu parleraient d'une armée d'esprits furieux dont les âmes lui donnaient cette force.

Gloria n'avait pas besoin d'esprits. Elle n'attendit pas qu'on lui répondît. La tête haute, elle quitta le *wharenui* et sa tribu.

Elle ne se mit à courir que lorsque la porte se referma derrière elle.

La Paix

Dunedin, Kiward Station, Christchurch
1917-1918

1

Jack McKenzie gardait les yeux fixés sur l'horizon où l'on distinguait peu à peu une brume blanche. La Nouvelle-Zélande, le pays du nuage blanc. L'île du Sud se présenterait donc à lui, en ce jour, comme elle s'était présentée aux premiers immigrants venus d'Hawaiki. Les hommes autour de lui saluèrent bruyamment l'apparition de leur patrie. Le capitaine avait fait annoncer que l'on approchait du but et tous ceux qui pouvaient se déplacer, qui sur ses pieds, qui sur son fauteuil roulant, étaient montés sur le pont. Certains riaient, d'autres pleuraient. Pour nombre de vétérans de Gallipoli, le retour était amer. Aucun n'était le même homme qu'au départ.

Jack regarda la mer, les vagues lui donnèrent le vertige. Peut-être, se dit-il, devrais-je quitter le pont. La vue de ses voisins le déprimait. Tous ces jeunes hommes à qui un bras ou une jambe avait été arraché dans les combats, qui revenaient paralysés, aveugles et muets d'une guerre à laquelle ils étaient partis en chantant et en riant ! Tout ça pour rien. Quelques semaines après la dernière offensive lors de laquelle Jack avait été blessé, on avait retiré les troupes de Gallipoli. Les Turcs avaient gagné la bataille, même s'ils avaient payé de leur sang la défense de leur pays. Jack se sentait infiniment pesant. Chaque geste lui coûtait. Aujourd'hui encore, il ne s'était traîné sur le pont que sur l'insistance de Roly. Voir Aotearoa, la patrie. Jack pensa à Charlotte. Il frissonna.

— Vous avez froid, monsieur Jack? demanda Roly en lui mettant une couverture autour des épaules. Les infirmières ne vont pas tarder à apporter du thé chaud. Les hommes vont en effet vouloir rester sur le pont jusqu'à ce que la terre soit en vue. À votre avis, dans combien de temps allons-nous accoster?

— Appelle-moi Jack, Roly, combien de fois devrai-je te le dire? Il y en a encore pour quelques heures. On n'est pas arrivés, la terre n'est pas en vue. On ne voit que la brume au-dessus d'elle.

— Mais elle apparaîtra bientôt, monsieur Jack. Nous arrivons chez nous. Nous sommes vivants, monsieur Jack! Dieu sait qu'il y a des jours où je n'y croyais plus! Allez, un peu de gaieté, monsieur Jack!

Malgré tous ses efforts, Jack ne ressentait que de la fatigue. Peut-être aurait-il mieux valu s'endormir pour toujours… Il se reprocha immédiatement son ingratitude. Il n'avait pas voulu mourir. Juste défier Dieu. Et il en était arrivé à présent au point où tout lui était devenu indifférent.

Jack devait d'être en vie à un enchaînement de circonstances, mais surtout à Roly et à un petit chien. Roly et son groupe de brancardiers avaient mis à profit une pause entre deux vagues d'assaut pour ramener les morts et les blessés du champ de bataille, plus exactement du *no man's land* entre les lignes que les Turcs arrosaient de projectiles. L'offensive était vouée à l'échec, Jack et les autres vétérans auraient pu le dire à l'état-major. Au printemps, c'est eux qui avaient «fait un carton» sur les assaillants turcs. En août, la situation s'était inversée. Il aurait fallu plus de dix mille hommes pour déborder les tranchées adverses. Peut-être même que cent mille hommes n'auraient pas suffi. Dès le premier assaut, le terrain avait été jonché de morts et de blessés et il avait fallu la mansuétude des Turcs pour permettre aux brancardiers d'opérer en relative sécurité. Une telle accumulation de corps représentait une espèce de barricade qu'une nouvelle vague aurait eu du mal à franchir. Dix, vingt attaques successives auraient été vaines tant que les Turcs ne seraient pas venus à bout de leurs munitions. Or, leurs voies de ravitaillement étaient intactes. En tout cas, l'ennemi s'était senti suffisamment assuré pour permettre aux unités sanitaires de l'ANZAC de faire leur travail.

Jack n'aurait toutefois pas survécu s'il n'avait pas été découvert par Roly. Les brancardiers devaient eux-mêmes décider, dans des combats aussi meurtriers, quels étaient les blessés à secourir et lesquels il convenait, le cœur lourd, d'abandonner. Les blessés à la poitrine étaient au nombre des seconds. Même quand les chirurgiens n'étaient pas débordés, seuls quelques-uns de ces blessés survivaient à une opération. Compte tenu des conditions régnant à l'arrière des combats, ils n'avaient presque aucune chance de s'en tirer.

Roly s'était refusé à le croire. Malgré les hochements de tête de ses brancardiers, il insista pour qu'il fût transporté à l'abri.

— Dépêchez-vous, faites-moi ce plaisir ! Et ne vous contentez pas de le déposer dans la tranchée, il doit être opéré d'urgence.

Il savait qu'il avait outrepassé ses compétences, mais il n'avait pas oublié sa dette envers Jack. Accompagnant le brancard, il fit signe à ses hommes de ne pas s'arrêter à un poste de secours provisoire, dans l'une des tranchées de communication, où l'on procédait à une nouvelle sélection. On n'amenait à la plage que ceux qui avaient une réelle chance de survivre. On s'occuperait des autres plus tard, si c'était encore nécessaire. Roly et son groupe se faufilèrent donc dans la cohue des secouristes transportant eux aussi des soldats qui gémissaient et criaient quand ils n'étaient pas inconscients, passant devant de jeunes soldats, blancs comme des linges, qui attendaient d'être à leur tour engagés et qui savaient désormais ce qui les attendait.

— Vous pouvez le déposer ici, dit Roly hors d'haleine car il avait demandé aux brancardiers de prendre le pas de course dès qu'ils avaient été en terrain libre.

Ils étaient enfin dans l'hôpital de campagne. Nouvelle sélection. C'étaient ici les médecins qui décidaient de la priorité pour la table d'opération. Jack n'avait pas la moindre chance d'être retenu.

— Allez, filez maintenant, retournez en première ligne. Je vous rejoindrai. Moi, je dois d'abord trouver le major Beeston. Allez! Vous attendez quoi?

Les hommes, presque encore des adolescents, le regardaient, l'air las. Ils seraient volontiers restés sur place, même si la tente était un véritable enfer, avec ses blessés hurlant et pleurant, le sable imbibé de sang et une épouvantable odeur de poudre, d'éther, de lysol et d'excréments. Mais au moins, ici, on ne tirait pas et les corps n'étaient pas déchirés par les projectiles.

— Allez-y, les gars! répéta Roly. Et merci!

Les brancardiers partirent enfin. Cette fois en sens inverse, sans récupérer leur civière. Tant mieux, se dit Roly. Cela aurait pris trop de temps de coucher Jack sur un lit de camp.

Roly lui prit le pouls et lui essuya des lèvres l'écume sanguinolente. Il vivait, mais pas pour longtemps, si aucun miracle ne se produisait.

— Je reviens tout de suite. Tenez bon, monsieur Jack!

C'est à contrecœur que Roly quitta son patient. S'il était examiné par un médecin qui le destinerait à une tente mouroir, jamais il ne le retrouverait dans un chaos pareil. Mais il n'y avait pas d'autre solution.

— Major Beeston! criait Roly en parcourant les tentes.

Mais, avant qu'il eût pu trouver le médecin, Paddy, lui, avait découvert Jack.

Lors de journées comme celle-ci, le major Beeston perdait de vue son chien. Le temps manquait pour s'occuper du petit bâtard; souvent, le médecin ne se rendait compte que le soir de la disparition de Paddy. Il le retrouvait blotti dans un coin, terrorisé par le bruit des combats, le sang et l'agitation. Courant en tous sens dans le camp, il recevait à l'occasion un coup de pied quand il gênait, glapissait et se rencognait ailleurs. Jusqu'au moment où, mort de peur, il se mettait à la recherche d'une main secourable.

Chose particulièrement difficile en ce jour où l'hôpital n'était rempli que d'inconnus, le personnel habituel ayant été envoyé sur les lieux du combat, remplacé, auprès des médecins, par de nouveaux arrivés dont aucun n'avait un mot gentil pour ce cabot bas sur pattes. De plus, le Dr Beeston opérait depuis des heures et le chien n'était pas admis au «bloc». Tentant une nouvelle fois de se glisser à l'intérieur, Paddy fut encore chassé, et c'est à cet instant qu'il perçut une odeur connue. Il se pelotonna contre la main de Jack qui pendait, inerte, du brancard. Son vieux copain n'eut certes pas un geste pour le caresser, mais il était là! Quelque chose clochait à vrai dire, une odeur de sang et de mort... S'asseyant sur son derrière, le chien se mit alors à pousser des hurlements à fendre le cœur.

— Mais qu'a donc ce clébard? C'est insupportable! dit un des jeunes assistants qui, ayant jeté un œil sur Jack, entreprit d'ouvrir sa veste d'uniforme, mais Paddy gronda. Eh bien, de mieux en mieux, il me mordrait, le fumier! Pourquoi le major le laisse-t-il se balader partout? Docteur Beeston! héla le jeune homme en apercevant le major qui sortait de la salle d'opération. Major Beeston? Votre cabot... euh...

Le jeune homme s'avisa au tout dernier instant que le médecin pouvait l'envoyer directement en première ligne s'il ne mesurait pas son propos. Malgré sa haine des chiens, il n'était pas encore las de vivre.

— Pourriez-vous... euh... éloigner votre chien? Il nous empêche de travailler.

Le major, surpris, s'avança. Jamais encore quelqu'un ne s'était plaint de Paddy. Bon, il lui arrivait de se mettre dans les jambes, mais…

— Il ne me laisse pas approcher du blessé, *sir* ! Je n'ai pas pu…, commença-t-il en saisissant à nouveau le revers de la veste de Jack, mais Paddy fit mine de le mordre.

— Qu'est-ce qui t'arrive, Paddy ? s'exclama le médecin en se plantant à côté du brancard. Mais, attendez ! Mais c'est…

Reconnaissant le blessé, le médecin ouvrit lui-même sa chemise.

— Blessure au poumon, *sir* ! diagnostiqua le jeune caporal. Pourquoi on nous l'a amené, mystère ! C'est pourtant un cas sans espoir !

Le major le fusilla du regard.

— Merci de votre expertise, jeune homme ! Et maintenant, portez ce garçon au bloc ! Mais fissa ! Et gardez votre point de vue pour vous !

Roly fut pris de panique quand, au terme d'une vaine recherche, il ne retrouva plus Jack. Seul Paddy montait la garde et il se mit à gémir en voyant Roly.

— Où donc peut-il être, Paddy ? Tu ne sais pas où il est notre M. Jack, espèce de bon à rien ?

— Qui cherchez-vous, soldat ? demanda le jeune caporal en passant à côté de Roly. Le blessé au poumon ? Il est au bloc. Ordre de Beeston en personne. À présent, ce sont les animaux de compagnie qui décident qui passe par les mains du patron !

Roly ne retourna pas en première ligne. Pour faire taire sa mauvaise conscience, il décida de se rendre utile en attendant la fin de l'opération. Le Dr Pinter, un orthopédiste, finit par découvrir cet infirmier confirmé et lui ordonna de l'assister. À la quinzième amputation, Roly cessa de compter. Au troisième sac rempli de débris humains qu'il dut sortir de la tente, il cessa de questionner au sujet de Jack.

Le flot des blessés ne tarissait pas. Personne n'allait se souvenir de l'un d'eux précisément. Le sort de Jack n'était plus entre ses mains. Il devrait attendre, pour le chercher, le retour d'un moment de calme.

Les tirs ne faiblirent que tard dans la nuit et, quand le Dr Pinter envoya son dernier blessé dans la salle d'hôpital, le jour pointait déjà.

— Vous n'allez tout de même pas attaquer encore? demanda-t-il à un capitaine, un tout jeune officier portant un bras en écharpe.

— Je ne sais pas, *sir*. Personne ne sait. Le commandant Hollander est tombé hier, l'état-major délibère encore. Mais, si vous voulez connaître mon avis, *sir*… la bataille est perdue. Toute cette maudite côte est perdue. Si les généraux ont encore une lueur de raison, ils arrêteront les frais!

Roly s'attendait à ce que le médecin réprimandât le jeune officier, mais le Dr Pinter se contenta de hocher la tête et de le mettre en garde avec douceur:

— Ne parlez pas aussi imprudemment, capitaine, il vaudrait mieux prier…

Les prières ne furent pas entendues.

Peu avant le lever du jour retentirent des salves de mitrailleuses. De nouvelles vagues d'assaut. De nouveaux morts!

La «bataille de Lone Pine», comme on appellera ensuite cette offensive d'août, en référence à la tranchée où avaient eu lieu les combats les plus acharnés, ne prit fin que cinq jours plus tard. Bataille victorieuse selon le communiqué de l'état-major.

L'ANZAC avait progressé d'une centaine de yards à l'intérieur des lignes turques. Une avancée payée de neuf mille morts.

Roly retrouva Jack le matin du deuxième jour, avant qu'affluent les blessés. Il aurait dû le chercher pendant des heures au milieu des centaines de nouveaux opérés alignés côte à côte, si Paddy et le Dr Beeston n'avaient été auprès de son lit. Jack était inconscient, mais il respirait et ne crachait plus de sang. Le médecin était en train d'examiner sa blessure.

— O'Brien? demanda-t-il quand Roly s'approcha.

Le visage du médecin était presque aussi livide et émacié que celui de son patient.

— C'est à vous qu'il doit d'être ici?

— Oui, avoua Roly d'un ton coupable. Je n'ai pas pu l'abandonner, *sir*. Je sais bien sûr que... je suis prêt à subir les conséquences de mon geste.

— Ah, laissez ça, je vous prie. Que l'un meure et que l'autre vive, qui cela intéresse-t-il? Nous mis à part, peut-être. Si cela peut vous tranquilliser, j'ai moi aussi outrepassé mes compétences, ou bien je les ai élargies, pour ne pas dire plus. Nous n'avons pas à décider à la place de Dieu!

— Ne l'aurions-nous pas fait également si nous l'avions abandonné, *sir*?

— Pas exactement, O'Brien, car nous nous en serions tenus aux ordres. Or Dieu ne reçoit pas d'ordres. Prenez soin de lui, O'Brien, continua le médecin en recouvrant Jack avec précaution. Sinon, il se perdra dans ce chaos. Je vais faire en sorte qu'il soit transporté dès aujourd'hui sur le *Gascon*.

Le *Gascon* était le navire-hôpital le mieux équipé.

— Il appareille pour Alexandrie, *sir*? s'enquit Roly plein d'espoir.

Le transfert à l'hôpital militaire d'Alexandrie signifiait généralement la fin de la guerre pour un blessé.

— Oui, et vous l'accompagnerez. Plus exactement, vous accompagnez ce transport. Quelqu'un a décidé à la place de Dieu pour vous aussi, O'Brien. Quelqu'un ayant de bonnes relations. Votre ordre de route pour la Nouvelle-Zélande est arrivé hier, en même temps que les renforts.

Il paraît qu'un invalide de Greymouth dont l'activité est déterminante pour l'issue de la guerre ne peut exister sans vos soins. Sans vous, O'Brien, toute la production néo-zélandaise de charbon serait paralysée. C'est du moins ainsi que les choses ont été présentées.

En dépit de la gravité de la situation, Roly ne put réprimer un sourire.

— C'est trop d'honneur, *sir* !

— Je ne me permettrai pas de juger. Mais faites votre paquetage, soldat ! Occupez-vous de votre ami et, pour l'amour du ciel, tâchez de vous en sortir vous aussi. Le *Gascon* lève l'ancre à 15 heures.

Jack, de nature robuste, vivait encore quand le navire-hôpital arriva en Égypte. Il le devait aussi à la présence attentive de Roly, car il manquait de soignants pour un tel nombre de blessés graves. Beaucoup moururent sur le bateau, d'autres peu après leur débarquement à Alexandrie. Jack résista et reprit même connaissance un jour. Enregistrant les souffrances et la détresse qui l'entouraient, il comprit qu'il avait survécu. Mais il n'était plus le même homme. Il ne parlait plus. Contrairement à d'autres survivants qui taisaient avec agressivité leur colère ou leur peur de l'avenir, il répondait poliment aux questions des médecins et des infirmières. Mais, à part ça, il n'avait rien à dire.

Il accueillait par le silence les plaisanteries de Roly ou ses encouragements et ne cherchait pas à surmonter sa faiblesse. Il dormait ou regardait fixement le plafond. Plus tard, beaucoup plus tard, quand on l'autorisa à s'asseoir près de la fenêtre, il se contentait de fixer le ciel imperturbablement bleu au-dessus d'Alexandrie. Il entendait l'immuable appel du muezzin depuis la mosquée voisine et songeait aux propos du Dr Beeston que Roly lui avait rapportés : Dieu n'est pas tenu à des règles. Il se demandait si cela avait alors le moindre sens de le prier.

Sa guérison exigea de longs mois. La blessure était certes refermée, mais, perpétuellement fatigué, il maigrissait. Roly ne le quittait pas. Il ignorait son ordre de route pour la Nouvelle-Zélande et les médecins militaires ne s'en préoccupaient pas. L'hôpital étant archicomble, un soignant supplémentaire n'était pas du luxe. En outre, sa présence à Greymouth avait manifestement perdu de son urgence depuis que Tim le savait loin du front. Il écrivait chez lui de temps en temps et recevait des lettres de Mary et des Lambert. Il arrivait aussi du courrier pour Jack. Roly ne savait s'il le lisait. Jack, lui, n'écrivait à personne.

En décembre 1915, le commandement britannique procéda à l'évacuation de la rive de Gallipoli devenue entretemps « ANZAC Beach ». Le retrait des troupes s'effectua dans l'ordre et sans pertes supplémentaires. On parvint à retirer les combattants du pays sans que les Turcs s'en aperçoivent. Tout à la fin, on fit sauter les tranchées.

Roly raconta l'opération avec enthousiasme à Jack.

— Et, pour terminer, ils ont porté un dernier coup à ces salopards. L'explosion a coûté la vie à une quantité de Turcs !

Jack baissa la tête.

— Et pour quoi, tout ça, Roly ? Quarante-quatre mille morts de notre côté. Davantage encore chez les Turcs, paraît-il. Et tout ça pour rien.

Dans la nuit, il rêva à nouveau du combat dans la tranchée, n'arrêtant pas de planter sa baïonnette dans le corps des ennemis, de taper à coups de bêche. Quand il se réveilla, trempé de sueur, il écrivit à Gloria, évoquant le retrait des troupes de l'ANZAC. Il savait qu'elle ne lirait jamais la lettre, mais raconter cette histoire le soulagea.

Durant l'hiver, une toux opiniâtre tourmenta Jack. Remarquant sa maigreur et sa pâleur, un médecin, diagnostiquant une tuberculose, ordonna son transfert dans un sanatorium, à Suffolk.

— En Angleterre, *sir*? s'étonna Roly. Ne pourrions-nous pas rentrer chez nous? Il y a certainement aussi des établissements où l'on soigne les poumons.

— Certainement, mais pas des établissements militaires. Vous, monsieur O'Brien, vous pouvez bien sûr rentrer. Nous y serions même très favorables. Vous avez rendu ici de grands services, mais l'hôpital se vide lentement. Que nous employions un civil par-dessus le marché se remarquerait.

— Mais je n'ai pas été officiellement démobilisé…

— Vous n'avez qu'un ordre de route vieux de six mois, sourit le médecin. Faites à votre guise, O'Brien, mais disparaissez d'ici. Pour ma part, je suis prêt à vous transférer clandestinement sur le bateau pour l'Angleterre. Mais vous devriez quitter votre unité avant qu'on vous envoie en France!

Les troupes de l'ANZAC retirées de Gallipoli étaient désormais engagées en France ou en Palestine.

Ayant trouvé du travail dans une ferme anglaise, Roly avait rendu régulièrement visite à son « M. Jack». Puis, les missions du sanatorium ayant été élargies aux soins à dispenser à des invalides de guerre, il avait même fini par y être employé comme soignant. Tim Lambert ne réclamait pas son retour, mais exigeait des nouvelles régulières de Jack, écrivant que sa mère était extrêmement inquiète. Mais Jack, sourd à ses reproches, refusait même de lui dicter une lettre.

— Qu'est-ce que je pourrais bien écrire, Roly? demanda-t-il un jour, allongé sous le pâle soleil d'un printemps anglais, contemplant fixement un ciel d'un bleu éteint, son ami assis auprès de lui.

La journée étant inhabituellement chaude pour la saison, les infirmières avaient installé les malades dans le jardin. Le grand air avait, disait-on, des vertus salutaires. Le grand air et le repos.

Jack avait vu les blés mûrir dans les champs, entendu chanter les moissonneurs et observé les feuilles jaunir en automne; l'hiver venu, il n'avait vu dans la neige que le sable sanglant de Gallipoli. Une nouvelle année était passée sans amélioration notable de sa santé. Il pensait parfois à Charlotte, mais Hawaiki était loin, plus loin encore que l'Amérique, si tant est que Gloria y fût encore.

— Trois ans et demi, et la guerre dure encore, murmura alors Roly en feuilletant le journal posé sur la table à côté de la chaise longue. Comment cela va-t-il finir, monsieur Jack? Quelqu'un va-t-il gagner ou bien va-t-on continuer à se battre indéfiniment?

— Tout le monde a déjà perdu, répondit Jack à voix basse. Mais, à la fin, il y aura bien sûr une grande victoire. Qui la fêtera, nul ne le sait encore. Moi aussi, d'ailleurs, j'aurais motif à faire la fête. Les médecins me renvoient chez moi.

— Sérieusement, monsieur Jack? Nous rentrons?

— Ils organisent un transport d'invalides de guerre. Les amputés et les aveugles qu'ils n'ont pas pu, ou pas voulu, immédiatement rapatrier.

La plupart des blessés de Gallipoli avaient été transférés en Polynésie depuis Alexandrie. Mais maintenant c'était en France et sur d'autres théâtres d'opération que les hommes d'Aotearoa combattaient. Les blessés étaient généralement soignés en Angleterre pour leur éviter d'affronter trop tôt les fatigues d'une traversée.

— Alors, je vais pouvoir partir avec vous, se réjouit Roly. N'a-t-on pas besoin d'infirmiers?

— Ils recherchent des volontaires.

— C'est drôle, remarqua Roly, la joie éclatant sur son visage. J'ai voulu partir à la guerre afin qu'on ne se moque pas de moi: un garçon jouant les infirmières! Et maintenant je serais prêt à mettre une jupe pour pouvoir retourner à la maison!

La Nouvelle-Zélande était en vue. Premier regard sur l'île du Sud pour ceux qui voyaient encore. Jack savait qu'il avait de la chance. Mais il ne ressentait toujours que le froid. Pourtant, le spectacle, les sommets des Alpes émergeant de la brume, avait de quoi couper le souffle. Le bateau toucherait terre à Dunedin. Jack se demanda si Roly avait averti Tim de leur retour et si les Lambert avaient de leur côté averti Gwyneira. Si oui, la famille l'attendrait certainement sur le quai. Il frémit à cette idée. Mais il avait de bonnes chances que ce ne fût pas le cas. En raison de la guerre, le courrier n'était acheminé que lentement.

À Dunedin, Jack serait de nouveau hospitalisé. Brièvement à vrai dire. Il était considéré comme guéri.

— Vous ne toussez plus. Il n'y a plus de bruits pulmonaires… La seule chose qui me déplaît, c'est cette faiblesse, lui avait déclaré le médecin en Angleterre. Mais peut-être devriez-vous faire un effort sur vous-même. Levez-vous, faites quelques pas ! Participez un peu plus à la vie autour de vous, capitaine McKenzie !

Durant les derniers jours passés à Alexandrie, Jack avait appris avec surprise qu'on l'avait à nouveau promu en raison du courage qu'il avait montré lors de la « bataille de Pine Creek ». Il avait même été décoré. Il n'avait même pas honoré d'un regard le morceau de métal.

— Tu le veux ? demanda-t-il quand Roly le lui reprocha. Tiens, prends cette médaille, tu l'as méritée plus que moi. Montre-la à ta Mary ! Porte-la quand tu l'épouseras. Personne ne te réclamera un certificat !

— Vous ne le pensez pas sérieusement, monsieur Jack, se défendit Roly avec un regard d'envie sur l'écrin en velours. Je ne peux pas…

— Bien sûr que tu peux ! Tiens, elle t'a été décernée dans les règles, dit Jack en ouvrant le coffret avec peine. Agenouille-toi, ou bien fais ce qu'on fait en pareil cas, afin que je te la remette solennellement.

Roly épingla fièrement la médaille sur le revers de sa veste quand le bateau entra dans le port de Dunedin. De nombreux autres soldats arboraient leurs trophées. Ils n'avaient peut-être plus ni bras ni jambes, mais ils étaient des héros.

La foule qui les accueillit était à vrai dire moins considérable qu'à leur départ, réduite aux seuls membres de la famille, à des médecins et à des infirmières. Les premiers, en voyant les infirmes, se mirent à pleurer. Le sanatorium de Dunedin, une ancienne école de filles, avait envoyé trois voitures et quelques accompagnateurs.

— Voyez-vous un inconvénient à ce que je vous abandonne maintenant, monsieur Jack? demanda Roly une énième fois.

Il lui avait en effet à plusieurs reprises déjà exposé ses projets. Il voulait rejoindre Greymouth au plus tard le lendemain de leur arrivée. Or, le bateau ayant accosté en début d'après-midi, il espérait pouvoir prendre un train de nuit pour Christchurch.

— Et vous ne voulez vraiment pas m'accompagner? Christchurch est pourtant…

— Je ne suis pas encore officiellement démobilisé, Roly, éluda Jack.

— Mais qui va s'inquiéter de ça, monsieur Jack? Annulons votre inscription au sanatorium et ils vous feront suivre les formulaires de démobilisation. Comme pour moi!

— Je suis fatigué, Roly…

— Vous dormirez dans le train. Je vous en prie, monsieur Jack! Je serais tellement plus tranquille si je pouvais vous remettre à votre famille en mains propres.

— Appelle-moi «Jack», Roly! Et je ne suis pas un paquet.

Roly finit par aller chercher leurs affaires. Resté seul sur le pont, Jack observa les infirmières aider les hommes à débarquer avec leurs béquilles ou leur fauteuil roulant. Une jeune femme, une blouse d'infirmière sur ses habits noirs, car elle ne portait pas l'uniforme des infirmières professionnelles, s'approcha de lui. Il s'agissait sans doute d'une auxiliaire bénévole.

— Puis-je vous aider? demanda-t-elle amicalement.

Jack scruta le visage étroit, les cheveux noirs sévèrement coiffés vers l'arrière et les yeux d'un vert pâle derrière d'épais verres de lunettes. La femme rougit sous son regard.

Puis une lueur brilla dans ses yeux, comme si elle le reconnaissait.

Jack la devança.

— Miss Bleachum?

Elle lui sourit, mais sans parvenir à dissimuler son effroi: le vigoureux et joyeux contremaître de Kiward Station, le fils plein de vie et insouciant de Gwyneira et de James McKenzie, l'inébranlable défenseur de Gloria, était allongé, blême et amaigri, enveloppé de couvertures dans une chaise longue, trop épuisé pour rejoindre sans aide le sol de son pays natal. Lisant les pensées de Sarah sur son visage, il eut honte de sa faiblesse. Il finit par se redresser, se forçant à sourire.

— Je suis heureux de vous revoir.

2

Tandis que Jack et la jeune femme conversaient, Roly revint avec leurs deux sacs de marin.

— Monsieur Jack, mais c'est à ne pas croire ! éclata-t-il de rire. Vous n'êtes pas encore au port que vous voilà déjà avec une jeune femme à vos côtés. Madame…, dit-il en essayant de sa main libre de lisser ses cheveux tout en s'inclinant cérémonieusement.

Miss Bleachum eut un sourire timide. Jack la présenta. Roly fut soulagé d'apprendre qu'elle appartenait au sanatorium Princess Alice.

— Alors je peux vous confier M. Jack en toute tranquillité. Savez-vous par hasard s'il y a aujourd'hui encore un train pour Christchurch ?

— Oui. Je peux aussi vous procurer une place, monsieur McKenzie. Dans une voiture-couchettes même. Si je donne un coup de fil à votre mère, elle enverra quelqu'un vous chercher à la gare. Il faut, bien sûr, qu'on vous examine auparavant, mais le sanatorium n'est prévu que comme une étape transitoire pour les gens de ce convoi. Tout le monde peut rentrer chez soi, même si cela doit prendre quelques jours pour certains.

— Je suis désolé, miss Bleachum, mais je voudrais néanmoins… Je suis tout simplement las, comprenez-vous ? dit-il, rougissant de son mensonge.

Il ne se sentait pas plus faible que les jours précédents, mais il avait peur à l'idée de revenir à Kiward Station. Le lit vide dans la chambre qu'il avait occupée avec Charlotte. La chambre vide de Gloria. La place vide de son père à table. Et les yeux pleins de tristesse de sa mère, et de pitié de surcroît. Il lui faudrait surmonter tout ça ! Mais pas aujourd'hui. Pas tout de suite.

Sarah échangea un regard avec Roly, qui haussa les épaules.

— Bon alors, j'y vais. On se reverra, monsieur Jack ! dit-il avec un signe de la main, puis il tourna les talons.

— Roly ?

Jack eut le sentiment qu'il devait bien au moins une chaleureuse étreinte au jeune homme, mais il fut incapable de se faire violence.

— Roly… peut-être pourrais-tu me dire tout simplement « Jack » ?

Roly se mit à rire. Puis, posant par terre les deux sacs, il se retourna vers Jack et l'étreignit avec force.

— Bonne chance, Jack !

Jack souriait quand il s'éloigna en agitant la main.

— Un bon ami ? demanda miss Bleachum en prenant le sac du convalescent.

— Un très bon ami. Mais vous n'avez pas besoin de porter mes affaires. J'y arriverai bien.

— Non, laissez. Il faut bien que je me rende utile. Vous… vous pouvez vous appuyer sur moi, vous savez.

Le ton n'était guère engageant. Mais Jack se souvenait trop bien du penchant à la pruderie de miss Bleachum pour s'en formaliser.

— Depuis quand êtes-vous infirmière ? s'enquit-il poliment.

— Je ne le suis pas, en réalité, répondit Sarah, un peu nerveuse. Je me contente d'aider un peu. Mon travail… mon travail est de divertir les malades.

Jack fronça les sourcils. Il pouvait s'imaginer une miss Bleachum distrayant une vieille dame, mais pas faisant passer le temps à des hommes. Mais ce n'était pas son problème. Il descendit à pas lents la passerelle. La jeune femme rejoignit un groupe d'infirmières qui poussaient des fauteuils roulants ou guidaient des aveugles. Elles lui lancèrent des regards hostiles. Ce n'était sans doute pas la première fois qu'elle choisissait de s'occuper de l'un des patients les moins mal en point.

Un médecin allait de l'un à l'autre des nouveaux arrivants, les saluant avant qu'ils montent dans les véhicules. Jack eut l'impression de l'avoir déjà vu. Mais ce fut surtout la lueur dans les yeux de Sarah quand l'homme aux cheveux noirs s'approcha qui l'intrigua.

— Je vous présente le Dr Pinter, dit-elle, rayonnante. Docteur Pinter, je vous présente…

— Nous nous connaissons déjà, n'est-ce pas? l'interrompit le médecin. Attendez… voilà, je me rappelle… sergent McKenzie, n'est-ce pas? Gallipoli… Le blessé au poumon sauvé par le chien de Beeston… Durant quelques jours, vous avez défrayé la chronique à l'hôpital de campagne. Je suis heureux que vous ayez survécu!

— Et vous, vous étiez… capitaine?

— Commandant! Mais qui cela peut-il encore intéresser? Là-bas, tout le monde pataugeait dans le sang. Mon Dieu, il est rare que nous accueillions encore des blessés de Gallipoli. La plupart arrivent à présent de France. Vous n'êtes tout de même pas retourné au front?

— Non. M. McKenzie a été soigné en Angleterre! intervint Sarah qui avait déjà sorti d'une pile de dossiers celui de Jack qu'elle tendit à Pinter.

— Et vous? demanda Jack que le sort du médecin n'intéressait pas vraiment mais qui avait le sentiment de devoir entretenir la conversation, car, tous trois étant entre-temps montés dans un car, il ne pouvait rester assis avec eux et contempler le décor montagneux sans rien dire. Je veux dire… vous étiez médecin-chef et la guerre n'est pas finie…

Le visage du médecin retrouva sa gravité et Jack y vit les stigmates laissés par l'enfer de Gallipoli, la maigreur, la pâleur et les innombrables rides chez un homme aussi jeune. L'homme leva les mains à hauteur de son ventre et Jack vit qu'elles étaient agitées d'un tremblement incontrôlable.

— J'ai dû cesser d'opérer, dit-il tout bas. On ignore ce que c'est… sans doute d'origine nerveuse. Cela a commencé à Gallipoli… le dernier jour… presque toutes les troupes avaient été évacuées, chacun n'avait qu'une envie : partir à son tour… seuls quelques soldats patrouillaient encore dans les tranchées pour donner l'impression qu'elles étaient occupées. Quelques-uns de ces jeunes, un peu têtes brûlées, ont voulu livrer aux Turcs un simulacre de combat. Mais ceux-ci avaient le soutien de l'artillerie. Nos hommes… furent déchiquetés. C'est ma table d'opération qui a accueilli ce qu'il restait d'eux. J'ai sauvé un gamin de dix-sept ans, si on peut employer le mot « sauver ». Les deux bras… les deux jambes… Mais arrêtons de parler de ça. C'est ensuite qu'ont commencé les tremblements.

— Vous n'avez peut-être besoin que de repos et de calme, suggéra timidement Sarah.

Pinter baissa les yeux.

— J'ai besoin d'autres souvenirs, murmura-t-il. Je voudrais ne plus voir de sang quand je ferme les yeux. Je voudrais ne plus entendre de coups de feu quand le silence règne autour de moi.

— Oui, dit Jack, je revois l'eau… la plage… oui, la plage avant que nous débarquions. Une si belle plage…

Les deux hommes se turent. Sarah voulut dire quelque chose, faire diversion, mais les conversations superficielles n'étaient pas son fort. C'est presque avec envie qu'elle regarda ses collègues bavarder et plaisanter avec leurs patients.

Jack se vit attribuer une chambre à deux lits, en compagnie d'un homme assez âgé qui s'agrippait à une bouteille de whisky. Jack se demanda comment il avait pu se la procurer, mais une chose était sûre : il n'était pas prêt à en offrir ne serait-ce qu'une gorgée.

— Ça calme les maux de tête, se contenta-t-il de marmonner en montrant une horrible cicatrice sur la partie gauche de son visage. La balle est encore dedans, dit l'homme, avant de se remettre à boire en silence.

Cela convenait à Jack. Il contemplait le jardin devant sa fenêtre. Il pleuvait. D'après Sarah, il avait beaucoup plu ces dernières semaines. Jack pensa vaguement à la fenaison à Kiward Station. Tout ça était bien loin. C'était Gallipoli qu'il avait devant les yeux.

Sarah vint le voir le lendemain matin. Le compagnon de chambre de Jack s'était éclipsé très tôt, sans doute s'était-il mis en chasse d'un rab de « calmant ». Jack ressentait toujours cette fatigue accablante et il avait froid. Mais il devinait que Sarah ne le laisserait pas en paix. Déjà habillé, il était assis à la fenêtre et il regardait tomber la pluie quand la jeune femme entra.

— Le prochain train pour Christchurch est à 11 heures, déclara-t-elle. Est-ce que je dois vous faire emmener à la gare ?

— Miss Bleachum, je préférerais… j'aimerais bien me reposer ici encore quelque temps.

Sarah apporta une chaise à la fenêtre.

— Que se passe-t-il, monsieur Jack ? Pourquoi ne voulez-vous pas rentrer chez vous ? Vous êtes-vous disputé avec votre mère ? De mauvais souvenirs ?

— Non ! De trop bons souvenirs. C'est ça le pire, savez-vous ? Gallipoli… le sang… cela est douloureux, pourtant, un jour ou l'autre, ces souvenirs s'effaceront. Mais le bonheur, miss Bleachum… vous ne l'oubliez jamais. Il laisse en vous un vide que rien ne remplit.

— Je n'ai pas beaucoup de souvenirs heureux, soupira-t-elle. Bon, il est vrai que j'ai rarement été vraiment malheureuse. J'aime enseigner, j'aime bien mes élèves. Mais quelque chose d'aussi immense…

— Alors, on a de quoi vous envier, répondit brièvement Jack avant de se murer à nouveau dans le silence.

— Vous ne voulez pas en parler davantage ? se désola Sarah. Je veux dire… c'est pour ça que je suis là. Sinon, je ne sers à rien, je ne vaux rien comme infirmière. Je n'aime pas toucher les hommes. Mes collègues disent… que je ne suis pas compatissante.

— Peut-être êtes-vous trop sensible ? Pourquoi ne cherchez-vous pas un autre boulot ?

Sarah se mordilla la lèvre et frotta ses sourcils tout en suivant du regard la silhouette élancée du Dr Pinter qui, une bâche sur les épaules pour se protéger de la pluie, traversait la cour en courant.

— Pourquoi ne prend-il pas de parapluie ? dit-elle pour elle-même. Il va attraper la mort…

Jack eut un pâle sourire.

— J'ai, si je comprends bien, la réponse à ma question… Vous rend-il vos sentiments ? Mon Dieu, ne vous ai-je pas déjà posé cette question ? Ou ma mère ? Il s'agissait alors de ce révérend…

Sarah rougit, les lèvres pincées.

— Le révérend Bleachum n'a pas répondu à mes sentiments. Pour ce qui est du Dr Pinter… tant qu'il ne peut pas quitter Gallipoli…

Jack aurait dû en cet instant lui prendre la main et lui dire quelques mots de consolation, mais il n'en eut pas le courage.

— C'était, il faut le dire, une belle plage, dit-il à nouveau.

— Et vous croyez qu'il oubliera ? Peut-être finira-t-il par se réveiller et s'apercevoir de ma présence ?

Jack fit oui de la tête bien qu'il en fût moins que certain.

— Attendez que la guerre soit finie. Emmenez-le dans un endroit où il ne verra plus d'hommes mutilés. Un bel endroit !

— S'il le veut ! Kiward Station est un bel endroit. Et pourtant vous vous dérobez comme un cheval. Exactement comme…

— C'est un endroit vide, la coupa Jack. Là-bas, je ressens l'absence de Charlotte. De mon père. Et de Gloria. Cela ressemble à une maison après une grande fête, où, dans les pièces, flotte encore l'odeur des cigares, des cierges et du vin éventé, et où l'on croit entendre résonner les rires. Mais il n'y a plus rien ! Que le vide et la douleur ! Je pensais pouvoir surmonter la mort de Charlotte. Et celle de mon père… il était âgé. Sa mort était conforme aux ordres…

— Aux ordres ? l'interrompit Sarah, perplexe.

Jack ne répondit pas.

— Mais Gloria… depuis que Gloria a disparu… je n'ai plus le courage, miss Bleachum. Je n'ai plus le courage de regarder ma mère dans les yeux et de n'y lire que des questions. Avec, pour seule réponse, que Dieu, Lui, ne reçoit pas d'ordres.

Sarah lui prit la main.

— Mais Gloria est de nouveau là, Jack ! Je croyais que vous le saviez ! Miss Gwyn ne vous l'a donc pas écrit ? Ah oui, vous étiez certainement déjà en mer ! Gloria est revenue. Elle était même ici, ici avec moi !

Jack regarda la jeune femme, stupéfait.

— Et à présent ?

— Miss Gwyn est venue la chercher. D'après ce que je sais, elle est à Kiward Station.

La main de Jack se crispa sur la sienne.

— Ce n'est pas… c'est… est-ce que je peux encore avoir le train ? Et pouvez-vous appeler ma mère ?

Gwyneira était heureuse, avec, pourtant, un sentiment de déjà-vu, quand elle accueillit son fils à la gare. Le mince jeune homme blême descendant trop lentement du train, des rides sur le visage qui n'y étaient pas trois ans et demi plus tôt, était un étranger pour elle. Ses cheveux d'un brun-roux étaient parcourus de mèches grises. Ce fut surtout la raideur de son étreinte qui l'effraya. C'était exactement comme avec Gloria, même si son fils faisait au moins semblant de répondre à son accueil affectueux.

Jack semblait lui aussi ne pas vouloir parler. Il répondait aux questions, tentait un sourire, mais ne racontait rien. Il paraissait s'être enfermé en lui-même. Comme Gloria ! Gwyneira fut horrifiée à l'idée qu'elle aurait dorénavant à table, le soir, deux êtres taciturnes et repliés sur eux-mêmes. À condition que Gloria revienne à la maison ! La jeune fille était partie avec les Maoris et elle lui manquait malgré tout. Elle était soucieuse. Bien que sachant que Gloria n'était pas en danger au sein de la tribu, Gwyneira avait peine à combattre une inquiétude maintenant ancrée en elle. Et voilà que se présentait maintenant un nouveau problème : Jack !

En raison de la pluie et de son âge, Gwyneira avait pris l'auto pour venir le chercher, car la chaise, pleine de courants d'air, protégeait mal du froid.

— Tu conduis? s'étonna Jack quand elle lui ouvrit la portière.

— Pourquoi je ne conduirais pas? Diable, ce n'est pas le bout du monde de conduire ces engins. Avant, c'était un peu difficile de les faire démarrer. Mais à présent... c'est un jeu d'enfant, dit-elle en faisant craquer la boîte de vitesses, en accélérant trop brutalement et en klaxonnant pour s'ouvrir la voie.

Jack se sentit enfin en relative sécurité lorsque, ayant laissé Christchurch derrière eux, ils se retrouvèrent sur les routes dégagées traversant les Canterbury Plains. La nuit tombait et Jack écarquillait les yeux dans la lumière diffuse, tandis que Gwyneira se plaignait de la mauvaise récolte des foins qui obligerait à ramener les moutons des alpages plus tôt qu'à l'ordinaire.

— Même ici, en bas, l'herbe ne pousse pas comme en temps normal. L'été a été trop froid. J'ai déjà réduit le cheptel bovin : mieux vaut avoir moins de bêtes, mais qu'elles soient bien nourries. Je suis heureuse que tu sois là, Jack ! C'est si pénible de tout assumer seule, dit-elle en posant la main sur l'épaule de son fils qui resta sans réaction. Tu es fatigué, Jack? poursuivit-elle, cherchant à le faire sortir de son apathie. La journée a été longue, n'est-ce pas? Un long voyage.

— Oui. Je suis navré, maman, mais je suis très fatigué.

— Tu vas vite récupérer ici, Jack! On va s'occuper de te remplumer un peu, et de te montrer la lumière du jour. Tu es pâle comme un mort. Ces hôpitaux! Ce dont tu as besoin, c'est de bon air, d'un bon cheval... et nous avons des chiots, Jack. Tu devrais en choisir un. Quel jour sommes-nous aujourd'hui? Mardi? Alors, appelle-le Tuesday. Ton père baptisait toujours ses chiens en fonction des jours de la semaine.

Jack opina d'un air accablé.

— Nimue... vit-elle encore? demanda-t-il d'un ton hésitant.

— Bien sûr. Mais elle est avec Gloria qui est partie à la découverte de ses racines. Encore que Nimue, en la circonstance, ferait mieux d'aller au pays de Galles. Mais Gloria, pour l'heure, se livre à l'étude de son héritage maori. Elle accompagne la tribu de Marama dans ses pérégrinations. Et, si tu veux savoir mon avis, Tonga trame des projets de mariage. Déjà, avant le départ de la tribu, il y avait des commérages à propos de Gloria et de Wiremu.

Jack ferma les yeux. Ce serait donc bien une maison vide, avec pour seule compagnie, dans les pièces sans vie, l'écho de voix et de sentiments éteints.

À moins que? À sa grande surprise, Jack s'aperçut qu'il éprouvait quelque chose. Un soupçon de colère... ou de jalousie? À nouveau, quelqu'un tentait de lui enlever Gloria. Les Martyn d'abord, Tonga maintenant. Et toujours il arrivait trop tard pour la protéger.

— Je ne sais plus que faire. Il se terre dans sa chambre. C'est presque pire que Gloria. Au moins, elle sortait à cheval.

Gwyneira buvait le thé avec sa petite-fille Elaine. Comme presque tous les ans à la fin de l'été, Elaine était venue à Kiward Station avec ses deux fils les plus jeunes afin de respirer l'air de la campagne. L'aîné était maintenant interne à Dunedin et passait ses vacances à Greymouth. Il s'intéressait vivement au travail de son père et aimait aider à la mine, descendre au fond ne le rebutant pas. Elaine, en revanche, aimait la compagnie des moutons et des chevaux. Enfant, elle avait jalousé Kura d'être l'héritière. Gwyneira, s'en souvenant, avait parfois encore du vague à l'âme. Comme tout aurait été plus simple si sa fille Fleurette et ensuite Elaine et ses frères avaient hérité de la ferme!

— Tu veux dire qu'il ne s'occupe à rien? s'étonna Elaine qui, tout juste arrivée, n'avait pas encore vu Jack.

Maaka avait en effet obligé son ami à aller examiner quelques bêtes destinées à la reproduction. Le contremaître maori cherchait à réveiller l'intérêt de Jack pour Kiward Station. Mais Gwyneira savait très bien comment cela allait se passer. Jack l'accompagnerait à cheval, jetterait un œil sur les bêtes et tiendrait quelques propos ne l'engageant à rien. Puis il s'excuserait, prétextant la fatigue, et se barricaderait à nouveau dans sa chambre.

— C'était pourtant lui qui gérait tout ici! poursuivit Elaine.

— Oui, et il a ça dans le sang. Il est un fermier-né, un éleveur et un dresseur de chiens hors pair. Ses collies étaient toujours les meilleurs de tout le Canterbury. Et maintenant? Le chiot que je lui ai offert est dans sa chambre! D'abord, Jack n'a pas voulu de lui, pour je ne sais quelles raisons. Mais tu connais les collies. Tuesday a couiné si longtemps devant sa porte qu'il a fini par la laisser entrer. J'étais à bout de patience, je ne pouvais plus entendre ça. Maintenant il supporte la petite chienne. Pas plus que ça, d'ailleurs! Il ne la dresse pas, ne sort avec elle que le strict nécessaire. Elle lui tient compagnie à la fenêtre. Quand elle en a assez, il la laisse aller ; elle se réfugie alors à l'écurie. Je suis au bout de mon latin !

— Peut-être que les garçons et moi, nous le tirerons de sa réserve, remarqua Elaine. Il aime les enfants.

— Essaie. Mais Maaka a déjà tout essayé. Alors que je craignais, au début, qu'il y ait entre eux un conflit de compétences, Maaka dirigeant pratiquement la ferme depuis trois ans et demi. Mais il aurait aussitôt laissé les rênes à Jack si celui-ci l'avait voulu ! Le premier soir, Maaka et quelques autres de ses anciens copains sont venus chercher Jack avec une bouteille de whisky. Tu connais ces garçons, ils préfèrent se soûler dans l'écurie. Et Jack a fait entrer cette horde dans le salon, il a sorti des verres… Les pauvres ne savaient plus où se mettre ! Je me suis retirée car, en ma présence, ils sont encore plus empruntés. Pour finir, ils ont dû échanger quelques mots avant de se soûler et de se taire. C'est du moins ce que pense Kiri qui leur avait entre-temps préparé quelques sandwichs. À leur grand étonnement : jamais ils n'avaient connu beuverie aussi raffinée. Malgré tous ses efforts, Maaka se heurte à un mur.

— Maaka n'est pas parti avec la tribu ?

— Dieu merci, non ! Je me demande ce que j'aurais fait sans lui. Surtout par un été pareil. On a rentré très peu de foin, la moitié a été détruite par la pluie. Et si cela continue, il va falloir redescendre les bêtes plus tôt que d'ordinaire. Pourvu que les Maoris soient revenus d'ici là.

— Sinon, je m'en occuperai avec mes deux cow-boys ! plaisanta Elaine en regardant par la fenêtre.

Ses deux fils s'amusaient dans les prés, devant la maison, avec deux juments cobs. Frank Wilkenson jouait les professeurs d'équitation.

— Et tu sais quoi ? J'aimerais aussi avoir un nouveau collie, ajouta-t-elle. Callie est morte depuis longtemps, mais je la cherche toujours des yeux autour de moi. J'ai besoin d'une nouvelle ombre ! Je vais mettre la main sur Jack pour qu'il m'apprenne à le dresser. Ça le dégèlera peut-être.

Jack apparut une heure plus tard, trempé de sueur et fatigué après sa sortie à cheval. Jadis, cette brève escapade ne l'aurait pas même essoufflé, mais c'était beaucoup pour lui après sa longue hospitalisation. Il prit néanmoins le thé et échangea quelques mots polis avec Elaine. C'était surtout ce qu'il advenait de Roly qui l'intéressait.

— Roly va bien, il va se marier! répondit Elaine avec une gaieté forcée.

La maigreur et la pâleur de Jack avaient pour elle aussi été un choc.

— Je suis chargée de t'inviter expressément. Sinon, il ne manque pas d'occupations. En premier lieu, il s'occupe de Tim, à qui cela fait le plus grand bien: certes il arrive à se débrouiller seul, mais cela le fatigue, et, au lieu de demander de l'aide, il décharge sa mauvaise humeur sur la famille! Depuis le retour de Roly, nous allons tous mieux. Celui-ci a en effet un nouveau patient, Greg McNamara, un jeune qui était avec lui à l'armée. C'est tragique! Le pauvre garçon a perdu les deux jambes et sa famille est totalement désemparée. Jusqu'au retour de Roly, Greg restait toute la journée au lit. Sa mère et ses sœurs n'ont pas la force de le soulever, et la petite pension qu'il reçoit suffit juste à les faire vivre. Nous leur avons maintenant donné l'ancien fauteuil roulant de Tim, et le révérend va demander des subventions pour une assistance. Greg aimerait travailler, mais les perspectives ne sont guère favorables, bien sûr. Mme O'Brien pourrait l'employer pour coudre dans sa petite entreprise, mais Roly n'ose pas le lui proposer, de peur de le vexer. Tout ça est tragique. Tu as de la chance, Jack!

— Oui, j'ai de la chance, dit-il d'un ton amer. Si vous vouliez bien m'excuser maintenant? Il faut que je me lave.

Le calcul d'Elaine se révéla en partie exact. Jack accepta d'aider à dresser le chien et, tous les matins, il fut à l'heure, dans la cour, pour travailler avec Elaine et sa chienne Shadow. Tuesday profita elle aussi de ces leçons. Elle apprenait vite et adorait son maître. Elle n'avait pas en revanche la joie de l'accompagner dans une promenade à pied ou à cheval, car il se retirait dans sa chambre dès la leçon finie. Il semblait avoir perdu tout plaisir à travailler avec les animaux. Il félicitait les chiens d'un ton amical mais sobre, et ses yeux ne s'illuminaient pas. Il n'y avait pas non plus de rire dans sa voix.

— Il se comporte de manière irréprochable, racontait Elaine à sa grand-mère, mais c'est comme si quelque chose était mort en lui.

3

— Et quelles nouvelles avez-vous de vos enfants perdus ?

Gwyneira avait l'esprit si absorbé par ses propres soucis qu'elle ne s'inquiétait de Lilian et de Ben que tardivement, menant Elaine en chaise de Kiward Station à Christchurch. Elaine voulait rendre visite à Élisabeth Greenwood avant de rentrer à Greymouth, le lendemain.

— Des nouvelles contradictoires, dit celle-ci en haussant les épaules.

— Que dois-je entendre par là ?

Elle n'attendait pas de nouvelles particulières, car, dans ce cas, Elaine les aurait d'elle-même évoquées. D'ailleurs, dans ses lettres, elle donnait des informations régulières sur le jeune couple à sa grand-mère qui était donc au courant de la naissance de son premier arrière-arrière-petit-fils, prénommé Galahad pour d'obscures raisons.

— D'après les sources de Caleb, c'est-à-dire des professeurs de l'université, ils vont bien. D'après le détective de Georges Greenwood, ils vont très bien.

Gwyneira hocha la tête d'un air d'incompréhension, avec un claquement de langue pour les cobs. Exceptionnellement, il ne pleuvait pas et Elaine préférait de loin ce moyen de transport. Ses fils Jeremy et Bobby les accompagnaient fièrement à cheval. Sinon, Elaine n'aurait pas parlé aussi ouvertement. Elle cachait les informations dont elle disposait à son mari et à ses fils, Caleb agissant de même avec sa famille. Ce dernier, chercheur estimé, connaissait des professeurs de l'université et, deux fois par an, Elaine recevait le rapport d'une agence de détectives contactée par oncle Georges.

— Où est la différence? demanda Gwyneira.

— Eh bien, ils sont partis tous les deux à Wellington où Ben a obtenu un poste d'enseignant à la faculté. Caleb pète de fierté! En général, on n'embauche un aussi jeune homme que comme auxiliaire. Ben a toujours été un surdoué, même si je ne m'en suis jamais aperçue, mais ça ne veut rien dire.

— Et? demanda Gwyneira avec un sourire.

— Eh bien, son salaire n'est pas bien gros. Cela le dispense certes de travailler au port pour nourrir sa famille et ils pourraient même se payer un petit appartement et s'en sortir à peu près, à condition que Lilian se montre économe et donne quelques leçons de piano.

— Mais quoi alors?

— En fait, ils habitent une jolie maison avec jardin, à la périphérie. Ben y donne de petites soirées pour ses étudiants, et, le matin, une bonne d'enfants promène le petit Galahad. Dans un landau qui n'est pas donné, estime le détective. Lilian est très coquettement habillée et les Biller ne manquent pas une représentation théâtrale, pas un concert.

— Et comment financent-ils un tel train de vie?

— Voilà le problème! J'espère qu'Élisabeth m'en dira plus. Georges a demandé au détective d'enquêter à ce propos.

— Envisages-tu quelque chose d'illégal? s'inquiéta Gwyneira qui, depuis que James avait dérobé des moutons, n'avait plus d'illusions.

— Pas vraiment. L'idée que Ben dévalise des banques ne m'est encore jamais venue. D'après tout ce que j'ai entendu sur son compte, il n'est qu'un charmant raseur. Son père tout craché. À l'école, un bûcheur, comme poète, un cas désespéré, comme homme d'affaires, un incapable. Cette dernière information, je la tiens de Tim qui s'est renseigné à droite et à gauche dans les parages de la mine Biller. Au bureau, Florence ne pouvait le laisser seul plus de trois minutes.

— Et qu'est-ce que Lilian trouve de si intéressant en lui ? Elle, une fille si dégourdie ?

— Le charme de l'interdit ! soupira Elaine. Si Florence et Tim n'avaient pas été aussi impossibles, tout aurait tourné différemment. Mais ces deux-là n'ont même pas tiré la leçon de la fuite de leurs enfants ! Pour l'instant, entre les Lambert et les Biller, c'est la guerre. Chacun cherche à carotter à l'autre des parts de marché, ils font la course à l'agrandissement. Florence s'est endettée à mort pour avoir sa propre cokerie et tente maintenant de nous enlever des clients en pratiquant le dumping. Et Tim serait prêt à participer à cette folie ! Si Georges ne le freinait pas, les prix entreraient dans une véritable spirale descendante. Il conseille d'attendre. La cokerie de Biller tourne certes à plein régime mais à perte, et la nôtre non. À la longue, ça se tassera. Pourvu que Florence ne se ruine pas avant. Tim et Georges pensent de leur côté à une briqueterie pour commercialiser jusqu'à la dernière poussière de charbon. Si Florence essaie de les suivre dans cette voie, Biller fera faillite.

— Pourquoi est-elle comme ça ? réfléchit Gwyneira tout haut. Cela m'ennuie de te poser cette question, mais y a-t-il eu quelque chose entre Florence et ton mari ?

— Pas directement, s'amusa Elaine. Mais tu ne manques pas d'un certain flair ! Ils s'en veulent de quelque chose. Cela date de l'époque qui a suivi l'accident de Tim. Il allait assez mal et à cela s'est ajouté que son père et les autres grands manitous de l'industrie minière le traitaient de façon éhontée. Ils parlaient de leurs mines comme si Tim, assis dans sa chaise roulante, n'était qu'un « meuble ». Il n'avait pas droit à la parole. Florence, à l'époque, lui parlait. Elle était gentille avec lui, et Kura a aussitôt soupçonné qu'elle mijotait quelque chose. Tim était certainement pour elle un deuxième fer au feu. Elle voulait une mine et le mariage était le seul moyen d'y parvenir. Un estropié ou un pédé, peu lui importait.

— Elaine! s'indigna Gwyneira.

— Excuse-moi, mais Caleb Biller... enfin, bref, ils ont passé des accords sans équivoque. En tout cas, cette chère Florence n'eut plus besoin d'un plan de secours. Elle épousa Caleb et se mit elle aussi à ignorer Tim. Il en a été blessé.

Elaine vérifia d'un coup d'œil que ses fils n'étaient pas à portée de voix.

— Et Mme Biller accepte mal que le «meuble» la concurrence maintenant, observa Gwyn avec un sourire entendu.

— Et que, par-dessus le marché, il ne laisse à personne le soin d'engendrer ses enfants. Ce que Caleb n'a pu faire que pour Ben. Les autres garçons... bref, laissons ce sujet. Toute cette affaire est assez stupide, mais elle tourne peu à peu au drame. Bon Dieu, j'aimerais pourtant bien connaître mon petit-fils! Et Lily me manque! À Tim aussi, bien sûr, mais jamais il ne l'avouera. Il faut à tout prix trouver une idée.

— Tu connais ça? demanda Élisabeth Greenwood en poussant un livre vers Elaine.

Elles prenaient le thé, Gwyneira venant de repartir, accompagnée des garçons qui voulaient dire adieu à leurs chevaux. Élisabeth semblait n'avoir attendu que cet instant.

Elaine prit le livre en fronçant les sourcils. Elle comptait bien s'informer au sujet de Lilian et Ben mais s'était obligée à un peu de patience. Élisabeth en avait pas mal bavé depuis quelques années. Elle était toujours affectée par le décès de Charlotte et s'inquiétait pour Jack. De plus, son fils aîné lui manquait. Il allait bien, mais il était parti pour l'Angleterre deux ans auparavant afin de s'occuper de la succession de son oncle et de son grand-père. William, le frère cadet de Georges, était mort brutalement. Georges pensait que l'alcool et la cocaïne y avaient été pour beaucoup. La question de l'héritage était en suspens. Deux femmes revendiquaient pour leurs enfants ce qu'il restait de la fortune des Greenwood, mais aucune des deux n'était en mesure de produire un acte de mariage en bonne et due forme.

En tout cas, Robert était parti pour Londres et avait été saisi par l'ambition de faire revivre l'ancienne société d'import-export de son grand-père. Georges voyait cela d'un bon œil. Jeune homme, il avait renoncé à ses droits sur l'entreprise pour ne pas avoir à collaborer avec William. En guise de compensation, son père lui avait transmis les parts de la société en Australie et en Nouvelle-Zélande. Il avait ensuite suivi de loin le déclin de la société sous la direction de William, mais il avait toujours regretté d'en avoir été dépossédé. Si Robert voulait à présent la sauver, il aurait son soutien. C'était un gendre, Stephen O'Keefe, avocat de grand talent, qui dirigeait entre-temps les entreprises australienne et néo-zélandaise. Une solution qui convenait à tout le monde, sauf à Élisabeth. Elle n'avait plus vu son fils depuis deux ans et se révoltait contre le destin depuis qu'il s'était marié à Londres. Il comptait venir leur rendre visite avec sa femme, mais aucune date n'avait encore été fixée.

Ce jour-là, pourtant, Élisabeth ne paraissait pas trop accablée, plutôt excitée.

— Alors, tu le connais ? insista-t-elle.

— La *Maîtresse de Kenway Station*. Oui, je l'ai lu, dit Elaine après avoir brièvement feuilleté le livre. Très captivant, j'aime ce genre d'histoire.

— Et alors ? Tu n'as rien remarqué ?

Elaine haussa les épaules.

— Je pense à l'histoire, reprit Élisabeth. Cette ferme au bout du monde… le type qui tient plus ou moins sa femme prisonnière…

Elaine rougit.

— Tu penses que je… ça aurait dû me rappeler Lionel Station ?

Elle aurait aussi pu dire « Thomas Sideblossom », mais elle était toujours incapable de prononcer le nom de son ancien mari.

— Moi, ça m'a sauté aux yeux en tout cas !

— Oh, la ressemblance n'était pas si grande que ça, dit Elaine en hochant la tête. En tout cas, je ne me rappelle pas que l'héroïne… eh bien, que l'héroïne…

Elaine avait jadis tiré sur son mari avant de s'enfuir.

— Non, l'héroïne est sauvée par un ami d'enfance. Si cela en était resté là, je n'aurais pas eu la puce à l'oreille. Mais ensuite est sorti ce nouveau livre, *L'Héritière de Wakanui.*

Elaine parcourut le résumé sur le revers de la jaquette : « Depuis la mort de sa femme bien-aimée, Jérôme Hastings n'est plus qu'un homme difficile, renfermé. Il dirige d'une main de fer sa ferme Tibbet Station, et son hostilité envers le chef maori Mani menace de plonger toute la région dans la guerre. S'il n'y avait pas alors Pau, la fille du chef, qui l'aime en secret… »

— Et qu'y a-t-il d'insolite ? demanda-t-elle.

— À la fin, les deux jeunes gens ont un enfant, précisa Élisabeth.

Elaine réfléchit.

— Paul et Marama Warden. Kura. Mais n'est-ce pas aller chercher bien loin ? (Puis, jetant un coup d'œil sur la jaquette.) Brenda Boleyn. Je ne connais pas de Brenda Boleyn.

— Et ça, c'est encore un hasard ? s'exclama Élisabeth en brandissant un troisième livre, *La Belle de Westport*, avant de lire à haute voix le résumé : « Sans raison, Joana Walton perd sa place de gouvernante à Christchurch. Fuyant le redoutable Brendan Louis, elle se retrouve sur la côte Ouest, un lieu redoutable pour une jeune fille innocente.

Mais Joana reste fidèle à elle-même. Elle gagne de quoi vivre chichement en jouant du piano dans un bar – où elle trouve un nouvel amour. Lloyd Carpenter possède des actions dans une ligne de chemin de fer. Mais qu'adviendra-t-il de leur amour s'il découvre son passé ? »

— La personne qui a écrit ça, je la tuerai ! s'écria Elaine, soudain toute pâle.

— Mon Dieu, que tu as la tête près du bonnet ! se mit à rire Élisabeth. Crois-tu toujours au hasard ? En tout cas, j'ai engagé des recherches…

— Je pressens le pire, soupira Elaine.

— Les livres sont édités par une maison de Wellington qui est en rapport avec le journal pour lequel Ben a travaillé occasionnellement ces dernières années.

— Sous la signature de BB, c'est ça ? Je l'ai lu dans le dossier du détective. Mais il n'a pas dû gagner grand-chose. Autant qu'on puisse en juger, du moins. Ce garçon n'a pas de talent. La dernière chose que j'aie lue de lui, c'étaient des vers de mirliton où il était question de cœurs qui coulaient.

— Je me suis procuré les journaux. BB écrit de petites histoires très plaisantes. Émouvantes, dans le même style que Brenda Boleyn.

— Je n'arrive pas à le croire. Ce garçon était un incapable, et ce livre, dit-elle en montrant *La Maîtresse de Kenway Station*, n'est peut-être pas un chef-d'œuvre littéraire, mais il est d'une belle écriture.

— Et il n'y est pas non plus question de la famille Biller. Sans compter que, derrière « Brenda », c'est sans doute une femme qui se cache.

Elaine regarda Élisabeth avec de grands yeux.

— Tu penses que ce n'est pas lui qui écrit ? Tu penses… à Lily ? dit-elle en se levant et en se mettant à tourner comme un ours en cage.

Élisabeth eut tout juste le temps de sauver un précieux vase chinois avant qu'elle le renverse.

— Bon Dieu de bon Dieu, je vais lui flanquer une fessée ! Ou bien je la tiendrai pendant que Tim la lui donnera ! Cela fait un bon bout de temps qu'il en a envie ! Mais comment peut-elle se permettre ?

— Ne t'énerve pas ! Il faut déjà bien connaître l'histoire de votre famille pour saisir les similitudes. Franchement, je ne me serais aperçue de rien après les deux premiers livres si le héros de *La Maîtresse* ne s'était pas appelé Galahad.

— Elle a donné son nom à son fils ? dit Elaine qui ne put s'empêcher de sourire à son tour.

— Galahad est certainement l'homme de ses rêves, observa Élisabeth. Je ne connais pas Ben Biller, mais il lui faudrait être une sacrée pointure pour arriver à la cheville du héros de *La Maîtresse*. Qu'allons-nous faire à présent ? Tu as une idée ?

Elaine rejeta la tête en arrière avec une telle force que ses boucles s'échappèrent de sa coiffure et que son petit chapeau se mit en berne.

— Je vais envoyer à « Brenda Boleyn » la lettre d'une admiratrice en demandant avec prudence des détails sur l'histoire de ma famille, suggéra-t-elle. J'émettrai l'hypothèse que l'auteur est une cousine, longtemps disparue, qui apporte, sans penser à mal, un peu de fantaisie dans l'ordre successoral de Kiward Station. On va bien voir ce que Lily répondra.

— Une solution fort diplomatique, une manière élégante de contourner Tim, observa Élisabeth, plus que perplexe. Mais, à la longue, il va bien falloir que vous trouviez une solution, Elaine ! Que deux familles se combattent pour rien, pour trois fois rien, ça tourne à la farce, au ridicule.

— Mais une farce originale, objecta Elaine. Les Montaigu et les Capulet se rouent de coups, tandis que Roméo apprend le polynésien et que Juliette gagne de l'argent grâce aux histoires de sa famille. Même Shakespeare n'y avait pas pensé !

Chère miss Boleyn,

Après avoir lu la troisième de vos œuvres littéraires, je me permets, par la présente, de vous faire part de ma totale admiration et de la haute estime dans laquelle je tiens votre talent d'écrivain. Il est rarement arrivé que le produit de l'imagination d'une femme auteur me captive à ce point.

Mais, permettez-moi, je vous prie, une question : à mon grand étonnement, je trouve dans toutes vos œuvres parues à ce jour de remarquables parallèles avec l'histoire de ma famille. J'ai d'abord cru au hasard, puis à une possible affinité spirituelle. Un être aussi sensible que vous doit posséder des dons de médium. Mais pourquoi est-ce justement ma famille que votre éventuel génie tutélaire vous décrit ? Au terme de cette réflexion, j'en suis arrivée à la conclusion que vous pourriez bien être un membre de la famille, inconnu de nous ou longtemps disparu, qui aurait de la sorte eu connaissance de mon histoire. Si c'était le cas, je serais très heureuse de prendre contact avec vous.

Avec mes salutations les meilleures,

Elaine Lambert.

Lily eut un bref instant d'hésitation quand elle vit l'écriture de sa correspondante, mais elle recevait un tel courrier de lecteurs qu'elle n'avait guère le temps de prêter attention à la typographie de chacun. Pourtant, dès les premières lignes, elle rougit avant d'éclater de rire.

Elle s'installa devant sa machine à écrire, puis changea d'idée. Elle écrivit sur l'une des feuilles de son papier à lettres parfumé ces premiers mots :

Ma chère maman…

4

Gwyneira n'avait jamais été d'un naturel patient et l'âge n'avait rien arrangé. Or, cet été avait exigé d'elle des trésors de longanimité : d'abord l'attitude de rejet de Gloria à son égard, puis son départ avec les Maoris. Et Jack maintenant ! La visite d'Elaine lui avait néanmoins redonné un peu de courage. Elle avait apprécié d'avoir autour d'elle sa petite-fille si vive et ses garçons si dégourdis. Les enfants aux jeux turbulents avaient rendu vie à la maison. Jack, pourtant, ne s'était pas dégelé ; il errait toujours dans la maison comme une âme en peine. Et Gloria ne donnait pas de nouvelles d'elle, alors que Gwyn était persuadée que le contact n'était pas coupé entre les Maoris itinérants et ceux qui étaient restés à Kiward Station. Elle entendait Kiri et Moana parler à la cuisine de visites que rendaient quelques-uns des premiers : Gloria aurait pu lui faire transmettre le bonjour. Mais elle gardait le silence. Des sentiments trop longtemps refoulés menaçaient d'exploser chez la vieille dame.

Ce fut finalement Jack qui subit la déflagration le jour où les Maoris revinrent de leur périple. Kiri et Moana avaient demandé à pouvoir partir plus tôt et avaient préparé un dîner froid pour leurs patrons.

— Tribu revenue, nous faire la fête ! avait déclaré Moana.

Là-dessus, Gwyneira s'était mise à attendre Gloria. Mais celle-ci ne se montra pas. Quand l'après-midi toucha à sa fin sans que la jeune fille eût donné signe de vie, Gwyneira frappa à la porte de la chambre de Jack. Comme personne ne répondait, elle ouvrit.

Son fils, allongé sur le lit, contemplait fixement le plafond, semblant ne pas l'avoir entendue. Tuesday, couchée à ses pieds, bondit et aboya en signe de bienvenue. Gwyn la repoussa.

— J'ignore si tu as quelque chose d'important à faire, apostropha-t-elle son fils. Mais tu vas, je te prie, interrompre ton activité durant quelques heures et te rendre à O'Keefe Station. La tribu est de retour… et je voudrais… non, j'exige que Gloria se montre ici dès ce soir. Ce n'est tout de même pas trop demander, sacrebleu ! Elle a eu tout l'été pour elle, mais je voudrais savoir si elle va bien et avoir au moins un petit aperçu de ce qu'elle a fait ces derniers mois.

Jack se leva lentement.

— Je me demande… ne devrions-nous pas attendre jusqu'à ce que…

Il ne savait trop ce qu'il ressentait. D'une part, il brûlait d'impatience de voir Gloria depuis que, le matin, Maaka avait annoncé que la tribu revenait. D'autre part, il avait peur des retrouvailles. Il craignait la réaction qu'aurait Gloria à sa vue. Serait-elle effrayée comme la plupart des gens ? Aurait-elle pitié ? Éprouverait-elle du mépris ? Il se méprisait parfois lui-même pour sa faiblesse, et il lisait aussi de la réprobation dans les yeux de certains des hommes. Le jeune berger Frank Wilkenson, par exemple, qui croyait encore que Gallipoli avait été un haut fait d'armes. Il avait voulu accueillir Jack en héros, s'excusant presque d'avoir renoncé à prendre sa part de la bataille mythique. Jack l'avait envoyé promener quelque peu brutalement. Et maintenant que ce garçon se rendait compte de ce que la guerre avait fait de lui, il le tenait pour un poltron sans dignité.

— Oh non, Jack, je n'attendrai pas plus longtemps ! décréta Gwyneira, tournant en rond dans la pièce. Et si jamais il y a là-bas un mariage, tu me feras le plaisir d'enlever de force la fiancée et de la ramener ici avant qu'elle couche avec ce Wiremu dans la maison commune !

Jack faillit éclater de rire. Sa mère n'était certes pas prude, mais jamais il n'avait entendu, dans sa bouche, des mots aussi crus.

— Je veux bien essayer, maman, mais j'ai peur que Tonga ne m'embroche. Et puis je ne crois pas que ce soit possible. Il t'aurait invitée. Un plaisir dont il ne se priverait pour rien au monde !

— Il m'invitera demain, dit Gwyneira d'un ton mélodramatique. Pour voir le sang sur le drap !

Jack renonça à rappeler à sa mère les us et coutumes des Maoris. Peut-être y avait-il eu des filles de chef mariées rituellement qui étaient restées vierges pour plaire à quelque dieu. Mais une fille maorie normale n'était plus vierge quand elle choisissait un époux. En règle générale, les filles essayaient plusieurs hommes avant de se décider. Gwyneira le savait, bien entendu. Si Gloria était résolue à épouser Wiremu, il n'était certainement pas son premier homme.

À cette idée, Jack ressentit de la colère et une ombre de tristesse. Jalousie ? Il secoua la tête. C'était stupide : Gloria était une enfant. Et il lui souhaitait d'être heureuse. Si elle devait vraiment trouver le bonheur dans les bras de Wiremu…

Anwyl, le cheval de Jack, attendait comme la plupart du temps dans l'écurie. Jack se sentait coupable quand il pensait au hongre. Comme Tuesday, il sortait trop peu. La petite chienne dansait frénétiquement autour de lui.

— Vous voulez que je le selle, monsieur Jack ? demanda Frank avec un mépris mal dissimulé.

Jack avait parfois accepté ces derniers mois. Maintenant il en avait honte.

— Non, laissez, je vais seller moi-même, dit-il en luttant contre la faiblesse qui l'assaillit quand il souleva la lourde selle.

Anwyl resta immobile tant que Jack eut devant les yeux une espèce de voile noir. Jack savait que le malaise n'avait rien à voir avec sa blessure : il bougeait tout simplement trop peu. Il devrait... Il serra la sangle et mit la bride au cheval. Puis il le sortit de l'écurie.

— Je vais à O'Keefe Station. Je devrais être de retour dans deux heures.

Au même moment, il s'en voulut de se comporter comme une fille partant seule pour une promenade à cheval. Jamais il n'agissait ainsi avant. Jadis il était invulnérable. Jamais il n'aurait pensé qu'il pût arriver à lui ou à sa monture quelque chose nécessitant qu'on le recherchât de toute urgence.

— Je comprends, monsieur Jack... vous allez récupérer la fille perdue..., dit Frank avec un sourire équivoque.

Jack eut envie de le rabrouer, mais il n'en eut pas l'énergie.

C'était une belle journée, l'une des rares journées chaudes et ensoleillées de cet été pluvieux. Au bout d'un moment, Jack commença à prendre plaisir à cette sortie et il finit même par éperonner Anwyl et le mettre au petit galop. Cela lui rappela les courses que Gloria aimait tant disputer. Cela lui rappela aussi le cheval qu'il lui avait promis. Il n'avait pas demandé à Gwyneira ce que le poulain était devenu. Mais la petite Princess était de nouveau pleine. Gwyneira avait-elle vendu la jument Vicky et voulait-elle alléger sa mauvaise conscience ?

Jack traversa le ruisseau marquant la frontière entre les territoires des deux fermes. Les Maoris avaient abattu les anciens bâtiments d'O'Keefe Station et installé leur *marae* un peu plus à l'ouest, là où il y avait eu, dans le passé, un village déjà. Maintenant que les terres leur appartenaient, ils avaient bâti, pour y dormir et se réunir, des maisons magnifiques, inhabituelles sur l'île du Sud. Jack suivit un sentier battu entre des prairies clôturées. La tribu y gardait habituellement quelques dizaines de moutons qui, pour l'heure, étaient encore dans les alpages avec les troupeaux de Kiward Station.

Il découvrit les premières maisons du village. Des gens en habits de fête étaient rassemblés devant le *wharenui*. Jack descendit de cheval pour échanger le salut rituel et solliciter l'autorisation de pénétrer dans le *marae*. En temps normal, les Maoris l'auraient aperçu depuis longtemps bien qu'il fût venu par l'arrière du village. Même si Tonga n'avait pas placé de sentinelle – ce à quoi il avait renoncé quand, lassés, ses gens avaient cessé d'obéir –, des enfants et des femmes auraient été là, les uns pour chercher de l'eau, les autres pour nourrir les bêtes ou travailler dans les jardins.

Mais aujourd'hui l'attention générale était tournée vers l'intérieur de la maison de réunion. Puis une jeune fille se détacha du groupe, sortant de la maison d'un pas calme, résolu. Jack crut d'abord qu'il s'agissait d'une prêtresse se livrant à une cérémonie, car elle portait le vêtement maori traditionnel, la jupe de chanvre et le haut aux couleurs de la tribu. Mais, une fois hors de la vue des gens du *wharenui*, elle se mit à courir, en direction du petit bois que Jack venait de traverser, sans doute en direction de Kiward Station. Elle faillit heurter le cheval de Jack.

Elle prit peur et s'immobilisa. Elle leva la tête. Ses yeux étincelèrent.

Jack vit une face large, plus mince pourtant que celle de la plupart des femmes maories. Des yeux bleus… Il la dévisagea. Elle était jeune, mais plus une enfant, elle devait avoir dans les vingt ans. Et ses cheveux… des boucles épaisses, brun clair, indisciplinables, retenues par un large bandeau.

— Laissez-moi passer !

Aucune trace de peur sur son visage, rien qui indiquât qu'elle l'eût reconnu, juste une fureur noire. Jack vit avec effroi qu'elle tenait un couteau. Il leva ses deux mains nues dans un geste de défense, voulut dire qu'il n'avait pas d'intentions hostiles. Mais un seul mot sortit de ses lèvres.

— Gloria?

Elle se mit à trembler, sembla se calmer un peu et prit le temps d'examiner celui qui lui faisait face.

Jack ne lut dans ses yeux ni pitié, ni effroi, ni répulsion. Ils n'exprimaient que l'épuisement.

— Jack, dit-elle enfin.

Il la dévisagea plus attentivement encore. C'était une adulte. Il le savait bien sûr. Dix ans avaient passé depuis que la fillette, en larmes, lui avait arraché une promesse impossible: «Si ça se passe très mal, tu viendras me chercher?»

— Je dois te ramener à la maison, dit-il tout bas.

— Tu arrives bien tard.

Elle n'avait pas oublié.

— Tu y es parvenue sans moi. Et tu… tu es…

Debout devant lui, elle ne le quittait pas des yeux.

Il ne savait comment lui dire ce qu'il ressentait à sa vue. Gloria n'était pas plus qu'avant une créature éthérée, mais son visage avait pris forme: il était marqué par les hautes pommettes qui conféraient à Kura son extraordinaire beauté, mais il était resté camus avec un nez épaté, héritage de ses ancêtres maoris. Elle avait le teint hâlé après ce long été en plein air, contrastant joliment avec ses yeux clairs. Son menton anguleux lui donnait une expression résolue qui manquait aux visages de la plupart des autochtones. Ses cheveux crépus échappaient à son bandeau, autre signe sans équivoque de l'héritage pakeha. Jack n'avait jamais vu des cheveux semblables chez les Maories. Du mélange des deux races ne naissait pas, comme chez Kura, une beauté à couper le souffle, on avait plutôt le sentiment qu'elles se disputaient en elle la prééminence. Il y avait de plus, dans le regard de la jeune fille, une expression étrange, aussi vieille que le monde, mais l'expression de la jeunesse même, l'expression de la révolte, de la combativité.

— Tu viens avec moi, alors?

— J'étais en route, dit-elle.

— Dans cette tenue? Je veux dire... comprends-moi bien, tu es magnifique, mais...

— Je me changerai une fois arrivée.

Et elle se remit en route d'un pas décidé.

— Tu ne veux pas monter en selle avec moi? demanda Jack qui sentit aussitôt la maladresse de sa question: elle n'était plus une enfant qu'il pouvait prendre en croupe, surtout avec cette jupe courte.

Il fut néanmoins stupéfié par la violence quasi panique du regard qu'elle lui lança. Elle sembla vouloir dire quelque chose, puis serra les dents.

Elle finit par reprendre ses esprits.

— Ce... ce ne serait pas convenable.

Jack réprima un rire amer. Jamais la Gloria d'avant ne s'était souciée de ce qui était convenable ou non pour une fille. Et voilà que cette autre Gloria... À l'entendre prononcer le mot «convenable», on avait l'impression qu'elle l'avait cherché avec peine dans une langue étrangère.

— Alors, monte seule. En amazone. Tu y arrives encore, non?

— Quand on ne sait plus aller à cheval, on est mort, dit-elle avec un regard moqueur.

Jack sourit et lui laissa les rênes.

— Mais je me demande si moi j'y arrive encore, dit Jack en se plaçant à côté d'Anwyl.

Il y avait en effet des années qu'il n'avait pas aidé une dame à se mettre en selle. Gloria sembla d'abord vouloir refuser l'aide, puis se ravisa: soit son éducation avait repris le dessus, soit elle s'était rendu compte que sa jupette allait découvrir ses jambes jusqu'à l'entrejambe si elle posait le pied gauche dans l'étrier et se hissait en selle sans aide. S'appuyant des mains sur le pommeau de la selle, elle leva avec précaution le genou droit et permit à Jack de la soulever et de l'asseoir.

La dernière dame qu'il avait ainsi aidée avait été Charlotte, légère comme une plume. Trop faible, elle s'était entièrement reposée sur lui. Gloria, au contraire, donna une impulsion de sa jambe droite. Elle glissa ensuite presque avec grâce sur la selle, cherchant l'équilibre, ce qui n'était pas simple sur une selle d'homme, sans les «fourches» maintenant en position les jambes de la cavalière. Elle eut tôt fait de le trouver. Assise bien droite, elle paraissait pleine d'assurance.

— Une vraie princesse maorie! sourit Jack.

— Les princesses maories allaient à pied.

Jack ne releva pas la sécheresse de la réponse, attendant que Gloria eût pris les rênes. Puis il se mit à marcher à côté du cheval.

La route fut longue, mais Jack se sentait alerte comme il ne l'avait plus été depuis longtemps.

— Tu as un cheval à Kiward Station, dit-il à un moment. Tu vas de nouveau le monter?

— Bien sûr!

Elle ne donnait pas l'impression de vouloir demeurer au sein de la tribu! Il se demanda s'il allait parler de Wiremu, puis préféra se taire. Il y eut comme un froissement dans les buissons derrière eux. Jack sursauta, se retourna prêt à se défendre et remarqua que Gloria réagissait elle aussi. Ils eurent un rire gêné quand ils virent Nimue sortir de l'ombre. La chienne n'avait dû s'apercevoir qu'avec retard du départ précipité de sa maîtresse! Elle salua Jack avec enthousiasme, Tuesday avec un peu moins de chaleur.

Jack et Gloria cachèrent leur embarras en félicitant chaudement la petite chienne. Jamais, autrefois, ils n'auraient été effrayés d'entendre bouger dans les fourrés. Il n'existait pas, dans le pays, de gros animaux dangereux et les Maoris étaient des gens pacifiques. Ils ne se sentirent toutefois pleinement rassurés qu'en atteignant les pâturages entourant Kiward Station, là où la vue sur la plaine était dégagée.

— Nous serons en retard pour le dîner, observa Gloria. Gwyn ne sera pas contente, dit-elle avec la voix d'une petite fille.

— Elle sera heureuse de te retrouver, affirma Jack avec un sourire. Et comme Kiri et Moana vont au *waiata-a-ringa*, nous mangerons froid.

Il chercha un bref instant ses mots.

— Je suis heureux que tu sois là, Gloria !

— C'est mon pays, dit-elle avec calme.

Ils perdirent de leur assurance quand, à leur arrivée à l'écurie de Kiward Station, Frank s'occupa du cheval. Il avait passé le début de la soirée à boire avec quelques bergers. Tous avaient les yeux rivés sur la jupette de Gloria. Celle-ci rougit et Jack lui donna sa veste.

— C'est ce que nous aurions dû faire avant, regretta-t-il.

Elle aurait dû, aussi, effacer de son visage les peintures avec un mouchoir. Ils se faufilèrent par la cuisine, espérant ne pas rencontrer Gwyneira.

Mais celle-ci les attendait dans le couloir menant aux communs. Elle avait gardé sa tenue de l'après-midi et paraissait à bout de forces. Jamais elle n'avait eu l'air aussi âgée, songea Jack qui crut voir des traces de larmes sur ses joues.

— Qui m'amènes-tu là, Jack ? Une fiancée maorie ? Je ne parlais pas sérieusement. Tu n'aurais pas dû l'enlever. Elle profitera de la première occasion pour rejoindre sa tribu.

Gwyneira se tourna vers la jeune fille.

— Vous auriez au moins pu m'inviter, Gloria ! On aurait pu fêter ça ici ! C'est ma cuisinière qui m'a appris que tu te mariais !

— Mais qui parle de mariage, maman ? demanda Jack. Gloria avait l'intention de participer là-bas à une danse, puis elle a changé d'avis. Elle était en route quand je l'ai rencontrée.

— Tu as toujours menti pour la protéger, Jack, dit sa mère en le repoussant quand il tenta de s'interposer. Bon, alors, Gloria, comment envisages-tu les choses à présent? As-tu l'intention de vivre ici avec Wiremu? Ou bien dans leur campement? Allez-vous raser la maison à l'image de la cabane d'Hélène quand la tribu en prendra possession? Il faudrait bien sûr que Kura soit d'accord. C'est à elle tout de même qu'appartiennent encore ces terres.

Gloria se planta devant elle, la même fureur et le même éclat dément dans les yeux qu'à l'instant où elle s'était enfuie du campement maori.

— C'est à moi qu'elles appartiennent ! À moi seule ! Que Kura Martyn ne s'avise pas d'essayer de me les prendre ! Et elles n'appartiendront jamais à personne d'autre ! Je ne suis la fiancée de personne. Et je ne serai la femme de personne ! Je suis…

Elle sembla vouloir parler encore, puis se ravisa, tourna les talons et s'enfuit pour la deuxième fois de la journée.

Jack fut tout à coup accablé de fatigue.

— Je… j'aimerais me retirer, dit-il avec raideur.

Gwyneira le fusilla du regard.

— Oui, retirez-vous, tous tant que vous êtes ! Parfois, j'en ai marre, Jack ! Parfois j'en ai vraiment marre !

Ni Jack ni Gloria ne parurent le lendemain au petit-déjeuner. Kiri renseigna une Gwyneira déjà honteuse de son éclat : Gloria, terrée dans sa chambre, était en train de briser ou de déchirer les petits objets maoris confectionnés par ses soins, tandis que Jack était parti à cheval en direction des guerriers de pierre. Il y passa la journée. Gwyneira eut donc le temps d'apprendre de la bouche de Kiri et Moana ce qui s'était passé sur le *marae* d'O'Keefe Station.

— Tonga vouloir mariage avec Wiremu. Il a annoncé devant tribu entière. Mais pas à Glory et à Wiremu. Mais les deux pas vouloir.

— Wiremu, si ! rectifia Moana.

— Wiremu voulait *mana.* Mais lui, pas courageux… Glory très fâchée… Il avait pas partagé la couche avec elle avant. Fait semblant juste…

Gwyneira s'en voulut : elle aurait au moins pu entendre la version de Gloria. Elle eut le courage de s'excuser, le soir, quand la jeune fille se montra pour le repas, habillée du tailleur de vieille fille qu'elle avait sur elle pour l'accueillir à Dunedin.

— J'étais si inquiète, Gloria. J'avais peur que tu te laisses prendre aux combines de Tonga. Kura n'en avait pas été loin, jadis.

— Je ne suis pas Kura !

— Je sais… excuse-moi… je suis désolée.

— Tout est réglé, dit Jack, se voulant apaisant.

La tension entre les deux femmes l'effrayait. Gloria semblait rendre Gwyn responsable de tous ses malheurs. Mais que lui était-il donc arrivé ? Combien de temps était-elle restée seule, perdue dans le vaste monde ? Comment s'était-elle débrouillée pour revenir en Nouvelle-Zélande ? Sa réaction lors du froissement dans les buissons lui donnait au moins une réponse : elle aussi avait vécu une guerre, sa propre guerre.

— Non, ce n'est pas réglé ! s'écria-t-elle. Ne parle pas pour moi, Jack ! Ce sera réglé quand je dirai que… Elle s'embrouilla. C'est réglé, dit-elle enfin, toujours aussi raide.

Gwyneira se sentit néanmoins soulagée.

Après le repas, elle retint la jeune fille.

— Il y a quelque chose pour toi, Gloria. Un paquet de tes parents. Il est arrivé voilà quelques semaines.

— Je ne veux rien de mes parents ! Tu peux le leur retourner.

— Mais ce sont des lettres, mon enfant. Kura écrit qu'elle t'envoie ton courrier. L'agence a dû l'accumuler et l'envoyer à New York.

— Qui peut m'avoir écrit ? marmonna la jeune fille.

— Je n'en sais rien, Gloria. Je n'ai pas ouvert l'enveloppe. Jette donc un coup d'œil, tu pourras toujours brûler les lettres ensuite, si ça te chante.

Dans l'après-midi, Gloria avait allumé, devant les écuries, un feu dans lequel elle avait balancé son habit maori de fête. Elle acquiesça.

Dans sa chambre, elle ouvrit l'enveloppe. La première lettre qui en tomba avait été ouverte. Kura devait l'avoir lue. L'expéditeur était le soldat Jack McKenzie. Il écrivait du Caire.

> Chère Gloria,
>
> J'espérais à vrai dire pouvoir déjà t'écrire à Kiward Station. Car tu as fini l'école et ma mère était déjà folle de joie à l'idée que tu reviennes enfin. Mais elle me parle maintenant d'une tournée en Amérique avec tes parents. Une expérience certainement très intéressante que tu préfères à notre vieille ferme à moutons. Gwyn est très triste, mais il ne s'agit au fond que de six mois.
>
> Comme tu en as certainement déjà entendu parler, je me suis moi aussi décidé à quitter Kiward Station un certain temps pour servir mon pays comme soldat. Après la mort de mon père et de ma chère épouse Charlotte, j'ai voulu faire et voir autre chose. Pour ce qui est de voir, j'en ai eu pour mes frais. L'Égypte est un pays fascinant : je t'écris pour ainsi dire à l'ombre des pyramides. Des tombeaux qui se dressent comme des châteaux forts et qui sont destinés à conserver à jamais les morts. Mais comment parler d'immortalité quand on emmure les âmes et qu'on enterre les corps dans des chambres funéraires souterraines, soigneusement cachées à la convoitise de pilleurs de sépultures ? Nos Maoris ne comprendraient pas une telle chose, et moi aussi je préfère savoir Charlotte au soleil d'Hawaiki que dans l'obscurité éternelle…

Gloria laissa retomber la lettre et songea à Charlotte. À quoi ressemblait-elle déjà ? Elle n'avait qu'un vague souvenir de la fille cadette des Greenwood. Et Jack… comment l'idée lui était-elle venue de lui écrire soudain une longue lettre ? Ou bien l'avait-il toujours fait ? L'école avait-elle intercepté ses lettres ? Pourquoi et sur l'ordre de qui ?

Gloria examina rapidement le contenu de l'enveloppe : à part quelques lettres de Gwyn et deux cartes de Lilian, toutes les autres étaient de Jack !

Elle ouvrit la deuxième avec impatience.

> … Le Caire moderne est une très grande ville, mais manque de demeures et de places prestigieuses, de palais. Les gens y vivent dans des maisons de pierre à un étage, en forme de bloc, les rues ne sont que des ruelles étroites. Il y règne une agitation frénétique, un bruit permanent. Les Arabes sont très habiles en affaires : lors de nos manœuvres nous étions suivis d'une nuée de gens vêtus de blanc qui offraient des rafraîchissements. Cela rendait furieux les officiers britanniques : ils craignaient sans doute que nous nous figurions avoir plus tard, au combat, un marchand de melons à notre disposition. En ville, les autochtones essaient de nous vendre des antiquités supposées provenir des chambres mortuaires des pharaons. Vu la quantité des objets, cela semble invraisemblable, le pays n'ayant pu compter autant de souverains. Il est probable que les gens sculptent eux-mêmes les statuettes des dieux et les sphinx. Mais, au cas où ces objets seraient authentiques, j'aurais la chair de poule à l'idée de voler les morts, quelque étrange que puisse paraître la coutume du mobilier funéraire. Je pense parfois au petit pendentif de jade que Charlotte portait autour du cou. Un *hei-tiki*, sculpté par une femme maorie et censé lui porter chance. Quand j'ai retrouvé son corps sur la rive du cap Reinga, elle ne l'avait plus sur elle. Peut-être que c'est lui qui porte son âme à Hawaiki. Je me demande pourquoi je te raconte tout ça, Gloria. Sans doute que l'Égypte ne me convient pas. La mort en permanence autour de moi, le passé, même si ce n'est pas le mien. Mais nous allons bientôt partir. Les choses deviennent sérieuses. Nous allons attaquer les Turcs, à l'entrée du détroit des Dardanelles.

Gloria chercha instinctivement à toucher son propre *hei-tiki*, puis elle se souvint qu'elle l'avait jeté aux pieds de Wiremu. Tant mieux ! Au moins il ne transporterait pas son âme maorie Dieu sait où.

> … Je n'oublierai jamais la plage telle que je l'ai vue dans le petit jour : une crique entourée de falaises, un coin idéal pour un pique-nique ou un rendez-vous romantique avec une femme aimée. Et je n'oublierai jamais le bruit du premier tir, bien que, depuis, j'en aie entendu des centaines de milliers d'autres. Mais ce premier tir ! Il a brisé la paix, détruit l'innocence d'un lieu que Dieu, jusqu'ici, n'avait pu regarder qu'avec le sourire. Nous l'avons ensuite transformé en un lieu où seul le diable peut avoir le courage de rire…

Gloria eut un sourire las. Le diable s'amusait sans aucun doute beaucoup dans ce bas monde.

Soudain, elle n'eut plus envie de poursuivre. Elle cacha soigneusement les lettres sous son linge. Elles lui appartenaient, personne ne devait les trouver, surtout pas Jack. Il serait peut-être mécontent qu'elle les lût maintenant. Il ne lui avait en effet pas dit un mot de ce qu'il avait vécu sur la plage de Gallipoli. Et en outre… c'est à une autre Gloria qu'il avait écrit. Il devait avoir eu une enfant devant les yeux quand il se décrivait à cheval sur un chameau, pestant contre de gros hommes se faisant porter dans le désert sur des ânes minuscules. Mais, par ailleurs, certaines phrases semblaient ne s'adresser que trop précisément à la femme qu'elle était devenue. Marama aurait certainement dit que les esprits avaient guidé la main de Jack.

Elle se coucha mais ne réussit pas à s'endormir. La nuit n'était pas encore tombée et elle contempla les murs de sa chambre. Elle se releva et alla chercher son vieux bloc de papier à dessin dans un recoin de son armoire. Quand elle l'ouvrit, elle tomba sur un weta colorié. Elle enleva la feuille du bloc. Puis elle dessina le diable.

5

— Tu n'es pas partie ramener les troupeaux ? demanda Jack.

Il ne s'attendait pas à rencontrer Gloria à la table du petit-déjeuner. Les hommes étaient en effet partis dès l'aurore rassembler les moutons dans les Hautes Terres en vue de la redescente dans la plaine. Presque quatre semaines plus tôt qu'à l'ordinaire : à l'été humide avait succédé un automne froid et toujours pluvieux. Gwyneira craignait de perdre trop de bêtes et appréhendait de surcroît un hiver précoce. Quand il neigeait et que le vent soufflait en tempête en montagne, il devenait dangereux de s'y aventurer à cheval. Sans compter qu'il serait difficile de retrouver les bêtes au milieu des rafales.

— Seule avec une bande de types pas sûrs ?

Jack accusa le coup. On ne pouvait effectivement envoyer Gloria si loin avec les gardiens. Peut-être s'il avait été lui-même de la partie. Il lut le reproche muet dans les yeux de sa mère. Son refus était pour elle, comme pour les gardiens pakeha, le fait d'un tire-au-flanc. Personne ne savait ce que pensaient les Maoris. Mais sa mère et ses employés ne croyaient pas à sa faiblesse persistante. Il était en bonne santé. Quand il le voulait, il pouvait monter à cheval. Jack le savait. Mais il ne supportait pas l'idée des tentes, des feux de camp, des fanfaronnades des Maoris. Tout cela ressusciterait le souvenir des jeunes rieurs et vantards tombés à Gallipoli. Et un peu celui de Charlotte qui l'avait accompagné une ou deux fois dans ce genre d'expédition, s'occupant de la voiture-cantine. Ils avaient partagé une tente, se retirant tôt et dormant dans les bras l'un de l'autre, tandis que la pluie tambourinait sur la toile ou que le clair de lune était tel qu'il éclairait l'intérieur de leur abri sommaire. À présent, il ne ferait que rêver, d'interminables cauchemars pleins de sang et de mort.

Gloria semblait ne rien lui reprocher. Elle avait accueilli ses excuses d'un air impassible. Il lui était apparemment indifférent qu'il se rendît utile à la ferme ou non.

Effectivement, cela lui était égal. Elle avait elle-même un dilemme. Depuis son retour de son équipée avec les Maoris, elle se montrait à nouveau dans les écuries, disposée à prendre sa part du travail à la ferme. Mais les hommes étaient butés. On ne lui demandait rien, on ne lui donnait pas d'indication, personne ne se montrait prêt à collaborer. Elle comprenait que son escapade avec la tribu avait été une grave erreur. Et plus encore son retour en tenue maorie, accoutrement impudique aux yeux des ouvriers pakeha. Ils riaient dans son dos. Elle ne pouvait plus attendre d'eux le respect. Ses ordres n'étaient suivis d'aucun effet, ses questions n'obtenaient que des réponses succinctes ou ironiques. Dans le meilleur des cas, les hommes la berçaient d'un «Oui, miss Gloria» ou d'un «Non, miss Gloria», avant de se tourner vers Maaka ou Gwyneira. Au pire, ils l'ignoraient ou se moquaient ouvertement.

Les bergers maoris ne se comportaient guère mieux. Elle avait certes gagné un certain respect de leur part – des discours comme celui qu'elle avait tenu face à Tonga impressionnaient la tribu –, mais ils la tenaient à distance. Opposer à leur chef une résistance passive était une chose, mais l'engueuler et jeter aux pieds de son fils des images des dieux allait trop loin. Pour eux, Gloria était *tapu*, sans qu'elle sût si cela avait été décrété ou si cela s'était fait de soi-même. On l'évitait.

Gloria avait certes l'habitude d'être mise au ban. Imperturbable, elle regardait droit devant elle quand on ignorait ses ordres. En vérité, cela la rongeait et elle avait parfois de la peine à trouver de quoi s'occuper. Tantôt elle se promenait à cheval pendant des heures, tantôt elle entraînait les chiots. Mais elle avait perdu la main, elle entendait les hommes rire quand un petit collie n'obéissait pas. Il en allait de même avec les jeunes chevaux. Elle maudissait les années perdues en Angleterre à suivre des études qui ne menaient à rien, alors qu'elle aurait pu apprendre sur le tas le travail de la ferme.

Aussi, de plus en plus souvent, se retirait-elle dans sa chambre dès l'après-midi et ouvrait une des lettres de Jack, se plongeant dans ses descriptions du combat.

> Nous nous enterrons. Il faudrait que tu puisses voir le réseau de tranchées qui s'installe ici. On dirait une ville souterraine. Les Turcs, en face, opèrent de même. Il y a de quoi devenir fou quand on y réfléchit. Nous sommes tapis là, à nous épier réciproquement en espérant qu'un imbécile de l'autre côté, trop curieux, lèvera la tête pour mieux nous espionner. On lui fera alors sauter le crâne, comme si cela changeait quoi que ce soit au cours de la guerre. Quelques ingénieux de chez nous ont bricolé un périscope avec un bâton et deux miroirs pour observer sans danger. Ils travaillent à un dispositif de tir analogue.
>
> Mais au total ce sont les Turcs qui ont les meilleures cartes. Ils occupent les positions en hauteur, sur les montagnes, et, si leurs armes avaient une portée suffisante, ils pourraient tirer jusque dans l'intérieur de nos tranchées. Ce n'est heureusement pas le cas. Mais je n'arrive pas à imaginer comment nous pourrons conquérir ce pays.
>
> Durant ces journées, je réfléchis beaucoup à ce qu'est le courage, Gloria. Il y a une semaine, les Turcs ont osé opérer une sortie, avec une témérité incroyable. Nous avons abattu des milliers d'entre eux, mais ils ne cessaient de sortir de leurs tranchées, tentant de prendre d'assaut les nôtres. Finalement, les Turcs perdirent deux mille

hommes. Est-ce que tu peux t'imaginer ça, Gloria? Deux mille morts? À un moment, nous avons arrêté le tir, je ne sais si un ordre a été donné ou bien si c'était simplement un geste d'humanité. Les troupes sanitaires turques ont ramassé leurs morts et leurs blessés dans le *no man's land.* Ce fut ensuite la vague d'assaut suivante. Est-ce là du courage ou de la stupidité, Gloria? Ou du désespoir? C'est en définitive leur terre, leur pays qu'ils défendent ici. Que ferions-nous s'il s'agissait de notre pays? Et que faisons-nous ici?

Gloria avait le cœur qui battait très fort. Jack comprendrait peut-être ce qu'elle avait fait pour revenir à Kiward Station?

Pour se changer les idées, elle prit son crayon à dessin.

Les troupeaux revenus des alpages, Kiward Station bruissait de vie. Il y avait des bêtes dans tous les enclos, il fallait sans arrêt les nourrir, sans arrêt nettoyer le fumier. Gwyneira élabora un plan d'utilisation des surfaces herbeuses encore existantes. Elle voyait en effet disparaître les maigres quantités de foin que l'on avait pu récolter au printemps, avant les pluies. Ni Jack ni Gloria ne se rendaient vraiment utiles, Jack toujours retranché dans sa chambre et Gloria se tenant désormais de plus en plus à l'écart.

Désespérée, Gwyneira en toucha deux mots à Maaka, mais le Maori déclara qu'il n'avait pas besoin de la jeune fille.

— Elle fait fuir mes gars, se contenta-t-il de dire.

Se rappelant le style de direction catastrophique de son fils Paul et supposant que Gloria commettait les mêmes erreurs, elle n'insista pas. À nouveau, abordant le problème deux ou trois fois avec Gloria, elle manqua de diplomatie.

Au lieu de lui demander à quoi Maaka faisait allusion, elle se lança dans des reproches. Gloria les repoussa avec indignation, puis se réfugia dans sa chambre. Gwyneira ne devina pas qu'elle y pleurait de rage et de désarroi. Alors qu'elle avait besoin d'aide, son aïeule se rangeait du côté de ses adversaires. Il n'y avait rien à attendre non plus de la part de Jack. Il semblait ne rien voir et ne rien entendre de la vie de la ferme.

Gwyneira se demandait parfois si elle n'allait pas devenir folle. Elle s'astreignait toujours au dîner familial, même si ses deux commensaux se muraient dans le silence quand elle évoquait par exemple avec inquiétude la pénurie de foin. Jack se taisait et Gloria boudait. Au début de l'hiver, la jeune fille avait avancé des propositions dont Gwyneira n'avait pas tenu compte par crainte de difficultés supplémentaires.

— Les terres autour du cercle des guerriers ne sont pas *tapu*, avait ainsi remarqué Gloria. S'il y a pénurie de fourrage, tu peux y faire brouter les moutons, ce sont presque deux hectares. Bien sûr, c'est plus joli si le sanctuaire est entouré d'un terrain vierge, mais l'herbe repoussera. Les dieux s'en moquent et Tonga n'a pas à faire tant de manières.

Gwyneira s'était révoltée à cette idée : n'accordait-elle pas depuis des décennies ce sanctuaire aux Maoris ? Elle ne voulait pas revenir sur ce point. Bon, c'était vrai, Tonga élargissait sans arrêt le territoire qu'il revendiquait, mais elle ne voulait pas de conflit.

Désavouée, Gloria s'était tue.

Peu après Noël, Jack surprit sa mère et Gloria en annonçant qu'il partait pour Greymouth.

— Je n'en ai pas envie, en fait, mais j'ai promis à Roly d'assister à son mariage. Et il me le rappelle à présent avec insistance, appuyé par Elaine et Tim.

Il avait effectivement la chair de poule à l'idée de partir pour l'endroit où l'avait déjà mené son voyage de noces. Mais rien ne l'obligeait à visiter une seconde fois toutes les curiosités de la côte Ouest. Il passerait simplement deux jours chez Elaine, ou, mieux encore, dans un hôtel.

Il arriverait bien à supporter la cérémonie et les retrouvailles avec Greg dont il se souvenait encore comme d'un jeune garçon un peu rebelle, un garçon maintenant cloué sur un fauteuil roulant. Il devait bien cette visite à Roly.

Gwyneira mit l'auto à sa disposition et Jack eut besoin de quelques jours pour apprendre à la conduire, avant de partir pour Christchurch où il prit le train pour Greymouth.

Elaine et ses fils l'accueillirent à la gare.

— Tu as bonne mine, Jack ! prétendit-elle. Tu as déjà un peu regrossi. Fais-moi confiance, je vais te remplumer !

Jack eut bien du mal à la persuader qu'il préférait loger à l'hôtel. La première déception passée, elle le taquina.

— Pas au Lucky Horse, Jack. Je ne peux en endosser la responsabilité ! Roly veut à tout prix y fêter son mariage et il bénéficie de l'accord enthousiaste de mon Tim et du groupe des habitués, mais y passer la nuit serait attenter à ta vertu !

Il réserva finalement une chambre dans un très bel hôtel sur le môle et contempla des heures durant les vagues avant que Roly et Tim viennent le chercher.

— Ce soir, on enterre ma vie de garçon, s'exclama Roly en riant. On va faire la java, m… Oh, pardon… Jack ! Excusez-moi, monsieur Tim !

— Roly, la manière dont tu appelles mon… quel est au fait notre lien de parenté, Jack ?… Peu importe : tu peux appeler Jack comme tu l'entends, cela m'est égal, dit Tim en riant. Et si notre soirée est aussi bien arrosée que prévu, nous serons tous à tu et à toi pour finir.

Jack tenta de plaisanter à son tour.

— Je crois qu'Elaine est ma nièce. Mais ne crains rien, Tim, tu n'es pas obligé de me dire « oncle Jack ».

Greg McNamara supportait son sort avec plus de sérénité que Jack le craignait. Au moins en cette soirée où le whisky coulait à flots. Il jouissait d'ailleurs d'un statut de héros auprès des hommes. Si Jack et Roly se sentirent gênés quand le premier verre fut levé «en l'honneur des héros de Gallipoli», Greg rayonna pour sa part et ne se lassa pas de raconter les aventures qui lui avaient coûté son infirmité. Beaucoup plus tard au cours de la soirée, une fille de Mme Clarisse qui l'avait écouté avec intérêt s'installa à califourchon sur ses moignons de cuisse.

— C'est donc vraiment un bordel? s'enquit Jack auprès de Tim en train de plaisanter avec la propriétaire, échangeant des anecdotes sur le temps où il faisait la cour à Elaine.

— Il a pigé! rigola la vieille maquerelle. Où l'avez-vous dégotté, Tim? Dans un enclos à moutons des Canterbury Plains? Je croyais que vous aviez été à la guerre, monsieur McKenzie. Vous n'avez jamais, là-bas… euh, disons… cherché à vous distraire auprès d'une belle de nuit?

Jack rougit. Il ne l'aurait jamais avoué mais, depuis Charlotte, il n'avait effectivement plus pris une femme dans ses bras.

— Hera, occupe-toi donc de ce monsieur!

Hera se révéla être une jeune fille maorie ou, du moins, y ressembler. Employée d'un tel établissement, il était exclu qu'elle fût encore membre d'une tribu. Jack eut la courtoisie de ne pas poser de question à ce sujet. Il était en tout cas soulagé de voir qu'il s'agissait d'une fille bien en chair, à la peau brune et aux longs cheveux noirs, une fille qui ne pouvait en aucun cas lui rappeler Charlotte. Jack réussit à échanger quelques mots amicaux avec elle, avant de se retirer assez tôt.

— Déjà fatigué? s'étonna-t-elle. C'est très raisonnable de ne pas se soûler à mort avant le mariage. On devrait le recommander au fiancé! Mais nous aurions aussi des lits ici…, dit-elle avec un sourire engageant.

— Peut-être demain, éluda-t-il, un peu honteux de la platitude de son excuse, n'ayant de toute façon pas l'intention de coucher le lendemain avec la petite putain.

— On en reparlera, se contenta-t-elle de menacer en riant.

Jack fut heureux de pouvoir s'éclipser. Il eut un sommeil agité dans sa chambre luxueuse. Il rêva de Charlotte et d'Hera dont les visages se confondaient dans son rêve, mais la fille qu'il finit par embrasser fut… Gloria.

Les O'Brien étaient catholiques, de même que les Flaherty, les parents de la fiancée. Le révérend de l'Église méthodiste dut donc une nouvelle fois recourir à toute sa tolérance pour permettre à la noce de se dérouler dans l'atmosphère solennelle de sa petite église. Il ouvrit la maison de Dieu à un confrère catholique de Westport, et Elaine joua « Amazing Grace » à l'orgue.

Mme Clarisse apparut avec toutes ses filles. Hera adressa un sourire à Jack, tandis que les très convenables mères des fiancés accueillaient d'un regard méprisant le groupe du Lucky Horse. Les hommes semblaient avoir la gueule de bois, ce qui expliquait sans doute une certaine mauvaise humeur de leurs épouses. La partie féminine de l'assemblée finit pourtant par verser des larmes quand le « oui » de Roly et de Mary retentit dans l'église.

Pensant à son propre mariage, Jack eut de la peine à retenir les siennes. Greg pleurait comme une Madeleine à côté de lui. Un mariage n'entrait pour ainsi dire pas en ligne de compte dans son cas. La fille avec laquelle il sortait avant Gallipoli l'avait quitté à son retour. Et puis comment pourrait-il nourrir une épouse ?

Il y eut ensuite, au Lucky Horse, un repas qui soumit à rude épreuve la patience de Mme Clarisse, car c'étaient Mmes O'Brien et Flaherty qui avaient pris possession de la cuisine.

— Avec ces deux-là, nous l'aurions emporté à Gallipoli, remarqua Elaine qui s'était un bref instant retrouvée dans la ligne de tir. Mme Clarisse a peur qu'elles convertissent ses ouailles au catholicisme dès aujourd'hui. En tout cas, ni Charlène ni moi ne sommes les bienvenues. Où est le champagne ?

Elle eut un regard satisfait pour la salle qu'elle avait décorée de fleurs et de guirlandes avec quelques femmes et jeunes filles. Elles n'avaient pas eu le ménage à faire, le personnel de cuisine de Mme Clarisse s'en étant chargé. On avait mis sur le côté une partie des tables afin de ménager une piste de danse au milieu du local. Roly et sa mère s'y tenaient pour l'instant, très émus, recevant les félicitations et les cadeaux des invités. Mary sirotait le premier champagne de sa vie, très jolie dans sa robe de mariée crème provenant bien sûr de l'atelier de la mère de Roly qui n'ignorait rien de la technique des machines à coudre modernes.

Mme Flaherty, en revanche, se distinguait aux fourneaux. Même les clients habituels du Lucky Horse durent avouer n'avoir jamais aussi bien mangé.

Tim avait offert le champagne, mais la majorité des présents préféra revenir ensuite au whisky. Jack s'étonna de constater qu'Hera qui buvait d'énormes quantités de ce tord-boyaux ne fût pas ivre.

Elaine et Charlène, l'épouse de Matthew Gawain, qui s'étaient jointes à Jack seul à sa table, les autres hommes étant encore au bar, s'étranglèrent de rire.

— Mais les filles de Mme Clarisse ne boivent pas, expliqua Charlène. Ou du moins fort peu. Le samedi, après le boulot, il y avait toujours un verre, n'est-ce pas, Elaine?

— Oui, et j'y avais droit, alors que je me contentais de jouer au piano. Mais sérieusement, Jack, il n'y a que du thé noir dans le verre d'Hera. Aujourd'hui, il en va un peu autrement que d'ordinaire, puisque c'est Roly qui paie. En temps ordinaire, les filles reçoivent quelques cents pour chaque verre que leur offrent les clients. Ça améliore les fins de mois. Même moi, j'ai failli périr noyée dans le thé.

Elaine sourit d'un air presque nostalgique à l'évocation de ce souvenir tandis que Jack ne quittait pas du regard Hera passant des bras d'un homme aux bras d'un autre sur la piste de danse. Comme partout sur la côte Ouest, il y avait dans cette assemblée beaucoup plus d'hommes que de femmes. Aussi les filles de Mme Clarisse devaient-elles y mettre du leur. Hera paraissait avoir très chaud déjà.

— Elle boira certainement volontiers un verre de champagne si tu l'y invites, suggéra Elaine à Jack en le poussant un peu vers la jeune femme.

— Invitez donc tranquillement cette pauvre petite à notre table, monsieur McKenzie, renchérit Charlène. Elle a besoin d'une pause.

— La pauvre petite? demanda Jack. Hier, elle ne m'a pas donné l'impression qu'elle s'ennuyait ici.

— Cela fait partie du boulot, monsieur McKenzie, voudriez-vous payer pour une putain passant son temps à pleurnicher?

— Je n'ai encore jamais payé pour une putain, avoua Jack. Mais si les filles n'y prennent pas plaisir, pourquoi le font-elles?

Elaine et Charlène, un peu éméchées, poussèrent un gémissement théâtral.

— Mon chéri, dit Charlène de la voix rauque qu'Elaine ne lui avait plus entendue depuis son mariage, il y a à cela des tas de raisons, mais je n'ai jamais entendu évoquer à ce propos le « plaisir ».

— Vous… vous avez aussi travaillé ici? demanda Jack avec embarras.

— Exact, mon chéri! Et, pour prévenir votre question, je ne sais pas jouer du piano. J'ai fait ici ce que faisaient les autres filles.

Jack ne savait plus où se mettre.

— Si les anciennes putes vous dégoûtent, il vous faudra éviter la côte Ouest, dit-elle d'un air contrarié. Les filles de Mme Clarisse se marient et la quittent avant qu'elle ait trouvé de remplaçante. En revanche, personne ne veut d'Hera, la pauvre petite. Quand les bonshommes en pincent pour les Maories, ils épousent une fille appartenant à une tribu, qui est, elle aussi, heureuse de se marier et qui n'a pas encore servi.

— Mais je ne suis pas dégoûté, se défendit Jack. Je pense simplement qu'une fille a toujours le choix.

— Il est sûr que tu peux choisir de crever de faim, remarqua Elaine. C'est sans doute ce que j'aurais fait. À l'époque, j'aurais préféré mourir plutôt que de toucher un homme, expliqua Elaine qui avait atterri à Greymouth après avoir fui un premier mari violent et sadique.

— Si on t'avait laissé le choix, chérie, dit Charlène d'un ton amer. Mme Clarisse ne force personne, mais, dans la plupart des établissements, ce sont des hommes qui commandent. Et quand leur tombe entre les pattes un pauvre petit être comme toi, qui a manifestement quelque chose à cacher et qui ne manquera à personne, ils commencent par l'«essayer». Tu es ensuite brisée et tu es prête à tout.

Jack se servit un verre de whisky et le vida.

— La petite Hera, poursuivit Charlène, a été vendue alors qu'elle n'avait pas dix ans. La mère, une Maorie, a été séduite par un chercheur d'or qui l'a emmenée loin de sa tribu. Passée de l'île du Nord à l'île du Sud, elle n'avait aucune chance de retrouver le chemin de chez elle. Quand il n'y a plus eu d'or, le type l'a vendue. Ensuite, ce fut le tour de la fille. Elle n'a pas eu le choix, Jack!

— Et même si tu as le choix au début! ajouta Elaine. Une de mes amies de Queenstown avait choisi de le faire pour payer la traversée depuis la Suède. Ensuite, elle n'a plus eu le choix qu'entre deux mauvaises alternatives...

Jack crut pouvoir la contredire.

— Mais Gloria a réussi à traverser comme mousse. Elle n'a pas été obligée de...

— Comme mousse? s'exclama Charlène. D'Angleterre en Nouvelle-Zélande?

— D'Amérique!

— Et, de tout ce temps, le moussaillon n'a jamais ôté sa chemise? s'étonna Charlène. Sans parler de son caleçon? Eh bien, j'étais encore enfant quand nous avons émigré. Mais je me souviens très bien de la chaleur qui règne en plein Pacifique. Les matelots travaillaient torse nu et les hommes sautaient par-dessus bord pour se rafraîchir, se laissant tirer au bout d'une corde. C'était une épreuve de courage. De temps à autre, l'un d'eux y laissait sa peau.

Jack revint au sujet.

— Que… qu'est-ce que vous voulez dire par là? demanda-t-il d'un ton un peu agressif.

Elaine lui mit la main sur le bras.

— Elle veut juste dire que… s'il en a bien été ainsi… Je ne sais que ce que ta mère raconte à ce propos… mais il a nécessairement fallu qu'un ou deux membres de l'équipage aient été dans le coup.

— Un ou deux? ironisa Charlène. Depuis quand les mousses couchent-ils dans des cabines à deux lits? Bon Dieu, Lainie, ils couchent à six, voire dix, dans des réduits.

— Bon, d'accord, elle a eu des complices, admit Jack en se versant un nouveau whisky, les mains tremblantes.

— Et ils ont gardé pour eux, sans réclamer compensation, que le mousse n'était pas un garçon? s'exclama Charlène, revenant à la charge. Enlevez vite à cette petite son auréole avant qu'elle se tache!

— Tu devrais danser, Jack, intervint Elaine, voyant que Jack serrait son verre à le briser. Hera…

— Hera peut venir boire avec moi. Je n'ai pas envie de danser, dit-il en inspirant et en expirant une ou deux fois à fond pour ne pas exploser de colère.

Surtout quand quelqu'un disait la vérité!

— Et toi peut-être aussi, Charlène, poursuivit Elaine en faisant signe à son amie de s'éclipser. Va chercher Matt et donne-lui de l'exercice. Profites-en pour m'envoyer Tim. Il est debout au bar depuis trop longtemps. Après, il aura mal partout et voudra rentrer à 23 heures.

Jack but en silence une demi-bouteille de whisky. Tout seul d'abord, puis à côté d'Hera qui se contenta d'attendre.

Elle le fit finalement monter avec elle, et il dormit dans ses bras.

Le lendemain, il insista pour lui payer une nuit entière.

— Mais il ne s'est rien passé ! protesta-t-elle. Tu dois pourtant bien t'en souvenir…

Jack secoua la tête.

— Il s'est passé beaucoup plus de choses que tu ne peux l'imaginer.

Pour la première fois de sa vie Jack McKenzie paya une prostituée.

6

Après une dernière journée chez les Lambert, Jack prit le train de nuit pour Christchurch. À la gare de Greymouth, un homme grand et mince l'aborda. L'inconnu se présenta poliment.

— Monsieur McKenzie? Caleb Biller. Nous nous sommes rencontrés de manière fugitive. J'avais en revanche eu des entretiens fort intéressants avec votre épouse lors de votre séjour ici.

— Très heureux de vous revoir, monsieur Biller. Vous n'ignorez pas que Charlotte…

Il lui était toujours douloureux de parler d'elle.

— Oui, je sais. Votre femme est décédée il y a quelques années. Je suis navré. C'était une chercheuse brillante. J'ai lu, ensuite, plusieurs de ses articles.

— Oui, se contenta de dire Jack qui se demandait ce que Biller lui voulait.

Il n'était tout de même pas venu à la gare pour lui présenter ses condoléances!

— Je ne voudrais pas me mêler de ce qui ne me regarde pas, monsieur McKenzie, mais… j'aimerais savoir si vous avez réglé la succession de Mme McKenzie et, dans ce cas, comment. Ses articles laissent entendre qu'elle a recueilli, noté et traduit nombre de mythes maoris…

Jack acquiesça tout en espérant que le train ne tarderait pas. Mais il ne lui fut pas donné d'échapper si vite à Caleb Biller.

— Elle en a noté des centaines, concéda-t-il.

Les yeux de Caleb brillèrent.

— C'est bien ce que je pensais. Mais ce qui m'intéresse… où sont ces notes? Avez-vous mis à la disposition d'un institut quelconque les écrits de votre épouse?

— Un institut? Qui peut bien s'intéresser à ça?

— Toute université de bon niveau, monsieur McKenzie. Vous ne les auriez pas jetées, par hasard? s'exclama Caleb, apparemment indigné.

Jack ne le fut pas moins.

— Jeter? Mais qu'allez-vous imaginer, dites! Alors qu'elle y a tant mis du sien? Bien sûr que je les ai encore. J'ai gardé toutes ses affaires… peut-être que je devrais…, s'interrompit Jack en songeant, avec mauvaise conscience, aux armoires pleines de vêtements et de chaussures, aux étagères remplies de livres et aux nombreux classeurs contenant les textes de Charlotte.

Il aurait dû depuis longtemps avoir trié tout cela, gardé quelques souvenirs personnels et offert le reste.

— C'est bien ce que j'espérais. Écoutez, monsieur McKenzie, malgré tout le respect que je vous dois, Charlotte n'a pas mené ces recherches pour que les résultats demeurent dans des tiroirs. Ce serait agir selon sa volonté de les mettre à la disposition d'autres scientifiques et donc de la postérité. Ne pourriez-vous vous y résoudre?

— Si vous pensez que quelqu'un désire avoir ces notes… Dois-je vous les envoyer? dit Jack en prenant son sac sur son épaule car le train entrait en gare.

— Je ne suis pas vraiment la personne idoine, observa Caleb, hésitant. Ce serait plutôt du ressort d'une faculté… disons, plus orientée vers la linguistique, la littérature. Moi, mon domaine, c'est davantage l'art et la musique.

— Monsieur Biller, il faut que je monte dans ce train. Dites-moi donc ce que vous avez sur le cœur. À qui dois-je adresser tout cela?

— En principe à toute université.

— Monsieur Biller ! Laquelle ? s'énerva Jack, convaincu que Caleb avait en vue une université bien précise.

— Peut-être... Wellington ? Ils viennent juste de créer une chaire..., commença Caleb passant d'un pied sur l'autre.

— D'accord, monsieur Biller. Wellington. Dès que j'aurai trouvé le temps de parcourir les documents, ce sera fait. Dois-je les adresser à quelqu'un de particulier ?

— Je voudrais... c'est sans doute une masse de papier. Et... peut-être que l'université préférera envoyer quelqu'un pour procéder au tri.

Cet homme voulait envoyer à Christchurch un enseignant de l'université de Wellington. Jack ne voyait pas bien pourquoi. Puis il se souvint d'une autre circonstance dans laquelle ce nom de Biller était parvenu jusqu'à ses oreilles.

— Dites-moi, votre fils ne s'est-il pas enfui avec ma petite-nièce Lilian ? Un garçon qui compare les dialectes polynésiens ?

Caleb prit les couleurs d'une tomate mûre.

— Oui, mon fils serait sans doute le mieux placé pour apprécier à leur juste valeur les notes de votre épouse, se justifia Caleb d'un air gêné.

Sans doute était-il contraire à la déontologie universitaire de procurer à un parent, par la bande, un projet de recherche intéressant.

— Très certainement. Et peut-être que cet examen des documents par votre fils pourrait donner lieu, accessoirement, à une petite réunion de famille.

— Je n'en ai encore rien dit à Elaine, avoua Caleb. Encore moins à ma femme et à Tim Lambert. Ils ne savent de toute façon rien des enfants. Très franchement, l'idée ne m'est venue qu'hier, quand j'ai appris votre venue. Mais ce ne sont pas seulement des considérations égoïstes qui m'animent, monsieur McKenzie. Les recherches de votre femme...

— J'écrirai à Wellington, promit Jack en montant dans le wagon. Dès que j'aurai trouvé le courage... Vous comprendrez que je veuille procéder à un premier examen.

— Je vous remercie, monsieur McKenzie, dit Caleb en levant la main en guise de salut. J'espère que vous trouverez bientôt le temps…

Jack se força à sourire. Le problème n'était pas le temps. Le problème était d'entrer dans la chambre de Charlotte, de sentir son odeur et de toucher les objets qu'elle avait touchés. Mais Caleb avait raison. Il le fallait. Charlotte l'aurait voulu, elle aussi. Elle n'aurait pas voulu d'un mausolée ! Jack vit soudain en pensée les tombeaux des pharaons. Des âmes emmurées en compagnie d'une foule de biens terrestres, enchaînées ici-bas, loin d'Hawaiki. Elle aurait détesté cela. Jack décida de s'occuper dès le lendemain de ses appartements.

Le retour en auto à Kiward Station lui prit presque une journée. Peu confiant dans la technique, il n'osait appuyer à fond sur l'accélérateur. Tendu et exténué, il n'arriva à la ferme que dans l'après-midi. Ayant garé la voiture dans la remise, il décida de rentrer dans la maison par la porte de derrière. S'il ne rencontrait pas sa mère, il pourrait dormir deux heures avant le dîner. Il serait alors plus en forme pour raconter le mariage et se retrouver face à Gloria.

Mais il l'aperçut dans le corral proche des écuries qui servait parfois au dressage des chevaux et des chiens. Gloria y entraînait un collie de six mois peut-être, de la même portée que Tuesday et Shadow.

— Assis ! ordonna-t-elle d'une voix où perçait l'impatience, et Nimue, qui se trouvait à l'extérieur de l'enclos, obéit sagement.

Le petit chien, en revanche, continua à remuer la queue devant Gloria, la regardant avec bonne volonté, mais sans faire mine de s'asseoir, bien qu'elle tirât sur la laisse.

— Assis !

Quand elle se pencha sur le chien, ses cheveux en désordre lui tombèrent sur le visage. Depuis qu'elle avait quitté les Maoris, elle ne portait plus de bandeau, essayant de dompter ses boucles à l'aide de barrettes, entreprise désespérée. Jack vit qu'elle cherchait à garder son sang-froid, sachant qu'il ne fallait jamais perdre patience avec les animaux, mais lut sur ses traits la frustration. Jack lui trouva l'air très jeune, et il la trouva très jolie. Son ardeur lui plut, mais, de la manière dont elle s'y prenait, elle courait à l'échec. Il s'approcha.

— Tu lui donnes des signaux contradictoires, dit-il. Il ne comprend pas ce que tu attends de lui.

— Mais je ne peux pas mieux faire que de lui montrer! répondit-elle en forçant de la main le chiot à poser l'arrière-train par terre.

Celui-ci se releva pourtant dès qu'elle enleva la main.

— C'est pourtant moi qui ai dressé Nimue, jadis. Peut-être qu'il est stupide...

— Veille à ce que ma mère ne t'entende pas! Un collie de Kiward stupide, c'est comme si venait à naître ici un mouton à carreaux. Non, ça vient de toi, tu as oublié la technique. Tiens, regarde!

Se faufilant entre les poutres délimitant l'enclos, Jack salua le chien d'un tapotement amical. Puis, prenant la laisse, il tira dessus en donnant un ordre bref. Le chiot baissa l'arrière-train.

— Ce n'est pas possible, gémit Gloria. Pourquoi ne le fait-il pas avec moi?

— Tu commets une petite erreur. Au moment où tu donnes l'ordre en donnant l'impulsion avec la laisse, tu te penches vers lui. Il s'approche donc de toi en remuant la queue. Ce qui est bien. Ce serait pire s'il avait peur de toi et reculait. Mais il ne lui vient pas l'idée de s'asseoir au lieu de jouer avec toi. Tiens, regarde comment je m'y prends.

Fascinée, elle observa Jack qui redressait le torse tandis qu'il donnait au chien l'ordre de s'asseoir, celui-ci levant la tête vers lui et posant son arrière-train sur le sol.

— Laisse-moi faire!

Gloria imita Jack et le collie s'assit. Ils le couvrirent de félicitations.

— Eh bien, tu vois, ce chien n'est pas stupide, c'est seulement…

— … Gloria qui est stupide. Je me trompe en tout. Je crois que je vais abandonner, dit-elle en se détournant de l'animal.

En temps normal, elle ne se serait pas laissée aller à parler ainsi, mais la journée avait à nouveau été rude. Dans la matinée, Tonga, l'air important, avait fait irruption chez Gwyneira pour se plaindre de ce que quelques moutons se trouvaient sur la terre sacrée des Maoris. Effectivement, des bêtes étaient entrées dans un pâturage où les moutons d'O'Keefe avaient brouté durant des dizaines d'années. Cette terre appartenait désormais à la tribu, mais elle n'avait rien de « sacré ».

Tonga et les siens auraient pu se contenter de chasser les bêtes égarées au lieu de chercher querelle, et Gloria le lui avait dit. Sur quoi Gwyneira l'avait contredite avec rudesse, donnant raison au chef. Gloria n'avait pas compris ce comportement. Gwyneira et Tonga se chamaillaient depuis qu'elle était en âge de penser et son aïeule n'avait pas l'habitude de s'en laisser conter. Il est vrai que Kiward Station souffrait pour l'heure d'un fort manque de personnel. Rares étaient les Pakeha travaillant encore dans les élevages de moutons. Les aventuriers qui y trouvaient jadis un emploi avaient préféré s'engager dans l'ANZAC et les survivants étaient ensuite restés dans les grandes villes. Gwyneira était donc obligée de compter sur les bergers maoris. Si Tonga décidait un boycott, elle se retrouverait seule à la tête de dix mille moutons. Elle préférait donc passer des compromis.

Gloria, furieuse de cette réprimande injustifiée, n'avait pas hésité à lui dire sa manière de penser.

— Il aurait mieux valu menacer de congédier les employés Ngai Tahu. La récolte a été mauvaise, les familles ont besoin de leur travail. Tonga n'a pas assez de pouvoir pour, en raison du manque de nourriture, obliger la tribu à partir chasser au loin en plein hiver. Tu n'es pas assez ferme!

Le reproche avait d'autant plus touché Gwyneira qu'elle se piquait, non à tort, de diriger pratiquement seule la ferme depuis des dizaines d'années. Déjà du temps de Gérald Warden, c'était elle qui tenait les rênes.

— Si tu hérites un jour de la ferme, Gloria, tu feras ce que tu voudras, déclara-t-elle sèchement. Mais tant que je la dirige, tu te conformeras à ce que je décide. Et, maintenant, pars rassembler ces maudits moutons!

Gloria s'était ruée hors de la maison, aveuglée par les larmes, et était partie avec son cheval et son chien, mais seule, ce qui devait un peu plus tard se révéler fatal. Les bêtes égarées étaient de jeunes béliers fougueux qui s'étaient échappés d'un enclos. Malgré l'aide de l'expérimentée Nimue, il avait fallu à Gloria toute la matinée pour les rassembler et les ramener à l'enclos qu'elle avait sommairement réparé. Plus tard dans la journée, Maaka rapporta à Gwyneira que les bêtes s'étaient de nouveau échappées. Ce qui avait valu à Gloria une autre réprimande, car, par fierté, elle avait omis d'expliquer à son aïeule que, sitôt revenue, elle avait demandé à Frank Wilkenson d'envoyer quelques hommes achever la réparation. Le jeune homme avait dédaigné son avis et Maaka ne s'était aperçu de la fuite des béliers que deux ou trois heures plus tard.

Gloria s'était alors retirée dans sa chambre pour se plonger dans les lettres de Jack. Mais sa description du quotidien entre deux attaques et sa profonde tristesse l'avaient à nouveau déprimée. De plus, elle n'arrivait pas à dessiner de jour, elle avait besoin de l'obscurité pour coucher sur le papier les images qu'elle avait en tête.

Ressortie pour dresser les chiens, elle avait à nouveau été en échec. C'est pourquoi, chose exceptionnelle, elle venait d'exprimer son ras-le-bol. Jack secoua la tête.

— Tu n'es pas plus stupide que le chien, objecta Jack. Il te manquait simplement le truc. Où est le problème?

— Tu connais beaucoup d'autres trucs? demanda-t-elle, toujours contrariée.

— Des centaines! Mais aujourd'hui je suis trop fatigué. Que dirais-tu si je te les montrais demain?

Son visage s'épanouit d'un sourire. Jack en eut le souffle coupé. Il ne l'avait encore jamais vue sourire franchement depuis son retour. Aujourd'hui, elle avait enfin les yeux brillants. Il s'y reflétait un peu de la confiance qu'elle lui témoignait enfant, de l'admiration aussi.

— D'accord, dit-elle tout bas. À un endroit où personne ne nous verra!

Travailler avec Gloria et les collies fut une raison bienvenue pour repousser l'examen des écrits de Charlotte. Jack ne comprenait pas pourquoi ses leçons devaient rester secrètes, mais il se plia à son souhait. Il la rencontra donc sur des pâturages déjà tondus par les moutons et, quelques fois même, dans le cercle des guerriers de pierre.

— Est-ce exact ce que tu as dit l'autre jour? demanda-t-il tandis qu'ils rentraient en traversant les prairies brunies par l'hiver. Qu'il n'y a pas de *tapu* sur ces terres?

— C'est certain. Tu peux toi-même lire l'histoire. Rongo Rongo dit qu'elle l'a racontée à ta… à ton épouse.

— Elle s'appelait Charlotte, dit Jack à voix basse. Et elle a recueilli des centaines d'histoires.

— Celle-ci est en tout cas vieille de quelques centaines d'années: il y a eu dans le cercle des guerriers de pierre une espèce de duel. Deux hommes au fort pouvoir, au fort *mana*, s'y sont querellés.

— Pour une femme?

— Rongo Rongo a parlé d'un poisson. D'un poisson qui parle, ou quelque chose de ce genre, je ne m'en souviens plus. Peut-être s'agit-il d'un esprit logé dans un poisson. Le problème était de savoir à qui revenait la gloire de l'avoir pêché. Cela renforcerait encore le *mana* du pêcheur. L'affaire se termina dans le sang, les deux hommes périrent. Depuis, le lieu du combat est *tapu*. Cela n'a rien d'exceptionnel : beaucoup de lieux sacrés sont d'anciens champs de bataille.

Jack, acquiesçant, songea à Gallipoli. Ce serait une bonne idée de désormais laisser la plage intacte pour l'éternité.

— À l'intérieur de ce cercle, nous… les Maoris ne doivent ni manger ni boire. C'est un lieu de recueillement et de souvenir. À strictement parler, on n'aurait même pas dû y enterrer quelqu'un. Mais c'est Tonga tout craché : il interprète chaque *tapu* comme ça l'arrange. En dehors du cercle, il ne s'est en fait rien passé. Que quelques moutons y paissent ou non n'a rien à voir avec la foi des Maoris.

— Je suppose que les Warden n'ont jamais mené ici leurs moutons, de peur qu'ils n'entrent par mégarde dans le *tapu*.

— C'est sans doute comme cela que ça a commencé. Mais Tonga peut dire ce qu'il veut : ce ne serait pas un sacrilège d'enclore le cercle pour empêcher les bêtes d'y entrer. Bien sûr, ce ne serait pas spécialement agréable de prier entre des barbelés, mais…

— Par un temps pareil, il n'y a de toute façon pas un chat ici.

La journée était grise et brumeuse. On distinguait à peine les Alpes, il pleuvait et le vent soufflait fort. Se demandant une nouvelle fois pourquoi ne pas entraîner les chiens dans une grange, il prit soudain conscience du comportement des ouvriers envers Gloria. Il était d'ailleurs difficile de ne pas entendre les piques des Pakeha dans les écuries. Les Maoris, eux, semblaient se volatiliser quand Gloria apparaissait. Qu'elle rêve de forcer le respect n'avait donc rien d'étonnant !

— Et ce ne serait d'ailleurs pas enclos pour toujours, ajouta la jeune femme. Quelques semaines juste, pour économiser le foin qui commence à manquer. Les fermes proches n'en ont pas à vendre. J'ignore comment ta mère compte résoudre ce problème.

Elle frissonna sous son ciré. Le vent et la pluie collaient ses lourdes boucles contre sa figure. D'un geste impatient, elle les rejeta en arrière, un geste dont Jack se souvint soudain : elle l'avait, enfant déjà, quand ses cheveux revêches refusaient de rester dans sa queue-de-cheval. Elle les avait coupés un jour. Jack sourit en se rappelant la réaction indignée de miss Bleachum. Aujourd'hui, cette coiffure serait à la dernière mode. En Angleterre, les filles les plus osées portaient les cheveux très courts. Cela irait bien à Gloria !

— Ma mère est âgée, elle a plus de quatre-vingts ans, observa Jack. Elle craint les conflits.

— Il faut alors qu'elle cesse de diriger la ferme !

Jack tenta de refouler un sentiment de culpabilité. Ses parents lui avaient cédé la direction de Kiward Station voilà plusieurs années déjà. Quand il vivait à la ferme avec Charlotte, il discutait certes parfois de ses décisions avec eux, mais ces derniers ne les remettaient jamais sérieusement en question. S'il n'était pas parti pour cette guerre insensée, Gwyneira se serait depuis longtemps retirée des affaires. Il se souvint aussi des efforts de Maaka pour lui redonner les rênes à son retour de l'armée. Il faudrait qu'il se secoue, consulte les comptes, inspecte les réserves de foin pour avoir ensuite avec sa mère une discussion sérieuse. Mais il n'avait même pas l'énergie de mettre en ordre les affaires de Charlotte. Seules les heures de travail en compagnie de Gloria ne l'épuisaient pas. Au contraire, il y prenait de plus en plus de plaisir.

— Même les terres autour du cercle ne suffiraient pas à nous sauver, finit-il par observer. On gagnerait peut-être une ou deux semaines.

— Jack, le cercle des guerriers n'est que le sommet de l'iceberg. Je peux te montrer ici quatre ou cinq autres terres où les moutons ne paissent pas pour ne pas heurter les

Maoris. En temps normal, ce n'est pas un problème, mais lors d'un hiver comme celui-ci! Et, le plus souvent, ces exigences ne se justifient pas.

— C'est effectivement ce que disent le droit et la loi, confirma Jack. Les Warden ont légalement acquis ces terres. Même Tonga a fini par l'admettre.

— Ses exigences sont illégitimes à tous égards. On ne peut accepter que chaque coin où deux jeunes Maoris se sont jadis cassé la figure soit illico déclaré *tapu*. Tout ça a été inventé par Tonga. Il joue avec ta mère un drôle de jeu.

— Les colonnes de tondeurs arrivent demain, déclara Gwyneira à son fils et à Gloria lors du dîner.

On était à la mi-septembre et le temps s'était amélioré. Quand ils partaient s'exercer avec les chiens dans un enclos à moutons, Jack et Gloria pensaient parfois déjà sentir le printemps. Les quatre jeunes chiens possédaient désormais les rudiments de leur savoir et Nimue, qui avait tout repris depuis le début, arrivait au sommet de sa forme. Il s'agissait maintenant de transférer ce savoir dans la pratique. Les chiots y parvinrent à une vitesse stupéfiante. Ils étaient, comme tous les border collies, des chiens de berger nés. Gloria, très fière de ses protégés, n'osait pas penser qu'ils seraient vendus dès l'été. Kiward Station possédait assez de chiens adultes et bien dressés.

— Déjà, maman? N'est-ce pas un peu trop tôt? Jamais nous n'avions tondu avant octobre et, de plus, pas au début du mois.

— Nous n'avons plus de foin, nous devrons partir plus tôt que d'ordinaire pour les alpages. Si le temps continue comme ça, les brebis pourront partir dès la mi-octobre.

— Mais c'est de la folie, c'est..., s'exclama Gloria en laissant tomber sa fourchette, foudroyant Gwyneira du regard. C'est beaucoup trop tôt! Nous allons perdre la moitié des agneaux!

Gwyneira s'apprêtait à lancer une réponse cinglante, quand Jack eut un geste d'apaisement de la main.

— Le temps peut changer à tout instant, dit-il calmement.

— Il peut changer, mais ne changera pas, affirma Gwyneira. Il ne peut que s'améliorer, après cet été épouvantable et cet hiver pluvieux. Il faut bien qu'il s'arrête de pleuvoir un jour ou l'autre.

— Sur la côte Ouest, il pleut trois cents jours dans l'année, insista Gloria.

— Il ne fait pas de doute que cela s'arrêtera un jour, dit Jack en jouant avec sa fourchette, l'appétit coupé, car Gloria avait raison : sa mère était sur le point de prendre une décision catastrophique. Mais pas avant que le printemps ait commencé, maman ! Et pas directement dans les Alpes, tu sais bien que l'hiver y règne encore !

— Nous n'avons pas le choix. Il faut que le temps soit avec nous. Où en est-on avec les hangars à tonte ? L'un de vous désirerait-il assurer la surveillance du numéro trois ? Ou dois-je le surveiller moi-même ? répondit Gwyneira en les regardant tour à tour, l'air interrogateur.

Jamais elle ne l'aurait avoué, mais elle avait besoin d'être aidée. Ces derniers temps, sans doute en raison du mauvais temps, elle avait les articulations douloureuses. C'est ainsi que cela débute, se disait-elle en songeant à James et à son arthrose.

— Il n'en est pas question ! dit Jack.

Il voyait sa mère marquée par l'âge. Durant les derniers mois, elle avait paru se ratatiner. Elle avait toujours été petite et fine, mais elle avait maintenant l'air minuscule et fragile. Ses cheveux, tout blancs, avaient perdu leur élasticité. Sa peau sillonnée de rides lui donnait l'apparence des très vieilles fées sylvestres de sa patrie celte. Mais elle avait gardé ses yeux vifs.

— Si aucun de vous deux ne s'en charge…, dit-elle d'un ton sec, soudain raidie.

— Je m'en charge, dit Gloria en jetant à Gwyneira un regard d'avertissement, pour l'empêcher d'exprimer tout haut sa préférence pour Jack.

Gloria hésitait, à vrai dire. Elle brûlait d'envie d'endosser cette responsabilité, qui ne lui était pas inconnue puisque, enfant, elle inscrivait sur un tableau mural les résultats des divers tondeurs et des colonnes. Elle serait à la hauteur de la tâche, elle le savait et s'en faisait d'avance une joie.

Mais, d'autre part, les hommes ne lui rendraient pas la vie facile. Il était toujours difficile à une femme de s'imposer et les bavardages à son propos n'arrangeraient pas les choses. Il se disait maintenant qu'elle s'était produite comme danseuse, avec sa mère, dans des spectacles en Amérique et, pour ces hommes frustes qui ne connaissaient que la musique des pubs, une danseuse n'était qu'une putain de luxe. Gloria avait donc à lutter contre des avances de plus en plus fréquentes, des avances qui étaient beaucoup moins circonspectes que les tentatives d'approche de Frank naguère.

Frank justement… Il semblait lui en vouloir beaucoup de l'avoir repoussé. Qu'elle soit ensuite partie avec les Maoris l'avait blessé dans sa fierté. Les hommes pensaient qu'il y avait anguille sous roche : un guerrier de la tribu sans doute. Qu'une des rares femmes blanches se décidât en faveur d'un autochtone les rendait furieux. Frank et ses amis ne manquaient pas une occasion de faire sentir leur mépris à Gloria. Elle en avait trop vu durant son équipée à travers le monde pour que ce mépris l'empêchât de vivre. Pourtant, la peur que certains aspects de son passé puissent arriver au grand jour lui ôtait le sommeil. Gwyneira et Jack pouvaient peut-être croire qu'elle avait traversé l'océan comme mousse et l'Australie comme travailleur occasionnel, mais les hommes autour de Frank n'avaient pas cette naïveté. Ils connaissaient trop les conditions de vie des vagabonds et des aventuriers. Il était impossible qu'une fille déguisée en garçon s'en sortît impunément.

La décision de Gloria n'eut pas l'heur de plaire à son aïeule. Elle lança à son fils des regards éloquents, mais il feignit de ne pas les voir. Il était de nouveau en proie à des sentiments de culpabilité. Il aurait au moins dû proposer son aide à Gloria. Cependant, à la seule idée du bruit, des voix d'hommes, des rires et de la camaraderie masculine qui avaient marqué la vie du camp à Alexandrie, il fut pris de frissons. L'année prochaine, peut-être…

— Il faut que je m'occupe des affaires de Charlotte, éluda-t-il. J'ai écrit à cette université. Ils vont bientôt répondre et alors…

Gwyneira avait appris à se montrer prudente avec son fils. Elle soupira, mais en silence.

— Bon, d'accord, Glory, finit-elle par dire. Mais veille à ne pas te tromper dans tes comptes et à ne pas te laisser influencer. Le concours entre les hangars n'est pas un problème de vanité personnelle, son seul intérêt est d'inciter les tondeurs à travailler plus vite. Ne te laisse donc pas entraîner à…

— … à falsifier les comptes? lui lança la jeune femme. Tu ne parles pas sérieusement, si?

— Je me contente de t'avertir. Paul…, commença Gwyneira.

Bien des années auparavant, Gérald Warden avait confié à son fils Paul la responsabilité d'un hangar et le jeune garçon avait provoqué un invraisemblable chaos. Jack connaissait l'histoire, Gloria aussi, certainement, les anciens bergers ayant dû la taquiner à propos des difficultés en calcul de son grand-père.

— Maman, Paul Warden était encore un enfant à l'époque! la coupa Jack.

— Et William…, s'entêta Gwyneira.

Gloria n'y tint plus. Son père s'était lui aussi révélé un piètre gérant de la ferme. Mais il était injuste de venir lui reprocher les erreurs de son père. Elle ressentit soudain une grande lassitude. Elle fut obligée de la muer en colère pour ne pas se mettre à pleurer.

— Je n'écouterai pas plus longtemps ce genre de choses! s'écria-t-elle. Si tu penses que je suis trop stupide ou trop vaniteuse pour ce travail, tu n'as qu'à le faire toi-même. Sinon, je serai demain matin, à 8 heures, dans le hangar trois.

Gloria provoqua un petit esclandre en venant travailler en culotte de cheval. Le personnel de Kiward Station connaissait pourtant les larges pantalons avec lesquels la jeune fille montait à cheval. Elle se les confectionnait elle-même désormais et n'y voyait pas malice. Leur seule différence avec les jupes-culottes à la mode venait de ce que ses bottes recouvraient le bas des jambes. Elle avait essayé la disposition inverse, mais y avait renoncé, car peu pratique. Et comme, ce matin-là, il s'agissait moins de tondre que de regrouper les troupeaux devant les hangars, elle arriva sur son cheval et dans sa tenue habituelle. Les hommes des colonnes de tondeurs qui arrivèrent aux environs de midi la regardèrent avec de grands yeux et, lors de la première pause, les bergers locaux les mirent au courant des divers scandales auxquels Gloria était mêlée.

Pour comble de malheur, Frank Wilkenson fut affecté au hangar trois, tout près d'elle. Gloria pensa que Gwyneira l'avait fait exprès, sans doute pour qu'il la surveille. Le résultat fut que les deux jeunes gens s'observèrent avec plus de méfiance encore qu'à l'ordinaire.

Le travail de Frank était de tondre. C'était le cas des employés de Kiward Station qui, disponibles, possédaient la technique requise. Les meilleurs d'entre eux rivalisaient avec les tondeurs professionnels. Cela augmentait la tension inhérente au concours. De temps en temps, les surveillants devaient veiller à ce que tous les hommes travaillent au lieu d'encourager les meilleurs concurrents. Dans le hangar trois, Frank et un tondeur professionnel ne tardèrent pas à rivaliser. C'est à peine si Gloria arrivait à noter leurs résultats. Les autres s'en trouvèrent stimulés au point que Gloria crut avoir les choses bien en main… jusqu'au moment où Frank et ses camarades se mirent à contester ce qu'elle avait enregistré.

— Dis donc, Pocahontas, ce n'est pas possible ! C'était le deux-centième, pas le cent-quatre-vingt-dix-neuvième. Tu t'es trompée.

Gloria se força à ne pas réagir violemment.

— Miss Gloria, s'il vous plaît, monsieur Wilkenson. Et j'ai bien noté. M. Schaffer en est à deux cents et vous avez dix moutons de retard. Vous feriez mieux de vous dépêcher au lieu de provoquer des ennuis.

— Moi aussi, je l'ai vu, se manifesta alors Bob Tailor, l'ami et compagnon de beuverie de Wilkenson. J'ai compté moi aussi.

— Mais tu ne sais pas compter, Bob ! se moqua l'un des autres hommes.

— Il vous est au moins difficile de compter et de tondre à la fois, observa Gloria. Mais peut-être que c'est pour avoir essayé ce pari impossible que vous n'en êtes qu'à quatre-vingt-cinq…

— Arrête tes insolences, fille de chef ! lança Bob, campé devant elle.

Elle chercha de la main son couteau… mais ce n'était pas la bonne manière d'agir. Elle s'efforça de respirer calmement.

— Monsieur Tailor, dit-elle. Cela n'est pas possible. Disparaissez. Vous êtes congédié. Et les autres, continuez à travailler, je vous prie, ajouta-t-elle en fusillant l'homme du regard.

Celui-ci baissa effectivement les yeux et Gloria fut soulagée de le voir se diriger vers la porte.

— Je ne me laisserai pas faire, dit-il néanmoins avant de sortir.

Gloria pensa avoir gagné, mais Frank leva les yeux de son travail et adressa un sourire à son copain.

— Il faut d'abord que je gagne le concours, Bobby, mais, après, j'éclaircirai ça avec miss Gwyn. Te fais pas de mouron !

Gloria l'admonesta à nouveau, toujours avec calme. Elle savait depuis toujours que les coups de colère, à la ferme, ne rapportaient rien. Mais l'angoisse la rongea le reste de la journée.

Angoisse qui n'était pas sans fondement. Frank fut le tondeur le plus rapide du hangar et, avec deux cent soixante-deux moutons tondus, remporta même le classement général.

Gloria le vit dans le bureau de Gwyneira quand, sale et lasse, elle rentra à la maison après le travail.

— … a un peu tendance à réagir trop fort, et Bob… eh bien, il peut pas s'empêcher de taquiner les filles…

Gloria savait qu'elle devrait entrer, exposer la vérité et défendre ses décisions. Mais, songeant à son dernier affrontement avec Gwyneira à propos de Tonga, elle renonça.

Au dîner, Gwyneira lui annonça qu'elle avait réemployé Bob Tailor. Gloria se leva sans un mot et gagna sa chambre. Quand elle eut fini de pleurer, elle chercha refuge dans sa pile de lettres. Elle avait déjà lu la plupart. Celle qu'elle prit datait du 6 août 1915. Jack avait dû être blessé peu après.

> Aujourd'hui, lors d'une attaque de diversion, deux mille hommes sont morts. Juste pour détourner l'attention des Turcs. Demain, ce sera sérieux. Nous bondirons hors des tranchées et nous courrons en criant sous le feu ennemi. Les nouvelles troupes semblent se réjouir à cette idée. Ce soir, je serai avec ces gens auprès du feu et ils rêveront de devenir des héros. En ce qui me concerne, je commence à détester cette ambiance de feu de camp. Les hommes avec qui je boirai ce soir seront peut-être morts demain. Car nous allons boire, on a distribué du whisky. Il n'est pas possible de gagner ce combat.

Gloria sut exactement ce que Jack avait ressenti. Elle dessina la moitié de la nuit.

7

Jamais encore Jack ne s'était aussi violemment disputé avec sa mère que ce soir-là.

— Comment peux-tu lui confier la responsabilité d'un hangar et ensuite miner son autorité ? Gloria avait certainement raison. Ce Bob Tailor est une canaille !

— Nous savons tous qu'il n'est pas un enfant de chœur, répondit sa mère en pliant sa serviette. Mais Glory doit apprendre à ne pas réagir à chaque taquinerie. Mon Dieu, quand j'étais jeune, on m'a aussi fait des avances. Ce sont des hommes, quoi ! Et ils n'ont pas pris des cours de savoir-vivre.

— Mais si l'histoire s'est passée tout à fait différemment ? Pourquoi Frank soutient-il ce garçon ? Avait-il lui aussi quelque chose à voir dans l'histoire ? Tu aurais au moins dû entendre la version de Gloria. Et même si sa décision n'était pas la bonne, c'est elle qui exerçait la surveillance dans le hangar et c'est sa parole qui avait force de loi. C'est toujours ainsi que nous avons agi. Ou bien tu lui fais confiance ou bien non.

Jack repoussa son assiette et pensa à Gloria qui, une fois de plus, s'était levée de table sans manger, alors qu'après cette journée harassante elle devait être morte de faim. Elle n'arrêtait d'ailleurs pas de mincir. Jack revit son visage qui, ce soir, ne reflétait même pas la colère, seulement un grand désespoir.

— C'est le problème, Jack. Je ne sais pas si je peux lui faire confiance. Elle est si rétive, si furieuse contre tout le monde. Elle ne s'en sort pas à la ferme et, avec les Maoris, cela ne semble pas aller mieux. Il y a quelque chose qui cloche chez cette fille…

— Maman…

Jack ne sut que dire. En fait, il ne pouvait rien dire. Ce serait trahir Gloria, presque un abus de confiance. Certes, elle ne lui avait pas raconté son histoire. Ce qu'il croyait savoir, il l'avait appris par des tiers. Et qui était-il pour divulguer ce que Gloria n'arrivait pas à avouer?

Le lendemain matin, se faisant violence, il se rendit aux hangars. Il ne comptait pas y entrer, ne sachant d'ailleurs pas comment il pourrait venir en aide à Gloria. S'il prenait les choses en main, ce ne serait pas moins humiliant pour elle. Mais on ne pouvait laisser la situation s'aggraver.

Il ouvrit la porte du hangar trois et fut presque renversé par le bruit des moutons qui protestaient et des hommes qui criaient leurs résultats. La poussière brûlait les muqueuses et Jack dut réprimer une quinte de toux. Gloria était au milieu du hangar, devant le tableau. Elle paraissait petite et fragile. Frank et Bob étaient au premier rang des tondeurs.

— Jack…, dit-elle, ne sachant si elle devait se réjouir ou se fâcher: Gwyn avait-elle envoyé son fils pour la remplacer?

Jack eut un pâle sourire.

— Je… j'ai voulu voir si je sais encore faire, dit-il assez haut pour que Wilkenson et les autres l'entendent. Tu m'ouvres un compte?

Quelques-uns des tondeurs les plus âgés applaudirent, se rappelant que Jack avait été l'un des champions de la profession.

Gloria le savait aussi. Elle lui adressa un sourire déchirant.

— Tu es sûr?

— Je ne pense pas pouvoir gagner, mais j'en suis! dit Jack en prenant une tondeuse et en cherchant où s'installer. Je vais voir si j'ai beaucoup perdu!

Il saisit un mouton et, d'un geste habile, le renversa sur le dos. Il n'avait bien entendu rien perdu. Ces gestes, il les avait exécutés des dizaines de milliers de fois. Ses mains volaient au-dessus du corps de l'animal.

Vers midi, il était mort de fatigue, mais il avait dix moutons d'avance sur Frank. Au classement général, c'était néanmoins le tondeur professionnel Rob Scheffer qui occupait la tête.

C'est à contrecœur qu'il laissa Gloria seule, mais il savait qu'il ne pouvait continuer à ce rythme. Ses poumons le brûlaient. Il prit congé en prétextant une nouvelle fois devoir s'occuper des affaires de Charlotte.

— Et ne faites pas d'affront à votre chef! dit-il d'un ton sec à Frank. Miss Gloria occupe cette fonction pour la première fois, mais c'est elle qui va diriger la ferme dans un proche avenir. Je suppose qu'elle fera mettre en perce un tonneau spécial si vous gagnez!

Gloria le regarda avec reconnaissance quand il sortit.

Le soir, Gloria se changea pour le repas, malgré sa réticence à rencontrer Gwyneira. Elle allait devoir à nouveau rendre des comptes à propos de n'importe quoi. Wilkenson, dans l'après-midi, avait effectivement tenté de contester les relevés de Gloria, mais toute la colonne des tondeurs s'était opposée à lui.

— Je n'ai jusqu'ici pas vu d'irrégularités, déclara Rob Scheffer. Peut-être devrais-tu t'arranger pour tondre plus rapidement!

Gloria ne comprenait pas bien pourquoi, mais l'intermède de Jack lui avait valu un certain respect de la part des hommes.

Lasse, elle sortit de sa chambre et fut étonnée de trouver Jack en train de l'attendre. Il donnait l'impression d'avoir mal partout: ses muscles souffraient de cet effort inhabituel, il avait les yeux qui pleuraient d'avoir reçu trop de poussière dans le hangar et, quand il lui adressa la parole, il fut pris d'un accès de toux.

— Je ne suis plus habitué à ce qui est bon, plaisanta-t-il sous le regard soucieux de Gloria. J'espère que tu as envie de viande grillée. Ah oui, n'oublie pas non plus de prendre une veste. Nous mangeons aujourd'hui avec les tondeurs. Ma mère leur a offert un mouton et nous allons leur apporter un tonneau de bière. Il est temps que nous nous montrions à leurs feux de camp.

— Mais tu...

Elle se tut. C'était sans doute un pur effet de son imagination si elle avait jusqu'ici cru qu'il évitait la compagnie des hommes depuis Gallipoli.

Jack la prit par la main, et le contact la fit sursauter. Mais elle lutta contre sa répulsion quand Jack referma avec douceur ses doigts autour des siens.

— J'y arriverai, dit-il. Et toi aussi!

Gloria, assise contractée auprès du feu des tondeurs, ne répondait que par monosyllabes à leurs plaisanteries, mais cela ne les empêchait pas de lui porter toast sur toast pour la remercier du tonnelet de bière. Les plus vieux d'entre eux se souvenaient encore de l'enfance de Gloria à la ferme et la taquinaient au sujet de l'éducation distinguée qu'elle avait reçue dans un internat anglais.

— Soyez gentils avec la jeune lady! conseillaient-ils aux jeunes hommes du hangar trois. Sinon, elle va encore nous échapper. Déjà, nous pensions que vous ne reviendriez pas, miss Glory, que vous aviez épousé là-bas un lord et que vous habitiez dans un château!

Gloria parvint à sourire.

— Que ferais-je d'un château sans moutons, monsieur Gordon? Je suis exactement là où j'ai toujours voulu être.

Elle était de bonne humeur quand Jack la raccompagna jusque devant sa chambre. Ils avaient abandonné les feux de camp quand il avait recommencé à pleuvoir. Gloria avait de nouveau des problèmes avec ses cheveux que l'humidité rendait plus frisés encore. Elle essaya vainement de les ramener en arrière tandis qu'elle remerciait Jack une nouvelle fois.

— Tu devrais tout simplement les raser, remarqua Jack en souriant.

Il ne comprit pas pourquoi elle pâlit soudain.

— Tu trouverais ça beau si je… ?

Jack avait eu en tête les photos des jeunes femmes modernes aux cheveux courts, sans penser à mal. Mais Gloria, elle, vit les visages de tous les hommes que la vue de son crâne rasé poussait à des gestes qui lui glaçaient encore le sang dans les veines.

— Je te trouve toujours belle…, dit-il.

Mais Gloria ne l'entendit pas. Se réfugiant horrifiée dans sa chambre, elle claqua la porte derrière elle.

Il fallut deux jours à Gloria avant de pouvoir regarder Jack en face. Ne comprenant pas ce qui était arrivé, il s'excusa à plusieurs reprises. Gloria finit pourtant par se détendre, prenant conscience que Jack avait employé le terme de « raser » en plaisantant, se souvenant de la coupe totale qui, enfant, était la sienne. Elle se reprocha à nouveau sa stupidité mais ne sut comment s'expliquer. Ils passèrent finalement outre.

Entre-temps, la tonte s'était effectuée sans autre problème et le hangar trois avait remporté le concours. Les hommes étaient au comble de la joie, mais Gloria se défendit énergiquement quand les hommes voulurent hisser leur « cheftaine » sur leurs épaules et lui faire faire le tour des hangars pour célébrer l'événement. Jack intervint alors et, diplomate, tint l'étrier de son cheval. Rob Scheffer, le vainqueur individuel, eut le droit de mener Anwyl par la bride pour ce tour d'honneur tandis que les autres entonnaient avec plus de vigueur que de justesse « She's a Jolly Good Fellow ». Jack, qui s'était mêlé à la foule à contrecœur, lui adressa un signe d'encouragement. Gloria put alors se laisser aller à rire et à s'amuser elle aussi. Gwyn, de son côté, parut satisfaite.

Après la fête, les colonnes de tondeurs parties, l'euphorie retomba. La pluie avait repris. Jack et Gloria regardaient, désemparés, les moutons dépouillés de leur toison. Gwyneira avait ordonné de mener les bêtes dans les Hautes Terres dès que cette vague d'intempéries, la dernière à ses yeux, serait terminée.

— Qu'est-ce qu'ils sont maigres! s'inquiéta Gloria. Ils ne sont pas comme ça d'ordinaire, n'est-ce pas?

— À la fin de l'hiver, ils sont généralement maigres. Surtout les brebis qui donnent tout à leurs agneaux. Mais ce n'est pas un problème. Au bout de quelques semaines dans les pâturages, elles retrouvent leurs rondeurs.

— Ce sont les pâturages qui nous manquent, murmura Gloria. En attendant, ils gèlent, non?

— Oui, maigres comme ils sont, et sans leur laine... Il était trop tôt pour les tondre. Et il est surtout trop tôt pour les mener dans les alpages. Que dit Maaka à ce sujet?

— Oh, il ne pense qu'à son mariage! Et, de ce point de vue, que les moutons s'en aillent maintenant lui convient tout à fait. Il aura alors moins mauvaise conscience de laisser Gwyneira seule avec les moutons et cet abruti de Wilkenson qui brigue son poste. Mais elle n'est pas stupide au point de...

— Gloria! Ton arrière-grand-mère n'est pas stupide!

La jeune femme fronça les sourcils d'un air dubitatif.

— En tout cas, Maaka partira pour Christchurch à la première occasion, observa-t-elle.

La jolie fille de Reti, Weimarama, avait enfin répondu favorablement à la cour de Maaka. Mais elle était chrétienne et voulait se marier selon les rites des Pakeha. Maaka était si fou d'elle qu'il était prêt à se laisser baptiser. En tout cas, d'importantes festivités étaient prévues à Christchurch et dans les environs, avant que la fiancée fût accueillie solennellement dans le *marae* du fiancé, chez les Ngai Tahu. Maaka avait naturellement invité Gwyneira et Jack et, après avoir hésité un peu, il avait étendu l'invitation à Gloria.

— Si vous avez envie, miss Glory, avait-il dit. Je ne peux bien entendu pas décommander Tonga et Wiremu, mais…

Gloria avait accepté sans enthousiasme. Il fallait d'abord résoudre le problème des moutons. Et elle avait sur ce point des idées très précises.

— Que se passera-t-il si nous les menons sur ce qu'il reste de pâturages à Kiward Station ? demanda-t-elle à Jack. Sans tenir compte des *tapu* de Tonga ? Ce serait mieux, non ?

— Bien sûr que ce serait mieux. Même dans le meilleur des cas, nous allons perdre un grand nombre de bêtes si les brebis agnellent en altitude. À cause du froid. Et il n'y aura que deux bergers là-haut pour les aider à mettre bas. Mais si nous faisons paître les brebis auprès du cercle des guerriers…

— Il y a une autre terre que Tonga revendique, avec des bois et des grottes naturelles qui serviraient d'abris. Jack, pourquoi ne pas mettre ta mère et Tonga devant le fait accompli ? Avec les quatre petits chiens et Nimue, nous pouvons les sortir en une nuit. Le matin, les bêtes auraient commencé à paître et les lieux seraient de toute façon déjà profanés.

Jack réfléchit.

— Ça va faire des tas d'histoires.

— Jack, pense à tous ces agneaux ! Ils vont crever de froid là-haut ! Le temps que les bêtes tondent les pâturages de Kiward Station, nous aurons gagné quatre semaines. Le temps sera alors clément.

Jack n'avait pas envie de s'opposer à sa mère. Quelques semaines plus tôt, il aurait même été presque indifférent au sort des animaux. Mais il avait tenu entre ses cuisses près de deux cents de ces pauvres bêtes efflanquées. Et bientôt de minuscules agneaux allaient peupler les prairies. Il les avait sentis bouger dans le ventre des brebis qu'il tondait. Jack se rappela combien il était satisfait quand il aidait à mettre au monde des jumeaux que la mère avait de la peine à expulser. Même avec des races robustes, les complications à la naissance n'étaient pas rares. C'est pourquoi, par principe, Gwyneira faisait agneler les brebis à la ferme avant de les conduire aux alpages. Jusqu'à cette année…

— D'accord, Glory ! Mais dans le plus grand secret. Nous mènerons d'abord ce groupe aux étables vides près du village maori. Les bêtes pourront s'y réchauffer. Et, si cette nuit il ne pleut pas, nous les ferons sortir. Les autres enclos ne sont pas visibles des écuries. Notre ami Wilkenson ne pourra donc pas nous dénoncer. Et Maaka ne remarquera rien non plus, bien qu'il soit sans doute de notre côté. Mariage ou pas, il aime ses moutons. Allons, appelle les chiens !

Ce fut une aventure de se faufiler la nuit hors de la maison et d'aller chercher les chevaux à l'écurie, ce que ne manquerait pas de remarquer quelque employé. À cette pensée, le rouge monta au visage de Gloria. Les gens allaient de nouveau jaser à propos de cette sortie nocturne avec Jack.

Ensuite, pourtant, elle éprouva un certain plaisir à chevaucher à ses côtés sous un ciel étoilé, car, dans la soirée, il y avait eu une éclaircie.

— Tu vois la Croix du Sud ? demanda Gloria. C'est miss Bleachum qui me l'a montrée. Elle aide les marins à s'orienter.

— Elle t'a aidée, en Australie ? À Gallipoli, il y avait des gens originaires de l'outback[1]. Ils disaient que leur pays était infiniment beau, mais immense et dangereux.

1. Arrière-pays semi-aride de l'Australie.

— Je ne l'ai pas trouvé beau. Le nôtre est beau.

Le cercle des guerriers de pierre se dressait à présent devant eux. Les chiens n'avaient guère mis de temps à réveiller les moutons et les faisaient avancer d'un bon pas. Ils n'étaient pas partis depuis une heure que déjà les brebis, sans perdre une bouchée, s'éparpillaient tout autour de l'anneau rocheux. Jack protégea le sanctuaire à l'aide d'un rouleau de barbelé.

— Crois-tu que l'esprit de ton père soit là ? demanda Gloria en l'aidant à tendre les fils entre les dolmens.

Elle n'était pas peureuse, mais les ombres des guerriers de pierre, au clair de lune, étaient un peu inquiétantes.

— Mais bien sûr ! Tu ne l'entends pas rire ? Mon père aurait fichtrement aimé notre affaire. Il est en train de se rappeler comment, la nuit, dans les pâturages des Hautes Terres, il dérobait des moutons aux gros éleveurs, pendant que les bergers jouaient aux cartes dans leurs cabanes. Ma mère pourra dire demain ce qu'elle voudra, mon père aurait été fier de nous.

— Hello, grand-père James ! cria Gloria à la cantonade.

Jack eut toutes les peines du monde à ne pas lui passer le bras autour des épaules.

Bruissant sous la brise légère, l'herbe sembla répondre à la jeune femme.

Au matin, ils avaient réussi à disperser sur différents pâturages environ cinq mille moutons. Ils se couchèrent, recrus de fatigue, surtout Jack. Il dormit enfin profondément, sans rêver ni de Charlotte ni de Gallipoli.

Le sommeil de Gloria fut plus agité. Elle s'attendait à être réveillée à tout moment par des cris. Mais rien ne se produisit. L'absence des moutons n'avait pourtant pas dû échapper à leurs gardiens, au petit matin, quand ils leur apportaient leur fourrage.

En réalité, ils avaient averti Maaka sans en référer à Gwyneira. Le contremaître frappa à la porte de Jack tard dans la matinée. Le brouillard s'était levé et il pleuvait à nouveau.

— J'ai trouvé les moutons, déclara sans ambages le Maori. Je voulais simplement te dire que je n'en parlerai pas à Tonga. J'ai proposé de faire paître les bêtes dans ces pâturages il y a trois mois déjà. J'en ai parlé à miss Gwyn, mais aussi à Tonga et à Rongo Rongo.

— Aux esprits peut-être aussi? Alors que tu vas te faire baptiser la semaine prochaine? plaisanta Jack.

— Un baptême ne fait pas disparaître les esprits, répondit Maaka en haussant les épaules.

Jack éclata de rire.

— En tout cas, Rongo n'y voyait rien à redire, poursuivit Maaka. Tonga, lui, a réagi ce jour-là comme si Te Waka a Maui allait se muer sur-le-champ en canoë et partir à force de rames au premier brin d'herbe sacrée dévoré par un mouton. Ne le prenez pas au sérieux! Avec un peu de chance, il ne s'en apercevra qu'après mon départ et il n'y pourra plus rien. Il ne peut ramener les bêtes seul, et, sans chef, les Pakeha n'en sont pas capables non plus. Sauf Wilkenson, bien sûr…

— Qui n'attend que l'occasion de prendre ta place.

— C'est justement la dernière chose que souhaite Tonga, ricana Maaka. Un contremaître maori lui convient beaucoup mieux. Quand reviendras-tu enfin, Jack? La ferme a besoin de toi!

— Mais je suis là!

— Ton corps est là, mais ton âme est sur deux plages, l'une sur l'île du Nord et l'autre dans ce pays… je n'arrive même pas à prononcer son nom. C'est en tout cas un mauvais endroit pour ton âme. Rentre enfin chez toi, Jack!

Pour se changer les idées, Jack se mit à trier les affaires de Charlotte. Ce fut une véritable torture d'ouvrir ses tiroirs, d'en sortir le linge et de le ranger dans des cartons destinés à des bonnes œuvres. Tombant sur des pétales de rose et des branches de lavande séchés, il vit Charlotte les étaler sur du papier buvard et les exposer au soleil. Il crut même l'entendre fredonner.

Il trouva son bloc de papier et un début de lettre pour l'université de Dunedin. Il lut les quelques lignes et les larmes lui vinrent aux yeux : elle offrait à la faculté de linguistique les résultats de ses recherches. Caleb avait raison. Elle avait voulu que ses notes fussent transmises à d'autres. Et elle avait deviné qu'elle ne reviendrait pas de ce voyage sur l'île du Nord. Ce qu'elle ne savait pas, c'est que Jack mettrait des années avant de mettre de l'ordre dans ses affaires. Il se sentit coupable. Qu'allait-il encore découvrir ?

Il trouva un petit paquet dans un recoin de son secrétaire.

« Jack. »

Il lut son nom écrit de la main de Charlotte, en grosses lettres. Il ouvrit le paquet en frissonnant et en sortit le petit pendentif en jade. Elle ne l'avait donc pas perdu dans la mer. Elle l'avait mis de côté. Pour lui. Pour la première fois, il le regarda de plus près et s'aperçut que la pierre représentait deux personnages entrelacés : Papatuanuku et Ranguini, le ciel et la terre, avant qu'on les eût séparés. Jack déplia le billet enveloppant l'amulette.

> Rappelle-toi que le soleil n'a pu briller qu'après la séparation de Papa et de Rangi. Profite du soleil, Jack.
>
> Affectueusement, Charlotte.

Cet après-midi-là, Jack pleura Charlotte pour la dernière fois. Puis il ouvrit la fenêtre et laissa entrer le soleil.

8

Le soleil brillait aussi sur le village maori cet après-midi-là, et un groupe d'hommes partit à la chasse. Il était probable qu'aucun d'eux ne savait exactement quels endroits précis avaient été déclarés *tapu* par Tonga, mais c'était son fils aîné qui conduisait le groupe.

Le soir, il informa son père de la présence de troupeaux aux environs du cercle des guerriers de pierre.

— Non, ce n'est pas un hasard. Ce sont des centaines de bêtes. Miss Gwyn a enfreint les accords.

Le lendemain matin, Tonga se rendit à Kiward Station avec une délégation.

Gwyneira s'était assoupie à son bureau, ce qui lui arrivait assez souvent depuis quelque temps. Fatiguée, elle n'arrivait plus à se concentrer sur les factures, les quittances. La comptabilité l'avait d'ailleurs toujours ennuyée. Elle envisageait de presser Jack ou Gloria de s'en occuper. Mais l'énergie lui avait manqué pour cela aussi. Elle comptait également sur la jeune femme de Maaka qui avait travaillé chez Greenwood et devait s'y connaître en la matière.

— Miss Gwyn?

Elle se réveilla en sursaut et, à sa grande frayeur, se retrouva face à des guerriers maoris en chair et en os, avec leurs armes. Elle reconnut bien sûr Tonga, mais, avant de le prendre à partie, elle fut obligée de laisser les battements de son cœur s'apaiser.

— Tonga ? Que fais-tu là, que diable ?

— C'est moins votre diable que les esprits de nos morts qui m'amènent ici, dit-il d'une voix grave.

Gwyneira sentit une vieille haine flamber en elle. Pour qui se prenait donc cet impertinent garçon pour faire ainsi irruption chez elle, avec son clan, et lui flanquer la frousse ?

— Peu importe qui t'envoie, il pourrait attendre que Kiri ou Moana t'ait annoncé ! Tu as du culot de t'installer là et…

— Miss Gwyn, c'est une affaire urgente !

Les yeux de la vieille dame lancèrent des éclairs. Tonga et ses gens remplissaient son petit bureau, la présence de guerriers au milieu d'élégants et fragiles meubles laqués étant parfaitement déplacée et ridicule. Mais Gwyneira n'était pas femme à se laisser intimider.

— Eh bien ? Que se passe-t-il ? Avez-vous l'intention de ramener les esprits à la vie en effrayant une vieille femme ?

— Ne blasphémez pas ! Je suis bien sûr peiné de vous avoir réveillée.

Tonga ne pouvait dissimuler son éducation britannique : on n'effaçait pas comme par miracle six années de l'enseignement dispensé par Hélène O'Keefe.

— Quoi qu'il en soit, Tonga…, dit Gwyneira en se redressant sur son siège et en reprenant son porte-plume.

— Chef, la reprit Tonga.

— Comment se fait-il que je voie toujours devant moi le bambin qui allait nu-pieds et qui mendiait des friandises quand j'allais à O'Keefe Station ?

Les hommes, derrière Tonga, se mirent à rire. Tonga leur lança des regards menaçants.

— Bon, alors, chef, que disent les esprits ? s'impatienta Gwyneira.

— Vous enfreignez les accords, miss Gwyn. Les moutons de Kiward Station profanent les sanctuaires des Ngai Tahu.

— Encore ? soupira Gwyn. Je suis désolée, Tonga, mais nous manquons d'herbe. Les bêtes ont faim et cela leur donne de l'imagination. Nous n'arrivons pas à réparer les clôtures aussi vite qu'elles les renversent. Où sont-elles cette fois? Nous allons envoyer quelqu'un qui les ramènera.

— Miss Gwyn, il ne s'agit pas de quelques dizaines de bêtes échappées. Ce sont des milliers qui ont été délibérément conduites sur notre territoire.

— Votre territoire, Tonga? La décision du gouverneur…, commença Gwyneira à bout de patience.

— Un sol sacré, miss Gwyn! Et une promesse que vous n'avez pas tenue! Vous souvenez-vous de m'avoir jadis assuré que…

Gwyneira approuva de la tête. Tonga avait demandé à bénéficier de quelques faveurs quand il avait autorisé que James fût enterré dans le cercle de pierres. Kiward Station disposait de pâturages à foison et Gwyneira avait promis de ne pas toucher à quelques lieux, de prétendus sanctuaires maoris. Sanctuaires dont le nombre n'avait à vrai dire cessé d'augmenter ces dernières années.

— Je suis certaine qu'il s'agit d'une inadvertance, Tonga. Peut-être un berger récemment engagé…

— Peut-être Gloria Martyn? tonna Tonga.

— Disposes-tu de preuves?

Elle était furieuse contre Tonga, mais si Gloria s'était vraiment permis de ne pas respecter ses ordres… Tonga la regarda avec froideur.

— Je parie qu'il ne sera pas difficile d'apporter des preuves. Il vous suffira de demander dans vos communs si quelqu'un a entendu et vu quelque chose.

— J'interrogerai mon arrière-petite-fille en personne. Elle ne me mentira pas.

— Gloria n'est pas connue pour sa rectitude, grogna Tonga. Ses actes contredisent ses paroles. Et elle n'a aucun respect pour le *mana*.

— T'a-t-elle contredit? demanda Gwyneira avec un sourire mauvais. J'en suis peinée pour toi. Et ça s'est passé devant toute la tribu, à ce que j'ai entendu dire… Est-il exact qu'elle n'a pas voulu épouser ton fils ? L'héritière de Kiward Station ?

Se redressant de toute sa taille, Tonga s'apprêta à s'en retourner.

— Le dernier mot n'a pas été dit à propos de la succession de Kiward Station ! Jusqu'ici, votre Gloria n'a toujours pas choisi de Pakeha. Qui sait ce que réserve l'avenir ?

— Voilà enfin une phrase de toi à laquelle je peux totalement souscrire, soupira Gwyneira. Attendons donc, Tonga, et cessons de tirer des plans sur la comète. Si je ne me trompe pas, c'est aussi ce que conseillent tous vos esprits. Moi, je vais m'occuper de mes moutons.

Tonga se trouvait ainsi congédié. Mais il ne voulut pas partir sans avoir le dernier mot.

— Je l'espère, miss Gwyn. Car, avant que l'affaire soit réglée, aucun Ngai Tahu ne se montrera à Kiward Station. Nous nourrirons notre propre bétail et nous cultiverons nos propres champs.

Il prit fièrement la tête de sa délégation pour franchir la grande porte de la demeure.

Gwyneira fit appeler Gloria.

— Peu importent vos intentions et ce qui est *tapu* ou non, décréta Gwyneira face à Gloria et Jack qui avaient l'air d'enfants grondés.

Ils étaient honteux de leur attitude soumise, mais Gwyneira, quand elle le jugeait utile, pouvait incendier quelqu'un, l'écraser sous sa colère.

— Vous n'aviez pas à ignorer mes ordres ! Tonga a surgi ici, et je n'étais au courant de rien ! Que pouvais-je lui dire ?

— Que, contrainte par les circonstances, tu étais obligée de revenir sur une promesse accordée à titre provisoire et dans d'autres conditions, déclara Jack. Que tu étais désolée mais que c'était ton droit.

— Je ne suis pas revenue sur ma promesse !

— Mais ton arrière-petite-fille, ton héritière, oui ! Avec l'accord de celle qui est censée ici parler au nom des esprits, si je peux m'exprimer ainsi. Rongo Rongo a donné son autorisation.

— Il ne s'agit pas de l'autorisation de Rongo, mais de la mienne ! Gloria n'a pas de pouvoir de décision, et toi, Jack, tu as renoncé à tes fonctions de gérant ! Alors, n'essaie pas de m'imposer quoi que ce soit ! Demain, vous mènerez les bêtes dans les Hautes Terres ! Ou plutôt, non, vous resterez ici. Qui sait ce qui pourrait encore vous passer par la tête…

— Nous sommes privés de sortie ? demanda Gloria avec insolence.

— Tu appelleras ça comme tu voudras. Tu te comportes comme une petite fille. Alors, ne te plains pas d'être traitée comme telle !

— Nous aurions dû nous y prendre autrement, estima Jack tandis que, un peu plus tard, ils observaient, impuissants, Maaka et les bergers pakeha rassembler les bêtes avant de les conduire vers l'ouest. Elle n'a pas totalement tort. Nous aurions dû agir ouvertement.

— Elle a tort, répondit Gloria avec un haussement d'épaules. Et son problème, ce n'est plus les moutons, les *tapu* et tout le reste. Tout se passait comme nous l'avions prévu. Le prétendu blasphème était consommé, les terres n'étaient plus vierges. Et si Tonga ne voulait plus nous envoyer de main-d'œuvre… eh bien, nous n'aurions eu personne pour chasser les bêtes des *tapu*. Gwyn l'aurait pris à son propre piège. Ce n'est pas Tonga qu'elle voulait piéger, mais moi !

Gwyneira se demanda comment la situation avait ainsi pu échapper à tout contrôle. Bien qu'aimant Gloria de tout son cœur, elle passait son temps à se quereller avec elle. En fait, elle ne supportait pas la haine qui brillait dans ses yeux, ni sa mine pincée qui lui rappelait par trop son fils Paul. Des expressions de plus en plus fréquentes à mesure que la jeune fille prenait de l'âge. Il en était allé différemment autrefois. Elle avait souvent vu la douceur de Marama illuminer alors les traits de Gloria.

Gwyneira, en cette journée, n'avait pas supporté de rester chez elle. Gloria et Jack s'étaient retranchés chacun dans sa chambre et, pour couronner le tout, Jack n'arrêtait pas de descendre des cartons remplis de vêtements et d'effets personnels de Charlotte. Gwyneira ne cessait, du coup, de se rappeler avec douleur les jours heureux que Jack et sa femme avaient passés ici, les rires remplissant la demeure et l'espoir de voir naître des petits-enfants. La tristesse et la contrariété avaient remplacé tout cela. Gwyneira traversa les écuries et les enclos à moutons désertés. Les hommes étaient tous partis dans les Hautes Terres ; il n'était resté que les quelques Pakeha amis de Frank Wilkenson. Maaka, qui n'avait pas obéi à Tonga, venait heureusement tous les jours au travail. Il avait une nouvelle fois essayé de faire changer d'avis Gwyneira.

— Miss Gwyn, pour le moment le temps semble favorable. Mais cela peut changer, nous ne sommes qu'au début octobre. Les bêtes sont fraîchement tondues et elles ne supporteront pas deux semaines de retour d'hiver dans les Hautes Terres. Laissez Tonga protester, il finira bien par se calmer !

— Ce n'est pas Tonga qui est en question, c'est mon autorité. Je tiens mes promesses et j'exige que mes ordres soient respectés. Alors, accompagnes-tu les bêtes à présent, Maaka, ou bien dois-je demander à Wilkenson de le faire ?

Maaka avait tourné le dos en haussant les épaules. Et Gwyneira se sentait seule comme elle ne l'avait jamais été auparavant. Elle jeta un peu de foin aux chevaux. C'était Gloria qui était chargée de nourrir les chevaux. Pourvu qu'elle le fasse ! Depuis leur dernière altercation, la jeune fille boudait dans sa chambre.

Perdue dans ses pensées, Gwyneira grattait le front de Princess, la petite jument. C'est avec elle que tout avait commencé. Elle se maudit d'avoir jadis permis à Gloria de se faire photographier montée sur le poney, en sauvageonne. Elle demeurait persuadée que cette photo avait attiré l'attention des Martyn sur l'éducation que recevait leur fille. Et ensuite, la deuxième erreur : Gwyneira se rappela très bien l'expression qu'avait eue la jeune fille quand elle avait appris ce qu'était devenu le poulain de Princess. Comment avait-elle pu avoir l'idée de l'offrir à Lilian ? Un nouveau poulain allait naître, mais Gloria ne manifestait pas l'ombre d'un intérêt à son égard.

— Sans doute que tout est ma faute, soupira-t-elle tout en continuant à flatter la jument. Toi, tu n'y es pour rien, c'est certain.

Elle ne pouvait deviner que Princess, quelques jours plus tard, serait à l'origine du prochain esclandre.

Les hommes étaient revenus et la pluie avait repris. Une chaude pluie de printemps certes, importune néanmoins. Les employés de la ferme jouaient aux cartes dans les bâtiments. Jack triait comme toujours les affaires de Charlotte. Gloria se disait qu'il devait faire comme elle avec ses lettres de Gallipoli : impossible de les lire d'un seul tenant, c'était insupportable. Jack devait passer son temps à ruminer sans rien faire dans la chambre de sa femme.

Elle, pour sa part, s'efforçait de s'en tenir à une certaine routine. À rester enfermée, remplissant un bloc de papier après l'autre de dessins sinistres, elle deviendrait folle. Elle entraînait donc consciencieusement les chiens et partait en promenade sur Ceredwen : Princess n'allait pas tarder à pouliner…

Rentrant justement d'une de ses sorties, elle regarda dans la direction des enclos. La jument était, ainsi que des cobs, sur un terrain dont l'herbe avait disparu, remplacée par une couche de boue. Les juments cob, protégées par leur épais pelage, affrontaient stoïquement la pluie et le vent. Princess, au contraire, semblait souffrir. Gloria vit qu'elle avait le dos raide et qu'elle tremblait. Il fallait faire quelque chose.

Elle s'adressa, dans les écuries, à Frank Wilkenson, qui revenait des toilettes et rejoignait le groupe des joueurs de cartes dans la grange.

— Monsieur Wilkenson, s'il vous plaît, pourriez-vous avoir la gentillesse de faire rentrer Princess et de lui donner un peu d'avoine? Je la couvrirai ensuite, la bête a froid.

— Les chevaux n'ont pas froid, miss Gloria, répondit l'homme avec un sourire méprisant, soulignant le «miss» comme si la formule de politesse ne convenait pas à une fille pareille. Et nous n'avons pas de fourrage de rab. Il est rationné.

Gloria se força à rester calme.

— Les chevaux de ferme et les cobs gallois n'ont pas froid. Mais Princess est pour une large part pur-sang, elle a une peau fine, une robe soyeuse et très peu de poils de jarre aux paturons. Ces bêtes prennent l'humidité quand il pleut longtemps. Veuillez donc rentrer ce cheval.

Wilkenson se mit à rire. Gloria constata avec effroi qu'il avait bu. Ses compagnons, qui avaient levé la tête et les observaient depuis la grange, n'étaient pas non plus à jeun.

— Et si j'accepte, miss Pocahontas? Qu'y aura-t-il pour moi? Vous vous montrerez de nouveau en jupette de raphia? dit-il en prenant une mèche de cheveux mouillée de la jeune femme et en l'entortillant autour de ses doigts.

Gloria chercha son couteau, mais elle ne l'avait pas sur elle. Justement un jour comme celui-ci! Elle l'avait oublié dans la poche de sa vieille veste de cuir quand elle avait mis son imperméable, un lourd ciré qu'elle avait de surcroît enlevé en rentrant le cheval dans l'écurie. Elle avait commis l'erreur de commencer à se croire en sécurité.

— Ne me touchez pas, monsieur Wilkenson! dit-elle le plus sévèrement et le plus posément qu'elle le put, mais sa voix tremblait.

— Ah bon, et sinon ? Tu me jetteras un sort, petite princesse maorie ? Ça ne m'empêchera pas de vivre, dit-il en la saisissant par les bras. Allez, viens, Pocahontas ! Un baiser ! Et j'irai te chercher ton petit cheval.

Gloria balança la tête d'un côté puis de l'autre, cherchant à mordre l'homme qui la poussa en riant contre quelques balles de paille. Nimue et les jeunes chiens se mirent à japper et Ceredwen à piétiner sur place. Les hommes de la grange poussèrent des cris d'encouragement.

Soudain, la porte s'ouvrit à la volée. Jack se tenait dans l'encadrement, tenant Princess par la bride. Il contempla quelques fractions de seconde la scène et le tumulte, puis, en deux pas, il rejoignit Gloria tandis que le poney, perdant la tête, s'enfuyait à l'extérieur. Jack fit faire volte-face à Wilkenson et ne réfléchit pas un instant. Son crochet du droit fit mouche.

— Vous n'irez rien chercher du tout. Vous êtes renvoyé sur-le-champ !

Wilkenson sembla hésiter une seconde à riposter. Il n'était pas plus grand que Jack, mais lui rendait quelques kilos. Il était sans conteste plus fort. Puis il parut se dire que se battre avec le fils de Gwyneira était risqué. Il se contint et eut un sourire mauvais.

— Qui vous a dit que la petite souris n'était pas consentante ? lança-t-il.

Jack, sans plus hésiter que la première fois, frappa à nouveau. Si vite et si précisément qu'il surprit encore Wilkenson. Instinctivement, Gloria saisit le couteau accroché près de la porte de la grange et destiné à ouvrir les bottes de foin. Une lueur de démence brillait dans ses yeux. Elle s'approcha de Wilkenson qui avait de la peine à se relever. Il avait fait une mauvaise chute et semblait s'être blessé au bras droit. Il essayait de se redresser en s'aidant du bras gauche.

— Hé, petite, nous pouvons tout de même bien parler…

Gloria donnait l'impression d'être à des milliers de miles de là. Brandissant le couteau, elle s'approchait de l'homme à pas lents, comme porteuse d'une mission sacrée.

Jack aperçut la lueur dans ses yeux. Il la connaissait. C'est avec ce regard vide et fanatisé que les hommes bondissaient hors des tranchées, n'ayant en tête d'autre pensée que de tuer.

— Gloria… Gloria, cette ordure n'en vaut pas la peine ! Gloria, pose ce couteau !

Elle ne l'entendait pas. Il dut alors prendre une décision. Gloria savait lancer un couteau. Il l'avait vue s'y exercer. Pour jouer, enfant, mais aussi ces derniers mois, de manière moins ludique ! Il l'avait observée en cachette et elle avait l'air on ne peut plus sérieuse.

Il devait l'arrêter. Mais il ne voulait pas la prendre à bras-le-corps, il ne voulait en aucun cas être le suivant à la saisir et à la toucher sans son autorisation. Il fit obstacle de son corps entre Gloria et Frank.

— Gloria, ne fais pas ça. Tous les hommes ne sont pas pareils. C'est moi, Jack. Tu ne veux pas me tuer.

Une seconde, il crut qu'elle ne le reconnaissait pas. Puis la vie revint dans ses yeux.

— Jack, je…, balbutia-t-elle en s'écroulant sur une botte de foin.

— Tout est fini, dit Jack d'une voix douce, mais sans oser la toucher.

Il préféra se retourner vers Wilkenson.

— C'est pour bientôt ? Remuez-vous les fesses et disparaissez de cette ferme !

Wilkenson semblait ne pas avoir remarqué le danger auquel il venait d'échapper. Il continuait à fixer Jack avec colère.

— Mais dites-vous bien une chose, McKenzie. Si je m'en vais, il y en aura au moins trois autres qui s'en iront avec moi, dit-il en tournant les yeux vers Tailor et ses compagnons de beuverie.

— Vous parlez de ces salopards de la grange? Vous n'avez pas besoin d'user de votre influence auprès d'eux pour les amener à partir. Ils sont eux aussi congédiés. Ne vous donnez donc pas cette peine, j'ai entendu leurs cris d'encouragement. Tous dans le même panier! Et maintenant, foutez le camp d'ici! Aidez votre distingué patron à se relever, mettez-le en selle et hop, du balai!

Jack attendit que les hommes se lèvent en grommelant et que Tailor ait remis Frank sur ses pieds.

— Viens, dit-il alors à Gloria, il faut ramener Princess. Elle s'est enfuie.

Gloria tremblait de tous ses membres.

— Il… il faut d'abord que je desselle Ceredwen, chuchota-t-elle.

D'abord le cheval, le cavalier ensuite. Son aïeule Gwyn avait inculqué ce principe à ses enfants, petits-enfants et arrière-petits-enfants depuis leur premier souffle de vie.

— D'accord, je vais alors chercher Princess. Tu peux rester seule?

Gloria saisit à nouveau le couteau et lui lança un regard qu'il ne réussit pas à interpréter. Puis elle dit:

— J'ai toujours été seule…

Jack se défendit une nouvelle fois contre l'envie de la prendre dans ses bras. Une enfant perdue, une femme souillée! Mais elle ne l'accepterait pas. Il ne savait pas ce qu'elle voyait en lui, mais il savait qu'elle n'était pas loin de lui accorder sa confiance.

9

— Tu as été courageux, dit-elle un peu plus tard, quand ils rentrèrent à la maison, trempés et fatigués.

Après avoir ramené dans les écuries et nourri tous les chevaux, puis s'être occupé des moutons et des bovins qui étaient restés à Kiward Station, Jack était épuisé. Il devait à présent apprendre avec ménagement à sa mère qu'il venait de renvoyer la plus grande partie du personnel qui leur restait. Pourvu que les quelques Pakeha n'ayant pas fait partie de la bande de Wilkenson viennent au travail le lendemain ! Maaka était à Christchurch. Les gens de Tonga boycottaient la ferme. De plus, il pleuvait des cordes. Jack n'osait pas penser à la tempête qui devait sévir en altitude. Il se sentait malgré tout satisfait, presque heureux. Gloria marchait à ses côtés, calme, plus détendue qu'avant l'incident.

— J'étais à Gallipoli, répondit-il avec un sourire amer. Nous sommes des héros.

— Non. J'ai lu tes lettres.

Jack rougit.

— Mais je croyais…

— Mes parents me les ont réexpédiées.

— Oh ! s'exclama Jack qui ne se souvenait plus précisément de ce qu'il avait écrit, mais qui savait qu'il aurait honte de certains passages.

Il avait devant les yeux une Gloria enfant pendant qu'il écrivait. À l'époque, elle n'aurait pas compris une bonne partie de ce qu'il pensait ; elle aurait sauté les passages comme toute autre fillette. Mais pas Charlotte. Ni la femme que Gloria était devenue.

— Je n'ai pas envoyé les toutes dernières lettres, précisa-t-il.

Il en était presque soulagé. Écrites à l'hôpital d'Alexandrie puis en Angleterre, elles étaient les pires. Au bout du rouleau, il s'adressait à une fillette qu'il ne croyait plus vivante. Elle avait disparu depuis près d'un an !

— Non ? s'étonna Gloria.

Seules deux lettres étaient restées fermées. Elle en avait repoussé la lecture, après avoir lu le dernier récit de Gallipoli. Mais elle les avait remarquées dès le premier jour, l'écriture, sur les enveloppes, n'étant pas la même que sur les autres. Une écriture plus gauche, maladroite. L'adresse était d'ailleurs incomplète, il manquait le code postal. Ce qui n'avait pas empêché les postiers de trouver l'adresse. Le nom de l'agence artistique était au demeurant écrit correctement.

Gloria pensait avoir deviné ce qui s'était passé. Jack devait avoir déposé les lettres quelque part. Une infirmière, ou peut-être ce Roly qui avait si longtemps aidé Jack, avait mis les adresses et les avait affranchies. Oui, cela avait dû être Roly. Il avait certainement déjà expédié du courrier pour Jack et noté le nom de l'agence.

Elle fut soudain pressée de regagner sa chambre. Elle devait absolument lire ces lettres.

> Chère Gloria,
>
> Il est à vrai dire stupide de t'écrire, car je sais que tu ne recevras jamais cette lettre. Mais je m'accroche au moindre espoir. Peut-être que tu es encore en vie et que tu penses à moi. Toujours est-il que je sais à présent que tu pensais à nous tous, même si c'était avec colère. Je suis certain que tu n'as jamais reçu mes lettres en Angleterre. Sinon, tu aurais appelé au secours. Et je… serais-je venu ?

Je suis couché ici, Gloria, et je me demande ce que j'aurais dû faire. Quelque chose aurait-il pu sauver Charlotte? Cela t'aurait-il sauvée si un amour ne m'avait pas amené à oublier l'autre? J'ai voulu croire que tu étais aussi heureuse que moi et je t'ai ainsi trahie. Et puis, après la mort de Charlotte, je me suis enfui. Je me suis fui et je t'ai fuie en me jetant dans une guerre qui m'était étrangère. J'ai combattu et j'ai tué – des hommes qui s'étaient contentés de défendre leur patrie, et j'ai trahi la mienne.

Tout en écrivant, j'entends le muezzin appeler à la prière. Cinq fois par jour. Les autres patients disent que cela les rend fous. Mais cela rend la vie plus facile pour les gens d'ici. Le mot « islam » signifie « soumission ». Accepter ce qui vient, accepter que Dieu ne s'en tienne pas à des règles…

L'Angleterre! Voilà, moi aussi j'y ai atterri, et je pense à toi, Gloria. Tu as vu ce ciel, le vert de ces prés, ces arbres gigantesques, si dépaysants. Il paraît que je suis phtisique, ce qui n'est pas forcément vrai car certains médecins en doutent. Mais ce n'est pas entièrement faux non plus, car c'est effectivement ce je ressens : une envie, une soif de baisser les bras[1], le sentiment qu'il serait plus facile de mourir que de continuer à vivre. Il n'y a désormais rien que je craigne autant que de revenir à Kiward Station, dene trouver que le vide après la mort de Charlotte et ta disparition.

Tu es partie depuis si longtemps déjà, Gloria, et, bien que ma mère ne renonce pas et espère toujours ton retour, il semble pourtant patent, autant que « l'homme puisse en juger », que tu n'es plus en vie. La police de San Francisco a en tout cas cessé ses recherches et tous les détectives que ma mère et Georges Greenwood ont engagés n'ont pas trouvé la moindre trace de toi. Il est donc probablement stupide de t'écrire cette lettre, c'est un peu comme si je voulais m'adresser à ton esprit. Seule l'idée que Dieu, cette

1. Le mot allemand désignant la phtisie, « *Schwindsucht* », se compose de deux mots, l'un désignant une envie, un besoin maladif, l'autre le fait de « se laisser aller ».

fois encore, pourra démontrer l'absurdité des «jugements humains» me donne un peu de force.

Les lettres sur les genoux, Gloria pleurait. Comme elle n'avait plus pleuré depuis la nuit passée dans les bras de miss Bleachum. Jack lui avait écrit en Angleterre. Il n'avait cessé de penser à elle. Et lui aussi avait honte. Peut-être… peut-être avait-il fait des choses pires qu'elle.

Gloria perdit tout contrôle d'elle-même. Comme en transe, elle ôta ses dessins du bloc de papier et les joignit au dernier recueil des notes que Charlotte McKenzie avait consacrées à la mythologie des Ngai Tahu. Avant de suivre les pérégrinations des Maoris, elle avait lu les textes de Charlotte et le dernier fascicule se trouvait encore sur ses rayonnages. Jack le chercherait.

Gwyneira tournait dans son salon comme un fauve en cage, écoutant la pluie et le vent au-dehors. Il n'y avait que de brèves éclaircies. Le froid et l'humidité persistaient et elle préférait ne pas imaginer les conditions régnant en altitude. Bien sûr, les moutons n'étaient pas dépaysés, car, même en été, les tempêtes n'y étaient pas rares. Mais si tôt dans la saison et si peu de temps après la tonte! Gwyneira regrettait sa décision. Mais elle n'y pouvait plus rien. Jamais elle ne réussirait à trouver à temps les hommes capables de ramener les troupeaux. Frank Wilkenson était le seul à posséder assez d'expérience pour diriger l'opération.

Elle se maudissait de ne pas avoir congédié ce type depuis longtemps. Jack avait sans doute eu raison de le renvoyer séance tenante, mais elle aurait elle-même dû s'apercevoir plus tôt qu'il harcelait Gloria. Quand elle pensait à l'incident du hangar de tonte… Jamais plus elle n'oserait regarder Gloria en face! Elle se versa un whisky et affronta la réalité: elle ne contrôlait plus la situation et ignorait ce qui se passait dans sa ferme. Autrefois, elle était au courant de la plus petite rivalité entre les employés, elle savait qui avait tendance à la vantardise, qui avait un faible pour la boisson et sur qui il convenait d'avoir l'œil. Elle aurait également dû rester vigilante à l'égard de Tonga ! Quelques années plus tôt, elle aurait aussitôt vérifié quelle terre était sacrée pour les Maoris. Elle n'aurait pas abandonné sans résister plusieurs hectares à la convoitise de leur chef. Elle s'était déchargée de tout sur Maaka, exigeant trop de lui. Il était un bon gardien de troupeau, mais il n'avait pas les qualités pour diriger une telle ferme. Et Jack…

La sonnerie du téléphone interrompit le cours de ses sombres pensées. L'opératrice lui annonça un appel de Christchurch. Elle entendit peu après la voix de Georges Greenwood.

— Miss Gwyn ? Je voulais parler à Jack, mais vous pourrez lui transmettre le message : il devrait en finir avec les notes de Charlotte car l'expert de Wellington arrivera la semaine prochaine. Et devinez qui il amène ! poursuivit-il joyeusement. Je n'accordais guère de crédit à toutes ces cachotteries, mais ma femme et Elaine se délectent à jouer les Mata Hari ! En tout cas, c'est Ben Biller que Wellington nous envoie et Lilian l'accompagnera. Or, ce garçon ignore tout des implications et embrouilles familiales. Lily lui donne le change tout comme Elaine le donne à Tim.

— Vous voulez dire que Lily arrive ? Avec le petit… comment donc s'appelle-t-il déjà ?

— Galahad. Bizarre comme nom, un nom celte, n'est-ce pas ? Mais bref, oui, elle vient nous voir. Et très vraisemblablement aussi Elaine et Tim. Kiward Station est un bien meilleur endroit pour de telles retrouvailles que ma petite maison. Prenez vos dispositions, miss Gwyn. Toutes vos chambres seront occupées !

Le cœur de Gwyn bondit de joie. Toutes ses chambres occupées ! Un bébé marchant partout à quatre pattes, les taquineries entre Elaine et Lilian. Lily qui avait toujours réussi à faire rire jusqu'à Gloria ! Ce serait merveilleux. Ne faudrait-il pas également inviter Ruben et Fleurette ?

— Ah oui, et puis je dois aussi vous transmettre un message de Maaka, continua Georges d'une voix plus impersonnelle. Vous devriez envoyer au plus vite votre Wilkenson ramener les moutons des alpages. Les météorologues et les tribus maories des Hautes Terres annoncent de violentes tempêtes. Un retour de l'hiver sur les Alpes ! Comment se fait-il que vous ayez déjà sorti vos moutons, miss Gwyn ?

La bonne humeur de Gwyneira tomba dans l'instant. Un retour de l'hiver… les tribus de Maoris redescendant dans les Plains parce que leurs *tohunga* redoutaient des tempêtes de neige ! Elle se dépêcha de remercier Georges et but un deuxième whisky. Puis elle fit ce qu'elle avait à faire.

Jack frappa à la porte de Gloria. Il n'avait pas trouvé le dernier calepin de Charlotte et il ne pouvait être que chez Gloria puisqu'elle lui avait récemment parlé d'une des notes. Elle devait donc avoir lu ces textes.

Et peut-être que la jeune femme serait prête à une courte conversation. Jack se sentait seul après son désagréable entretien avec sa mère. Bien sûr, elle avait montré une certaine compréhension, voire manifesté un certain sentiment de culpabilité. Elle lui avait donné raison à propos de l'incident avec Wilkenson et lui avait promis d'en reparler avec Gloria. Mais leur rencontre avait été déprimante : Gwyneira paraissait vieillie et malade, débordée par la nouvelle situation. Il avait essayé de l'assurer qu'il l'aiderait, mais ne savait guère comment. Jadis, dans un cas pareil, on partait pour Haldon, on commandait une bière dans un pub et on annonçait à la cantonade que Kiward Station recherchait des bergers. Il se trouvait généralement un ou deux aventuriers pour répondre à l'appel. Mais agissait-on encore de cette façon ? Et aurait-il l'énergie de s'y astreindre ?

Gloria entrebâilla sa porte.

— Je suppose que c'est cela que tu cherches…, dit-elle en lui passant le calepin à travers la fente.

Jack entrevit son visage rougi par les larmes. Elle avait donc pleuré ? Il eut l'impression qu'elle avait ébouriffé ses cheveux.

— Quelque chose ne va pas, Gloria ?

— Non, rien. Je… voilà ton carnet.

Elle referma la porte avant qu'il eût pu poser d'autres questions. Il se retira en hochant la tête. Le calepin qu'il tenait semblait plus épais que les autres, il ne fermait pas bien comme si on avait placé quelque chose entre les pages. Une fois dans sa chambre, Jack ouvrit le calepin à la lumière d'une des nouvelles lampes électriques.

Un frisson le parcourut.

Une ville obscure se dressait vers un ciel sans étoile. Le diable riait dans les coupe-gorge entre les maisons. Un bateau quittait le port, ayant hissé un pavillon à tête de mort, mais c'était une fille nue qui représentait la mort. Un garçon, debout sur le pont, regardait le diable droit dans les yeux. Combatif, sûr de triompher, tandis que des larmes coulaient des yeux morts de la fille sur le pavillon.

Puis une fille dans les bras d'un homme – ou bien était-ce plutôt le diable du dessin précédent. La dessinatrice semblait n'avoir pu se décider. L'homme maintenait la fille en son pouvoir, mais elle ne le regardait pas. Le couple était allongé sur le pont d'un bateau et elle avait les yeux tournés vers la mer, ou bien vers une île au loin. Elle ne se défendait pas, paraissant ressentir tout sauf du plaisir à cette proximité de l'homme. Jack rougit à la vue du sexe énorme planté comme un couteau entre les jambes de la fille.

À nouveau une ville. Mais différente de la première : une mer de petites maisons, au nombre desquelles un salon de thé ou quelque chose d'approchant, ressemblant plus à un établissement d'Arabie qu'à un café européen ou à un pub. L'homme buvait en compagnie du diable. Et, entre eux, comme un poisson sur un plat, gisait la fille. Des couteaux étaient disposés sur la table. Le diable – on le distinguait très nettement – poussait de l'argent vers l'autre homme. La fille n'était pas nue, mais sa petite robe la faisait paraître plus vulnérable encore. On lisait l'incompréhension, l'angoisse sur ses traits.

Ensuite, les images reflétaient l'horreur absolue. Jack vit la fille enchaînée dans les enfers, des diables dansant autour d'elle et la tourmentant de toutes les manières imaginables. Le sang monta parfois au visage de Jack, quand les dessins contenaient des détails terrifiants. Parfois tout était noirci au fusain d'une main furieuse, si bien que l'on discernait à peine le dessin original. De temps en temps, Gloria avait appuyé la plume avec tant de violence sur le papier qu'elle l'avait transpercé. Jack ressentait dans sa chair l'épouvante qui habitait la jeune femme.

Finalement, au terme d'une série interminable de dessins plus horribles les uns que les autres, la fille était couchée sur une plage. Elle dormait, l'océan entre elle et les diables. Mais de nouveaux monstres attendaient de l'autre côté de la plage. Les dessins décrivaient à présent une nouvelle odyssée à travers l'enfer. Jack eut un mouvement de recul quand il vit le crâne rasé de la jeune fille, une tête qui ressemblait de plus en plus à une tête de mort. Sur les derniers dessins, on ne distinguait plus les traits du visage, on ne voyait plus que des os et des orbites vides. La jeune fille, un squelette désormais, portait un tailleur sombre et un corsage clair fermé jusqu'au cou. Elle finit par monter à bord d'un bateau, regardant en direction de l'île que l'on pouvait déjà deviner sur le premier dessin.

Gloria avait entraîné Jack dans son périple.

— Tu es folle !

Quand il descendit, le lendemain matin, Jack entendit l'exclamation suraiguë de Gloria. Elle faisait face à Gwyneira. Encore un de ces affrontements chargés d'affectivité entre l'aïeule et la jeune femme dont Jack se serait bien passé ce jour-là. À vrai dire, Gwyneira n'avait pas la réponse aussi prompte et acérée qu'à l'ordinaire. Elle laissait les reproches de Gloria rebondir sur elle sans paraître s'en formaliser. Jack remarqua avec surprise qu'elle avait sa tenue de cavalière et qu'elle portait sur les épaules ses sacoches de selle.

— Elle veut monter dans les Hautes Terres! s'écria Gloria en apercevant Jack.

Elle était si énervée qu'elle en avait oublié les dessins. Elle ne remarqua pas davantage qu'il avait les yeux rougis par l'absence de sommeil.

— Ta mère veut ramener les moutons!

Gwyneira les dévisagea d'un air souverain.

— Ne me fais pas passer pour folle, Gloria, dit-elle. Je suis allée dans les Hautes Terres plus souvent qu'à mon tour. Je sais ce que je fais.

— Tu pars seule? demanda Jack, stupéfait. Tu veux partir seule et ramener dix mille moutons?

— Les trois bergers pakeha qui nous restent m'accompagnent. Et je suis allée cette nuit voir Marama.

Jack n'en crut pas ses oreilles.

— Qu'est-ce que tu dis? Tu es allée cette nuit à O'Keefe Station et tu as parlé à Marama?

— Tu as eu pas mal d'absences depuis ton retour de la guerre, Jack, mais, jusqu'ici, il me semblait que tu entendais bien. Mais bon: j'ai parlé à Marama et elle nous envoie trois de ses fils. Elle se moque de ce que Tonga en dira. Il est possible que d'autres s'associent à eux. J'ai offert double salaire. Et maintenant, j'y vais. Je prends Ceredwen, Gloria, si tu n'y vois pas d'inconvénient. C'est elle la mieux entraînée.

Jack n'était pas calmé pour autant.

— Gloria a raison, tu es folle!

Jamais encore il ne s'était adressé à sa mère sur ce ton: son projet lui paraissait monstrueux.

— Tu as plus de quatre-vingts ans. Tu ne peux plus accompagner des troupeaux!

— Je peux parce que je dois. J'ai commis une erreur, je vais la réparer. Les bêtes doivent redescendre, on annonce des tempêtes de neige. Et comme personne d'autre ne se propose ou n'est en mesure…

— Arrête, maman. C'est moi qui vais y aller, décréta Jack en se redressant.

Un instant plus tôt encore, il se sentait las et sans courage, mais Gwyneira avait raison : on faisait ce qu'on devait faire. Il ne pouvait laisser s'engloutir dans la neige l'œuvre de toute une vie, l'œuvre de ses parents et l'héritage de Gloria.

— Je t'accompagne, dit celle-ci sans hésiter. Avec les chiens, nous accomplirons le travail de trois hommes. Et les moutons vont être pressés de rentrer.

Jack savait qu'il n'en était rien. Par mauvais temps, les bêtes, désorientées, se laissaient moins facilement conduire que d'habitude. Mais Gloria aurait bien le temps de s'en apercevoir.

— As-tu fait seller des chevaux de bât? demanda-t-il à sa mère. Et n'essaie pas de discuter! L'affaire est close. C'est nous qui partons, et toi tu prépares tout ici. Cherche à Haldon quelqu'un qui puisse te donner la main. Cela doit pouvoir se régler par téléphone. Commande aussi de l'avoine et du blé, car les moutons devront reprendre des forces après cette course dans la tempête. Nous les mettrons dans les hangars de tonte et dans les étables où il y avait les bovins. Il faut les protéger de la pluie. Et ensuite… Mais nous pourrons en parler plus tard. Vérifie ce que contiennent les sacoches de selle, Gloria. Maman, dis-lui ce qu'il ne faut pas oublier. Beaucoup de whisky en tout cas, car il va faire froid. Je vais dans l'écurie voir où en sont les hommes.

Jamais, depuis sa blessure, Jack n'avait dit tant de choses d'un seul trait. Et encore moins sur ce ton. Le caporal

McKenzie était mort sur le front de Gallipoli. Jack McKenzie, le patron de Kiward Station, semblait être de retour.

10

Les fils de Marama, les demi-frères de Kura, attendaient devant les écuries. Le plus jeune, qui n'avait que quinze ans, brûlait d'impatience de vivre pareille aventure. Deux autres bergers maoris s'étaient joints à eux, deux hommes expérimentés qui avaient assez de *mana* pour défier Tonga. À la vue du troisième, Jack tiqua : Wiremu !

— As-tu déjà travaillé avec des moutons ? demanda-t-il d'un ton rogue, car craignant la réaction de Gloria.

— Non, juste quand j'étais enfant. Après, on m'a envoyé en ville. Mais je suis bon cavalier. Et je crois que vous avez besoin de tout le monde. Et puis j'ai une dette envers Gloria, ajouta-t-il en baissant la tête.

— Laissons Gloria décider, répondit Jack en haussant les épaules. Vous savez, les gars, que ce sera rude et que ce n'est pas sans danger. Il nous faut partir le plus vite possible, le temps va se détériorer plutôt que s'améliorer à en croire les avis. Faites-vous donc attribuer des montures.

Dans l'écurie, il trouva les trois Pakeha restants, de jeunes hommes inexpérimentés qui connaissaient tout juste trois coups de sifflet pour les chiens. Il soupira. Il n'avait encore jamais ramené les troupeaux avec une troupe aussi disparate, alors qu'il s'agissait cette fois d'une équipée on ne peut plus périlleuse. Il répugnait à emmener le petit Tane. Mais, comme disait Wiremu, ils avaient besoin de tout le monde.

Gloria portait sous son capuchon un large bandeau maori pour retenir ses cheveux. Elle l'avait trouvé dans un coin de son armoire et n'avait de toute façon pas le loisir de se livrer à des considérations de mode. Elle espérait qu'il lui tiendrait chaud aux oreilles s'ils devaient effectivement affronter des tempêtes de neige.

Il pleuvait à seaux quand ils partirent, onze cavaliers et cinq chevaux de bât. Le jour semblait ne pas vouloir se lever, tant les nuages s'accumulaient au-dessus des Alpes. Derrière le rideau de pluie, les montagnes n'étaient plus que des ombres floues et menaçantes. Depuis des semaines, on pataugeait dans la boue des chemins d'exploitation, et il n'était pas possible d'avancer rapidement. La pluie et le vent avaient impitoyablement noyé dans le sol détrempé les premières pousses printanières. Jack espérait qu'au moins il ne grêlerait pas.

Vers midi, ils parvinrent sur des sentiers au sol plus solide, car très peu empruntés par les chevaux ou les véhicules ; ils mirent leurs bêtes au trot. Jack assurait un train rapide, mais en veillant à ne pas surmener les montures. Les pauses étaient courtes, personne n'ayant plaisir à se reposer sous la pluie. Le soir, ils tombèrent sur les troupeaux de jeunes béliers que Gloria avait si souvent chassés du sanctuaire de Tonga et qui avaient pris d'eux-mêmes le chemin du retour.

— Des dégourdis ! constata Jack. Nous allons les prendre avec nous pour l'instant et passer la nuit dans la cabane de Gabler's Creek. Ils pourront y paître. Demain, Tane les ramènera à la ferme.

Le jeune fils de Marama sembla partagé entre la contrariété de terminer si tôt l'aventure et la fierté de pouvoir conduire seul un troupeau. Il avait un chien qu'il commandait avec habileté. Jack était certain qu'il se tirerait d'affaire. Un souci de moins : assumer la responsabilité du jeune garçon lui pesait.

Il poussa ensuite son cheval contre celui de Gloria. Il l'avait vue sursauter quand il avait parlé de la cabane.

— On peut te monter une tente, lui dit-il. Ou bien tu peux dormir dans l'écurie. Mais t'y laisser seule ne me plaît pas.

— Dans la tente, je serai seule aussi.

— Mais entre ta tente et la cabane, il y aurait la mienne, répondit-il, cherchant en vain à croiser son regard.

Il n'avait au fond aucune envie de monter des tentes sous la pluie, mais, tout comme Gloria, il reculait devant la promiscuité de la cabane.

— Tu peux alors…, dit à voix très basse la jeune femme, les yeux baissés, tu peux dormir toi aussi dans l'écurie.

La cabane aurait été plus confortable. À l'époque où James McKenzie volait le bétail des « barons des moutons », ceux-ci avaient bâti un peu partout dans la montagne ces cabanes en rondins où ils plaçaient des hommes l'été. C'étaient des constructions en dur, avec âtre et alcôves. Les hommes allumèrent un feu et offrirent aussitôt à Gloria un des lits.

— Miss Gloria préfère dormir dans l'écurie, répondit Jack, mais commençons par la laisser s'asseoir auprès du feu. Qui cuisine?

Wiremu proposa que ce soient les hommes qui dorment dans l'écurie. Les autres acceptèrent à contrecœur. Mais Gloria refusa.

— Nous n'aurions plus de place pour les chevaux. Et je ne veux pas être traitée de manière particulière. Il y a ici de la place pour tous. Si je ne souhaite pas partager l'abri commun, c'est mon affaire.

Finalement, bien emmitouflée dans son sac de couchage, Gloria se pelotonna dans la paille à côté de Ceredwen. Nimue et deux des jeunes chiens vinrent se blottir contre elle, mais ils étaient trempés jusqu'aux os. Jack leur ordonna de gagner un coin de l'étable.

— Mais nous les gardons ici, n'est-ce pas? insista Gloria, observant avec embarras et inquiétude Jack déplier son sac de couchage à l'autre bout de l'écurie, juste à côté de la porte reliant la cabane et la grange.

— Oui, je crois que nous les garderons ici, la rassura Jack, heureux qu'elle eût employé ce « nous ».

Il fut soulagé de l'entendre presque aussitôt respirer de manière régulière. Il se rappela comment, quand elle était enfant, il l'écoutait s'endormir. À cette époque, elle venait souvent se glisser dans son lit pour lui raconter ses rêves, surtout ses cauchemars. Cela l'irritait parfois. Cette nuit, il se réjouit qu'elle ne voulût pas parler – pas encore.

Le lendemain matin, il y eut une brève éclaircie et, vers midi, ils tombèrent sur d'autres moutons. Les rassembler ne fut pas un problème. Les Maoris allumèrent un feu et firent rôtir des poissons qu'ils venaient de pêcher. L'équipée commençait à devenir une partie de plaisir. Mais la pluie reprit, et le vent se leva. Ils gagnaient à présent rapidement de l'altitude et, en fin d'après-midi, ils arrivèrent dans la vallée où les gens de Kiward Station installaient traditionnellement leur camp. Gloria y était également passée avec la tribu. C'était une espèce de cuvette herbue, bordée de hautes falaises sur deux côtés, ce qui facilitait le regroupement des moutons. Le lendemain, ils s'égailleraient à la recherche du reste des bêtes.

En temps normal, les falaises protégeaient un peu du vent, mais cette fois les bourrasques ne cessaient pas. La nuit était déjà presque tombée bien qu'il fût encore tôt. La pluie se transforma en flocons quand les hommes entreprirent de monter le camp. Il fallait s'y mettre à deux pour dresser une tente. Une véritable lutte, car le vent tourna à la tempête, arrachant des mains les bâches de tente. Les flocons fouettaient les visages et Jack avait de la peine à respirer car l'air froid lui brûlait les poumons. Quand il réussit enfin à détacher de la selle les mâts de la tente, il était en nage sous ses vêtements. Les chevaux attendaient stoïquement, la croupe tournée contre le vent. Les moutons, frigorifiés, se serraient les uns contre les autres.

— Deux brebis mettent bas, annonça Wiremu pour corser l'affaire.

Il partageait une tente avec l'aîné de Marama et il la monta sans problème, mais l'agnelage dépassait ses compétences.

Jack se força à aller jusqu'à l'une des bêtes, l'un des Maoris expérimentés se chargeant de l'autre. Par chance, les deux naissances se passèrent sans complication. Ils ne durent mettre la main à l'ouvrage que pour un agneau.

— Laisse-moi le saisir, dit Gloria, mes mains sont plus petites.

— Mais tu ne l'as pas fait depuis des années, protesta Jack toussant à fendre l'âme.

— Toi non plus ! répliqua-t-elle en enfonçant adroitement la main droite dans le vagin de la brebis, tâtant à la recherche de l'agneau resté coincé, puis remettant en place la patte antérieure tordue.

L'agneau vint au monde en même temps qu'un dernier flot de liquide amniotique.

— Je les prends dans notre tente, monsieur Jack ! dit le vieux Maori en emmenant les deux bêtes.

Jack partit en trébuchant en direction d'un fouillis de bâches et de piquets, sa tente ! Personne n'avait songé à la monter pendant qu'il s'occupait des brebis. Il aurait dû l'ordonner. Mais tous les hommes étaient à présent à l'abri. Tout le monde sauf Gloria… Elle se mit au travail sans un mot, mais le vent lui arrachait les toiles et les mâts des mains. Jack tenait les mâts pendant qu'elle les fixait. Quand la tente fut enfin dressée, il se laissa tomber sur les fesses, tremblant de tous ses membres. Gloria alla chercher les sacs de couchage et s'allongea dans un coin, exténuée elle aussi. Jack se rendit compte alors que la tente de la jeune femme n'avait encore été ni dépliée ni montée.

— Je n'arriverai pas à en monter une autre, murmura Jack. Il faut demander qu'on nous aide.

Les hommes s'étaient réfugiés depuis un bon moment dans leurs tentes. Dans deux d'entre elles, on entendait bêler les brebis. Les Maoris se les étaient réparties. Mais personne ne serait volontaire pour ressortir dans la tempête à seule fin de monter la tente de Gloria. Elle considéra avec panique l'étroit espace qui était déjà à moitié occupé par les affaires de Jack. Ce n'était pas loyal de sa part. Il lui avait promis…

Elle l'entendit alors râler avec effort. Couché sur sa couverture, les yeux fermés, il essayait de contrôler sa respiration mais, quand l'atmosphère se fut un peu réchauffée, il dut lutter contre l'envie de tousser.

— Je suis désolé, Glory. Peut-être… peut-être tout à l'heure, mais…

Gloria s'agenouilla près de lui quand la quinte de toux le prit.

— Attends, dit-elle en fouillant dans les sacoches.

Gwyneira y avait mis des médicaments.

— Du thé… de l'huile de thé? essaya de plaisanter Jack. Ils en mettaient dans les rations des Australiens…

— C'est bon contre les ampoules aux pieds, observa Gloria.

— Ce n'est pas tellement de ça qu'on avait à souffrir, dit Jack en toussant à nouveau.

Gloria sortit une fiole de sirop de *rongoa.*

— Bois-en une gorgée, dit-elle en la lui portant aux lèvres. Tu as de la fièvre.

— C'est juste le vent…, murmura-t-il.

Gloria vit qu'il tremblait. Elle déboutonna son sac de couchage, et il eut toutes les peines du monde à se glisser à l'intérieur. Gloria l'aida à le refermer, puis elle constata qu'il ne se réchauffait pas pour autant.

— Tu veux que j'aille voir si les autres peuvent faire bouillir un peu de thé? demanda-t-elle bien que n'ayant aucune envie d'affronter le vent qui continuait de souffler en tempête.

— Non… on ne peut allumer un feu par un vent pareil. Glory, je… je ne te ferai rien, tu le sais. Prépare ton lit et essaie de dormir.

— Oui, mais toi?

— Je dormirai moi aussi.

— Il faut que tu enlèves tes vêtements mouillés.

Quand il s'était affalé dans la tente, il avait retiré son imperméable. Mais jamais il ne se réchaufferait en gardant sur lui sa chemise et son pantalon trempés. Il la regarda d'un air sceptique.

— Ça m'est égal, dit-elle. Je sais que tu ne me feras rien.

Dans le coin opposé, elle sortit des sacoches une chemise de flanelle sèche et un pantalon en denim. Jack se glissa hors de ses habits humides et eut du mal à se couvrir des autres tellement il tremblait. L'effort fut tel qu'il se remit à tousser. Accroupie dans son propre coin, Gloria le regarda l'air inquiet.

— Tu es malade…

— Non, dors, Gloria.

Gloria éteignit la lanterne. Dans l'obscurité, tentant de se réchauffer, Jack l'écouta respirer. Tendue, elle écoutait elle aussi. Il sembla s'écouler des heures tandis que Jack continuait à haleter et à trembler. Finalement, elle se redressa et se poussa vers lui.

— Tu as de la fièvre, dit-elle. Tu frissonnes.

Il ne répondit pas, mais son corps pantelant parla pour lui. Gloria hésita. Sans chaleur extérieure, il ne s'endormirait pas et serait plus mal en point encore le lendemain matin. Elle se souvint de la lettre du sanatorium. Il avait les poumons malades. Il pouvait mourir.

— Tu ne me toucheras pas, promis? demanda-t-elle tout bas. Surtout ne me touche pas…

Puis, les doigts tremblants, elle ouvrit le sac de couchage et s'y glissa. Elle sentit son corps maigre et se colla contre lui. La tête de Jack tomba sur son épaule et il s'endormit enfin.

Elle voulut rester éveillée, mais les efforts de la journée furent les plus forts. Quand elle se réveilla, elle dormait enroulée sur elle-même, à son habitude. Et Jack l'entourait de son bras. Prise de panique, elle allait se libérer quand elle s'aperçut qu'il dormait toujours. Il avait la main ouverte, son bras ne formant qu'une niche protectrice. Nimue s'était blottie contre elle, Tuesday à côté de la chienne. Gloria sourit, puis se libéra avec douceur de l'étreinte de Jack, soucieuse de ne pas le réveiller. Il ouvrit pourtant les yeux.

— Gloria…

Elle se figea. Jamais encore on n'avait prononcé son nom avec autant de douceur, de délicatesse. Elle déglutit et se racla la gorge.

— Bonjour, comment… comment te sens-tu?

Il aurait voulu lui dire qu'il allait bien, mais ce n'était pas vrai. Il avait mal à la tête, et il fut à nouveau pris d'une quinte de toux.

Gloria lui posa la main sur le front. Il était brûlant.

— Il faut que tu restes couché.

— Non. Quelques milliers de moutons attendent là-dehors, dit-il d'un ton se voulant joyeux. Et il ne neige plus, semble-t-il.

Ce qui était exact. Mais le ciel demeurait gris, chargé et la neige de la veille restait par endroits. Gloria frémit à l'idée de monter à cheval par un temps pareil. Jack eut l'impression que le brouillard se déposait comme une pellicule sur ses poumons.

Il y avait déjà des feux auprès des tentes des bergers pakeha.

— Nous devrions nous procurer du thé chaud et partir le plus vite possible, dit Jack en essayant de se relever, mais il fut pris d'un étourdissement quand il s'assit. Il retomba en arrière, respirant bruyamment.

Gloria l'enveloppa d'une couverture supplémentaire.

— Tu vas rester ici, décida-t-elle. Je me charge des moutons.

— Et des hommes?

— Des hommes aussi!

Sans attendre d'objection de sa part, elle enfila un second pull-over et son imperméable puis sortit de la tente.

— Tout va bien, les gars ? La nuit a été bonne ? demanda-t-elle d'une voix amicale et posée.

Si elle avait peur, elle le cachait bien. Mais le regard qu'elle jeta sur le campement lui donna du courage. Les hommes, frigorifiés, étaient accroupis devant leurs tentes. Il était absolument certain qu'aucun d'eux n'avait en tête de serrer une fille de trop près. Les moutons et les chevaux paissaient autour du camp sous la garde des chiens.

Paora, l'aîné des Maoris, s'adressa à elle :

— Tous les agneaux sont en vie. Deux brebis ont encore mis bas dans la nuit. L'un est mort, les autres se portent bien. Nous les avons pris eux aussi dans la tente. Elle était pleine à ras bord.

Gloria s'attendait à une allusion concernant Jack et elle, mais les Frank Wilkenson et les Bob Tailor avaient, Dieu merci, quitté leur troupe. Cela encouragea Gloria à s'expliquer sans attendre.

— Nous allons boire notre thé, puis partir et ramener le maximum possible de moutons. Le temps d'hier peut revenir à tout instant. M. Jack est malade. Il ne peut quitter la tente. Wiremu, tu t'occuperas de lui…

Wiremu lui lança un regard peiné.

— Je ne suis pas médecin, je…

— Tu as étudié quelques semestres et tu as été l'assistant de Rongo Rongo. Tous les étés, c'est elle qui me l'a dit. Et on peut se passer de toi pour les animaux, rétorqua Gloria qui coupa court à toute discussion en se tournant vers les autres. Paora et Hori, vous ferez équipe avec Willings et Carter pour explorer les endroits où les moutons se rassemblent généralement. Anaru accompagnera Beales… As-tu déjà accompli ce travail, Anaru ? Non ? Mais tu étais avec la tribu dans ses pérégrinations, tu devrais connaître la région. Demande à Paora de t'expliquer où vous avez le plus de chances de trouver des troupeaux. Rihari m'accompagnera…

Rihari, le fils puîné de Marama, était bon cavalier et bon pisteur ; il possédait un chien qui chassait bien.

— Lui et moi, nous chercherons plus haut dans la montagne des bêtes égarées. Kuri et Nimue les trouveront. Paora et Hori, vous avez vos propres chiens. Anaru, Willings, Carter et Beales prendront chacun un des jeunes chiens : ils sont faciles à commander et vous connaissez les coups de sifflet usuels.

Pour s'assurer que tel était le cas, Gloria exécuta les principaux coups de sifflet et fut toute fière de voir que les jeunes chiens réagissaient à la perfection. Les chiens des Maoris obéissaient plus ou moins aux ordres donnés dans la langue de leurs maîtres et Gloria comprit pourquoi Gwyneira avait toujours tenu à dresser les chiens selon un système standard, chose qui lui avait paru contraignante et ennuyeuse, mais qui permettait à tout chien de berger de Kiward Station d'obéir à n'importe quel maître.

Jack lui exprima son accord quand elle lui apporta un gobelet de thé.

— J'aurais procédé exactement de cette façon, Glory. Mais je ne t'aurais pas envoyée dans la montagne. Tu es certaine… ?

— Plus bas, je ne servirais à rien. Ni Rihari ni moi ne connaissons les vallées que fréquentent habituellement les troupeaux. Nous ne pourrions que renforcer les équipes, mais elles peuvent se passer de nous. Si nous parvenons jusqu'aux cols, nous pouvons ramener des dizaines de bêtes.

— Sois prudente, dis Jack en lui caressant les cheveux du bout des doigts.

— Et toi, sois sage et écoute Wiremu, d'accord ? Il n'aime pas l'avouer, mais Rongo pense qu'il est un *tohunga*. Il est juste amer de n'avoir pu poursuivre ses études de médecine à l'université. Il joue les chasseurs et les trappeurs, au lieu de faire ce dont il a envie.

— On a l'impression que tu le détestes, avança Jack mi-sérieux, mi-taquin.

— Si je détestais tous les couards de ce monde…, répliqua Gloria en haussant les épaules.

Puis elle sortit de la tente.

Jack resta couché, ressentant pour Gloria tour à tour de la fierté et de la peur. Les cols n'étaient pas sans danger, surtout lors d'un retour brutal de l'hiver. Mais Wiremu ayant pris les choses en main, Jack n'eut plus guère le loisir de s'inquiéter. Le jeune Maori alluma un feu devant la tente, y fit chauffer des pierres qu'il disposa ensuite autour de Jack. Quelques instants plus tard, celui-ci était trempé de sueur. Wiremu lui posa sur la poitrine des compresses de plantes et l'obligea à inhaler de la vapeur chaude.

— Tes poumons ont été atteints, dit-il après avoir brièvement examiné ses cicatrices. Une bonne partie du tissu pulmonaire est détruite. C'est un miracle que tu aies survécu. Le poumon droit doit être couvert de cicatrices. L'organe ne peut plus absorber autant d'oxygène qu'avant. Voilà pourquoi tu te fatigues vite et que tu as peu de forces.

Jack eut l'impression que les compresses lui brûlaient les poumons.

— Ce qui veut dire… ? demanda-t-il en haletant. Il vaut mieux que je reste à la maison comme… comme une fille ?

— Les filles Warden ne sont pas du genre à rester à la maison, dit Wiremu en riant. Et pour toi, ce n'est pas bon non plus. Travailler normalement à la ferme n'est pas un problème. Mais tu devrais éviter les gros efforts physiques par mauvais temps, comme hier. Il faut aussi manger davantage. Tu es trop maigre.

Wiremu lui fit boire du thé et beaucoup du sirop concocté par Gloria et Rongo.

— C'est très efficace. Mais aucun de ceux qui assistent aux tours de magie qui entourent sa préparation n'y croit. Avant de récolter les fleurs, Rongo exécute au moins trois danses, énonça Wiremu qui avait renié la médecine maorie avant de s'apercevoir que la médecine pakeha ne voulait pas de lui.

— Elle montre par là à la plante dans quelle estime elle la tient, observa Jack. Qu'y a-t-il de mal à ça ? De nombreux Pakeha prient avant de rompre le pain. À l'internat, tu n'y as sans doute pas échappé.

— Des tours de magie pakeha donc ? plaisanta le jeune homme.

— Wiremu… qu'a dit Gloria ? demanda Jack à brûle-pourpoint. L'autre jour, au *marae.* À Tonga ? J'ai vu de loin qu'elle l'apostrophait mais je n'ai pas entendu.

Wiremu rougit.

— Il s'agissait de sa *pepeha*, sa présentation personnelle et traditionnelle. Tu sais ce que c'est ?

— À peu près. Quelque chose comme : « Bonjour, je suis Jack, ma mère est arrivée à Aotearoa sur le *Dublin*… »

— On commence en général par nommer le canot sur lequel les aïeux du père sont arrivés. Mais ce n'est pas très important. Le plus important, c'est ce que cela signifie. Avec la *pepeha*, nous rappelons notre passé parce que c'est lui qui décide de notre avenir. *I nga wa o mua*, tu comprends ?

— Les mots, oui. Pour comprendre le principe, il faut certainement être arrivé à Aotearoa avec le premier canot. Et qu'est-ce qu'il y a donc eu de si terrible dans les bateaux sur lesquels les Warden et les Martyn sont arrivés ici ?

Wiremu lui répéta la diatribe de Gloria.

11

Gloria avançait au travers du brouillard, espérant qu'il se lèverait ou que le sentier escarpé qu'ils grimpaient en émergerait. Elle se demandait comment Rihari qui la précédait réussissait à s'orienter, et surtout comment les chiens Kuri et Nimue, qui ne cessaient de japper gaiement, retrouvaient des moutons et les rassemblaient. Ils étaient donc à la tête d'une troupe d'une cinquantaine de bêtes, essentiellement de jeunes et de vieux béliers qui se laissaient manœuvrer avec mauvaise grâce. C'étaient tous des solitaires ou des récalcitrants, pensait Gloria qui ne pouvait s'empêcher de rire. Rihari gardait un silence apaisant.

Quand ils sortirent enfin de la brume, un panorama grandiose s'offrit à Gloria. On aurait dit que les cimes enneigées flottaient au-dessus des nuages. Les chevaux semblaient avancer sur des ponts magiques entre vallées et abîmes. Parfois, les montagnes avaient l'apparence de dunes, aux lignes molles et rondes, qui, brutalement, s'interrompaient comme coupées par un couteau affilé.

— Crois-tu que nous allons encore trouver des moutons ici ? demanda Gloria qui, ne se lassant pas de contempler la beauté des montagnes, savait pourtant qu'une longue redescente les attendait, avec de nombreux détours pour dénicher d'autres quadrupèdes récalcitrants.

— Non. Je ne suis monté si haut que pour voir le temps, parce que… je voulais voir ça.

Gloria avait tourné le regard vers le sud, vers le mont Cook, mais Rihari montrait l'ouest. La formation nuageuse qui gonflait était elle aussi un spectacle naturel. Mais tout observateur un tant soit peu averti, plutôt que de s'émerveiller, était saisi d'effroi.

— Oh, bon Dieu, Rihari! Qu'est-ce que c'est que ça? Une nouvelle tempête? Ou bien est-ce la fin du monde? s'exclama Gloria horrifiée par les amoncellements de nuages noir et gris au milieu desquels, de temps à autre, fantomatique, luisait un éclair. Cela vient dans notre direction?

— Tu ne le vois pas?

Effectivement, le front d'un noir d'encre se rapprochait à vue d'œil. Gloria prit les rênes en main et se ressaisit.

— Il faut redescendre au camp le plus vite possible, avertir tout le monde. Bon Dieu, Rihari, si c'est aussi sérieux que ça en a l'air, nos tentes vont être arrachées!

Elle fit demi-tour et siffla les chiens. Rihari la suivit. Les chevaux, pressés eux aussi de revenir au camp, prirent une bonne allure. Gloria dut même souvent freiner sa jument cob pour éviter une glissade et une éventuelle chute dans un ravin. Rihari dut abandonner aux chiens la surveillance des moutons. L'orage arrivait sur eux et les bêtes étaient peu à peu prises de panique. En revanche, le brouillard avait disparu, chassé par le vent qui s'était levé. Mauvais signe! Peu après, il se mit à pleuvoir.

— Gloria, nous ne pouvons rester ici sur le col, dit Rihari qui était venu se ranger à côté de la jeune femme. Si la tempête est aussi forte qu'hier, elle renversera nos chevaux, sans compter qu'on ne verra même plus nos propres mains.

— Et où aller, alors? parvint à se faire entendre Gloria.

— Il y a des grottes dans une vallée tout près d'ici.

— Et pourquoi ne sommes-nous pas venus jusqu'ici? Nous aurions pu les utiliser comme campement.

— Elles sont *tapu*, cria Rihari dans le vent. Les esprits… Mais tu connais la *pourewa*. Tu n'y es pas déjà venue avec Rongo, un jour?

Gloria dut réfléchir un instant : Rongo l'avait conduite dans tant de montagnes et lui avait montré tant de grottes et de formations rocheuses où leurs ancêtres avaient vécu dans les temps les plus reculés ! Elle essaya de se souvenir de l'importance de ce mot. Soudain surgit devant ses yeux une véritable forteresse de rochers. Une vallée, entourée de pentes escarpées, un cratère volcanique ou bien un cirque glaciaire.

— Les esprits vont devoir s'accommoder de notre présence, décréta Gloria. Rihari, où est cette forteresse ? C'était dans cette région, mais assez loin du camp principal. Rongo et moi, nous avions grimpé pendant des heures.

— Rongo est une vieille femme…

Rihari hésitait. Il connaissait ce sanctuaire qui manifestement était à proximité, mais il ne voulait pas le profaner. Par ailleurs, la tempête était de plus en plus menaçante.

Gloria ignora les hésitations de Rihari.

— Mène-nous là-bas, puis nous tirerons des coups de fusil. Peut-être les autres auront-ils alors l'idée de venir nous y retrouver. Avons-nous des cartouches éclairantes ?

Rihari haussa les épaules sans répondre, mais Gloria était à peu près sûre que oui. Gwyn le lui avait signalé à leur départ.

Ils suivaient à présent des sentiers plus étroits encore, au travers d'un véritable déluge. Jamais encore un cheval n'était passé par là, et seuls quelques êtres humains s'y étaient jamais risqués.

Puis Gloria crut reconnaître les lieux. Elle prit la tête devant Rihari, toujours hésitant, et força l'allure. La pluie avait cédé la place à de légères chutes de neige. Gloria mit son châle devant son visage et faillit ne pas voir l'entrée du cratère. Heureusement que Rihari était là.

— Attends, cria-t-il, je crois que c'est ici.

C'est à peine si, aveuglée par les flocons, Gloria distinguait la vallée pourtant imposante ; on aurait dit que les esprits défendaient leur territoire. Mais Rihari dirigea son cheval avec détermination vers deux rochers formant une espèce de porche. Il hésita en revanche à le faire passer par cette porte menant à la *pourewa* des esprits. S'il avait été chrétien, il se serait certainement signé.

Gloria, en revanche, ne fit ni une ni deux. Sur un coup de sifflet, les chiens obligèrent les moutons à franchir le portail de pierre. Et alors s'offrit à son regard un spectacle qui l'avait déjà ravie, jadis, avec Rongo. Des falaises abruptes délimitaient une espèce de cuvette. Un caprice de la nature avait creusé ces falaises dans leur partie inférieure, formant une vaste salle qu'un poète aurait comparée à une cathédrale. Gloria y vit d'abord des abris naturels pour les moutons. Les hommes et les bêtes y seraient protégés des pires tempêtes. Entre les falaises une étendue herbeuse entourait un petit lac.

Elle avait donc trouvé un abri idéal, assez vaste pour accueillir le troupeau déjà rassemblé par Jack et ses hommes. Elle hésita : fallait-il aller les chercher ? Ce serait la solution la plus sûre, mais en aurait-elle le temps avant que se déclenchât le plus gros des intempéries ? Ne valait-il pas mieux tirer des cartouches éclairantes dans l'espoir que Jack les vît et les interprétât correctement ? Mais s'il croyait à des appels au secours ? Il risquait alors d'envoyer une équipe de sauvetage, le groupe se disperserait et finalement tous seraient à la merci de la tempête plus qu'avant encore. Les hommes devaient maintenant avoir aperçu le front de l'orage. Si Jack avait gardé pleine conscience, il allait lever le camp.

— Les autres connaissent-ils cet endroit ? demanda-t-elle.

— Wiremu peut-être, les autres certainement pas. Je connais cette vallée parce que j'y ai accompagné Rongo une fois. Nous avions rencontré une autre tribu qui venait des McKenzie Highlands. Leur magicienne voulait visiter cet endroit. Rongo l'y a conduite. Et tu connais Marama : elle a toujours peur pour Rongo parce qu'elle est très âgée. Elle m'a donc envoyé avec elle pour la protéger. Je me suis un peu ennuyé, seul avec ces deux vieilles femmes, d'autant plus qu'il m'a fallu rester dehors. Si tu fais entrer les moutons ici, Gloria, les esprits seront fort mécontents.

— Un inoffensif esprit de la terre ne peut pas être plus furieux que Tawhirimatea ne l'est pour l'instant, rétorqua-t-elle.

Tawhirimatea était le dieu du Temps.

— Écoute, Rihari, tu vas attendre ici. Dehors ou dedans, cela m'est égal, mais ne laisse pas mes moutons dehors. Je redescends au camp. Je prends Kuri avec moi, il me conduira au retour, si je me perdais. Je vais chercher les autres avant que l'orage éclate vraiment.

— Tu n'y arriveras pas. Tu ne sais pas du tout où c'est.

— Je trouverai le camp. Je vais simplement descendre jusqu'au moment où je pourrai m'orienter, ce ne doit pas être si difficile que ça. Donc, attends-moi ! Ah oui, et puis tire une cartouche éclairante de temps en temps. Cela m'aidera à trouver le chemin du retour. Peut-être d'ailleurs que les autres vont venir à ma rencontre. Au cas où Wiremu ait gardé le souvenir de cet endroit. J'espère qu'il sera assez sage pour ne pas s'occuper du *tapu* et conduire le groupe ici.

— Je me demande…, hésita Rihari, je me demande s'il ne vaudrait pas mieux que ce soit moi qui y aille. J'ai promis à M. Jack de veiller sur toi.

— Je n'ai besoin de personne pour veiller sur moi, fulmina Gloria. Et je suis dix fois meilleure cavalière que toi.

Comme pour le prouver, elle fit faire à sa jument un demi-tour sur l'arrière-main. Bien que se sentant plus en sécurité dans la vallée des esprits que dans la tempête de neige, Ceredwen obéit aux aides. Nimue les suivit sans problème. Le chien de Rihari, lui, fut plus réticent.

Gloria mit Ceredwen au galop. Bien que cavalière intrépide, elle eut cette fois la peur de sa vie. Il ne fallait bien sûr pas que Ceredwen s'en aperçût. En dépit de sa certitude que sa jument avait le pied sûr, elle garda les rênes ajustées afin de pouvoir éventuellement lui venir en aide. Parfois, sa monture glissait sur des éboulis et Gloria sentait son cœur cesser de battre. Mais Ceredwen se rattrapait chaque fois. Avec l'adresse d'un chat, elle franchissait d'un bond des rochers, effectuait de courtes voltes. Bien plus bas, il ne neigeait pas encore, mais il pleuvait à torrents. Gloria précédait la tempête de peu. Le vent, pourtant moins fort qu'un peu plus haut, secouait les arbres rabougris poussant à cette altitude. Une branche cassa à côté de Gloria et fut emportée dans les airs. Ceredwen, du coup, accéléra encore. Elle semblait en tout cas assurée quant à la direction à suivre, Nimue et Kuri aussi. Gloria fut soulagée quand, au-dessous d'elle, elle aperçut la cuvette où le camp avait été dressé la veille. Elle était remplie de moutons. Durant la journée, les hommes avaient réussi à en regrouper des milliers encore.

De loin, elle reconnut quelques hommes. À ce qu'il semblait, tous les bergers étaient revenus et étaient en train de démonter les tentes. Ils rassemblaient en hâte les bâches mouillées ; l'ordre avait manifestement été donné d'agir en urgence.

Elle finit par apercevoir Jack auprès d'un des feux, appuyé sur sa selle, une couverture autour des épaules, donnant des ordres et jetant de temps à autre des coups d'œil en direction de l'ouest. Il devait être encore malade, se dit Gloria, puisqu'il laissait travailler les autres sans mettre la main à la pâte. Pourvu qu'il puisse monter à cheval !

Ceredwen tirait avec impatience sur les rênes, mais sa cavalière l'obligea à entrer dans le camp et à traverser la masse des moutons au pas. Gloria finit d'ailleurs par descendre de selle et par mener la jument par la bride. Le visage blafard de Jack s'illumina quand il la vit. Il se leva avec quelque peine et vint à sa rencontre.

— Gloria, mon Dieu, Gloria ! Je serais déjà reparti si je t'avais trouvée avant ! s'exclama-t-il en la prenant dans ses bras.

Elle ressentit soudain une fatigue de plomb, avec la seule envie de s'abandonner, aspirant à retrouver la chaleur de Jack, la nuit dernière, dans la tente. Mais elle le repoussa.

— Il ne faut pas descendre..., dit-elle, encore hors d'haleine. Il faut monter, vers l'ouest. Je sais, ça paraît dément, mais il y a là-bas une vallée...

— Elle est *tapu*, observa Wiremu.

— Encore un bric-à-brac de magie maorie ? lui lança Jack, l'air sévère.

Wiremu baissa les yeux.

— Je voulais redescendre jusqu'à la cabane, expliqua Jack, indécis. J'ai déjà fait repartir Hori et Carter dès midi avec une partie des bêtes.

— Ils devraient y arriver avant que ça ne se déchaîne vraiment. Mais nous non, Jack ! Nous n'aurons pas le temps. Il suffit en revanche d'une heure ou deux pour arriver aux grottes.

Elle voulut dire : « Fais-moi confiance », mais se tut.

Jack acquiesça après avoir brièvement hésité.

— Nous suivons Gloria, ordonna-t-il. Pressons ! Il faut devancer la tempête.

— Mais nous allons à sa rencontre, objecta un des Pakeha.

— Raison de plus de nous dépêcher !

Wiremu amena son cheval à Jack.

Gloria se tourna vers le jeune Maori pendant que Jack montait en selle.

— Y arrivera-t-il ?

— Il faudra bien ! Il lui faut de toute façon monter ou redescendre ! Il ne peut en aucun cas rester ici. En terrain découvert, nous serions perdus. Ce n'est pas une tempête, c'est un ouragan qui menace. Et il est apparu si soudainement !

— C'est le brouillard qui nous l'a caché, cria Gloria contre le vent. Venez maintenant, je passe devant. Que les cavaliers moins expérimentés se cramponnent ! On va avancer rapidement et le chemin est inégal. Mais pas très dangereux, à un ou deux passages près.

Il était peu probable que les agneaux nouveau-nés tiennent l'allure, mais on ne pouvait s'arrêter à cela. Gloria avait le cœur qui saignait en pensant à eux, mais on sauverait au moins les brebis. Malgré l'inégalité du terrain, elle essaya de couvrir les premiers miles au galop. Ils ne progressèrent néanmoins pas aussi vite qu'espéré. Les chevaux, même Ceredwen, renâclaient à la moindre difficulté, hésitant à s'enfoncer dans l'obscurité. Leur instinct leur disait de fuir la tempête. Il en allait de même des moutons. Les chiens avaient fort à faire.

Le temps se gâtait de plus en plus. La pluie se transforma d'abord en neige, avant que des grêlons les mitraillent. Gloria chercha des yeux avec inquiétude Jack et les cavaliers maoris. Ceux-ci s'agrippaient avec énergie aux crinières de leurs montures. Jack, en revanche, avait l'air totalement épuisé. Elle se demanda s'il fallait s'arrêter et s'occuper de lui, mais, réagissant, elle poussa sa monture. Il fallait qu'il tienne le coup ! C'était à ce prix seulement qu'il pourrait gagner l'abri de la forteresse rocheuse.

Jack était presque couché sur l'encolure d'Anwyl, une écharpe devant son nez et sa bouche. Ses poumons le brûlaient. Il remerciait le ciel de chaque rocher lui offrant au passage un minimum de protection. De plus, il se reprochait d'avoir accepté la proposition de Gloria. Si cela tournait mal, si le gros de la tempête les frappait ici, en chemin… ils mourraient tous.

Gloria en était au même point de réflexion. Son inquiétude augmentait à mesure que la tempête enflait et qu'ils ralentissaient l'allure. Si la descente lui était apparue courte, la montée semblait durer des heures. Les manteaux des cavaliers étaient depuis longtemps recouverts de neige et de glace. Gloria n'avait pas le temps d'avoir froid : elle devait veiller à garder la bonne direction en dépit de la neige qui lui obscurcissait presque totalement la vue. Le chien Kuri paraissait heureusement savoir où il était et, surtout, où il allait. La jeune femme s'agrippait à la laisse qui l'empêchait de foncer seul vers son maître. Pourvu qu'il ne les entraînât pas non plus sur des chemins périlleux ! S'il lui prenait l'envie de rejoindre Rihari par le chemin le plus court, il emprunterait des passages impraticables pour les chevaux et les moutons.

Soudain, les hommes se mirent à crier derrière Gloria. Le bruit d'une détonation avait percé les grondements de la tempête. On aperçut aussi un faible éclair derrière le rideau de flocons. Rihari avait tiré une cartouche éclairante ! Ils approchaient donc du but ! Il était grand temps. Les chevaux s'arc-boutaient contre le vent, les chiens s'abritaient derrière le troupeau, les cavaliers, obligés de se protéger le visage contre les flocons tourbillonnants et mêlés à une pluie verglaçante, suivaient les moutons à l'aveuglette, s'en remettant à leurs montures. Anwyl ayant trébuché et n'ayant rétabli son équilibre qu'à grand-peine, Jack fut sur le point d'ordonner une pause, se disant qu'Ils pourraient peut-être s'en sortir en se pelotonnant les uns contre les autres. Il avait lu l'histoire d'un homme qui, en Islande, avait survécu à la tempête en abattant son cheval, en l'éventrant et en se blottissant dans les entrailles fumantes. Mais il serait incapable de donner un ordre pareil, il le savait. Plutôt mourir.

Si Dieu, une nouvelle fois, se moquait des règles, il fallait pourtant lui reconnaître qu'Il n'était pas à court d'idées nouvelles. Se raccrochant à son humour macabre, Jack tint ferme les rênes d'Anwyl. Il entendit alors Kuri aboyer.

— On y est, cria Gloria. L'entrée n'est pas loin. Vous voyez ces falaises ? On va les suivre et tomber sur une ouverture !

Guidée par le chien, elle ne tarda d'ailleurs pas à la franchir. Elle lâcha la laisse. Kuri courut vers son maître. Les hommes et les bêtes s'enfoncèrent dans le vallon à l'abri du vent.

Rihari n'avait pas attendu hors de la cuvette. Quand la pluie et la neige étaient devenues intolérables, il avait rejoint les moutons et son cheval, priant les esprits de lui pardonner. À l'abri des excavations, on pouvait allumer un feu. Rihari hésita d'abord, puis il pensa à Gloria, aux hommes frigorifiés et à Jack malade. Il ramassa du petit bois et de l'herbe sèche que le vent avait amassée sous les roches. Il finit par briser les ultimes *tapu* et abattit un mouton, un vieux mâle, qui n'avait aucune chance de surmonter les fatigues d'un tel périple. Sa chair grillait au-dessus du feu quand arriva la troupe ivre de fatigue. Jack tomba de cheval plutôt qu'il ne descendit de selle et accepta avec reconnaissance un gobelet de thé.

— Les autres devront attendre, la casserole est minuscule, s'excusa Rihari dont les sacoches ne contenaient qu'un équipement de fortune.

Gloria resta stoïquement dans la neige et le vent jusqu'à ce que le dernier mouton eût franchi l'entrée rocheuse. Alors seulement, elle entra à cheval dans la cuvette et fut étonnée de constater combien les bêtes étaient ici protégées. Le vent avait beau souffler entre les falaises et la neige lui fouetter le visage, Gloria avait presque une sensation de bien-être.

Dans les renfoncements, il faisait encore plus chaud et l'on était presque à l'abri du vent. Bien entendu, il y régnait une puissante odeur et Gloria aperçut même du fumier de mouton qui ne datait pas de la veille : quelques bêtes devaient connaître le lieu et ne s'étaient pas préoccupées du *tapu*. Les moutons se pressèrent dans les abris et les hommes durent siffler les chiens pour se ménager au moins un petit espace. Gloria, se réchauffant les mains autour d'un gobelet de thé – elle avait elle aussi eu droit, en tant que «cheftaine» comme l'appelaient désormais les hommes avec respect, à la première infusion –, se livra à un bref inventaire.

— C'est mauvais? s'informa à voix basse Jack, assis auprès du feu, appuyé contre sa selle posée par terre.

Gloria fit la moue.

— Nous n'avons pas perdu autant d'agneaux que je le craignais. Sans doute parce que les chevaux renâclaient, ce qui a ralenti notre allure. Sinon, ils n'auraient pu suivre. Ce sera malgré tout une mauvaise année. Nous n'avons retrouvé qu'environ les deux tiers du cheptel. Le reste est dans la montagne. On verra combien auront survécu. Comment vas-tu?

Les poumons le brûlaient à chaque inspiration et il était gelé jusqu'à la moelle des os, mais son «Bien!» eut l'air sincère. Si, durant la dernière heure, il avait cru qu'il ne survivrait pas, même auparavant ses ordres avaient davantage été dictés par le désespoir que par une quelconque confiance en l'avenir. Il avait ordonné de descendre jusqu'à la cabane dans l'espoir d'échapper au cœur de l'ouragan, sachant qu'il se déchaînerait avec le plus de violence en altitude et estimant que les hommes auraient eu une petite chance d'atteindre à temps des zones moins exposées. Mais lui ne serait pas parti avec eux. Pas sans Gloria. Il éprouvait à présent une profonde reconnaissance.

Wiremu leur apporta, à lui et à Gloria, de la viande et à nouveau du thé dans lequel il avait ajouté une bonne rasade de whisky. Autour du feu, les hommes le buvaient à la bouteille avec des vivats en l'honneur de la «cheftaine». En l'honneur aussi de Rihari et, de plus en plus souvent à mesure qu'ils s'enivraient, en l'honneur des esprits.

— Ils devraient monter les tentes avant d'être totalement raides, dit Gloria. Pourra-t-on enfoncer les piquets ou bien est-ce de la roche?

Wiremu s'assit auprès d'elle et de Jack avec sa part de viande.

— Tu n'as pas le droit de manger ici, lui fit remarquer Gloria non sans malice.

— Je mange où je veux. Je vais quitter la tribu, Gloria. Je vais retourner à Dunedin.

— Reprendre tes études? demanda-t-elle. Malgré…, ajouta-t-elle en se touchant le visage comme si elle était tatouée.

— Oui. Je ne suis ni d'ici ni de là-bas. Mais je me plairai mieux là-bas. Je vais reformuler ma *pepeha*, déclara-t-il sans la quitter des yeux. Je suis Wiremu, et mon *maunga* est l'université de Dunedin. Mes ancêtres sont venus à Aotearoa sur l'*Uruao*, et je traverse à présent le pays en autobus. L'histoire de mon peuple a été incisée sur mon visage, mais mon histoire, c'est moi qui l'écris.

Wiremu monta la tente de Jack et l'aida à s'y installer. Il avait à nouveau fait chauffer des pierres et il appliqua à Jack une compresse d'herbes. Puis il accompagna Gloria pour jeter un dernier coup d'œil aux bêtes. L'inspection dura plus longtemps que prévu : trois moutons tiraient la patte et il y eut une naissance à laquelle la mère ne survécut pas.

Jack se réveilla quand Gloria se glissa dans son sac de couchage. Elle tremblait, à demi morte de froid après cette journée épuisante et cette dernière épreuve. Malgré son envie de l'attirer contre lui, il prit grand soin à ne pas la toucher.

— Personne ne t'a monté ta tente? demanda-t-il.

— Si. Wiremu la partage avec deux agneaux orphelins. Il sera un jour un bon médecin. Mais je ne pense pas qu'il se spécialise dans l'obstétrique. Quand la brebis est morte, il était vert!

— On a donc perdu un mouton supplémentaire?

— On en perdra d'autres. Mais pas tous. Cette race est résistante.

— Il n'y a pas que les quadrupèdes, dit-il en souriant.

Gloria se pelotonna, de nouveau lui tournant le dos.

— Tu as vu mes dessins ? demanda-t-elle tout bas.

— Oui, mais je le savais déjà.

— Tu le… ? Mais comment ? dit-elle en se retournant.

Jack, à la lueur de la lanterne, la vit rougir puis devenir pâle comme un linge.

— Ça se voit donc ?

Il fit non de la tête et, n'y tenant plus, lui enleva de la main les cheveux du visage.

— C'est Elaine, dit-il alors. C'est Elaine qui le savait. Plus exactement, qui l'a deviné. Elle ne pouvait bien entendu pas connaître les détails. Mais elle m'a dit que pas une fille au monde n'aurait pu y arriver autrement.

— Mais elle, elle ne s'est pas… (Gloria hésita, cherchant ses mots.) Vendue, finit-elle par chuchoter.

— Si j'ai bien compris, elle doit sa vertu uniquement au fait que la tenancière du bordel du coin était davantage à la recherche d'une pianiste de bar que d'une prostituée supplémentaire. Si tu avais eu le choix, tu aurais préféré jouer du piano.

— Personne n'aurait voulu m'entendre, murmura Gloria avec un brin d'humour noir.

Jack éclata de rire et se risqua à lui poser une main sur l'épaule. Elle ne protesta pas.

— Et Gwyn ? demanda-t-elle d'une voix blanche.

Jack l'apaisa d'une caresse. Il sentit son épaule anguleuse sous l'épais pull-over. Encore quelqu'un qui devrait manger davantage.

— Ma mère n'a pas besoin de tout savoir. Elle croit à l'histoire du mousse. C'est mieux pour elle.

— Elle me haïrait sinon.

— Non, elle ne souhaitait qu'une chose : que tu reviennes ! Comment tu y es parvenue ? Peut-être que le chagrin la tuerait, mais si elle devait haïr quelqu'un, ce seraient plutôt les types qui t'ont infligé ça. Et Kura-maro-tini !

— J'ai tellement honte.

— J'ai honte aussi, dit Jack. Mais j'ai beaucoup plus de raisons que toi. J'ai occupé une plage étrangère, je l'ai souillée en y creusant des tranchées, je m'y suis retranché et j'ai abattu à coups de bêche ceux à qui cette terre appartenait.

— Tu obéissais.

— Toi aussi. Tes parents voulaient que tu restes en Amérique. Contre ta volonté. Tu as eu raison de dire non ! Tu peux te regarder dans la glace, Gloria. Pas moi !

— Mais les Turcs t'ont tiré dessus, tu n'avais pas le choix.

— J'aurais pu rester à Kiward Station et compter les moutons.

— J'aurais pu rester à San Francisco et repasser les habits de ma mère.

Jack sourit.

— Il faut que tu dormes maintenant, Gloria. Est-ce que… est-ce que je peux te prendre dans mes bras ?

Cette nuit-là, Gloria blottit sa tête contre l'épaule de Jack. Quand elle se réveilla, il l'embrassa.

12

Tim Lambert détestait voyager en chemin de fer. Même en première classe, les compartiments étaient si étroits qu'il ne pouvait rester assis à l'aise quand il ôtait ses attelles. En outre, si l'on traversait, entre Greymouth et Christchurch, des paysages splendides, on subissait en revanche de forts cahots sur les montagnes russes du trajet. La plupart des voyageurs trouvaient cela distrayant, mais la hanche mal remise de Tim en souffrait beaucoup. Il lui fallait de surcroît rester assis de longues heures, sans les fréquentes pauses qu'un déplacement en auto ou en voiture attelée lui permettait. Il avait donc pour habitude d'éviter de voyager en train.

Mais, cette fois, Georges Greenwood avait tenu bon. Pour de mystérieuses raisons, la rencontre avec des universitaires de Wellington, porteurs, paraît-il, d'idées révolutionnaires en matière de technique minière, devait impérativement se dérouler à Christchurch. Et le train était alors le moyen de locomotion le plus pratique. Il n'existait en effet pas de routes franchissant directement les montagnes. Avant la construction de la voie ferrée, aller de Christchurch à la côte Ouest prenait plusieurs jours.

Pour la énième fois, Tim déplaça le poids de son corps et contempla sa femme assise en face de lui. Elaine avait absolument tenu à l'accompagner. Ce serait l'occasion de rendre visite à sa famille de Kiward Station, avait-elle dit. Un trajet supplémentaire ! Tim préférait ne pas y penser.

Il en oublia presque ses douleurs : Elaine était belle comme le jour ! Jamais encore une simple visite chez sa grand-mère ne lui avait donné pareil entrain. Elle était tellement heureuse qu'elle en était toute rose. Elle avait de plus pris grand soin d'elle, ayant adopté une nouvelle coiffure et choisi une robe verte qui mettait en valeur sa taille toujours mince. La jupe, plus courte qu'à l'ordinaire, découvrait des mollets gracieux dont la vue le ravit.

Voyant qu'il l'observait, elle sourit. Comme pour l'exciter, elle releva un peu sa robe. Non sans s'être au préalable assurée que Roly, à l'autre bout du compartiment, dormait profondément.

Cette petite scène stimula visiblement Tim, et elle se sentit soulagée. Elle avait remarqué avec inquiétude les efforts désespérés de son mari pour trouver une meilleure position sur la banquette. Ce n'était, au demeurant, pas ce qui la préoccupait vraiment. Quelques heures de repos viendraient à bout des douleurs. D'ailleurs, Tim aurait pu les prévenir en recourant exceptionnellement à de l'opium. Mais il était inflexible sur ce dernier point : tant qu'il arrivait à supporter son mal, il ne prenait pas de morphine. Il se souvenait trop bien de sa mère qui cherchait son flacon d'opium au moindre malaise. Il ne voulait pas devenir un être dépendant et pleurnichard. Il est vrai qu'il déchargeait plus souvent qu'à son tour sa méchante humeur sur son entourage ! Habitude dont Elaine se serait volontiers passée.

Elle fut heureuse d'arriver enfin à l'Arthur's Pass où les voyageurs purent descendre et se dégourdir les jambes ; Tim n'y parvint qu'avec l'aide de Roly, signe qu'il n'allait vraiment pas bien. Mais pouvoir enfin se redresser et s'étirer sembla le soulager. Elaine sourit quand, lui ayant passé un bras autour des épaules, son mari admira le panorama des montagnes. Le temps était clair, mais de lourds nuages s'amoncelaient derrière les cimes se dressant droit dans le ciel. Un arrière-plan conférant aux sommets enneigés une apparence presque surnaturelle. Le soleil, filtré par les nuages, teintait les vallées de bleu et de violet. Il y avait de l'électricité dans l'air. Le calme avant l'orage.

Mais Elaine sentit qu'une tempête menaçait aussi d'éclater dans une sphère plus personnelle : les Lambert et Roly n'étaient pas les seuls à se dégourdir les jambes ! Sortant d'un wagon, Caleb Biller, toujours aussi dégingandé, se dirigeait vers eux pour les saluer. Cette rencontre apparemment fortuite n'était pas une surprise pour elle : n'aurait-il pas pu rester dans son compartiment ? se dit-elle. Interrogation à vrai dire quelque peu puérile, les deux hommes n'étant pas fâchés ! Ils échangèrent d'ailleurs quelques amabilités et remontèrent ensemble dans le train. Ce qui, visiblement, n'enchanta pas Tim outre mesure. Caleb n'y prit pas garde et, une fois qu'il eut indiqué sans autre précision qu'il allait se rencontrer à Christchurch avec d'autres scientifiques, les Lambert, renonçant par politesse à prendre congé, durent l'entendre pérorer avec force détails à propos de son domaine de recherche, l'étude comparée de la représentation des dieux chez les Maoris et dans les célèbres statuettes de l'île de Pâques.

— Il est significatif que nos Maoris disposent les figurines plutôt à l'intérieur des *wharenui*, se différenciant ainsi d'autres tribus polynésiennes qui…

— Sans doute qu'il y pleut moins qu'ici, présuma Elaine.

Caleb la regarda, déconcerté. Hypothèse étant visiblement restée hors du champ du questionnement scientifique !

Se résignant à son sort, Tim offrit à Caleb de prendre place avec eux. Elaine le regarda avec plaisir tenter de tirer le meilleur profit de l'occasion et d'arracher à Caleb quelques renseignements sur la mine Biller. Il y renonça bientôt, Caleb ignorant tout de cet aspect des choses. Il se moquait totalement de la mine, son intérêt pour la géologie se limitant à la composition chimique du jade, le *pounami*, ou à la nature des coquillages, les *paui*, qui servaient parfois à figurer les yeux des statuettes.

— Cela donne à ces statuettes un air menaçant, cela ne vous est pas apparu ? Elles semblent vous regarder quand vous entrez dans les maisons, mais ce sont les réflexions lumineuses à l'intérieur de la pierre qui…

Tim déplaça à nouveau le poids de son corps en soupirant. Si Caleb n'avait pas été dans le compartiment, il aurait fini, surmontant sa fierté, par s'installer en biais sur la banquette afin d'allonger les jambes.

Elaine tenta d'introduire d'autres sujets de conversation, notamment celui de la « famille ». Caleb exposa sans grand enthousiasme que Sam, son deuxième fils, travaillait à présent à la mine.

— Il n'a pas voulu poursuivre ses études, regretta-t-il. Même pas étudier l'économie, alors que Florence trouvait ce projet judicieux. Mais il estime qu'il lui suffit de lire quelques ouvrages dans ce domaine et de les mettre en pratique. Il est très doué… pour la pratique justement, ajouta-t-il comme parlant d'une maladie chronique.

Elaine expliqua à son tour que leur fils aîné s'intéressait au droit, tandis que le suivant, qui allait encore à l'école, semblait plus doué pour la technique.

— Mais il aime le calcul. Peut-être deviendra-t-il commerçant. Nous verrons bien.

— Vos enfants ont de la chance, Tim, remarqua Caleb avec nostalgie. Ils peuvent faire ce qui leur plaît, vous n'avez plus de mine à léguer.

Avant que Tim montât sur ses grands chevaux, Elaine lui posa la main sur le bras. La remarque de Caleb n'avait rien de désobligeant. Il ne pouvait imaginer combien Tim avait été touché lorsque son père avait vendu son héritage. Certes, par la suite, les choses s'étaient arrangées et, devenu directeur de la mine, il avait fait ses preuves, mais l'incident était longtemps resté en lui comme une blessure secrète. Elaine dévoila alors à Caleb, amicalement, une circonstance qui n'était bien sûr pas restée ignorée de Florence : les Lambert avaient utilisé les énormes bénéfices des premières années de la guerre pour racheter une partie des actions de la mine. Ils avaient donc dorénavant un héritage à léguer et exerceraient un droit de regard sur celui qui serait amené à succéder un jour à Tim.

Si Tim sourit avec fierté à cette évocation, Caleb sembla plutôt considérer cette nouvelle richesse comme une charge pour les futures générations. Les Lambert lui laissèrent donc le soin d'entretenir la conversation, s'ennuyant à en mourir à l'entendre pontifier à propos d'instruments de musique sculptés dans des os par les Maoris et des différences entre os de baleine et os de bovin.

— Lors d'une tournée, Kura en a utilisé un provenant d'un os de baleine, mais elle n'a pas été très satisfaite…

— Quelles autres nouvelles d'elle avez-vous donc ? s'enquit Elaine avant qu'il approfondît ce problème des os.

— Oh, elle va bien ! Ils envisagent de retourner à Londres. William se plaît à New York, mais Kura préfère l'Europe. Avec leur nouveau programme, nous essayons de dépasser l'ancienne relation classique entre folklore maori et folk et d'appréhender de nouvelles tendances musicales, notamment celles issues du Nouveau Monde. Kura a été fort impressionnée par le negro spiritual, les syncopes du jazz…

Elaine envia Roly qui avait dormi durant la plus grande partie du trajet. Mais elle oublia Caleb dès l'entrée du train en gare de Christchurch. Georges Greenwood les attendait tandis qu'Élisabeth se promenait sur le quai, un bébé dans les bras.

Tim fronça les sourcils quand Elaine se leva si brusquement qu'elle fit tomber ses béquilles. C'est Roly qui les ramassa et l'aida à se mettre debout. Caleb semblait aussi intéressé qu'Elaine par ce qui se passait sur le quai, attitude qu'il n'avait généralement qu'à proximité d'un piano ou à la vue d'un Maori en chair et en os dansant pour lui.

— Lequel des rejetons Greenwood a d'aussi jeunes enfants? bougonna Tim en s'extrayant avec peine du compartiment.

Roly se tut: bien que ne tenant pas le compte des enfants Greenwood, il avait eu vent de quelque chose. Il avait même demandé à sa femme s'il ne devrait pas en toucher deux mots à Tim. Mary l'en avait fermement dissuadé:

— Ce sera si beau, si romantique! Oh, comme j'aimerais être présente! s'était-elle exclamée en caressant un exemplaire de *La Maîtresse de Kenway Station* posé sur la table.

Si c'était le premier livre que Roly lui voyait lire, elle avait en tout cas versé des torrents de larmes sur le sort de l'héroïne du roman.

Elaine descendit vivement du train et salua Georges très brièvement avant de se tourner vers Élisabeth et le bébé, un petit rouquin.

Tim demeura perplexe: Elaine était une bonne mère mais elle n'avait jamais manifesté d'intérêt particulier pour les bébés des autres, moins en tout cas que pour les chiots et les poulains.

— Salut, Georges! dit Tim en serrant la main de Greenwood. Quel petit dernier avez-vous là? Elaine semble folle de lui…

Puis, après l'avoir examiné une seconde, il ajouta:

— Il lui ressemble d'ailleurs un peu. Serait-il le petit de Stephen et de Jenny?

Stephen, le gendre de Georges, était le frère d'Elaine.

— Ma foi, dit Georges avec un sourire moqueur, je trouve, moi, que c'est plutôt à toi qu'il ressemble…

Tim tiqua. Mais, effectivement, le petit garçon avait son visage anguleux et des fossettes quand il souriait.

— En tout cas, il n'a rien de Florence, intervint Caleb qui n'en paraissait pas mécontent.

Le pressentiment, chez Tim, devint certitude.

— Georges, avoue ! Il n'y a pas de scientifique venu de Wellington. C'est un complot. Et lui, c'est…

— Galahad, roucoula Élisabeth. Dis bonjour à ton grand-père, Gal !

Le bébé les regarda tous tour à tour d'un air perplexe, puis il sourit à Roly qui lui avait fait une grimace.

Tim eut soudain de la peine à garder l'équilibre.

— Si, si, il y a un scientifique de Wellington, confirma Georges. Tu sais que je ne saurais te mentir. Il s'entend d'ailleurs un peu aux problèmes de la mine… si on inclut dans cette problématique l'extraction du *pounamu* à Te Tai-poutini. Ce matin, au petit-déjeuner, j'ai eu droit de sa part à un long exposé sur l'histoire de son extraction et l'écho de cette histoire dans les mythes maoris.

Elaine étouffa un gloussement, ce qui fut du goût de Galahad qui gloussa à son tour. Elaine le prit des bras d'Élisabeth.

— Oh oui, il existe même à ce propos un *haka*…, commença Caleb, visiblement désireux d'ajouter quelques détails à l'exposé de son fils.

Mais, soudain conscient de ses devoirs de grand-père, l'air sérieux et parfait gentleman comme toujours, il tira une minuscule *putatara* de sa poche et la tendit à Galahad.

— Elle est fabriquée à partir de coquillages, expliqua-t-il au bébé. De coquillages d'une espèce particulière, qu'on trouve sur les plages de la côte Est. Plus le coquillage est de taille importante, plus le son est grave. Elle serait un peu comparable aux trompettes européennes qui…

— Caleb ! soupira Elaine. Contente-toi de souffler dedans !

Tous les adultes se bouchèrent les oreilles, mais le bébé couina avec ravissement quand Caleb arracha à l'instrument un son strident.

Tim se sentit soudain idiot. Lui aussi devait offrir un cadeau à cet enfant. Un cadeau pour un garçon ! Et comment, au fait, Caleb avait-il été mis au courant ?

Roly le poussa du coude et lui mit dans les mains une locomotive miniature.

— Toi aussi…, commença Tim, se disposant à passer un savon à Roly, mais celui-ci pointa le doigt vers Elaine en train de faire des mamours au bébé.

Malgré tous ses efforts pour ne rien perdre de sa colère, Tim ne put réprimer un large sourire en voyant Galahad, qui avait découvert le jouet, le saisir en gargouillant de ravissement. Faisant contre mauvaise fortune bon cœur, il préféra ignorer les cachotteries de sa femme et s'épargner ses excuses.

— Bon, eh bien, grommela-t-il, où est Lilian ? Et d'où vient qu'on ait donné à cet enfant un nom pareil ?

Le soir, Lilian et Elaine ne se quittèrent pas plus que Caleb et Ben, la mère et la fille parlant à n'en plus finir de la vie dans l'île du Nord, le père et le fils discutant avec gravité de la représentation figurative des mythes dans l'art maori. Les deux hommes en vinrent presque aux mains quand il fallut décider s'il convenait ou non de qualifier de « statique » la représentation de Papa et de Rangi dans les sculptures en jade ou en bois des autochtones. Tim eut un entretien un peu guindé avec Georges et Élisabeth, but whisky sur whisky contre les douleurs et partit au lit avec le dernier roman de Lilian, *La Belle de Westport*. Une demi-heure plus tard, Roly lui apporta le reste de la bouteille.

— Miss Lainie arrivera un peu plus tard. Elle va raccompagner Lily et l'aider à coucher Gila… Galo… enfin, bref, le bébé.

Les Greenwood avaient mis leurs chambres d'amis à la disposition des Lambert, les Biller dormant dans un hôtel proche.

— Mais elle pense que vous pourriez avoir besoin de ça. Et que vous devriez prendre les choses du bon côté.

— Va dormir, Roly, nous aurons demain une journée fatigante. Il va falloir que tu m'aides à donner une fessée à ma fille !

— J'aimerais bien vous garder tous ici, déclara Georges au petit-déjeuner pour lequel tout le monde s'était retrouvé chez lui. Mais il vaut mieux que vous partiez dès aujourd'hui pour Kiward Station. Je suis inquiet pour miss Gwyn. Elle vient de me téléphoner, dans tous ses états. Si je l'ai bien comprise, elle est toute seule à la ferme, à part un jeune Maori qui l'aide à garder les quelques bêtes. Jack et Gloria sont partis pour la montagne afin de tenter de ramener les troupeaux. En pleine tempête. Miss Gwyn est terriblement inquiète. Et elle a de bonnes raisons de l'être : j'ai appelé la station météo, ils redoutent un temps épouvantable.

Tim et Elaine acquiescèrent. Ils avaient eu cette même crainte quand ils avaient vu, depuis l'Arthur's Pass, des nuages noirs et une étrange lueur sur les sommets. Mais que fabriquaient les moutons dans les montagnes si tôt dans la saison ?

Lilian ne disait rien. Elle se cachait derrière les boucles échappées d'une coiffure relevée qui lui donnait l'air un peu plus adulte. Tim, descendu de sa chambre avec son livre, l'avait posé à côté de son assiette, l'air d'en avoir long à dire, et elle était devenue rouge comme une pivoine. Elle en aurait presque trouvé bienvenue une catastrophe qui risquait de détourner l'attention de son ouvrage.

— Nous en parlerons dans l'auto, dit Tim d'un ton sévère. Georges, peux-tu nous prêter une voiture ou pouvons-nous en louer une ? Une grosse, si possible. J'ai besoin d'un peu de place pour mes jambes.

Les membres encore brisés par le voyage en train, il se serait volontiers remis au lit avec une autre des « croûtes » de sa fille, une littérature de bas étage bien sûr et, de surcroît, un affront à l'histoire familiale des Lambert. Mais rien, jusqu'ici, ne l'avait à ce point distrait de ses douleurs.

— Venez avec moi, Roly, dit Georges, nous avons plusieurs voitures de société.

Lilian entrevit sa chance.

— Non, c'est moi qui conduirai ! Oh, s'il te plaît, oncle Georges ! C'est toujours moi qui ai conduit mon père !

— Comporte-toi donc de temps en temps comme une dame, Lily, la sermonna sa mère. Ne prive pas Roly de son travail !

Lilian secoua la tête, laissant s'échapper d'autres boucles de cheveux.

— Mais je conduis plus vite ! répliqua-t-elle. Roly ne se sentira pas pour autant inutile, je pense, ajouta-t-elle en lançant un regard implorant à ce dernier qui, hésitant, passait d'un pied sur l'autre.

Roly n'avait jamais su résister à ce genre de regard. Tim non plus.

— Bien sûr que non, miss Lily. Et puis… je pourrai toujours m'occuper du bébé. Comment s'appelle-t-il, déjà ?

La conduite de Lilian ne favorisait guère les longues conversations. Seul Ben exposa longuement ses vues sur l'œuvre de son épouse, ne contribuant que modérément à son crédit littéraire. Il compara d'abord ses livres à d'anodines histoires romantiques comme *Jane Eyre*, avant d'en conclure que, en raison de leur absence de réalisme, ils relevaient plutôt du genre fantastique, à l'image de *Frankenstein* ou de *Dracula*. Tim, repris par sa mauvaise humeur, fit alors remarquer que, si la commercialisation de sa famille par Lilian était parfaitement déplacée, elle n'en avait pas pour autant transformé ses héros en vampires ou en profanateurs de cimetières. Lilian adressa à son père un sourire de gratitude, occasionnant du même coup un léger dérapage de la voiture.

Pas refroidi, Ben commença un cours sur le vampirisme dans la tradition orale de Polynésie. Elaine s'affairait auprès de Galahad qui, habitué au style de conduite de sa mère, agitait sa locomotive en gloussant de plaisir. Roly, blotti dans un coin du véhicule, se réconfortait en se disant qu'il avait finalement survécu à Gallipoli.

Ils atteignirent Kiward Station en un temps record. Lilian, un tantinet vexée que personne n'appréciât son exploit à sa juste valeur, se consola en se disant que Gwyneira, elle, aurait été fière de son arrière-petite-fille.

Gwyneira n'avait pas la tête aux records de Lily. Elle ne prêta même qu'un semblant d'attention à Galahad! Pour la première fois depuis qu'elle vivait à Kiward Station, elle était totalement désemparée, au bout de ses forces.

— Ils vont tous périr là-haut, ne cessait-elle de répéter. Et par ma faute!

Elaine demanda à Moana et Kiri de préparer du thé pour tous. Les deux Maories, apparemment tout aussi retournées que leur maîtresse, évoquèrent de surcroît une querelle ayant opposé Marama et Rongo Rongo à Tonga, querelle qui bouleversait leur monde autant que la tempête celui de Gwyneira.

— Marama dire: si Glory et Jack mourir, être la faute à Tonga, et Rongo dire: les esprits alors en colère…

Kiri était particulièrement inquiète. Ben expliqua doctement que la détérioration du *mana* d'un chef déséquilibrait une société maorie jusque dans ses sphères les plus intimes. Du moins dans l'optique des gens concernés.

Lily sourit et se resservit de thé.

— Pour l'instant, personne n'est mort, observa Tim. Et, si ma vue ne m'a pas trompé à notre arrivée, de premiers moutons sont déjà rentrés, non?

Gwyneira acquiesça. Effectivement, le petit Tane était revenu sain et sauf avec les jeunes béliers. À vrai dire, les bêtes s'étaient à nouveau sauvées, le paddock dans lequel Tane les avait enfermées n'étant pas en bon état.

— Si quelqu'un m'indique où sont les outils, je veux bien le réparer, proposa Roly.

— Le problème, c'est surtout le manque de fourrage, expliqua Gwyneira. Il ne pousse plus rien dans les paddocks, et, si nous les conduisons là où il reste quelques pâturages…

Tim et Elaine l'écoutaient, perplexes, cherchant à démêler cet embrouillamini de promesses, de *tapu* et d'esprits.

— Un instant, finit par intervenir Tim, est-ce que j'ai bien compris? Ce cercle des guerriers de pierre fait donc partie de tes terres, n'est-ce pas? Mais, pour avoir autorisé que James y soit enterré, le chef veut exploiter d'autres parcelles qui ne lui appartiennent pas davantage?

— Ils ne les exploitent d'ailleurs pas, murmura Gwyneira.

— Et ce *mana*, de quoi s'agit-il?

— Le *mana* renvoie, pour faire simple, à l'influence d'un homme à l'intérieur de la société tribale. Mais il y a aussi des aspects spirituels. On l'augmente…

Ben se disposait à un nouvel exposé. Tim, plus désireux de s'allonger que de régler des problèmes familiaux car ses douleurs avaient été aggravées par le trajet en auto sur des routes cahoteuses, l'interrompit:

— … en mettant sous pression quelques femmes âgées. Plus sérieusement, le problème est que cet homme souhaite impressionner ses gens en tenant tête aux Pakeha locaux et en devenant peu à peu maître du marché du travail et de l'utilisation des terres. Il faut mettre un terme à cela, Gwyneira! Il faut mener les bêtes là où il y a de l'herbe et, s'il se fâche à ce propos, il suffit d'ébranler un peu son *mana*. Il serait intéressant de voir ce que deviendrait le monde des esprits si tu menaçais de chasser ses gens de tes terres. Dis-lui que tu envisages de raser le village au bord du lac.

Gwyneira le regarda, épouvantée.

— Mais ces gens y vivent depuis des siècles!

— À Greymouth, il y a du charbon sous la terre depuis des siècles. Maintenant, je l'extraie et ça ne fâche pas les esprits.

— Ne commence pas à exagérer! l'arrêta Elaine. De plus, les bêtes viennent d'être tondues alors qu'il pleut et qu'il neige. À ce compte-là, on aurait tout aussi bien pu les laisser là-haut. Vous n'avez donc plus de foin, grand-mère?

— On a juste de quoi nourrir les chevaux. Jack pensait qu'il faudrait commander des aliments concentrés. Mais le négociant est à Christchurch et je ne vais pas envoyer là-bas…

— Hein? Où est le téléphone?

Tim avait enfin trouvé un exutoire à sa mauvaise humeur. Il revint, furieux, au bout de quelques minutes.

— Ce type prétend avec le plus grand sérieux qu'il ne peut pas livrer avant la semaine prochaine. À cause du temps! Comme si c'était la première fois qu'il pleuvait dans ce pays! Je lui ai dit que nous allions prendre nous-mêmes livraison. Peut-on charger quelqu'un de ça?

— Non, nous n'avons personne pour le moment, à part Tane qu'on peut difficilement envoyer seul à Christchurch.

— Alors, j'y vais, moi! annonça Lilian. Est-ce que vous avez une charrette bâchée, grand-mère? Et qui dois-je atteler? Une automobile, ce serait mieux, bien entendu…

— Je préfère te voir tenir les rênes qu'un volant, observa sa mère. J'ai confiance dans la raison des chevaux.

— Et emmène Ben! ordonna Tim. Même si charger des sacs n'est pas de son domaine de compétence.

— Alors là, vous êtes dans l'erreur, monsieur! s'exclama en riant Ben qui, relevant les manches de sa chemise, exhiba ses impressionnants biceps. Avant que Lilian se soit mise à écrire ces… euh… ces livres, je travaillais la nuit au port.

Pour la première fois, Tim éprouva du respect envers son gendre. Jusqu'ici, il ne l'aurait pas cru capable de gagner de ses mains de quoi faire vivre sa famille. Bien sûr, Lilian s'était jadis extasiée de ses succès sportifs. S'il avait bonne mémoire, ce garçon pratiquait l'aviron et gagnait même des courses. Tim sentit son état s'améliorer. En dépit de leur ressemblance physique et de l'analogie exaspérante de leurs domaines de prédilection, Ben n'était pas Caleb. Son gendre était un homme.

— S'il le souhaite et si grand-mère Gwyneira est d'accord, vous pourriez en profiter pour ramener votre père que nous avons totalement oublié lors de notre départ précipité de Christchurch. Il doit se sentir seul, privé de son petit-fils.

Retrouvant ses esprits, Gwyneira accompagna Lilian et Ben aux écuries et leur indiqua un attelage de cobs ainsi qu'un fourgon. Elaine, qui les avait suivis, prit aussitôt en main l'organisation des lieux.

— Il faut commencer par nettoyer. Tane peut le faire. Ou bien as-tu besoin de lui pour réparer la clôture, Roly? Oh, et puis tu sais quoi? Oublie la clôture. Nous allons enfermer les moutons dans un hangar à tonte. Et nous allons aussi préparer les deux autres, en attendant le retour de Jack et de Gloria.

Jack et Gloria! Préoccupés par le problème du fourrage, ils avaient failli en oublier les gens perdus dans la montagne. Alors que le temps était plus inquiétant que jamais. Elaine avait emprunté à Gwyneira une robe de cavalière démodée et un ciré, mais quand elle eut fini d'enfermer les béliers dans le hangar avec l'aide de Tane elle était trempée jusqu'aux os. En montagne, il ne pleuvait pas, il neigeait. Et ce n'étaient encore là que les signes avant-coureurs de l'ouragan, si l'on en croyait les météorologues de Christchurch.

— Cela vaut-il la peine de partir à leur recherche? Qu'en penses-tu? demanda-t-elle, blottie devant l'âtre, à Tim allongé sous une couverture sur le canapé.

Il avait téléphoné à Georges à plusieurs reprises. L'entreprise Greenwood leur enverrait dès cette nuit une autre voiture chargée de nourriture pour les bêtes. Les deux convoyeurs resteraient dans un premier temps à la ferme pour aider.

— Ils n'ont certes encore jamais vu de moutons, mais ils sauront bien manier une fourche. Et je leur montrerai moi-même, le cas échéant, comment réparer une clôture. Ça, dit Tim en montrant sa jambe, devrait aller mieux demain matin.

Bien qu'en doutant – Tim ne se sentant en général pas bien quand il y avait du vent et de la neige –, Elaine se tut, davantage préoccupée par le sort des gens dans la montagne.

— Il est impossible que les bêtes reviennent avant la tempête, dit-elle. Mais quelqu'un pourrait-il aller prévenir la troupe du danger?

— On n'en aura pas le temps, murmura Gwyneira résignée. Il faut en général deux jours à cheval. Bien sûr, un bon cavalier et un bon cheval peuvent mettre un seul jour, peut-être.

— Impossible, il neige déjà là-haut, observa Tim. Et où les chercher? Ils peuvent être n'importe où.

— Je sais où ils sont. Je…, dit Gwyneira en s'apprêtant à se relever.

— Tu restes où tu es, grand-mère! ordonna Elaine. Ne va pas te mettre des idées stupides en tête! Il semble que nous n'ayons plus qu'à attendre… et à nous fier à l'expérience de Jack.

— Ces derniers temps, on ne peut guère se fier à Jack, soupira sa mère.

Roly, qui se chauffait lui aussi auprès du feu après une journée passée à nettoyer et à réparer les écuries, la fusilla du regard.

— On peut toujours se fier à M. Jack! Il a été malade, mais, s'il le faut, il vous ramènera vos moutons, devrait-il aller les chercher en enfer!

D'abord interloquée, Gwyneira dévisagea le jeune homme avec attention, semblant hésiter.

— C'est donc vous Roly, dit-elle enfin. Vous étiez avec Jack. Accepteriez-vous de me raconter votre guerre, monsieur O'Brien?

Jamais encore, Roly n'avait autant parlé de Gallipoli. La vieille dame lui avait certes délié la langue avec un excellent whisky, mais elle l'avait surtout écouté avec un vif intérêt. Au fil de son récit, la vie revenait dans ses yeux usés mais d'un bleu fascinant, où se reflétaient la tristesse et l'horreur.

Ils étaient toujours assis au coin du feu alors que Tim et Elaine s'étaient retirés depuis longtemps. Tim avait besoin d'un lit et Elaine, après sa journée de travail avec les bêtes, avait failli s'endormir dans son fauteuil. Pendant la nuit, un bruit insolite la réveilla en sursaut. L'idée folle de Gwyneira l'avait inquiétée. Elle se leva.

Ce n'était que le transport de Christchurch qui venait d'arriver. Gwyn et Roly, toujours debout, avaient accueilli les conducteurs dans le salon. Ils étaient en train d'offrir du whisky aux hommes mouillés et éreintés par leur course. Dehors sévissait une tempête de neige qui laissait envisager le pire pour ceux qui étaient restés en altitude.

— Bon ! Viens, Roly, allons nourrir les bêtes, soupira Elaine après avoir jeté un œil par la fenêtre. Nous en perdrons davantage encore si, par ce froid, on les laisse avoir faim. La voiture est-elle encore harnachée ? Oui ? Alors nous pouvons la mener directement au hangar et la décharger.

Roly était plus qu'hésitant. Il accompagna néanmoins Elaine et observa avec plaisir les béliers se régaler.

— J'ai toujours voulu avoir une ferme, soupira Elaine. Qu'est-ce que j'ai pu envier Kura d'hériter de Kiward Station. Mais des nuits comme celle-ci !

— Jack n'a jamais parlé de la guerre, murmura Roly, passant du coq à l'âne. Sa mère ne savait rien. Il restait couché dans sa chambre, à fixer le mur. Les gens distingués sont très patients, je trouve. Moi, il y a beau temps que ma maternelle m'en aurait flanqué une.

Le lendemain matin, accompagnée des hommes arrivés en renfort, Elaine inspecta les hangars à tonte et disposa de la nourriture et des litières à l'intention des brebis attendues. Ayant fait le tour des installations de la ferme, Tim était loin d'être enthousiaste.

— La clôture endommagée n'est que la partie visible de l'iceberg. Il faudrait tout rénover, grand-mère! Ton Maaka a un petit penchant pour l'improvisation. Là, c'est rafistolé, ailleurs c'est cloué à la va-vite. Quand il sera revenu, Jack devra reprendre tout d'un peu plus haut…

— Cela vaut aussi pour les hangars, ajouta Elaine. Ils sont sur le point de s'effondrer. As-tu songé à des agrandissements? Vous avez à présent beaucoup plus de moutons. Vous manquez de place.

— Sans parler du problème de la main-d'œuvre…

Le matin, Tim avait été stupéfait de voir trois travailleurs maoris apparaître comme si de rien n'était.

— Ce n'est tout de même pas possible que les gens viennent quand ça leur chante.

— Ils ne peuvent pas chasser à cause du temps, expliqua Gwyn. Et, comme ils ont épuisé leurs réserves de céréales, ils espèrent que nous leur donnerons des vivres s'ils laissent tomber Tonga.

— Il est pas terrible, son *mana*, grogna Tim. Mais, sérieusement, vous les payez en nature? C'est antédiluvien, votre système. Et vous n'avez pas de contrat de travail? Il va falloir que Jack s'en occupe, nous vivons au XXe siècle! On ne peut plus régler les questions de personnel comme au Moyen Âge. Pour ma part, je réfléchirais à l'embauche de quelques travailleurs qualifiés, Gwyneira, des gens du pays de Galles ou de l'Écosse par exemple. Il n'est pas possible que seul le maître de culture soit un véritable connaisseur en matière de moutons.

L'après-midi, Lilian, Ben et Caleb arrivèrent avec une autre livraison de nourriture pour les animaux – et avec un nouvel employé. La faculté qu'avait Lily d'engager la conversation avec tout un chacun leur avait fait rencontrer un berger expérimenté. L'homme, à la suite de problèmes familiaux – un amour malheureux, avait précisé Lilian en levant les yeux d'un air mélodramatique –, avait quitté l'île du Nord où il travaillait dans le commerce de la nourriture pour bétail. Au bout de quelques phrases, il avait confié que son désir le plus cher était de s'occuper de moutons. Lilian l'avait engagé sur-le-champ.

Le soir, l'atmosphère était plus que lourde à Kiward Station. Durant la journée, chacun avait réussi à se changer les idées à force de travail, mais, entre-temps, la tempête s'était déchaînée sur les Canterbury Plains. Personne ne pouvait ignorer ce qui se passait en altitude.

— Nous avions au moins des charrettes bâchées, disait Gwyneira tout bas en regardant par la fenêtre. Tandis qu'eux…

— Par un temps pareil, une bâche ne résiste pas plus au vent qu'une tente, observa Elaine.

Et si un ouragan sévissait là-haut, même une charrette pourrait être emportée ! se dit-elle *in petto*.

Seule Marama apporta une lueur d'espoir. Elle avait accompagné son mari qui était venu reprendre le travail à Kiward Station. Les jours précédents, il n'avait pas osé s'opposer directement à Tonga, car, n'étant pas originaire de la tribu, il avait peu de *mana*. Or, Marama était absolument certaine que son mari ne manquerait pas d'occupation dans les jours à venir :

— Ils vont sans doute arriver demain déjà avec de premiers troupeaux, expliqua-t-elle. Et la moitié des brebis vont agneler dès la première nuit.

Elle balaya d'un revers de main les craintes de Gwyneira et d'Elaine.

— S'il était arrivé quelque chose à mes fils, je le saurais !

Elle en était aussi fermement convaincue qu'elle l'avait été quelques années plus tôt : alors que personne ne savait où sa fille Kura avait disparu, elle avait toujours été persuadée qu'il ne lui était rien arrivé.

Quand Elaine lui rapporta les pressentiments de Marama, Tim se montra beaucoup plus sceptique.

— Est-ce que tu savais que j'étais vivant quand j'étais enseveli dans la mine ?

— Non, avoua-t-elle, mais j'ai toujours su que Lilian allait bien !

— Ma chérie, les pressentiments reposant sur les recherches de détectives privés ne sont pas des pressentiments !

Lilian tenta de distraire Gwyneira en jouant avec Galahad, mais le petit était fatigué et grognon. Elle finit par le mettre au lit et se joignit, silencieuse, à ses parents.

Les seuls à converser ce soir-là, à voix basse mais animée, furent Ben et son père. Pour celui-ci, ce devait être le paradis que de ne plus être contraint à échanger des idées uniquement par écrit avec des pairs, mais de pouvoir en discuter entre spécialistes avec son fils ! Ben était intarissable sur le *mana* et l'analogie de cette notion avec certains principes d'autres régions de la Polynésie. Caleb mettait en rapport le *mana* avec la taille des représentations des figures divines. Il en résulta un vif affrontement sur le nombre de *mana* dont disposaient en réalité les divers dieux et demi-dieux.

— Il serait très utile, à ce propos, de pouvoir dès maintenant avoir recours aux notes de miss Charlotte, observa Caleb qui ne manqua pas de louer sous les couleurs les plus vives les mérites de la chercheuse.

Gwyneira, toujours inquiète et heureuse de pouvoir s'occuper, se leva.

— Mon fils les a préparées. Si vous voulez, je peux aller les chercher.

Caleb se récria, ne voulant pas déranger, mais Ben eut l'air d'un enfant soudain privé de dessert.

— Cela ne me dérange pas, répondit Gwyneira, s'efforçant d'ignorer l'arthrose de ses genoux pendant qu'elle montait l'escalier.

Elle n'entrait habituellement pas dans la chambre de son fils sans y avoir été invitée, mais elle avait aperçu les cahiers de Charlotte sur sa table. Et, si ses craintes les plus noires se vérifiaient, elle devrait de toute façon bientôt trier les affaires de cette chambre et la vider. Dans la chambre, elle prit une profonde inspiration afin de respirer l'air qu'il avait lui-même respiré ! La tête lui tourna.

La vieille femme s'assit sur le lit et enfonça son visage dans l'oreiller. Son fils ! Elle ne l'avait pas compris. En secret, elle l'avait pris pour un lâche ! Et dire qu'il ne reviendrait peut-être plus.

S'étant ressaisie, elle prit les cahiers de notes empilés côte à côte. Un paquet de dessins qui y était mêlé lui glissa des mains et les feuilles se dispersèrent sur le plancher.

Elle alluma pour les rassembler. Elle sursauta d'effroi en voyant une tête de mort lui sourire.

Gwyneira avait passé la nuit précédente à Gallipoli.

Elle passa la suivante sur le *Mary Lou* et le *Niobe*.

Le lendemain, la tempête s'était apaisée, mais il faisait toujours un froid de canard. Elaine et Lilian frissonnaient en donnant à manger aux moutons et aux chevaux. Roly, Ben et les nouveaux employés charriaient de l'eau. C'est alors que se déversa sur la ferme un véritable fleuve de moutons trempés et frigorifiés. Hori et Carter étaient arrivés. Étant parvenus à la cabane avant le gros de l'ouragan, ils ramenaient sans pertes trop importantes le troupeau qu'ils avaient en charge.

— On a bien cru que le vent allait renverser la cabane ! raconta Carter. Il faudra envoyer quelqu'un la réparer. Le toit s'est en partie effondré. Nous en sommes donc repartis ce matin le plus tôt possible. Avez-vous des nouvelles de M. Jack et de miss Gloria ? Nous avons vu des fusées éclairantes.

— Et vous n'êtes pas remontés pour les rechercher quand la tempête s'est calmée ? demanda Elaine sur un ton sévère.

— Non, miss Lainie, répondit Hori. Si quelqu'un est encore en vie là-haut, il se débrouillera sans nous. Et si personne n'est plus en vie… alors nous aurons au moins sauvé ces moutons.

Comme presque tous les Maoris, il avait le sens pratique.

— Des fusées éclairantes, raconta Elaine à son mari en train de superviser, dans le hangar, des travaux d'amélioration. Ils ont appelé à l'aide, mais nous n'avons rien vu.

— Qu'est-ce que cela aurait changé? C'est d'ailleurs étrange qu'ils aient eu cette idée. Jack savait pertinemment qu'ils étaient à deux journées à cheval de toute civilisation. Qu'ils aient tiré leurs fusées après la tempête aurait été logique. On aurait alors pensé qu'il y avait des survivants à sauver. Mais tirer des cartouches éclairantes au beau milieu d'une tempête de neige? Ça n'a rien d'un geste réfléchi.

Tim avait appris à garder son calme même dans les pires situations. Ingénieur des mines, il était spécialiste de la sécurité au fond. Elaine lui en voulut néanmoins un peu de penser que Jack avait peut-être perdu la tête.

— Diable, tout le monde ne peut pas en permanence penser de manière logique! Il faut organiser une équipe de sauvetage…

— Pour l'instant, occupe-toi donc d'abord des moutons, décréta Tim. Et n'engueule pas ces hommes. Ils ont agi tout à fait correctement. Au fait, comment va ta grand-mère?

La nuit dernière, Gwyneira était revenue au salon plus d'une heure après être montée dans la chambre de son fils. Sans un mot, pâle comme la mort, elle avait tendu les cahiers aux Biller. Elle s'était ensuite aussitôt retirée et elle n'était pas encore réapparue.

— Kiri lui a apporté son petit-déjeuner. Elle ne veut voir personne et n'a bu que son thé. Je m'occuperai d'elle tout à l'heure, dit Elaine en quittant le hangar pour diriger la répartition dans les hangars et les étables des moutons venant d'arriver.

Il y avait des brebis parmi eux, certaines sur le point d'agneler, d'autres avec de minuscules agneaux à côté d'elles. L'homme recruté par Lilian s'occupa de ces bêtes. Il se révéla tout à fait compétent, exigeant que fussent installés des braseros dans les hangars pour assurer une certaine chaleur aux animaux les plus mal en point. Il s'entendit aussi du premier coup avec les chiens.

Elaine put alors envoyer dormir Hori et Carter, morts de fatigue.

C'est bien plus tard qu'elle mit au courant Gwyneira, enfin réapparue. Assise au coin de la cheminée, l'air absent, elle jouait avec Galahad. Elle semblait avoir vieilli de plusieurs années.

— Les hommes ont ramené deux mille moutons, dont huit cents brebis. Ils ont perdu la plupart des agneaux qui sont nés durant la nuit. Ils ne pouvaient survivre par une pareille tempête de neige. Mais beaucoup mettent bas aujourd'hui et Jamie accomplit de vrais miracles.

— Qui est Jamie ? s'étonna Gwyneira.

— Le nouveau berger déniché par Lilian. Ah oui, et puis quatre ou cinq Maoris sont enfin venus. Tim leur a sonné les cloches à propos de leur absence. Encore un coup comme ça, a-t-il prévenu, et ils ne seront pas repris…

Pendant qu'Elaine poursuivait son compte rendu, Gwyneira eut le sentiment que la direction de la ferme lui échappait. Un sentiment pas désagréable du tout.

13

Gloria ne répondit pas au baiser de Jack, mais ne résista pas. Elle baissa les yeux. Auparavant, il avait toutefois senti, sur lui, un regard de surprise, de trouble.

Il y avait une fine couche de neige devant la tente qu'ils avaient pourtant montée le plus loin possible sous le toit rocheux, mais le vent avait poussé de la neige jusque-là et il faisait trop froid pour qu'elle fondît. Elle recouvrait aussi la vallée devant les falaises, mais l'étang n'était pas gelé. Il reflétait le ciel gris-bleu. Quelques moutons y buvaient, taches d'un gris sale sur la neige souillée d'excréments. La plupart des bêtes semblaient avoir survécu et l'on entendait les agneaux bêler dans la tente d'à côté. Malheureux sans doute, mais bien vivants. Dehors retentirent des jurons : Wiremu et Paora avaient attrapé une brebis et tentaient, pour nourrir les orphelins, de traire la bête à demi sauvage qui se défendait énergiquement. D'autres hommes s'affairaient à allumer un feu. Rihari puisait de l'eau dans l'étang.

— Il va bientôt y avoir du thé chaud, cheftaine ! Comment va M. Jack ?

Jack avait espéré pouvoir remonter à cheval ce jour-là, mais, après leur chevauchée forcée de la veille, c'était inenvisageable. Il avait de la fièvre et, lorsque Wiremu l'aida à s'approcher du feu, il fut pris de vertiges. Il resta donc assis, réfléchissant tout haut à ce qu'il convenait d'entreprendre.

— Dites, qu'en pensez-vous? Descendons-nous mettre les bêtes et nous-mêmes en sécurité ou bien tentons-nous de trouver les moutons qui manquent encore à l'appel?

— Vous ne pouvez faire le chemin à cheval aujourd'hui, le raisonna Willings. Hier, vous étiez affalé sur votre monture comme un vieux sac, alors que votre vie était en jeu. Vous devriez rester ici jusqu'à ce que vous alliez mieux.

— Ce n'est pas de moi qu'il s'agit! répondit Jack sèchement.

— Nous allons chercher et regrouper les moutons qui restent, décréta Gloria. Espérons que beaucoup auront survécu. Mais ces bêtes ne sont pas idiotes, elles vivent ici tous les étés. Elles connaissent à coup sûr d'autres abris semblables à celui-ci. Quelques-unes se seront mises à l'abri.

— Il faudrait envoyer quelqu'un à Kiward Station, suggéra Paora. Miss Gwyn doit être morte d'inquiétude!

— Je n'ai pas le pouvoir de lui épargner ça, dit Gloria en haussant les épaules. Nous ne pouvons nous passer de personne ici. Il faut sans tarder trouver les bêtes et les redescendre. Pour celles qui sont ici, l'herbe de la cuvette et des environs suffira jusqu'à demain matin. Elles vont avec leurs sabots gratter la neige qui va fondre de toute façon. Elles ont besoin de ce jour de repos après la tempête d'hier. Demain, une équipe les descendra dans la plaine, tandis que nous rassemblerons les dernières bêtes. Après-demain, ce sera notre tour. Dans la mesure où le temps le permettra. Qu'en penses-tu, Rihari?

Le pisteur et «météorologue» maori scruta le ciel nuageux.

— Je crois que la fureur de Tawhirimatea est dissipée. Le temps est à la pluie, peut-être qu'il va encore un peu neiger, mais la tempête semble terminée.

Il ne soufflait effectivement plus qu'un faible vent et la tension orageuse avait disparu. Une matinée pluvieuse typique des Hautes Terres. Désagréable mais sans danger.

Gloria et les hommes ne menèrent donc pas dans la « forteresse » les dernières bêtes dispersées dans la montagne, mais dans le lieu de rassemblement précédent.

— Nous allons aussi déplacer le campement, décréta Gloria à la fin de la journée, de retour dans la cuvette rocheuse. Dès demain matin. Les moutons n'auront ainsi pas eu le temps de paître toute l'herbe autour du lac ni de détruire les racines. Lorsqu'en été les *tohunga* viendront parler avec les esprits, tout sera comme avant.

Gloria ne précisa pas si elle respectait vraiment le *tapu* ou si elle voulait seulement ne pas mécontenter Rongo. Elle fut un peu étonnée de n'être contredite par personne, mais la magie de ce refuge caché en pleine montagne avait certainement aussi ému l'âme des Pakeha.

Le soir, elle entra tout naturellement dans la tente de Jack et se glissa dans son sac de couchage. Il sentit le corps de la jeune femme se figer, mais il ne le fit pas remarquer, pas plus qu'il n'évoqua le baiser du matin. Ils échangèrent quelques remarques insignifiantes sur la recherche des moutons de la journée – ils avaient encore rassemblé près de mille bêtes –, puis Jack l'embrassa avec douceur sur le front.

— Je suis si fier de toi, dit-il. Dors bien, ma Gloria.

Il n'avait qu'une envie : la prendre dans ses bras et briser cette rigidité, mais cela aurait été une erreur. Or, il ne voulait plus en commettre. Pas avec la femme qu'il aimait.

Finalement, il lui tourna le dos. Attendant en vain qu'elle se détendît, il s'endormit. Quand il se réveilla, il sentit sa chaleur. Elle s'était blottie contre lui, la poitrine contre son dos, la tête appuyée sur son épaule. Elle avait passé le bras autour de son corps comme pour s'accrocher à lui. Jack attendit qu'elle aussi se réveillât. Puis il l'embrassa une nouvelle fois.

Le matin, Gloria envoya dans la vallée la moitié des hommes avec la plus grande partie des animaux. Jack était toujours trop faible pour se rendre très utile ; il parvint néanmoins, avec l'aide de Tuesday, à tenir rassemblés les moutons qui étaient restés, tandis que Gloria, Wiremu et les deux bergers maoris expérimentés cherchaient les dernières bêtes égarées. Ce fut Wiremu qui, dans l'après-midi, créa la surprise en découvrant dans une vallée cachée les dernières six cents brebis. Nombre d'entre elles avaient perdu leurs agneaux, mais presque toutes les précieuses reproductrices avaient survécu.

Gloria était folle de joie et, le soir, assise auprès du feu, elle s'appuya avec légèreté contre Jack. Dans la tente, elle lui permit de l'embrasser à nouveau, puis elle resta allongée sur le dos, figée. Jack, cette fois, ne se détourna pas, mais s'abstint de la toucher. Il ne savait que faire. Aucune peur n'émanait du corps raide et tendu de la jeune femme. Un corps qui n'exprimait que la résignation à l'inexorable. C'était, pour Jack, à la limite du supportable. Il aurait pu s'accommoder de la peur, mais cet abandon était une forme de désespoir.

— Je ne veux pas ce dont tu ne veux pas, Gloria.

— Je le veux, chuchota-t-elle, d'un ton presque indifférent qui le terrifia.

Il fit non de la tête, puis il lui embrassa les tempes.

— Bonne nuit, Gloria.

Cette fois, elle mit moins de temps pour se détendre. Il sentit la chaleur de son corps dans son dos au moment où il s'endormit. Le lendemain matin, ils redescendraient à Kiward Station. Il y avait de bonnes chances que les choses s'arrêtent là. Mais il savait attendre.

Le lendemain matin, c'est d'abord Maaka qui fit son apparition. Le jeune contremaître avait décidé que la suite des festivités du mariage pouvait attendre. Au lieu de souhaiter la bienvenue, dans le *marae* de sa tribu selon le rituel, à la resplendissante jeune femme, il l'installa dans l'une des nombreuses chambres de Kiward Station. C'était la première fois depuis des années que la place commençait à manquer dans la demeure.

Tim fut plus que soulagé par l'arrivée de Maaka, car il craignait vraiment que son aventureuse épouse et sa fille, plus casse-cou encore, mettent sur pied une opération de sauvetage.

Dès qu'il en eut l'occasion, il prit Maaka à part.

— Toute sentimentalité mise de côté, quelqu'un peut-il être resté en vie là-haut?

— Absolument, dit le jeune homme avec un haussement d'épaules, il existe un grand nombre de grottes, de cuvettes, et même des forêts qui peuvent servir d'abris. Le tout est de ne pas se laisser surprendre par la tempête en rase campagne et de connaître les lieux.

— Et Jack les connaît-il?

— Pas aussi bien que les jeunes Maoris. La tribu passe souvent là-haut des étés entiers. Les fils de Marama doivent connaître chaque pierre des chemins.

— Et Jack..., hésita Tim, conscient de poser là à un employé une question délicate, Jack est-il homme à accepter des conseils?

Maaka hésita à son tour.

— Jack a toujours été un type bien. Mais, depuis la guerre... il est difficile de porter sur lui un jugement. Il se laisse aller, voyez-vous? Il est fort possible qu'il s'en soit remis à Gloria...

Maaka ne termina pas sa phrase, mais Tim comprit, à sa mine, que Gloria devait être plutôt entêtée. Ce ne fut pas pour lui une surprise. Il connaissait Kura, une femme qui obtenait toujours ce qu'elle désirait.

— Que pensez-vous de l'idée d'une équipe de secours? On a vu des fusées éclairantes. Ma femme pense que les gens là-haut attendent de l'aide.

— On ne voit rien d'ici quand on tire dans la montagne, s'étonna Maaka. Ce devait être des éclairs.

Tim lui précisa alors que c'étaient Hori et Carter qui avaient observé le phénomène depuis la cabane. Mais Maaka demeura sceptique.

— Nous n'emportons de cartouches éclairantes que pour le cas où quelqu'un se perd ou se blesse. Il peut alors alerter le camp principal. Mais on ne peut voir le signal d'ici, ils le savent. Et, de plus, toute localisation serait impossible.

— Pas de troupe de secours, donc, selon vous? demanda Tim, un peu excédé par la nonchalance du jeune Maori qu'il aurait, malgré sa prière, souhaité un tantinet plus sentimental.

— Une troupe, pour quoi faire?

— Eh bien, pour sauver les gens là-haut, quoi! Il a dû se passer quelque chose, ils devraient être là depuis longtemps! Ou bien, à votre avis, qu'est-ce qu'ils foutent là-haut? finit par exploser Tim.

— Ils rassemblent les moutons.

Tim en resta pantois.

— Vous pensez sérieusement que quelqu'un qui réchappe de justesse à la tempête du siècle s'occupe de moutons comme s'il ne s'était rien passé, au lieu de rentrer chez lui par le plus court chemin?

— Il ne s'agit pas de n'importe qui, mais d'un McKenzie! Et d'une Warden, ajouta-t-il après un bref silence. Je vais maintenant préparer les anciennes étables. Afin de pouvoir y mettre les moutons au sec.

Les étables étaient propres et couvertes de litière, les clôtures vérifiées et réparées quand arriva le premier groupe d'hommes menant le troupeau des brebis. Marama prit en souriant son deuxième fils dans ses bras et Elaine soupira de soulagement en apprenant que le reste de la troupe serait là le lendemain.

— Vous n'auriez pas pu envoyer quelqu'un en éclaireur? demanda Gwyneira entre rires et pleurs.

Elle avait fait entrer dans la maison les hommes trempés et exténués, versant le whisky à flots tout en écoutant le récit de leur aventure.

— C'est ce que nous avons proposé, mais la cheftaine a répondu que nous avions besoin de tout le monde.

Quand Elaine et Lilian descendirent de leur chambre pour le dîner, Gwyneira était assise au coin du feu, un verre de whisky à la main.

— Ils ne m'ont jamais appelée « cheftaine », dit-elle, perdue dans ses pensées.

Lilian gloussa.

— Eh oui, les temps changent. Tu t'y entendais dix fois mieux que les hommes pour ce qui était des moutons, mais tu es toujours restée la douce « miss Gwyn ». Gloria a eu la chance – ou le malheur – de n'avoir pas été mignonne. Elle était d'ailleurs timide, jadis. Ça aussi semble être du passé !

Jack, Gloria et le reste de la troupe passèrent la dernière nuit dans la cabane refuge. Wiremu insista cette fois pour que Jack et Gloria dorment à l'intérieur, Jack n'étant pas rétabli et ayant besoin de chaleur après le trajet à cheval. Mais Gloria créa la surprise.

— Nous dormirons tous à l'intérieur, ordonna-t-elle. Ce sont les agneaux qui occuperont l'étable, personne ne pourrait fermer l'œil de la nuit en raison de leurs bêlements.

Tout en parlant, elle eut un bref regard pour chacun des hommes. À part Wiremu et Jack, aucun d'eux ne parut comprendre combien cette proposition lui coûtait. Maoris, ils étaient habitués à passer la nuit dans la maison commune, et il ne leur serait jamais venu à l'idée d'importuner des jeunes filles à cette occasion, surtout si elles appartenaient à quelqu'un.

Jack espéra qu'elle se joindrait de nouveau à lui, mais elle resta dans son alcôve, retranchée derrière le sac de couchage le plus épais. Il occupa donc le second lit de la cabane et but le thé que lui apporta Wiremu.

— Je ne comprends pas bien, dit celui-ci. Elle partage la tente avec toi, mais ici…

— Dans la maison commune, Wiremu? Ne serait-ce pas trop lui demander?

— Vous n'allez donc pas vous marier? Je croyais que…

— Je n'y serais pas opposé. Mais je n'ai pas envie de subir la même rebuffade que toi.

Wiremu eut un sourire douloureux.

— Veille à ton *mana*! conseilla-t-il.

Ils arrivèrent à Kiward Station le lendemain soir et, par chance, il n'avait pas plu de la journée. Les employés de la ferme avaient ouvert les étables et les écuries pour le reste des moutons et Elaine avait même fait sortir les chevaux de leurs box. Une journée pleine d'attente! Lilian et sa mère avaient fini par aller à cheval au-devant du troupeau.

Apercevant sa cousine, Gloria fut plus qu'abasourdie.

— Tu n'avais pas disparu à Auckland? demanda-t-elle en la dévisageant.

Le lutin roux avait peu changé durant toutes ces années. Lilian était certes une adulte, mais elle n'avait pas perdu son rire espiègle et insouciant.

— C'est toi qui avais disparu! répondit Lily. Moi, je me suis contentée de me marier!

Elle aussi détaillait la silhouette de sa cousine, découvrant une tout autre fille que la créature rondelette, apeurée et renfrognée d'Oaks Garden. Gloria se tenait pleine d'assurance en selle. Elle avait le visage rougi et marqué par les fatigues de leur équipée aventureuse, mais il avait acquis du caractère, des formes. Lilian avait rarement vu un visage aussi intéressant. Elle devrait s'en souvenir pour son prochain livre… Une fille parcourant la moitié du monde pour retrouver son bien-aimé! Elle eut pourtant le sentiment que jamais Gloria ne lui raconterait son histoire dans son intégralité.

Lily prit plaisir à parler de sa vie à Auckland et de son bébé, Elaine rapporta ce qu'ils avaient déjà entrepris à Kiward Station, tandis que Jack et Gloria se regardaient en silence, jetant de temps en temps un regard empli de fierté sur les bêtes qu'ils ramenaient. Quand ils arrivèrent enfin à la ferme, les hommes étaient prêts à répartir les moutons dans les enclos. Maaka coordonnait le tout, mais les hommes qui avaient assuré la récupération des troupeaux dans la montagne n'avaient d'yeux que pour Gloria. Et Gloria regardait Jack.

— Bon, eh bien, les gars, cela fait du bien d'être de retour, dit celui-ci. Nous pouvons tous être fiers de nous – Paora, Anaru, Willings, Beales. Nous avons fait du bon travail. Je pense qu'avec la «cheftaine» nous envisagerons un petit bonus.

Il regarda Gloria qui sourit.

— Je suppose que vous avez libéré les hangars à tonte pour les brebis. Nous allons mener directement les béliers jusqu'au pâturage derrière Bold's Creek. Et que je n'entende plus le mot *tapu*! Si le temps reste au sec, les brebis qui ont agnelé pourront aller au cercle des guerriers de pierre.

Jack donnait ses ordres avec flegme, pendant que Gloria et quelques hommes sifflaient les chiens pour qu'ils divisent les troupeaux.

— Maaka, tu pourras assurer la direction des opérations maintenant? Je voudrais saluer ma mère. Et, à ce que je vois, la maison est remplie par la famille.

— Un bain ne serait pas non plus une mauvaise idée, observa Gloria en descendant de selle. J'emmène les chevaux à l'écurie, Jack. Rentre tranquillement et réchauffe-toi.

Au moment où elle arrivèrent à proximité des écuries avec Ceredwen et Anwyl, Gwyneira ouvrit de l'intérieur. Jack avait pensé trouver sa mère à la maison car elle n'avait pas le temps de s'assurer du bon état des écuries quand elle avait de la visite. Il s'était trompé. Elle portait une vieille robe de cavalière, ses boucles de cheveux blancs toujours aussi indépendantes que jadis, et le bonheur lui donnait un visage rayonnant et juvénile que Jack ne lui connaissait plus.

— Jack, Gloria ! s'écria-t-elle en se précipitant sur eux et en les prenant l'un et l'autre ensemble dans ses bras.

Gloria se raidit et Jack ne la serra que poliment contre lui, mais elle n'y prêta pas attention. Tout cela s'arrangerait à la longue. Et cela avait beaucoup moins d'importance que ce qui venait de se produire dans l'écurie et qui, pour Gwyneira, après tant d'années, était toujours un miracle.

— Entrez ! Il y a ici quelqu'un qui veut vous saluer, dit-elle d'un air mystérieux en tirant son fils et son arrière-petite-fille vers le box de Princess. Il vient tout juste de naître !

Jack et Gloria se pressèrent contre le box. À côté de la jument se tenait un petit poulain mâle, couleur chocolat, une minuscule tache blanche entre les naseaux et une étoile sur le front.

Gloria leva les yeux vers Jack.

— C'est le poulain que tu m'avais promis.

— Oui, il a été obligé d'attendre ton retour.

— Jack !

Tim n'était pas sorti pour saluer les arrivants. Le soir, il ne supportait pas le froid et, à Kiward Station, il était de toute façon déjà plus souvent exposé à la pluie que sa carcasse ne le supportait. De plus, la maison était trop grande pour être convenablement chauffée. Au fond, il aurait fallu plus de personnel que Gwyneira n'en employait pour l'entretenir et la rendre confortable. Tim regrettait sa petite maison si agréable de Greymouth et, bien sûr aussi, son bureau. Il trouvait son plaisir dans les terrils et les chevalements. Des moutons, il en avait eu cette fois son compte. Il ne comprenait pas pourquoi, deux heures après leur retour à la ferme, Jack et Gloria étaient toujours dans les écuries. Même Maaka, qui avait pris les moutons en charge à leur arrivée, était entre-temps entré dans la maison. Intimidé, il était assis auprès de lui, près de la cheminée.

Quand Jack et Gloria arrivèrent enfin, sales et ébouriffés, ils avaient sur le visage une expression de bonheur évidente. Maaka versa un whisky à son ami. Comme tous les Maoris, il prenait son temps pour saluer quelqu'un. Tim, en revanche, en vint aussitôt au fait.

— Il faut absolument que nous ayons une discussion, Jack. Ces hangars à tonte… et la main-d'œuvre ici. J'ai demandé à ton contremaître d'être présent, car…

Jack éluda en souriant.

— Plus tard, Tim… et Maaka. S'il vous plaît. Et je ne voudrais pas non plus de whisky pour l'instant. J'ai besoin d'un bain, de manger quelque chose… Nous allons bien tous dîner ensemble, n'est-ce pas? Après, nous pourrons parler.

Maaka lui adressa un sourire de connivence.

— Quand tu voudras, dit-il. Maintenant que tu es enfin de retour.

Rarement Kiward Station avait connu pareille tablée que ce soir-là. Tim et Elaine, Lilian et Ben, Caleb, sans oublier Maaka et sa jeune épouse, Waimarama, qui semblait un peu intimidée, visiblement mal à l'aise parmi tous ces Pakeha, mais se tenant à table d'impeccable manière. Jack salua Roly avec une cordialité inhabituelle, puis s'assit à côté de Gloria. Tenant son premier arrière-arrière-petit-fils sur ses genoux, Gwyneira présidait au repas. Galahad bavait sur sa plus jolie robe et démolissait sa coiffure, mais ce n'était pas pour la déranger. Elle contemplait avec un grand plaisir Gloria qui portait le tailleur qu'elle lui avait acheté à Dunedin. Lilian débordait également d'enthousiasme.

— Ce tailleur te va très bien. Mais tu verras, la nouvelle mode pour les robes t'ira aussi. Je te montrerai des revues.

Gloria et Jack se taisaient à leur habitude, mais ce n'était pas un silence créant un malaise. Qu'il y eût autant de monde ne semblait d'ailleurs pas les gêner non plus. S'ils parlaient, c'était pour évoquer le poulain de Princess, ce qui amena Lilian à parler de sa Vicky.

— J'ai hélas dû la laisser à Greymouth. Alors qu'il aurait été si romantique de fuir à cheval ! En tout cas, j'aimerais bien l'avoir avec moi. Est-ce qu'on peut emmener des chevaux sur le bac, papa ? Ou bien ont-ils le mal de mer ?

À la grande surprise de Gwyneira, ce fut Jack qui prit la parole. À voix basse, comme s'il avait perdu l'habitude de parler, il évoqua les chevaux de la cavalerie pendant la traversée vers Alexandrie.

— Une fois par jour, les bateaux faisaient demi-tour afin de naviguer contre le vent et de réduire un peu la chaleur. Je me suis dit à l'époque que les chevaux n'ont pas leur place en mer, et encore moins à la guerre !

— Peut-être que nous reviendrons dans l'île du Sud, alors, réfléchit Lilian tout haut. Pour moi, peu importe l'endroit où j'écris, et Ben, lui, peut choisir le lieu où il enseignera. L'université de Dunedin serait, paraît-il, folle de lui !

Tim prit un air excédé sous l'œil réprobateur d'Elaine.

Plus tard, tout le monde se retrouva au salon. Tim et Maaka exposèrent à Jack et à Gloria leurs projets de rénovation sans s'apercevoir que leurs interlocuteurs, recrus de fatigue, étaient sur le point de s'endormir. Après le froid de la chevauchée, le feu dans l'âtre avait sur eux un effet soporifique.

Lilian engagea une conversation avec la femme de Maaka et constata qu'elle était plus jolie encore quand elle sortait de sa réserve. Gloria remarqua avec un mélange de satisfaction et de surprise que Jack n'accordait pas d'attention particulière à la jeune Maorie. Ben Biller d'ailleurs non plus. Il était de nouveau en discussion avec son père, le problème étant désormais de savoir quelle signification avait la défaite de Maui face à la déesse des Morts. Ne s'agissait-il que d'une trahison de la part de faux amis ou bien cela avait-il à voir avec la finitude humaine ? L'argumentation de Ben reposait sur les notes de Charlotte, celle de Caleb sur les sculptures de l'île du Nord, tous deux agitant frénétiquement leurs preuves. Jack aperçut alors avec effroi le dernier cahier de Charlotte dans les mains de Ben. Son cœur se serra. Non ! Les dessins de Gloria n'étaient pas tombés entre les mains de cet étranger, tout de même ! Ils n'étaient destinés à personne ! Pourquoi ne les avait-il pas cachés au lieu de les remettre dans le cahier ?

Voyant son air effrayé, Ben le prit pour un reproche.

— Oh, mille excuses, monsieur McKenzie ! Nous n'avions naturellement pas l'intention de prendre ces écrits sans votre autorisation. Mais votre mère a eu l'amabilité…

Gloria sortit du demi-sommeil dans lequel les considérations de Tim l'avaient plongée. Elle n'avait pas jusque-là prêté attention à la discussion entre Ben et Caleb. Elle dressa l'oreille.

Le regard de Jack se porta sur Gwyneira qui, levant les yeux, aperçut l'épouvante dans les yeux de Gloria.

— Approchez donc, vous deux, dit Gwyneira à voix basse. Ne dites rien ! Je voudrais simplement vous prendre dans mes bras. Maintenant que vous êtes de nouveau là.

14

Jack et Gloria n'écoutaient que d'une oreille distraite les autres envisager le proche avenir. Tim souhaitant rentrer chez lui le plus vite possible, Elaine persuada Lilian et Ben de se joindre à eux pour quelques jours. Le jeune couple se divisa quant à ce détour par Greymouth : si Lilian avait envie de revoir ses frères et son cheval, Ben craignait les retrouvailles avec sa mère. Comme il fallait s'y attendre, ce fut Lily qui l'emporta. Elaine souffla à son mari que ce Ben était « vraiment un gentil garçon ».

— J'aimerais juste savoir ce que Lily lui trouve, ajouta-t-elle, tandis que Ben et Caleb se demandaient une nouvelle fois s'il était possible d'évaluer les actions des dieux et des figures légendaires de la mythologie maorie.

Tim grommela une réponse qu'Elaine interpréta comme une approbation.

Maaka et sa femme se retirèrent les premiers, trouvant sans doute les discussions entre Ben et Caleb insupportables. Jack profita de leur départ pour s'excuser à son tour, suivi de Gloria qui souhaita une bonne nuit à tous. Elle embrassa Gwyneira sur la joue, ce qu'elle n'avait plus fait depuis sa petite enfance. Celle-ci fut émue aux larmes.

Gloria poussa légèrement la porte de Jack, sans frapper. Jadis, elle ne frappait pas non plus. Et tout aussi naturellement que des années plus tôt, elle se glissa sous ses couvertures. Mais l'enfant d'alors portait une chemise de nuit et, sans un mot, se blottissait contre son grand protecteur afin de pouvoir continuer à dormir sans cauchemar. La femme d'aujourd'hui se débarrassa de sa robe de chambre, sous laquelle elle était nue, avant de le rejoindre dans le lit. Elle tremblait et Jack eut l'impression d'entendre son cœur battre.

— Que dois-je faire ? demanda-t-elle.

— Rien du tout, dit-il, mais elle secoua la tête.

Elle repoussa en arrière ses cheveux en même temps que Jack levait la main. Leurs doigts se rencontrèrent et se séparèrent comme sous l'effet d'un choc électrique.

— « Rien du tout », j'ai déjà essayé, chuchota-t-elle.

Jack lui caressa les cheveux et l'embrassa. Sur le front, la joue, puis sur la bouche qu'elle garda fermée. Mais elle n'eut pas de geste de défense.

— Gloria, tu n'es obligée à rien. Je t'aime. Que tu partages mon lit ou non. Si tu n'as pas envie…

— Mais toi, tu veux !

— Ce n'est pas le problème. Pour faire l'amour, il faut que les deux aient envie. Si seul l'un des deux y prend plaisir, c'est…, s'arrêta-t-il, ne trouvant pas les mots qu'il fallait. En tout cas, ce n'est pas bien.

— Est-ce que ça a plu à Charlotte la première fois ? demanda-t-elle, se détendant un peu.

— Oh oui. Elle aussi était pourtant vierge quand nous nous sommes mariés.

— Aussi ?

— Pour moi, tu es vierge, Gloria. Tu n'as encore jamais aimé un homme. Sinon, tu ne demanderais pas comment on s'y prend, dit Jack en laissant ses lèvres glisser sur son cou et ses épaules, lui caressant les seins avec précaution.

— Alors, montre-moi.

Elle tremblait toujours, mais elle se calma quand il baisa ses bras, ses poignets, ses mains rêches et ses doigts courts et vigoureux. Il conduisit ses mains jusqu'à son visage, l'encourageant à le caresser. Il la touchait avec la tendresse et la prudence qu'il aurait témoignées à un cheval craintif.

Jack n'ayant plus possédé de femme depuis Charlotte, il avait de l'appréhension. Mais Gloria était très différente de Charlotte. Certes, sa femme était un peu farouche au début, mais, petite suffragette, elle n'était pas une oie blanche. Elle avait manifesté dans la rue pour que les filles des rues bénéficient de soins médicaux et elle s'était livrée avec ses amies à des confidences, échangeant des expériences. Elle avait donc attendu avec joie la nuit de ses noces, avec curiosité, avide de s'initier à l'art de l'amour.

Gloria, elle, avait peur! Peur qui ne se manifestait pas par la révolte et le recul, mais par la passivité. Elle ne se contractait même pas: elle avait découvert un jour, sur le *Niobe*, qu'elle supportait mieux la douleur quand ses muscles se relâchaient. Jack devait veiller à ce qu'elle ne retombât pas dans cette passivité et ne devînt pas, entre ses bras, une poupée sans volonté. Il lui parla, lui chuchotant des mots tendres entre deux cajoleries et cherchant à la caresser comme elle ne l'avait encore jamais été. Quand elle appuya son visage contre son épaule et qu'elle l'embrassa, il fut envahi par la joie, tandis qu'il entrait enfin en elle. Il l'aima lentement, continuant à la couvrir de baiser et de caresses. Avant de jouir, il se retourna et l'attira contre lui, ne voulant pas s'écrouler sur elle comme les hommes qui l'avaient possédée. Elle se laissa glisser sur le côté et se blottit contre son épaule pendant qu'il reprenait son souffle. Elle osa enfin demander d'une voix craintive:

— Jack… que tu aies été si lent… est-ce dû au fait que tu as été malade? Ou que tu es malade?

Jack en resta éberlué. Puis il se mit à rire gentiment.

— Bien sûr que non, Glory! Et je ne suis pas lent. Je prends simplement mon temps, parce que… parce que c'est ensuite meilleur. Surtout pour toi. Ce n'était pas bien, Glory?

— Je… je ne sais pas. Mais, si tu recommences, j'essaierai d'y faire attention.

Jack l'attira à lui.

— Ce n'est pas une expérience scientifique. Essaie plutôt de ne faire attention à rien. Juste à toi et à moi. Écoute…

Il chercha une image qui lui expliquerait ce qu'est l'amour et il eut soudain devant les yeux le dernier et tendre message de Charlotte.

— Pense à Papa et Rangi. C'est comme si le ciel et la terre ne faisaient plus qu'un, qu'ils ne veuillent plus se séparer.

Gloria déglutit.

— Pourrais-je… pourrais-je être tout de suite le ciel ?

Pour la première fois, au lieu de rester passive sous un homme, elle se plaça sur Jack, l'embrassa et le caressa comme il l'avait embrassée et caressée. Puis elle ne fit attention à plus rien du tout. Le ciel et la terre explosèrent, laissant place à une extase infinie.

Gloria et Jack se réveillèrent étroitement enlacés. C'est lui qui ouvrit les yeux le premier, contemplé par deux faces de collies. Nimue et Tuesday, lovés au pied du lit, étaient visiblement heureux que leurs maîtres se décident enfin à commencer la journée.

— Nous n'allons pas prendre cette habitude ! gronda Jack, le sourcil froncé, chassant d'un geste les chiens du lit.

— Pourquoi ? murmura Gloria, ivre de sommeil. La seconde fois, ça m'a beaucoup plu.

Jack l'embrassa et l'aima à nouveau sans attendre.

— Est-ce que c'est chaque fois meilleur ? demanda-t-elle pour finir.

— Je m'y efforce. Mais, pour ce qui est de l'habitude… Gloria, peux-tu imaginer m'épouser ?

Elle l'enlaça plus étroitement encore. Pendant que Jack attendait, tendu d'impatience, elle écouta les bruits de la maison en train de s'éveiller. Lilian chantait dans son bain, fort et faux. Tim descendait l'escalier en béquillant, désireux d'être le premier en bas afin que personne n'observât sa gaucherie. Elaine appelait son chien et, quelque part, Caleb et Ben étaient plongés dans une interminable discussion.

— Est-ce bien nécessaire? demanda-t-elle. Est-ce que je ne viens pas de coucher avec toi dans la maison commune?

Jack et Gloria souhaitaient se marier en toute simplicité, ce qui déçut Gwyneira. Elaine protesta énergiquement elle aussi. Privée d'une grande fête pour le mariage de sa fille, elle comptait se rattraper en étant au moins partie prenante dans les préparatifs de la noce.

— Une garden-party! décréta Gwyn. Les plus beaux mariages sont toujours des garden-parties, et l'été ne va pas tarder. Vous pourrez inviter toute la région. Il le faut d'ailleurs! C'est en définitive l'héritière de Kiward Station qui se marie et les gens aspirent à un grand tralala!

Même si tous ses souvenirs de fêtes en plein air à Kiward Station n'étaient pas des plus heureux, elle avait toujours été fascinée par l'atmosphère féerique de ces soirées, les lampions et les pistes de danse sous les étoiles…

— Mais pas de piano! décida Gloria.

— Et pas de valse, ajouta Jack qui ne pouvait oublier sa première danse avec Charlotte.

— Non, pas d'orchestre. Juste quelques personnes jouant du crincrin ou de la flûte pour qu'il y ait un peu de musique, concéda Gwyneira. Il y en a toujours eu un ou deux parmi les employés. Peut-être se trouvera-t-il quelqu'un pour danser une gigue avec moi.

Depuis que Jack et Gloria avaient annoncé leurs fiançailles, elle avait rajeuni de plusieurs années, excitée comme une jeune fille par la préparation du mariage.

— Et nous n'allons pas attendre indéfiniment, précisa Jack. Pas question de fiançailles de six mois. Nous devons…

— Nous devons d'abord mener les bêtes dans les alpages, l'interrompit Gloria. Donc, pas avant décembre.

Et songe aux nouveaux hangars à tonte. Je n'ai pas envie d'essayer des robes pendant que, vous, vous aurez le plaisir de vous occuper des travaux de rénovation.

L'idée de la robe rendait Gloria nerveuse. Jamais elle n'avait été à son avantage dans une robe. Et les invités ne manqueraient pas de la comparer à sa mère, la plupart d'entre eux se souvenant encore, à coup sûr, des noces somptueuses de celle-ci. Pour sa part, elle se serait volontiers mariée en tenue de cavalière.

C'est finalement Lilian qui résolut le problème. La perspective d'un poste d'enseignement pour Ben à l'université de Dunedin se précisant, elle s'était installée sur l'île du Sud avec son enfant et sa bonne ainsi qu'avec sa machine à écrire, quatre semaines avant le mariage, afin de se mettre en quête d'une maison. Telle était la raison officielle. En réalité, elle avait d'abord pris la direction de Kiward Station, s'occupant de tous les préparatifs que sa mère n'avait pas encore accaparés. Apprenant que la future mariée n'avait pas de robe, elle fut saisie d'une espèce de frénésie.

— Il faut en acheter une ! Pas de réplique, Gloria, nous partons demain pour Christchurch. Je sais ce qu'il te faut ! dit-elle en exhibant un magazine féminin d'Angleterre.

Gloria examina avec étonnement des robes amples, flottant autour du corps. Les tissus, légers, étaient parfois ornés de paillettes et de franges qui faisaient un peu songer aux *piupiu*, les jupes de danse des Maories. Ces modèles, ne descendant qu'aux genoux, n'exigeaient pas une taille de guêpe de celles qui les portaient.

— C'est la toute dernière mode ! On danse avec ces robes une danse récente, le charleston. Ah, et puis il faut aussi raccourcir un peu tes cheveux. Regarde, comme cette fille…

La coiffure de la femme, une coupe en dégradé, était en effet très courte.

— On va commencer par ça. Arrive !

C'était Lilian qui coupait les cheveux de Ben, car les services d'un barbier avaient longtemps excédé leurs moyens. Effectivement, elle coupa la tignasse rebelle de Gloria d'un coup de ciseaux si rapide qu'il n'était pas sans rappeler le geste des meilleurs tondeurs. Gloria, tremblant intérieurement, se laissa faire, n'osant raconter à Lilian comment elle avait été naguère « tondue ». C'est à peine si elle se reconnut ensuite dans la glace. Ses cheveux drus n'étaient plus hérissés autour de sa tête, ils encadraient joliment son visage, soulignant ses hautes pommettes et ses traits désormais beaucoup plus accusés que jadis. Sa face large et pleine, héritage de ses ascendances maories, paraissait plus mince, lui conférant un charme exotique.

— Quel chic ! constata Lilian, contente d'elle. Et puis il va aussi falloir que tu te maquilles. Je te l'avais déjà montré à l'école, mais tu ne le fais toujours pas. Pour le mariage, je m'en charge. Et, demain, nous allons acheter une robe.

Projet qui se solda par un échec : il ne se trouva, dans tout Christchurch, pas la moindre robe « charleston ». Le modèle du magazine choqua même plus qu'autre chose.

— Quelle impudeur ! s'offusqua une vendeuse. Jamais cela ne prendra ici.

Après l'essai de quelques modèles, Gloria en arriva à l'idée que mieux valait ne pas se marier du tout.

— J'ai l'air godiche !

— Ce sont les robes qui sont godiches, déclara Lilian. Bon Dieu, c'est à croire que les tailleurs se sont lancé un défi : lequel d'entre eux arriverait à mettre un maximum de ruchés sur une robe de mariage. Avec ça, comment ne pas ressembler à un gâteau à la crème ! Non, il faut chercher autre chose. Quelqu'un possède-t-il une machine à coudre à Kiward Station ?

— Tu ne vas tout de même pas la fabriquer toi-même ? s'effraya Gloria.

— Non, pas moi !

La seule machine à coudre disponible entre Christchurch et Haldon appartenait à Marama, un des derniers cadeaux de son gendre William. Toutes ces années, elle l'avait utilisée pour confectionner des vêtements pour ses fils.

— Formidable! se réjouit Lilian. C'est un ancien modèle qui va réveiller des souvenirs chez Mme O'Brien. C'est avec une machine comme celle-là qu'elle a cousu la robe de mariage de ma mère! Est-ce que je peux téléphoner à Greymouth?

Le mariage de Gloria fut donc, pour la mère de Roly, l'occasion de son premier voyage en train. Deux jours après le coup de fil de Lilian, elle arriva à Christchurch, pleine d'excitation et avide de se mettre au travail. La photo du magazine de Lilian la choqua presque autant que les vendeuses de la ville. Finissant par y voir une espèce de défi, elle se mit en quête du tissu voulu.

— Ce peut être sans problème de la soie, ma petite, en tout cas un tissu satiné, en aucun cas du tulle. Et ces franges… est-ce que ça vient d'Amérique, miss Lily? De chez les Indiens? Bon, bon, le problème n'est pas que ça me plaise ou non.

Lors de l'essayage, la robe plut pourtant à Mme O'Brien. Et Lilian en réclama sur-le-champ une semblable. N'allait-elle pas être la demoiselle d'honneur?

Une robe qui faisait de Gloria une autre femme. Plus grande, plus adulte, en même temps que plus douce et plus enjouée. Elle n'avait jamais été grosse, mais, dans une robe, elle avait toujours paru trapue. En ce jour, se regardant dans un miroir, elle se trouva pour la première fois mince. Elle virevolta dans la mesure où le lui permirent les chaussures à talons hauts que Lilian lui avait imposées.

— Et tu n'as pas besoin d'un voile, un petit chapeau à plumes comme celui-ci ira, décida Lily en prenant à nouveau pour modèle une photo de sa revue.

Elle n'avait pas osé jusque-là exprimer cette proposition, mais l'enthousiasme de Gloria lui enleva ses craintes.

— Vous vous en sentez aussi capable, madame O'Brien?

Jack parlait de moins en moins. Les préparatifs d'Elaine et de Lilian lui rappelaient trop le tourbillon soulevé par Élisabeth et Gwyneira à l'approche de ses noces avec Charlotte, à la différence près que Gloria fuyait le remue-ménage en s'affairant dans les écuries et les étables, tandis que Charlotte avait pris plaisir à toute cette agitation.

— Nous aurions dû prendre le large, remarqua Jack, la veille au soir du mariage. Lilian et Ben ont eu raison. Ils ont pris leurs cliques et leurs claques et, hop, une petite signature au bureau de l'état civil d'Auckland.

— Non, il faut qu'il ait lieu ici, dit-elle d'une voix inhabituellement douce.

La veille était arrivée une lettre de Kura et de William en réponse au faire-part et à l'invitation qui leur avaient été envoyés. Ils ne pourraient bien entendu être présents à la noce et se disaient un peu vexés que l'on n'eût pas tenu compte des dates de leurs tournées. Leur troupe était de nouveau en Angleterre et, théoriquement, ils auraient pu venir car ils auraient eu du temps libre huit mois plus tard. La lettre avait d'abord agacé Gloria, mais Jack, lui prenant la missive des mains, l'avait parcourue rapidement avant de la reposer.

Il avait suffi que Gloria touchât la lettre de sa mère pour devenir toute raide. Jack la prit dans ses bras.

— Je n'aurais jamais osé t'aimer de cette façon…, dit-il, perdu dans ses pensées.

Se libérant de son étreinte, elle leva les yeux vers lui.

— Qu'est-ce que tu veux dire par là?

— S'ils ne t'avaient pas envoyée en Angleterre, tu serais restée ici et tu ne serais jamais devenue adulte pour moi. Je t'aurais aimée, mais comme une petite sœur ou une parente proche. Tu…

— J'aurais été *tapu* pour toi. C'est possible. Mais dois-je leur en être reconnaissante ?

— Tu devrais en tout cas ne plus leur en vouloir autant. Et tu devrais lire aussi le post-scriptum, dit-il en lui tendant la lettre.

Elle regarda, sans comprendre, les quelques mots en annexe : Kura priait Gwyneira de faire préparer un acte car elle avait l'intention de transmettre Kiward Station à sa fille comme cadeau de mariage. Puis elle sembla vouloir dire quelque chose, mais aucun mot ne sortit de ses lèvres.

— Tu n'as pas peur que je ne t'épouse que pour tes moutons ? demanda Jack en souriant.

Haussant les épaules, Gloria prit une profonde inspiration.

— Ça peut aussi marcher, observa-t-elle. Pense à ta mère ! Elle a eu, avec les moutons de son époux, une longue et heureuse vie.

Souriant, elle prit Jack par la main.

— Viens, nous allons lui raconter tout ça. Elle va enfin pouvoir dormir sur ses deux oreilles pour la première fois depuis des dizaines d'années.

La noce se déroula sous un soleil radieux. Tôt le matin, Jack fut soulagé de découvrir un ciel sans nuages, car il avait plu lors de son premier mariage. Elaine eut, elle, le cœur gros de devoir renoncer à la marche nuptiale en raison de l'allergie de Gloria aux pianos. Ce fut finalement Marama qui satisfit aux exigences de la tradition pakeha en jouant sur sa flûte *putorino* la marche des fiançailles de Wagner. Elle chanta également de sa voix éthérée des chants d'amour maoris.

— C'était merveilleux, dit miss Bleachum qui avait servi de témoin à Gloria.

Elle avait l'air heureuse, jolie et juvénile dans sa robe bleu clair, une robe à la mode. L'explication de cette métamorphose était à portée de main : elle était venue en compagnie du Dr Pinter. L'ancien médecin-capitaine était lui-même méconnaissable. Il avait grossi, son air traqué du temps de guerre avait laissé la place à un regard apaisé et serein. Il annonça à Jack qu'il avait recommencé à opérer.

— Un jeune garçon avec une malformation de la hanche, le fils d'un invalide de guerre. Ces gens n'avaient bien sûr pas l'argent nécessaire, l'enfant devait rester estropié. Sarah m'a alors suggéré d'essayer, de simplement essayer, dit-il, gratifiant sa voisine d'un regard d'adoration absolue.

— Nous ouvrons maintenant un hôpital pour enfants, expliqua miss Bleachum. Robert a hérité d'un peu d'argent et j'avais moi-même des économies. Nous avons acheté une très belle demeure. Et voyez comme tout s'arrange : une fois opérés, les enfants doivent rester longtemps alités et ne peuvent être scolarisés. Je leur fais donc la classe. J'aurais eu tant de mal à abandonner mon métier !

Elle rougit en prononçant ces derniers mots.

— Est-ce à dire que vous vous mariez, miss Bleachum ? s'étonna hypocritement Jack, au courant bien sûr, mais toujours fasciné par les rougeurs subites de l'ancienne préceptrice de Gloria. Alors que nous espérions vous accueillir de nouveau chez nous bientôt !

Miss Bleachum rougit à nouveau après un coup d'œil sur la taille de Gloria, toujours aussi mince. Pour l'aider à surmonter son embarras, celle-ci présenta Wiremu au Dr Pinter. Contrairement à Tonga et aux autres dignitaires de la tribu, tous en tenue maorie traditionnelle, Wiremu portait un costume qui ne lui allait pas très bien, datant certainement de l'époque où il étudiait à Dunedin. Il avait, depuis, gagné de la masse musculaire en jouant les guerriers et les chasseurs.

— Wiremu poursuit des études de médecine. Peut-être auriez-vous déjà besoin d'un assistant pour votre hôpital ?

Le Dr Pinter eut un regard désapprobateur sur les tatouages du jeune homme.

— Je ne sais pas, j'ai peur que cela effraie les enfants…

— Allons donc ! le coupa Sarah. Au contraire ! Cela les réconfortera : un guerrier maori grand et costaud ! C'est ce dont ont besoin ces enfants ! Si vous êtes d'accord, vous serez le bienvenu ! trancha-t-elle en lui tendant la main, imitée par le Dr Pinter.

Tonga regarda son fils avec réprobation. Puis il rejoignit Gwyneira.

— Je ne peux que vous féliciter une nouvelle fois, dit-il. Kura d'abord, Gloria maintenant.

— Je n'ai choisi les époux d'aucune d'elles. C'est un jeu auquel je n'ai jamais joué. Kura a toujours été quelqu'un de différent. Tu n'aurais jamais réussi à la retenir même si elle avait épousé un Maori. Pas plus que moi ! Mais Gloria… est revenue. Vers moi et vers vous. Elle est de cette terre. Kiward Station est… quel est votre mot ? Son *maunga*, c'est bien ça ? Tu n'as pas besoin de la lier à la tribu. C'est ici qu'elle a ses racines. Et Jack aussi. Et Wiremu ! ajouta-t-elle en suivant le regard de Tonga. Il reviendra peut-être un jour. Mais tu ne peux pas le forcer.

— Vous devenez sage sur vos vieux jours, miss Gwyn, sourit Tonga. Dites aux jeunes mariés qu'ils viennent au *marae* lors de la prochaine pleine lune. Nous exécuterons un *powhiri*, pour accueillir le nouveau membre de la tribu.

— Le nouveau… ? s'étonna Gwyneira, perplexe.

— Non, pas le tout nouveau, il faut encore un peu de temps, la rassura Rongo. Il s'agit de Jack, le mari de Gloria.

— Et comment cela s'est-il passé avec Florence ?

Tim Lambert n'était arrivé à Kiward Station que le matin de la noce, et, prise par les préparatifs puis par le déroulement de la cérémonie, Elaine n'avait pas pu échanger un mot avec lui. Ils étaient assis à présent à une table tranquille, en compagnie de Gwyneira et des parents d'Elaine.

— Ma foi, nous ne sommes pas devenus pour autant des amis. Mais je pense qu'elle a compris de quoi il retournait. Elle a toujours été une femme d'affaires ! Elle acceptera nos propositions.

La visite de Ben et de Lilian à Greymouth ne s'était pas déroulée sans tensions. Lilian avait espéré que Florence, à l'image de ses parents, succomberait au charme de son bébé, mais la mère de Ben n'était pas faite du même bois. Elle avait considéré Galahad d'un œil plus méfiant qu'admiratif, semblant évaluer s'il serait un raté comme son père et son grand-père. D'un autre côté, elle aussi devait accepter les réalités. Gal figurait au nombre des héritiers de sa mine, mais également à celui des héritiers de Tim, même s'il ne devait jamais exercer des fonctions de direction. De ce dernier point de vue, la réussite de son cadet tempérait le ressentiment de Florence envers son aîné : Samuel Biller semblait être fait pour diriger. Florence se reconnaissait en lui, dans sa lucidité et sa détermination. Chez les Lambert aussi, d'ailleurs, il paraissait y avoir des fils s'intéressant au monde de la mine. Avec un peu de chance, on pourrait un jour verser à Ben et à Lilian leur part d'héritage. Idée qui plaisait fort à Ben, mais beaucoup moins à Caleb.

— Il n'est pas question que tu paies mon fils en monnaie de singe, avait-il dit à son épouse avec calme mais d'un ton si résolu qu'elle avait estimé que mieux valait ne pas se quereller avec lui sur ce point.

Et puis ce n'était pas décisif. Si la mine retrouvait la voie des profits, la famille pourrait entretenir un second bel esprit. Elle ne pouvait donc ignorer les propositions de Tim. Elle devait aussi cesser d'entretenir avec les Lambert une rivalité qui la ruinait. Elle allait peut-être fermer sa cokerie. Tim, en échange de cette fermeture, proposait de construire chez elle la fabrique de briquettes envisagée.

— La liaison ferroviaire serait plus facile et le terrain est déjà viabilisé. Nous n'aurions pas à défricher. Beaucoup de frais en moins. Et Greenwood Enterprises peut tout aussi bien investir chez toi que chez moi. Bien entendu, nous avons besoin de certaines garanties et – en tout cas c'est certain – pas de brouilles familiales…

— Mais tout ça me paraît très bien, dit Elaine en jetant un œil dans la direction de Ben et de Lilian, le premier s'entretenant avec un jeune Maori tatoué, tandis que Lilian bavardait avec l'ancienne préceptrice de Gloria. Et nous ne pouvons nous plaindre de Ben, il semble vraiment amoureux de Lilian. Si seulement j'avais la moindre idée de ce qu'elle lui trouve!

— Avertis-moi, au cas où tu le découvres un jour, observa Tim. Mais je crains fort que tu ne découvres d'abord le mystère des pyramides.

— Alors, miss Bleachum va donc enfin avoir un mari! s'exclama Lilian en riant.

Pendant que Ben continuait à parler avec Wiremu et que Jack partageait une bouteille de whisky avec des voisins, Lilian et Gloria avaient rejoint la table familiale. Lilian buvait du mousseux et était d'excellente humeur. Tous les invités, en effet, n'avaient pas tari d'éloges sur la robe de Gloria. Jack n'avait rien dit, mais son admiration se lisait dans ses yeux. Gloria ne s'y était pas trompée et avait traversé à son bras, avec aisance, la foule des invités. Aucune comparaison possible avec la marginale renfrognée et rondelette de l'internat, et pas davantage avec la jeune femme qui aurait préféré prendre la fuite que se marier. Ce genre de métamorphose rendait Lilian heureuse, presque plus encore que les « *happy ends* » de ses histoires. Que, de surcroît, la vie de miss Bleachum connût enfin un cours favorable l'enthousiasmait sans réserve.

— Va-t-elle avoir des enfants? Bien sûr, elle n'est pas des plus jeunes. Et le Dr Pinter… ma foi, ce qu'elle peut bien trouver en lui est pour moi un mystère.

— Et que trouves-tu donc en Ben? demanda Gloria innocemment.

Voulant juste préserver sa chère miss Bleachum de vains bavardages, elle ne s'aperçut même pas que les autres femmes de la table, terrorisées, retinrent leur souffle. Réfléchissant, Lilian fronça les sourcils.

— J'avais en tout cas toujours pensé que tu épouserais un jour une espèce de héros, poursuivit Gloria sur le ton du bavardage, sans donner l'impression d'un véritable intérêt. Toutes ces histoires que tu racontais ou lisais ! Ces chansons…

— Ah, vois-tu, soupira Lilian de manière théâtrale. Les aventures, quand on les lit, sont merveilleuses, romantiques, mais en réalité il n'y a aucun plaisir à être pauvre comme Job, à ne pas avoir un vrai chez-soi et à ne pas savoir où aller.

— Ah bon ? s'amusa Elaine. Jamais nous n'aurions cru ça !

Fleurette et Gwyneira luttèrent contre le fou rire et même Gloria grimaça de joie, Lilian semblant, quant à elle, ne rien remarquer.

— Si, si ! Et puis quand les gens se tirent dessus, ce genre de choses qui arrivent aux héros… je veux dire si Ben était un navigateur par exemple… je serais sans cesse inquiète pour lui !

— Mais ça ne me dit pas ce que tu lui trouves ? reprit Gloria qui avait toujours de la peine à suivre les développements de sa cousine.

— Eh bien, je n'ai jamais à m'inquiéter au sujet de Ben. Le matin, il part pour sa bibliothèque étudier les dialectes des mers du Sud, et le plus audacieux de ses projets c'est tout au plus une excursion dans les îles Cook.

— Et les belles Polynésiennes ? la taquina Elaine. Il sait dire « Je t'aime » dans au moins dix dialectes !

Lilian pouffa.

— Mais il lui faudrait au préalable discuter sérieusement du principe de l'accouplement pour des mobiles émotionnels, rechercher ses possibles fondements pratiques ou mythologiques et échanger des avis avec d'autres scientifiques au sujet de la représentation plastique des relations sexuelles dans le domaine géographique en question. Il voudrait en effet ne pas commettre la moindre erreur. Bien avant qu'il ait terminé cette exploration, la fille en aura eu sa claque, je n'ai pas le moindre doute sur ce point.

Cette fois, tout le monde rit de bon cœur, ce dont Lilian ne parut pas se formaliser.

— Et tu ne t'ennuies jamais? demanda Gwyneira.

— Quand je m'ennuie, j'ai Galahad. Et Florian, et Jeffery… Le tout dernier s'appelle Juvert, sourit Lilian, énumérant les protagonistes de ses livres. Et quand, le soir, je dois continuer d'écrire parce que mon héros est retenu prisonnier quelque part ou qu'il doit sauver sa bien-aimée d'une situation épouvantable, eh bien Ben ne répugne pas à œuvrer aux fourneaux à l'occasion.

À minuit, les fils d'Elaine allumèrent un feu d'artifice que les invités déjà passablement enivrés saluèrent de vivats.

Gwyneira se rendit en revanche à l'écurie où elle savait les chevaux enfermés. Elle n'y rencontrerait pas James rentrant en toute hâte à l'abri les juments poulinières avant que les explosions les affolent. Il n'y avait pas non plus de joueur de crincrin à proximité des granges. Jack et Gloria n'avaient pas voulu de fête distincte pour le personnel comme c'était autrefois l'usage. Lors de son mariage, un quatuor à cordes avait joué dans le jardin brillamment illuminé, tandis que les bergers faisaient tournoyer les femmes de chambre des dames au son d'un accordéon, d'un méchant violon et d'une flûte irlandaise. Gwyneira revit en pensée les feux en plein air et crut apercevoir le visage rayonnant de James quand elle était venue se joindre aux hommes et lui avait accordé une danse. Elle avait été sur le point de l'embrasser.

Aujourd'hui encore, à l'emplacement de l'ancienne piste de danse improvisée, un couple était en train de s'embrasser. Jack et Gloria, ayant fui l'agitation, se tenaient enlacés tandis que mille étoiles filantes artificielles éclairaient le ciel.

Gwyneira se glissa de nouveau dans l'obscurité, sans les aborder. Ils étaient l'avenir.

— C'est mon dernier mariage à Kiward Station, dit-elle un peu plus tard, mélancolique, buvant un whisky et levant son verre à la mémoire de James. La nouvelle génération se mariera sans moi.

Légèrement éméchée et facile à émouvoir, Lilian la prit dans ses bras.

— Mais regarde, tu as déjà un arrière-arrière-petit-fils ! dit-elle comme si Galahad devait se marier le lendemain. Et puis… nous pourrions nous remarier, Ben et moi. Ce n'était pas très gai à l'hôtel de ville d'Auckland. C'est cent fois mieux ici. Ce feu d'artifice surtout ! Ou bien, pour changer un peu, nous nous marierons selon le rite maori. Comme dans *L'Héritière de Wakanui*. C'était si romantique ! N'est-ce pas, Ben ?

— Ma chérie, les tribus maories ne célèbrent pas de mariages romantiques, une cérémonie nuptiale formelle n'intervenant à la rigueur que dans le cas où deux dynasties s'unissent, une certaine connotation cléricale n'étant par ailleurs pas à exclure…

Il allait continuer à pontifier quand il s'aperçut que son auditoire avait perdu de ses facultés d'attention.

— Le rite de *L'Héritière de Wakanui*, c'est toi qui l'as inventé de A à Z conclut-il.

— Et alors ? répondit Lilian avec un sourire indulgent. Qui cela dérange-t-il ? L'essentiel n'est-il pas, au fond, que l'histoire soit bonne ?

DANS LA MÊME COLLECTION

1. Roger CARATINI, Hocine RAÏS, *Initiation à l'islam.*
2. Antoine BIOY, Benjamin THIRY, Caroline BEE, *Mylène Farmer, la part d'ombre.*
3. Pierre MIQUEL, *La France et ses paysans.*
4. Gerald MESSADIÉ, *Jeanne de l'Estoille.* I. *La Rose et le Lys.*
5. Gerald MESSADIÉ, *Jeanne de l'Estoille.* II. *Le Jugement des loups.*
6. Gerald MESSADIÉ, *Jeanne de l'Estoille.* III. *La Fleur d'Amérique.*
7. Alberto GRANADO, *Sur la route avec Che Guevara.*
8. Arièle BUTAUX, *Connard !*
9. James PATTERSON, *Pour toi, Nicolas.*
10. Amy EPHRON, *Une tasse de thé.*
11. Andrew KLAVAN, *Pas un mot.*
12. Colleen MCCULLOUGH, *César Imperator.*
13. John JAKES, *Charleston.*
14. Evan HUNTER, *Les Mensonges de l'aube.*
15. Anne MCLEAN MATTHEWS, *La Cave.*
16. Jean-Jacques EYDELIE, *Je ne joue plus !*
17. Philippe BOUIN, *Mister Conscience.*
18. Louis NUCÉRA, *Brassens, délit d'amitié.*
19. Olivia GOLDSMITH, *La Femme de mon mari.*
20. Paullina SIMONS, *Onze heures à vivre.*
21. Jane AUSTEN, *Raison et Sentiments.*
22. Richard DOOLING, *Soins à hauts risques.*
23. Tamara MCKINLEY, *La Dernière Valse de Mathilda.*
24. Rosamond SMITH, *Double diabolique.*
25. Édith PIAF, *Au bal de la chance.*
26. Jane AUSTEN, *Mansfield Park.*
27. Gerald MESSADIÉ, *Orages sur le Nil.* I. *L'Œil de Néfertiti.*
28. Jean HELLER, *Mortelle mélodie.*
29. Steven PRESSFIELD, *Les Murailles de feu.*
30. Jean-Louis CRIMON, Thierry SÉCHAN, *Renaud raconté par sa tribu.*
31. Gerald MESSADIÉ, *Orages sur le Nil.* II. *Les Masques de Toutankhamon.*
32. Gerald MESSADIÉ, *Orages sur le Nil.* III. *Le Triomphe de Seth.*
33. Choga Regina EGBEME, *Je suis née au harem.*

34. Alice HOFFMAN, *Mes meilleures amies.*
35. Bernard PASCUITO, *Les Deux Vies de Romy Schneider.*
36. Ken MCCLURE, *Blouses blanches.*
37. Colleen MCCULLOUGH, *La Maison de l'ange.*
38. Arièle BUTAUX, *Connard 2 !*
39. Kathy HEPINSTALL, *L'Enfant des illusions.*
40. James PATTERSON, *L'amour ne meurt jamais.*
41. Jean-Pierre COLIGNON, Hélène GEST, *101 jeux de logique.*
42. Jean-Pierre COLIGNON, Hélène GEST, *101 jeux de culture générale.*
43. Jean-Pierre COLIGNON, Hélène GEST, *101 jeux de langue française.*
44. Nicholas DAVIES, *Diana, la princesse qui voulait changer le monde.*
45. Jeffrey ROBINSON, *Rainier et Grace.*
46. Alexandra CONNOR, *De plus loin que la nuit.*
47. BARBARA, *Ma plus belle histoire d'amour.*
48. Jeffery DEAVER, *New York City Blues.*
49. Philippe BOUIN, *Natures mortes.*
50. Richard NORTH PATTERSON, *La Loi de Lasko.*
51. Luanne RICE, *Les Carillons du bonheur.*
52. Manette ANSAY, *La Colline aux adieux.*
53. Mende NAZER, *Ma vie d'esclave.*
54. Gerald MESSADIÉ, *Saint-Germain, l'homme qui ne voulait pas mourir.* I. *Le Masque venu de nulle part.*
55. Gerald MESSADIÉ, *Saint-Germain, l'homme qui ne voulait pas mourir.* II. *Les Puissances de l'invisible.*
56. Carol SMITH, *Petits meurtres en famille.*
57. Lesley PEARSE, *De père inconnu.*
58. Jean-Paul GOURÉVITCH, *Maux croisés.*
59. Michael TOLKIN, *Accidents de parcours.*
60. Nura ABDI, *Larmes de sable.*
61. Louis NUCÉRA, *Sa Majesté le chat.*
62. Catherine COOKSON, *Jusqu'à la fin du jour.*
63. Jean-Noël BLANC, *Virage serré.*
64. Jeffrey FOX, *Les 75 Lois de Fox.*
65. Gerald MESSADIÉ, *Marie-Antoinette, la rose écrasée.*
66. Marc DIVARIS, *Rendez-vous avec mon chirurgien esthétique.*
67. Karen HALL, *L'Empreinte du diable.*
68. Jacky TREVANE, *Fatwa.*
69. Marcia ROSE, *Tout le portrait de sa mère.*

70. Jorge MOLIST, *Le Rubis des Templiers.*
71. Colleen MCCULLOUGH, *Corps manquants.*
72. Pierre BERLOQUIN, *100 jeux de chiffres.*
73. Pierre BERLOQUIN, *100 jeux de lettres.*
74. Pierre BERLOQUIN, *100 jeux de déduction.*
75. Stuart WOODS, *Un très sale boulot.*
76. Sa Sainteté le DALAÏ-LAMA, *L'Art de la sagesse.*
77. Andy MCNAB, *Bravo Two Zero.*
78. Tariq RAMADAN, *Muhammad, vie du Prophète.*
79. Louis-Jean CALVET, *Cent ans de chansons françaises.*
80. Patrice FRANCESCHI, *L'Homme de Verdigi.*
81. Alexandra CONNOR, *La Faute de Margie Clements.*
82. John BERENDT, *La Cité des anges déchus.*
83. Edi VESCO, *Le Guide magique du monde de Harry Potter.*
84. Peter BLAUNER, *Vers l'abîme.*
85. Gérard DELTEIL, *L'Inondation.*
86. Stéphanie LOHR, *Claude François, secrets de famille.*
87. Jacqueline MONSIGNY, *Floris.* I. *Floris, fils du tsar.*
88. Jacqueline MONSIGNY, *Floris.* II. *Le Cavalier de Pétersbourg.*
89. Arièle BUTAUX, *La Vestale.*
90. Tami HOAG, *Meurtre au porteur.*
91. Arlette AGUILLON, *Rue Paradis.*
92. Christopher REICH, *Course contre la mort.*
93. Brigitte HEMMERLIN, Vanessa PONTET, *Grégory, sur les pas d'un ange.*
94. Dominique MARNY, *Les Fous de lumière.* I. *Hortense.*
95. Dominique MARNY, *Les Fous de lumière.* II. *Gabrielle.*
96. Yves AZÉROUAL, Valérie BENAÏM, *Carla Bruni-Sarkozy, la véritable histoire.*
97. Philippa GREGORY, *Deux sœurs pour un roi.*
98. Jane AUSTEN, *Emma.*
99. Gene BREWER, *K-pax.*
100. Philippe BOUIN, *Comptine en plomb.*
101. Jean-Pierre COLIGNON, Hélène GEST, *101 jeux Cinéma-Télé.*
102. Jean-Pierre COLIGNON, Hélène GEST, *101 jeux Histoire.*
103. Jean-Pierre COLIGNON, Hélène GEST, *101 jeux France.*
104. Jacqueline MONSIGNY, *Floris.* III. *La Belle de Louisiane.*
105. Jacqueline MONSIGNY, *Floris.* IV. *Les Amants du Mississippi.*
106. Alberto VÁSQUEZ-FIGUEROA, *Touareg.*

107. James CAIN, *Mort à la plage.*
108. Hugues ROYER, *Mylène.*
109. Eduardo MANET, *La Mauresque.*
110. Jean CONTRUCCI, *Un jour tu verras.*
111. Alain DUBOS, *La Rizière des barbares.*
112. Jane HAMILTON, *Les Herbes folles.*
113. Senait MEHARI, *Cœur de feu.*
114. Michaël DARMON, Yves DERAI, *Belle-amie.*
115. Ed McBAIN, *Le Goût de la mort.*
116. Joan COLLINS, *Les Larmes et la Gloire.*
117. Roger CARATINI, *Le Roman de Jésus.*
I. *De Bethléem à Cana.*
118. Roger CARATINI, *Le Roman de Jésus.*
II. *De Tibériade au Golgotha.*
119. Franz LISZT, *Chopin.*
120. James W. HUSTON, *Pluie de flammes.*
121. Joyce Carol OATES, *Le Sourire de l'ange.*
122. Nicholas MEYER, *Sherlock Holmes et le fantôme de l'Opéra.*
123. Pierre LUNEL, *Ingrid Betancourt, les pièges de la liberté.*
124. Tamara MCKINLEY, *Éclair d'été.*
125. Ouarda SAILLO, *J'avais 5 ans.*
126. Margaret LANDON, *Anna et le roi.*
127. Anne GOLON, *Angélique.* I. *Marquise des anges.*
128. Anne GOLON, *Angélique.* II. *La Fiancée vendue.*
129. Jacques MAZEAU, *La Ferme de l'enfer.*
130. Antonin ANDRÉ, Karim RISSOULI, *Hold-uPS, arnaques et trahisons.*
131. Alice HOFFMAN, *Un instant de plus ici-bas.*
132. Otto PENZLER, *Quand ces dames tuent !*
133. Philippe BOUIN, *La Gaga des Traboules.*
134. Jane HAMILTON, *La Brève Histoire d'un prince.*
135. Jean-Michel COUSTEAU, *Mon père le commandant.*
136. Judith LENNOX, *L'Enfant de l'ombre.*
137. Stéphane KOECHLIN, *Michael Jackson, la chute de l'ange.*
138. Jeffrey ARCHER, *Frères et Rivaux.*
139. Jane AUSTEN, *Orgueil et Préjugés.*
140. Kim WOZENCRAFT, *En cavale.*
141. Andrew KLAVAN, *La Dernière Confession.*
142. Barry UNSWORTH, *Le Joyau de Sicile.*
143. Colleen MCCULLOUGH, *Antoine et Cléopâtre.*
I. *Le Festin des fauves.*

144. Colleen McCULLOUGH, *Antoine et Cléopâtre.*
II. *Le Serpent d'Alexandrie.*
145. Santa MONTEFIORE, *Le Dernier Voyage du* Valentina.
146. Charles TODD, *Trahison à froid.*
147. Bertrand TESSIER, *Belmondo l'incorrigible.*
148. Elizabeth McGREGOR, *Une intime obsession.*
149. Anne GOLON, *Angélique.* III. *Fêtes royales.*
150. Anne GOLON, *Angélique.* IV. *Le Supplicié de Notre-Dame.*
151. Clinton McKINZIE, *La Glace et le Feu.*
152. Edi VESCO, *Soleil d'hiver.*
153. Tariq RAMADAN, *Mon intime conviction.*
154. Jean-Dominique BRIERRE, *Jean Ferrat, une vie.*
155. Dale BROWN, *Feu à volonté.*
156. Émile BRAMI, *Céline à rebours.*
157. Joyce Carol OATES, *Œil-de-serpent.*
158. Didier PORTE, *Sauvé des ondes.*
159. Alberto VASQUEZ-FIGUEROA, *Les Yeux du Touareg.*
160. Jane AUSTEN, *Persuasion.*
161. Michaël DARMON,Yves DERAI, *Carla et les ambitieux.*
162. Alexandre DUMAS, *Les Borgia.*
163. Julie GREGORY, *Ma mère, mon bourreau.*
164. Philippa GREGORY, *L'Héritage Boleyn.*
165. Tamara McKINLEY, *Le Chant des secrets.*
166. Dominique JAMET, *Ces discours qui ont changé le monde.*
167. James PATTERSON, *Rendez-vous chez Tiffany.*
168. Anabelle DEMAIS, *Liaison dangereuse.*
169. Deborah SMITH, *Un café pour deux.*
170. Yann QUEFFÉLEC, *Le Piano de ma mère.*
171. Gerald MESSADIÉ, *Jacob, l'homme qui se battit avec Dieu.*
I. *Le Gué du Yabboq.*
172. Judith LENNOX, *Des pas dans la nuit.*
173. Colleen McCULLOUGH, *Les Caprices de Miss Mary.*
174. Jonathan KING, *La Voix des oubliés.*
175. Gerald MESSADIÉ, *Jacob, l'homme qui se battit avec Dieu.*
II. *Le Roi sans couronne.*
176. Bernard PASCUITO, *Célébrités : 16 morts étranges.*
177. Tami HOAG, *Contre toute évidence.*
178. Anatole LE BRAZ, *La Légende de la mort.*
179. Jane AUSTEN, *Northanger Abbey.*
180. Ronlyn DOMINGUE, *Le Souffle de l'éternité.*

181. Judy WESTWATER, *Abandonnée !*
182. Donald JAMES, *Vadim.*
183. Heather LEWIS, *Le Second Suspect.*
184. Louis PERGAUD, *La Guerre des boutons.*
185. Lori LANSENS, *Les Filles.*
186. Philippe BOUIN, *Paraître à mort.*
187. Jeffrey FOX, *Comment être un bon manager.*
188. Clinton MCKINZIE, *Au-dessus du gouffre.*
189. Daniel SILVA, *Le Messager.*
190. Simon MAWER, *Faille intime.*
191. STENDHAL, *La Chartreuse de Parme.*
193. Joyce Carol OATES, *L'Amour en double.*
194. Gerald MESSADIÉ, *Ramsès II l'Immortel.* I. *Le Diable flamboyant.*
195. Gilles van GRASDORFF, *Le dalaï-lama, la biographie non autorisée.*
196. Ann RADCLIFFE, *Les Mystères d'Udolpho.*
197. Deborah SMITH, *La Montagne de l'ours.*
198. Lisa GARDNER, *Jusqu'à ce que la mort nous sépare.*
199. James PATTERSON, *Contre l'avis des médecins.*
200. Robert BELLERET, *Jean Ferrat, le chant d'un révolté* (pack).
201. Gerald MESSADIÉ, *Ramsès II l'Immortel.* II. *Le Roi des millions d'années.*
202. Siski GREEN, *Faire l'amour à une femme, le guide.*
203. Siski GREEN, *Faire l'amour à un homme, le guide.*
204. Jacqueline MONSIGNY, *Le Maître de Hautefort.*
205. Bertrand TESSIER, *Bernard Giraudeau, le baroudeur romantique.*
206. Allan FOLSOM, *La Conspiration Hadrien.*
207. Charles DICKENS, *Le Mystère d'Edwin Drood.*
208. Jacqueline MONSIGNY, *La Dame du bocage.*
209. Bertrand TESSIER, *Delon & Romy.*
210. Tamara MCKINLEY, *L'Héritière de Jacaranda.*
211. Bertrand PASCUITO, *Dalida, une vie brûlée.*
212. Patrick MAHÉ, *Elvis et les femmes.*
213. Anne BRONTË, *Agnes Grey.*
214. Cecilia SAMARTIN, *Le Don d'Anna.*
215. Marie-Bernadette DUPUY, *Le Refuge aux roses.*
216. Pierre LUNEL, *L'Abbé Pierre, l'insurgé de Dieu.*
217. Colleen MCCULLOUGH, *Fleurs sanglantes.*
218. Wilkie COLLINS, *Le Secret.*

219. Gerald MESSADIÉ, *Ramsès II l'Immortel.*
III. *Celle qui s'empara du ciel.*
220. Jacqueline MONSIGNY, *La Tour de l'orgueil.*
222. Lisa GARDNER, *La Fille cachée.*
223. Anne BRONTË, *La Dame du manoir de Wildfell hall.*
224. Jane HAMILTON, *Un acte de désobéissance.*
225. Gene HACKMAN, *L'Étoile perdue.*
226. Mary Elizabeth BRADDON, *La Trace du serpent.*
227. Sameem ALI, *Le Voile de la douleur.*
228. Lisa GARDNER, *Tu ne m'échapperas pas.*
229. Doris GLÜCK, *Niqab.*
230. William DIEHL, *La Loi du silence.*
231. Bernard PASCUITO, *Annie Girardot.*
232. Matt BONDURANT, *Des hommes sans loi.*
233. Roger MOORE, *Amicalement vôtre.*
234. Mary WEBB, *La Renarde.*
235. Philippe BOUIN, *Va, brûle et me venge.*
236. Henry JAMES, *Lady Barberina.*
237. Amelia OPIE, *Adeline Mawbray.*
238. Bertrand TESSIER , *La Dernière Nuit de Claude François.*
239. Shirin EBADI, *La Cage dorée.*
240. Charles DICKENS, *De grandes espérances.*
241. Joyce Carol OATES, *Le Département de musique.*
242. Gerald MESSADIÉ , *4 000 ans de mystifications historiques.*
243. Wilkie COLLINS, *La Pierre de lune.*
244. Kirk DOUGLAS, *Le Fils du chiffonnier.*
245. Kathy GLASS, *Violentée.*
247. Louis-Jean CALVET, *Léo Ferré.*
248. Elizabeth VON ARNIM, *La Bienfaitrice.*
249. Deborah SMITH, *Le Secret d'Alice.*
250. Jean-Luc DELARUE, *Carnets secrets.*
251. Tamara MCKINLEY, *La Terre du bout du monde.*
252. Charlotte BRONTË, *Villette.*
253. Seymour HERSCH, *La Face cachée du clan Kennedy.*
254. Cecilia SAMARTIN, *La Belle Imparfaite.*
255. Marie-Bernadette DUPUY, *L'Amour écorché.*
256. George ELIOT, *Silas Marner.*
257. Jean-Noël BLANC, *Grandes heures du Tour de France.*
258. Colleen MCCULLOUGH, *Fleurs sanglantes.*

259. Frances TROLLOPE, *La Veuve Barnaby.*
260. Sam BERNETT, *Johnny, 7 vies.*
261. Charlotte LINK, *La Belle Hélène.*
262. Charles DICKENS, *La Mystérieuse Lady Dedlock.*
263. Charles DICKENS, *Le Choix d'Esther.*
264. Michel EMBARECK, *La mort fait mal.*
265. Richard CONDON, *Un crime dans la tête.*
266. Alfredo COLITTO, *L'Élixir des Templiers.*
267. Emily BRONTË, *Les Hauts de Hurlevent.*
268. *Le Coran.*
269. Philippe CROCQ, Jean MARESKA, *La Vie pas toujours rose d'Édith Piaf.*
270. Mary Elizabeth BRADDON, *Le Secret de lady Audley.*
271. Gerald MESSADIÉ, *Et si c'était lui ?*
272. Kate SNELL, *Le Dernier Amour de Diana.*
273. Wilkie COLLINS, *La Dame en blanc.*
274. Mélanie ROSE, *La Mémoire d'une autre.*
275. Raluca NATHAN, *L'Âme tatouée.*
276. Candice COHEN-AHNINE, *Rendez-moi ma fille.*
277. *Les Prophéties de Nostradamus.*
278. *Le Grand et le Petit Albert.*
279. Patrice FRANCESCHI, *Quatre du Congo.*
280. Patrice FRANCESCHI, *Terre farouche.*
281. Patrice FRANCESCHI, *Qui a bu l'eau du Nil...*
282. Patrice FRANCESCHI, *Raid papou.*
283. Reynald ROUSSEL, *Ce que les morts nous disent.*
285. Michel TAUBMAN, *Le Roman vrai de DSK.*
286. René BENJAMIN, *Gaspard.*
287. Philippa GREGORY, *La Reine clandestine.*
288. David DOSA, *Un médium nommé Oscar.*
289. Sharon MCGOVERN, *Terrifiée.*
290. Annabelle DEMAIS, *Rose sang.*
291. Maud TABACHNIK, *Je pars demain pour une destination inconnue.*
292. Pierre MIKAÏLOFF, *Bashung, vertige de la vie.*
293. Anthony TROLLOPE, *L'Héritage Belton.*
294. Jacqueline MONSIGNY, *La Sirène du Pacifique.*
295. Charlotte BRONTË, *Jane Eyre.*
296. Stéphane BOUCHET, Frédéric VÉZARD, *Cantat, l'amour à mort.*
297. Molly WEATHERFIELD, *Dangereux plaisirs.*

298. Jacques LAURENT, *Caroline chérie* – t. 1.
299. Jacques LAURENT, *Caroline chérie* – t. 2.
300. Cathy GLASS, *Ne dis rien.*
301. Tamara MCKINLEY, *Les Pionniers du bout du monde.*
302. Gerald MESSADIÉ, *L'Impératrice fatale.* I. *La Fille Orchidée.*
303. Joyce Carol OATES, *Une troublante identité.*
304. Lysa S. ASHTON, *De cuir et de soie.*
305. SHEILA, *Danse avec ta vie.*
306. Cecilia SAMARTIN, *Rosa et son secret.*
307. Elizabeth VON ARNIM, *Père.*
308. Gerald MESSADIÉ, *L'Impératrice fatale.* II. *Le Bûcher du Phénix.*
309. Marie-Bernadette DUPUY, *Le Cachot de Hautefaille.*
310. Bernard PASCUITO, *Coluche.*
311. Nicholas MEYER, *La Solution à 7 %.*
312. Elizabeth GASKELL, *Ruth.*
313. Kathy HARRISON, *Les Larmes de Daisy.*
314. Sarah LARK, *Le Pays du nuage blanc.*
315. Louise COLET, *Un drame dans la rue de Rivoli.*
316. Dorothy CHITTY, *Mon ange gardien m'a sauvée.*
317. James HAYMAN, *L'Écorcheur de Portland.*
318. Judith LENNOX, *Mes sœurs et moi.*
319. Fred HIDALGO, *Jacques Brel.*
320. Amale El ATRASSI, *Louve Musulmane.*
321. Antonin MALROUX, *La Fille des eaux vives.*
322. Gérard LENORMAN, *Je suis né à vingt ans.*
323. Alexandre DUMAS, *Le Docteur mystérieux.*
324. Michel QUINT, *Veuve noire.*
325. Jack LANCE, *Tu es mort.*
326. Anne ROUMANOFF, *Normal 1er, roi des Français.*
327. Marc ALYN, *Monsieur le chat.*
328. Madeleine GOLDSTEIN, *On se retrouvera. Survivre à Auschwitz.*
329. Hermine de CLERMONT-TONNERRE, *Le Savoir-vivre au XXIe siècle.*
330. Sean BOYNE, *Mon père m'a vendue.*
331. Alexandre DUMAS, *La Fille du marquis.*
332. Éd. par Joseph VEBRET, *De l'amour, une anthologie de lettres et de poèmes.*
333. Guy ROUX, *Il n'y a pas que le foot dans la vie.*
334. Charlotte BRONTË, *Le Professeur.*
335. Diane et Bernie LIEROW, *Sauvée par l'amour.*

336. Edgar MORIN, *Au péril des idées.*
337. Nicholas MEYER, *L'Horreur du West End.*
338. Émile ZOLA, *Madeleine Férat.*
339. Bernard VINCENT, *Lincoln, l'homme qui sauva les États-Unis.*
340. Raphaël DELPARD, *L'Enfant sans étoile.*
341. Jacqueline BRISKIN, *Paloverde.*
342. Joyce Carol OATES, *Fleur vénéneuse.*
343. Karl ZÉRO, *Disparues.*
344. Colleen McCULLOUGH, *Tim.*
345. Charles DICKENS, *La Petite Dorrit* (t. 1).
346. Lizzie McGLYNN, *Je te pardonne, papa.*
347. Charles DICKENS, *La Petite Dorrit* (t. 2).
348. Joseph VEBRET, *Maman, ces poèmes sont pour toi.*
349. Thomas HARDY, *Loin de la foule déchaînée.*
350. Alexandre DUMAS, *Le Chevalier de Maison-Rouge.*
351. Tamara McKINLEY, *L'Or du bout du monde.*
352. Marie-Bernadette DUPUY, *Du sang sous les collines.*
353. Pearl BUCK, *L'Énigme éternelle.*
354. Colleen McCULLOUGH, *Un autre nom pour l'amour.*
355. Lewis WALLACE, *Ben-Hur.*
356. Michael CLEMENGER, *Dans l'enfer de l'orphelinat.*
357. Georges SAND, *Le Dernier Amour.*
358. Cécilia SAMARTIN, *La Promesse de Lola.*
359. Lilly LINDNER, *Moi, Lilly, violée, prostituée.*
360. Alexandra RIPLEY, *Charleston.*
361. Mario PUZO, *Le Sang des Borgia.*
362. Jacqueline BRISKIN, *Les Sentiers de l'aube.*
363. Alexandre DUMAS, *Jane.*
364. Tariq RAMADAN, *L'Islam et la réforme radicale.*
365. Anne de BOURBON-SICILES, *Le Chant du pipiri.*
366. Sacha BUZMANN, *Le Jouet du prédateur.*
367. Michel EMBARECK, *Le Rosaire de la douleur.*
368. Pamela HARTSHORNE, *L'Écho de ton souvenir.*
369. Sarah LARK, *Le Chant des esprits.*
370. Brenda JAGGER, *Les Chemins de Maison Haute.*
371. Edgar MORIN, *Au rythme du monde.*
372. François DELPLA, *Nuremberg face à l'Histoire.*
373. Cathy GLASS, *Maman dit que c'est ma faute.*
374. Susan HILL, *La Main de la nuit.*

375. Mélanie ROSE, *Coups de foudre.*
376. Patrick POIVRE-D'ARVOR, *Rapaces.*
378. Colleen McCULLOUGH, *La Passion du docteur Christian.*
379. Marie-Françoise LOOCK, *L'Encyclopédie des trucs.*
380. Alexandra RIPLEY, *Retour à Charleston.*
381. Thomas HARDY, *Le Maire de Casterbridge.*
382. Paula HADDAD, *J'ai liké ton profil… et j'aurais pas dû.*
383. Brenda JAGGER, *Le Silex et la Rose.*
384. Karl ZÉRO, *Coupable ? non coupable ?*
385. Constance MEYER, *La Jeune Fille et Gainsbourg.*
386. Stefan AUS DEM SIEPEN, *La Corde.*
387. Lucy DILLON, *Chiens perdus & cœurs solitaires.*
388. Alexandra RIPLEY, *La Demoiselle du Mississippi.*
389. Kim MESSIER, *Baiser à Manhattan.*
390. Tina ROTHKAMM, *Mon combat pour libérer ma fille.*
391. Lindsay CHASE, *Un amour de soie.*
392. Dawn FRENCH, *Cette chère Sylvia.*
393. James PATTERSON, *Celui qui dansait sur les tombes.*
394. Thomas HARDY, *Jude l'obscur.*
395. Brenda JAGGER, *Retour à Maison Haute.*
396. Peter BENCHLEY, *Les Dents de la mer.*
397. Hugues ROYER, *Est-ce que tu m'entends ?*
398. Tariq RAMADAN, *De l'Islam et des musulmans.*
399. Bertrand TESSIER, *Grace, la princesse déracinée.*
400. Tamara McKINLEY, *L'Ile aux mille couleurs.*
401. Diana LAMA, *Scalpel.*
402. Pierre RIPERT, *La Franc-maçonnerie révélée aux profanes.*
403. Thomas HARDY, *Le Retour au pays natal.*
404. Sarah LARK, *Le Cri de la terre.*
405. Mary Jane CLARK, *Vous promettez de ne rien dire ?*
406. Marie-Bernadette DUPUY, *Les Croix de la pleine lune.*
407. Jacqueline BRISKIN, *Le Palais du comte Paskevitch.*
408. Boris STARLING, *Vendredi saint.*

Cet ouvrage a été composé
par Atlant'Communication

Impression réalisée par
CPI France
en mars 2017
pour le compte des Éditions Archipoche

Imprimé en France
N° d'édition : 404
N° d'impression : 3022520
Dépôt légal : septembre 2016